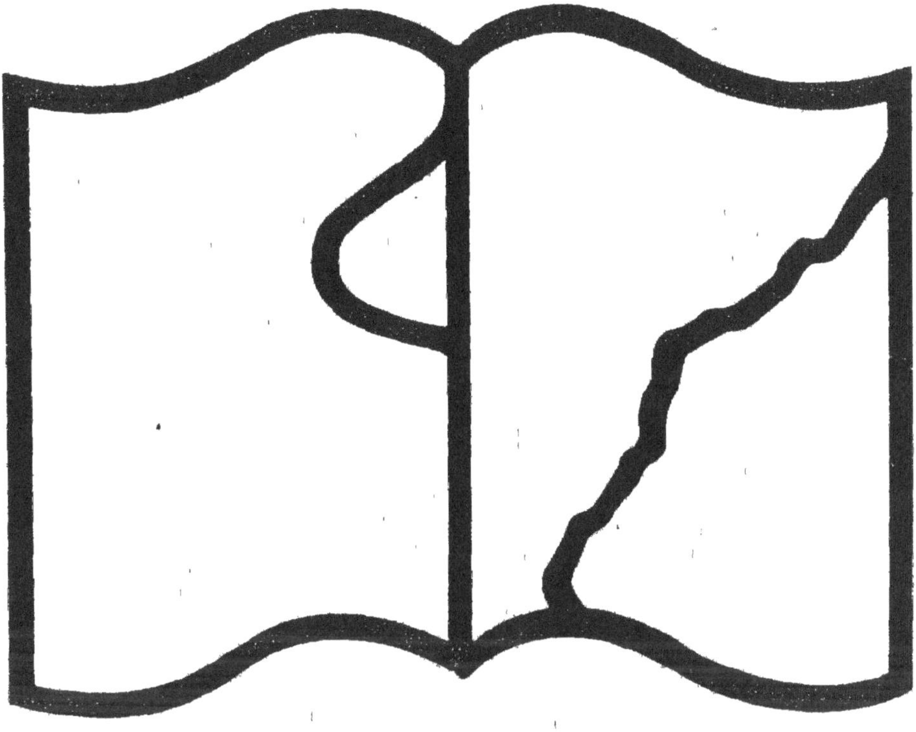

Texte détérioré — reliure défectueuse

NF Z 43-120-11

ARTHÈME FAYARD, Éditeur, boulevard Saint-Michel, 78, à Paris.

LES CRIMES DU CAPITAL

OU

LES INTRIGUES DE PARIS

Par JULES BOULABERT

Ouvrage illustré de nombreuses gravures inédites

10 Centimes la Livraison	**50** Centimes la Série
ILLUSTRÉE	DE 5 LIV. ILLUSTRÉES
DEUX LIVRAISONS PAR SEMAINE	**UNE SÉRIE TOUS LES VINGT JOURS**
Complet en 100 Livraisons environ	Complet en 20 Séries environ

En vente chez tous les Libraires et Marchands de journaux.

N° 1

Arthème FAYARD, Éditeur, boulevard Saint-Michel, 78, à Paris.

LES CRIMES DU CAPITAL

OU

LES INTRIGUES DE PARIS

Par JULES BOULABERT

Ouvrage illustré de nombreuses gravures inédites

10 Centimes la Livraison	50 Centimes la Série
ILLUSTRÉE	DE 5 LIV. ILLUSTRÉES
DEUX LIVRAISONS PAR SEMAINE	UNE SÉRIE TOUS LES VINGT JOURS
Complet en 100 Livraisons environ	Complet en 20 Séries environ

En vente chez tous les Libraires et Marchands de journaux.

N° 1

LES CRIMES DU CAPITAL

ou

LES INTRIGUES DE PARIS

LES CRIMES DU CAPITAL

OU

LES INTRIGUES DE PARIS

PAR

JULES BOULABERT

OUVRAGE ILLUSTRÉ DE NOMBREUSES GRAVURES

A. FAYARD, Éditeur, 78, Boulevard Saint-Michel. — Paris.

LES CRIMES DU CAPITAL

OU

LES INTRIGUES DE PARIS

Par JULES BOULABERT

En deux bonds, il fut auprès de la jument. (Page 5.)

PREMIÈRE PARTIE. — UNE INIMITIÉ DE PENSION.

I

TAÏAUT! TAÏAUT! TAÏAUT!

Avant 1848, à l'automne, ou au printemps, les princes de la famille d'Orléans, ou plutôt les fils du roi Louis-Philippe, venaient souvent chasser à Fontainebleau.

Ces chasses, qu'il fût question de lancer un magnifique dix-cors ou un vieux solitaire, réunissaient toujours l'aristocratie de Melun et de Fontainebleau ; car, si la forêt entoure complètement cette dernière ville, elle finit à six kilomètres seulement de la première, à la *Table-du-Roi*. Le voisinage de la Seine circonscrivait presque toujours ces exploits cynégétiques entre ces deux villes.

Souvent, vers le soir, le cerf aux abois se rapprochait instinctivement du fleuve, afin d'essayer, par un effort désespéré, de le mettre entre lui et la meute haletante qui le poursuivait.

Que de fois il vint mourir au gué de la Cave, un relai de mariniers situé à quelques pas de la station du chemin de fer de Bois-le-Roi !

En parlant de l'aristocratie des deux villes, nous aurions dû plutôt dire tous les gens ayant chevaux et voitures ; car aucune invitation particulière n'était faite pour ces chasses ; les curieux, pour les suivre, s'en rapportaient généralement à leur instinct et à leur bonne étoile : aussi, en raison de l'étendue de la forêt, souvent beaucoup d'entre eux revenaient n'ayant vu que des curieux comme eux, ou quelques chiens égarés et donnant de la voix en cherchant à se remettre sur la piste.

Alors la vieille forêt retentissait de mille cris ; le bruit éclatant des cors nombreux allait réveiller les échos assoupis de *Franchard*, de la *Roche-qui-pleure* et du *Rocher-Canon* ; les routes si ombreuses de cette belle forêt étaient aussi animées, par la quantité d'équipages, de cavaliers et de piétons, que le sont aujourd'hui les allées du bois de Boulogne.

La dernière chasse de ce genre eut lieu en 1846, au printemps. Les ducs de Nemours, d'Aumale et de Montpensier y assistaient. On avait été prévenu la veille qu'ils viendraient par Melun où, à dix heures, ils passeraient une revue de la garnison et de la garde nationale, et partiraient pour gagner la Table-du-Roi, où un déjeuner les attendrait. Après ce déjeuner, la chasse commencerait immédiatement.

Ce programme fut suivi très fidèlement. A neuf heures et demie, les lourdes voitures de la cour, attelées de six chevaux, arrivèrent à la poste. Elles relayèrent et traversèrent la ville au bruit joyeux des fouets de ses nombreux postillons.

A dix heures, les princes passaient rapidement la revue ; et, à midi, après avoir déjeuné où nous avons dit, ils montaient à cheval pour lancer un cerf magnifique. La chasse était commencée.

Le temps était superbe, l'air tiède et parfumé, la forêt était verdoyante, les bourgeons commençaient à s'ouvrir. Les fougères étaient tapissées de violettes, de coucous, de muguets et de mille autres fleurs sauvages que le printemps fait éclore dans les forêts et les grands bois.

Par une si belle journée, que le soleil rendait rayonnante, les curieux étaient si nombreux à cette chasse, que celui qui eût eu une course pressée à faire n'eût trouvé ni un cheval ni une voiture à Melun, à Fontainebleau ou dans les environs. Les uns et les autres avaient été retenus, longtemps à l'avance, moyennant des prix fabuleux.

Parmi les personnes qui assistaient de près à cette chasse on pouvait remarquer deux curieux qui, à tous les titres, par leur élégance, la beauté de leurs montures, méritaient cette attention.

C'était M. le comte de Mercœur et Mlle Reine, sa fille; tous deux à cheval, suivis, à quelques pas, par un domestique en riche livrée.

Le comte pouvait avoir cinquante-huit ans; à cheval, il paraissait grand et avait un certain embonpoint, qui ne nuisait cependant en rien à la désinvolture de ses mouvements; quant aux manières, au visage et à l'expression physionomique, M. de Mercœur était un de ces hommes qui, n'ayant rien de saillant, passent inaperçus. Un observateur eût cependant deviné, à la physionomie satisfaite du gentilhomme, un caractère faux, orgueilleux et fier d'une position établie; le sourire était équivoque, le regard sournois et mobile, l'air cauteleux et rusé, mais non intelligent. Le comte montait un très joli cheval hongre bai-cerise, jeune, nerveux, portant haut la tête et ayant de belles et fières allures; il le montait si bien qu'il était facile de voir que le cavalier avait une grande habitude du cheval.

Reine avait dix-huit ans; c'était une brune adorable, une svelte et gracieuse jeune fille. Dans l'ensemble de ses traits, qui étaient d'une régularité irréprochable, on retrouvait les mêmes signes qui caractérisaient la physionomie de son père; le regard hardi, étincelant, le front haut et large de la jeune fille trahissaient une vive intelligence et une de ces volontés si puissantes qu'elles sont inflexibles. N'eût été la grâce du sourire, ce dernier n'eût semblé empreint que d'un orgueilleux dédain. Nous le répétons, il fallait un observateur pour remarquer ces nuances physionomiques; le vulgaire, ravi des charmes, de la fraîcheur de la belle écuyère, n'hésitait pas à la proclamer la plus jolie et la plus gracieuse des femmes qui suivaient la princière et forestière équipée.

Un costume d'amazone de haut goût faisait encore mieux ressortir les mille trésors et les formes séduisantes de la brune demoiselle, qui montait, avec une intrépide aisance, une jeune jument alezane pleine de feu, aux jarrets nerveux, à la croupe frémissante et à la gracieuse encolure.

Un prix de souplesse, d'ardeur et de force nerveuse eût été difficile à décerner entre la fière jeune fille et sa belle monture.

Depuis deux heures le cerf était lancé; conduite par lui, la chasse rabattait sur la Seine, en se dirigeant sur Valvins.

Taïaut! taïaut! chevaux, courez! cors et chasseurs, sonnez! chiens, bondissez, soufflez, écumez, la proie est belle, elle est digne de vous; la voyez-vous traversant cette clairière, elle gagne le fleuve, où elle pourra étancher sa soif en le grossissant de ses larmes.

La chasse, avec son brouhaha, tous ses bruits et toutes ses fanfares, était arrivée à son plus beau et plus intéressant période.

Reine la suivait avec un véritable plaisir dont aucune pensée absorbante ne paraissait la détourner. Son front était pur de tout souci; elle semblait heureuse. Le comte jouissait sans doute en sybarite d'un plaisir princier qu'il supposait digne de lui. Il paraissait heureux de la joie de sa fille et fier de mettre son opulence au grand jour.

« Mon père, voyez donc, dit tout à coup Reine, le cerf change de direction; on dirait qu'il va revenir sur ses pas et tenir tête aux chiens, ce brave animal, »

En effet, le cerf, poursuivi, sur le point de quitter la forêt pour s'engager sur un terrain découvert parsemé de genêts et de fougères, ayant sans doute compris qu'il courait à sa perte, s'était subitement retourné, et hésitait.

C'était pendant ce temps d'arrêt que Reine avait fait à son père l'observation que nous avons rapportée.

Tout à coup, le cerf prenant le parti de faire un dernier effort pour se remiser sous bois et égarer la meute, profita de son avance sur les chiens pour faire un crochet et se rapprocher de la forêt en suivant une ligne diagonale. Il ne revenait pas précisément sur le gros de la chasse, composé des princes et de leur suite; mais il se dirigeait en droite ligne sur ceux qui, derrière les chasseurs, s'élargissaient en éventail et galoppaient sur le flanc droit du tumultueux tourbillon.

Ce mouvement fut si rapide, si imprévu, qu'il dépista un instant les chasseurs et les chiens. Les curieux qui venaient ensuite, aveuglés par le soleil qui leur dardait en pleine figure, et la poussière qui s'élevait en tourbillons depuis qu'on avait quitté la forêt, ne virent point le mouvement que firent les chasseurs afin de se mettre sur la nouvelle piste. Le gros de la chasse recula même; et, en quelques instants, n'ayant pas ralenti l'allure de sa monture, Reine se trouva au milieu de la meute et des piqueurs. Ces derniers donnaient du cor haut et fort pour entraîner la chasse et rallier les chiens.

La jument de Reine, effrayée, fit un brusque mouvement, afin de sortir de cette foule de chiens qui hurlaient autour d'elle. Cet écart désarçonna la belle écuyère au moment où elle réfléchissait au chemin qu'elle devait prendre.

La situation, qui n'était que critique, devint tout à coup périlleuse. Reine, sans rien perdre de son sang-froid, corrigea sa jument par un coup de cravache; puis, s'appuyant sur l'étrier, essaya de se remettre en selle, celle-ci mal sanglée, tourna tout à coup et M\ulle de Mercœur roula presque à terre, le pied toujours pris dans l'étrier, se soutenant d'une main cramponnée au pommeau de la selle.

La jument, effrayée, stimulée du reste par le coup de cravache et ne se sentant plus soutenue par le mors de bride, partit au galop, embarrassée du fardeau qu'elle portait à l'un de ses flancs.

La selle tournait toujours. Bientôt Reine allait toucher la terre et se trouver sous les pieds de sa monture.

Elle était perdue !

Cet accident, qui s'était accompli en une seconde, arracha un cri d'angoisse et d'effroi à tous ceux qui en étaient les témoins.

La chasse s'éloigna dans la direction de la forêt, mais les princes et la foule s'arrêtèrent pendant que la jument fuyait rapidement dans la plaine en se dirigeant vers la rivière. De loin, on voyait les efforts que faisait M\ulle de Mercœur pour dégager son pied de l'étrier. Elle y fût parvenue, qu'elle se fût sans doute laissé glisser à terre, où l'herbe et les mousses eussent amorti sa chute.

Vains efforts. Soit qu'elle eût perdu sa présence d'esprit, soit que ses pieds fussent gênés dans la jupe de son vêtement ou embarrassés dans quelques courroies du harnachement, M\ulle de Mercœur ne pouvait mettre son dessein à exécution.

Le comte s'était lancé comme un désespéré sur les traces de son enfant; le domestique en livrée et une dizaine de cavaliers bien montés l'avaient suivi, afin d'entourer la jument et l'arrêter.

Celle-ci allait entrer dans un terrain pierreux, où une chute eût pu devenir très dangereuse pour la fille du comte, quand les cavaliers parvinrent enfin à la cerner de tous côtés. L'un d'eux, plus leste ou plus habitué à des accidents de ce genre que ses compagnons, sauta rapidement à bas de son cheval. En deux bonds il fut auprès de la jument, qu'il fut assez heureux de saisir par la bride, quoiqu'elle essayât de se cabrer. Une seconde plus tard, le sauveur de Mlle de Mercœur ayant forcé la jument à conserver l'immobilité en lui serrant les naseaux entre ses doigts nerveux, l'écuyère put enfin se débarrasser de l'étrier et mettre pied à terre.

Elle n'avait pas une égratignure et en était quitte pour la peur.

Et encore, était-il certain que Reine eût eu peur? A la voir, on aurait plutôt été tenté de croire le contraire.

Elle ne songeait nullement à s'évanouir ni à se plaindre; elle ne tremblait pas. Au froncement de ses sourcils, on comprenait aisément que la pâleur mate qui avait envahi son visage était bien plus le résultat de la colère que de la crainte.

En effet, Reine était furieuse contre sa monture, et ressentait contre elle-même un certain dépit d'avoir éprouvé un échec dont sa réputation d'écuyère aurait à souffrir sans doute.

« Vous êtes blessée, mademoiselle? lui demanda enfin le cavalier arrivé si à propos à son secours.

— Non, monsieur, grâce à vous. Sans vous, cette bête faisant quelques pas de plus, je me brisais et me labourais le crâne sur ces cailloux, répondit Reine en examinant son interlocuteur avec un curieux intérêt.

— Oh! mademoiselle, vous vous exagérez de beaucoup le service que je vous ai rendu.

— Voudriez-vous vous défendre de m'avoir sauvé la vie? dit Reine avec impatience.

— Vous voulez que je vous aie sauvé la vie? Eh bien! soit, dit le cavalier.

— Et vous soustraire à ma reconnaissance? continua la jeune fille sans s'occuper de la réponse de l'inconnu.

— Votre reconnaissance, mademoiselle! se récria ce dernier.

— A la mienne et à celle de mon père; quoi que vous disiez, je vous jure qu'il n'en sera pas ainsi.

— Mademoiselle, répondit fort galamment le cavalier, à quoi bon parler de reconnaissance? Ne suis-je déjà pas assez récompensé du petit service que je vous ai rendu par le plaisir que je ressens d'avoir agi comme j'ai fait?

— C'est bien, monsieur; vous avez peut-être raison aujourd'hui, reprit Reine en souriant; mais bientôt, soyez-en sûr, j'aurai mon tour.

Les autres cavaliers et une foule de curieux s'étaient rapprochés de Reine et de son compagnon; la scène fut bientôt terminée.

La jument ayant été soigneusement scellée, Mlle de Mercœur, afin sans doute de se soustraire à l'intérêt plus curieux que sympathique qu'on lui témoignait, se remit promptement en selle et s'éloigna, suivie de son père, après que ce dernier eut, à son tour, accablé le sauveur de sa fille de remerciements, de protestations et d'actions de grâce.

Personne de la chasse ne revit ni le comte ni sa fille; le soir, à la nuit tombante, le cerf rendait le dernier soupir dans la *Mare aux Œuvées*, et l'hallali retentissait à son tour dans la profondeur des grands bois.

II

REINE ENVOIE AUX RENSEIGNEMENTS.

Personne, à Melun ni dans les environs, ne connaissait le passé de M. le comte de Mercœur, ne savait l'origine de sa fortune. Les uns affirmaient qu'il avait été banquier, d'autres soutenaient l'avoir connu comme agent de change, d'autres encore prétendaient que c'était un ancien recèveur général; rien de positif dans tous ces bruits.

Cependant personne n'ignorait que, depuis deux ans, M. de Mercœur habitait le charmant village de Dammarie-les-Lis, situé à deux kilomètres de Melun, où l'opulent gentilhomme avait acheté une fort belle propriété en très-mauvais état; que, sa fortune aidant, et avec une magnifique prodigalité, il avait fait de cette résidence en ruine et de ce parc abandonné une villa, presque un château, charmante et entourée de beaux bois bien arrosés par une foule de petits cours d'eau dont l'art avait tiré un parti d'un aspect enchanteur; que la sollicitude, grâce aux soins du nouveau propriétaire, s'était tout à coup peuplée comme par enchantement; et cèux qui avaient eu le bonheur fort apprécié d'assister aux quelques fêtes que le comte avait données, sans doute pour pendre la crémaillère, affirmaient que la villa était somptueusement meublée, que les serres et les jardins étaient supérieurement entretenus, que de nombreux domestiques obéissaient aux ordres et aux caprices des deux habitants de ce séjour de délices : le père et la fille. Le comte était veuf.

Ces visiteurs ne parlaient que pour mémoire des chevaux et des voitures. Tout le monde voyait et admirait tous les jours, à Melun, ces équipages et ces attelages sans rivaux dans la localité.

La chronique provinciale, qui préférerait se couper la langue que de ne pas tout exagérer, tant en bien qu'en mal, embouchant la trompette retentissante de la Renommée, faisait de M. de Mercœur un nabab remuant les millions à la pelle.

Qu'on juge si Reine passa de suite pour un beau parti !...

Dire les convoitises qu'elle excita et les jalousies féminines qu'elle mit en éveil nous serait impossible. Des in-folio ne suffiraient pas à contenir cette énumération.

Qu'on se contente de savoir que tous les hobereaux du voisinage susceptibles de prendre femme, et ayant propriété, chevaux et voitures, firent replâtrer les premières, harnacher à neuf les seconds et repeindre et revernir les troisièmes. Quant aux jeunes filles, dont l'arrivée de Reine fit pour un temps dès délaissées, plusieurs en eurent la jaunisse. Celle d'un haut fonctionnaire se résigna, par dépit, à n'épouser qu'un pharmacien ; il est juste de dire que ce pharmacien l'a rendue fort heureuse.

Bientôt, si jolie qu'elle fût, Mᴵˡᵉ de Mercœur, qui ne faisait rien pour fixer auprès d'elle l'amoureux essaim, vit fuir tous ces élégants papillons, dont aucun n'avait fait battre son cœur.

Son père avait commis l'indiscrétion de dire que le mari futur de Reine était trouvé, qu'il habitait Paris; ces paroles avaient suffi pour disperser les adorateurs aussi facilement qu'un coup de fusil met en fuite un vol de moineaux.

Le lendemain de la chasse dont nous avons dit deux mots, vers cinq heures du soir, Reine entrait dans le salon-fumoir où son père lisait les journaux en savourant un havane de contrebande.

— Dites-moi donc, mon père, fit la jeune fille après avoir échangé deux ou trois phrases banales avec l'auteur de ses jours, savez-vous ce qu'est M. Vigneul?

— Ton galant cavalier d'hier? demanda le comte en suspendant sa lecture et en envoyant au plafond une magnifique spirale de fumée.

— Oui, l'homme qui m'a sauvé la vie? dit Reine avec impatience.

— Qui t'a sauvé la vie! peuh! répondit le comte qui ne semblait pas trop apprécier le service rendu par l'inconnu.

— Enfin, le connaissez-vous?

— Dame! je sais que c'est un capitaine d'état-major.

— Si vous ne savez que cela, je suis aussi avancée que vous, puisque M. Vigneul était en tenue hier, dit Reine d'un ton qui témoignait, et de reste, qu'elle était un peu la maîtresse chez monsieur son père.

— On dit aussi que c'est un officier de mérite et d'avenir, s'empressa de dire le comte, afin d'éviter l'orage dont il voyait les nuages s'amonceler sur les traits contractés de sa fille.

— Et vous ne savez que cela?

Le comte regarda sa fille comme pour lui dire :

— Que diable veux-tu que je sache sur ce monsieur? Est-ce que je me suis jamais occupé de lui?

Il reprit pourtant :

— Il est en garnison à Fontainebleau.

— Belle nouvelle, ma foi!

— Pourquoi diable cet officier, un garçon fort bien du reste, te trotte-il ainsi par la tête? demanda M. de Mercœur en interrogeant sa fille du regard, comme s'il eût voulu lire dans sa pensée.

— N'est-ce pas tout naturel, après le service qu'il m'a rendu? fit Reine.

— Ma fille, dit le comte d'un ton sentencieux, sache, une fois pour toutes, qu'en ce monde la reconnaissance est le défaut le plus embarrassant qu'on puisse avoir.

— Je ne suis pas de votre avis, mon père, dit sèchement Reine, et je veux qu'on aille de suite à Fontainebleau prendre des renseignements exacts sur le capitaine.

— Tu sais bien que tu peux faire ici ce que tu veux, dit M. de Mercœur à sa fille, afin de l'apaiser et s'en débarrasser. Envoie quelqu'un à Fontainebleau, si tu veux; mais rappelle-toi que la reconnaissance a empêché bien des gens de faire leur fortune.

Reine n'écoutait déjà plus les paradoxes égoïstes de son père : elle alla trouver l'intendant du comte; celui-ci partit sur-le-champ pour Fontainebleau, afin d'y procéder à une enquête que l'on devine aisément.

Si on veut bien nous permettre cette expression, M. Vigneul vivait au grand jour, en plein soleil. Rien de ténébreux dans sa conduite, pas le moindre petit mystère dans sa vie. Il avait trente ans, était capitaine d'état-major et *faisait* au 7ᵉ dragons *ses deux années* que tout officier d'état-major de son grade doit, suivant l'*ordonnance*, passer dans la cavalerie avant d'être promu à un emploi supérieur. Il avait fait quelques campagnes en Afrique. Pendant son séjour dans la colonie naissante, il avait su mettre si bien son temps à profit, qu'il était rentré en France avec de très-bonnes notes et décoré.

C'était, en outre, un officier très-distingué sous tous les rapports. Brave comme un ancien preux, son instruction, ses manières, naturellement alliées à une franche affabilité et à une pétulante gaieté de caractère, qui n'excluaient en rien une certaine dignité, faisaient de l'officier un spirituel et aimable compagnon.

S'il était homme du monde, M. Vigneul était un ami dévoué; ses collègues en savaient quelque chose : bon, généreux, simple, doux, ponctuel autant qu'il était brave au feu, ne faisant jamais d'excès de zèle, il était estimé, recherché de ses supérieurs. Ses inférieurs l'adoraient.

C'était un bel homme dans toute l'acception du mot, grand, bien fait; l'uniforme lui seyait à ravir. A cheval, comme il était excellent cavalier, il était magnifique et avait un grand air qui rappelait ces généraux de vingt ans du règne de Louis XIV ou de la République. Sur sa physionomie martiale sans dureté, et dans l'ensemble de ses traits, on retrouvait, sans être un profond observateur, toutes les qualités que nous lui avons attribuées. Son large front, haut et légèrement bombé, décelait son intelligence; son regard, son nez fin, dilaté et ayant légèrement une forme bourbonnienne, trahissaient son intrépidité; sa bouche, petite, aux lèvres un peu épaisses et rouges, animée souvent d'un bon sourire, était l'indice assuré de sa franchise, de sa quiétude d'esprit et de sa bonne humeur. M. Vigneul était brun, portait bien ses moustaches et avait un teint d'une blancheur mate, indice d'une santé robuste qui n'avait gardé aucun souvenir des ardeurs du soleil d'Afrique.

Ajoutons que le capitaine jouissait de douze mille francs de rente, ce qui faisait dire qu'il était riche; qu'il aimait sa profession en homme qui a suivi sa vocation en embrassant une carrière; qu'il se trouvait satisfait de sa position. Cette satisfaction ne l'empêchait pas cependant d'avoir cette noble et sainte ambition qui fait notre force, et qui n'attend rien que du temps et des faveurs accordées au vrai mérite; cette ambition, en un mot, qui, sans jamais avoir été postulante ou obséquieuse, va droit son chemin en passant la tête haute.

M. Vigneul était donc heureux au jour où commence notre histoire? Oui, il était de ces rares mortels qui, nés coiffés, trouvent le ciel sur la terre.

On eût pu être heureux à moins!

Le capitaine avait cependant eu quelques soucis. Pour les connaître, il nous faut pénétrer plus intimement dans la vie de l'officier, faire en deux mots sa courte biographie. Le lecteur nous pardonnera cette indiscrétion, M. Vigneul doit jouer un des rôles les plus importants dans notre récit.

Reine entrait dans le salon-fumoir. (Page 7.)

Notre héros n'avait guère eu le temps de connaître sa mère. Il avait cinq ans quand elle mourut. Son père fut tué général, en 1830, en Afrique, peu après le débarquement. A quinze ans, l'enfant se trouva donc orphelin, n'ayant pour toute famille que des parents éloignés qu'il n'avait jamais vus.

Il faisait alors ses études interne dans une excellente pension dont les élèves suivaient les cours du lycée Henri IV.

Le général, en homme prudent, n'était pas mort sans avoir pris quelques précautions, afin d'assurer un protecteur à son cher Horace.

L'avenir de cet enfant l'avait sérieusement préoccupé au moment d'entrer en campagne. Avant d'embarquer, il avait, par écrit et en quelque sorte sous forme de testament, nommé un tuteur à son fils. Il avait eu la main si heureuse en faisant ce choix, que ce n'était pas un tuteur, mais un second père qu'il avait donné à Horace dans la personne de M. Lamy, un vieux frère d'armes du général : les deux guerriers avaient fait leurs premières armes ensemble et ne s'étaient pas quittés depuis.

Un matin, Horace, qui ne savait encore rien de la mort de son père, était à l'étude quand un professeur l'appela.

On le demandait dans le cabinet du proviseur.

Il s'y rendit et fut très étonné d'y trouver M. Lamy, qu'il connaissait depuis long-temps.

L'officier — M. Lamy était chef de bataillon alors — était seul. Le proviseur ayant appris le motif de sa visite, l'avait quitté afin de ne point troubler, par sa présence, une scène de douloureux épanchement facile à prévoir.

Horace savait M. Lamy en Algérie ; quand il le vit, un amer et terrible pressenti-ment domina la joie qu'il éprouvait à revoir le vieil ami de son père et le sien.

Le commandant était en bourgeois, en deuil, avec un large crêpe à son chapeau. Sa figure, sa démarche, son attitude disaient assez que le profond chagrin qu'il éprouvait, dans cette circonstance, ne se bornait pas aux vaines démonstrations que nous venons de dire, que son deuil était une affliction de cœur et non d'apparences.

Horace avait déjà quinze ans ; l'enfant observe à cet âge. L'extérieur et le maintien de l'officier le frappèrent.

« Mon père !... » s'écria-t-il en se jetant dans les bras de celui qui devait lui en tenir lieu désormais.

L'officier s'était promis de n'apprendre la sinistre nouvelle à Horace qu'avec de longs ménagements. L'exclamation si naturelle de l'enfant fit éclater sa douleur, ses sanglots le suffoquèrent.

Il pressa l'enfant sur son sein avec une tendresse toute paternelle, mais sans pou-voir lui répondre.

Horace comprit toute l'étendue de son malheur. Il ne prononça pas une plainte, mais que de larmes amères il mêla à celles de son vieil ami !

Le jour même, il quittait la pension. Ses études étaient momentanément suspen-dues. Dans des instants aussi terribles, l'enfance surtout a besoin de la vie et des consolations de la famille.

Le premier accès de douleur passé, après un désespoir de plusieurs jours, quand Horace se fut un peu habitué à l'idée de la mort de son père, il dit au commandant :

— Parlez-moi de mon père, monsieur Lamy.

— Dans quel sens ? demanda l'officier.

— Racontez-moi comment il est mort, reprit Horace.

— Comme un brave.

— Oh ! je n'en doute pas ; mais les détails ?

— Ton père, fit le capitaine, dirigeait une reconnaissance militaire que l'on croyait sans danger : la veille, nous avions battu l'ennemi sur le même terrain, il n'avait que fort peu de monde avec lui, quelques pelotons de cavalerie. Imprudemment peut-être, nous nous éloignâmes trop — j'étais auprès de lui — de l'armée de débarquement. Tout à coup, nous sommes assaillis, cernés de toutes parts par une nuée d'Arabes. Nous nous battions un contre dix. Le combat dégénérant en mêlée, nous étions tous engagés de très près. Malgré sa supériorité numérique, l'ennemi plie, il commence à battre en retraite ; ton père, que l'intrépidité entraînait toujours au premier rang, animé par le succès, s'élance à notre tête pour tirer parti de sa victoire.

Que n'avons-nous borné là nos succès ! Que ne s'est-il arrêté après cette défaite de l'ennemi !... Aujourd'hui nous ne serions pas réduits à le pleurer...

Un sanglot étouffa la voix de l'officier.

— Continuez, monsieur Lamy, dit Horace après un court silence et lorsqu'il eut essuyé les larmes qui inondaient son visage.

— Le général, reprit l'officier, n'avait pas fait cent pas, qu'il tomba mortellement blessé d'une balle perdue.

Il mourut en voyant fuir l'ennemi devant les nôtres. Mort glorieuse que mourir un jour de victoire !

— Oui, soupira Horace ; vous avez reçu les derniers soupirs de mon père ?

— Oui.

— Que vous a-t-il dit ?

— Oh ! peu de mots : « J'ai un fils, qu'il devienne ton enfant, » murmura-t-il d'une voix éteinte.

Quand je voulus lui répondre, il était mort. Cette mort ne fait rien à la chose. Je tiendrai ma promesse, Horace ; je serai un second père pour toi. Tu seras le grand frère de ma petite Juliette, qui a eu cinq ans il y a huit jours.

— Vous allez repartir ?

— Pas en Afrique.

— Ah ! tant mieux !

— J'ai encore cinq ans de service à faire pour avoir droit à ma retraite. Quand l'heure sera venue, je la demanderai bien vite, afin de ne plus avoir à vous quitter, ma fille et toi.

— Cinq ans, c'est long, dit Horace

— Oui, mais ensuite nous ne nous quitterons plus.

— Peut être !... dit le jeune collégien en devenant soucieux.

— Comment cela ?

— Je vous le dirai plus tard.

Plus tard, M. Lamy était encore sous les drapeaux, il venait de passer lieutenant-colonel. Horace, ayant terminé ses études, sans s'alarmer de la triste fin de son père, déclara à M. Lamy, quand celui-ci l'engagea à choisir une carrière, qu'il voulait être mil

— Malheureux enfant ! s'écria M. Lamy.

— Oui, militaire, dit Horace avec feu, et général comme mon père.

La carrière des armes, peut-être parce qu'elle est celle qui n'admet point, chez les volontaires au moins, un tiède enthousiasme, est celle qui se raisonne le moins. Tout cela tient sans doute aussi à ce que l'avenir du soldat, dépendant complètement des hasards et de l'imprévu, peut l'élever au plus haut degré de la gloire et de la fortune.

M. Lamy comprit d'autant mieux l'enthousiasme [de son pupille, qu'il l'avait lui-même éprouvé.

Il dit seulement à Horace :

— Mais si tu te maries un jour ?

— Je ne me marierai pas : un officier doit rester garçon, dit le jeune homme.

M. Lamy répondit à Horace par un soupir.

Ce fut tout. Le jeune Vigneul se prépara pour entrer à l'École polytechnique, où il fut assez heureux d'être bientôt admis après un brillant examen.

III

UN AVEU AVANT UNE SÉPARATION

A vingt-deux ans, Horace sortit d'une école pour entrer dans une autre. Il avait encore deux ans à passer à l'École d'application avant d'être réellement soldat comme M. Lamy voulait qu'il le fût, c'est-à-dire avec toutes les chances d'un brillant avenir.

Le jeune élève, beau, fringant sous sa nouvelle tenue, avant de partir pour Metz, resta à Paris quelques jours chez son tuteur devenu colonel et retraité ensuite.

Depuis sept ans qu'Horace faisait en quelque sorte partie de la famille Lamy, il savait bien qu'il avait une charmante *petite sœur* nommée Juliette, une délicieuse enfant qu'il aimait beaucoup et avait toujours gâtée de son mieux.

Mais il n'avait vu sa chère Juliette que comme une toute petite fille. On eût dit qu'involontairement il pensait toujours la conduire à la promenade en la tenant par la main.

Cette fois cependant — Juliette avait déjà douze ans — le jeune officier s'aperçut, comme pour la première fois, de la beauté de sa petite sœur devenue jeune fille.

Il partit cependant pour Metz, après l'avoir embrassée sans embarras. Deux ans plus tard, à son retour, les choses se passèrent à peu près de la même façon; mais en 1841, quand Horace dut aller en Afrique, qu'il vint faire ses adieux à ses chers amis, il avait vingt-cinq ans, Juliette seize ; il ne pensa plus à la traiter en pensionnaire.

Cette fois, quand nos deux jeunes gens se quittèrent, ils ressentirent ce qu'ils n'avaient jamais encore éprouvé.

Pendant le séjour de deux mois que l'officier avait fait chez le colonel, il s'était continuellement trouvé avec Juliette. Aucun obstacle ne s'était opposé à ce qu'ils se vissent tous les jours, qu'ils passassent ensemble une partie de leurs journées; souvent même ils étaient sortis seuls, pour de longues promenades et de champêtres excursions.

Dans cette intimité, sans même chercher d'abord à se rendre compte de ses impressions, Horace avait trouvé un grand charme. Bientôt, il n'avait su ce qu'il devait le plus admirer de la beauté pure et gracieuse de sa chère Juliette, ou des qualités et de l'esprit enchanteur de la jeune fille.

Aimait-il déjà? Il n'en savait rien lui-même. Bien convaincu qu'il ne se marierai jamais, comme il l'avait dit à M. Lamy, il ne songeait même pas à sonder les sentiments qu'il éprouvait au sujet de la jeune fille. Sans rien analyser de l'état de son cœur, il s'abandonnait insoucieusement à l'innocent bonheur du moment, sans penser à l'heure de la séparation.

Quand à Mlle Lamy, ne raisonnant pas davantage, [elle ne voyait rien au-dessus d'Horace ; et, quoique avec beaucoup d'innocence, le génie d'intrigue et de coquetterie qui est inné chez toutes les femmes et que les difficultés ne font que développer, lui inspirait une foule de petites ruses charmantes, qui avaient pour résultat immédiat d'augmenter l'enthousiasme du *grand frère*.

C'était une belle jeune fille que Mlle Lamy.

Qu'on s'imagine un séduisant pastel fait par un peintre habile en ce genre gracieux, d'après le plus joli portrait de Greuze.

Nous ne voulons pas dire, par cette comparaison, que Juliette avait quelque chose de si délicat, de si suave, de tellement mignon, qu'on eût pu la prendre pour une de ces belles et malheureuses créatures qui semblent ne point être faites pour la terre, qu'un défaut de constitution intérieure lance dans un monde meilleur avant qu'elles n'aient eu le temps de se flétrir parmi nous.

Non ; Juliette était fortement constituée, blonde, avec des yeux bleus charmants et une bouche qui avait l'éclatante fraîcheur d'une rose nouvellement épanouie. Son front toujours serein, sa gaieté de bon aloi, ne laissaient aucun doute sur l'avenir de sa santé.

C'était avec un plaisir mêlé d'admiration qu'on voyait grandir et se développer cette jolie fleur, dont la beauté merveilleuse était aux qualités du cœur ce que l'éclat des plantes les plus aromatiques est à leurs parfums.

Juliette n'avait jamais eu un chagrin, une douleur, un souci. Elle pensait souvent à sa mère qu'elle n'avait point connue : elle y pensait sans amertume ; car, dans son innocente candeur, elle la croyait heureuse au ciel, où elle était bien certainement.

Quant à M. Lamy, le père et l'enfant s'aimaient tendrement, s'entendaient si bien qu'ils étaient heureux l'un par l'autre, et, en vrais égoïstes, savouraient leur bonheur qui leur paraissait devoir être éternel, sans s'occuper de l'immense tourbillon qu'on appelle le monde : un abîme.

Dans un tel état de choses, on se rend parfaitement compte de ce qu'éprouvaient les deux jeunes gens. Les deux mois qu'ils passèrent ensemble composèrent la plus délicieuse idylle qu'on puisse imaginer.

Disons que ce fut pour eux comme un beau rêve. Hélas ! le réveil devait être terrible et ne point se faire attendre !

Ce fut comme un coup de foudre, au milieu d'un ciel sans nuage, éclatant dans les cœurs des deux enfants, qui s'étaient si bien habitués à battre à l'unisson.

Ce déchirement malencontreux se produisit le jour du départ d'Horace. Alors le bandeau qui avait aveuglé si agréablement ce dernier et sa jeune amie tomba tout à coup.

L'officier venait de dire à la jeune fille, d'un ton ému qu'il cherchait en vain à rendre assuré afin de dissimuler son émotion et ne pas attrister Juliette :

— Je pars ce soir.

Horace, malgré lui, accompagna ces mots d'un profond soupir.

Il n'avait jamais aimé, n'avait encore aucune idée des jouissances et des tortures de l'amour. A vingt ans, quoi qu'on fasse, peut-on étouffer la voix de la passion? peut-on comprimer les battements de son cœur quand on aime pour la première fois? Est-ce qu'à l'heure solennelle et douloureuse de quitter celle qu'on aime, pour toujours peut-être, on peut retenir ses soupirs, ses larmes et ses sanglots?

Non, la poitrine et le cœur d'un homme ne sont pas pétris d'airain..... fort heureusement.

— Comment! vous partez ce soir? s'écria Juliette avec angoisse, comme si elle eût été convaincue que le séjour d'Horace auprès d'elle dût être éternel.

Elle était pâle, tremblante; d'une main, elle comprimait les battements de son sein.

Horace fut soudain effrayé. Lui-même se sentait un vide au cœur.

— Qu'avez-vous? dit-il à Juliette.

— Vous venez de me faire un mal affreux, Horace : ce départ.... ◦

Le dernier mot passa, sifflant et oppressé, entre les lèvres de Juliette, qui ne put achever d'émettre sa pensée.

Elle se sentait défaillir, semblable au blessé qui, ayant résisté au coup qui l'a atteint, sent ses forces l'abandonner avec le sang qu'il perd.

— Ce départ est très-naturel, dit l'officier.

— Oh! ne dites pas cela, Horace!

— Pourquoi?

— Je ne puis me faire à l'idée de cette séparation.

— Mais....

Le jeune officier était presque aussi défait que sa compagne; ce qu'il éprouvait, l'état de la jeune fille, ce qu'il venait d'entendre, étaient autant de lueurs jaillissant soudainement dans son esprit et l'éclairant sur l'état de son cœur.

Chose étrange, si cruellement qu'il fût frappé, dans l'amertume de sa douleur il y avait de la joie, de l'ivresse en un mot.

Il avait enfin compris qu'il aimait Juliette, et l'affliction de cette dernière ne lui laissait aucun doute sur ses sentiments.

Sans s'en douter, il savourait l'ineffable bonheur que ressent l'homme découvrant enfin d'une manière positive qu'il est aimé.

Il ne songeait pas à consoler Juliette; ce fut elle qui reprit :

— Si vous partez, Horace, que vais-je devenir?

M¹¹ᵉ Lamy avait fait passer toute son âme dans ces trois mots : « Que vais-je devenir? »

Ils furent prononcés avec tant d'émotion, qu'on eût cru entendre un cœur se briser; Horace comprit toute l'étendue de l'amour de Juliette. Ces mots, dont le ton déchirant l'avait d'abord navré, finirent par retentir agréablement dans son esprit.

Pour lui, n'équivalaient-ils pas entièrement au plus formel et au plus doux des aveux; un aveu qu'il eût payé de sa vie, à cette heure où la lumière s'était enfin faite dans sa pensée?

Ces mots, pour lui, ne signifiaient-ils pas clairement : « Vous êtes tout pour moi, car je vous aime d'un amour qui est ma vie tout entière ; sans vous, puis-je vivre? Est-ce que votre présence ne m'est pas plus utile que l'air que je respire? Vous parti, que m'importent l'existence et ce qui m'entoure? N'éprouverai-je pas, quand vous serez loin, une invincible tristesse à faire et à voir tout ce qui me cause de la joie, à présent que vous êtes près de moi pour partager mon ivresse? Demain, toutes ces choses me seront d'autant plus désagréables à voir et à faire, qu'en me parlant incessamment de vous, elle me rappelleront l'heure cruelle de notre séparation et votre souvenir; et, si je meurs, avant de mourir, ne va-t-il pas me falloir endurer mille souffrances, des tortures inouïes, un martyre!... »

Toutes ces paroles, Horace les comprit, les devina dans l'exclamation de Juliette.

Alors, pour cette dernière, il oublia tout. Un instant la réalité de sa position s'effaça de son esprit. Il ne pensa qu'à l'aveu qu'il venait d'entendre, qu'à l'amour qu'il ressentait lui-même; il ne songea plus à son départ. Sans doute qu'il eût été fort embarrassé de répondre à celui qui lui eût demandé le motif de l'effroi et de l'angoisse de sa charmante compagne.

Obéissant aux premiers transports de sa passion, il saisit Juliette dans ses bras et la serra longtemps sur son sein, sans lui dire un mot, ses lèvres effleurant le front de la jeune fille, son regard ardemment fixé dans celui de Juliette et trahissant l'admiration, l'extase, le bonheur!

Moment sublime, s'il était silencieux...

Est-ce qu'aucune langue pourrait jamais traduire les impressions de cette intime confidence de deux cœurs qui s'aiment.

Hector et Juliette restèrent longtemps dans les bras l'un de l'autre. Ils ne songeaient pas à se parler. Il leur semblait sacrilège d'interrompre le langage de l'âme pour en parler un plus vulgaire.

Tous deux comprenaient instinctivement que le premier mot qui s'échapperait de leurs lèvres les replongerait dans l'inévitable et désespérante réalité.

Inutile de dire que le mot amour ne monta pas de leurs cœurs à leurs bouches, qu'ils ne se firent aucun serment.

Dans de tels moments, on a si peu conscience du temps, que les instants s'envolent avec une rapidité inouïe.

L'heure du crépuscule était venue, que nos amoureux savouraient encore le bonheur qui venait de se révéler à eux.

Tout à coup, la voix de M. Lamy se fit entendre :

Les deux jeunes gens étaient sous une riante tonnelle couverte de vigne vierge, de jasmin, de clématite et de volubilis, dont la fraîcheur du soir ouvrait les milles clochettes que la chaleur du jour avait fait fermer.

Sous ce berceau ombreux, parfumé et silencieux, Horace et Juliette tressaillirent tout à coup.

— Horace! Horace! criait le colonel par une fenêtre qui donnait sur le jardin, voici le facteur; la voiture! Allons, tes bagages...

L'effet de la terrible trompette du jugement dernier peut seul donner une idée de l'émotion des deux jeunes gens.

Juliette chancela, Horace pâlit.

Cependant la première était moins désespérée. La joie qu'elle venait d'éprouver lui était le plus sûr garant de l'amour de l'officier, et elle connaissait assez ce dernier pour être fixée sur la noblesse et la stabilité de ses sentiments.

Elle était enfin certaine d'être aimée.

Écoute, Juliette, dit Horace en tutoyant la jeune fille comme quand elle était enfant, il faut que je parte, mais je reviendrai.

— Bientôt?

— Dans deux ou trois ans.

— C'est long, dit la jeune fille, en renfonçant ses larmes.

— J'écrirai.

— Souvent, n'est-ce pas?

— Oh! oui; car je ne penserai qu'à toi. Puis, je viendrai en congé.

Juliette et Horace sortirent de la tonnelle, les mains entrelacées. M. Lamy les avait rejoints.

Il fut assez surpris de les voir dans cette position.

Voyons, lambin, dépêche-toi..., dit-il à Horace.

— Colonel, dit Horace d'un ton presque solennel et en interrompant M. Lamy, vous avez été un père pour moi!

— Que dis-tu? Est-ce le moment de penser à cela? dit le colonel s'efforçant de cacher son émotion par un ton presque bourru.

— Vous m'aimez? continua Horace.

— Tu le sais bien, pardieu! dit le colonel sans prévoir où son pupille voulait en venir.

— Eh bien, moi, j'aime Juliette, reprit Horace.

— Et elle?

— Elle aussi m'aime, dit l'officier pendant que Juliette rougissait et baissait les yeux.

— Il ne manquait plus que cela! s'écria M. Lamy, qui disait tout le contraire de ce qu'il aurait dû dire s'il n'avait écouté que la joie que lui causait la déclaration de ceux qu'il appelait indifféremment *ses enfants*.

— Que dites-vous?

— Je dis.... je dis.... que.... si c'est comme cela, nous vous marierons.... Vous êtes jeunes, corbleu! Quand tu seras chef d'escadron.... Nous avons du temps devant nous.... Et il faut que je puisse, moi aussi, mettre de côté la dot de Juliette.

— La dot de Juliette! dit Horace.

— Silence, je me comprends.... Toi, occupe-toi de gagner ton épaulette *à graines d'épinards*, comme on disait dans le temps.

Deux heures plus tard, après des adieux pénibles, l'officier d'état-major roulait sur la route de Lyon dans une des traditionnelles diligences de la compagnie Laffite et Gaillard.

Les deux jeunes gens étaient sous une riante tonnelle. (Page 15.)

IV

LA VOLONTÉ DE Mlle REINE DE MERCOEUR.

Le colonel Lamy l'avait dit, en serrant une dernière fois la main à Horace :

« Diable ! tu n'es pas le plus à plaindre, mon garçon. Que dirai-je donc, moi ! Te voilà parti, en me laissant une éplorée à consoler. »

Il se rappela ses paroles, il devint d'une telle tendresse pour sa fille, que celle-ci, comprenant que ses tristesses affligeaient sérieusement son père, finit par prendre sur elle d'attendre patiemment le moment où se réaliserait le bonheur dont elle était certaine de jouir un jour.

Parfois, elle pensait bien qu'Horace pouvait être tué, comme son malheureux père; mais l'officier écrivait si souvent, qu'une lettre de lui arrivait soudain et dissipait toutes les craintes de la belle enfant.

M. Lamy avait également dit qu'il lui fallait le temps d'économiser la dot de sa fille.

Il se comprenait en disant cela.

En effet, aussitôt Horace parti, il obtint un emploi assez lucratif au ministère de la guerre, ce qui prouve que M. Lamy n'avait rien avancé qu'il ne pût faire.

Horace, qui, si amoureux qu'il fût, n'oubliait rien des devoirs de sa périlleuse profession, resta quatre ans en Afrique sans recevoir une seule égratignure, sans se ressentir un seul jour de l'influence perfide du climat et des privations de l'état de campagne.

Cependant, l'officier avait assisté à toutes les affaires qui avaient ensanglanté la province d'Oran, où il était, et s'y était conduit avec une si grande bravoure qu'après un séjour de deux ans en présence de l'ennemi, il avait été nommé capitaine et décoré fort peu de temps après, pour une action d'éclat, mise à l'ordre du jour de l'armée.

En 1845 seulement, Horace rentra d'Afrique; il avait trente ans, Juliette en avait vingt.

Depuis deux mois il était à Fontainebleau au jour où commence cette histoire.

On savait d'une façon positive, au régiment, qu'il passerait chef d'escadron avant peu et serait sans doute rappelé à Paris.

Cette nomination et quelques milliers de francs que le colonel, avec un entêtement comique, voulait ajouter à la dot de sa fille, retardaient seuls le mariage projeté.

Telle était la courte et peu dramatique histoire du capitaine Vigneul. Ce dernier avait bien, comme tant d'autres, son petit roman, sa grande passion; roman naïf et simple s'il en fut, vers le dénoûment duquel il marchait fort bourgeoisement, comme vers un but connu depuis longtemps et qu'il était certain d'atteindre.

Projeter ici-bas, bon Dieu! en avons-nous le droit? Est-ce que tous les jours les évènements les plus futiles ne viennent pas détruire nos plus savantes et nos plus sûres combinaisons, en nous démontrant que nous ne pouvons même pas disposer du lendemain?

Horace comptait sans la chasse des princes, sans l'emportement du cheval de Reine, sans cette dernière qu'il n'avait jamais vue et dont il n'avait pas davantage entendu parler.

Quoi qu'il en fût, la vie tout entière d'Horace (une vie honorable et dont plus d'un eût été fier du reste) était connue au régiment. Tout le monde, à quelques détails près, savait ce que nous venons de dire. On s'attendait à voir avant peu le capitaine compter dans la catégorie des officiers mariés, en passant commandant.

L'émissaire envoyé par Reine à Fontainebleau n'éprouva donc aucune difficulté à se renseigner sur la position de l'officier. Sa mission remplie, il revint à Dammarie-les-Lis, où Mᶩˡᵉ de Mercœur l'attendait avec une si vive impatience, qu'il était facile de supposer que, dans son anxieuse curiosité à l'endroit du capitaine, il y avait déjà quelque chose comme de l'amour.

Reine fut d'abord comme atterrée par les révélations de son envoyé.

C'était une ombrageuse créature. Douée d'une nature impressionnable, ardente, mais peu sensible, elle avait un caractère terrible et implacable, qu'un immense orgueil et un suprême égoïsme avaient tourné vers le mal.

Susceptible d'éprouver un caprice aussi violent que d'autres ressentent des passions, elle était, aussi bien en amour qu'en amitié, incapable d'éprouver un de ces attachements sérieux et durables qui vont jusqu'au dévouement exalté.

N'aimant qu'elle, elle se froissait facilement pour rien, et ne pardonnait jamais à celui qui avait fait une plaie à son amour-propre.

Vindicative, arrogante, elle n'avait de la femme que la grâce et la beauté.

Élevée par un père sceptique jusqu'au cynisme, elle était foncièrement peu scrupuleuse sur le choix des moyens.

« Vouloir, c'est pouvoir, » disait-elle.

Reine avait plus d'une raison d'être furieuse du mariage arrêté entre Horace et Juliette.

Qu'on se rassure, son amour était la moins bonne, surtout la moins éloquente de ces raisons à ses yeux.

Elle connaissait Juliette depuis longtemps, et Mlle Lamy, qui ignorait complètement cette dangereuse inimitié, était son ennemie mortelle. Nous dirons bientôt pourquoi et comment.

Un mariage du capitaine avec toute autre femme que Juliette, eût peut-être trouvé Reine indifférente. Elle eût sans doute oublié Vigneul.

La nouvelle du prochain mariage de Juliette lui produisit l'effet d'un coup de foudre. Elle en resta anéantie.

Reine était d'une nature vigoureusement trempée, qui ne devait pas rester longtemps affaissée dans un état de prostration, quels qu'en fussent les motifs. Elle se releva bientôt avec une sorte de rage, l'énergie de la haine. Elle s'écria :

« Ah ! nous verrons bien si M. Vigneul épouse cette petite mijaurée de Juliette ! »

Reine ne se demandait pas encore comment elle pourrait empêcher le mariage de son ennemie, mais une résolution implacable se lisait sur sa menaçante physionomie. Son émotion était si grande qu'elle tremblait légèrement.

Jalouse du bonheur de Juliette, elle avait soudain senti grandir son amour pour l'officier; ou plutôt, s'illusionnant sur cet amour, elle s'en exagérait la portée en n'écoutant que sa haine.

En ce moment, Mlle de Mercœur ne prenait conseil que du génie du mal, qui lui suggérait la pensée d'une mauvaise action, d'une lâcheté. Avec des caractères comme le sien, une mauvaise action touche au crime.

Un fétu de paille à sauter.

Reine ne fit rien pour calmer son irritation, et se dirigea comme une tempête vers le cabinet de son père.

C'était après déjeuner. M. de Mercœur, dans un état complet de béatitude, digérait nonchalamment, en parcourant un journal conservateur, un déjeuner copieusement pris.

Le comte était à la fois gourmand, gourmet et gastronome.

Justice à lui rendre, ce n'étaient pas ses seuls défauts. Il en avait de beaucoup moins innocents.

Il se retourna tout d'une pièce en entendant la porte de son cabinet s'ouvrir avec autant de violence que si elle eût été poussée par un coup de vent.

Il vit sa fille tremblante, pourpre, l'œil en feu, l'air égaré ; une furie, en un mot.

Reine était la seule personne pour laquelle l'égoïste gentilhomme éprouvât une sérieuse affection, qui cependant ne sortait en rien des limites du possible. De plus, il craignait les colères de sa fille.

S'il cédait à tous ses caprices, autant que ses caprices ne compromettaient en rien sa fortune, c'était bien plus encore par égoïsme et pour avoir la paix que par un excès d'affection allant jusqu'à la faiblesse.

Au reste, jusqu'alors les caprices de l'enfant terrible n'avaient rien eu d'extravagant. Elle aimait l'exercice du cheval avec fureur, ce qui, chez la femme, ne dénote jamais un caractère souple et doux. C'était elle qui avait voulu passer six mois de l'année au moins à la campagne. Elle avait choisi Dammarie et son père y avait acheté une propriété.

En voyant Reine, le comte se leva.

Il supposa de suite que le feu était au château, ou que la rébellion soulevait la livrée qui supportait difficilement le joug de l'arrogante amazone.

— Mon père !... fut tout ce que put dire la jeune fille. La colère la suffoquait.

— Eh bien ? dit le comte.

— Tu ne sais pas ?...

— Non ; mais calme-toi si tu veux t'expliquer et que je sache...

— Eh bien ! M. Vigneul épouse Mlle Juliette Lamy.

Le comte ne connaissait pas Juliette. Cependant, le nom de Lamy le fit pâlir et froncer les sourcils,

— Que fait le père de cette jeune fille? demanda-t-il à Reine.

— C'est un ancien colonel, attaché aux affaires politiques arabes près le ministère de la guerre.

— C'est lui ! dit le comte de Mercœur.

— Vous le connaissez?

— De nom seulement.

Au ton de son père, à l'expression haineuse et sinistre qui avait envahi sa physionomie, Reine comprit que le comte connaissait mieux le colonel qu'il ne voulait l'avouer, et qu'il lui cachait un secret important.

Quoiqu'elle se promit bien de pénétrer ce mystère elle crut, pour l'instant, devoir respecter la réserve de son père, enchantée, du reste, que le nom seul de M. Lamy eût produit une mauvaise impression sur M. de Mercœur.

Elle allait trouver un vaillant auxiliaire dans le comte ; elle savait combien il était dangereux de l'avoir pour ennemi.

Disons de suite, sans préjudice d'autres renseignements que nous donnerons plus tard, que M. de Mercœur, le grand seigneur hautain et prodigue, était un de ces fourbes hardis et habiles, qui ne s'arrêtent jamais au choix des moyens pour perdre un honnête homme.

— Eh bien! mon père, reprit Reine sur le ton d'une résolution bien arrêtée, il faut empêcher le mariage de M. de Vigneul et de Mlle Lamy.

— Comment veux-tu que j'empêche ce mariage? dit le comte qui se réjouissait d'avance à l'idée de faire du mal à un homme contre lequel il nourrissait une vieille haine, et qu'il avait un instant perdu de vue.

— Ecoutez, mon père, dit Reine.

— Parle.

— Je suis sûre que M. Lamy, pour une raison que je ne vous demande pas, est votre ennemi?

— Dame!...

— Je vous le répète, je ne vous demande pas vos secrets, reprit Reine; mais sachez que M. Vigneul est un parti très-avantageux.

— Comme tu prends feu pour lui! observa le comte.

— Ce n'est pas de cela qu'il s'agit, répondit l'impérieuse jeune fille.

— Mais M. de Broussay aussi est un parti très-avantageux, fit observer M. de Mercœur.

— Qu'importe à l'affaire?

— Comment, qu'importe! n'ai-je pas formellement agréé la demande qu'il m'a faite de ta main?

— Sans doute.

— N'as-tu pas toi-même consenti?...

— Assez, mon père; de grâce, assez! Croyez-vous que je veuille marcher en rien sur les brisées de Juliette? que je considère comme un sort digne d'envie celui d'épouser M. Vigneul, tout joli garçon, capitaine et décoré qu'il soit? Fi donc! si je donnais dans l'uniforme, je voudrais au moins épouser un colonel.

— Il serait vieux: depuis la paix, ils le sont tous, dit le comte en souriant.

— Que m'importerait! Mais ne plaisantons pas: la chose est sérieuse, répondit l'amazone.

— Allons! parle; je t'écoute.

V

DEUX COMPÈRES

Interrompons un instant le cours de notre récit, afin de donner quelques détails sur le comte de Mercœur et sur sa fille, et dire les motifs de la haine que Reine avait vouée à Juliette. Une haine qui datait de loin, du pensionnat. Une de ces haines aussi tenaces que ces fortes affections contractées par l'enfance sur les bancs du collège, qui se développent avec l'âge et ne finissent qu'à la mort de ceux qui les ressentent.

Avant 1826, le passé de M. de Mercœur était quelque chose de sombre et de ténébreux, d'où plus tard jaillira pour nous la lumière; la sinistre lueur d'un incendie éclairant de ses fauves reflets la vie de ce misérable. Dans le monde financier, pas plus que dans le monde diplomatique, religieux et aristocratique, on avait jamais entendu parler d'un certain comte de Mercœur.

Si on en connaissait un, ce n'était pas celui dont nous nous occupons, ni même un de ses parents.

Le nôtre n'était connu ni sur le turf, ni au Jockey-Club, ni en aucun autre lieu.

Tout à coup, on vit comme surgir de terre, et dans un des plus beaux hôtels de la Chaussée-d'Antin, un jeune comte de Mercœur, beau, bien fait, assez spirituel, et paraissant fort riche, s'il fallait en juger à sa prodigalité et au luxe avec lequel il montait sa maison.

Le monde parisien est très hospitalier pour tous les gens riches; se laissant prendre facilement au brillant des dehors, malgré le proverbe : *Tout ce qui brille n'est pas or*, il ne soupçonne guère l'aventurier quand il le voit passer trônant dans une voiture à la dernière mode, emporté par un magnifique et fougueux attelage, et il ne pousse jamais l'oubli des convenances jusqu'à demander ses parchemins au nouveau débarqué.

En ce sens, son hospitalité est véritablement écossaise. Si le crime hardi, cupide, cruel, terrible, sanglant, est la plaie de Londres, le chevalier d'industrie est essentiellement Parisien. Que de gens qu'on suppose des gandins, qui, sans fortune, sans famille — la leur rougirait d'eux, sans position avouée ni avouable, n'ont pour toute occupation que de mener, on ne sait grâce à quels moyens, une existence souvent luxueuse, toujours confortable !

A la vérité, tout à coup il en est qu'on ne reconntre plus sur le boulevard, au bois, au théâtre ou au cercle.

Que sont-ils devenus?

Traversez Paris, gagnez la Cité, montez les degrés du Palais de Justice, vous les retrouverez sur les bancs de la cour d'assises ou de la police correctionnelle, car c'est véritablement là que doivent les conduire leur paresse, leur orgueil et le reste...

Cependant le nouveau venu ne semblait pas appartenir à la catégorie des gens dont nous venons de parler. Sans doute qu'il était plus adroit et plus audacieux que le commun de ses semblables.

Toujours est-il qu'il était ambitieux et n'était pas homme à se contenter d'une existence au jour le jour, dépendant des éventualités.

Il alla au-devant des renseignements qu'on eût pu lui demander et sembla prendre à tâche de mettre sa vie au grand jour.

Bientôt il fut de notoriété publique que le jeune comte était le fils d'un émigré qui, en 1793, avant sa naissance à lui, était passé en Amérique avec sa famille.

Singulière façon d'agir : un émigré qui fuyait la république en France, et choisissait, pour s'expatrier, un pays administré par un gouvernement républicain !

Personne ne fit cette réflexion ; on se souvint seulement qu'en effet, en 1793, il existait un certain de Mercœur qui, dans ces jours de troubles, avait disparu, sans qu'on pût savoir depuis ce qu'il était devenu. On avait même longtemps supposé qu'embarqué sous un faux nom, il avait péri dans un naufrage, en faisant la traversée de Bordeaux à Lisbonne.

Il n'en était rien, ainsi que l'attestaient certains papiers possédés par le jeune comte.

L'émigré, continuait la chronique, n'avait pas craint de déroger aux habitudes traditionnelles de sa noble race; il fallait vivre aux États-Unis, il avait peu d'argent, il se fit planteur, sur un terrain presque vierge, où chaque jour il fallait disputer aux Indiens sa vie et son bien. Cependant, à force d'énergie, d'activité, de courage et de patience, le planteur avait fait une belle fortune, et, après sa mort et celle de sa femme, leur fils unique, riche comme un nabab, subitement pris du mal du pays, venait à Paris pour y jouir de la vie et de ses revenus.

Cette fable, si vraisemblable qu'elle fût, n'était point vraie : on y crut pourtant; M. de Mercœur n'en demandait pas davantage.

Il avait de l'or, il se mit à courir le monde et en quête d'une femme. Il comprenait qu'en affaires, et afin de faire rapidement fortune, un garçon n'est pas un homme sérieux et posé.

La première spéculation importante que fit M. de Mercœur, à Paris, fut son mariage. L'acte était grave, il mit tous ses soins à chercher l'épouse qui pût lui convenir.

Une jolie femme est nécessaire à un financier qui veut être bien avec les ministres, les capitalistes et le reste; mais faut-il encore qu'elle soit riche, constituée pour avoir des enfants, tout en se mariant sous le régime dotal. De plus, le comte voulait que la sienne fût spirituelle, coquette, légère, mais surtout qu'elle professât un profond mépris pour les affaires.

Elle eût été hypocrite, astucieuse, égoïste et sans noblesse ni dignité de caractère, que le comte l'eût trouvée parfaite.

Quant à l'amour, il se souciait fort peu d'aimer sa compagne et d'être aimé d'elle.

« Les mariages d'amour, disait-il, ne valent pas le diable ! il n'y a rien de tel pour bien commencer, mal finir, fondre une fortune et vous faire fourrer à Clichy. »

Nous ne voulons pas prétendre qu'à vingt-sept ans M. de Mercœur fût complètement brouillé avec Cupidon, non pas; mais il était de ces maris qui, en prenant femme, préméditent avant le mariage toutes les infidélités qu'ils feront à la leur.

Les mauvaises natures se rencontrent souvent, finissent par s'entendre et s'unir. Un hasard fit que le comte trouva promptement ce qu'il cherchait. En 1826, il se mariait et fondait une maison de banque s'occupant spécialement d'assurances maritimes. En 1827, il devenait père de Mlle Reine, et en 1828 il perdait sa femme.

Il restait tuteur de sa fille, c'est-à-dire administrateur de sa fortune. Comme un père hérite de son enfant, M. de Mercœur pensa bien que ce serait un grand bonheur pour lui que Reine vînt à mourir ; cependant il ne fit rien pour se débarrasser d'elle.

Le comte n'était pas assez courageux pour commettre un grand crime; en outre, à cette époque, il était plus riche que sa fille de beaucoup. Enfin, chose étrange, cet homme, qui n'avait jamais rien aimé, aimait Reine.

Pendant vingt ans, M. de Mercœur fit la banque et vécut de la joyeuse vie de garçon. En 1846, il avait encore sa maison et n'avait rien changé à sa manière de vivre.

Adroit et rusé, même audacieux et entendant les affaires à ses heures, il s'était fait une réputation d'habileté et avait attaché son nom à plusieurs affaires fructueuses et loyalement menées; de sorte que la place de Paris lui accordait une certaine confiance, sans réfléchir à quelques spéculations ruineuses faites par le banquier; c'est-à-dire que celui-ci avait mis le nom d'un tiers en jeu dans ses spéculations.

Quoi qu'il en fût, en 1846, à l'insu de tous, soit par les affaires, les femmes ou le luxe, le comte était complètement ruiné. Cependant, il avait eu la délicatesse de ne pas toucher à la fortune de sa fille : douze cent mille francs environ.

Ce qui explique comment M. de Mercœur ne s'était pas pressé de marier sa fille, quoiqu'elle eût été souvent demandée en mariage.

Reine, ignorante de ses affaires, ne savait rien de la ruine de son père et ne supposait pas que ce dernier fût à sa charge.

Cependant le comte, craignant que sa fille ne songeât un jour à se marier, avait, depuis deux mois, trouvé un gendre. L'union qu'il se proposait ne devait pas faire sortir un centime de sa caisse; au contraire, c'était pour lui une bonne et heureuse spéculation, qui pouvait lui fournir une occasion de se relever, ce dont il ne désespérait pas, la chose lui étant arrivée plusieurs fois déjà.

Parmi ses compagnons de plaisir, le financier en estimait un tout particulièrement, non pas de cette estime que les honnêtes gens professent pour leurs semblables, mais de cette estime mêlée de crainte et de respect que les coquins pusillanimes professent pour de plus habiles qu'eux.

Cet homme s'appelait le marquis Luc Péon de Courville.

Celui-ci était bien noble, ma foi ! Quoique ayant soixante ans, doué sans doute d'une constitution très-robuste, il avait conservé toutes les apparences d'un homme de cinquante, malgré une existence fort orageuse et une vie d'excès.

Rien de plus trompeur que l'aspect de cet homme.

Il avait la figure franche, honnête, expressive et finement spirituelle, des manières affables, la tournure distinguée, sa conversation était attachante, sa voix sympathique. La seconde fois qu'on le rencontrait, on allait à lui la main ouverte et on l'appelait sincèrement « son ami ».

De taille moyenne, mais bien prise, le marquis, sans prétentions ridicules, s'habillait plutôt avec un goût exquis que suivant la mode.

On le rencontrait partout, aussi bien dans un salon aristocratique du noble et antique faubourg que dans le boudoir d'une *lionne* de l'époque.

Les lionnes de 1846 ont fait depuis un joli saut : on les appelle des cocottes aujourd'hui; encore un des côtés de la société où le progrès ne s'est pas fait sentir en bien.

On trouvait le marquis tout aussi bien dans les coulisses de la Bourse que dans celles de l'Opéra, au Jockey-Club que dans un tripot.

Il n'avait pas de préjugés.

Les uns le disaient ruiné, d'autres prétendaient qu'il était plus riche que jamais. Son ami, M. de Mercœur, savait seul l'état de ses affaires ; ceux qui ne croyaient pas à sa fortune avaient raison.

Rendons hommage à la vérité.

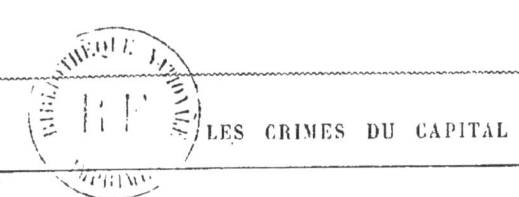

L'officier avait assisté à toutes les a. ai es. (Page 13.)

On savait cependant qu'autrefois, à peu près à l'époque où M. de Mercœur avait fait son apparition à Paris, le marquis avait jeté avec éclat le feu de sa jeunesse. Alors, on avait beaucoup parlé de ses bonnes fortunes, de ses duels, de ses gains ou de ses pertes au jeu; puis, sans se marier — M. de Courville était célibataire, — l'astre du jour, se voilant en apparence, vers 1810, avait rompu avec toutes ses habitudes, s'était lancé dans la diplomatie, mais sans jamais accepter aucune charge; il avait même été député. Depuis, on n'avait plus parlé que de ses chevaux et de ses voitures, qu'il avait toujours magnifiquement entretenus.

A tort ou à raison, on le croyait influent et on le craignait, tout en affirmant qu'il était inoffensif.

Tout bas, l'on se disait à l'oreille qu'il s'amusait beaucoup et était le chef mystérieux de la police politique, tant à l'intérieur qu'à l'étranger.

En 1844, un fait était venu plaider en faveur de cette influence occulte, qu'on attribuait peut-être un peu bénévolement au marquis.

Ce dernier n'avait alors pour tout parent qu'un neveu, M. Achille, comte de Broussay. Ce grand garçon n'était ni bien ni mal, mais n'était rien moins qu'un aigle. Bien aveugle ou bien porté de bonne volonté celui qui eût prévu et annoncé les hautes destinées de ce jeune homme, en examinant attentivement son front étroit et déprimé, son œil atone et son sourire niais. Quand à de l'entêtement et de la persévérance, M. de Broussay était bien susceptible d'en avoir, comme tous les gens qui ont les cheveux planté bas sur le front et les sourcils trop épais et fort rapprochés.

A la vérité, le vicomte avait tout ce qu'il faut pour faire un diplomate : il était riche, se présentait aussi droit et aussi raide qu'une pique, parlait peu, comme feu M. de Talleyrand, mais d'un ton sentencieux et en s'écoutant parler. De plus, il cherchait à se marier, rien que pour qu'on l'accusât d'avoir fait un beau mariage.

Tout cela était très profond sans doute ; jusqu'alors, le vicomte n'avait encore rien fait que s'ennuyer.

Tout à coup, on apprit qu'il venait d'être nommé secrétaire d'ambassade près d'une des premières cours d'Europe.

L'émoi fut grand.

Cette faveur qu'il n'avait pas demandé, beaucoup d'autres, et parmi eux des gens très influents, l'avaient sollicité pour eux ou pour des protégés.

Cette fois, on ne pouvait en douter, la protection toute puissante de M. de Courville était évidente : il aimait beaucoup son neveu et était son tuteur. Il s'était occupé pour lui, rien de plus juste et de plus naturel

On alla même jusqu'à dire que le neveu allait faire de la police politique à la cour de..., absolument comme son oncle en faisait à Paris et ailleurs.

Nous pouvons affirmer que le pauvre garçon était bien trop innocent pour cela.

Toujours est-il que, sans rien dire des moyens employés par M. de Courville, nous constatons que c'était, en effet, bien à lui que son neveu devait son emploi.

Quelques jours s'étaient à peine écoulés depuis cette mystérieuse nomination, que M. de Courville, qui, en rendant à son neveu le service de lui procurer une position, avait déjà des vues peu désintéressées sur lui, dit presque confidentiellement à ce dernier :

—Achille, je vous aime beaucoup et rien ne me tient plus au cœur que votre avenir et votre bonheur ; que diable ! aussi, vous êtes l'enfant de ma sœur, et je l'aimais beaucoup, cette bonne Estelle. Quel malheur pour vous et quel chagrin pour moi qu'elle soit morte si jeune !

Cette phrase, dite d'un ton de bonhomie émue, produisit son effet. Le neveu se confondit en protestations et appella sincèrement, et les larmes aux yeux, son oncle son *second père*.

— Déjà, reprit le marquis ravi de l'effet de son exorde, je vous ai donné bien des preuves de mon affection....

— Il y a quelques jours encore en me faisant nommer.... dit le neveu dont la reconnaissance envahissait le cœur, et en interrompant le marquis.

Celui-ci l'arrêta court.

— Ce n'est rien, cela, dit-il; c'était simplement nécessaire avant de songer à vous établir. Je me prépare à vous donner une preuve bien autrement importante de mon amitié.

— Vraiment, mon oncle, je suis confus....

— Avez-vous déjà songé à vous marier? dit brusquement M. de Courville.

— C'est mon plus vif désir.

— Et avez-vous quelque projet à ce sujet?

— Non, mon oncle.

— Ah! je croyais... Mais tenez, mon neveu, franchement, je crois que vous me trompez.

— Je vous assure, mon oncle....

— Ah! c'est que j'y vois clair, moi!

— Expliquez-vous, mon oncle, répondit Achille qui était complètement innocent de ce dont l'accusait le marquis, qui, mieux que personne, savait à quoi s'en tenir sur la prétendue discrétion du secrétaire d'ambassade.

— Au reste, je comprends cela, reprit M. de Courville: la demoiselle est riche, c'est un joli parti sous tous les rapports : beauté, jeunesse, grâce, esprit, fortune, tout y est au grand complet. Il ne sera donc pas facile d'obtenir sa main; il est certain que le père est un crésus très-retors. Vous vous dites tout cela, vous vous représentez toutes ces difficultés, et doutant du succès, vous n'osez m'avouer votre amour. Je comprends cela, je comprends cela.

Le naïf Achille tombait des nues.

— Mais je vous jure, mon oncle, que je n'aime aucune jeune fille.

Le malheureux, qui était littéralement sur les épines, disait vrai.

— Allons donc! reprit le marquis, j'y vois clair, vous dis-je. Mais courage, que diantre! il ne faut pas désespérer ainsi. Ce que vous ne pouvez faire et ce que vous ne ferez pas, moi je le ferai. Que diable! les oncles ne doivent-ils pas servir à quelque chose?

Achille voulut protester.

Tout à coup, M. de Courville le regarda fixement, feignant de vouloir lire dans sa pensée, et dit:

— Voyons, voudriez-vous me faire croire que vous n'aimez pas Mlle de Mercœur? Quand vous êtes auprès d'elle, votre amour saute aux yeux.

— Mon oncle, je vous affirme....

— Que dites-vous?

Achille, quoiqu'il n'aimât pas Mlle de Mercœur, qu'il n'eût jamais songé à l'épouser, était enchanté que son oncle lui eût trouvé une femme comme Reine.

Se rappelant que M. de Courville avait dit: « Ce que tu ne pourras faire, moi je le ferai, » il reprit:

— Enfin, mon oncle puisque vous le voulez...

— Dites-donc que vous le voulez encore plus fortement que moi.

— Il est certain que Reine est bien jolie.

— Et des qualités !...

— Et riche, fit le jeune et naïf secrétaire.

— Et puis tout le reste....

— Mais quelles difficultés !

En disant cela, Achille s'oublia jusqu'à pousser un soupir.

— Je me charge de les lever, dit le marquis, et de faire de vous le plus heureux mortel de la création. Sauvez-vous, j'ai à sortir.

Ce fut bien juste si Achille ne prit pas le temps de se jeter aux genoux de son oncle pour le remercier.

. . . .

Deux heures plus tard, le marquis pénétrait dans le cabinet du comte de Mercœur.

— Eh bien ! mon cher, lui dit-il en lui serrant familièrement la main, victoire complète, victoire sur toute la ligne.

— Déjà ?

— Oh ! je suis prompt en affaires, dit le marquis.

— Votre neveu aimait peut-être ma fille....

— Non, point du tout.

— Mais alors ?

— Maintenant, il l'aime comme un fou, et je vous demande officiellement la main de Reine pour lui.

— Mais Reine.... fit observer le comte.

— Où en êtes-vous avec elle ?

— Pas si avancé que vous avec votre neveu.

— Diantre !

— Cependant, il ne faut pas désespérer.

— Je vois où vous voulez en venir, dit le marquis.

— Ah !

— Reine a consenti.

— Non.

— Laissez-moi dire. Reine a consenti, mais avant de vous engager en rien, vous voulez poser vos conditions. Est-ce cela ? demanda le marquis au banquier.

— Un peu, répondit ce dernier.

— Parlez donc franchement.

— Mon désir n'est-il pas juste ? demanda M. de Mercœur.

— Parfaitement ; voyons vos conditions.

— Elles sont douces.

— Qu'importe ! J'ai aussi les miennes à faire, dit le marquis de Courville.

— Eh bien ! dit M. de Mercœur, Reine a douze cents mille francs de dot, M. de Broussay a près d'un d'un million et demi de fortune, dont cinq cent mille francs en propriété. Je lui donne ma fille en mariage à condition qu'il laissera leur fortune entre mes mains, soit deux millions sept cent mille francs.

— Mais ses propriétés ?

— Il les vendra, c'est votre affaire ; un secrétaire d'ambassade, résidant à l'étranger, n'a que faire de propriétés en France. S'il revient à Paris et qu'il ait des idées de villégiature, n'ai-je pas ma propriété de Dammarie-les-Lys, qui est charmante ?

— Bien, voici qui est décidé. Continuez, dit M. de Courville.

— Quant à nos comptes, reprit de Mercœur, je vous remets toutes vos lettres de change, de sorte que nous serons quittes, et sans doute bons amis, j'espère.

Le comte, en achevant sa phrase, regarda M. de Courville, comme pour juger de l'effet que ses conclusions avaient produit sur lui.

— Vous avez fini ? dit froidement le marquis.

— Oui.

— Eh bien ! permettez-moi de vous demander ce que vous comptez faire des deux millions sept cent mille francs que nous venons de dire, joints aux six cent mille francs que vous possédez encore et aux quatre ou cinq millions de papier que vous pouvez écouler sans ruiner votre crédit ? dit le marquis, qui, à son tour, attendit sournoisement la réponse de son compère.

— Tiens ! je ne savais pas que vous connaissiez si bien le chiffre de ma fortune, dit M. de Mercœur avec un visible embarras.

— Vous ne répondez pas à ma question.

— Eh bien ! je me servirai de cet argent pour essayer de me relever. Si je réussis, plus tard, je vous...

— Vous m'aiderez à me relever à mon tour : mais plus tard, quand je serai fatigué, de me rouler dans la fange et dans la misère, que mon nom aura été conspué, que je ne serai plus un homme, en un mot.

— Je vous payerai une rente, s'empressa de dire M. de Mercœur, effrayé de l'animation du marquis.

— Et si vous ne vous relevez pas ?

— Oh ! il faut espérer que...

— Mon cher, vous jouez en grande partie sur un crédit ; le crédit et la faveur publique sont des choses sur lesquelles il ne faut jamais compter. Je reviens donc à ma supposition : et si vous ne vous relevez pas, alors vous ne pourrez jamais me tendre la main et ma rente sera perdue !

À quoi cela m'aurait-il servi de ne pas manger la fortune de mon pupille ? À la garder, afin que vous l'engouffriez en quelques mois dans l'abîme des spéculations, en compagnie de la dot de votre fille ?

— Vous êtes sévère, marquis.

— C'est vous qui êtes aveugle ; sinon, vous penseriez et parleriez comme moi.

— Autant me dire que le mariage dont nous nous occupons est impossible, reprit M. de Mercœur en feignant de se résigner : alors, n'en parlons plus. Vous restez à me devoir sept cent mille francs.

— Le mariage est possible, répondit le marquis, sans quoi je ne m'en serais pas occupé.

— Je fais bien tout ce que je peux pour en amener la conclusion.

— Oui, j'en conviens, mais dans un mauvais sens.

— Que voulez-vous dire? demanda le banquier.

— J'ai aussi des idées, parfois, répondit M. de Courville.

— Je n'en doute pas.

— Laissez-moi donc poser mes conditions; j'ai écouté les vôtres, dit le marquis.

— Voyons-les?

— D'abord, nous nous associons.

— Comment, vous, marquis, vous voudriez faire la banque, le commerce de l'argent? se récria M. de Mercœur.

— Le commerce de l'argent, oui; la banque, non : il faut trop de capitaux et je ne veux pas user de votre crédit, fit M. de Courville.

— Je ne vous comprends pas.

— Je veux que nous fassions l'usure.

Le marquis accentua fortement sur le dernier mot, qui tomba comme un coup de massue sur la pensée du comte.

— L'usure! s'écria ce dernier d'abord abasourdi.

— Oui, l'usure; elle seule, bien entendue, peut doubler un capital en une année.

— Le plus vil des métiers !

— Le plus sûr et le plus lucratif. En faisant l'usure, nous sommes certains de réussir, sans ruiner votre crédit, fit le marquis. Nous servant seulement de nos deux millions sept cent mille francs, nous les remboursons la première année; et, cinq ans plus tard, nous sommes dix fois millionnaires. Je connais un usurier très-retors qui, en prêtant à la semaine et à cinq pour cent, se fait deux mille huit cent quatre-vingts francs de rente avec un capital de douze cents francs.

— C'est vrai, fit M. de Mercœur.

— Et vos préjugés? demanda le marquis.

— J'en suis affranchi, fit en riant le père de Reine.

— Et puis, croyez-moi, comte, dit M. de Courville, l'usure n'est jamais que de la banque exagérée; et, j'en suis sûr, si nous fouillions bien tous deux dans notre vie, nous trouverions bien quelque action plus noire que celle que nous allons faire.

— Oh! laissons dormir le passé, dit le comte.

— Je vous fais peur? persifla M. de Courville.

— Et à vous?

— Moi, j'en ris, dit le marquis.

Nos deux compères avaient fini par s'entendre; ils se quittèrent.

Quoique nous n'ayons dit de ces deux hommes et de leur passé que ce qui était absolument nécessaire momentanément pour l'intelligence des faits qui vont suivre, le lecteur peut juger ce dont ils étaient capables.

Revenons à la haine que nourrissait depuis longtemps Reine contre Juliette; du même coup nous compléterons la simple histoire de cette dernière.

VI

AU PENSIONNAT.

Un hasard qui avait voulu que M. Lamy et M. de Mercœur — à une époque où celui-ci portait un tout autre nom — se connussent dans des circonstances terribles, voulut aussi que leurs filles, de 1832 ou 33 à 1841, se trouvassent dans la même pension.

D'après ce que nous n'avons fait qu'entrevoir, le banquier n'avait conservé aucun bon souvenir de sa connaissance avec l'officier. Quant à celui-ci, qui connaissait mal *son homme*, quoique n'ayant jamais éprouvé que de l'antipathie pour lui, il ne lui avait gardé ni haine ni rancune.

Il l'avait oublié.

La fatalité, en remettant les enfants de ces deux hommes en présence, en leur fournissant l'occasion de se haïr, voulait-elle indiquer que tout n'était pas terminé entre l'homme d'argent et l'homme d'épée?

Mystère! abîme insondable!...

Le pensionnat où devaient se retrouver les deux jeunes filles était à Neuilly, dans un endroit charmant. C'était une pension bien tenue sous tous les rapports, comme l'avaient voulu le banquier opulent et l'officier, ne pouvant veiller sur l'instruction d'une fille unique qu'il chérissait.

Quand elles entrèrent dans ce pensionnat, où elles devaient partager la joyeuse et riante captivité de cinquante compagnes, Reine et Juliette, à quelques mois près, avaient le même âge : sept ans toutes deux.

L'une avait été élevée sous les yeux de son père, qui avait été enchanté de pouvoir se séparer d'elle quand elle eut atteint sa septième année. L'enfant le gênait pour ses amoureuses équipées.

Reine avait grandi en faisant du matin au soir ses seules volontés, sans que la moindre notion de morale élémentaire fût donnée en aliment à son imagination déjà vive, quoique enfantine.

A cet âge, elle avait des dispositions à devenir la jeune fille que l'on sait : orgueilleuse, égoïste, susceptible et vindicative.

Juliette avait été confiée par son père à une bonne tante, qui s'était appliquée à faire de l'enfant un de ces petits êtres qui nous donnent une idée exacte des blonds séraphins.

Elle était bonne, douce, aimante, sensible et joyeuse. Que n'eût pas donné sa bonne tante pour faire elle-même l'instruction de sa nièce, et garder l'enfant auprès d'elle!

Cette idée n'avait pas été praticable. La digne dame savait à peine lire, et à sept ans, sa nièce eût pu lui donner des leçons. Cette tante restait à Neuilly, à deux pas du pensionnat.

Son amitié et sa sollicitude ne devaient point faire défaut à la fille de M. Lamy.

Quoiqu'elles fussent dans le même pensionnat et dans la même classe, il devait naturellement exister une grande différence de goûts, d'habitudes et de toilettes entre les deux élèves : l'une, fille d'un prince de la finance ; l'autre, enfant d'un simple chef de bataillon.

Cette différence était d'autant plus évidente, que Reine était la plus riche élève de la pension et Juliette une des plus pauvres. Celle-ci eût été mal douée, que la faute que le commandant avait commise, en plaçant son enfant dans une pension trop élégante pour son rang, eût pu avoir de mauvais résultats. Il n'en fut rien cependant.

La haine de Mlle de Mercœur commença par du mépris, qu'elle affectait pour toutes les élèves de la catégorie de Juliette, mais particulièrement pour cette dernière qui, plus jolie, plus intelligente que les autres, excitait davantage sa jalousie.

Reine affectait surtout, comme l'eût fait une grande dame, d'écraser ses compagnes pauvres de son luxe, ou plutôt de celui de son père.

Ce dernier venait la voir en voiture, et certes il y avait une différence entre lui et la bonne et franche paysanne qui venait voir Juliette. Cette bonne tante portait des bonnets à la villageoise, des robes d'indienne à grands ramages, un châle qu'on eût aperçu d'une lieue, qui faisaient rire à gorge déployée Mlle Reine et celles qu'elle avait su mettre de son parti.

Ce mépris de l'opulente jeune fille contre sa pauvre et humble compagne se changea bientôt en haine. Juliette était très studieuse, avait l'esprit pénétrant et tenait beaucoup à apprendre, afin que son père fût satisfait de ses progrès. Bientôt, elle fut l'élève la plus avancée de sa classe. Juste à dire que Reine venait immédiatement après Juliette, ce qui, en classe, faisait que les deux élèves se trouvaient voisines.

On sait le prestige que la fortune et la force exercent sur la jeunesse. La plupart des élèves, subissant en cela la loi de la triste humanité, s'étaient en quelque sorte déclarées pour Reine contre Juliette, afin de pouvoir jouer avec les jolies poupées de la fille du banquier et partager ses friandises.

Mais un jour un revirement se produisit dans la manière d'être des compagnes des deux jeunes filles.

Le banquier et la paysanne étaient venus voir leurs enfants le même jour. L'un avait apporté à sa fille une poupée s'habillant et se déshabillant et d'autres joujoux. L'autre n'avait laissé à sa chère nièce qu'un panier assez grand plein de beaux chasselas dorés et parfumés.

Les élèves furent bientôt réunies autour de Reine, — le banquier était venu le premier. On commença à habiller la poupée, à la changer de robe ; mais dans toutes ces petites têtes blondes et folles, dans tous ces petits doigts enfiévrés par l'impatience, songeait-on à prendre des précautions ?

Toutes voulaient jouer à la poupée à la fois : l'une voulait la déshabiller, pendant qu'une autre essayait de lui passer une robe. Si l'une voulait qu'on lui mît un chapeau une voisine s'empressait de la coiffer en mariée.

De ce défaut d'entendement il résulta que la poupée fut fort maltraitée, que ses toilettes furent froissées.

Cette bonne tante portait des bonnets à la villageoise. (Page 32.)

Reine se mit en fureur et reprocha à ses compagnes leur défaut d'attention avec tant de hauteur et de grossièreté, qu'elles s'éloignèrent toutes très froissées.

En ce moment, Juliette revenait de voir sa tante au parloir en tenant son panier d'une main et une belle galette de l'autre.

— Ah! les beaux raisins, l'appétissante galette! s'écrièrent plusieurs élèves que les manières hautaines et emportées de Reine avaient un peu froissées.

Juliette avait très bon cœur : elle partagea tant et si bien ses raisins et sa galette, qu'elle n'en garda pas pour elle.

L'enfance observe plus qu'on ne pense; rien ne lui échappe. Le soir, les élèves se disaient entre elles :

— Quelle différence entre Reine et Juliette! L'une reçoit une poupée, nous invite à jouer avec elle, se fâche et nous insulte pour quelques malheureux rubans froissés ou chiffonnés. Juliette reçoit un panier de provisions, et elle s'oublie si bien en nous les distribuant bien gentiment, qu'elle n'en garde pas pour elle. Décidément, Juliette est meilleure que Reine.

— Puis, disait une autre, Juliette est bonne enfant : elle fait toujours tout ce qu'on veut, tandis qu'avec Reine il faut toujours que nous cédions à ses caprices.

Ces paroles expliquent parfaitement le revirement d'opinion, qui se produisit en faveur de Juliette au détriment de la popularité de la fille du banquier.

Celle-ci fut profondément blessée par cet échec, et sa haine pour sa compagne s'accusa mieux.

Ceci se passait dans la catégorie des *petites*; plus tard des faits plus graves devaient encore exciter les mauvais sentiments de Reine. Nous n'avons pas la prétention d'entrer dans tous les détails de cette inimitié qui grandissait tous les jours; nous ne citerons que deux faits qui mirent le comble à la haine de Reine.

Les deux enfants avaient atteint leur douzième année et fait leur première communion. Elles étaient enfin dans une section de la catégorie des grandes.

Un jour, une des plus mauvaises élèves de leur classe commit une faute si grave, que l'autorité dut sévir. La coupable n'était connue que de ses compagnes de classe; la supérieure et les institutrices cherchaient en vain à la connaître; mais il était évident, à leurs yeux, que seules elles ne savaient pas le mot du mystère.

La supérieure prit une mesure générale, sans doute pour faire un exemple : elle mit toutes les élèves de la classe de la délinquante à la retenue. Ces élèves ne devaient point sortir jusqu'à ce qu'elles eussent fait connaître la coupable.

Cette mesure sévère était mauvaise, puisqu'elle provoquait une délation, une lâcheté.

Les élèves, si rigoureuse que fût la retenue, convinrent de ne pas dénoncer la coupable, afin qu'elle ne fût pas honteusement chassée du pensionnat, et se résignèrent à subir la punition collective qui, cependant, les empêchait de voir leurs parents soit au parloir, soit au dehors.

Les choses durèrent huit jours ainsi. Les élèves punies commençaient à murmurer contre la sévérité de la supérieure, la rigueur de la punition, et aussi contre la malheureuse qui en était cause.

On se tenait à quatre pour ne point la dénoncer.

Un matin, on apprit que la punition générale était levée. La coupable était donc connue? Oui; mais chose étrange, il y avait deux coupables au lieu d'une.

La véritable, dénoncée par Reine; et Juliette, qui s'était généreusement accusée de la faute commise, afin de faire cesser la punition générale qui causait tant de chagrin à ses petites amies.

Si la véritable coupable se dénonce, s'était-elle dit, c'est une mauvaise élève peu aimée de ces dames, elle sera chassée. Si je prends sa faute pour mon compte, on me pardonnera en faveur de ma bonne conduite habituelle.

Dans cette grave affaire, tout le monde admira l'acte de dévouement de Juliette, et la délation de Reine fut flétrie d'un juste mépris. Quant à la mauvaise élève, elle dut à l'intercession de Juliette et des autres jeunes filles de ne point être renvoyée.

Cet évènement produisit un grand effet sur l'humeur jalouse de Reine; elle devint l'ennemie mortel de Mlle Lamy, et, si toutes les élèves ne se fussent pas prononcées en faveur de cette dernière, elle eût bien certainement essayé de se venger. Pas de jour, pas d'heure, qu'elle ne songeât à causer quelque chagrin à l'innocente Juliette.

C'était déjà une haine virile et forte que celle de Reine, quand survint le dernier évènement que nous avons à raconter à ce sujet.

Les deux jeunes filles étaient dans leur quinzième année. C'était la dernière qu'elles devaient passer en pension. Pendant les huit années qui venaient de s'écouler, Reine avait encore à ajouter, à tous ces motifs de haine contre Juliette, la mortification de voir son ennemie remporter tous les ans les premiers prix, quand elle-même ne remportait que les seconds.

Cette supériorité si évidente de Juliette accablait la fille du banquier, et, à toutes les distributions de prix, la mettait dans d'affreux accès de rage.

Sur ces entrefaites arriva la fête de la supérieure.

Tous les ans, pour fêter cet anniversaire, les élèves se cotisaient, afin d'offrir un bouquet et un cadeau à la supérieure.

Les deux objets achetés, les jeunes filles entre elles nommaient celle qui leur semblait la plus digne des élèves sortantes pour remettre le bouquet à la supérieure, et réciter le compliment de circonstance.

Cette nomination de la plus digne, ou peut-être de la plus aimée, excitait tous les ans une sorte d'enthousiasme à se bien conduire entre les plus grandes. Que de petites jalousies entre ces jolies rivales à cet éloquent témoignage de l'estime et de l'affection de la majorité!

Cette année, il n'y avait que deux candidats à l'honneur de remettre le bouquet.

Pour influencer les votes, Reine mit à elle seule dans la cotisation presque autant que toutes ses compagnes réunies. Elle donna cent francs.

De cette façon, elle payait la moitié de la dépense. Il lui sembla tout naturel qu'on la désignât pour remettre le bouquet.

Il n'en fut rien.

Juliette, qui n'avait donné que dix francs, fut élue par soixante-deux voix sur soixante-quatorze.

Reine, devenue femme, devait toute sa vie se souvenir de cet échec.

Toujours est-il que, de dépit, elle força son père à la retirer de pension le lendemain de la fête de la supérieure, sans attendre la fin de l'année scolaire.

Quant à Juliette, elle s'acquitta parfaitement de la délicate mission que lui avaient confiée ses compagnes.

Au jour où commence cette histoire, les deux jeunes filles ne s'étaient pas revues depuis leur sortie du pensionnat.

Juliette avait oublié Reine.

Celle-ci n'avait pas oublié. Au contraire, elle ne songeait qu'à se venger. Le mariage projeté entre M. Vigneul et Juliette, qu'elle songea de suite à faire échouer, malgré la bonne volonté des deux futurs, lui fournit l'occasion qu'elle désirait si ardemment.

Fermons la parenthèse et reprenons l'entretien de M. de Mercœur et de sa fille, à l'endroit où nous l'avons interrompu.

VII

LA SIBEL.

— Allons, parle, je t'écoute... avait dit M. de Mercœur à Reine, en prenant au sérieux l'irritation de sa fille.

— Eh bien ! reprit Reine, M. Lamy est votre ennemi, absolument comme Juliette est la mienne.

— Mais tu ne m'as toujours pas dit les motifs de cette belle haine que tu portes à Mlle Lamy, demanda M. de Mercœur.

— Juliette est cette jeune fille dont je vous ai si souvent parlé quand j'étais en pension à Neuilly.

— Qui avait toujours les premiers prix ? dit le comte.

— Oui, qui m'a tant humiliée.

— Je conviens que c'est grave.

— C'est elle qui m'a continuellement prouvé, pendant huit ans, que la bonté pouvait l'emporter sur la richesse, la simplicité sur la fierté, la franchise sur le mensonge, le travail et la patience sur l'imagination et la facilité. Enfin, moi, riche, fière, noble, qui voulais l'humilier, c'est elle, simple, pauvre, sentant la roture, qui m'a dominée ; car elle m'a toujours été reconnue supérieure par nos compagnes. Oh ! si vous saviez ce qu'elle m'a fait souffrir !... vous ne sauriez jamais vous l'imaginer... Il y a eu des nuits où j'ai pleuré de rage... Oh ! alors, que j'appelais l'heure de la vengeance ; mais cette heure est enfin venue... »

Au ton dont Reine parlait, son père comprit qu'il n'y avait rien à faire pour combattre la résolution de la jeune fille. Cette résolution était inébranlable.

Au reste, les projets de Reine entraient trop bien dans ses vues ; car, lui aussi, il voulait trop le malheur de M. Lamy, pour qu'il ne s'associât pas de grand cœur aux machinations de sa fille :

Celle-ci reprit :

— M. Lamy est votre ennemi, vous lui voulez du mal ; il prépare un mariage qui réalise tous ses rêves, qui met le comble à tous ses désirs, qui ferait le bonheur de sa vie et la consolation de ses vieux jours, et vous ne feriez rien pour rompre ce mariage, pour jeter l'amertume, le chagrin et le désespoir dans ces cœurs qui se préparent si naïvement au bonheur !

Si vous faisiez cela, si vous jouiez ce rôle indifférent, je ne vous reconnaîtrais plus, mon père. Quant à moi, je sais [que Juliette aime le capitaine. Eh bien ! je n'aurai ni trêve ni repos que lorsque j'aurai fait tourner cet amour, sur lequel elle fonde des rêves d'avenir et de bonheur, à sa honte.

— Je partage ton indignation et ta haine, dit M. de Mercœur; je m'associe même de grand cœur à tes projets. Seulement, je ne vois pas comment nous ferons pour faire échouer ce mariage.

— Nous trouverons... Mais, afin que vous me prêtiez un concours actif et intéressé, je vous déclare formellement que je n'épouserai M. de Broussay qu'autant que le mariage de M. Vigneul avec Juliette sera rompu d'une façon positive.

— Que me chantes-tu là? demanda le comte.

— Je vous signifie ma volonté, et vous savez que quand je veux quelque chose...

— Tu le veux bien, je sais cela; mais dis-moi un peu ce que M. de Broussay, qui t'aime beaucoup, et que tu vas faire horriblement souffrir par ce retard, a à voir ou à faire dans le mariage de M. Vigneul?

— Rien, je l'avoue, mais je sais que M. de Courville et vous tenez infiniment à me voir devenir Mme de Broussay; en agissant comme je fais, je suis convaincue que tous deux, afin que je réalise vos projets, vous allez vous employer sérieusement à servir ma vengeance. Quant au jeune de Broussay, s'il m'aime autant que vous me le dites et qu'il veuille abréger le temps de son martyre, qu'il se joigne à vous, qu'il unisse ses efforts aux vôtres. Le marquis et vous êtes trop adroits pour ne pas savoir tirer un parti quelconque de sa bêtise.

— Que faut-il faire?

— Communiquer ma décision à M. le marquis de Courville; consultez-vous. Pour l'instant, il faut à tout prix attirer M. Vigneul ici, le forcer à venir nous voir et à se lier avec nous

— Au moins ne va pas t'éprendre de ce garçon !

— Oh ! soyez tranquille, mon cœur n'est pas une poudrière, dit l'égoïste fille, convaincue qu'elle disait une vérité.

— C'est que le gaillard est séduisant, fit le comte à demi rassuré par les paroles et par le ton dégagé de Reine. D'abord, comment ferons-nous pour l'attirer ici?

— La simple politesse ne le force-t-elle pas à nous faire une visite pour s'informer si l'accident dont il m'a si courageusement sauvée n'a eu aucune suite fâcheuse ?

— C'est vrai dit le comte.

— Eh bien ! il faut le recevoir de façon à ce qu'il revienne, répondit la jeune fille.

Cette conclusion de Reine fit peu de plaisir à M. de Mercœur, mais il dissimula son mécontentement.

M. de Mercœur, ayant quitté sa fille, était à peine rentré dans son cabinet et s'apprêtait à écrire à M. de Courville, afin de l'avertir de la résolution de Reine et lui fixer un rendez-vous pour le lendemain à Paris, dans le but d'aviser à ce qu'il y avait à faire, quand un domestique vint lui annoncer la visite d'une dame.

— Son nom? dit le banquier.

— Madame Sibel.

— Elle ici! ne peut s'empêcher de s'écrier le comte. Faites entrer, dit-il peu après au domestique.

En donnant cet ordre le comte était pâle. Il était facile de voir qu'il était sous le coup d'une surprise désagréable.

Pendant l'absence du domestique qui était allé chercher Mme Sibel, M. de Mercœur réfléchit un instant; puis sa figure se rasséréna tout à coup; il murmura :

— Tiens! ce serait peut-être une bonne affaire que Guiffard n'eût pas *supprimé* cette drôlesse; elle est fine, adroite, elle pourra sans doute nous être d'une grande utilité dans la circonstance; c'est un précieux cadeau que Satan me fait là... Mais comment diable a-t-elle pu échapper à ce coquin de Guiffard, qui n'est pas facile à attendrir?... Enfin, nous allons voir... Elle doit être furieuse, si elle sait le mauvais tour que je voulais lui faire jouer, cette chère Agnès...

Le valet introduisit la visiteuse.

C'était une femme, petite, sèche, très vive, aux allures de fouine; elle pouvait avoir quarante-cinq ans, était mise avec plus de richesse que d'élégance. A ses vêtements, qui n'avaient point été faits pour elle, il était facile de supposer qu'elle s'habillait de vêtements et de bijoux d'occasion.

Au surplus, elle était marchande à la toilette, un métier souvent peu honorable.

Mme Sibel avait la figure intelligente ou plutôt rusée; ses yeux étaient petits, mais perçants; elle avait, du reste, les traits réguliers, le sourire faux. A vingt ans, elle avait dû être d'une beauté passable; au jour où nous la voyons pénétrer chez l'homme d'argent, tous les mauvais instincts d'une créature profondément viciée étaient depuis longtemps stigmatisés sur sa physionomie.

Pour réparer des ans l'irréparable outrage, elle avait recours à de nombreuses fausses dents et à un flot de faux cheveux.

Quand le domestique se retira, elle le suivit du regard, afin de s'assurer s'il fermait bien la porte du cabinet.

Seulement alors, elle dit :

— Bonjour, Edmond.

Au ton gracieux dont ces deux mots furent prononcés, le comte pensa :

— Allons, elle ne sait rien de mes projets sur elle. tant mieux !

— Bonjour, Agnès, dit-il ensuite; quel heureux hasard me procure le plaisir de votre visite.

— J'ai bien des choses à vous dire, sans cela aurais-je quitté Paris, où mes affaires...

— A propos, et ces affaires? demanda le comte en interrompant Mme Sibel.

— Toujours fort embrouillées. »

Ces mots firent faire une grimace au père de Reine.

— Malgré les dix mille francs que je vous ai donnés il y a deux mois à peine ?

— Oui.

— Je crois que vous me trompez, Agnès.

— Non; mais parlons d'autre chose.

— Oui, parlons d'autre chose, dit le comte avec empressement.

— Je viens vous demander si je puis toujours compter sur votre amitié ?

— Pour vous, elle est à toute épreuve, répondit Mercœur.

La Sibel fit une petite moue, qui indiquait clairement qu'elle ne croyait pas un mot de ce que venait de lui dire le banquier; elle reprit :

— C'est bien, nous reviendrons sur cette grave question dans un instant. J'ai encore à vous parler des évènements de 1822.

Cette dernière phrase fit faire un soubressaut au comte.

— Toujours cette vieille histoire ? dit-il.

— Oui, cette histoire de charbonnerie. Pauvre Pomier ! pauvre Bories ! pauvres Goubin, Raoulx et Berton ! fit la Sibel d'un ton larmoyant.

— Quel cauchemard !

— Oh ! oui, quel cauchemard ! vous avez raison, Edmond; toutes les nuits je les vois en songe... je les entends nous reprocher notre trahison, notre crime...

Le banquier était aussi pâle que sa chemise de fine batiste.

Décidément Guiffart a eu tort de ne point me débarrasser de cette femme... Mais, aujourd'hui, peut-on compter sur les bandits, tout en les payant bien ?

Pendant que M. de Mercœur se livrait à ces réflexions, la Sibel reprit :

— Ce n'est pas encore des quatre sergents dont il s'agit; j'ai autre chose à vous dire :

Le comte n'était pas brave; le courage, même celui du crime, n'était pas son fort, malgré ses mauvais instincts; le sang-froid de la Sibel l'étonnait, l'effrayait même. La marchande à la toilette connaissait M. de Mercœur, elle agissait de façon à obtenir de lui ce qu'elle désirait.

— Que voulez-vous dire ? dit le comte qui ne comprenait pas un mot de ce que lui disait la Sibel.

— N'avez-vous pas envoyé chez moi un certain Guiffart? demanda en souriant Agnès au comte.

— Ah ! nous y voici, pensa ce dernier; elle sait tout.

— Eh bien ! vous ne me répondez pas, monsieur le comte ? Voyons, oui, ou non, avez-vous envoyé chez moi un certain Guiffart? Oui, n'est-ce pas ? Avouez-le donc franchement; ne craignez rien, je ne vous ferai aucun reproche de la mission confiée par vous à cet homme, et des charitables intentions que vous nourrissez à mon égard. Sans ces intentions, sans cette mission, je n'aurais sans doute jamais eu le bonheur d'embrasser ce cher frère, le seul parent qui me reste d'une nombreuse famille.

— Guiffart était donc votre frère ? demanda le banquier stupéfait.

— Comment donc, vous ne faites que le deviner ? Aussi, je vous rends grâce, cher ami, de m'avoir ouvert les bras de ce frère qui, autrefois, m'a fait sauter sur ses genoux.

La Sibel, le visage impénétrable, parlait d'un ton de malicieuse bonhomie dans laquelle perçait pourtant la menace.

Le comte la trouvait tout simplement effrayante.

Il est certain qu'avec ses yeux brillants et ses manières de chatte jouant avec les souris qu'elle va dévorer, il était facile de voir qu'elle se réjouissait des transes du comte.

— Mais comment cela s'est-il passé ? demanda le comte en poussant un soupir, comme s'il sortait d'un cauchemar.

— Ah ! d'une façon très drôle, très drôle, oui, ma foi ! malgré le côté dramatique de la chose ; tenez, j'en ris encore, dit la marchande.

La Sibel eut un petit éclat de rire strident, qui porta sur les nerfs de M. de Mercœur, absolument comme une scie grinçant sur du fer.

— Mais soyez tranquille, mon cher Edmond, reprit la Sibel, vous saurez tout ; vous ne perdrez rien de mon récit ; je suis venue exprès pour vous le faire. Nous avons le temps ; prenez une position commode et prêtez-moi toute votre attention.

A titre de position commode, M. de Mercœur était littéralement sur le gril.

— Figurez-vous, monsieur le comte, reprit la marchande à la toilette, qu'avant-hier j'étais à Paris dans ma petite boutique de la rue Saint-Denis ; je pensais à vous, quoique, je vous l'avoue, je ne m'attendisse pas à recevoir aussitôt de vos nouvelles. Je pensais à cet heureux temps où vous m'aviez si singulièrement jouée, quand vous me juriez un amour éternel et que je me faisais lâche et criminelle pour vous plaire. Je vous ai tout de même bien aimé, Edmond, aimé au point de me faire votre complice ! quand je pense qu'il y a deux mois vous vouliez me faire payer de ma vie cette complicité...

La Sibel se renferma un instant dans un silence menaçant. Elle reprit peu après d'un ton enjoué :

— Enfin, je comprends cela ; il est parfois urgent de se débarrasser d'un complice dangereux... Revenons à mon histoire. J'étais donc toute pensive dans ma boutique ; la nuit venait, déjà il faisait sombre autour de moi en raison des marchandises étendues à la vitrine et interceptant le jour, quand tout à coup je fus arrachée à ma rêverie par l'arrivée d'un homme que je pris d'abord pour un acheteur.

— Mme Sibel ? me demanda cet homme qui était habillé de façon à inspirer de la confiance.

— C'est moi, monsieur, lui répondis-je. Qu'est-ce qu'il a pour votre service ?

— Je voudrais vous vendre des bijoux. Une bonne affaire.

— L'affaire est-elle importante ? lui dis-je.

— Oui, me répondit l'inconnu, mille à douze cents francs au moins.

Et il posa plusieurs écrins sur mon comptoir.

— Je vous demande cela, monsieur, parce que, pour acheter des bijoux, il faut des connaissances spéciales, et, quand l'affaire en vaut la peine, j'ai l'habitude de ne rien faire sans consulter un bijoutier, dis-je au vendeur.

— La chose est facile, il y en a un à deux pas.

— Oh ! ce n'est pas le mien.

— Nous irons chez le vôtre, madame, dit l'inconnu avec beaucoup de bonne grâce.

— D'ici, il y a une petite course ; pour y aller, il faut que je passe un châle et mette un chapeau, fis-je observer à mon client.

— Très bien, madame, j'attendrai.

L'inconnu s'assit sur une chaise dans une position tout à fait inoffensive.

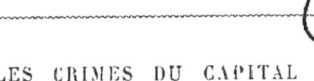

Je me débattis de mon mieux. (Page 42.)

Je passai dans ma chambre à coucher qui forme arrière-boutique, et j'en laissai la porte ouverte afin de veiller sur mes marchandises : ne faut-il pas se méfier de tout le monde dans le commerce ? Cependant je n'avais pas grand'chose à craindre, mes vitrines étaient fermées à clef.

Tout à coup, et sans que je pusse dire comment, — je tournais le dos à l'inconnu, et, pour arranger mes cheveux, j'avais les deux bras à la hauteur de la tête, — je n'avais rien vu, rien entendu, je vis dans la glace la tête de l'inconnu au-dessus de la mienne : cet homme était derrière moi au point de me toucher.

Je ne ferai pas la précieuse en vous disant que je tremblai pour ma vertu; non, je n'ai plus de prétention ni de préjugés, et suis trop positive pour cela. Je crus de suite à un voleur, ce qui m'effraya bien autrement, je vous l'avoue franchement.

Guiffart, c'était lui, était sans doute pressé d'en finir avec moi; car, avant que je n'eusse eu le temps de pousser le moindre cri, il m'étreignit au cou; c'était évident, il voulait m'étrangler. Je me débattis de mon mieux, mais sans pouvoir crier; quant à lui, tout en m'étranglant d'une main, de l'autre, il cherchait dans la poche de son paletot un couteau qu'il ne trouvait pas.

— Maudit couteau ! ne put s'empêcher de s'écrier le comte.

— Comment! cher Edmond, vous regrettez que Guiffart ne m'ait pas tuée? demanda la Sibel avec une mordante ironie.

Le comte ne répondit rien à cette interrogation.

Une lampe que j'avais allumé pour m'habiller, continua la marchande à la toilette, éclairait parfaitement la scène que je vais vous dépeindre. Dans la lutte, si je n'étais pas la plus forte, j'étais la plus furieuse; mais ma colère ne me retirerait rien de mon sang-froid. Quand je compris que l'assassin ne trouvait point son poignard, je pris courage et me souvins d'avoir entendu dire qu'un homme était très sensible de la barbe; celle de Guiffart était longue et fournie, je parvins à m'en emparer et tirai... Cette barbe me resta dans la main: elle était fausse; je vis enfin mon frère à visage découvert: sa physionomie me frappa, mes souvenirs ne me firent pas défaut, je le reconnus.

— Oh mon Dieu ! mon frère Daniel ! m'écriai-je avec un accent déchirant.

Il était temps, Daniel furieux de ne pas trouver son poignard et de ce que je, l'avais vu à visage nu, ce qui pouvait avoir de terribles conséquences dans l'avenir, allait se servir de ses deux mains pour m'étrangler *comme un poulet*, disait-il; ce n'eût pas été long. Vous voyez, monsieur le comte, qu'il avait à cœur de remplir la mission que vous lui aviez confiée.

Cependant, en s'entendant appeler : mon frère Daniel ! il fut un instant comme abasourdi et me laissa aller.

— Comment tu ne me reconnais pas ? lui demandai-je avec beaucoup de peine, je ne pouvais parler tant il m'avait serrée fort.

Comment, c'est toi, ma pauvre Agnès ! dit-il, me reconnaissant enfin.

Vous devinez, mon cher comte, comment se termina cette entrevue si dramatiquement commencée; tout entiers à la joie de nous revoir après une séparation de vingt ans, nous restâmes longtemps étroitement embrassés. Si vous eussiez pu assister à cette scène ! elle était vraiment touchante.

— Achevez, Agnès, achevez, dit le comte qui avait en partie recouvré son sang-froid, et qui, grâce à une nouvelle combinaison machiavélique de son esprit, avait enfin trouvé le moyen de sortir de la fausse position dans laquelle il s'était mis vis-à-vis de sa complice.

— Je néglige les détails, reprit la Sibel; qu'il vous suffise de savoir qu'en dînant, et après que mon frère m'eut raconté sa vie et comment il était arrivé à se faire assassin au service du comte de Mercœur; je lui avouai comment, entraînée sur la pente du crime par un amour exalté, j'étais devenue la complice d'Edmond Picard.

— Et lui avez-vous dit qu'Edmond Picard et le comte de Mercœur ne faisaient qu'un ?

— Certainement.

— Malheureuse !

— Entre frère et sœur, doit-il exister des secrets ? mais, écoutez-moi, je vais vous dire ce que mon frère et moi avons décidé à votre sujet. Vous devez être curieux de savoir cela ?

— En effet.

— Surtout, ne vous emportez pas, c'est malsain, et cela ne vous servirait à rien. Mon frère est pauvre, commença la Sibel, et moi, je ne suis pas riche, monsieur le comte.

— Depuis longtemps je prévoyais ce point de départ, fit observer le père de Reine.

— Aimez-vous mieux que je vous raconte les rêves, les cauchemars que je dois à la mort des quatre malheureux de la Rochelle et du général Breton ? fit la marchande à la toilette.

— Non ; combien vous faut-il ?

— Vingt mille francs pour moi, autant pour mon frère. »

La Sibel s'attendait à ce que le comte, qui n'était pas un modèle de prodigalité, allait pousser les hauts cris. Il n'en fut rien cependant ; elle n'eut pas à sortir de son portefeuille une pièce compromettante pour M. de Mercœur, dont elle avait pensée faire usage pour le décider.

— Tant mieux ! se dit-elle toute surprise, la lettre servira une autre fois.

M. de Mercœur, nous l'avons dit, avait eu le temps de réfléchir et avait déjà trouvé le moyen de faire tourner à son profit la visite d'Agnès.

— Quarante mille francs, c'est beaucoup d'argent ; enfin, je vous les donnerai, et même beaucoup plus, à la seule condition de vous employer à m'être utile dans une grande affaire.

— De quoi s'agit-il ? demanda la Sibel avec empressement. Mon frère et moi, nous sommes tout à votre service.

— Peut-être de faire usage des renseignements que nous possédons sur les malheureux sergents ; répondit de Mercœur.

— Que dites-vous ?

— De venger leur mort, fit le comte.

— Mais c'est nous qui...

— Vous ne savez ce que vous dites, ma chère madame Sibel.

— Je ne comprends pas.

— Il n'est pas nécessaire que vous compreniez, pour le moment du moins. Au reste, je ne sais moi-même encore rien de positif. Je vais demain à Paris, où je dois voir quelqu'un qu'il me faut consulter dans l'affaire qui nous occupe. Aussitôt que je me serai entendu avec cette personne, j'irai chez vous vous donner mes premières instructions.

— Et d'ici là ?

— Quoi ?

— Vous ne me donnez rien ?

M. de Mercœur se débarrassa de la marchande à la toilette en lui donnant cinq mille francs ; quand elle eut disparu, il se frotta les mains et parut très-satisfait.

— A quelque choses souvent malheur est bon. Quel tour je vais jouer à ce Lamy, un ennemi de vieille date ! se disait l'homme d'argent et sans préjugé.

Le lendemain, M. de Mercœur était sur la route de Paris.

Ce jour même, vers deux heures de l'après midi, un cavalier monté sur un joli cheval arabe très fringant s'arrêtait devant la grille de la villa dont, par intérim, Reine était la châtelaine.

VIII

PREMIÈRE ESCARMOUCHE.

Ce cavalier, le lecteur l'a sans doute deviné, n'était autre que le capitaine Horace Vigneul, qui songeait enfin à venir prendre des nouvelles de Mlle de Mercœur.

L'officier était habillé en bourgeois, et, certes, avec une élégance de haut goût qui, si elle ne trahissait point le petit-maître, fort occupé pour un nœud de cravate, avait l'avantage d'indiquer l'homme du monde, peu soucieux des originalités de la mode qui font la fortune des tailleurs, mais sachant très bien ce qui est bon, beau, bien et confortable, sans être affichant.

Un domestique, — un militaire sans doute, mais habillé en bourgeois, — monté sur un fort beau cheval aussi, suivait le capitaine.

Mlle de Mercœur, prévenue de l'arrivée du visiteur, donna aussitôt l'ordre de l'introduire au salon.

Quand le domestique lui avait annoncé cette visite, Reine avait légèrement pâli ; et, si de marbre qu'elle se crût, elle avait senti son cœur se serrer de joie d'une façon inconnue jusqu'alors.

Cependant elle s'attendait à la visite d'Horace. Depuis trois jours que la chasse des princes avait eu lieu, elle se consumait en efforts de toilette, et avait fait un véritable chaos de ses robes, dentelles, mousselines et le reste. Pendant trois jours, toutes les pièces du redoutable arsenal féminin avaient été mises à contribution ; et, le troisième jour, Reine éprouvait déjà un certain dépit d'avoir pris en vain tant de soins pour recevoir son sauveur.

Un *malotru* qui n'entend rien aux règles des convenances, avait-elle été jusqu'à se dire dans un véritable moment de mauvaise humeur.

Enfin, l'officier était là.

Reine voulut d'abord courir à lui ; puis, ayant réfléchi à l'inconvenance d'un tel mouvement de promptitude, elle s'était décidée à se passer la fantaisie de le faire attendre un peu à son tour.

Quel que fût son caractère, c'était la première fois que Reine allait, dans de telles circonstances, remplir les devoirs de maîtresse de maison vis-à-vis d'un homme qui n'était ni son parent ni l'ami de la famille; un inconnu qui, en s'appuyant sur le service rendu, pouvait se croire le droit de dire bien des choses.

Elle se demanda ce qu'allait être cet entretien, qui pouvait décider de sa vengeance, la seule chose sérieuse qui l'occupât.

N'eût été sa haine contre Juliette, Reine, qui avait de l'esprit, du tact, un sentiment exquis des convenances, eût affronté, avec la certitude de s'en tirer à son honneur, cet entretien, qui, en l'absence de son père, avait bien quelque chose d'extraordinaire.

Pour elle, il ne s'agissait pas d'éblouir M. Vigneul, mais de le fasciner; et la fascination, surtout la fascination sympathique, n'est pas donnée à tout le monde. Reine comprenait qu'elle allait, pour la première fois, s'essayer au rôle dissimulé de femme à passions; et, en raison des résultats que ces débuts pouvaient avoir, elle était sous le coup d'un effroi instinctif.

Elle n'eut pas le courage, tant son impatience était grande, de faire faire longtemps antichambre à M. Vigneul. Jetant un regard de rapide examen à son miroir (sans doute qu'elle était enchantée de la réponse du perfide conseiller), ce fut alerte, vive et joyeuse qu'elle se dirigea vers le salon où l'attendait l'officier.

A la voir, on l'eût prise pour une enfant.

Enfant terrible! ce rôle ingénu était le plus dangereux qu'elle pût prendre. Que ce fût par instinct ou par dissimulation, Reine promettait pour l'avenir...

Au reste, elle était charmante.

Elle portait une robe de mousseline claire, imprimée de petits bouquets de lilas si mignonnement faits, qu'ils semblaient naturels; des rubans verts soutenaient les nœuds de cette robe-peignoir très montante, et garnissaient le bord des manches; une ceinture de la même couleur étreignait, sans la serrer, sa taille fine, ronde et souple, un col plat au crochet, rabattu sur un nœud de ruban ponceau, laissait voir son cou d'un galbe antique; ses cheveux, sans le moindre ornement, lui formaient un riche diadème dont une énorme torsade allait mourir en spirale derrière la nuque; un flot de jupons blancs d'une fraîcheur immaculée, duquel s'échappait par moments un pied de Cendrillon admirablement chaussé, faisait légèrement *ballonner* cette toilette printanière, et lui donnait un je ne sais quoi d'aérien qui, de l'enfant, faisait une nymphe, une ondine, une de ces merveilleuses créatures enfantées par le génie des poëtes, alors que peuples et rois savouraient les délices de l'âge d'or.

Deux mots sur le capitaine.

Homme du monde, il venait chez le comte de Mercœur par convenance; non pas qu'il fût assez blasé pour ne pas avoir remarqué la magnifique beauté de Reine; au contraire, cette beauté l'avait surpris, étonné, mais rien de plus. Fort de lui-même, confiant dans son amour pour Juliette, son cœur, comme il le pensait intimement, était à l'*épreuve de la bombe* et de tous les engins que Cupidon peut porter dans son infernal carquois.

Pourtant, il faut avouer que sa visite, ce devoir d'urbanité, lui était plus agréable à remplir que s'il eût eu à s'adresser à quelques-unes de ces amazones trop épanouies, qui n'ont plus de l'écuyère que quelque chose de l'éleveur ou du maquignon.

Chaque chose a son temps, surtout pour les dames. L'équitation et la danse sont du nombre ; nous ne parlons du gymnase, de l'escrime et du canotage, qui sont aux femmes ce que la passion des déguisements de femmes est aux hommes en temps de carnaval.

En homme bien élevé, l'officier attendait très patiemment du reste l'arrivée de Mlle de Mercœur.

D'un regard rapide jeté autour de lui, il s'était déjà rendu compte du rôle important de Reine à la villa.

Une femme seule, et une femme douée d'un goût exquis, avait présidé à la disposition et à l'agencement du salon où il se trouvait.

C'est assez dire que ce salon était une merveille.

Cette conviction en tête, Horace s'apprêta à traiter Mlle de Mercœur en jeune fille émancipée par ses attributions de maîtresse de maison. Quel fut son étonnement en voyant pénétrer dans le salon l'enfant, la nymphe, l'ondine dont nous avons parlé.

— Ah ! monsieur, s'écria Reine avec une pétulance, une légèreté qui, en raison de sa beauté, de sa grâce et aussi du service rendu par Horace, étaient encore de son âge et parfaitement excusables, que c'est mal à vous d'avoir manifesté, en arrivant, le désir de vous retirer parce que mon père n'est pas ici. Croyez-vous donc que je n'aie pas un véritable plaisir à vous voir, vous à qui je dois tant ? »

Un semblable début dispensait de toute salutation banale, et faisait entrer la conversation de plain pied dans l'intimité.

— A moi à qui vous devez tant ? répondit Horace en souriant ; c'est, ma foi, bien la peine d'en parler : un service que l'on rend au premier venu. Allons ! ne froncez pas vos jolis sourcils et ne me regardez pas avec ces yeux méchants ; je ne vous contrarierai plus ; puisque vous voulez me devoir la vie, bien, je me considère comme votre créancier et vous dis : à charge de revanche.

— Alors, jurez-moi que vous ne me contrarierez plus... à ce sujet au moins, dit Reine en scandant sa phrase par un silence d'un instant.

— Je le jure ! dit l'officier en riant.

— Quelle enfant gâtée ! on dirait vraiment qu'elle n'a que quinze ans ! Quelle ingénuité, quelle candeur, quelle étourderie ! Elle me rappelle vaguement ma petite Juliette d'autrefois quand, présomptueux élève de l'École polytechnique, je considérais celle-ci comme une petite pensionnaire, se disait Horace complètement dupe de la peu innocente comédie de Mlle de Mercœur ; mais, aussi, peut-il en être autrement de la fille d'un homme veuf et millionnaire, dont les moindres caprices sont exécutés comme des ordres souverains sans doute.

— C'est que, voyez-vous, reprit Reine, je n'oublierai jamais ce moment terrible où, ma monture emportée, je voyais, la tête renversée, la terre glisser sous mes yeux qui la touchaient presque, avec une telle rapidité, que je ne distinguais plus, ni gazon, ni caillou sur le sol. Cependant, j'entendais bruire à mon oreille un choc affreux, incessant : celui des fers du cheval se heurtant violemment sur les pierres ou sur les rochers ; je sentais les jarrets de cette vilaine bête me heurter si fort les jambes et les reins, que je croyais qu'elle allait à chaque instant me broyer sous ses pieds ou s'abattre sur moi ; je sentais mes forces m'abandonner et défaillir la main qui seule me retenait au pommeau de la selle. Ah ! c'était affreux, surtout quand le cheval se lança sur cette lande pierreuse où la mort, une mort affreuse, m'attendait et où vous m'avez sauvée. Tenez, raillez si vous voulez : quand je pense à ce terrible moment, j'entends encore les fracas des cailloux, broyés sous les bonds du coureur retentir à mon oreille ; il me semble que ce bruit est celui de mes os brisés, dispersés, écrasés comme ces cailloux. C'est horrible !... Je vous le répète, un instant de plus et, sans vous j'étais perdue ; et vous voulez que je parle légèrement d'un pareil service ?... Oh ! non, jamais ! Si vous pouviez lire dans mon cœur, vous verriez combien je vous suis reconnaissante ; non du service que vous m'avez rendu en me sauvant la vie (je ne sais encore rien de la vie), mais de ce que vous m'avez sauvée d'un supplice hideux. Si, estropiée après avoir souffert le martyre, j'étais restée contrefaite, difforme... ! Et cela pouvait arriver, mon Dieu !... »

Mⁿᵉ de Mercœur avait fait cette description saisissante d'un ton si convaincu, que M. Vigneul ne douta pas un instant qu'elle n'eût éprouvé tout ce qu'elle venait de dire. Elle avait pâli en parlant des dangers qu'elle avait courus, et mis la main sur son cœur en dépeignant la reconnaissance qu'elle avait voué à son sauveur.

— Ne revenez pas, je vous prie, sur ces tristes souvenirs qui doivent vous affecter péniblement. Vous êtes pâle et toute tremblante, dit-il à la jeune fille.

Reine voulait à tout prix convaincre Horace que, dès le premier jour, il n'y avait de possible entre eux qu'une grande intimité. De cette intimité, elle espérait sans doute amener insensiblement M. Vigneul à un sentiment plus doux. Afin de porter un dernier coup, elle reprit :

— Vous m'avez dit en riant : « A charge de revanche. » Vous avez eu raison de dire cela, car si l'occasion se présentait de vous sauver la vie en donnant la mienne, croyez bien que je ferais le sacrifice sans hésiter.

Après une telle phrase, dite avec âme, le capitaine crut que la reconnaissance avait gravé son nom en lettres de feu dans le cœur de la jeune fille.

Il reprit :

— J'espère que je ne vous donnerai jamais l'occasion de me faire un tel sacrifice.

— Assez parlé de moi, monsieur, dit Reine ; occupons-nous un peu de vous. Savez-vous que, pendant ces trois jours, vous m'avez causé une vive inquiétude.

— Comment cela ?

— Vous avez été bien longtemps à venir me voir.

— J'étais de service, mademoiselle, s'empressa de dire le capitaine. Sans quoi....

— Oh ! je comprends, maintenant.

— Mais votre inquiétude ?

— Un instant, dans mon impatience de vous voir, j'ai supposé que vous étiez blessé.

— Blessé ! s'écria l'officier surpris.

— Oui, blessé : quelque contusion reçue en arrêtant ma monture. Vous savez, il existe des contusions dont on ne ressent pas les effets sur le moment, mais après coup.

— Cela est si vrai, qu'on ne sait même pas comment, quand et où on les a reçues. Mais je puis vous assurer que vos craintes n'avaient rien de fondé. C'est plutôt vous...

— Oh ! moi... dit la jeune fille en interrompant l'officier, je ne me ressens de ma chute que de la façon que j'ai dite, quand j'y pense. Tenez, ne parlons plus de cela. Vous avez le temps, il fait beau, le ciel est superbe, vous allez m'accompagner donner à manger à mes oiseaux et à mes poissons.

Reine parlait en enfant gâté, sans dire : *je vous prie*. Elle ordonnait en quelque sorte, afin de bannir du premier coup tout le langage cérémonieux de l'étiquette entre elle et Horace. Cette franchise en quelque sorte enfantine devait la rendre d'autant plus dangereuse, que l'officier, sans défiance, ne soupçonnait pas que cette manière d'agir était le comble de la dissimulation.

— C'est cela, dit-il gaiement, allons donner à manger à vos amis les oiseaux et à vos commensaux messieurs les poissons.

— De cette façon, je vous ferai visiter ma prison.

Le mot prison arrêta l'officier court.

— Est-ce que cette jeune fille, cette enfant, serait malheureuse ? se dit-il.

Il regarda attentivement Reine.

Son regard rencontra celui de Mlle de Mercœur ; ce dernier n'avait rien de navrant ou de pénible ; la jeune fille lui souriait malicieusement.

— Le dernier mot que je viens de prononcer vous étonne et vous intrigue ? dit-elle.

— Oui, j'en conviens.

— J'ai dit prison.

— Je croyais avoir mal entendu.

— Car, pour une prisonnière, je ne vous semble pas trop malheureuse, n'est-ce pas ?

— Sans doute.

— En effet, ici tout le monde, mon père le premier, fait mes quatre volontés.

— Eh bien, alors ?

— Venez, quand nous serons dans le parc, je vous ferai ma confidence.

Reine jeta un chapeau de paille à larges bords sur sa tête, prit des graines dans un buffet de la salle à manger, et, suivie de l'officier, s'engagea dans les allées vertes, ombreuses, fleuries et parfumées du parc.

Horace se demandait quelle était la confidence que Mlle de Mercœur lui avait promise. Quant à cette dernière, il la comparait à ces charmants espiègles auxquels on pardonne tout, surtout leurs défauts. Sans même supposer que ce ravissement portait la moindre atteinte à son amour pour Juliette, il était ébloui, presque fasciné par l'entrain, la verve et le caractère expansif de sa compagne.

Il en arriva à se dire :

— C'est un petit ange que cette jeune fille, je voudrais que ma bonne Juliette l'ait pour amie. Qu'elle serait heureuse ici, Juliette, elle qui aime tant la campagne ! Aussitôt que nous serons mariés, je la présenterai à M. de Mercœur et à sa fille, mon désir se réalisera.

Horace était aveugle, comme toutes les bonnes natures sont portées à l'être.

Reine avait déjà presque atteint son but.

On trouvait le marquis dans les coulisses de l'Opéra. (Page 24.)

C'était une charmante résidence que la villa. Le parc surtout, quoique d'une petite étendue, avait captivé toute l'attention du père et de la fille; et grâce à mille sinuosités de terrain et d'allées, très habilement dessinées, il paraissait beaucoup plus grand qu'il ne l'était réellement.

Quand ils furent engagés sous une épaisse charmille, qui formait une voûte presque impénétrable aux rayons du soleil.

— Et cette confidence? dit Horace.

— Vous êtes intrigué, avouez-le.

— On le serait à moins.

— Eh bien ! je ne sais si je dois vous la faire, fit Reine.

— Pourquoi cette hésitation ? demanda l'officier.

Il regarda Reine, elle n'avait pas rougi.

— Allons, se dit-il, ce n'est pas un secret d'amour, d'un amour contrarié surtout, dont il s'agit. Tant mieux ! Le cœur et l'âme de cette enfant sont aussi libres de toute passion que son regard est pur et limpide.

— Je crains que vous ne vous moquiez de moi, dit Reine.

— Oh ! jamais.

— Eh bien ! voici ; mais ne riez pas aux éclats, ou bien je me fâche.

Horace se prêta complaisamment au désir de la jeune fille, et prit une attitude si sérieuse, qu'on l'eût pris pour un ingénieur pensant à une invention nouvelle.

— Eh bien, reprit Mlle de Mercœur d'un ton résolu, je suis furieuse d'être femme ; je voudrais être homme.

L'officier ne put s'empêcher de sourire.

— Une idée de jeune fille qui n'aime pas, qui n'a jamais aimé, se dit Horace, mais qu'un premier amour fait bientôt envoler.

— A quoi pensez-vous ? lui demanda Reine.

— Que votre idée est au moins singulière.

— Et ridicule, n'est-ce pas ? Je savais bien que vous vous moqueriez de moi. Cela ne fait rien à la chose. Je n'en suis pas moins pour mon idée. C'est parce que je considère une jeune fille comme prisonnière partout où elle est, que j'ai appelé cette charmante résidence *ma prison*. Un homme est beaucoup plus libre. Ah ! si j'étais homme !...

— Que feriez-vous ? dit Horace.

— Que sais-je ; mais je crois que je me ferai militaire comme vous, et que je deviendrais officier comme vous l'êtes.

En parlant de la sorte, Mlle de Mercœur pensait à forcer la camaraderie et l'intimité de M. Vigneul.

Elle pensait que celui-ci devait se dire :

— Mon cœur n'a bien certainement rien à craindre de la fréquentation de cette jeune fille qui, au lieu de songer à aimer, comme cela serait très naturel, ne pense qu'à caresser une idée sangrenue. Il n'y a donc dans notre intimité aucun danger ni pour elle ni pour moi.

C'était, au reste, absolument ce que pensait Horace.

Les deux jeunes gens étaient arrivés au bord d'un petit lac qu'une source, qui gazouillait sous l'herbe, alimentait d'une eau vive et limpide.

Ce petit lac semblait être l'ouvrage de la nature au milieu de petits rochers et de grands arbres, après lesquels s'enlaçaient des lierres feuillus. Sur les berges informes, fleurissaient des myosotis et d'autres fleurs ; de grands iris balançaient mollement la flamme de leurs aigrettes, sur lesquelles bourdonnaient des insectes au corsage d'or, au-dessus de l'eau.

C'était un endroit délicieux.

— Ce sont là vos poissons ? demanda l'officier en montrant au doigt une trentaine de poissons rouges qui, au lieu de fuir à l'approche des promeneurs, venaient à fleur d'eau en se dirigeant sur l'endroit de la berge où s'était arrêtée la jeune fille, un biscuit à la main.

— Oui, dit Mlle de Mercœur; je vais vite leur donner à manger, car il me vient une idée.

Reine regardait les myosotis.

L'officier suivit ce regard des yeux, mais ne comprit pas.

Le biscuit était émietté, Reine se baissa, et, sans rien dire, cueillit une poignée de charmantes fleurs qui, dans la langue des orientaux, signifient : *n'oubliez pas.*

Horace, croyant que la jeune fille voulait faire un bouquet, s'empressa de l'aider, afin de joindre ses fleurs aux siennes.

— Tenez-vous tranquille, lui dit Reine, je n'ai que faire de vos fleurs. Vous me comprendrez quand vous saurez à qui je destine ma cueillette.

Elle avait fini sa moisson de myosotis, elle cassa quelques jeunes pousses de lierre bien vertes, les mêla à son bouquet, puis dit à Horace :

— Nous sommes amis, n'est-ce pas ?

— Oui, dit l'officier.

— Eh bien ! ce lierre est le symbole de notre attachement. Les myosotis vous recommandent de ne pas l'oublier. Tenez, ce bouquet est pour vous.

On voit que Mlle de Mercœur comprenait le poétique langage des Orientaux.

L'officier prit le bouquet et dit :

— Je comprends pourquoi vous avez voulu cueillir ces fleurs vous-même.

— C'est bien heureux. Allons voir mes oiseaux.

La journée que passèrent nos deux jeunes gens fut une journée délicieuse. Le soir venu, Mlle de Mercœur, à son grand regret, laissa partir Horace sans oser le retenir à dîner.

A la nuit tombante, l'officier traversait la forêt de Fontainebleau. Il laissait aller son cheval au pas quoique l'heure du dîner, passée depuis longtemps, eût dû lui faire faire diligence.

Horace était pensif ; parfois il jetait en souriant un regard bienveillant sur les fleurs qu'il tenait à la main.

— Elle est charmante, murmura-t-il une fois, et gagne beaucoup dans l'intimité. Quel cœur, quelle âme, que de gaieté, que d'esprit ! Sous son costume d'amazone, elle m'a semblé fière et hautaine; dans le parc, près du lac, je l'ai trouvée douce, simple et affable.

Que se passait-il dans le cœur de l'officier ?

Nous ne saurions le dire ; mais quatre jours plus tard, le bouquet donné par Reine s'étant fané, l'officier ne le jeta pas, comme il eût fait dans toute autre circonstance. Il en recueillit, au contraire, précieusement les débris, les mit dans une feuille de papier blanc et serra le tout dans un coffret, sur les lettres de M. Lamy et de sa fille.

Quant à Reine, elle comptait joyeusement sa première escarmouche comme une victoire.

IX

QUELQUES MOTS D'HISTOIRE SUR LES ÉVÉNEMENTS DE 1821 ET DE 1822.

Le marquis de Courville avait reçu la lettre de son ami le comte de Mercœur. Prévenu qu'il s'agissait d'une affaire importante, il était exact au rendez-vous. Nous retrouvons nos deux futurs usuriers à table devant un succulent déjeuner, dans un cabinet bien clos du café Anglais, où le garçon a l'ordre de ne pénétrer qu'après avoir été sonné.

— Vous disiez donc?... demanda M. de Courville en sablant un verre de vieux chablis qu'il buvait par petites gorgées, sur des huîtres vertes de Marennes qu'il mangeait avec une rare dextérité.

Il était facile de voir que, si importantes que fussent les confidences annoncées par le comte, elles n'avaient pas le pouvoir de le distraire complètement de son occupation de double ingestion.

— Je disais que nous nous sommes trop pressés, la dernière fois que nous nous sommes vus, de faire des projets dont l'accomplissement aujourd'hui me semble, sinon impossible, au moins très difficile.

— Que dites-vous? Auriez-vous changé d'avis? Notre association pour faire l'usure sur une grande échelle...?

— Je la considère comme très éventuelle.

— Diable ! ce serait dommage, dit le marquis en dégustant toujours son vin : car, si je parvenais à fonder cette société usuraire, je forcerais en grande partie les voleurs à se mettre en grève. Et ce serait un grand service à rendre à la société. Combien de gens n'assassineraient point si, entraînés par leur cupidité, ils n'avaient le vol pour mobile.

— Que me dites-vous là, *la grève des voleurs ?*

— Oui, une idée philanthropique superbe.

— Mais, alors, il n'y aurait plus de voleurs. Les honnêtes gens pourraient dormir tranquilles.

— Sur les deux oreilles.

Le comte de Mercœur haussa légèrement les épaules et regarda son complice, comme s'il se fût demandé si ce dernier n'était pas ivre.

— Vous ne me comprenez pas? dit le marquis.

— Du tout.

— Eh bien ! je m'expliquerai quand le moment sera venu. Continuez.

— Pour l'instant, reprit le comte, j'en suis à considérer comme autant d'utopies vos projets de grève, de société usuraire et de mariage.

— Vous retirez donc votre parole ?

— Non pas moi, mais ma fille.

— Votre fille; mais expliquez-vous, c'est très important. Si vous alliez me réduire à manger la fortune de mon neveu... dit le marquis sans laisser refroidir des œufs de vanneau au cresson alénois qui étaient sur son assiette.

Le comte raconta aussitôt ce qui s'était passé entre lui et Reine, et la détermination irrévocable que cette dernière avait prise.

— C'est grave, fit le marquis.

— D'autant plus que ma fille ne cédera pas, répondit le père de Reine.

— Comment empêcher ce mariage de Mlle Juliette? murmura de Courville.

— C'est ce que je me demande.

— Au diable les petites filles et leur haine à propos de poupées et de premiers prix! dit le marquis avec humeur.

— A la vérité, nous avons le choix des moyens, riposta le comte.

— C'est pourquoi il ne faut pas désespérer, reprit de Courville. Voyons, ce Lamy, le connaissez-vous?

— Oui, un homme de cœur, d'une vertu rigide.

— C'est facile à tromper; sa fille?

— Une charmante enfant, dit le comte; mais, avant d'aller plus loin, laissez-moi vous dire ce que j'ai imaginé pour arriver à nos fins.

— Un moyen? demanda de Courville avec empressement.

— Oui, fit M. de Mercœur.

— C'est une histoire qu'il faut que je vous raconte, continua-t-il.

— Histoire ou conte, dit le marquis, qu'importe! si le moyen est bon et nous sort d'embarras; nous avons le temps, racontez.

— Vous vous souvenez des quatre sergents de la Rochelle? demanda le comte qui avait pâli tout à coup.

— Oui, dit le marquis, ceux sans doute qui, condamnés et exécutés en place de Grève en 1822, attendirent huit ans une oraison funèbre?

— Jusqu'en 1830; c'est cela même.

— Mais, comme vous êtes pâle! fit observer le marquis au père de Reine.

— Ah! c'est que l'histoire est terrible, répondit le comte.

— Assez pour influer sur notre digestion? demanda M. de Courville.

— Non, je ne crois pas, dit l'homme d'argent en essayant d'un sourire forcé.

— Racontez donc.

M. de Mercœur, après un court silence qu'il employa sans doute à recueillir ses souvenirs, prit la parole et s'exprima à peu près en ces termes:

— « C'était à l'époque la plus terrible de la lutte longue et acharnée que soutint la Restauration contre la bourgeoisie, lutte dans laquelle la monarchie, pour se venger de l'humiliation de son asservissement devant la chambre, crut devoir se lancer dans un odieux système de réaction sanguinaire qui l'a déshonorée; mais cette lutte était mortelle, la monarchie devait succomber en 1830.

« Elle n'eut pas assez des ministères Decazes, Richelieu, Chateaubriand, Villèle et Polignac pour la défendre contre des députés comme Manuel, Lafayette, Dupont de l'Eure et Laffitte; des journalistes comme Paul-Louis Courrier, Chatelain, Dunoyer et Benjamin Constant; surtout contre un poète comme Béranger, qui, à lui seul, pouvait renverser le trône par sa populaire influence.

« Le duc de Berri venait d'être assassiné par Louvel, cet homme qui n'avait frappé un prince que pour éteindre en lui d'un seul coup toute une race de rois.

« Le gouvernement essayait de se constituer une majorité dans la chambre en réformant le système électoral. Ce projet soulève une émeute dans le faubourg St-Antoine; il y a une victime, Lallemand, et Manuel, pour venger sa mort, monte à la tribune et traite d'*assassins* les membres du gouvernement.

« Pour compliquer une situation déjà si tendue, Napoléon vint à mourir sur le roc de Sainte-Hélène ; et, au lieu de s'éteindre, le parti qu'il représentait seul jusqu'alors, se divise entre de nombreux prétendants. On crie : *Vive Napoléon II !* autour des Tuileries, pendant que d'autres bonapartistes font des démarches auprès de Joseph Bonaparte ou du prince Eugène pour les engager à revendiquer, les armes à la main, le sceptre de l'empereur.

« C'est au milieu de cette confusion des partis que l'on doit placer l'organisation du *carbonarisme*, et qu'il me faut chercher les personnages du drame que je vais vous raconter. Personnages infimes servant la grande cause de la bourgeoisie, dont la convocation du tiers état, en 89, avait fait un ordre, et dont la garde nationale perpétuait la force.

« Vous connaissez aussi bien que moi cette conspiration, imitée de l'Italie, le *carbonarisme*, qui, en quelques mois, parvint à étendre ses ramifications sur toute la France et comptait plus de vingt-cinq mille conjurés à Paris seulement, tous armés de fusils et de cartouches, selon les règlements de l'association.

« Si on a su depuis que Lafayette, Corcelles, d'Argenson, Manuel, Donadieu et bien d'autres députés firent partie de cette conspiration et en furent en quelque sorte les chefs, on ne fut pas si longtemps à connaître les martyrs du parti: le général Berton, le colonel Caron, les sous-officiers Bories, Pomier, Goubin, Raoulx, et d'autres plus obscurs encore.

« C'est de ces quatre derniers seulement que je vais parler. Une première entreprise avait échoué à Belfort; on résolut d'en tenter une seconde à la Rochelle et à Saumur, qui, les conjurés l'espéraient, embrasserait tout l'ouest de la France.

« Remontons de quelques mois avant le jour où ce complot fut découvert.

« Au mois d'octobre 1821, le 45e régiment d'infanterie de ligne, venant de Rouen, était en garnison à Paris. Bories et ses amis en faisaient partie, ainsi que le Lamy dont nous nous occupons en ce moment, qui était lieutenant, et un adjudant que nous nommerons Edmond Picard, si vous voulez bien.

— Pourquoi ce nom supposé ? demanda le marquis.

— Ce n'est pas un nom supposé, répondit M. de Mercœur, mais, comme nous n'avons en rien à nous occuper de cet homme, dont je ne sais rien aujourd'hui, la chose est sans importance.

— Bien, dit le marquis.

« Bories, reprit le comte de Mercœur, avait vingt-six ans, était soldat depuis 1816 et sergent, je crois, depuis deux ans environ. Il fut le premier du 45e probablement qui se fit recevoir de la Charbonnerie, dont les chefs essayaient alors d'organiser les *ventes militaires*, comme ils avaient déjà organisé les *ventes centrales* et autres. Par leurs fréquents changements de garnison les militaires (les membres de la *vente suprême* le croyaient) devaient être des colporteurs zélés des idées de la charbonnerie. A ces hommes jeunes, ardents, d'un accès facile aux idées libérales, devait revenir le rôle fécond de propagateurs.

« Bories fut bientôt nommé chef d'une vente centrale. Il eut même une entrevue avec Lafayette, et se trouva souvent en rapport avec le général Berton et le colonel Caron, deux braves officiers de l'Empire mis à la réforme, l'un en 1820, le second en 1819.

« Le premier soin de Bories fut d'organiser la charbonnerie au 45e. Goubin, Pomier et Raoulx furent les premiers qui, avec un véritable enthousiasme, se jetèrent dans les rangs de la conspiration.

« Beaucoup d'autres les imitèrent.

« Bories se devait nécessairement à l'initiation de ses affidés. Pour entretenir leur enthousiasme et augmenter leur nombre, il devait les informer des progrès que faisait l'association et des communications qu'il pouvait avoir à leur faire de la part des *ventes*, avec lesquelles il était en correspondance.

« Cette initiation demandait des réunions. Ces réunions, pour la sûreté personnelle de chacun, quoiqu'on fût décidé à leur donner pour prétexte, si elles étaient connues, la formation d'une loge franc-maçonnique militaire, dont tous les membres devaient se secourir entre eux en cas de maladie, devaient être secrètes et avoir lieu dans un local dont le propriétaire fût dévoué aux intérêts des conspirateurs.

« Pomier avait alors pour maîtresse une femme qui l'aimait beaucoup et qui, certes, se fût jetée dans le feu ou dans l'eau sur un signe de lui.

« Cette femme, quoique jeune — elle n'avait que vingt-deux ans — était veuve, cantinière au régiment, et se nommait Agnès Gérot, femme Bourdieu.

« Pomier, avant de rien dire de ses projets à sa maîtresse, proposa à ses amis, pour lieu de réunion, une des caves de la cantine de la Bourdieu.

« Ces caves sont sûres, dit-il, et nous aurons l'avantage de pouvoir nous y réunir la nuit, à l'insu de tous, quand tout le monde dormira.

« — C'est vrai, » firent les conjurés qui adoptèrent la proposition de Pomier.

« Ils discutèrent seulement si l'on confierait le redoutable secret de l'association à la Bourdieu.

« — Oui, dit Pomier, il faut tout lui dire; c'est une femme dévouée, discrète et de cœur. Si nous ne lui disions pas le motif sérieux de nos réunions, elle pourrait, par ignorance et sans attacher d'importance à son indiscrétion, révéler le secret de nos nocturnes équipées. Si, au contraire, elle sait que nos têtes à tous sont en danger, on la couperait par morceaux sans lui arracher une révélation. »

« Tous les conjurés connaissaient la Bourdieu et l'estimaient; sur l'avis de Bories, les conjurés se décidèrent à confier leurs têtes à cette cantinière.

« Prévenue par Pomier, la Bourdieu fit ce que désiraient les charbonniers. Elle mit une grande cave à leur disposition.

« Grâce à ce refuge assuré, les menées des conspirateurs restèrent longtemps un mystère pour tous ceux qui ne faisaient pas partie de la vente; mais le nombre des conjurés augmentait à chaque séance. Les sous-officiers surtout s'initiaient les uns les autres. Les conjurés comptaient même quelques officiers parmi eux, entre autres le lieutenant Lamy.

« J'arrive enfin à vous parler de Picard. »

A ce nom, le marquis de Courville parut redoubler d'attention. Il supposait que Picard et de Mercœur, l'homme qui lui parlait, ne faisaient qu'un; il ne se trompait pas.

« Voyons ce qu'il va dire de cet Edmond Picard... » se dit le pénétrant gentilhomme.

De Mercœur continua :

« Ce Picard était adjudant et le plus triste homme que j'ai jamais connu ; j'ai eu quelques relations d'argent et d'affaires avec lui en 1830 ou 31. Figurez-vous un argousin doublé d'un jésuite, devant sa position à la plus vile délation et aux plus serviles manières.

— Il l'arrange trop mal, se dit Courville, ce n'est pas lui. Si c'était lui, il chercherait au moins à justifier Picard, en prétextant du dévouement de ce dernier à la monarchie. »

Si rusé que fût le marquis, il était cette fois dupe de l'astuce de son compère.

« De plus, disait de Mercœur pendant que le marquis faisait ses réflexions, Picard était ambitieux, cupide et jaloux, jaloux de Bories et de Pomier à la fois ; du premier, parce que celui-ci semblait avoir plus de chance d'avancement que lui ; du second, parce qu'il aimait follement la Bourdieu et ne pouvait rien en obtenir.

— Cet amour est une excuse.

— Rien n'excuse la conduite de ce misérable ; vous allez voir, » dit de Mercœur.

Cette phrase fut dite avec tant de feu et si naturellement par le père de Reine, que le marquis sentit ses derniers soupçons sur l'identité du comte et de Picard se dissiper complètement.

« Continuez, » dit-il.

« En faisant son service de semaine, reprit de Mercœur, Picard s'était aperçu des allées et venues nocturnes de plusieurs sous-officiers ; il fit du zèle et pénétra le secret des réunions dans la cave de la Bourdieu.

« Ces réunions cachaient un mystère qu'il s'agissait d'éclaircir. Ce fut ce que se dit notre adjudant.

« Ce dernier ne voulut rien ébruiter de sa découverte avant d'avoir surpris le motif des réunions. Il y avait un moyen bien simple : se faire recevoir de la charbonnerie et trahir ses complices. Cet expédient était dangereux, c'était la trahison ouverte et brutale ; les traîtres, dans toute conspiration, sont passibles de la peine de mort. En outre, Picard savait qu'il ne jouissait pas de l'estime de ses collègues ; il craignit que ceux-ci ne refusassent de l'associer à leur entreprise. Il renonça à son premier projet.

« En cherchant, il trouva cependant le moyen de pénétrer en partie le secret de ses collègues.

« Il parvint à soustraire, chez la Bourdieu, la clef de la cave qui servait aux séances mystérieuses. Quelques instants suffirent à un serrurier pour prendre les empreintes et mesures qui lui étaient nécessaires pour faire une clef conforme à la première ; puis l'adjudant reporta la clef où il l'avait prise.

Le valet introduit la visiteuse. (Page 38.)

« Il connaissait l'heure des réunions des sous-officiers : elles avaient presque toujours lieu à une heure du matin.

« Une nuit, Picard gagna la cave dont il ouvrit la porte avec sa fausse clef. Il la referma derrière lui et alluma une lanterne sourde dont il s'était muni. Il chercha de suite un endroit où se cacher, d'où il pourrait voir et entendre les conspirateurs, sans que ceux-ci conçussent le moindre soupçon de sa présence.

« Un tonneau vide et défoncé d'un côté lui parut propre à favoriser son ignoble entreprise. Il le disposa de façon à ce que le côté où manquait le fond fût tourné vers le mur; puis il se blottit, nouveau Diogène, dans le tonneau ; un trou qui avait servi à mettre une canelle, et auquel il pouvait appliquer un œil, lui permettait de voir tout ce qui allait se passer dans la cave.

« Il était caché depuis quelques instants, quand on ouvrit la porte de la cave. Bories, Goubin et Raoulx entrèrent d'abord; Pomier était resté sur la porte et caché dans l'ombre; Bories lui avait dit :

« — Reste sur la porte et renvoie tous nos amis ; il est inutile de les compromettre pour si peu de chose. Tous quatre, nous suffirons à décider l'affaire qui nous réunit. »

« Ceci dit, Bories se mit à se promener dans la cave de long en large; Goubin et Raoulx causaient à voix basse dans un coin.

« Je tiens tous ces détails de la Bourdieu que j'ai connue à la même époque que Picard; la Bourdieu les tenait de son amant.

« Pomier, toujours à son poste, renvoya successivement les conjurés à mesure qu'ils arrivaient. Ceux-ci s'en allaient sans bruit et sans faire la moindre observation. Ce manège dura une demi-heure environ, puis il ne vint plus personne. Alors Pomier ferma la porte et les quatre sous-officiers se réunirent au centre de la cave.

« — Es-tu certain de ce que tu nous a dit ? demanda Bories à Raoulx.

« — Oui, je l'ai vu. Je venais à la réunion, devançant l'heure de quelques minutes ; je marchais avec précaution, car Picard est de semaine et il faut nous méfier de lui. Tout à coup, à dix pas de la porte, j'aperçus une masse compacte debout contre cette porte : c'était un homme. Je m'arrêtai en retenant jusqu'au bruit de ma respiration. L'homme ouvrit doucement la porte et disparut. Depuis, j'ai fait faction à l'entrée de la cave, jusqu'au moment où Pomier est arrivé et m'a affirmé qu'il n'y avait qu'une clef de la cave, et que cette clef il l'avait sur lui. De sorte que l'homme qui est rentré ici n'en est point sorti. En ce moment, il nous voit et nous écoute.

« — Mais, dit Goubin, si ce n'était pas la première fois que cet homme pénètre ici, et s'il connaît déjà nos secrets nous sommes perdus !

« — Si cet homme possédait nos secrets, répondit Bories, il nous aurait déjà trahis et, n'ayant plus rien à apprendre, il ne serait pas revenu ici ce soir, au risque de s'y faire prendre. Cet homme ne sait rien, vous dis-je.

« — Et il faut qu'il ne sache rien, observa Goubin.

« — Le peu qu'il sait est déjà trop, » ajouta Pomier.

« Les sous-officiers parlaient d'un ton sérieux, convaincu et menaçant, en vrais conspirateurs qui, jouant leurs têtes, ne sont pas partisans des demi-mesures vis-à-vis d'un espion.

« — Que voulez-vous dire ? demanda Bories.

« — Qu'il faut juger cet homme, dit Raoulx, de façon que quand nous le découvrirons, quel qu'il soit, serait-il de nos amis, nous n'ayons qu'à lui faire l'application de la sentence.

« — Nos statuts le condamnent à mourir, il faut qu'il périsse, ajouta Goubin.

« — Vous voulez le juger sans l'entendre ? observa Bories.

« — Oui, dit Pomier; d'autant plus que nous n'avons qu'une peine à lui appliquer, la mort ; il faut que notre jugement soit libre de toute considération personnelle.

C'est pourquoi je suis de l'avis de Raoulx, que nous prononcions la sentence sans connaître le coupable.

— Diantre! fit le marquis, je n'aurais pas, à ce moment-là, donné un louis de la peau de l'adjudant.

— Vous devinez dans quel état il était dans son tonneau.

— Moins à l'aise que Diogène dans le sien, dit de Courville; continuez, je suis curieux de savoir comment nos conspirateurs vont s'en tirer. Je parie qu'ils vont laisser aller le traître.

— Oui, ce fut la faute de Bories, dit de Mercœur; cette faute, ses amis et lui devaient plus tard la payer de leur tête.

« — Eh bien! dit Bories, je consens au jugement, mais à une condition: que celui de nous qui sera désigné par le sort pour appliquer la sentence, aura le droit de faire grâce s'il n'a pas voté la mort.

« Les sous-officiers n'oubliaient pas que Bories était leur chef, ils consentirent à ce que ce dernier demandait.

« — Allons aux voix en commençant par le plus jeune, dit Bories, Raoulx, ton avis?

« — La mort au traître, » dit Raoulx sans hésiter.

« Goubin et Pomier se prononcèrent dans le même sens que leur ami. Bories s'abstint.

« Il ne restait plus qu'à tirer au sort l'exécuteur du jugement.

— Picard avait pour mourir trois chances contre une, dit le marquis.

— Oui; mais il n'y a que les misérables comme Picard pour jouer de bonheur, dit M. de Mercœur.

— Je devine le reste, reprit le marquis, Bories fut désigné par le sort et il fit grâce; bien mal lui en prit. Mais achevez. Comment votre nouveau Diogène sortit-il de son tonneau?

— On l'en fit sortir honteux, confus et à demi mort. Les sergents, voyant qu'ils avaient affaire à Picard, l'homme le plus lâche et le plus à craindre du régiment, essayèrent de faire revenir Bories sur sa détermination. Pomier offrit même à Bories de le débarrasser de la sanglante mission et d'envoyer lui-même l'adjudant chez les morts.

« Bories fut inébranlable; alors Raoulx lui dit ces paroles prophétiques:

« — Bories, qu'il soit fait selon ton désir: mais, en faisant grâce à cet homme, tu condamnes le succès de notre entreprise et tu livres nos têtes au bourreau. »

« Bories dit cependant à Picard avant de le congédier:

« — Tu ne sais rien de nos secrets, tu n'as aucun témoin contre nous, tu ne retirerais donc que fort peu de chose de ta délation. Mais rappelle-toi que si tu nous trahis, que s'il arrive de ton fait quelque chose d'extraordinaire à l'un de nous, deux cents hommes du régiment, que tu ne connais pas, se lèveront pour te frapper.

« — Ah! je ne vous trahirai pas, dit Picard; mais je me souviendrai toujours que vous m'avez sauvé la vie. »

« Bories tourna le dos au misérable.

« Peu après, les cinq hommes sortaient de la cave. Avant de se séparer, les sergents convinrent de ne plus s'y réunir et d'entourer leur conduite du plus grand mystère.

X

LE TRAITRE (SUITE DU PRÉCÉDENT).

« Picard fut d'abord assez embarrassé de son secret ; ce dernier était trop vague pour qu'il le vendît, il se résigna donc à le garder.

« Il était sur la voie, il observa, et bientôt sur la conspiration tramée au régiment.

« Suivons l'ordre des faits.

« Le colonel Toustain, celui qui avait en partie fait manquer la tentative de Belfort, un chaud partisan de la Restauration, commandait alors le 45°. Il avait remarqué que les militaires sous ses ordres entretenaient des relations suivies, nombreuses et très intimes avec des bourgeois. Il augura mal d'un tel état de choses dans un moment où des prises d'armes avaient lieu tous les jours contre l'émeute. Il demanda un changement de garnison.

« Le régiment partit pour la Rochelle.

« Bories avait mission de porter l'élément du carbonarisme dans cette ville mal disciplinée par Richelieu et Louis XIV, dont la population turbulente était toujours favorablement disposée à adopter des idées d'indépendance.

« La garnison était mal choisie.

« Mais des évènements graves devaient surgir pendant la route. Bories ne devait pas arriver libre à la Rochelle et son emprisonnement ne devait finir qu'avec son martyre. »

« A Orléans, Bories eut la mauvaise idée de réunir tous ses amis dans un banquet. On causa d'abord, on discuta ensuite ; puis, les têtes s'échauffant, une querelle s'engagea entre les sous-officiers et des Suisses en garnisons à Orléans. Elle se termina par un duel entre Bories et un sergent des Suisses. Ce dernier fut blessé.

« Quand on rendit compte de ce duel au colonel Toustain, ce dernier, qui avait été mal disposé contre Bories, par une lettre anonyme de Picard, ne voulut voir dans ce duel qu'un résultat d'insubordination et de mauvaise tenue de la part de Bories. Il punit sévèrement ce dernier, qui devait subir sa ¡peine d'emprisonnement en arrivant à la Rochelle.

« Le 12 février 1822, le régiment s'installa dans sa nouvelle garnison ; aussitôt Bories, afin que la conspiration n'eût rien à souffrir de son absence, délégua ses pouvoirs et donna ses instructions à Goubin, puis se rendit en prison, comme il en avait reçu l'ordre. Goubin n'avait pas, comme Bories, les qualités nécessaires à un chef de complot.

« Enfin, que pouvait-on attendre de ces conspirateurs de vingt ans ? Ils avaient d'abord commis une grande faute en confiant leur secret à la Bourdieu, car l'amour de Pomier n'était rien moins qu'éternel ; et le dévouement de la cantinière était entièrement subordonné à la constance de cet amour.

« La Bourdieu était de ces femmes auxquelles on ne doit jamais confier ses affaires ;

car, au jour d'une rupture, par jalousie ou par dépit, elles se vengent cruellement, sans rien vouloir calculer dans leur désespoir.

« Lié d'une façon aussi terrible à une telle femme, Pomier eût dû la ménager, ne point la négliger ni irriter sa jalousie surtout. Il eût agi ainsi qu'il vivrait encore, que la charbonnerie, sans atteindre son but peut-être, eût, par l'organe de la bourgeoisie qu'elle représentait, dicté ses conditions à la monarchie ébranlée et chancelante.

« Il n'en fut rien.

« En arrivant à la Rochelle, il commit l'insigne folie de s'éprendre d'une charmante grisette du pays, qui lui fit délaisser la Bourdieu. Celle-ci apprit cette trahison par Picard, qui, dans cette triste affaire, joue tous les rôles entachés d'ignominie.

« La Bourdieu aimait Pomier avec emportement; en recevant la terrible révélation, elle eut un accès de rage et murmura, avec toute la colère d'une résolution menaçante et inexorable :

« — C'est bien, Picard, je vais observer, espionner Pomier; si ce que vous me dites est vrai, je le surprendrai. Oh! alors, je me vengerai, soyez-en certain. »

La Bourdieu s'y prit si adroitement qu'elle ne mit pas plus de deux jours à s'assurer que Picard ne l'avait pas trompée en la prévenant de l'infidélité de son amant.

« Dans un premier accès de rage ou de folie, elle courut chez l'adjudant, à qui elle raconta tout ce qu'elle savait de la charbonnerie.

« Picard fut trop impressionné de cette confidence importante pour parler sur-le-champ d'amour à la Bourdieu. Ce ne fut que plus tard, cédant à ses sollicitations, que la cantinière devint sa maîtresse.

— Décidément votre adjudant est un triste coquin, dit le marquis.

— N'est-ce pas? reprit de Mercœur avec un admirable sang-froid. Mais laissez-le faire.

« Ainsi prévenu, Picard écrivit au ministre et demanda quelle serait sa récompense s'il livrait le secret de la plus importante conspiration qui eût été tramée contre Louis XVIII, et les conspirateurs.

« On lui envoya, à une adresse supposée, vingt mille francs et on lui en promit cent mille autres quand il aurait mis les conjurés sous la main de la justice.

« Picard envoya aussitôt un rapport détaillé de tout ce qu'il savait sur la charbonnerie; il ne signa point ce rapport, mais en conserva un double, qui devait plus tard lui servir à réclamer les cent mille francs, prix du sang.

« Ceci fait, afin sans doute de bien mériter du gouvernement et de gagner les cent mille francs qu'on lui avait promis, et aussi pour s'acquitter de la reconnaissance qu'il devait à Bories de ce que celui-ci lui avait sauvé la vie, il se mit à suivre et à épier les trois sous-officiers, qui étaient encore libres; il voulait s'initier complètement aux mystères de la conspiration. Il ne tarda pas à apprendre que le général Berton, ayant échoué à Saumur, après avoir erré dans les provinces de l'ouest, s'était enfin retiré à la Rochelle, où il était depuis peu, avec l'intention de lever l'étendard de la révolte, en s'appuyant sur un fort détachement d'infanterie de marine destiné au Sénégal, attendant son embarquement à l'île d'Aix. M. Sofréon, commandant ce détachement, composé de 700 hommes, faisait depuis longtemps partie de la charbonnerie.

« Il apprit en outre que le général Lafayette, toujours avide de popularité, s'était offert pour se mettre à la tête du mouvement, que ses services avaient été refusés par les membres de la haute vente, qui craignaient que le général n'arrivât trop tard à la Rochelle, comme il était arrivé à Belfort. Le colonel Dentzel avait seul été adjoint au général Berton pour faire éclater le complot.

« Cette explosion devait avoir lieu le 14 mars.

« Picard sut que le général Berton, n'ayant point trouvé à la Ro. helle d'uniforme de général et ne voulant point renoncer au prestige que l'uniforme exerce sur les masses dans une émeute, avait envoyé un exprès à Saumur afin d'en rapporter le vêtement nécessaire. Ce défaut d'uniforme retardait indéfiniment l'explosion.

« Picard avait reçu du ministère, auquel il s'était d'abord directement adressé, l'ordre d'informer le général Despinois et le colonel Soustain de ce qu'il découvrirait; ces deux officiers étaient chargés d'aviser et d'agir avec énergie.

« Le traître ne faillit pas à sa mission ; heure par heure, le général et le colonel étaient informés des actions et des réso lutions des conjurés.

« Le 13, le colonel fit arrêter Goubin, qui conféra ses pouvoirs à Pomier, comme Bories les lui avait conférés à lui-même.

« Le 18, Pomier et Raoulx étaient eux-mêmes arrêtés.

« Le 20, l'homme que le général Berton avait envoyé à Saumur revint avec l'uniforme. Il n'était plus temps, les chefs du complot étaient en prison.

« Egalement doués d'un caractère indomptable, Berton et Dentzel, désespérant de soulever seuls la Rochelle et la garnison, s'embarquèrent pour aller chercher Sofréon et ses hommes.

« Ce détachement, dont on avait conçu quelque ombrage, était parti la veille pour le Sénégal.

« La conspiration de la Rochelle avait échoué sans avoir éclaté ; et, à partir de ce moment, la charbonnerie ne fit plus que se traîner dans le sang de ses martyrs.

« Le 10 septembre 1822, après un procès que vous vous rappelez sans doute, le sang des quatre sergents arrosait la place de Grève ; et, le 5 octobre, Berton, trahi par Volfel, était exécuté à Poitiers. »

— Ce récit est très intéressant, je l'avoue, dit le marquis, mais je confesse aussi que je ne comprends pas trop pourquoi vous me l'avez fait aujourd'hui et à propos de nos affaires surtout.

— Vous ne voyez pas Lamy, dans mon histoire ? demanda le comte.

— Parfaitement.

— Eh bien ! nous allons l'accuser d'avoir joué le rôle de Picard. Nous le déshonorerons aux yeux de M. Vigneul, qui à aucun prix ne voudra épouser Juliette, lui dont le père a trempé dans le carbonarisme.

— C'est en effet une idée, dit le marquis, mais elle me semble bien peu praticable.

— Faites-moi vos objections, j'y répondrai, fit le comte.

— D'abord, vous n'avez aucune preuve.

— Non, puisque Lamy n'est pas coupable, je ne puis avoir aucune preuve contre lui ; mais je possède quelques papiers, que j'ai achetés à la Bourdieu, qui feraient passer pour coupable le premier venu chez qui on les trouverait et qui ne pourrait en justifier la possession. Ces papiers ne portent ni signature, ni nom, et peuvent tout aussi bien avoir appartenu et appartenir à Picard l'adjudant qu'au lieutenant Lamy. Il ne s'agirait que de faire glisser ces papiers parmi ceux de M. Lamy.

— Je commence à comprendre, dit M. de Courville ; Picard, comme traître, n'était connu que des quatre sergents ?

— Et de la Bourdieu ; mais il est facile d'acheter cette femme, elle est devenue avare ; pour un peu d'or je suis certain de lui faire affirmer que M. Lamy est le traître qui a livré les sergents de la Rochelle.

— Comment Picard correspondait-il avec Toustain et Despinois ? demanda le marquis.

— D'une façon anonyme, répondit le père de Reine.

— Il ne s'agit donc plus que d'établir qu'il y a eu un traître dans cette affaire comme dans presque toutes celles de la charbonnerie, et de faire passer M. Lamy pour ce traître ?

— Aux yeux de Vigneul, surtout, ajouta le comte.

— Qu'il ait un soupçon seulement, et il renoncera à son mariage, si amoureux qu'il soit, dit de Courville.

— C'est évident.

— Mais dites-moi, reprit le marquis, qu'est devenu ce Picard ?

— Il a quitté le régiment, a reçu ses cent mille francs, et il y a gros à parier qu'il ne sera pas jaloux du rôle que nous ferons jouer à M. Lamy dans cette affaire.

— Et la Bourdieu ?

— Je l'ai sous la main. »

Un silence se fit entre les deux interlocuteurs.

M. de Courville réfléchissait, de Mercœur l'observait, mais sans affectation. Tout à coup le marquis sortit, le front radieux, de sa rêverie :

— Que me disiez-vous donc, cher ami, de renvoyer aux calendes grecques le mariage qui nous occupe, la *Société usurière* et ma *Grève des voleurs ?* mais, avant quinze jours, tous les voleurs intelligents de Paris *feront grève.*

— Que dites-vous ?

— Venez fumer un cigare sur le boulevard, je m'expliquerai.

XI

LA SÉPARATION.

Nous ne suivrons pas le noble marquis de Courville et le non moins noble comte de Mercœur dans leurs ténébreuses et criminelles confidences.

En continuant à raconter les faits tels qu'ils se produisirent, après la conversation que nous venons de rapporter, le lecteur fera facilement la part de l'influence que les deux compères exercèrent sur les événements. De cette façon, on aura le secret de leurs odieuses machinations.

On est au mois de juin, le 5 ou le 6. Les jours sont longs, beaux et resplendissants de soleil et de gaieté. Paris, avec toute sa poussière, n'a rien de bien attrayant. Transportons cependant le lecteur dans un petit appartement de la rue du Bac, situé au premier étage d'une maison de modeste apparence et sur la rue. Ce qui équivaut à dire qu'il n'est pas très clair ; mais à Paris on a l'habitude d'appeler grand jour l'obscurité douteuse d'un entresol.

Cet appartement n'a, bien entendu, rien du luxueux confort du riche domicile que le comte de Mercœur occupe à Paris l'hiver. Cependant, il est évident que ceux qui l'habitent n'ont rien à redouter de la misère. Les papiers et tentures sont gais, frais et de bon goût ; les meubles, sans être tout *battant neufs*, sont bons, élégants et d'une propreté méticuleuse. La poussière paraît, au reste, ne pas avoir accès, dans cet appartement, où tout parle à l'esprit, de gens paisibles, ayant de l'ordre et aimant la vie de famille.

De quelque côté qu'on se tourne, on se sent dominé par une pensée de travail ; la trace de l'aiguille d'une petite fée sans doute se retrouve partout : les rideaux sont faits au crochet, des tapisseries recouvrent de petits meubles de fantaisie ; des housses s'adaptent à ceux des sièges dont le tissu n'est pas protégé par des rosaces de guipure.

Cet appartement se compose de quatre pièces, dans lesquelles on retrouve encore des preuves matérielles d'existences laborieuses.

Dans l'une des chambres à coucher, il y a une bibliothèque, un bureau. Sur le bureau, des livres ouverts, des papiers, une plume imbibée d'encre encore limpide. Un des murs de cette chambre est tapissé d'un magnifique trophée d'armes anciennes et modernes.

Dans le salon, un piano ouvert, qui semble résonner encore sous les doigts charmants qui en ont tiré les derniers accords qu'il a rendus.

Dans la salle à manger, sur la table, des étoffes de toile perse d'un gracieux dessin disposées sur des patrons qui attirent toute l'attention d'une belle jeune fille qui, armée d'une paire d'énormes ciseaux, médite de grands projets de morcellement dont l'étoffe va sans doute supporter l'exécution.

Dans la seconde chambre à coucher, celle d'une jeune fille, parmi les quelques tableaux appendus aux murs, on peut remarquer deux coquettes aquarelles et deux légers et frais pastels. Une marine, un paysage, un vase chargé de fleurs et une étude d'oiseaux ont fourni les quatre sujets à ces ouvrages artistiques signés : Juliette L....

Dans le milieu de la chambre, un chevalet d'appartement supporte un portrait commencé : c'est celui de quelque grognard du vieux temps.

On voit que si l'une des chambres à coucher sert de cabinet, l'autre a été convertie en atelier.

Le lecteur l'a sans doute deviné, nous l'avons fait pénétrer chez M. Lamy, l'homme contre la tranquillité duquel le marquis de Courville et le comte de Mercœur élaborent leurs infâmes complots.

Trois personnes occupent le petit appartement dont nous venons de parler : M. Lamy, sa fille et une vieille bonne.

Un domestique suivait le capitaine. (Page 44.)

M. Lamy est à son ministère ; Mlle Lamy est cette jeune personne que nous avons vue sérieusement préoccupée, d'énormes ciseaux à la main, devant la table de la salle à manger. La bonne s'occupe du dîner, dans la cuisine, un modèle de propreté dont une ménagère lorraine pourrait dire :

— On y mangerait par terre.

Revenons à Juliette, notre belle et timide amoureuse qui ne cesse de penser à M. Vigneul quand elle est seule, et ne manque pas un soir de prier pour lui.

— Déjà quatre heures, dit-elle tout à coup avec impatience ; mon père va venir et je n'ai rien de fait. Cependant c'est pour son lit ces rideaux ; je veux les lui donner le jour de sa fête et ils ne sont pas encore commencés.... Vite, cachons-les, il va venir.

Avec une rapidité digne de Robert Houdin, Juliette fit disparaître rideaux et patrons dans un compartiment du buffet.

Elle courut se mettre à son piano.

Ses doigts posaient à peine sur le clavier du mélodieux instrument, qu'un bruit de pas précipités frappèrent son oreille attentive.

— C'est mon père ! s'écria-t-elle ; mais ce n'est pas son pas. Il y a quelque chose d'extraordinaire ; courons voir.

Elle se leva pour aller au-devant du colenel. Elle arrivait dans l'antichambre que la porte de l'appartement s'ouvrit : M. Lamy parut.

Il paraissait très-affairé.

— Comme tu t'arranges ! tu es en nage ; tout cela, pour me revoir plus tôt, dit Juliette en se hissant sur la pointe des pieds pour embrasser son père.

Lamy embrassa tendrement son enfant et dit :

— Cette fois, ce n'est pas pour te voir plus tôt.

— Que dis-tu ?

— C'est plus grave : je pars pour un voyage.

— Je pars avec toi.

— Affaire de service, impossible.

— Explique-toi au moins.

— Laisse-moi donner mes ordres à la bonne. Marguerite !...

Celle-ci, attirée par tout le bruit de l'antichambre, était déjà auprès de son maître.

— Que veut monsieur ? lui demanda-t-elle.

— Ah ! vous êtes là. Eh ! il est quatre heures, reprit Lamy ; à six heures, une voiture viendra me prendre. D'ici là, faites-moi dîner et emplissez mes deux valises de tout ce qui est nécessaire pour faire un long voyage.

— Un long voyage ! dit Juliette avec effroi ; où vas-tu ?

— En Afrique.

— En Afrique ! répéta la jeune fille.

— Oui ! Comment ! toi, la future d'un capitaine, ne vas-tu pas t'évanouir parce que ton père part pour un voyage d'un mois tout au plus en Algérie ? Aurais-tu moins de courage maintenant que quand tu étais enfant et que j'étais en Afrique ? dit M. Lamy en essayant de dissimuler sa vive émotion sous une apparence de rudesse.

— Non ; mais la surprise, balbutia Juliette.

— Elle évite de long et pénibles adieux. Allons ! viens dîner, fit le colonel.

Marguerite avait mis le couvert à la hâte ; le père et la fille furent bientôt à table. Juliette n'avait plus faim ; de ses regards étonnés, elle interrogeait son père.

— Figure-toi, lui dit enfin ce dernier, qu'on s'est décidé avant-hier à envoyer un général en Afrique porter les instructions toutes particulières au maréchal Bugeaud, au sujet de la prise d'Abd-el-Kader. Ce général doit être accompagné d'un employé du ministère chargé de dresser sur les lieux un travail de statistique. Ce matin encore, l'employé désigné était un chef de bureau de mes amis. Tout à coup, à la dernière heure, on s'est rappelé que j'étais resté longtemps en Afrique et que je parlais passablement l'arabe. Aussitôt, j'ai reçu l'ordre de partir à la place du chef de bureau ; et la voiture du général, lui dedans, vient me prendre à six heures. Voilà tout le mystère.

— Tu ne verras pas Horace avant de partir?

— Non ; nous passerons bien à Fontainebleau, mais en voyageant en poste et avec le général, je ne pourrai m'y arrêter. Je lui écrirai d'Alger. Il apprendra à la fois mon départ d'ici et mon arrivée en Afrique. Allons, sois raisonnable; ne te désole pas, je te promets de te marier à mon retour. Et puis tu n'es pas si à plaindre. Paris est insupportable pendant ces chaleurs. Eh bien! tu vas aller passer un mois chez ta tante à Neuilly. Elle sera enchantée de te voir, elle t'aime tant! Tu lui expliqueras ce qui m'a fait partir si précipitamment sans la voir. Vous partirez ce soir même avec Marguerite, et Horace trouvera bien le temps d'aller vous voir un jour par semaine. Allons, sèche-moi tes beaux yeux et viens m'aider à mettre dans mes bagages tout ce dont j'aurai besoin là-bas. »

Juliette avait bien de la peine à retenir ses larmes. Le cœur serré, elle se leva pourtant de table et accompagna son père dans sa chambre, où Marguerite préparait les valises.

Une heure plus tard, heure militaire, une voiture de poste s'arrêtait dans la rue.

C'était le général.

Il ne descendit pas et se contenta de faire prévenir M. Lamy de son arrivée.

Le colonel embrassa une dernière fois son enfant.

A sept heures, il était sur la route de Lyon.

Disons que ce départ précipité était l'œuvre de la puissance occulte et incontestable de M. de Courville.

Le marquis avait bien fait nommer son neveu secrétaire d'ambassade, pourquoi n'eût-il pas pu faire envoyer en mission un employé plutôt qu'un autre?

Le soir du départ du colonel, le marquis disait à son complice :

« Demain, c'est l'anniversaire de votre fille?

— Oui. Pourquoi? dit le comte.

— J'ai mon idée ; demain, venez me voir et amenez Guiffart, il faut que je parle à ce coquin, et que je voie ce qu'il sait faire. »

XII

OU COMMENCE LE CHEVALIER D'INDUSTRIE ET JUSQU'OÙ PEUT ALLER LE BANDIT.

Le lendemain, à l'heure convenue, M. de Mercœur, exact au rendez-vous pris la veille et accompagné de Guiffart, se faisait annoncer chez M. de Courville.

Ce dernier l'attendait.

Comme l'a dit la Sibel, quand Guiffard était sur son *trente et un*, et il y était en mettant le pied hors de chez lui, car il avait de la tenue, il inspirait une certaine confiance et avait l'apparence débonnaire d'un garçon entre deux âges qui, ayant fait des siennes, est gravement préoccupé de donner de la dignité et du sérieux à son existence avant de faire une fin.

Paraissant riche ou au moins possesseur d'une certaine aisance, Guiffart, aux yeux de ceux qui ne le connaissaient pas, avait le mérite de ne pas avoir sombré, à vingt ans, sur l'écueil de la dissipation et d'avoir su se conserver une poire pour la soif de l'héritage de ses pères.

Mérite plus grand qu'on ne pense dans notre siècle d'amis parasites, de cocottes, de lansquenet, de chevaux primés, de bijoux et autres *bibelots* à la Benoîton. Si les pères de famille savaient ce qu'ils doivent de transes à toutes ces machines à naufrages et autres catastrophes... ils deviendraient misanthropes, ne lorgneraient plus nos maîtresses sur les boulevards, se passeraient de faire leur whist, se priveraient du bidet édenté qui traîne leur voiture antédiluvienne, et renonceraient à savoir l'heure autrement qu'à l'aide d'un cadran solaire.

Revenons à Guiffart.

En effet, qui eût pu soupçonner quelques mauvais instincts à l'homme que nous allons dépeindre.

Le frère de la Sibel était grand, sec, avait une tournure magistrale, tenant un peu de celle de Don Quichotte. La physionomie du bandit était aussi inoffensive, mais moins ridicule que celle du chevalier errant : un front haut et légèrement dénudé au sommet; des cheveux gris, longs et plats couraient autour de son chef emmanché d'un long cou; le nez était droit, bien fait, aux narines légèrement dilatées; les yeux bleus, expressifs et rieurs sous des sourcils blonds; la bouche, petite, sensuelle, souriante, possédant toutes ses dents, se dessinait sous une moustache fournie mais sans rien de rébarbatif; le teint était pâle, nouveau cachet de distinction selon bien des physionomistes.

Guiffart, s'habillait tout de noir, excepté sa chemise et sa cravate blanche, ne portait que des habits sous ses pardessus, des chapeaux forme tuyau de poêle et des bottes irréprochablement vernies. Toujours parfaitement ganté, il avait l'habitude de s'appuyer sur un rotin de grosseur respectable.

Il avait soin de sa personne; son tailleur, l'ayant compris, l'habillait bien. De sorte que le plus fin observateur s'y fût trompé et eût pris Guiffart pour un tout autre homme que celui qu'il était.

Comme habitudes, le bandit avait un chez lui confortable, rue Montmartre, prenait ses repas dans un café de second ordre, et ses voisins affirmaient que sa vie était paisible, réglée et surtout honnête. Chez lui, on l'appelait le chevalier de Guiffart.

Chez cet homme, le moral ne répondait en rien aux apparences physiques. Au contraire, ces apparences n'étaient qu'un masque, un vice de plus qui rendait le bandit plus dangereux. Le frère de la Sibel était intelligent, rusé, adroit, et avait l'esprit observateur; rien ne lui échappait. C'était grâce à une grande expérience des hommes et des choses, qu'avec une hypocrisie parfaitement réussie, il avait réglé sa vie et sa mise Il savait apprécier l'influence des dehors sur les masses. Autant instruit qu'il le fallait pour jouer son rôle dans tous les mondes possibles, il s'énonçait avec facilité et une certaine éloquence descriptive. Il avait l'organe agréable. Ambitieux, il savait paraître humble sans bassesse, et ses manières pleines de dignité, de savoir-vivre et de modestie, le faisaient bien accueillir partout où il se présentait.

Avec tant de qualités, notre homme ne serait pas resté dans les rangs des médiocrités, quelle qu'eût été la profession qu'il eût choisie; mais Guiffard avait d'abord en horreur tout travail assidu.

Les qualités dont nous venons de parler ne servaient que ses vices : sa cupidité et son ambition. Avide, cruel, féroce, audacieux, courageux même, Guiffart se plaisait dans la voie sanglante du crime qu'il parcourait impunément depuis vingt ans, parce que, pour lui, c'était la carrière de l'imprévu et de poignantes émotions.

Nous avons oublié de dire que cet homme avait cinquante ans, qu'il était déjà riche, que sa structure, efflanquée, un composé de nerfs, de muscles et de tendons, dissimulait une force peu commune.

Sec comme un copeau, qu'un coup de vent semblait devoir emporter comme une guenille, il s'était, une nuit, défendu contre six hommes résolus à lui faire un mauvais parti, et leur avait échappé, n'ayant pour se défendre que son rotin, sa force, son courage et son sang-froid. Les assaillants étaient armés de couteaux; ils furent tous blessés; le chevalier rentra sans une égratignure.

Guiffart connaissait presque tous les misérables et tous les bandits célèbres de Paris. Il ne les fréquentait pas, n'était pas leur complice, mais savait où les prendre. S'il avait parfois des rapports avec eux, il les traitait un peu plus mal que le parvenu traite ceux qu'il a laissés derrière lui. Quant aux bandits, ils ne savaient rien sur le chevalier et n'eussent pas osé se prononcer, à savoir si ce dernier était bandit ou mouchard.

Dans une maison de la place Maubert, le frère de la Sibel tenait un bureau de placement interlope. Il paraissait rarement dans ce bureau. Un employé faisait la besogne; quel employé et quelle besogne!... Le lecteur appréciera plus tard l'utilité de ce bureau de placement pour un homme tel que Guiffart.

Ainsi était le chevalier de contrebande en tous points digne de s'entendre avec de Courcelle et de Mercœur.

Parmi ces derniers, Guiffart, se sentant avec ses pairs, devait être cynique, spirituel, et parler du crime en amateur passionné, comme un collectionneur parle des objets d'art qui préoccupent toute sa vie.

Au reste, on va le voir à l'œuvre; bientôt on saura ce dont était capable ce scélérat, qui ne marchait pas sur la route du bagne le poignard à la main, l'invective à la bouche, vêtu de guenilles et de haillons, la figure patibulaire, les manières crapuleuses, demi-ivre et parlant argot.

Malgré sa pénétration habituelle, M. de Courville, en voyant le chevalier, se trompa complètement sur le compte de ce dernier.

— Si c'est là l'homme dont m'a parlé le comte, se dit-il, je donne mon âme au diable!

Innocent M. de Courville, qui ne réfléchissait pas que depuis longtemps maître Satan avait la propriété et la jouissance de son être tout entier.

— M. Guiffart ?... dit le marquis en désignant le bandit, et doutant encore que le compagnon du comte fût bien l'homme que ce dernier lui avait annoncé.

— Oui, monsieur, dit le chevalier.

— L'habit ne fait souvent pas le moine, après tout, pensa M. de Courville en invitant les deux visiteurs à s'asseoir. Monsieur, reprit le marquis en s'adressant plus particulièrement au chevalier, le temps nous presse; je n'en perdrai donc pas en commentaires inutiles. M. de Mercœur a dû vous dire à peu près pourquoi je vous ai fait venir et le service que nous attendons de vous?

Le chevalier, ayant pris ses aises dans un fauteuil, répondit aussitôt :

— Je sais, monsieur, qu'il ne s'agit pas précisément d'une bonne action, mais c'est tout, M. de Mercœur ne m'ayant rien dit de précis.

— Le comte ne pouvait rien préciser, car nous n'avons encore rien décidé. Dans l'affaire qui nous occupe, pour que je m'arrêtasse à un plan plutôt qu'à un autre, il fallait que je vous visse.

— En deux mots, dit Guiffart, vous voyez le résultat, mais le choix des moyens vous embarrasse encore.

— M'embarrasse, n'est pas le mot, fit de Courville. Seulement, afin d'être certain du succès de l'entreprise, je veux combiner ces moyens avec vos aptitudes. J'en ai plusieurs en vue, tous me semblent infaillibles. Cependant j'adopterai celui qui rentrera le mieux dans le genre de votre savoir-faire.

— Eh bien! monsieur, dit Guiffart, s'il vous faut un homme sans préjugés, intelligent, cupide, audacieux et fort, je suis votre homme. Je puis également vous servir dans une intrigue, comme ravisseur; dans une spéculation, *comme homme de paille.*

— Dans une spéculation comme homme de paille! s'écria le marquis en interrompant Guiffart; je prends bonne note de cela. Vous serez la clef de voûte de ma société usurière, le premier rôle de ma *Grève des voleurs.*

Guiffart fut assez surpris d'entendre émettre l'idée que les voleurs pouvaient faire grève; mais comme il en avait sans doute vu et entendu bien d'autres, il ne manifesta rien de son étonnement et continua :

— Je puis, dans une partie importante, vous faire gagner toujours, car je m'entends à corriger la fortune au jeu. Dans une affaire épineuse, je puis vous servir comme faussaire. Maintenant, si vous avez un ennemi qui vous gêne et ait la tête un peu près du bonnet, je puis vous débarrasser de lui, je suis un spadassin hors ligne. C'est même par ce métier que j'ai commencé ma carrière assez accidentée.

— Arrêtons-nous ici, dit le marquis évidemment satisfait de la profession de foi du scélérat.

— Je n'ai cependant fait que vous énoncer mes talents d'agrément, dit Guiffart.

— Diantre! fit le marquis, que penser des autres? Plus tard, je vous demanderai une confidence à ce sujet. Pour l'instant, cette inappréciable faculté que vous avez d'envoyer les gens dans l'autre monde me décide dans l'adoption de mon plan. Cette fois, je n'ai besoin de vous que comme spadassin.

— A vos ordres, monsieur le marquis, dit Guiffart en s'inclinant profondément.

— Donc, vous êtes un spadassin hors ligne, un duelliste sans pareil ? demanda le marquis.

— Dans ce genre, dit modestement Guiffart, je ne sais pas si j'ai mon égal ; mais le fait est que je ne l'ai pas trouvé et ne le connais pas. Sur le terrain, je tuerais ou blesserais immanquablement Grisier lui-même, au choix de la personne pour qui j'opérerais.

— Très-bien, dit le marquis enchanté de l'assurance persuasive du chevalier.

— Que faut-il faire ? demanda le spadassin.

— Blesser un homme seulement.

— Dangereusement ?

— Oui, de façon à ce qu'il ne puisse supporter d'être transporté. Mais, à tout prix, il ne faut pas le tuer ; sa vie est sacrée.

— Bien ; une blessure dans le flanc droit fera son affaire, dit Guiffart avec autant d'assurance que si la blessure était déjà faite. Voyons, maintenant, les moyens de chercher querelle à mon adversaire, de façon à ce qu'il m'insulte et que j'aie le choix des armes ; car il faut que la rencontre ait lieu à l'épée.

— Ces moyens, je les ai, dit Courville, qui reprit peu après en s'adressant à de Mercœur : Tout est-il préparé, à Fontainebleau, pour fêter l'anniversaire de votre fille ?

— Oui, répondit le comte.

— Eh bien ! il est onze heures, nous arriverons juste à temps, dit de Courville. Partons.

— Monsieur vient avec nous ? demanda le comte en désignant Guiffart.

— Je crois pardieu bien ! reprit le marquis ; et qui blesserait M. Vigneul, serait-ce vous ou moi ?

— Comment ! c'est M. Vigneul que vous voulez blesser ? s'écria le comte avec angoisse.

— Qui supposiez-vous donc ? dit M. de Courville.

— Le colonel Lamy.

Le marquis haussa les épaules et dit :

— Le colonel ! Un joli moyen, ma foi, de hâter la conclusion du mariage que nous voulons empêcher. M. Lamy, se croyant en danger de mort, s'empresserait de marier sa fille, afin d'assurer l'avenir de cette dernière, et ce serait d'un père bon et prudent.

— C'est vrai, dit le comte ; mais ma fille va m'arracher les yeux quand elle saura que nous avons fait blesser le capitaine...

— D'abord, elle ne saura pas que nous sommes pour quelque chose dans le duel, puis elle se réjouira du résultat du combat, répondit le marquis.

Le père de Reine eut un mouvement d'incrédulité.

— Vous avez invité le capitaine à votre fête ? lui demanda le marquis.

— Des premiers.

— Bien ; partons, alors, fit de Courville. En route, je vous déroulerai mon plan.

Nous ne suivrons pas les trois complices dans l'élaboration de leur complot que nous allons voir éclater.

Quand ils arrivèrent à Dammarie, tout était réglé : nos meurtriers étaient parfaitement d'accord.

XIII

GUIFFART (PAR SA GRACE, CHEVALIER DE...) A L'OEUVRE.

Une fête à Paris, l'été, aurait-elle lieu dans un des plus somptueux hôtels des Champs-Élysées, ou du faubourg Saint-Germain, devient une chose insipide qui ne sort guère et ne peut guère sortir de trois banalités : un ballon, un feu d'artifice, des illuminations. Il y a bien encore le mât de cocagne, plaisir peu couru, et c'est tout. Aussi, les merveilles des *réjouissances publiques* sont-elle spécialement réservées aux badauds ravis de se faire marcher sur les pieds, et au *pick-pocket* qui se fait un jeu d'exploiter les poches de la foule.

Dans ces fêtes, le soleil, un joyeux compagnon pourtant, devient de trop, parce que son ardeur engendre des avalanches de poussière que bénissent seuls les débitants de rafraîchissements.

Si par hasard, de ci, de là, dans les endroits où ces fêtes ont lieu, il existe quelques arbres assez gros pour donner un peu d'ombrage, aussitôt une fourmilière humaine envahit le pied de ces arbres, qui ressemblent alors à d'immenses parapluies chargés de protéger la foule contre une averse. Tranchons le mot : une fête d'été à Paris avec ses gazons flétris, ses arbres poussiéreux, ses fleurs alanguies, ses débris de papiers voltigeant partout, singuliers papillons parfois, n'est qu'une triste parodie dont les gens, si peu sybarites qu'ils soient, ont le bon goût de se priver.

Une fête à la campagne est bien différente. D'abord, l'emplacement ne manque pas, et, si misérable que soit une localité, elle offre toujours bien un endroit où une population restreinte peut largement prendre ses ébats. Ces fêtes sont souvent charmantes.

Mais quand une de ces réunions a lieu dans une villa comme celle du comte de Mercœur, que rien ne se ressent d'une économie parcimonieuse, elle devient une fête délicieuse dans toute l'acception du mot.

Là, au moins, les eaux chantent, murmurent, circulent, elles ont, en un mot, une vie qui n'a rien d'emprunté : les arbres ont un feuillage velouté et luisant ; les fleurs resplendissent d'éclat ; les insectes bourdonnent ; les oiseaux chantent ; le ciel rit et le soleil est le bienvenu, car on ne le trouve que quand on le cherche. Là, on peut s'engager dans ces allées ombreuses qui tamisent un jour miroitant, sans être exposé à être interrompu, dans un amoureux tête-à-tête, par une foule de promeneurs qui passe en courant et en criant que le *ballon va partir !* Bienheureux quand cette vague ne ne vous laisse pas seul à l'endroit où, un instant auparavant, vous sentiez un bras s'appuyer sur le vôtre.

On l'en fit sortir honteux, confus et à demi-mort. (Page 59.)

Là, quand vient le crépuscule, mille parfums indéfinissables viennent vous faire trouver bon de vivre et vous plonger dans une rêverie agréable, à travers laquelle vous voyez la fête comme un plaisir trop parfait pour être de ce monde ; puis les bosquets, les grottes, les rochers s'illuminent de lumières aux couleurs multiples et la fête de nuit commence.

On dîne, on danse, on court, on soupe, on boit, on chante, on se grise, en un mot. mais de la douce ivresse de la joie, et non de cette ivresse brutale qui forme un plan dans le tableau des fêtes parisiennes.

Le comte de Mercœur n'avait rien ménagé pour faire de la fête qu'il allait donner une gracieuse solennité. Sa fille et lui tant à Fontainebleau qu'à Melun et dans les mille villas qui avoisinaient ces deux localités, avaient fait de nombreuses invitations ; personne ne manquait au champêtre rendez-vous.

Une serre, dont les châssis avaient été enlevés, servait de salle à manger. Les murs, richement tapissés de plantes rares courant, grimpant, serpentant, festonnant et s'enroulant partout, de fleurs exotiques qui étincelaient comme autant de pierres précieuses sur cette verdure luxuriante et de toutes les nuances, entouraient dignement une table magnifiquement servie, chargée de plus de cent couverts. Le linge, d'une blancheur éblouissante, les cristaux, une riche orfèvrerie, des corbeilles chargées de fruits, formaient un charmant ensemble dans cette féerique salle de réfection improvisée par le fastueux et sybarite gentilhomme.

C'était tout simplement une merveille du genre.

Autre merveille : la salle de bal était formée par un vaste emplacement entouré et couvert par une épaisse charmille de grands maronniers, dont le feuillage épais et fleuri empêchait de voir les étoiles scintillant au firmament ; un éclairage admirable rendait éblouissant ce salon d'un jour.

La villa entière, le parc jusque dans son coin le plus obscur, avaient été disposés de façon à ce que les invités de Reine pussent se croire dans un de ces châteaux magiques créés par la féconde baguette de quelque enchanteresse.

Belle, gracieuse, souriante, le teint animé, les yeux pétillants de plaisir, mise avec un goût exquis, Reine faisait les honneurs de cette fête avec une grâce, un entrain charmant ; elle était partout à la fois et trouvait quelque chose d'agréable à dire à tous les conviés.

L'orgueilleuse fille voulait plaire et elle réussissait.

MM. de Courville, de Mercœur et de Broussay la secondaient dignement et avec un zèle empressé.

M. Vigneul était arrivé des premiers. Reine n'avait pu qu'échanger quelques paroles avec lui.

— Et mon bouquet ? lui avait-elle dit.

— Fané, hélas ! avait répondu l'officier en riant.

— Et jeté, sans doute... reprit Reine avec une certaine anxiété dans la voix.

— Oh ! vous ne pensez pas ce que vous dites et vous savez bien que cela n'est pas, fit Horace.

Cette réponse enchanta Reine ; elle s'éloigna le cœur joyeux. M. de Broussay était venu jalousement la relancer au bras du capitaine.

Il n'eut pas à se louer d'avoir agi ainsi, ce bon M. de Broussay.

. . . .

Le dîner était depuis longtemps terminé ; on entendait, tamisés par l'épaisseur du bois, les préludes de l'orchestre. Les dames, avides de fleurs comme les abeilles le sont de parfums, couraient à travers les jardins qu'elles moissonnaient impitoyablement. Un essaim ravageur que celui-là ! Les hommes, retirés sous une large tonnelle disposée en fumoir, fumaient, humaient leur café et discouraient un peu à bâtons rompus.

Un groupe était composé de MM. de Mercœur, de Courville, de Broussay, Vigneul, Guiffart, et d'étrangers à notre récit. C'était le moment attendu par le trio d'assassins...

La conversation roulait sur l'état militaire et sur l'armée. M. de Mercœur l'avait amenée adroitement sur ce terrain.

— A propos de l'armée, dit le comte en répondant à une phrase du capitaine et en s'adressant à ce dernier, vous, monsieur, qui devez spécialement lire toutes les nouvelles concernant l'Algérie, avez-vous une opinion sur la longanimité avec laquelle notre gouvernement traite Abd-el-Kader?

Nous ferons observer au lecteur qu'à peu près à l'heure à laquelle le comte faisait cette demande, M. Lamy passait à Fontainebleau sans pouvoir prévenir Horace de son départ précipité pour l'Algérie.

— Oh! mon Dieu! monsieur, répondit le capitaine, il n'y a qu'une opinion à se faire sur l'insurrection d'Afrique : que le pays n'est pas encore soumis, que l'émir fait une résistance acharnée, sur un terrain qu'il connaît parfaitement, et que nos généraux n'ont pas encore assez étudié; que ces généraux, ayant à lutter contre l'ennemi, les maladies et les privations, sans moyens de communication pour les ravitaillements, disposant d'une armée insuffisante pour terminer la conquête et en même temps organiser la partie du pays déjà soumise. Quant à la longanimité dont vous parlez, je ne crois pas que notre gouvernement temporise à dessein avec la prise d'Abd-el-Kader; car, il y a à peine six mois, j'ai moi-même fait partie d'une colonne qui a tenté des efforts inouïs pour faire cette importante capture.

— Cependant, reprit M. de Mercœur, je me suis laissé dire que bien souvent, si on avait voulu, on se serait emparé de l'émir. Que si on ne l'avait pas fait, c'était pour entretenir une guerre qui tient notre armée en haleine et sert d'école à nos généraux.

— Vous parlez de l'Algérie? dit M. de Courville, comme s'il n'avait entendu que le mot Algérie de la conversation que nous venons de reproduire.

— Oui, marquis, répondit le Mercœur, et surtout de la prise de l'émir; mais vous, qui avez au moins un œil et une oreille dans chaque ministère, vous ne savez rien à ce sujet? On dit que Mascara est retombé aux mains de l'ennemi, est-ce vrai?

— Oui, c'est vrai; mais j'ai une nouvelle plus récente à vous annoncer.

Le cercle d'auditeurs devint attentif autour du marquis.

Celui-ci reprit :

— On vient de se décider sérieusement à prendre Abd-el-Kader.

— Voyez-vous, monsieur Vigneul, dit le comte, que j'avais raison en soutenant que ce n'était pas sérieusement qu'on voulait prendre l'émir. Le marquis est bien informé quand il affirme.

— On vient d'envoyer un général en Algérie, continua M. de Courville; cet officier est accompagné d'un employé du ministère, M. Lamy; ils ont dû quitter Paris ce soir.

— M. Lamy! s'écria précipitamment Guiffart pendant que la même exclamation était sur les lèvres du capitaine.

— Le connaissez-vous? demanda le marquis.

— Je connais un M. Lamy, dit M. Guiffart, je ne sais si c'est celui dont vous parlez.

— Le mien, reprit M. de Courville, actuellement employé au ministère de la guerre, section des affaires politiques arabes, a été colonel au 65ᵉ de ligne.

— Et lieutenant au 45ᵉ fit Guiffart.

Le capitaine Vigneul écoutait ; au reste, il lui eût été difficile de se mêler à une conversation en quelque sorte particulièrement engagée entre le marquis et le chevalier. De plus, il s'était senti surpris d'une antipathie instinctive pour Guiffart, et avait cru remarquer, sinon dans les paroles, au moins dans le ton de ce dernier, quelque chose de peu bienveillant pour l'absent.

— Alors vous le connaissez ? dit M. de Courville à Guiffart en continuant l'entretien.

— Pas précisément, mais savez-vous, M. le marquis, l'importance de la mission confiée à M. Lamy ?

— Elle est grande.

— J'ai toujours été étonné de l'avancement de cet homme, dit Guiffart, et je ne m'explique pas la confiance qu'on a en lui.

Ces paroles, si blessantes pour le colonel, firent pâlir Vigneul ; ne pouvant maîtriser ni sa colère ni son émotion, il s'approcha de Guiffart, lui étreignit le bras comme dans un étau, et lui dit :

— Deux mots, monsieur, avant d'aller plus loin.

Au regard terrible et menaçant que Vigneul fixait sur lui Guiffart comprit que l'épigramme avait porté.

— Deux mots, monsieur, volontiers, répondit-il au capitaine.

Ce dernier pria aussitôt MM. de Mercœur et de Courville de les accompagner, et tous quatre, au grand étonnement de leurs auditeurs, gagnèrent une allée solitaire du parc.

Quand ils se furent arrêtés :

— Messieurs, dit Vigneul, je vous ai attirés ici, dans l'ombre et loin de toute oreille indiscrète, pour ne pas troubler la fête par une explication qui, je le crois, peut devenir une querelle.

— Je vous remercie, monsieur de cette attention délicate, dit le comte de Mercœur en s'inclinant.

— Maintenant, monsieur, reprit Vigneul en s'adressant au spadassin, auriez-vous l'obligeance de m'expliquer les dernières paroles que vous avez prononcées en parlant du colonel Lamy, qui, en effet, a été lieutenant au 45ᵉ ? Je vous ferai observer, monsieur, que ces paroles sont blessantes pour lui, elle semblent affirmer que le colonel n'est pas digne de la haute confiance qu'on lui accorde.

Le capitaine était si ému, si irrité, que sa voix était devenue sifflante, et que, pendant qu'il parlait, il s'était tenu à quatre pour ne pas sauter à la gorge du bandit.

— Monsieur, répondit Guiffart avec hauteur, si avant de m'expliquer, je vous demandais de quel droit vous prenez la défense du colonel.

— Du droit, monsieur, qu'un honnête homme a de prendre la défense d'un autre honnête homme absent, qu'on s'apprête à calomnier, fit avec feu le fougueux capitaine.

— A calomnier, monsieur ! s'écria Guiffart.

— Oui, monsieur, dit Vigneul.

— Messieurs ! messieurs ! calmez-vous, fit M. de Courville en feignant de vouloir s'interposer entre les deux adversaires du lendemain.

Ceux-ci le repoussèrent à la fois, quoique avec convenance.

— Messieurs, dit Vigneul, cette affaire est arrivée à un point qui ne laisse aucun doute sur son dénoûment. Si je vous fais assiiser à ces débats, c'est que, convaincu que le colonel Lamy n'a à rougir d'aucune de ces actions, je ne veux pas avoir l'air d'avoir entraîné monsieur pour obtenir son silence sur un fait humiliant pour l'homme honorable dont je viens de parler. Aussitôt la fête terminée, demain, je vous autorise à répéter tout ce qui sera dit ici à huis clos, afin qu'on comprenne le motif de convenances qui seul m'a fait éviter un éclat.

Guiffart voulut s'aviser de jouer avec la colère de Vigneul.

— Vous avez dit un fait humiliant, monsieur, dit-il ; celui dont je veux parler, c'est une infamie !

— Une infamie ! dit Vigneul qui, sans M. de Courville, eût souffleté Guiffart.

— Oui, monsieur, une infamie ! répéta le spadassin.

— Expliquez-vous dit l'officier en se croisant les bras sur la poitrine afin de résister à la tentation qu'il éprouvait de jeter Guiffart sous ses pieds et de l'y broyer.

— C'est facile, répondit le bandit ; connaissez-vous bien la conduite de M. Lamy au 45e ?

— Non, monsieur, mais je garantis qu'elle y fut honorable.

— Vous vous trompez, monsieur.

Encore un coup d'épingle donné dans la plaie vive que Vigneul sentait lui ronger le cœur, il n'eût pas plus souffert si on eût flétri devant lui la mémoire de son père.

— Tenez, monsieur, achevez, dit-il au bandit, sinon je ne réponds pas de la colère et de l'indignation qui m'animent.

— Du calme, monsieur, persifla Guiffart, sinon, vous ne me comprendrez pas. Eh bien ! monsieur, le 45e a été le régiment des quatre sergents de la Rochelle.

— Je le sais.

— Les sergents conspiraient.

— Ensuite ?

— Le lieutenant Lamy conspirait avec eux.

— C'est possible.

— Eh bien ! si les quatre sergents sont morts sur l'échafaud...

— Après ?... après ?... s'écria Vigneul avec rage.

Il commençait à comprendre.

— C'est qu'ils ont été dénoncés par un faux frère, un traître, par le lieutenant Lamy.

— C'est faux ! fit Horace en cherchant à se précipiter sur le spadassin ; vous me rendrez raison de vos paroles.

— A vos ordres, dit Guiffart, demain.

— Non, de suite.

— Demain, répéta Guiffart.

— Soit, monsieur ; alors vous resterez ici, je ne vous quitte pas.

— Oh ! soyez tranquille, dit le spadassin, je n'essayerai point de vous échapper.

Dix minutes plus tard les quatre hommes pénétraient, par différents côtés, sous la charmille des marronniers, où le bal était commencé.

— Comment avez-vous trouvé mon homme ? demanda le comte au marquis quand ils se rencontrèrent.

— Magnifique ; nous verrons comment il sera demain...

Malgré l'entrain qui régnait partout autour de lui, M. Vigneul resta sombre et presque menaçant ; la fête lui parut insipide. A un moment donné, que Reine l'avait rejoint, il fut morose et ennuyé avec la jeune fille.

Celle-ci ne l'avait jamais vu ainsi.

— Qu'avez-vous donc ? lui dit-elle.

— Je ne sais... je souffre, dit Vigneul ; je vais me retirer.

— Vous ne retournerez pas à Fontainebleau ce soir, dit Reine ; restez ici, vous ne manquerez d'aucun soin.

Vigneul quitta Mⁿᵉ de Mercœur qui, tout attristée aussi, regagna la charmille des marronniers. Il monta aussitôt dans la chambre qu'il devait occuper et se laissa tomber comme anéanti sur un siège. Il était péniblement affecté et ne savait au juste ce qui se passait dans son esprit. Si sa colère était un peu tombée, son indignation était restée la même. Mille pensées confuses, inverses, formaient une sorte de chaos dans lequel son intelligence pouvait à peine se reconnaître. Supplice terrible au moral, affreux comme souffrance physique. La plus horrible migraine donnerait une faible idée de ce que l'officier éprouvait.

D'abord, il regretta d'être venu à cette fête ; mais aussitôt il revint sur cette manière de voir, avec toute la générosité de son caractère.

— Au contraire, j'ai bien fait de venir ; je suis heureux d'être venu, se dit-il. Si je n'avais pas été ici, la calomnie se serait fait jour et eût glissé dans l'ombre jusqu'au jour où elle se fût dressée, de mille côtés à la fois, sans qu'on pût se rendre compte d'où partait l'incendie. Ici, au contraire, j'ai écrasé du pied le hideux serpent à sa naissance, et demain je le tuerai. Oh ! oui, je le tuerai, car je serai sans pitié.

Après un court silence :

— Oh mon Dieu ! dit Horace en laissant tomber sa tête entre ses mains, je n'aurais jamais cru qu'on pût souffrir un supplice aussi douloureux que celui que j'endure ; mais aussi entendre prodiguer les insultes les plus infamantes à un homme absent qu'on chérit comme un père, et cela sans pouvoir éclater, sans pouvoir écraser, pulvériser, anéantir le misérable qui se permet de si criminelles calomnies. Oh ! je crois qu'il n'y a pas de plus grand martyre que celui-là.

L'officier se promenait à grands pas dans sa chambre.

Vingt fois dans sa vie, comme ce soir, avec la perspective d'être tué le lendemain, le capitaine s'était mis au lit avec autant de calme que l'homme le moins timoré de l'univers.

Peu à peu, cependant, la fougue de son indignation se calma pour faire place au raisonnement. D'abord, il se félicita de n'avoir point mêlé le nom de Juliette à la querelle, d'être resté sur la défensive et de n'avoir rien dit des liens de reconnaissante affection qui l'attachaient au colonel.

De déduction en déduction, il en arriva à vouloir s'expliquer la querelle et à se demander dans quel but le chevalier de Guiffart, qui ne le connaissait pas, qui ne l'avait jamais vu, qui ignorait sa vie et ses relations, avait parlé comme il l'avait fait du colonel Lamy.

Vigneul connaissait trop bien ce dernier pour, dans aucun cas, mettre son honorabilité et sa loyauté en doute : mais en réfléchissant au sang-froid, à l'assurance de Guiffart, Horace ne put s'empêcher de se dire :

— Cet homme est de bonne foi, c'est évident; il croit ce qu'il affirme, il est seulement victime d'un malentendu.

Un instant, le capitaine pensa aller provoquer une explication ; il voulait tirer au clair l'honneur de M. Lamy de cette affaire; mais, après avoir réfléchi à l'impossibilité de sa démarche, il murmura :

— Nous sommes allés trop loin l'un et l'autre pour nous revoir autrement que sur le terrain et l'épée à la main.

Puis il ajouta :

— Mais si, par un hasard, car il faut tout prévoir, je dois être tué demain, ne serait-il pas bon de ne pas emporter mon secret dans la tombe, et de mettre M. Lamy en garde contre des ennemis inconnus ?

Cette pensée était bonne, Horace la mit de suite à exécution, il écrivit :

« Mon cher ami,

« Je vous écris cette lettre avec la conviction que vous ne la recevrez pas, car elle ne vous sera remise que si je suis tué demain, et cela n'est guère possible. Je me bats demain avec un homme qui vous a insulté si gravement, que je ne puis me résoudre à répéter son insulte, une odieuse calomnie sans doute.

« Cet homme, j'en suis convaincu, est votre ennemi ; je vous prémunis contre lui. Allez trouver, aussitôt que vous serez de retour à Paris, le comte de Mercœur : c'est un galant homme; c'est chez lui, à Dammarie, près Melun, que la querelle a eu lieu ; il me sert de témoin demain et vous répétera tout ce qui a été dit, à votre sujet, entre M. le chevalier de Guiffart et moi.

« Prévenu, vous aviserez au moyen de rompre la trame qu'on ourdit contre vous.

« Je vous embrasse bien, Juliette et vous. « Un fils,

« Horace VIGNEUL. »

L'officier était de ces hommes si familiarisés avec l'habitude du danger, que la possibilité d'une mort prochaine ne saurait mettre leur amour en émoi. De là cette sobriété de pensée et d'expression à l'endroit de Juliette, qu'on remarque dans la lettre que nous avons transcrite littéralement.

Autre raison pour qu'Horace fût bref, il était convaincu de tuer le chevalier de Guiffart.

Il cachetait sa lettre que le jour commençait à pâlir les murailles de sa chambre.

L'orchestre de la charmille de marronniers ne se faisait plus entendre. La fête était terminée. Horace se jeta, pour un instant, tout habillé sur son lit et finit par s'endormir.

A sept heures seulement devait avoir lieu la sanglante rencontre.

XIV

LE COMBAT

La veille, avant de se séparer, MM. de Courville, de Mercœur, Vigneul et de Guiffart, étaient convenus que les deux adversaires passeraient la nuit à la villa, que le lendemain le duel aurait lieu dans la forêt, à l'épée.

M. de Mercœur et un inconnu serviraient de témoins au capitaine, pendant que le marquis et son neveu, remplissant les mêmes fonctions, assisteraient le chevalier.

Les trois complices, chacun de son côté, passèrent le reste de la soirée à observer le capitaine.

Aussitôt que ce dernier eut déserté la fête, M. de Courville se rapprocha du spadassin, afin de lui faire sa leçon pour le lendemain.

Ce n'était cependant pas escrime que le marquis parlait au chevalier; ce dernier, en escrime, n'avait besoin de leçon de personne. Il lui enseignait un moyen de faire paraître le duel naturel, et de donner des explications qui devaient avoir pour résultat immédiat la rupture du mariage projeté entre le capitaine et Mlle Lamy.

Personne, à la villa, ne pressentait l'évènement tragique du lendemain. Tout le monde, au contraire, profitait de son mieux des plaisirs de la fête. Les danses étaient animées, les conversations allaient leur train, mordant et égratignant un peu de ci, de là, quelques réputations d'excentricité.

Reine seule paraissait rêveuse depuis qu'elle savait M. Vigneul souffrant.

Aimait-elle l'officier.

Non. Du reste, le moment n'est pas opportun pour analyser le cœur de cette jeune fille, pétri de silex et d'airain.

Par contre, M. de Broussay, le timide prétendu de Reine, jubilait dans un coin.

L'innocent et candide secrétaire d'ambassade avait cru deviner un rival dans le bel officier; et depuis que son oncle l'avait prévenu du duel du lendemain, dans lequel il devait jouer le rôle inoffensif de témoin, il ne se possédait plus de joie.

Inutile de dire qu'il désirait de tout son cœur que le chevalier flanquât un bon coup d'épée à M. Vigneul.

Le lendemain à six heures, pendant que tout le monde dormait profondément à la villa, six hommes en sortaient furtivement par une petite porte du parc donnant sur de grands bois contigus à la forêt.

Inutile de les nommer.

Ils eurent bientôt trouvé ce qu'ils cherchaient: un emplacement favorable pour une rencontre à l'épée.

Quand tout fut réglé, qu'il n'y eut plus qu'à mettre l'épée à la main, le chevalier de Guiffart se souvint de la petite leçon de M. de Courville.

— Messieurs, dit-il, avant de procéder au combat qui va avoir lieu, une courte explication est nécessaire.

— J'allais vous la demander, monsieur, reprit Vigneul.

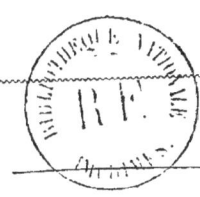

Il s'était une nuit défendu contre six hommes. (Page 69.)

— Ma conscience, monsieur, m'ordonne de la donner. Vous savez tous, messieurs, comment la querelle est venue? vous savez tous ce dont j'ai accusé M. Lamy? Eh bien! messieurs, je suis convaincu que mon accusation est juste, car j'ai eu entre les mains une preuve indiscutable des faits que j'ai avancés. Je puis être tué dans la partie qui va s'engager, et je ne veux pas qu'après ma mort on suppose que je m'étais fait l'écho d'une indigne calomnie, ou d'un bruit insignifiant; car alors ma mort ne serait qu'un châtiment mérité. Je veux, au contraire, que tout le monde, mon adversaire surtout, puisse voir les preuves dont je viens de parler. Pour se donner cette satisfaction, il n'a qu'à se rendre chez une femme Sibel, marchande à la toilette, faubourg Saint-Denis. Cette femme, qui s'appelle Bourdieu, ex-cantinière au 45e, a été la maîtresse de Pomier. Quand M. Vigneul l'aura vue, il sera convaincu que je n'ai rien avancé dont je ne fusse certain.

Guiffart ne donna à personne le temps de réfléchir sur cette tardive et singulière déclaration.

Il reprit en s'adressant à son adversaire :

— Maintenant, monsieur, que vous devez être satisfait, en garde !

Un duel contre un homme comme Guiffart n'était pas un duel, mais un assassinat ; car le chevalier n'avait rien exagéré de ses talents de spadassin dont il avait fait parade devant le marquis de Courville et le comte de Mercœur, ses complices.

M. Vigneul était loin d'être un duelliste consommé, un de ces soldats bretteurs plus bravaches que braves qui, pris de vin, se prennent ensuite de querelle pour un *oui* ou pour un *non*; qui, parce qu'ils portent un sabre au flanc, la plume au vent, la moustache en croc et qu'une sabretache leur bat les jarrets, se croient le droit de voir des provocations dans les paroles les plus pacifiques. Gens peu à craindre qui, suivant leur expression, sur le terrain, s'administrent des *chevrons* longs, larges et saignant beaucoup, puis déclarent fièrement l'honneur satisfait. On se demandera peut-être, comme nous nous le sommes souvent demandé, ce que l'honneur a à démêler dans des querelles de ce genre.... Ne discutons pas, c'est ainsi ; admettons philosophiquement les choses comme elles sont.

Le capitaine, si peu bretteur qu'il fût, — le duel n'entrait ni dans ses idées, ni dans son caractère, — ne s'étant jamais battu, n'était cependant pas un adversaire à dédaigner.

Par passe-temps, il s'était occupé longtemps d'escrime ; il était souple, vif et fort ; c'étaient là des qualités certainement ; mais elles sont nulles quand, dans une sanglante et mortelle partie, elles ne s'allient pas à ce mépris du danger, à ce courage intrépide et à cet admirable sang-froid avec lesquels le capitaine avait si souvent regardé, sans sourciller, la mort en face.

De plus, dans de tels moments, Horace avait cet éclat et cette persistante fixité du regard qui souvent irritent, gênent, déroutent et fascinent les plus intrépides champions, comme les fiers à bras les plus experts.

Avec tout autre adversaire que Guiffart, M. Vigneul eût certainement eu des chances de succès ; mais Guiffart était l'épée faite homme ; l'épée qui vole, siffle, brille, tourne, étincelle ; l'épée qui se roule et se déploie comme un serpent ; qui est aussi inébranlable qu'un mur d'airain et aussi insaisissable qu'un gaz ; l'épée qu'on aperçoit à peine et qui tout à coup éblouit comme une fusée, et va frapper en pleine poitrine l'imprudent ou le téméraire qui ose affronter ses coups.

Un tel adversaire était invincible. La lutte ne pouvait être que longue, acharnée, terrible, savante même ; mais, le vaincu, monsieur Guiffart l'avait désigné d'avance.

Ce devait être l'officier, ce fut lui ; il tomba après deux minutes de combat.

Si la lutte avait duré si longtemps, la seule raison en était que le spadassin ne devait pas tuer Horace, mais seulement le blesser grièvement.

Ce dernier fut atteint, comme l'avait prédit le bandit, au flanc droit. Il perdit bientôt connaissance.

Guiffart parut peiné de ce qui arrivait et s'éloigna avec ses témoins.

Le soir du même jour, il disait à M. de Courville :

— M. Vigneul en tient au moins pour deux mois ; il s'agit de profiter du temps qu'il va garder le lit, et de l'absence du colonel, pour mettre ma sœur en mesure de fournir, quand on les lui demandera, les preuves de la trahison de M. Lamy dans l'affaire des quatre sergents de la Rochelle.

— C'est une bonne idée, dit le marquis, qu'il faut mettre à exécution, sinon nous n'avons rien fait aujourd'hui ; mais de quelle manière ?

— Un faux, purement et simplement ; pour cela, je m'en charge. Dans deux jours je vous ferai voir de quoi décider tous les honnêtes gens à vouer M. Lamy aux fureurs de toutes les gémonies, dit l'assassin, en prenant congé de son complice.

XV

LE MIRAGE DE L'AMOUR ET DU DÉLIRE.

Aussitôt que le médecin qu'il avait fait appeler eut affirmé qu'il ne répondait pas du blessé si on lui faisait faire le voyage de Fontainebleau, M. de Mercœur, n'hésita pas à garder M. Vigneul chez lui.

Nous n'affirmerions pas que le disciple d'Esculape n'exagérait pas un peu l'état du capitaine, afin de conserver un client hébergé par un homme millionnaire, mais nous pourrions garantir que si le comte se mettait en frais d'hospitalité, c'est qu'il était certain que cette hospitalité aiderait à l'accomplissement de ses projets.

En effet, pendant son séjour à la villa, le malade ne serait-il pas à l'entière disposition du marquis et de ses complices ? Il était à supposer que Mⁱˡᵉ Juliette ne viendrait pas relancer son prétendu jusqu'à Dammarie, et que celui-ci ne pourrait de longtemps aller la voir à Neuilly.

Ajoutons que Reine s'était formellement opposée au transport de l'officier, et le comte avait été de l'avis de sa fille. Quand Reine avait appris le duel et ses résultats, elle avait jeté les hauts cris.

— Si cet homme avait tué le capitaine, cependant... répéta-t-elle au moins vingt fois à son père.

— C'eût été un grand malheur, répondit d'abord ce dernier à sa fille sans lui rien dire de l'odieuse machination dont l'officier avait été victime.

Puis, quand Reine se fut un peu calmée, que le comte crut le moment opportun pour lui révéler une partie de la vérité, il lui dit :

— Si tu savais, ma fille, le motif de la querelle dont le duel n'a été que le complément indispensable, tu te réjouirais de tout ce qui est arrivé...

— Que voulez-vous dire, mon père ? demanda Reine étonnée. A propos, vous étiez là quand cette querelle est arrivée, dites-moi donc pourquoi et comment elle a éclaté entre M. Vigneul et M. Guiffart, qui ne se connaissaient pas.

— Cette querelle, ma fille, réalisera ton désir le plus cher. Elle empêchera imman-quablement le mariage de M. Vigneul et de Juliette.

— Est-ce possible? s'écria Reine avec joie.

M. de Mercœur raconta à sa fille la querelle de la veille, dont le lecteur n'ignore aucun détail.

Il ajouta en terminant :

— Tu conçois que M. Vigneul qui, par métier, doit respecter le préjugé du point d'honneur, ne pourra désormais épouser la fille d'un homme sur l'honneur duquel planent déjà d'horribles soupçons. Un soldat trahir et livrer ses frères d'armes, les faire monter sur l'échafaud pour leur faire expier une faute qu'on a commise avec eux, c'est affreux! c'est le comble de la lâcheté et de l'infamie, comme le disait fort bien M. Guiffart hier. Les journaux de demain, j'en suis convaincu, en parlant du duel, ne ménageront pas les allusions blessantes à M. Lamy. Je te le répète avec une intime conviction, le mariage de ton ennemie est à jamais rompu.

Reine en inimitié était, comme l'empereur Tibère, capable de dire : « Le cadavre d'un ennemi sent toujours bon. »

L'assurance que venait de lui donner son père de la rupture inévitable du mariage de Mlle Lamy lui mit au cœur une joie qui compensa largement le chagrin qu'elle éprouvait de savoir Horace blessé et les craintes que lui inspirait l'état peu rassurant encore de ce dernier.

Cependant elle se rendit auprès du blessé, vers lequel l'entraînait un sentiment trop mal défini pour qu'elle songeât à le raisonner.

Soit que la haine lui suggérât l'infernale pensée d'enlever Horace à l'amour de Juliette, soit tout autre sentiment, Reine ne se dissimulait pourtant pas qu'un vif intérêt l'attirait auprès du blessé.

Quand elle arriva dans la chambre de ce dernier, celui-ci avait une fièvre intense qui lui donnait le délire.

Il ne dormait pas, son front était baigné de sueur, une pâleur mortelle envahissait ses traits et jusqu'à ses lèvres, qui remuaient sans cesse, comme si le malade eût parlé bas et pour lui seul. Son regard avait l'effrayante fixité de la folie.

Une paysanne, remplissant les fonctions de garde-malade, était au chevet du capitaine.

— Eh bien! comment va-t-il? demanda Reine à la villageoise.

— Mal, mademoiselle, dit la garde-malade. Il ne reconnaît plus ses amis. Votre papa est venu tout à l'heure, il ne s'est pas aperçu que c'était lui.

En effet, Horace avait le délire et n'avait point reconnu M. de Mercœur. Cependant depuis que Reine était auprès de lui, une certaine émotion salutaire sans doute sem-blait dominer.

Une teinte rosée envahissait ses traits, ses lèvres ne s'agitaient plus; son regard, au lieu d'avoir une effrayante fixité, prenait peu à peu une expression de douceur infinie.

L'intelligence lui revenait-elle?

Hélas ! non ; sous le coup d'une pensée unique et dominante, Horace, en voyant Reine, crut à la réalisation de ses désirs.

La pensée de Juliette était la seule qui, dans son délire eût échappé au naufrage de sa raison et qui l'occupait tout entier.

Plusieurs fois il avait murmuré à inintelligible voix le nom de la jeune fille.

En voyant une femme, il crut voir Mᵉ Lamy, de là le changement heureux survenu dans l'expression de sa physionomie.

Il s'écria :

— O Juliette ! c'est vous ; merci d'être venue.

Un sourire amer passa sur les lèvres de Reine, qui murmura :

— Pauvre fou ! comme il l'aime. Il me prend pour celle dont le souvenir l'absorbe...

Quoiqu'elle eût le cœur déchiré par l'exclamation que le blessé avait laissé échapper sur un ton d'anxiété passionnée, Reine ne fit rien pour dissuader ce dernier d'une croyance qui semblait produire sur lui un effet salutaire.

D'abord elle pensa qu'Horace ne comprendrait rien de ce qu'elle lui dirait, et qu'il lui serait impossible de le tirer de l'hallucination à laquelle il était en proie.

De plus, Reine croyait l'officier en danger de mort, et elle voulait le sauver. Elle se résigna donc à faire ce que Juliette eût sans doute fait à sa place.

Il est vrai qu'elle prit cette détermination à la suite d'une réflexion cruelle qui peint bien son caractère et sa haine.

— N'importe par quel moyen, guérissons-le d'abord, s'était-elle dit ; plus tard, quand il sera hors de danger, il me sera facile d'utiliser sa reconnaissance pour lui faire oublier Juliette et me faire aimer. Alors, si elle pouvait en mourir de jalousie et de rage.

Reine s'approcha donc avec empressement du blessé, lui prit la main gauche et lui dit, en la serrant avec une sorte de tendresse :

— Oui, Horace, je suis venue.

— Oh ! merci, Juliette, encore une fois merci. Si vous saviez le bien que votre visite me fait... Croyez-moi, chère enfant, pour moi, votre présence c'est la vie, la santé, l'oubli de mes souffrances, le désir de vivre. Tenez, depuis que vous êtes là je suis mieux. Avant votre arrivée je me sentais si faible, que je croyais que j'allais mourir ; quand vous êtes entrée, j'adressais à Dieu une dernière prière, dans laquelle je ne vous oubliais pas.

Ces paroles déchiraient le cœur de Reine et faisaient naître en elle les transports de rage et de jalousie qu'elle souhaitait un instant auparavant à sa rivale.

— Cette Juliette, qu'elle est heureuse d'être aimée ainsi ! ne put-elle s'empêcher de penser.

Ce qu'il y avait d'envie dans cette exclamation intérieure, nous renonçons à le dire, tout en confessant que Mᵉ de Mercœur, en agissant comme elle le faisait, jouait avec le feu ; elle s'exposait presque immanquablement à s'éprendre du blessé, à l'aimer en pure perte.

— Mademoiselle, dit la garde-malade à Reine, le docteur a défendu de laisser parler M. le capitaine.

Mlle de Mercœur sut gré à la paysanne de mettre ainsi fin aux divagations amoureuses d'Horace qui la torturaient.

— Horace, dit-elle à l'officier, vous êtes dangereusement blessé, le médecin a ordonné que vous gardiez le silence; il faut obéir à cet arrêt pour être plus tôt guéri.

— Vous le voulez, Juliette?

— Il le faut, mon ami.

— Vous ne me quitterez pas?

— Non.

Reine s'assit auprès du blessé, dont elle serrait toujours la main. Quant à celui-ci, devenu plus calme et affaibli par une grande perte de sang, il finit par s'endormir en murmurant :

— Merci, Julliette, merci d'être venue. Que Dieu me fasse vivre, afin que je vous rende heureuse comme vous le méritez ..

Ce souhait fit froncer les sourcils et plisser le front de Reine; une méchante et cruelle expression contracta ses traits.

Horace ne vit rien, il dormait.

. . . .

Pendant huit ou dix jours, M. Vigneul fut sérieusement en danger et eut presque continuellement le délire. A de longs intervalles, quelques courts moments de lucidité venaient cependant alterner ses hallucinations dont le caractère était toujours le même. Ces rares et courts moments de lucidité apparaissaient comme de belles éclaircies de soleil dans un ciel d'hiver sombre et nuageux, ou bien inattendus et fugitifs comme autant d'étoiles filantes dans une belle nuit d'été. Singulier effet de la maladie, quand il divaguait, il ne parlait que de Juliette, d'elle seule, et était d'une douceur extrême; aussitôt qu'il avait sa raison, il ne disait pas un mot de la jeune fille et devenait sombre et irritable.

Il était facile de voir qu'il ne voulait confier à personne le secret de ses amours, que le souvenir de l'insulte faite à son père adoptif planait, sombre et inexorable, sur sa pensée.

Comme cela arrive toujours en pareil cas, dans ses moments lucides Horace ne se rappelait rien de ce qui se passait pendant ses heures d'égarement.

Reine, suivant l'état du malade, continuait à jouer deux rôles auprès de lui : celui de Juliette, la femme aimante jusqu'à l'exaltation la plus sublime ; celui de Mlle de Mercœur, l'amie cordialement dévouée, en apparence du moins.

Reine avait juré de sauver Horace.

Quoiqu'elle endurât un supplice à son chevet quand il la prenait pour Juliette, elle ne faillit pas à sa pénible mission. Une sœur pour son frère, une fille pour son père, une femme éprise pour l'homme aimé, n'eussent ni mieux ni plus fait.

Elle passa quatre nuits sur huit au chevet du capitaine, sans souci aucun des rémontrances de son père. Elle veilla continuellement à ce que le blessé fût entouré des soins les plus assidus et des attentions les plus délicates.

Si, après ces huit jours, Mlle de Mercœur, eût bien sondé le fond de son cœur, peut-être qu'elle y eût trouvé autant d'amour pour le capitaine que de haine pour l'innocente Juliette.

Mais Reine était de ces étourdis téméraires et présomptueux qui, confiants dans leur force et leur adresse en se hasardant sur les bords d'un précipice, se moquent de ceux qui leur signalent le danger, jusqu'à ce qu'ils roulent dans l'abîme.

Elle n'avait jamais aimé, ignorait la tyrannie de l'amour et croyait qu'elle enchaînerait toujours les élans de son cœur, les aspirations de son âme à sa volonté, devant laquelle tout avait plié jusqu'alors.

Cependant, si elle eût réfléchi ou si elle se fût observée, elle se fût aperçue que souvent, pâle, tremblante, émue, le sein agité, elle restait en quelque sorte suspendue aux lèvres du docteur quand ce dernier constatait l'état du blessé.

Elle se fût surprise à contempler celui-ci avec une sorte d'admiration qui tenait de l'extase, et se fût avoué que, dans ces moments d'oubli, elle savourait un bonheur inconnu jusqu'alors.

Enfin, elle se fût convaincue qu'elle rêvait du capitaine aussi bien tout endormie que parfaitement éveillée.

Reine était trop sûre d'elle-même pour analyser ce qu'elle éprouvait. Elle croyait seulement haïr Juliette et ne supposait pas aimer Horace. Sa haine l'aveuglait complétement, elle croyait son cœur rempli de fiel et d'amertume ; mais, disons-le : à son issu, si impitoyable qu'il fût, ce cœur débordait de tendresse.

Toujours est-il que le dixième jour de sa maladie, et après avoir passé une nuit plus calme que les précédentes, Horace se sentit beaucoup mieux : la fièvre, le délire, avaient entièrement disparu ; sa raison était débarrassée du chaos qui l'avait si longtemps obstrué ; sa pensée lucide pouvait enfin fouiller, sans interruption et sans embarras tout un monde de souvenirs douloureux pour la plupart, car le capitaine était trop absorbé par les derniers évènements qui avaient précédé son duel pour évoquer des souvenirs plus riants.

A ses yeux, on avait essayé de déshonorer M. Lamy en public, devant lui, Horace.

Cette pensée ne le quittait pas. Il voyait un mystère étrange, insondable pour l'instant dans la conduite du chevalier de Guiffart. Ce mystère, l'officier, qui ne mit pas un seul instant en doute l'honorabilité de M. Lamy, voulait l'éclaircir, dût-il remuer pour cela des montagnes ou refaire les douze travaux d'Hercule. Dans la circonstance, M. Vigneul devait être tenace jusqu'à l'opiniâtreté, infatigable ; une pensée de vengeance allait enfin pénétrer dans son esprit simple et droit.

— M. Lamy qui m'a tenu lieu de père, se dit-il ; à qui j'ai voué une estime, une reconnaissance sans bornes ; qui, je ne crains pas de le jurer devant Dieu, est incapable de l'infamie, de l'insigne lâcheté dont on l'accuse, a des ennemis ; je les découvrirai, les démasquerai et leur infligerai le châtiment qu'ils méritent. M. Lamy est vieux, je suis jeune ; il a besoin de repos, j'agirai pour lui. N'est-il pas juste, puisqu'il a assuré la tranquillité de ma jeunesse, que j'assure le repos et la quiétude de son âge mûr ? Sans lui, comme tant d'autres, j'eusse pu devenir un dissipateur, un débauché, un misérable ; il m'a fait ce que je suis, un homme de cœur !.... et je ne me ferais pas tuer, s'il le fallait, pour lui conserver intact l'honneur que des

lâches, dans un but détourné que je ne puis encore apprécier, essayent de lui ravir !
Oh ! oui, guérissons vite, que je me mette à l'œuvre pour frapper les traitres !

Un homme qui, venant d'échapper à la mort, se faisait de telles réflexions, devait
devenir un terrible adversaire pour de Mercœur.

Le caprice de Reine pour l'officier allait sans doute coûter cher à l'association Courville et Cie. Nous croyons que Guiffart, dans son intérêt et dans celui de ses complices,
eût bien fait de tuer Horace pendant qu'il le tenait.

Quoi qu'il en fût, M. Vigneul faisait, on doit en convenir, un usage terrible, énergique et honorable de la raison qu'il venait de recouvrer.

Si impatient qu'il fût de guérir, il devait cependant longtemps encore rester étendu
sur le lit de douleur où la fièvre l'avait consumé.

La blessure qu'il avait au flanc droit, l'appareil de guérison, empêchaient Horace
de se lever et même de se mettre sur son séant.

Il venait de faire les réflexions que l'on sait, quand Reine pénétra dans sa chambre.
Elle devint radieuse en voyant l'officier dans un état qui présageait une prochaine
convalescence.

— Combien il y a-t-il de jours que je suis ici ? demanda l'officier après avoir échangé
avec Reine quelques paroles de circonstance, et l'avoir renseignée sur le mieux qu'il
ressentait.

XVI

SOUS UNE GROTTE

La demande d'Horace fit faire comme un soubresaut à Reine. A la douleur aiguë
qui lui déchira le cœur, elle eût dû se rendre à l'évidence qu'elle aimait l'officier.

— Vous vous ennuyez ici ? lui dit-elle.

— On ne s'amuse jamais beaucoup étant malade, répondit Horace en souriant ; mais
ce n'est pas cela. Je tiens seulement à me rendre compte du temps qui s'est écoulé
depuis le jour où j'ai été blessé.

— Vous ne nous quittez donc pas ! ne put s'empêcher de s'écrier Reine avec joie.

— Non, à moins que je ne vous gêne... Où pourrais-je être mieux qu'ici ?

— Nous gêner ! dit Mlle de Mercœur ; voici une méchanceté que je vous pardon-
nerai difficilement.

— Pardonnez, puisque je reste, dit Vigneul, et répondez à ma question.

— Il y a dix jours que vous êtes ici.

— Dix jours... répéta l'officier en réfléchissant que M. Lamy et Juliette n'étaient
pas restés si longtemps sans lui écrire, surtout en ayant à lui apprendre le départ du
colonel de Paris. Pendant ces dix jours, il doit être venu des lettres pour moi ? dit-il
peu après.

— Oui, je cours vous les chercher, répondit Reine.

Il tomba après deux minutes de combat. (Page 82.)

Elle revint bientôt avec deux lettres, une de M. Lamy et une de Juliette.

Reine, par discrétion, se retira aussitôt après avoir remis les lettres au capitaine.

Celui-ci, après les avoir lues, se sentit cruellement embarrassé.

Que devait-il répondre à ces deux lettres? Pouvait-il avouer la vérité à ses amis?

Il pensa le contraire : qu'une lettre serait insuffisante avec M. Lamy, qu'il fallait mieux attendre son retour, et alors s'expliquer franchement des évènements avant de rien dire à Juliette.

— Quant à celle-ci, qui ne peut venir me voir ici, se dit Horace, à quoi bon lui causer un chagrin inutile ! Si je lui apprends le duel, elle m'en demandera les raisons ; que lui dirai-je ?... ce qui s'est passé, jamais !

La position était difficile.

Horace, qui n'avait jamais menti, s'en tira par un mensonge.

Notre officier avait des amis à Saumur. Il écrivit au plus intime et l'informa du service qu'il attendait de lui. Les personnes avec lesquelles il était en correspondance devaient le croire passagèrement détaché à l'Ecole de cavalerie.

Certain d'avance que l'ami auquel il s'adressait ne lui refuserait pas le service qu'il lui demandait, M. Vigneul avait inséré dans la lettre de son ami deux autres lettres, datées de Saumur : une pour M. Lamy et une pour Juliette. Ces lettres étaient ce qu'elles eussent été si Horace fût réellement parti pour Saumur presque le même jour que M. Lamy pour Alger, au lieu d'être blessé et installé chez le comte de Mercœur.

L'officier de Saumur prévenant le vaguemestre de l'Ecole d'envoyer à Fontainebleau les lettres adressées au capitaine, la correspondance de ce dernier avec ses amis allait donc parfaitement s'organiser, en passant par Saumur et Fontainebleau, avant d'arriver à destination.

Horace le pensait ainsi du moins. Il se trompait en partie.

Il avait agi dans une excellente intention et le plus raisonnablement possible ; mais, sans penser aux journaux, dont on ne lui faisait pas voir les articles et pour lesquels M. Lamy ne professait pas un aussi profond dédain que sa fille.

Il résulta du moyen employé par M. Vigneul que le colonel ne lui écrivit plus.

— On écrit pas quand on veut en Afrique, surtout si le colonel fait quelque excursion dans l'intérieur des terres, se dit Horace afin d'expliquer le silence de son correspondant.

La réserve de M. Lamy avait des motifs bien plus graves, que nous dirons avant peu. Quant à Juliette, elle se mit à écrire des lettres charmantes à son fiancé.

— Si vous étiez resté à Fontainebleau et que vous ne fussiez pas venu me voir à Neuilly, j'eusse décidé ma tante et ma vieille Marguerite à m'accompagner pour aller vous chercher, sauf à être traitée d'écervelée, comme cela arrive parfois, disait un jour Juliette dans une de ces lettres.

En lisant cette gentillesse, le capitaine s'applaudit de sa supercherie.

Deux mots à dire sur la façon dont Horace passa cette convalescence à Dammarie, entre M. de Mercœur et Reine.

Cette dernière, en voyant l'officier revenir à la santé, s'était dit :

— Il est sauvé ; maintenant il ne s'agit plus que de me faire aimer.

Alors le rôle des séductions commença.

Reine employa toutes les ressources de son esprit inventif, tous les artifices de la coquetterie féminine à plaire à Horace. L'arsenal de ses ruses et de ses procédés incendiaires semblait être inépuisable ; tous les jours c'étaient quelques nouvelles surprises, quelques enchantements, quelques sorcelleries, mais toujours faits avec une certaine délicatesse de bon goût et de retenue ; Reine ne laissait pas plus échapper son secret qu'elle ne laissait deviner l'état de son cœur.

Si Vigneul n'eut pas aimé Juliette, il eût inévitablement aimé Reine.

Il était ravi, enchanté, ébloui, subjugué, fasciné; après le service qu'il en avait reçu, il aimait Mlle de Mercœur d'une profonde amitié; par reconnaissance il se fût dévoué pour lui épargner un souci, les heures qu'il passait à la villa étaient douces et s'envolaient rapidement, mais il était fidèle à ses premières amours.

Reine s'en apercevait avec dépit; ce qui l'irritait plus encore, c'était la discrétion de l'officier au sujet de Juliette. Depuis que le délire l'avait quitté, il n'avait pas prononcé le nom de la jeune fille. Mlle de Mercœur trouvait extraordinaire que, dans leur position, il ne la prît point pour confidente de ses amours.

Un jour, poussée par l'impatience, elle se décida à provoquer une explication à ce sujet. C'était la première fois qu'Horace se levait, il marchait en s'appuyant encore sur une canne. Son regard exprimait la joie et une satisfaction intérieure profondément éprouvée.

Depuis bien longtemps, en effet, l'officier ne s'était pas senti aussi bien disposé. L'idée qu'il allait enfin pouvoir s'occuper des ennemis de M. Lamy suffisait à son bonheur du moment en répondant à sa plus chère et plus juste ambition.

On était au mois de juillet, la journée était belle; soit hasard, soit préméditation de la part de Reine, les deux promeneurs se trouvaient près du vivier aux poissons rouges à deux pas d'une grotte qui, fraîche et parfumée, invitait à s'arrêter sous sa voûte de rocaille et de verdure.

— C'est ici, dit Vigneul, que, sans prévoir le service que vous alliez me rendre, je vous ai fait un serment d'amitié.

— Serment que vous ne tenez guère, répondit Reine en souriant.

— Comment cela? demanda Horace.

— Vous ne m'accordez point la confiance qui unit habituellement des amis.

— Je ne vous comprends pas....

— Vous me cachez un secret...., un gros secret...., reprit Mlle de Mercœur toujours souriante afin de mieux cacher son trouble; mais, tenez, à présent que vous vous portez comme le pont Neuf, que vous êtes fort comme une chêne, je puis vous parler sans danger de ce que vous faisiez et disiez à l'époque où votre délire m'effrayait.

Horace jeta un regard interrogateur sur Reine.

— Oui, reprit gaiement celle-ci, je sais votre secret, vilain discret que vous êtes; mais, soyez tranquille, je saurai le garder.

— Mon secret.... dit Horace.

— Allez-vous nier, maintenant? Que dirait cette jolie petite Juliette?

— Vous savez....

— Oui, je sais que c'est en jouant son rôle que je vous ai guéri, fit Reine.

Horace ne comprenait pas.

— Tenez, lui dit Reine, venez vous asseoir sous cette grotte, vous devez être fatigué; je dissiperai votre étonnement en vous racontant des choses qui vous surprendront.

Horace se rendit volontiers au désir de Reine.

Une heure plus tard les deux jeunes gens sortaient de la grotte; on eut pu les prendre pour deux amants. Horace tenait les mains de Reine et les portait à ses lèvres en disant :

— Comment, vous avez fait cela, Reine? Mais je suis un misérable de vous avoir caché mon secret; il eût été si doux pour moi d'épancher mes chagrins dans votre cœur ami !

— Vous l'aimez donc bien ? demanda Reine.

En faisant cette question, Mlle de Mercœur était aussi pâle que le marbre blanc d'une statue contre laquelle elle s'appuyait.

Horace ne s'aperçut de rien. Il pensait à Juliette.

Il se recueillit un instant et dit d'un ton sérieux :

— Oh ! oui, je l'aime.... j'ai juré qu'elle sera ma femme; mais, cette Juliette, c'est Mlle Lamy, et vous savez ce qui s'est passé dernièrement....

Horace n'acheva pas.

— Oui, je le sais, dit Reine qui, à l'angoisse qu'elle avait éprouvée en entendant l'officier, avait enfin compris qu'elle aimait ce dernier.

Malgré son anxiété, elle était assez maîtresse d'elle-même pour se faire cette réflexion :

— Mon amour ne suffira pas à lui faire oublier ma rivale. Il ne me comprend pas. Il n'y a plus que les menées de mon père pour faire manquer le mariage; ne désespérons pas, le comte et le marquis sont si adroits !

XVII

M. LE MARQUIS DE COURVILLE SONGE ENFIN SÉRIEUSEMENT A ORGANISER LA GRÈVE DES VOLEURS.

Huit jours après l'explication que nous venons de donner, Mlle de Mercœur n'avait rien laissé voir du fond de ses pensées, elle était toujours la même pour l'officier. Ce dernier allait de mieux en mieux, et avait écrit à Fontainebleau pour annoncer sa rentrée au régiment.

Une seule chose l'inquiétait : le silence de M. Lamy, sur lequel Juliette ne s'expliquait pas dans ses lettres.

Les doutes de l'officier à ce sujet devaient bientôt cesser. Un domestique lui remit une lettre de M. Lamy ; elle ne renfermait que ces mots :

« Mon cher Horace,

« Je suis enfin rentré de ma mission ; je t'attends à Paris, viens de suite, si ta blessure te le permet.

« Ton ami,

« LAMY. »

Le ton et les paroles de cette lettre si laconique surprirent étrangement Horace; le colonel n'ignorait rien sans doute de son duel.

Quand Horace examina l'enveloppe, il s'aperçut que l'étrange missive n'était venue ni par Saumur ni par Fontainebleau, et qu'elle arrivait directement de Paris. M. Lamy savait donc également que lui, Horace, était installé chez le comte de Mercœur.

Inquiet et soucieux, l'officier ne devait pas prolonger son séjour à la villa. Sa blessure lui permettait très bien de faire le voyage. Il partit précipitamment, prétextant d'une affaire importante et promettant à Reine de revenir avant peu.

Précédons de quelques instants l'officier chez le colonel.

Ce dernier, n'ayant pas encore prévenu sa fille de son retour, occupait seul son appartement de la rue du Bac. Ce jour, le vieil officier se promenait sombre et morose dans sa chambre à coucher. Lui, toujours d'humeur joyeuse, on eût pu croire, à le voir, qu'il élaborait quelque sinistre projet.

Le colonel était changé. Il paraissait vieilli. cassé et était devenu indifférent quant à la propreté méticuleuse de sa tenue. Six semaines avaient suffi pour opérer cette étrange transformation.

Au reste, voici ce qui était arrivé au père infortuné de Juliette.

Le lendemain de son arrivée à Alger, étant au café, son attention avait été attirée par un entre-filet d'un journal qui, dans la circonstance, devait ses renseignements à l'obligeance de M. Guiffart.

« On nous informe, disait le journal, qu'une rencontre à l'épée a eu lieu hier matin dans la forêt de Fontainebleau, entre M. V..., officier en garnison à Fontainebleau, et M. le chevalier de G... Après deux minutes d'un combat acharné entre ces deux adversaires d'égale force, paraît-il, M. V... a été grièvement blessé. Son état laisse cependant l'espoir de le sauver.

« Les motifs de ce duel sont très-sérieux. M. G... a insulté de la façon la plus grave le beau-père futur, et absent à cette scène, de M. V... L'insulte de M. G..., qui se rapporte à une action commise par l'inculpé, est, dit-on, de celles dont l'honneur d'un homme garde longtemps la flétrissure quand il ne s'en relève pas d'une façon éclatante et sur-le-champ.

« Quand on sait que l'inculpé est en Algérie, et qu'il s'agit d'un ancien officier supérieur jouissant d'une grande réputation de bravoure, on se demande ce qu'il fera à son tour et comment se terminera cette déplorable affaire... Le chevalier de G... a, ajoute-t-on, les preuves entre les mains du fait qu'il a avancé: il s'agirait d'une trahison infâme qui aurait fait monter les quatre malheureux sergents de la Rochelle sur l'échafaud. »

Le journal avait dit tout ce qu'il lui était permis de dire, les autres feuilles répétèrent cet article; bientôt, dans un certain monde, il n'y eut plus qu'Horace et Juliette qui ne l'eussent pas lu. Quelques curieux, après avoir été aux renseignements et ayant éclairci l'affaire, colportèrent partout le déshonneur du colonel. On plaignit le capitaine, mais on cloua sur le pilori de l'opinion publique la réputation jusqu'alors sans tache de M. Lamy.

Ce dernier, en lisant l'article, en avait parfaitement compris la portée.

— C'est de Vigneul et de moi dont il est question dans cet article; c'est clair comme le jour, se dit-il.

Puis il resta atterré.

Un quart d'heure plus tard, il quittait le café et rentrait chez lui titubant comme un homme ivre.

Depuis longtemps le colonel connaissait le général qu'il accompagnait en mission, et ce dernier professait une estime toute particulière pour son compagnon de voyage. M. Lamy alla le trouver, lui montra l'article du journal et lui dit:

— C'est moi qu'on déshonore dans cet article.

Le général le calma et ne voulut aucun serment, aucune protestation de lui pour être convaincu de son innocence.

— Tranquillisez-vous, lui dit-il ; ici, vous êtes connu ; on sait ce que vous êtes. Si par hasard on devinait les noms sous-entendus dans l'article, on ne verrait dans cet article qu'une infâme calomnie, dont nous ferons justice en arrivant à Paris. Avant de vous désespérer, attendez une lettre de Vigneul, il écrira ou fera écrire.

L'amitié du général put seule retenir M. Lamy à Alger, où personne ne sut, du reste, de qui voulait parler le déplorable entre-filet.

La lettre de Vigneul arriva.

On la connaît, on sait comment et dans quelle louable intention Horace avait daté sa lettre de Saumur.

En lisant cette missive, qui ne disait rien du duel et de ses suites, M. Lamy fut sérieusement désespéré.

Le malheur n'est jamais clairvoyant.

— Comment ! s'écria-t-il, il est blessé, il ne m'en dit rien 'et m'écrit qu'il est à Saumur. Pourquoi ce mensonge?...

Bientôt le colonel se fit cette désolante réflexion :

— Horace s'est battu pour moi parce qu'il m'aime et qu'il a du cœur ; mais au fond il me croit coupable et comprend que je suis, aux yeux du monde, un homme déshonoré qu'il faut fuir comme la peste. S'il n'en était pas ainsi, lui qui n'a jamais menti, ne me mentirait pas aujourd'hui. Et pourquoi ce mensonge? Parce qu'il veut rompre sans bruit et sans éclat, c'est évident.

— Le colonel, une fois sur ce terrain, n'était pas homme à s'arrêter en si beau chemin.

— Et du reste, reprit-il, dans sa position, pour son avenir, peut-il agir autrement? peut-il continuer à me voir? peut-il épouser ma fille? Non; le régiment est une sorte de famille à laquelle l'officier doit un compte sévère de la moralité de la femme qu'il épouse et de celle de ses relations, sous peine d'être isolé, raillé, méprisé de ses collègues, s'il ne se conforme pas à cette exigence. Il y a vingt-trois ans, quand je me suis marié, aurais-je épousé la fille d'un homme qui eût fait faillite, ou commis la moindre indélicatesse entachant l'honneur? Non. Eh bien! moi dont l'honneur est bien plus compromis que celui d'un homme ayant fait de mauvaises affaires, puis-je exiger qu'Horace épouse ma fille? Non. Moi l'homme honni, méprisé, conspué de tout le monde, au point que je n'ose sortir de peur d'être montré au doigt, l'honneur et l'affection que je porte à Vigneul me font un devoir impérieux de rompre avec lui, si je ne veux pas que l'opinion publique nous confonde dans la même condamnation. Je ne dois donc le revoir que pour régler ses affaires. J'ai été son tuteur, je le suis encore, j'ai des comptes de tutelle à lui rendre, écrivons-lui.

Le colonel écrivit de suite à Horace, sans prendre conseil de la réflexion, la lettre qui devait faire bondir le capitaine de Dammarie à Paris.

Cette lettre partie, le colonel s'enferma chez lui; là, seul avec son désespoir, sans songer à prendre ses repas, abîmé dans ses réflexions, il songea à sa fille dont sa résolution inébranlable allait briser le bonheur et l'avenir.

Il savait combien Juliette aimait Horace, quels étaient les espérances et les récents projets que cet amour avait fait naître dans le cœur de la jeune fille, et la douleur qu'elle allait éprouver quand il lui faudrait renoncer à un bonheur attendu depuis si longtemps.

Cette pensée fit couler les larmes des paupières brûlantes du vieil officier, qui s'écria dans un moment d'angoisse sublime :

— Mais cet amour, c'est la vie de mon enfant; en le lui arrachant du cœur, je la tue, je lui ravis l'existence que je lui ai donnée. Ah! misérable que je suis... Cependant, je suis innocent; je ne sais même pas ce qu'on veut me dire avec cette lâche trahison dont on m'accuse... Oh! mes ennemis... si je les tenais...

Le colonel était dans un état pitoyable. Pendant trente heures, sans manger, sans dormir, il revint mille fois sur ses réflexions.

Un instant, il songea au suicide.

— De cette façon, se dit-il, je sauve la position. Oui, il n'y a pas à hésiter, je n'ai que ce moyen de sauver ma fille!

Il ajouta après un instant de réflexion :

« Oui, c'est cela, mais avant il faut que j'aie vu Horace, que je lui aie rendu ses comptes. »

Au moment où le colonel Lamy prenait ce parti, un violent coup de sonnette vint lui annoncer la visite qu'il attendait, tout en la redoutant.

— C'est lui! s'écria-t-il en courant ouvrir.

Horace entra avec impétuosité chez le colonel. Sans prévoir dans quel état était ce dernier, il venait s'entendre avec lui et enfin s'expliquer.

Sans remarquer d'abord le changement physique du colonel, il saisit la main de ce dernier et fit un mouvement pour se jeter dans ses bras. Le colonel, d'un geste plein de froideur, contint cette affection expansive.

— Qu'avez-vous? lui demanda Horace fort étonné et remarquant enfin l'altération du visage du colonel.

— J'ai, dit ce dernier sans autre préambule et avec brusquerie, que je veux savoir pourquoi tu m'as fait un mensonge, pourquoi m'avoir dit que tu étais à Saumur?

— Je me suis battu en duel.

— Je sais tout cela, reprit M. Lamy, je connais même le motif du duel.

— Comment, vous savez? dit Horace qui commençait à comprendre l'exaspération de son bienfaiteur.

— Oui, je sais tout, te dis-je, reprit M. Lamy avec feu; jusqu'aux raisons qui l'ont décidé à prétexter d'un voyage à Saumur pour t'éloigner de moi, me fuir; en un mot pour rompre avec Juliette et moi.

— Rompre avec vous, jamais! s'écria Horace; je viens au contraire, en ce moment, où vous avez plus besoin que jamais de mon amitié, vous dire: Puisque vous savez tout ce qui est arrivé, vous avez des ennemis, je viens m'unir à vous pour les démasquer et les vaincre. Vous parlez de mon mensonge, voici dans quel but je l'ai fait.

Horace fit part au colonel des motifs qui l'avaient déterminé à employer la ruse que M. Lamy avait si mal jugée.

— Noble enfant! s'écria ce dernier en ouvrant enfin ses bras à son ami; maintenant, que m'importe le mépris du monde! Ne me suffit-il pas d'être certain de ton estime, d'être convaincu que tu es fier de t'être battu pour une cause juste.

— Allons, bien, voici qui est parlé, dit le capitaine.

Tout à coup M. Lamy, qui un instant s'était laissé emporter par l'enthousiasme qui produit si facilement l'illusion dans les âmes généreuses, redevint morne et triste.

— Oh! non, dit-il, on ne foule pas ainsi aux pieds le mépris du monde.

— Quel mépris? dit Horace; personne ne sait...

— Personne, dis-tu? tu n'as donc pas lu les journaux?

— À cette époque, non; j'étais trop malade pour les comprendre, répondit Vigneul.

— Eh bien! lis celui-là. Les autres en ont dit autant.

Le colonel donnait à son ami le journal qu'il avait lu à Alger.

Pâle de colère, tremblant de rage, Vigneul lut l'article.

— Eh bien! lui demanda le colonel, soutiendras-tu maintenant que je ne suis pas déshonoré?

— Il faut aller au journal.

— A quoi bon, maintenant que l'effet est produit.

Horace réfléchit un instant; puis dit en sortant enfin de sa rêverie:

— J'ai un moyen de découvrir vos ennemis.

— Si tu disais vrai!... Voyons...

— Venez, dit Horace au colonel.

Il emmenait ce dernier chez la Sibel. Il s'était enfin souvenu de ce que lui avait dit le chevalier de Guiffart, pour le cas où il voudrait acquérir des preuves de la trahison de M. Lamy.

Chemin faisant, il s'expliqua sur le but de la course et informa le colonel de ce qu'il savait lui-même sur la Sibel: peu de chose du reste.

— Ah! oui, dit le colonel; je me souviens maintenant de la Bourdieu. En effet, elle a été la maîtresse de Pontier, et il n'y aurait rien d'extraordinaire à ce qu'elle sache quelque chose sur la conspiration de la Rochelle. Dépêchons-nous.

Les deux officiers furent bientôt chez la marchande à la toilette.

Depuis longtemps prévenue par son frère, elle attendait leur visite. Guiffart avait utilisé le temps qu'il avait eu devant lui, et l'expérience qu'il avait de l'ignoble métier de faussaire pour mettre sa sœur en mesure de se tirer honorablement d'une explication décisive.

Le vieil officier se promenait sombre et morose dans sa chambre (Page 93.)

En arrivant chez la Sibel, M. Lamy reconnut la Bourdieu. Après quelques saluts d'usage, il se plaça bien en face de la marchande à la toilette et lui demanda :

— Madame, me reconnaissez-vous ?

La Sibel feignit de regarder attentivement le colonel qu'elle avait depuis longtemps reconnu ; puis elle ne jeta que ce cri :

— Ah ! mon Dieu ! ..

Elle tomba évanouie, comme si elle eût été frappée par une émotion aussi violente qu'imprévue.

On lui fit recouvrer l'usage de ses sens. Revenue à elle, elle promena autour d'elle un regard épouvanté, et s'écria, en apercevant M. Lamy :

— Lui ici, Lamy, qu'il se retire, je ne veux pas le voir ; le monstre ! l'assassin !... c'est lui qui a causé la mort des quatre sergents de la Rochelle.

M. Lamy et Vigneul crurent que la Sibel était folle. Les autres personnes qui assistaient à cette scène paraissaient très étonnées, et ne jetaient au colonel que des regards pleins de défiance.

— Mais, ma brave dame, calmez-vous et expliquez-vous, dit le colonel à la Sibel.

— M'expliquer ! reprit cette dernière ; eh bien ! il y a que vous êtes un assassin !...

— Un assassin ! s'écrièrent Horace et M. Lamy.

— Oui. J'en ai la preuve, dit la Sibel avec autant d'assurance que de colère.

— Elle en a la preuve... répétèrent les témoins de cette scène.

— Voyons cette preuve ? fit le colonel.

— Vous me la prendriez, dit la Sibel avec une sorte d'effroi.

— Devant ces témoins, c'est impossible.

— Oui, oui, la preuve ; il ne s'agit pas d'accuser ainsi, en l'air, les gens d'assassinat sans preuve, dit un curieux.

— Oui, oui, les preuves ? répétèrent les assistants.

La Sibel quitta sa boutique, où sept ou huit personnes avaient pénétré, passa dans sa chambre à coucher et ouvrit un secrétaire, où elle prit un papier soigneusement conservé.

Ce papier n'était autre chose qu'un faux procès-verbal, établi depuis quinze jours par Guiffart. Ce procès-verbal commençait en ces termes :

« L'an mil huit cent vingt et un, le onze janvier, nous, soussignés, avons établi le présent procès-verbal, afin qu'il serve un jour à nos amis, contre le sieur Lamy, s'il nous trahit. »

Suivaient les détails très minutieux de la séance dans la cave, de la découverte du traître et des faits postérieurs.

Le lecteur les connaît.

Dans le procès-verbal, le traître c'était M. Lamy, nommé, désigné par tous, ses noms et emplois.

L'acte était ainsi terminé :

« Écrit par moi, Pomier, sous la dictée de Bories, en présence des soussignés.

« Fait à la Rochelle,

« Signé : BORIES, sergent-major ; POMIER, GOUBIN, RAOULX, sergents. »

Guiffart était parvenu, dans les pièces du procès, à se procurer de l'écriture de Pomier et les signatures des quatre sergents. Ainsi renseigné, en faussaire habile, il avait réussi à faire un acte dont il était difficile de mettre l'authenticité en doute.

La Sibel expliquait parfaitement la possession du procès-verbal.

— J'étais la maîtresse de Pomier, disait-elle, les quatre sergents avaient confiance en moi, puisqu'ils se réunissaient dans une de mes caves. Pomier, le jour où il fut arrêté, me remit cet acte compromettant en me disant : « Je ne sais... quelque chose « me dit qu'il servira à nous venger un jour. » Grâce à Dieu il ne s'est pas trompé.

Cette scène, que nous n'avons qu'esquissée, produisit un effet affreux sur M. Lamy.

Horace, abasourdi lui-même, eut beaucoup de peine à ramener son ami chez lui. Le colonel était comme fou.

Il resta deux jours sans dire un mot ; Horace le veillait comme un malade. Le troisième jour, il dit cependant à l'officier :

— Tu ne crois pas à ce procès-verbal ?

— Non, dit l'officier ; il ne prouve qu'une chose : que vous avez des ennemis.

— Très bien, reprit le colonel. Eh bien ! tant que je n'aurai pas découvert ces ennemis, que je ne les aurai pas châtiés de leurs calomnies, que je n'aurai pas recouvré l'honneur qu'ils m'ont ravi, je m'opposerai à ton mariage ; car je tiens à ce que ma fille apporte au moins un nom sans tache à son mari. Me comprends-tu ?

— Oui ; mais vous ne serez pas seul à chercher vos ennemis.

— Bien, dit le colonel en tendant la main à Horace.

Ce dernier étreignit la main de son bienfaiteur. Le pacte était conclu, mais le mariage si compromis, que M. de Courville allait enfin s'occuper sérieusement de sa *Grève des voleurs*, comme on va le voir dans la deuxième partie de cet ouvrage : *Les Affranchis du préjugé.*

FIN DE LA PREMIÈRE PARTIE

DEUXIÈME PARTIE

—

LES AFFRANCHIS DU PRÉJUGE

———

I

LA GRÈVE EST FONDÉE

Huit jours à peine s'étaient écoulés depuis la visite que le colonel Lamy et Vigneul avaient faite à la Sibel.

M. de Courville avait réuni, dans un petit salon-fumoir de son hôtel, ses deux complices : le comte de Mercœur et le chevallier de Guiffart.

Ce rendez-vous n'avait été pris qu'à la suite de plusieurs réunions antérieures dont, pour nos lecteurs, il résumera tous les mystérieux détails, en mettant à jour les criminels agissements des trois chenapans de haute volée que nous venons de nommer.

La conversation durait depuis quelques instants. Jusque-là, le marquis et le comte y avaient seuls pris part. Guiffart, commodément assis dans un fauteuil, attentif, les avaient écoutés en fumant un cigare dont il semblait dévorer ou plutôt avaler la fumée (on sait que ce bandit était économe).

La conversation qui va suivre fera très-exactement supposer les paroles échangées entre nos trois misérables jusqu'au moment où nous nous permettons de les remettre en scène.

— C'en est donc fait, reprit M. de Courville, après la scène chez la Sibel, que celle-ci a du reste parfaitement jouée, M. Lamy, un homme très honorable, est un homme parfaitement déshonoré ?

— Oh! parfaitement, dit Guiffart, déshonoré même aux yeux de celui qu'il considérait comme son futur gendre, j'en répondrais.

— Non, fit le comte de Mercœur, les choses n'en sont pas et n'en seront jamais à ce point. M. Vigneul considère et considérera toujours M. Lamy comme le plus honnête homme qui soit sous la calotte des cieux. Quoi qu'il en soit, notre but est atteint. Le mariage de M. Vigneul et de Mᴵˡᵉ Juliette est rompu. Le colonel, prenant les choses de très haut (et un homme de sa trempe ne pouvait moins faire), a déclaré que le mariage ne se ferait pas, tant qu'il n'aurait pas lui-même fait bonne justice des calomnies qui, aux yeux du monde, laissent une tache sur son nom.

— Faire bonne justice... fit Guiffart, M. Lamy se tuera à la peine ; nous nous arrangerons en conséquence.

Le frère de la Sibel avait parlé avec l'assurance de la plus profonde conviction.

Ses conclusions furent suivies d'un court silence; puis M. de Courville reprit en scandant toutes ses paroles, comme en prenant une décision devant laquelle il avait longtemps hésité, et en s'adressant plus particulièrement à M. de Mercœur.

— Eh bien! cher comte, les choses étant ainsi, je n'hésite plus à vous confier le soin de la fortune de M. de Broussay, mon neveu : quinze cent mille francs environ... Advienne que pourra... nous allons aviser...

Le comte répondit en essayant d'un gracieux sourire :

— Marquis, je tiens à vous prévenir que vous avez affaire à un homme capable de vous comprendre et d'aller, sous tous les rapports, à votre école; je vais vous remettre les traites que vous m'avez souscrites et il y en a pour 700,000 francs.

— Je le sais pardieu bien ! dit le marquis en souriant. C'est, à la vérité, un assez joli cadeau que vous me faites; mais que feriez-vous de ces traites en les gardant? Vous seul savez que je suis insolvable, mais vous le savez bien. Tenez, ne parlons plus de cette misère : votre part des bénéfices que nous allons faire vous aura bientôt indemnisé de cette perte. Ecoutez-moi plutôt

— Allez, dit de Mercœur en poussant un soupir.

Guiffart ne put s'empêcher d'admirer un homme qui perdait sept cent mille francs avec autant de philosophie.

— Une seule chose, un obstacle sérieux, reprit le marquis, m'empêchait de verser ces fonds : c'était le mariage de M. Vigneul et de Mlle Lamy. Ce mariage se faisant, Mlle Reine épousait M. de Broussay, et ce dernier, en se mariant, me demandait une reddition de compte de tutelle. Il m'avait déjà prévenu à ce sujet. Il est même probable qu'il vous réclamait, à vous de Mercœur, la dot de sa femme.

— Nous étions dans de beaux draps! dit le comte. Et nous qui poussions à la conclusion du mariage de votre neveu avec ma fille.

— Nous faisions une boulette. Enfin, le mariage du capitaine est en quelque sorte rompu : ce dernier restant garçon, Mlle Reine, qui en est fort heureusement éprise, se pique au jeu, s'entête à l'avoir pour mari, de sorte que mon cher neveu, qui ne veut point d'autre femme que Reine, reste indéfiniment célibataire, pendant que sa belle inhumaine continue à coiffer sainte Catherine, sans penser à exécuter les conditions qu'elle avait elle-même posées d'épouser M. de Broussay aussitôt le mariage de son ennemie rompu. Tout ce qui arrive, je l'avais prévu, devait arriver.

— Je conclus : M. de Broussay, afin de bien vous disposer en sa faveur, vous qu'il espère avoir un jour pour beau-père, cher comte, consent, d'après mes conseils, à placer pour trois ans sa fortune entre vos mains. Elle est de quinze cent mille francs qui, joints aux douze cent mille francs de Reine, dont vous continuez à être le tuteur nous permettent de constituer notre société au capital de deux millions sept cent mille francs en espèces sonnantes et ayant cours, comme doit dire un homme d'argent que je vais devenir.

Le marquis parlait en souriant, sur un ton de légère ironie, comme s'il eût traité d'une question futile à l'ordre du jour,

Il avait été clair, précis. Ses deux complices l'ayant parfaitement compris, ne firent aucune objection.

A leurs yeux, à tous trois, le mariage de Vigneul était fort compromis ; car ni lui ni M. Lamy n'était à la veille de réhabiliter ce dernier comme ils le voulaient. Par Reine, à qui l'officier avait affectueusement confié les embarras de sa position, M. de Courville et ses amis connaissaient la résolution inflexible du colonel et s'en réjouissaient.

— Arrivons au fait, dit enfin de Mercœur. Les fonds étant réunis et disponibles, sérieusement, qu'allons-nous faire ?

— L'usure, répondit le marquis sans hésiter. Je sais bien que vous allez me dire : *L'usure c'est le vol...*

— Oh ! qu'à cela ne tienne, dit Guiffart en interrompant de Courville.

— D'abord, l'usure n'est pas le vol, reprit le marquis, mais seulement le commerce de l'argent, commerce plus ou moins illicite, il est vrai ; que nous importe ? nous sommes sans préjugés.

— Oh ! oui, dit Guiffart, nous sommes complètement affranchis de tous préjugés. Si bien affranchis, que je ne crains pas de vous proposer de renoncer à faire l'usure, mais de fonder, avec nos immenses ressources, une association de voleurs qui embrasserait l'univers entier.

— J'y avais d'abord pensé, fit froidement le marquis ; mais, après un mûr examen je me suis convaincu que le vol était une folie et les voleurs des imbéciles, quand ils avaient un capital, quel qu'il fût, qui leur permettait de faire l'usure.

— C'est sans doute avec de pareilles idées en tête que vous vous êtes imaginé de faire mettre en grève tous les voleurs de la capitale ? demanda Guiffart.

— Tous les voleurs intelligents, oui, répondit le marquis.

— Intelligents, reprit le chevalier, tous les voleurs le sont ; mais je doute qu'ils nous comprennent et je suis assez curieux de savoir ce que vous leur direz pour les convaincre.

— Le vol est une folie, ai-je dit d'abord, fit de Courville ; je vais le prouver. *Vol* signifie s'approprier le bien d'autrui. Le voleur, si adroit qu'il soit, pour atteindre son but, fait des faux, commet des effractions, des escalades, incendie des propriétés, verse le sang de ses semblables, empoisonne, et, somme toute, fin définitive d'une carrière épineuse et agitée, arrive, soit de sa faute ou de celle d'un complice, par se faire prendre. Bien peu, pour ne pas dire aucun, échappent à cette loi d'une inexorable destinée. Est-ce vrai ?

— J'en conviens, dit Guiffart.

— Eh bien ! votre voleur, reprit le marquis, si adroit, si intelligent, si audacieux qu'il soit, malgré toutes ses qualités, est un jobard.

— Un jobard ! se récria le chevalier qui, toute sa vie, n'avait guère fait que voler.

— Oui, un jobard ; je maintiens le mot, dit le marquis. Il ressemble à ce manant que le spirituel La Fontaine met dans une de ses plus jolies fables : ce rustre avait une poule qui pondait un œuf d'or tous les jours ; il s'imagina que sa poule avait un trésor dans le corps, il la tua : elle était vide.

— Quel comparaison ! dit Guiffart.

— Plus juste que vous ne pensez, continua le marquis. La poule, c'est le public ; les œufs d'or représentent la propriété d'autrui ; le rustre, c'est le voleur qui veut avoir d'un coup les œufs d'or de sa poule et se fait pincer tôt ou tard dans quelque entreprise téméraire trop impatiemment menée. Je vous avoue que je n'ai rien de commun avec le manant en question.

— Je finis par croire que l'usure a du bon, dit Guiffart.

— Et que ma grève des voleurs est possible ? demanda le marquis.

— Nous allons voir; continuez.

— Je ne vous parle pas de la vie des voleurs et des mauvaises chances auxquelles ils sont exposés. L'habitude de se procurer facilement de l'argent n'est pas faite pour inspirer de l'ordre à un coquin peu économe déjà. On trouve donc difficilement un voleur riche et je défie d'en trouver un qui possède des rentes. Les plus heureux, riches un jour, mènent le lendemain une misérable existence, et se font prendre dans un garni à la corde qui sert de souricière à la police, faute d'argent pour coucher dans un hôtel convenable.

— Vous parlez du bandit de bas étage, observa Guiffart.

— Les autres, qui ne font rien par eux-mêmes, sont encore dans une position plus terrible : ils sont à la merci de leurs complices. Quelles transes ne ressentent-ils pas quand ils pensent continuellement que, à chaque instant, un de ces complices peut être pris et les livrer, afin de disposer ses juges en sa faveur ! Tous les voleurs, dans une attaque de nuit, sont exposés à se faire blesser ou estropier; enfin, que sais-je? Tenez, si tous les voleurs réfléchissaient bien, ils resteraient honnêtes gens et ils y auraient plus de bénéfices; car je suis convaincu que, par un travail seulement régulier, ils obtiendraient de meilleurs résultats, sans avoir besoin de se mettre continuellement l'esprit à la torture, et surtout sans vivre dans des transes continuelles. Voici, en résumé, ce que je pense du vol et pourquoi je soutiens que tout voleur est un misérable imbécile.

— Mais ceux qui obéissent à leurs instincts ? fit observer Guiffart.

— Ce sont des exceptions, n'en parlons pas, ni de ceux qu'une misère inexorable et souvent imméritée pousse dans cette voie fatale. Laissez-moi plutôt vous parler de l'usure.

— Voyons, enfin...

— L'usure, dit le marquis, existe chez tous les peuples, un peu plus, un peu moins; la cupidité l'entretient; les gouvernements, sans le vouloir, bien entendu, l'encouragent par de fausses mesures prises en apparence dans l'intérêt de l'emprunteur.

— Arrivons au fait, fit le positif Guiffart. Que nous importent ces hautes théories d'économie sociale et la fortune particulière? L'usure existe. Celui qui la fait ne court aucun danger, et ressemble au rustre qui se contente patiemment de l'œuf d'or que sa poule lui donne tous les matins. L'usure, comme le vol, s'adresse à la fortune d'autrui; elle va, sans dangers, prendre cette fortune dans les poches les mieux fermées. Donc nous faisons l'usure, c'est convenu. Nous ne faisons que profiter d'un déplorable état de chose qui n'est pas près de cesser et que nous ne pouvons empêcher; mais comment allons-nous faire ?

— C'est ce que je vais vous expliquer, dit le marquis. Comme nous voulons faire la chose en grand (notre capital le permet), il faut que nous nous adressions à toutes les classes de la société, aussi bien au fils de famille qu'à l'ouvrier, à l'industriel qu'au cultivateur; le père, pour marier sa fille ou faire remplacer son fils; le fils, pour faire entrer ses parents aux Petits-Ménages ou les faire enterrer; le paysan, pour s'arrondir; le commerçant, pour acheter un fonds; le dandy, pour entretenir ses maîtresses et son luxe; la femme mariée, dans le but d'entretenir ses amants; l'homme de-lettres et l'artiste, afin d'attendre l'heure du succès; et bien d'autres, doivent devenir nos clients.

— Diantre! l'entreprise est colossale... fit le comte.

— Il nous faudra un nombreux personnel, dit Guiffart.

— C'est précisément en organisant ce personnel que nous inaugurons la *Grève des voleurs*, le citadin désormais pourra dormir en paix. Vous connaissez un certain nombre de coquins à Paris, chevalier?

— Oui, par mon bureau de placement, répondit Guiffart

— Très bien, reprit de Courville; vous vous adresserez aux plus intelligents d'entre eux, et, parmi eux, vous nous ferez des prosélytes. Vous multiplierez les bureaux, de placement : les clients abonderont dans ces coupe-gorges à double fin. Vous nous formerez un bataillon de marchands de bric-à-brac et d'acheteurs de vieux habits; ces gens-là, par leur profession, seront en contact avec nos clients nécessiteux, qui eux-mêmes feront de la propagande.

— Mais je ne vois encore que le prêt infime, dit Guiffart : à quoi bon deux millions pour s'occuper de si petites affaires?

— Le prêt à la petite semaine est celui qui rapporte le plus, dit de Courville : cinq francs prêtés pour huit jours, à condition de rendre cinq francs vingt-cinq centimes, double un capital en vingt semaines; en une année, si on compte les intérêts des intérêts, les cinq francs ont rapporté quarante francs, environ huit cents pour cent.

— C'est vrai, dit Guiffart : mais comment suffirons-nous à tant d'affaires?

— Rien de plus simple. Le comte sera le banquier de nos agents, il leur prêtera à deux cents pour cent seulement par an; nos mandataires, vis-à-vis de leurs clients avec lesquels nous n'aurons aucune relation, s'arrangeront comme ils l'entendront. Vous êtes notre mandataire, supposez, nous vous prêtons cent francs, au bout d'un an vous devez nous en rendre trois cents; si cette somme vous en a rapporté mille tant mieux pour vous.

— Mais si je mange votre argent?

— Tant pis pour vous. Vous renoncez à une superbe affaire, dit de Mercœur.

— Très bien, je comprends l'usure avec les pauvres diables, dit Guiffart : mais avec les gens riches?

— Dans vos connaissances, vous avez quelques sujets? dit de Courville.

— De fort mauvais, oui, répondit Guiffart en riant.

— Peut-on en faire des dandys?

— Oui, même mieux que cela.

— Eh bien dans le demi-monde nous lançons votre essaim, qui, par les grugeuses de tous genres, nous envoie tous les enfants prodigues qui sont à Paris; alors nos gandins font ce que font nos brocanteurs dans un autre milieu. Comprenez-vous maintenant?

— Parfaitement; mais le cultivateur? observa le chevalier.

Le marquis, le comte et le chevalier étaient réunis. (Page 100.)

— Il est plus facile encore de l'englober dans nos opérations, reprit de Courville. L'agriculteur, l'industriel, le commerçant, tous ceux qui, en un mot, ont quelque chose à perdre, s'assurent contre l'incendie, la grêle et autres fléaux du même genre. Le comte de Mercœur, qui va redevenir plus banquier que jamais, va de suite fonder une compagnie d'assurances contre l'incendie, la grêle et les épizooties. Dans cette société à double fin, nos agents ou courtiers feront ce que nos brocanteurs et nos dandys feront ailleurs.

— C'est vraiment merveilleux, dit de Mercœur, ce que le capital peut produire !

— Enfin je suis convaincu, dit Guiffart; notre société usurière va bientôt, comme une gigantesque araignée, enlacer la France, l'étranger et l'univers entier dans les filets d'une toile perfectionnée, et cela, grâce à vous, monsieur le marquis.

— Positivement, et je m'en fais honneur, dit de Courville. Quant aux affaires qui, par leur importance, et ce seront celles qui rapportent le moins, échapperont à nos agents, qui ne feront que nous les signaler, nous nous en occuperons nous-mêmes. Ainsi, avant deux jours, notre société peut commencer à fonctionner. Les clients ne nous manqueront pas et nous en amèneront d'autres, ils se renseigneront entre eux comme ils se renseignent déjà sur les adresses et opérations du mont-de-piété. Arrivons au personnel, continua le marquis. Combien connaissez-vous de coquins dans Paris, mon cher chevalier?

— En cherchant bien, je puis en trouver trois cents, qui m'en feront connaître quinze mille.

— Bien, dit le marquis, quinze mille hommes que j'enrégimente de suite sous nos drapeaux. Occupez-vous de les recruter. Vous serez leur général. Comme dorénavant ces propagateurs de l'usure doivent se créer une moralité passable, ils ne voleront pas : dites-moi encore que ma *Grève des voleurs* était une utopie?

— Non pas, non pas, répondit le chevalier en riant. Je vous ai déjà dit que j'étais convaincu. Je suis même certain que si Paris savait que vous le débarrassez comme cela de quinze mille voleurs d'un coup, il vous élèverait une statue d'or massif de grandeur naturelle.

— La société est donc fondée, dit le marquis.

— Et la *Grève des voleurs* décrétée d'exécution immédiate, reprit le frère de la Sibel. Si je m'attendais jamais à provoquer un pareil chômage...

— Et les fonds? demanda le comte.

— Dans ce portefeuille, répondit de Courville, mais les traites?

— Dans celui-ci, fit de Mercœur.

Les deux complices échangèrent leurs portefeuilles, et, après en avoir vérifié le contenu, parurent satisfaits.

— Mon récépissé? dit de Courville au comte.

Ce dernier donna aussitôt au marquis un reçu de quinze cent mille francs au nom de M. de Broussay.

Un quart d'heure plus tard, les trois complices se séparaient après avoir adopté quelques mesures de détail. Leur association était fondée; un mois plus tard elle fonctionnait, et ils étaient enchantés des résultats déjà obtenus.

II

APPARITION D'UN ASTRE FÉMININ.

On était donc au mois d'août, le trio d'usuriers était dans la jubilation que lui causaient les premiers succès de sa hideuse entreprise. Guiffart, qui ne pensait plus que la grève des voleurs fût une utopie, faisait d'admirables efforts pour se créer un personnel digne de lui et catéchiser ses néophytes.

Il ne s'endormait pas non plus à l'endroit du colonel Lamy et d'Horace. Il savait avoir affaire à deux ennemis implacables; il les faisait surveiller par ses hommes et savait que, quoi qu'ils fissent, les deux officiers n'avaient encore rien découvert.

— Si un jour, se disait Guiffart, *ils brûlent*, comme on dit au jeu de *cache-cache*, j'aurai bientôt fait, en leur faisant donner de faux indices, de les engager dans une intrigue dont ils ne débrouilleront pas facilement les fils.

De ce côté, le chevalier et ses amis jouissaient donc de la plus parfaite sécurité. Juliette était toujours à Neuilly, chez sa tante, et ne comprenait rien au retard apporté à la conclusion de son mariage. Elle s'inquiétait des préoccupations qu'elle devinait sur les physionomies de son père et de son fiancé, qui cependant, quand ils venaient la voir, faisaient de leur mieux pour ne rien laisser transpirer des angoisses et des inquiétudes qui les agitaient.

Horace, à la suite de sa guérison, avait obtenu un congé de six mois qu'il passait à Paris auprès du colonel, l'aidant de tous ses efforts à découvrir les ennemis qui avaient en quelque sorte déshonoré ce dernier.

Reine n'avait revu Horace qu'une fois, et ce dernier avait commis l'insigne folie de la prendre pour confidente de ses secrets. Elle habitait Paris.

M. de Broussay, croyant peut-être se faire aimer par l'absence, était allé faire un tour à son ambassade, au milieu de laquelle il n'était nullement chargé de représenter le vieil esprit gaulois traditionnel.

Quant à la Sibel, elle avait trop des qualités qui distinguaient son frère d'une façon si éminente, et aimait beaucoup trop ce dernier, depuis qu'elle l'avait miraculeusement retrouvé, pour ne pas être d'accord avec lui. Elle avait donc été une des premières recrues de la société dont Courville dirigeait les opérations. Elle ne savait cependant, de cette société, que ce qu'il était indispensable qu'elle sût pour jouer son rôle subalterne.

Tous les initiés étaient plongés dans la même ignorance.

Tous, individuellement, croyaient être les associés du chevalier, qui, ayant quelques fonds, les employait à faire l'usure. Tous ignoraient les liens les unissant entre eux et la part que le marquis et le comte prenaient dans l'entreprise. Tous ces associés, en échange des sommes qu'ils recevaient, passaient les billets de leurs clients à l'ordre de Guiffart, qui les endossait à l'ordre de M. de Mercœur; celui-ci opérait, au bénéfice du trio, la retenue de l'intérêt annuel de deux cents pour cent fixé par le marquis.

Au reste, nous verrons avant peu l'association à l'œuvre, la gigantesque araignée de Guiffart tisser sa toile.

Tant de voleurs occupés à faire une usure productive, les journaux manquaient de nouvelles pour leurs faits divers criminels

— La police correctionnelle va bientôt faire grève comme les voleurs, disait Guiffart en constatant cette amélioration.

Des trois complices, et malgré le contentement qu'il éprouvait de la marche des affaires communes, M. le marquis de Courville seul semblait tristement préoccupé.

Cet homme, dont la vie était loin d'être un exemple de morale et de régularité, éprouvait-il quelque remords, ou bien était-il tourmenté par une de ces passions terribles qui ne peuvent que causer des ravages dans la vie de ceux qui les ressentent ?

Laissons pour quelques jours encore la chose à l'état de mystère, en la constatant seulement, et présentons au lecteur un nouveau personnage, sans raconter les brusques changements d'humeur de l'oncle de M. de Broussay.

. . . .

C'était une belle créature que la Paula ! une femme incompréhensible, un être étrange, bizarre. Ange ou démon, elle exerçait une influence magique sur tous ceux qui l'approchaient, soit qu'ils l'aimassent avec rage, soit qu'ils se prissent à la haïr avec frénésie. Elle ne pouvait inspirer qu'un de ces deux sentiments de la haine ou de l'amour. Elle était femme trop supérieure pour qu'on pût se contenter de lui accorder du mépris

Elle s'appelait Jeanne. Par sa beauté fière, d'un galbe antique et un peu viril qui rappelait les grands airs des femmes de Lacédémone ou des matrones romaines ; par la grâce, l'esprit, le caractère romanesque, elle ressemblait beaucoup à Lola Montès, sa contemporaine, cette fille de bohème qui devait devenir, grâce à une faveur presque royale, comtesse de Lansfeld et finir par épouser un lord de la haute Chambre

Jeanne pouvait avoir vingt à vingt-deux ans ; il était difficile, en la voyant, de préciser autrement son âge.

Elle était brune, avait le teint chaud et doré des jolies filles de Séville ; ses yeux brûlaient comme ceux d'une Arlésienne ; son sourire, qui semblait s'épanouir sur ses lèvres pourpres et luisantes comme les grains d'une grenade de Castille, charmait et désespérait à la fois, tant il était doux, moqueur et plein de séduisantes provocations.

Paula était admirablement faite et pouvait servir de modèle aussi bien à un Murillo rêvant d'une madone, que pour une danseuse lascive de fandango.

Elle était à Paris depuis quelques jours seulement. Le bruit courait qu'elle était engagée comme danseuse à l'Opéra pour l'hiver suivant.

Cependant Jeanne, s'il fallait en juger à son train de maison, n'avait nullement besoin d'avoir une fortune dans les jarrets afin de mener une existence très dorée. En arrivant dans la Babylone moderne, elle avait loué, rue du Helder, un petit hôtel, une véritable bonbonnière ; en un mot, la seule cage qu'il fallait à un aussi charmant bipède.

Cet hôtel avait été en un clin d'œil, et comme si par enchantement les ouvriers avaient obéi à une fée, admirablement meublé et décoré ; puis des chevaux, des voitures et des domestiques, venant les plus curieux ne savaient d'où, s'étaient installés dans l'hôtel ; enfin, un nègre, ou du moins un nain qu'on pouvait prendre pour un nègre, haut comme le général Tom Pouce, avait précédé Paula de deux heures. Celle-ci, accompagnée d'une femme âgée, aux allures de duègne, étaient arrivée la dernière.

Le lendemain, tout le Paris élégant s'occupait de la nouvelle débarquée, lui cherchait un état civil et se demandait d'où venait la sirène.

Jeanne Paula paraissait un nom sujet à commentaires.

On entend dire tous les jours autour de soi que tôt ou tard tout se sait. Fort heureusement, il n'y a pas de dicton plus faux que celui-là. S'il était vrai, l'hypocrisie serait bannie de la terre, et bien des gens qui jouissent d'une réputation parfaite, et ne sont que des gredins adroits, ne jouiraient que de l'estime de leurs concierges, autant qu'ils seraient généreux avec ces derniers, pourtant.

La chronique parisienne, si curieuse, indiscrète, remuante, intrigante et inquisitoriale qu'elle soit, eut beau s'évertuer, elle ne put rien savoir de la Paula. Comme toujours, elle ne se tint pas pour battue.

Paula, de par les on dit, devint une bohémienne pur sang, mariée à un vieux seigneur brésilien qui, en mourant, lui avait laissé son immense fortune, à la condition de ne point porter son nom si elle donnait suite à ses idées et à ses goûts de bayadère. Jeanne, qui avait juré sur l'Évangile, auprès du lit du mourant, tenait son serment et se contentait du nom de Jeanne Paula, qui, à nos yeux, en valait bien un autre.

A cette version, qui pouvait être vraie si elle ne l'était pas, et que le chevalier de Guiffart s'était plu à inventer et à faire répandre par son bataillon de gandins usuriers, les plus malveillants ajoutaient que Paula était tout simplement une fille de rien que sa beauté avait rendue intrigante, qu'elle avait fait fortune, comme tant d'autres, en trafiquant de l'amour contre de bel et bon argent comptant.

Ceux qui prétendaient cela étaient à moitié dans le vrai, quoique l'histoire de Jeanne fût un peu plus mouvementée qu'ils ne se le figuraient. Paula était une de ces courtisanes à la manière antique. Ses préférés n'avaient jamais été de ces niais faciles à dépouiller, qui s'attachent à une jolie femme par orgueil, et pour la produire comme une femme phénomène dont ils seraient propriétaires. Les hommes que Paula avait distingués dans la foule, tous riches il est vrai, étaient cependant, à différents titres, des hommes éminemment remarquables et quelquefois déjà d'un certain âge. Au commerce de ces célèbrités de tous genres, la bayadère avait gagné ces manières élégantes, cette grâce enchanteresse, cette joyeuse tournure d'esprit, qui, soutenues par une instruction solide et variée, distinguaient Ninon de Lenclos.

Guiffart, avons-nous dit, s'était occupé à faire une réputation à la nouvelle arrivée. Voici comment.

Le chevalier spadassin avait beaucoup voyagé ; la vie nomade rentrait, du reste, assez dans ses goûts. Il ne s'était pas borné à faire son tour de France, mais avait exercé ses professions multiples dans presque toutes les capitales de l'Europe, Saint-

Pétersbourg, Londres, Vienne, Madrid, avaient successivement retenti du bruit de ses exploits toujours impunis. Dans chacune de ces villes Guiffart avait laissé des amis ou des complices avec lesquels il entretenait une correspondance très suivie.

Il venait de leur écrire pour leur faire quelques ouvertures quant à l'association fondée par de Courville, Paula était en route pour Paris, quand il reçut une note d'un de ses amis d'Espagne.

Cette lettre était ainsi conçue :

« Mon cher Guiffart,

« Je trouve que la grosse affaire dont tu me parles renferme une riche idée ; honneur à celui qui l'a eue. Si c'est toi, je t'en félicite. Cependant, avant de rien faire et de t'en dire tout ce que je pense, donne-moi le temps de la méditer un peu.

« Je ne t'écris donc pas à ce sujet, mais bien pour te donner un rensenseignement dont tu sauras faire ton profit, j'en suis convaincu.

« Vous allez recevoir, à Paris, une femme qui en huit jours s'y fera une position exceptionnelle par sa beauté, son esprit et sa manière d'entendre la vie. Elle s'appelle Jeanne Paula ; son passé est tout un mystère que je n'ai pas été plus habile à pénétrer que les autres. Je puis seulement te dire qu'elle peut parfaitement servir les projets de ton association. Ici, elle a fait tourner bien des têtes ; je la crois riche. Quant à de la vertu, elle en a beaucoup moins que d'ambition.

« Tout me porte à croire que sa vie a un but, que Jeanne marche avec une idée fixe en tête qui l'attire à Paris ; car elle était bien et semblait heureuse en Espagne, et je ne comprends rien à sa résolution d'aller se fixer chez vous. Je te le répète, cette femme doit poursuivre quelque œuvre ténébreuse, ce serait une vengeance que cela ne m'étonnerait pas. La haine de Jeanne est implacable, le marquis del Precallo en sait ici quelque chose. Ne t'expose donc pas à devenir son ennemi, son exaltation en la faisant toujours obéir à un premier mouvement, la rend fort dangereuse.

« Tu la verras, étudie-la avant d'agir, sois prudent, surtout garde-toi de son amour comme de sa haine.

« Ton ami,
« THOMASSO GRANCO. »

En recevant ce renseignement venant d'un ami éprouvé, le chevalier conçut de suite de grands projets dont la Paula devait l'aider à poursuivre l'exécution. Il attendit avec impatience l'arrivée de la jeune femme, qui finit par tomber à Paris comme nous avons dit. Guiffart la vit, l'admira jusqu'à l'enthousiasme, et se décida de suite à se créer des droits à la reconnaissance de la nouvelle débarquée.

Ce fut alors qu'il inventa cette romanesque histoire de la petite bohémienne veuve d'un nabab brésilien.

Le chevalier attendit que cette ingénieuse légende fût bien accréditée. Quand il supposa que Jeanne se réjouissait d'être ainsi posée dans le monde, il songea sérieusement à se présenter chez la future danseuse, afin d'aviser au parti qu'il pourrait en tirer.

Nous sommes au jour où nous avons présenté Jeanne Paula au lecteur, par conséquent au mois d'août.

Que le lecteur veuille bien pénétrer avec nous dans le petit hôtel de la rue du Helder.

Il est deux heures de l'après midi, la grille dorée de la bohémienne est grande ouverte et laisse admirer aux passants un charmant parterre divisé en corbeilles de fleurs, au milieu desquelles tourne et serpente une large allée sablée sur laquelle, au pied de la maison, tombe un large perron à double rampe garni de lampadères en bronze.

En ce moment, une voiture découverte, attelée de deux chevaux gris pommelés de race andalouse, stationne au pied du perron. Un cocher en riche livrée et poudré contient l'ardeur de ses chevaux qui piaffent en rongeant leur frein. Un valet de pied, immobile comme une statue, se tient auprès du marche-pied, une main bien gantée appuyée sur la portière ouverte de la voiture, celle qui fait face au perron.

Il est évident que quelqu'un, sans doute la Paula elle-même, va sortir dans cette voiture. Mal avisé serait le visiteur que sa mauvaise étoile amènerait dans un pareil moment chez Jeanne, la beauté qui occupe tout Paris, l'astre qui se lève et resplendit déjà, en un mot.

Ce malencontreux visiteur arrive cependant.

Un coupé d'élégante tournure, — ceux qui connaissent bien les équipages de M. de Mercœur seraient convaincus que la voiture lui appartient, — arrivant à une allure de bon ton, s'arrête au bord du trottoir devant la grille ouverte ; Guiffart en descend avec une aisance qui n'accuse pas son âge.

Par la portière du coupé, le chevalier, d'un rapide regard, a vu la voiture de Paula ; il s'empresse d'arriver à temps, car il tient à voir la femme que lui a recommandée Granco.

Il franchit rapidement le jardin, escalade le perron et demande la senora à un domestique qu'il rencontre sur son passage.

— Madame va sortir ; sa voiture l'attend, comme vous le voyez. Je ne sais si elle voudra recevoir monsieur, lui répondit le Frontin en baragouinant un français dans lequel le patois gascon et le basque entraient pour les deux tiers au moins.

Le chevalier était depuis longtemps polyglotte, il comprit donc le *charabia* du laquais, ce qui ne l'empêche pas d'avoir une grande expérience du monde en général et des domestiques en particulier ; aussi a-t-il déjà tiré de sa poche un louis préparé d'avance ; il s'empresse de vouloir le glisser dans la main de son interlocuteur.

Guiffart s'arrête aussitôt et reste stupéfait.

L'Espagnol, en voyant la pièce d'or, l'engin de corruption, n'a pu retenir un mouvement de violente indignation, et regarde le chevalier avec des yeux étincelants de colère et de menace. On pourrait supposer qu'il pense à prendre Guiffart par les deux épaules et à le jeter à la porte.

— Diantre! se dit Guiffart, Granco ne m'a pas trompé. La Paula est décidément une femme exceptionnelle, si elle a des domestiques qui, fiers comme des hidalgos, méprisent la pièce d'or, et cela dans l'intérêt du service. Voilà un mépris qui me surpasse. Diable!... diable!... il signifie bien des choses.

Tout en se faisant cette réflexion, Guiffart, après avoir fait de sérieuses excuses au domestique, finit par lui dire :

— Mon ami, j'ai absolument besoin de parler à madame.

— Mais je ne vous ai pas dit qu'elle ne vous recevrait pas. Je vais vous annoncer. Votre nom? répondit l'incorruptible valet.

Le chevalier remit sa carte à l'Espagnol.

Il attendait le retour de ce dernier, tout en réfléchissant à la petite aventure qui venait de lui arriver, quand il sentit une main se poser sur son épaule.

Il se retourna assez étonné : il n'avait rien entendu ressemblant au craquement d'une chaussure quelconque.

Il vit une charmante soubrette qui le regardait en souriant de ses lèvres roses.

— Vous êtes le chevalier de Guiffart? lui demanda la jeune femme.

— Oui, belle enfant.

— Monsieur peut garder ses compliments pour lui, répondit sèchement la soubrette à la gracieuseté du chevalier.

Celui-ci resta abasourdi.

— Diantre! se dit-il, un domestique qui méprise l'or qu'on lui offre, une camériste qui fait fi des compliments qu'on lui fait, c'est peu encourageant. J'ai presque envie de m'en aller sans demander mon reste...

III

UNE ORAGEUSE ENTREVUE

Venez, dit la soubrette au chevalier désappointé.

Guiffart eut cependant bientôt pris son parti. Il suivit la fière jeune fille tout en se faisant cette réflexion que lui suggérait le luxe des appartements qu'il traversait :

— Diantre! si la grève des voleurs n'était pas décrétée, que je ne tienne pas à remplir mes engagements, je me risquerais bien à tenter une excursion nocturne dans ce petit palais. Encore une qui doit une belle chandelle au marquis de Courville et à sa société usurière. ::

Deux minutes plus tard, Guiffart était introduit dans un salon boudoir plus richement et plus coquettement meublé que les autres appartements.

— Attendez-là la señorita, dit la soubrette en s'esquivant.

— Le señorita sera-t-elle longtemps ? fit Guiffart.

— Je ne sais, elle est en conférence avec son nègre.

Cette phrase singulière acheva de démonter Guiffart, qui se dit :

— En conférence avec son nègre! Est-ce que par hasard il s'agirait entre eux de la traite des blancs?

Le chevalier achevait à peine cette réflexion, qu'une porte latérale s'ouvrit et donna passage à la Paula.

Derrière la jeune femme, et dans le fond de la chambre qu'elle venait de quitter, le spadassin aperçut bien une sorte de nain, noir comme de l'ébène, qui le regardait avec des yeux brillants d'un éclat sauvage comme ceux d'un chat-tigre; mais cette apparition passa devant ses yeux avec la rapidité de l'éclair, car Jeanne referma de suite la porte du salon derrière elle.

En ce moment une voiture découverte.... (Page 111.)

— Si c'est là le nègre, il ne doit pas être très dangereux, se dit encore Guiffart ; je le mettrais presque dans ma poche comme un jouet d'enfant.

Guiffart avait profondément salué la Paula. Celle-ci lui avait seulement jeté un regard investigateur plus hautain que bienveillant.

Ce jour-là, la Paula était admirable de beauté majestueuse, de cette beauté qui en impose et commande aux hommages. Sa toilette, sans rien de prétentieux, était riche et de bon goût, elle la portait à ravir et le cachemire de l'Inde blanc qui couvrait ses épaules, d'un galbe exquis, faisait encore, tant elle se drapait bien, ressortir les trésors et les perfections de sa taille.

Le chevalier fut ébloui, ce fut tout. L'amour eût émoussé ses flèches les plus aiguës sur le cœur invulnérable du sceptique spadassin ; puis ce dernier était prévenu qu'il ne devait pas commettre la faiblesse d'aimer Jeanne, qu'il lui fallait toutes ses facultés, au contraire, pour tirer un bon parti d'une femme aussi dangereuse.

— Monsieur, dit Paula à Guiffart, vous m'avez fait demander un court entretien.

— Oui, madame, répondit le chevalier.

— Et ne vous connaissant pas, pas même de nom, reprit la jeune femme, je vous ai cependant accordé cet entretien.

— Je vous en remercie pour vous et pour moi ; dit Guiffart.

— Que voulez-vous dire ? demanda sèchement la Paula dont le regard devint incisif et parut irrité du demi aveu du spadassin.

Ce dernier supporta ce regard sans sourciller et avec son sang-froid habituel.

Il reprit :

— Je veux dire, madame, que cet entretien est autant dans votre intérêt que dans le mien.

— Expliquez-vous, monsieur, répondit Jeanne avec autorité.

— Je suis venu ici, madame, avec une intention dont vous me saurez gré, j'espère...

— Laquelle ?

— Celle de faire votre fortune, dit Guiffart.

— Ma fortune est faite depuis longtemps, répondit Paula, et elle ne me laisse rien à désirer.

L'Espagnole fit un mouvement comme pour tourner le dos au chevalier et lui faire comprendre que l'entretien était terminé.

Le frère de la Sibel n'était pas homme à se tenir pour battu après une première escarmouche malheureuse. C'était la première fois qu'il parlait à Jeanne et il comprenait qu'avec une telle femme la partie était décisive.

— Une autre fois, pensait-il, elle me ferait refuser sa porte. J'ai cependant déjà beaucoup fait pour vous, dit le bandit pour renouer l'entretien.

— Quoi donc, s'il vous plaît, demanda Paula, que je voie en quoi je suis votre obligée ?

— Vous jouissez d'une assez jolie réputation, ce me semble, dit Guiffart.

— Oui, en effet, on m'a parlé de cela : bohémienne, veuve et millionnaire, c'est assez joli, dit enfin Jeanne en riant.

— Si vous voulez, j'ajouterai comtesse, marquise...

— Comment ! vous ajouterez... fit l'Espagnole étonnée et en interrompant Guiffart.

— Dame ! oui, répliqua ce dernier, puisque c'est moi qui vous ai faite bohémienne veuve et millionnaire...

— Comment ! c'est vous !... s'écria Paula qui n'en put dire davantage.

La colère la suffoquait. Elle était furieuse qu'un homme se fût occupé d'elle pour faire courir un faux bruit sur son compte. De ce bruit, elle en avait ri tant qu'elle l'avait cru le résultat de la rumeur et de la curiosité publique auxquelles il faut un aliment ; mais, maintenant qu'elle savait que cette légende avait été inventée et répandue par un homme, elle sentait sa colère grandir en entendant cet homme confesser son indiscrétion sans doute calculée.

Rien de ce que Jeanne éprouvait n'échappait au chevalier.

— Ah ! la voici en colère, se dit-il, j'aime mieux cela. De cette façon, elle ne me congédiera pas sans m'entendre.

Il reprit :

— Oui, c'est moi qui vous ai rendue la femme la plus intéressante de Paris.

A cette réponse, faite avec le plus grand calme, Paula eut un tressaillement nerveux qui contracta tous ses traits ; ses sourcils, d'un noir bleuâtre se froncèrent. Son premier mouvement fut de sonner et de faire honteusement chasser l'impudent ; elle réfléchit que l'impudence et la conduite de l'inconnu avait sans doute une raison d'être qu'il était bon qu'elle connût.

Elle s'avança hardiment, menaçante et les bras croisés sur la poitrine, vers Guiffart, qui, malgré son audace habituelle, recula d'un pas.

Un instant, il ressentit ce qu'on éprouve quand on craint qu'un chat ou un serpent vous saute au visage.

— Et si la réputation que vous m'avez faite, dit Paula, ne me plaisait pas.

L'effroi de maître Guiffart était déjà passé.

— J'en serais quitte pour vous en faire une autre, celle que vous voudrez, répondit-il en redoublant d'aplomb.

Paula regarda Guiffart avec autant d'étonnement que si elle l'eût cru fou.

— Vous ai-je bien compris ? lui dit-elle.

— Probablement. J'ai voulu dire que, après vous avoir fait passer pour bohémienne veuve et millionnaire, je vous ferai, si vous y tenez, la réputation d'être une princesse capturée jadis par les Maures, vendue à un sultan et le reste.

— Vous n'êtes pas fou ? demanda Jeanne très sérieusement.

— Si je l'étais, vous comprendrais-je ?

L'Espagnole réfléchit un instant, puis reprit :

— Vous êtes donc quelque chose ?

— Je ne comprends pas, dit le chevalier.

— Un personnage important, si vous aimez mieux, reprit Jeanne avec impatience, que vous faites et défaites si facilement les réputations ?

— J'ai ma valeur, répondit le bandit en homme convaincu de ce qu'il disait.

— Vous aviez un but en agissant comme vous avez fait ?

— Je ne suis pas homme à faire la moindre des choses sans la raisonner. J'avais un but, je l'ai encore.

— Ce but ? demanda Jeanne.

— Avant de m'expliquer, dit Guiffart, permettez-moi de m'asseoir.

— Asseyez-vous, dit brutalement Paula, comme si elle eût été fort étonnée qu'un inconnu osât prendre la liberté de s'asseoir en sa présence et chez elle.

Le chevalier s'assit, Jeanne resta debout.

— Ce but, répéta-t-elle au bandit.

Celui-ci, pour la première fois, regarda fixement la jeune femme et lui dit en laissant échapper ses paroles à intervalle les unes des autres :

— Vous êtes ambitieuse... señora...

— Ambitieuse ! se récria Paula dont les joues s'empourprèrent légèrement.

— Oui, ambitieuse, reprit le spadassin; ambitieuse quoique, prétendiez-vous, votre fortune soit faite depuis longtemps et qu'elle ne vous laisse rien à désirer. Voyons, pour nous éviter d'inutiles débats, convenez-en !

— Mais tout le monde est ambitieux, dit Paula avec un rire contraint.

— Pas comme vous.

— Comment cela ?

— C'est-à-dire que vous l'êtes beaucoup plus que les autres, fit Guiffart.

— En quoi ?

— C'est ce que je ne sais pas et qu'il faut que je sache.

— Qu'il faut que vous sachiez ! reprit Jeanne avec une hauteur pleine de dédain.

— Oui.

— Est-ce à dire que vous me forcerez à le dire ? demanda Paula dont tout le sang semblait avoir envahi les joues.

— Señora, reprit doucement le chevalier, vos emportements, vos mouvements d'indignations nous empêchent de nous entendre. Je n'ai nullement la prétention de vous forcer à me faire le moindre aveu. Domptez un peu cette humeur colère et vindicative dont le marquis de Precello garde un si terrible souvenir à Séville, et veuillez m'écouter avec autant de calme, si c'est possible, que j'en apporte à supporter vos boutades. Vous êtes ambitieuse, avons-nous dit ; de mon côté, je vous ai avoué sans détours être un personnage assez important. Eh bien ! ma puissance irait, si vous aviez quelle confiance en moi, jusqu'à combler votre ambition, quelle qu'elle soit.

Un sourire de doute passa sur les lèvres de Paula.

— Ah ! vous savez l'aventure du marquis ? dit-elle.

— Pas précisément, mais je sais qu'il n'a pas à se louer de vous. Un jour, quand nous serons amis, vous me raconterez cette aventure; pour le moment, revenons plutôt à votre ambition.

— Parlons d'abord de votre puissance. Que pouvez-vous me donner ?

— La fortune, qui peut tout, dit Guiffart d'un ton superbe.

— Rien que la fortune ? demanda Jeanne.

Le chevalier, à son tour, regarda la jeune femme avec étonnement et dit :

— La fortune ne peut-elle pas tout ?

— Non, répondit Paula.

— Alors, que désirez-vous ! demanda le chevalier comprenant que sa proie lui échappait.

— Ce que je désire, fit Jeanne, fait partie de mon ambition; cette ambition, c'est un secret terrible entre Dieu et moi. Ne cherchez pas à le deviner, vous ne réussiriez pas.

— Alors, vous refusez la fortune que je vous offre ? dit Guiffart.

— Pour aujourd'hui, oui.

— Je reviendrai.

Guiffart prit congé de la Paula sans savoir ce qu'il devait penser de l'Espagnole.

Quant à celle-ci, si elle avait autorisé tacitement le spadassin à revenir à l'hôtel, c'était tout simplement afin de le faire suivre à sa première visite.

Elle voulait avoir quelques renseignements sur Guiffart avant de prendre avec lui un engagement.

IV

UNE RENCONTRE INATTENDUE

Le coupé de Guiffart stationnait encore devant la porte de l'hôtel, que Paula frappait deux coup sur un timbre.

Le lilliputien nègre, ou passant pour tel, parut aussitôt.

A sa taille, on eût pris Ali pour un enfant de douze ans. En l'examinant de près, on s'apercevait que c'était un homme dans la force de l'âge. Ali avait vingt-huit ans.

Presque tous les nains sont contrefaits, bossus, cagneux, ou plus difformes encore. Ali, quoique petit, était fort bien fait; ses membres charnus trahissaient une force musculaire peu commune relativement à sa taille. A la finesse des attaches, à la mobilité agile des articulations, on devinait de suite que le nègre devait être d'une souplesse vraiment prodigieuse. En effet, un serpent, un singe et une panthère, car dans certaines circonstances Ali avait les allures de ces trois animaux, pouvaient seuls donner une idée de la facilité surprenante avec laquelle il rampait en dissimulant sa marche, bondissait d'un point à un autre et escaladait des aspérités qui paraissaient inaccessibles.

Ali avait une physionomie intelligente. Ses yeux surtout, par leur éclat et leur expression, disaient assez que sa pensée ne restait jamais inactive dans son cerveau.

L'histoire du nègre viendra en son temps. Qu'il suffise, pour l'instant, que l'on sache qu'Ali était plus dévoué à la Paula que le chien le plus fidèle ne l'est à son maître; que Vendredi, le cannibale mémoire, ne l'était à Robinson.

Dans ce dévouement, il y avait d'abord de l'amitié et de la reconnaissance; un observateur pénétrant y eût trouvé de l'amour, un amour muet s'alimentant par la contemplation et l'extase et s'épanchant dans une platonique adoration. De sorte que le dévouement d'Ali n'était, à tout prendre, qu'un ardent fanatisme.

Fanatisme qui pouvait devenir dangereux, le noir n'ayant pour code et religion que la volonté de Jeanne, ne reconnaissant aucune autre autorité que celle-là et n'étant nullement sevré de ses rudes et farouches instincts d'enfant du désert, instincts qui se résument à ce barbarisme social : le droit c'est ma force : force étant synonyme d'adresse, d'agilité, de ruse.

Paula savait l'étendue du dévouement d'Ali, autre danger. Celui-ci savait tous les secrets de Jeanne, quand les domestiques de cette dernière, tous gens dévoués, ne connaissaient que quelques particularités des dernières années de la vie de leur maîtresse; aussi commandait-il à toute la livrée, mais sans morgue et sans se donner une importance ridicule. Au contraire, il traitait ses subordonnés en camarades; ceux-ci l'aimaient.

Ali, s'il devenait blanc dans des circonstances graves, s'appelait Manoël ; il ne parlait que très-mal le français, quoiqu'il le comprît bien. D'ordinaire, ses entretiens avec sa maîtresse avaient lieu en patois montagnard espagnol : ce patois que parlent les bandits espagnols des gorges de la Sierra Estrella jusqu'aux crêtes de la Sierra Nevada.

— Ali, tu as vu l'homme qui sort d'ici ? demanda Paula au nain.

— Je n'ai fait que l'entrevoir, señora.

— Pourrais-tu le reconnaître si tu le revoyais ?

— Oh ! oui, sa figure m'a frappé, dit Ali ; sa physionomie est si bien gravée dans mon esprit, que, si je ferme les yeux, je la revoie.

Ali ferma les yeux et dit :

— Tenez, señora, je le vois.

Pour convaincre la señora, le nain fit le portrait détaillé et frappant du chevalier de Guiffart.

— C'est bien, dit Jeanne satisfaite de l'épreuve, je vois que je peux compter sur la mémoire d'Ali.

— Elle est bonne et fidèle, dit le nègre.

— Cet homme reviendra, Ali.

— Après ?

— Eh bien ! cet homme, reprit Jeanne, que je ne connais pas, m'a dit des choses qui m'ont surprise. Il serait dangereux sans doute, s'il devenait mon ennemi, et il peut le devenir ; il faut que je sache qui il est. Quand il reviendra, tu l'arrangeras de façon à savoir quelque chose sur son compte.

— J'en fais mon affaire, señora.

Ces mots laconiques, prononcés par le nain, suffirent sans doute à tranquilliser la Paula sur le compte de son mystérieux visiteur, car elle dit à Ali d'une voix qui ne trahissait plus aucune inquiétude :

— Ouvre-moi cette porte, je pars.

Cinq minutes plus tard, la Paula faisait tourner bien des têtes et incendiait bien des cœurs sur l'avenue des Champs-Élysées, dans laquelle sa voiture venait d'entrer.

Revenons au chevalier de Guiffard.

Guiffart, après avoir renvoyé le coupé du comte de Mercœur, rentra paisiblement chez lui, rue Montmartre, en suivant la ligne des boulevards depuis la Chaussée-d'Antin, où demeurait le bailleur de fonds de la société : le père de Reine. Le chevalier, très intrigué par la Paula, ne rentrait chez lui que pour écrire à son ami Granco le bandit, afin de lui demander des renseignements sur la jeune femme. Ensuite, il devait faire une excursion dans ses bureaux de placement, chez ses prêteurs sur gages, marchands brocanteurs et autres.

Il arriva enfin chez lui après avoir lestement monté ses deux étages.

— Un monsieur attend monsieur, lui dit son domestique aussitôt la porte ouverte.

Le laquais parlait à voix basse et d'un ton mystérieux.

— Le connais-tu ? dit Guiffart sur le même ton.

— Non.

— Où est-il ?

— Dans le salon.

Le domestique montrait une porte à deux battants ouvrant sur l'antichambre.

— Il fallait le renvoyer, dit Guiffart en laissant échapper un mouvement de contrariété.

— Si vous ne voulez pas le voir, allez-vous-en, répondit le domestique à tout faire.

— Que diras-tu ?

— Que c'était une visite.

— Tu dis qu'il vient pour une affaire importante ? reprit Guiffart après avoir réfléchi un instant.

— Oui, très-importante ; il le dit du moins.

— Il est là depuis longtemps ?

— Depuis deux heures.

— Les gens aussi tenaces reviennent, se dit le spadassin ; celui-ci reviendrait
demain, autant vaut s'en débarrasser aujourd'hui.

Sur cette réflexion, Guiffart pénétra résolûment dans le salon.

L'homme qui l'attendait était le capitaine Horace Vigneul.

Quoique stupéfait, le chevalier fut assez maître de lui pour ne rien laisser voir de
son trouble et salua courtoisement l'officier.

Disons comment, après bien des recherches infructueuses, Horace avait fini par
découvrir le domicile de Guiffart, et ce qui l'amenait chez ce dernier.

Après la scène pendant laquelle la Sibel avait exhibé si adroitement et si audacieusement le faux procès-verbal portant les signatures des quatre sergents, et fait par
Guiffart, le capitaine et Horace étaient rentrés chez le premier comme abasourdis. Le
colonel se sentait, de partout, entouré d'une trame mystérieuse et terrible dont les
fils et ceux qui les tissaient lui échappaient.

M. Lamy, bon et honnête homme, n'ayant à se reprocher aucune mauvaise action,
ne se connaissait, ne se soupçonnait même pas un ennemi. C'était vraiment désespérant.

Le premier moment de la douleur passé, quand il sortit d'un long et pénible
accablement, il trouva Horace pour le réconforter et l'encourager.

— Nous sommes accablés, mais nous ne sommes pas vaincus, lui dit Vigneul. Du
courage, morbleu ! Notre bonheur et notre tranquillité à tous sont à la merci de quelques misérables, il faut que cela cesse. Voici ce que nous allons faire : vous, vous allez
aller au ministère, vous demanderez communication de la matricule des corps ; on ne
vous la refusera pas. Alors vous fouillerez les contrôles du 45e de ligne des années 1821,
22 et 23. Vous passerez attentivement chaque nom en revue, tout en vous rappelant
vos faits et gestes de cette époque. Si vous aviez des ennemis dans ce régiment, vous
les trouverez de cette façon. Quant à moi, comme je suis certain que cette femme,
la Sibel, n'est dans cette affaire qu'un instrument entre les mains de vos ennemis, je
vais exercer et faire exercer sur elle une surveillance toute particulière, d'autant plus
que les relations qui existent entre cette marchande interlope et le chevalier de Guiffart, qui par ses connaissances me semble appartenir à un certain monde, paraîtraient
étranges au premier venu.

— Mais ta position, ton emploi ? répondit M. Lamy.

— Je donnerai ma démission s'il le faut : est-ce que j'ai le droit de marchander avec quoi que ce soit quand votre honneur, votre tranquillité, le bonheur de Juliette et le mien sont en jeu? Au reste, je ne crois pas être forcé d'en arriver là. On me donnera les congés que je demanderai, ce sont les premiers que je sollicite.

M. Lamy ne fit aucune objection à Horace, il savait ce dernier inébranlable dans ses résolutions.

Le colonel fit de son côté ce que lui avait dit Horace : il alla au ministère et commença à s'abrutir sur les contrôles du 45ᵉ. Le malheureux se mettait l'esprit à la torture pour se trouver un ennemi dans tous les hommes dont les noms passaient sous ses yeux.

Quel examen de conscience! quel supplice! se chercher un ennemi quand on est convaincu de n'avoir jamais fait que du bien à tous ceux avec lesquels on a vécu.

Un galérien se fût estimé heureux comparativement au colonel. C'était à devenir fou.

Ce travail durait encore quand Horace se présenta chez Guiffart. Disons-le à la louange du colonel, ce travail n'avait produit aucun résultat, n'avait fait germer aucun soupçon dans l'esprit du brave et débonnaire officier.

Peu de colonels, si tous ces messieurs faisaient une pareille recherche, pourraient en dire autant. Combien parmi eux, au contraire, auraient de véritables cauchemars et verraient défiler sous leurs yeux des légions d'hommes punis, cassés de leurs grades, emprisonnés et traduits devant les conseils de guerre injustement!...

Horace avait été plus heureux dans ses recherches. Voici comment.

Un jour qu'il passait rue de Rivoli, il se vit accoster par un soldat qu'il ne reconnut pas d'abord.

— Eh! bonjour, capitaine. Tonnerre! j'ai tout de même une fière chance de vous rencontrer....

Le soldat portait avec une admirable désinvolture la tenue de chasseur d'Afrique; sous un phécy qui tenait sur sa tête nous ne saurions dire comment, tant il était rejeté sur la nuque, s'épanouissait sa figure bronzée et enluminée par un autre liquide que celui auquel nous devons le déluge. Cette figure barbue était sympathique, franche, joviale. Les yeux pétillaient de malice.

Le front, sans rides, témoignait d'un des heureux de ce monde qui vivent sans soucis. Cependant notre homme n'était pas de la première jeunesse, ainsi que le certifiaient éloquemment les deux chevrons qui ornaient les manches de sa veste.

Horace vit tout cela d'un regard, reconnut l'homme et eut comme une idée lumineuse et subite.

— Ah! c'est toi, Boit-sans-soif! dit-il au soldat en lui tendant amicalement la main.

Cette familiarité paraîtra très naturelle, quoiqu'on puisse en penser, à tous les officiers qui ont servi en Afrique ou qui ont fait campagne.

— Oui, c'est moi, mon capitaine, reprit Boit-sans-soif, et joliment content de vous rencontrer.

— Pourquoi donc?

— D'abord parce que ça me procure le plaisir de vous voir en bonne santé. Puis, sur un court silence, le soldat reprit :

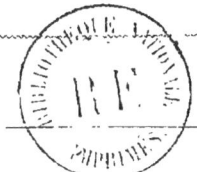

De es messieurs s'installaient. (Page 121.)

— Ensuite parce que, sans gêne, comme si nous étions sous la tente dans les Flithas ou ailleurs, je vais vous demander un service.

— Si je puis.... commença Horace.

— Vous pouvez, capitaine; il ne s'agit que de remettre un camarade égaré dans le bon chemin.

— Tiens, entrons toujours dans un café, tu me diras ton affaire le verre à la main.

— C'est cela, capitaine, quoiqu'il fasse un bourguignon d'enfer, un mazagran ne peut faire que du bien, et je trinquerai plutôt deux fois qu'une à votre santé.

L'officier et le soldat entrèrent dans un café et furent bientôt attablés, Horace était en bourgeois.

— Je t'écoute, dit l'officier à Auger, dit Boit-sans-soif.

— Eh bien! capitaine, mais commençons par le commencement. Vous vous rappelez sans doute de Trinquefort, ou Servant, si vous aimez mieux, celui avec lequel j'ai soulevé et sifflé la cave au général Pélissier, et cela sans être gris?

— Oui, je me souviens de Trinquefort, dit Horace.

— Eh bien! reprit Boit-sans-soif, il est ici avec moi. Nous sommes du même pays, du même tirage; après notre premier congé nous avons remplacé pour la même classe. Nous nous sommes trouvés cent fois au feu ensemble; je crois qu'il me doit les trois quarts de sa peau et que je lui dois la mienne tout entière. J'arrive à la fin, capitaine, ne vous impatientez pas. Nous avons donc été congédiés du même coup, nous avons fait la traversée et la route ensemble; enfin, il y a huit jours, nous sommes tombés à Paris presque bras dessus bras dessous et l'un portant l'autre; nous avions un peu bu. Vous savez, capitaine, la joie de revoir le pays.

— Vous êtes donc de Paris? demanda Vigneul.

— Non, mon capitaine, d'un faubourg seulement, de Pantin; mais c'est ici que la chose se gâte entre Trinquefort et moi.

— Est-ce que l'un de vous, demanda Horace en souriant, aurait subitement pris le parti de ne plus boire un petit coup de temps en temps?

— Oh! non, capitaine; c'est plus grave.

— Diantre! de la mésintelligence entre des amis de vingt ans!

— Si vous disiez, capitaine, que nous nous connaissons depuis l'enfance. Nous avons été à l'école ensemble.

— Voyons, de quoi s'agit-il?

— De nous quitter, rien que ça, et vous pensez si c'est dur, capitaine. En deux mots, voici la chose. Nous n'avons plus de parents, pas plus de fortune que d'état. Dans la circonstance, ce n'est pas parce que nous sommes dans notre pays que les alouettes toutes rôties vont nous tomber dans le bec. Il faut donc que nous travaillions pour vivre. Eh bien! moi, à Paris le mal du régiment m'a pris, absolument comme le mal du pays prend les conscrits au régiment, et je me suis décidé à remplacer encore une fois pour retourner en Afrique et servir jusqu'à ma retraite Trinquefort, au contraire, un jour de lubie, s'est embrasé pour une petite brunette qui lui fait trouver le séjour de Paris délicieux; aussi veut-il se faire sergent de ville.

Vigneul avait attentivement écouté Boit-sans-soif; son idée lumineuse continuant à le travailler, il dit à son compagnon :

— Vous êtes deux fous.

— Merci, capitaine; comme toujours, Trinquefort a sa part de la chose.

— Il ne faut pas vous séparer.

— C'est ce que je me tue de lui dire.

— Vivre comme deux frères.

— Voilà qui est parlé, tonnerre!

— Pour cela il ne faut pas que tu remplaces ni que Trinquefort se fasse sergent de ville.

— Et du pain, capitaine ?

— Voulez-vous entrer à mon service ?

— Si vous ne plaisantez pas...

— Je ne plaisante pas.

— Que faut-il faire ?

— Va me chercher Trinquefort, fais lui part de ma proposition. Revenez tous deux me trouver ici ; je m'expliquerai.

— Quelle veine j'ai eue de vous rencontrer, capitaine, dit Boit-sans-soif en se levant de table.

— Dans cette rencontre, c'est moi le plus heureux, répondit Horace.

— Comment cela ?

— C'est vous qui allez me rendre service.

— Coquin de sort ! S'il s'agit de vous rendre service, mon capitaine, Trinquefort est enfoncé, car je sais qu'il vous a dans le sang. Du moment qu'il saura qu'il faut vous obliger, il enverra ses projets et la petite brunette au diable.

— Dépêche-toi, c'est grave et pressé.

Après avoir assujetti son shako sur sa tête, Bois-sans-soif partit au pas de course.

En voyant Trinquefort on avait toujours devant les yeux, quant à la corpulence, une seconde édition de Boit-sans-soif. C'était suivant une pittoresque expression, un gaillard bien planté.

Cependant, il existait entre eux une différence de caractère, affaire de nuances.

Bois-sans-soif était d'un blond ardent et d'une gaieté exubérante ; Trinquefort était d'un brun foncé, et, quoiqu'il n'eût pas plus de soucis que son ami, il était d'un sérieux peu facile à dérider.

Quand on leur reprochait l'habitude de boire un peu :

— Si je bois, disait Trinquefort, c'est parce que j'ai l'humeur chagrine et afin que le vin me donne un peu de la gaité qu'il communique si facilement à Boit-sans-soif.

— Je ne toucherais jamais à un verre de vin, disait celui-ci, si ce n'était pour qu'il me produise l'effet qu'il fait à ce vieil ami Trinquefort, qu'il tempère ma gaieté et me mette un peu de plomb dans la tête.

Il est juste de dire que le vin produisait aux deux chasseurs l'effet contraire à celui qu'ils en attendaient.

Ayant bu, Trinquefort devenait lugubre, Boit-sans-soif tournait au grotesque.

Peut-être, après tout, que nos buveurs n'étaient l'un triste, l'autre gai, que pour avoir le prétexte de caresser *dive bouteille*...

Plus d'un de ceux qui les ont connus et aimés — car c'étaient deux bonnes natures — l'ont souvent supposé.

Horace connaissait les deux amis et savait la confiance qu'il pouvait avoir dans leur dévouement. Il serra la main à Trinquefort comme il l'avait serrée à Boit-sans-soif, puis il dit aux chasseurs le service qu'il attendait d'eux.

Les deux soldats savaient de leur côté, que l'officier était incapable de leur faire faire une action peu avouable, par de vils motifs.

Il s'agissait d'espionner la Sibel. La chose pouvait leur paraître singulière, mais ils n'en demandèrent ni les raisons ni le but.

— C'est une coquine qui veut perdre d'honnêtes gens ; c'est bien, on aura l'œil sur elle, dit laconiquement Trinquefort d'un ton de sergent de ville.

— Diantre, mon capitaine, fit à son tour Boit-sans-soif, si la femme est jolie, le service que nous allons vous rendre perd de sa valeur; mais si c'est un laideron, quelle corvée, bon Dieu ! d'avoir toujours les yeux dessus.

— La femme n'est pas mal, dit Horace, mais ce n'est ni une rosière ni une jeunesse.

— Est-il permis de lui parler le langage des tourterelles afin de lui tirer les vers du nez pour le bien du service ? demanda Boit-sans-soif.

— C'est une fine mouche, répondit Vigneul.

— Alors, je me pique d'honneur,

Et Bois-sans-soif fredonna :

> Elle est à moi
> C'est ma compagne.

Une heure plus tard, deux messieurs s'installaient, pour boire une canette et faire une partie de piquet dans un petit café faisant face à la boutique de la Sibel. Le propriétaire de ce café tenait aussi un hôtel meublé. Trinquefort et Boit-sans-soif (les deux messieurs c'étaient eux), louèrent une chambre au premier sur la rue. D'une des fenêtres de cette chambre le regard d'un curieux pouvait plonger dans la boutique de la marchande à la toilette.

Les deux chasseurs étaient à leur poste. La Sibel avait deux argus pour gardes du corps. Que ce fût Boit-sans soif ou le sérieux Trinquefort, l'un de ces deux argus veillait sur elle avec une rare sollicitude.

Ils avaient le signalement de Guiffart et l'ordre de suivre tous les visiteurs venant chez la Sibel, dont la physionomie se rapprocherait de celle du chevalier.

Tranquille de ce côté, l'officier était parti pour la Rochelle. Il ne voulait rien négliger pour connaître la dame Agnès Gérot, femme Bourdieu, dite Sibel, dont M. Lamy avait retrouvé l'état civil sur les contrôles du 45°, où elle avait été inscrite comme cantinière.

V

L'IVRESSE D'UNE FOLLE.

« Née à la Rochelle », disait l'état civil du contrôle consulté par le colonel. Horace allait donc à la Rochelle dans l espérance de se renseigner sur la moralité de l'ex-cantinière et sur sa famille.

Il resta quinze jours dans cette ville et apprit d'abord qu'Agnès Gérot avait fait beaucoup parler d'elle étant jeune fille ; que, ne trouvant pas à se marier avec un jeune homme du pays, elle avait épousé un militaire du 45ᵉ, en congé temporaire à la Rochelle. Son congé expiré, cet homme nommé cantinier, avait rejoint son régiment à Rouen, en 1819 ; qu'en 1821 ce régiment, venant de Paris, était arrivé à la Rochelle ; alors, on avait connu plusieurs amants à la Bourdieu, devenue veuve : entre autres l'infortuné Pomier, l'un des quatre martyrs, et ensuite un nommé Picard, sergent-major au régiment. Plus tard, la Bourdieu, étant revenue dans sa famille, on avait appris qu'elle avait été chassée du 45ᵉ pour inconduite.

Lu chronique ajoutait que la Sibel avait un frère qui avait encore plus mal tourné qu'elle. Coupable ou non, il avait été si gravement compromis dans une affaire de vol et d'assassinat, qu'il avait été forcé de quitter le pays après un acquittement que l'opinion avait considéré comme injuste et scandaleux, quoiqu'il n'y eût pas de preuves matérielles contre Gérot.

Ceux qui donnèrent ces renseignements à Vigneul ajoutèrent :

— Si vous voulez ê re mieux informé, allez à la vieille ville, vous demanderez la Fouine, tout le monde la connaît sous ce nom, quoiqu'elle s'appelle Filleul ; elle pourra peut-être vous renseigner.

— Pourquoi peut-ê re ? demanda Horace.

— Elle a été la maîtresse de Gérot et gravement compromise elle-même, à cette époque, dans la même affaire que lui. Elle était alors enceinte ; elle accoucha avant terme, le lendemain du crime, d'un enfant mort. Cet évènement prématuré, causé dit-on, par l'épouvante qu'elle ressentit dans la scène du meurtre, lui causa une telle révolution qu'elle en devint folle, de sorte que son témoignage, rempli du reste d'incohérence et d'impossibilités évidentes, sur lequel on comptait beaucoup pour découvrir la vérité et condamner Gérot, ne fut pas reconnu valable et digne de foi.

— C'est à cette circonstance que Gérot dut d'être acquitté ? demanda le capitaine.

— Sans doute. Que voulez-vous qu'on condamne un homme à mort, ou au moins aux travaux forcés à perpétuité, sur le témoignage d'une femme folle ?

— A quelle époque eut lieu le crime ?

— En 1822.

— Il y a vingt-trois ans et prescription, surtout après un premier acquittement, pensa Horace, qui reprit : Quel homme était-ce que Gérot ?

— Un homme qui inspirait généralement de l'effroi, répondit le donneur de renseignements. Il était grand, sec, mince comme une planche. En le voyant, on se figurait voir un serpent ou un squelette, avec des yeux de bête féroce.

— C'est lui, se dit Vigneul en rapprochant le signalement qu'on lui donnait de celui de Guiffart. S'il en est ainsi, ce dernier n'est lui-même qu'un instrument dans l'affaire de M. Lamy, et il faudra chercher plus haut les ennemis de celui-ci. Mais, reprit-il, cette femme auprès de laquelle vous m'envoyez, dans quel état est-elle aujourd'hui ?

— Toujours folle ; seulement, elle a comme des éclairs de raison. Alors elle divague et raconte une foule de choses parmi lesquelles il est fort difficile de démêler la vérité.

— Vous apelez cela des éclairs de raison ?

— Dame ! monsieur, dans son état ordinaire, elle ne desserre pas les dents et reste des journées entières sans prononcer une parole. »

Horace se décida à aller voir la Fouine; il prit un enfant qui le conduisit à la vieille ville, où il se renseigna sur la folle. On lui désigna une masure qui menaçait ruine, et que les habitants avaient désertée de peur d'être ensevelis sous les décombres.

— C'est là, dans une cave, que demeure celle que vous cherchez, lui dit-on. Il y a deux jours qu'on ne l'a pas vue dehors; elle doit être dans ses humeurs noires.

Vigneul paya l'enfant qui lui servait de guide et qui ne voulut pas aller plus loin, prétendant que la Fouine lui faisait peur; puis il s'avança résolûment vers le chancelant édifice autour duquel croissait une forêt de ronces, de chardons, de lierres et d'autres plantes parasites.

Cette masure était isolée d'une vingtaine de pas des dernières maisons de la vieille ville. Une porte sans fermeture, et misérablement accrochée à un seul gond, défendait l'entrée de la retraite de la Fouine. L'officier la poussa du pied et se trouva dans une salle basse dont le carrelage avait été en partie enlevé par des voisins peu scrupuleux. Le toit effondré laissait voir le ciel entre les poutres, les lattes et les plâtras qui le composaient. On eût dit une immense toile d'araignée posée sur les quatre murs.

Dans un coin, Horace aperçut un trou noir et les premières marches d'un escalier qui s'enfonçait en vrille sous le sol. L'officier descendit cet escalier humide, disjoint, et arriva dans une cave qui avait la même superficie que la chambre basse.

Dans l'endroit le plus sombre du souterrain, il vit une masse noire couverte de haillons. Il lui fallut beaucoup de bonne volonté pour reconnaître une femme dans cet amalgame informe.

Ce ne pouvait être que la folle : c'était elle en effet.

La Fouine était assise ou plutôt accroupie à terre et adossée au mur. Elle avait les bras formant le cercle autour de ses genoux et joints par les deux mains, la tête appuyée sur les genoux. Quand on était tout près de la folle, on voyait ses cheveux gris et embrouillés comme de la filasse, et ses mains osseuses, décharnées et jaunes comme de vieux ossements, c'était tout.

Cette misérable était vêtue d'une jupe noire et d'un châle rouge lie de vin; ses cheveux, épars autour de sa tête lui cachaient le cou et les épaules.

Horace la contempla pendant quelques instants avec étonnement et se demandant sans doute comment une créature humaine pouvait vivre dans cette cave humide, infecte, où un rayon de soleil ne pénétrait jamais. La folie sans doute rend insensible; une créature intelligente n'eût pu supporter une pareille misère.

Quant à la Fouine, elle n'avait probablement pas entendu l'officier, car elle n'avait fait aucun mouvement qui put faire penser à ce dernier qu'elle s'était aperçue de son arrivée.

— Clara Filleul, lui dit Horace, d'abord sans pouvoir la tirer de son apathie; il répéta plusieurs fois sur un ton plus élevé, et la Fouine dressa la tête. Elle regarda pendant deux minutes l'officier avec un étonnement abruti; puis elle dit d'une voix plaintive :

— J'ai soif!... j'ai faim!... Soif!... soif!... Oh! du vin !... du vin !...

— Si cette femme a eu autrefois l'habitude de boire, se dit Horace, l'ivresse la ferait peut-être parler aujourd'hui.

Le capitaine était trop intéressé à s'éclairer sur tout ce qui concernait Gérot pour ne pas donner suite à cette réflexion.

— Vous avez faim et soif? dit-il à la Fouine.

— Oh! oui ; soif surtout, répondit la Filleul. Du vin! du vin!... Mais à quoi bon vous en demander? vous ne m'en donnerez pas. Qu'il y a longtemps que je n'ai bu!

— Je vais vous en aller chercher, dit Horace.

L'expression du regard de la Fouine, qui était toujours dure et méchante, s'adoucit singulièrement. Sans doute qu'Horace la surprenait dans un de ses éclairs de raison.

— Vous allez m'en chercher? dit-elle.

— Oui. Attendez-moi ici.

— Vous reviendrez ?

— Je vous le promets.

— Allez vite et revenez.

D'un bond, la Fouine, avec une agilité surprenante en en poussant un cri joyeux, sauta sur l'épaisse et puante couche de fumier qui lui servait de lit.

Horace alla donner ses ordres à un marchand de vin du voisinage, et lui demanda quelques renseignements qui pussent l'éclairer sur ce qu'il avait à faire pour arriver à son but.

— Si, pour un motif ou un autre, vous aviez intérêt à faire parler la Fouine, lui répondit le cabaretier, vous employez le seul moyen qui puisse lui éclaircir la mémoire et les idées en lui déliant la langue. Cependant elle vous dira autant de mensonges que de vérités ; mais, quand vous l'aurez quittée, je vous aiderai à démêler le faux du vrai. Je ne sais rien de précis sur l'affaire, mais c'est dans cette maison que le crime a été commis. Différentes observations et remarques que j'ai faites, depuis 1824 que je suis installé ici, me permettront, d'après le récit de la Fouine, d'établir des probabilités exactes. Quant à la folle, ne lui faites voir, une fois qu'elle aura pris le nécessaire, qu'une bouteille à la fois ; sinon, vous n'en obtiendrez rien. Elle supporte bien le vin, mais ivre, elle devient folle furieuse. Si vous la mettez sans le vouloir en cet état, ne la laissez pas sortir, elle ferait quelque malheur. Restez auprès d'elle, attachez-la si vous ne pouvez en venir à bout autrement, et ne la quittez pas avant qu'elle n'ai cuvé son vin.

Le cabaretier donna ensuite des ordres pour qu'on mît à la disposition de Vignent tout ce que ce dernier désirait.

Celui-ci fit descendre une chaise et une table dans la cave de la Fouine. D'après son ordre, dix bouteilles de bon vin furent cachées dans la salle basse. Il devait les prendre une à une, au fur et à mesure que la folle les boirait.

A tout évènement, il se munit d'une forte corde qu'il destinait soit à barricader la porte vermoulue, soit à attacher la folle, suivant les circonstances, afin d'empêcher cette dernière de lui échapper dans un moment de furie.

Ces préparatifs faits, le capitaine ordonna de servir à souper à la folle.

La nuit était venue. Horace alluma deux bougies ; il en mit une à chaque bout de la table.

Il s'apprêtait à passer une singulière nuit.

La folle trouvait sans doute la cuisine à son gré, car elle mangeait avec voracité. Par moments, elle jetait un regard de remerciment sur Horace, regard dans lequel l'officier, avec un peu trop de bonne volonté peut-être, croyait voir percer une certaine expression de reconnaissance.

Le fait est que la Fouine, le visage épanoui, les traits dilatés, semblait relativement et bestialement très heureuse. Ce bonheur, cette joie, étaient évidents, surtout quand elle buvait le vin que lui versait à plein verre l'officier, en espaçant cependant ces copieuses libérations de façon à ce que la folle prît le temps de manger. Plus tard, l'ivresse lui serait moins nuisible.

Horace n'avait nullement besoin d'exciter la Fouine à boire, le verre de cette dernière était toujours vide.

Quant à lui, enveloppé dans son manteau, fumant un cigare, il regardait cette scène de voracité avec dégoût.

Au dehors, le vent hurlait et éteignait les bruits qui eussent pu venir de la ville ; la pluie tombait avec fracas, le ciel était noir. Les passants qui voyaient de la lumière aux soupiraux de la cave de la Fouine s'étonnaient bien du fait, mais ne se dérangeaient pas de leur chemin pour en connaître les raisons.

— S'il y avait quelque chose à brûler dans la cave, se disaient-ils insoucieusement on pourrait supposer que la Fouine a mis le feu chez elle ; mais il n'y a rien.... »

A l'intérieur, la scène à laquelle nous allons faire assister le lecteur avait quelque chose de fantastique qui eût séduit le pinceau de Rembrandt ou de Salvator Rosa.

Cette cave sombre sans meubles, aux parois couvertes de moisissures, éclairée par les deux bougies dont le vent faisait osciller la flamme, avait un aspect lugubre. La Fouine, grande, décharnée, avec sa physionomie avide, son teint terreux, ses haillons et son air égaré, avait quelque chose des sorcières d'autrefois se livrant à quelque cabalistique et dégoûtant festin, comme elles en faisaient au moyen âge, un temps de barbarie.

Horace, épiant la Fouine, donnait une idée de ces seigneurs superstitieux qui n'entreprenaient rien sans consulter la sybille de la localité.

Les silhouettes de ces deux personnages tranchaient vigoureusement en noir sur une des murailles de la cave. Par moments, ces ombres prenaient d'effrayantes proportions, selon l'effet des rafales du vent sur la flamme des bougies.

Un profond silence régnait toujours entre Horace et la Fouine. Celle-ci, d'après l'avis du cabaretier, n'avait besoin que de boire, et non d'être interrogée, pour entamer le chapitre des confidences.

Une demi-heure suffit à apaiser la faim de la Fouine : il n'en fut pas de même de la soif : celle-ci semblait inextinguible.

Bientôt les yeux de la folle brillèrent d'un éclat féroce.

Elle poussa un sauvage éclat de rire.

— A boire ! dit-elle à Horace en lui tendant son verre.

— Il me semble que vous avez assez bu, répondit l'officier.

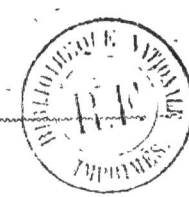

Je t'attendais à la petite porte du jardin. (Page 133.)

— Assez bu !... Plaisantes-tu, Daniel?

— Je ne m'appelle pas Daniel, d'abord.

— Tu n'es pas Daniel Gérot, mon amant, le père de mon enfant, toi? dit la Fouine en regardant Horace avec une fixité effrayante.

L'officier ne répondit pas à l'interrogation de la Fouine.

— Elle me prend pour Gérot; tant mieux, ne la détrompons pas : c'est le meilleur et le plus court moyen que nous ayons de découvrir le mystère que nous voulons pénétrer.

— Tu dis que tu n'es pas Daniel Gérot ? reprit la Fouine. Qui donc serait assez bête pour venir payer du vin à une pauvre folle à laquelle on reproche d'avoir assassiné dans le temps ? Ne parlons pas encore de cela, Daniel ; quand je n'ai pas bu et que je pense à l'affaire, je crois que le vin qui est dans mon verre c'est du sang, du sang de vieillard.... du sang d'enfant.... C'est affreux.... »

Au terrible souvenir qu'elle commençait à évoquer, la Fouine pâlit et trembla.

Elle jeta autour d'elle un regard épouvanté, comme si elle eût craint d'y voir les cadavres des victimes.

Cependant, en face de la bouteille pleine dans la main de l'officier, elle surmonta ce mouvement d'épouvante et reprit en riant :

— Allons, mon petit Daniel, sois comme autrefois, ne me refuse rien. Verse-moi à boire.

Horace remplit le verre de l'horrible femme.

Quoiqu'il ne fût pas très impressionnable, il était fortement ému.

Il se demandait quel horrible secret il allait apprendre....

La Fouine vida son verre d'un trait et dit, le regard étincelant :

— Tu es revenu, Daniel, tu es revenu pour moi, n'est-ce pas? car tu sais bien que je t'ai beaucoup aimé dans le temps, que je t'aime beaucoup encore. Toi aussi, tu m'as bien aimée ; m'aimes-tu toujours ?

L'officier n'eut pas le triste courage de répondre et de jouer le rôle de Daniel Gérot.

La Fouine, du reste, indifférente à ce silence, reprit :

— A boire, Daniel !

Horace versa du vin ; la Fouine but et continua :

— Enfin, te voilà revenu, Daniel, je ne serais plus malheureuse ; tu me feras sortir de cette cave pour me prendre avec toi ; tu empêcheras les gamins de me jeter des pierres et de m'appeler assassin, tu ne me laisseras plus porter des robes en guenilles et des châles en chiffons ; tu m'achèteras de belles choses, car tu es riche, toi ; c'est facile à voir à tes vêtements cossus, aux bijoux que tu as sur toi. Moi aussi j'en aurai, des bijoux ; enfin, et avant tout, tu me rendras mon enfant.

Le sentiment de l'amour maternel sommeillait-il encore dans cette âme corrompue par le vice et brisée par la démence? Mystère !...

Toujours est-il que, quand la folle parla de son enfant, l'expression de sa physionomie s'adoucit et un fugitif éclair d'intelligence sillonna rapidement son front.

— Quel enfant? demanda Horace.

— Le nôtre, pardieu ! Duquel veux-tu donc que je parle ?

— Cet enfant est mort, dit l'officier.

— Mort !... Ne dis pas cela, Daniel. Mort !... Je sais bien que non, je sais bien que j'ai mis au monde un enfant vivant. Celui qui était mort n'était pas le nôtre. Ne le soutiens pas, ou sans cela je parlerai.....

— De quoi? fit l'officier.

— Tu le sais bien, Daniel, et, une fois en train, je dirai tout. Voyons, verse à boire et promets-moi que tu me rendras mon enfant. »

L'officier remplit le verre de la folle; celle-ci n'en fit qu'une gorgée. L'ivresse commençait à illuminer son teint; ses yeux semblaient flamboyants.

Horace comprenait qu'il touchait au mystère. Deux ou trois verres de vin encore et la Fouine allait tout lui avouer.

Se faisant violence, il essaya de soutenir la conversation, afin de provoquer la confidence qu'il était venu chercher.

— Et si je ne te rendais pas ton enfant?... dit-il.

— Je dirais tout.

— Je ne te crains pas. Tu as déjà tout dit lors du procès, cela n'a servi à rien.

— Je n'ai pas tout dit.

— Explique-toi.

— A boire, alors ! à boire, que je ne voie pas du sang dans mon verre quand il y aura du vin.

D'un mouvement brusque qu'Horace ne put prévoir, la Fouine s'empara de la bouteille qu'il tenait à la main, et but au goulot jusqu'à ce que la respiration lui manquât.

Elle eut ensuite un hoquet; puis il y eut un silence : elle reprenait haleine. Enfin, elle dit d'une voix rauque :

— Laisse-moi boire à la bouteille, Daniel; de cette façon, je ne verrai pas du sang. La bouteille n'est pas transparente.

Vigneul craignit un instant que l'ivresse ne terrassât la folle; il lui demanda :

— Comment! tu n'as pas tout dit?

— Non, répondit la folle, je n'ai pas tout dit; mais toi pour être tranquille tu as donc perdu la mémoire, si tu ne te souviens plus, je me souviens, moi; tu vas voir.

La folle se tut pendant une minute; elle chercha comme une personne inquiète qui cherche à recueillir ses souvenirs, puis elle reprit :

— Je cherche... mais je ne me rappelle plus en quelle année c'était. Il y a bien longtemps, car il me semble que j'ai beaucoup souffert dans cette cave. Qu'importe! je vois encore les choses comme si elles se passaient à présent; car, comme je n'ai que ça dans la tête, je ne me souviens presque de rien de ce qui s'est passé depuis; ma mémoire n'est encombrée par rien. C'étaient de braves gens que M. Benoît, sa femme et son père à lui; oui, c'étaient de braves gens, tu as eu tort de les tuer, Daniel.

Le visage de la Fouine eut un éclair de colère menaçante; elle continua :

— J'étais bien chez eux, ils ne m'accablaient pas d'ouvrage, me traitaient avec bonté et me payaient bien. Si je me fusse toujours bien conduite, que je sois restée chez eux, j'eusse sans doute été heureuse comme tant d'autres... C'est un grand malheur pour moi de t'avoir connu, Daniel; tu es un monstre; je puis te dire cela, j'ai tant souffert !

La folle ponctua cet exorde par un silence qu'elle employa à vider la bouteille qu'elle serrait de ses doigts crispés.

Quand la bouteille fut vide, elle la jeta avec colère contre la muraille et dit à l'officier, d'une voix qu'elle s'efforçait de rendre caressante :

— Non, tu n'es pas un monstre, Daniel ; au contraire, tu es bien gentil d'être revenu
Donne-moi une autre bouteille de vin, je meurs de soif.

— Continue, je t'en donnerai une dans un instant, répondit Horace.

— Oui, fit la Fouine, je me rappelle encore ces braves gens, le vieux père, et les
enfants surtout. Que je les aimais, ces enfants-là ! Il y avait des moments où je les
mangeais de caresses ; la petite fille de préférence. Mais ces gens-là étaient trop dévots
c'est leur dévotion qui les a perdus ; car si, quand je t'ai eu connu, Daniel, quand
j'ai été enceinte, je n'avais pas craint qu'ils se fâchassent, et me renvoyassent et que
je ne puisse me placer ailleurs, je n'aurais jamais consenti à faire ce que nous avons
fait. Puis, quand tu m'as enjôlée, que tu m'as dit : « Ces jésuites, ils te chasseront
aussitôt qu'ils découvriront ta position ; où iras-tu, toi et ton enfant ? Je te préviens
que si les choses tournent ainsi, je vous plante là tous les deux. Fais donc plutôt ce
que je te dis, imbécile, tu seras riche et n'auras besoin de personne. » Oui, je le jure
quand tu me tins ce langage, je ne savais rien de ce que tu voulais faire ; autrement
je ne t'eusse pas laissé assassiner le père Benoît et les enfants. Mais, tiens, va me
chercher une bouteille, tu me l'as promise ; ces souvenirs m'altèrent.

Horace, ému et presque épouvanté, fit ce que voulait la Fouine : il alla lui chercher
une bouteille que celle-ci commença à boire avec une avidité telle, qu'on eût pu
croire qu'elle n'avait pas bu depuis vingt-quatre heures. L'ivresse la gagnait, mais au
lieu de l'abrutir, elle semblait lui donner de l'assurance ; elle ne tremblait plus au
souvenir du sang versé, comme quelques instants auparavant.

— Oui, reprit-elle avec une sorte d'exaltation, je suis innocente du crime ; toi seul
es coupable ; tu le savais bien quand tu as voulu me tuer comme les autres. Et plus
tard, si je n'ai pas tout dit, c'est que, craignant qu'on ne te coupe pas le cou, j'avais
peur que tôt ou tard, tu ne me fisses un mauvais parti, comme tu avais déjà essayé
de le faire. Mais à présent j'ai tant souffert, j'ai tant à souffrir sans doute encore, que
je me moque bien de mourir. C'est pour cela que je ne crains pas de te dire tout cela.

— Tu ne crains pas la mort ? fit Horace pour dire quelque chose.

— Non, laisse-moi boire, tu me tueras après si tu veux.

La Fouine donna encore une longue accolade à la bouteille, et continua son récit
qui impressionnait fortement Horace ; car il comprenait que, quant au passé du moins
Clara Fleuri n'était pas aussi folle qu'on la croyait généralement.

— Oui, si tu ne te souviens pas, dit la Fouine, moi je me rappelle de tout, tu vas
voir ; et si tu ne me rends pas mon enfant, je te ferai guillotiner, aussi vrai qu'il n'y
a qu'un Dieu. Vois, si j'ai oublié quelque chose. C'était un soir, la pluie sifflait, le
vent hurlait, il faisait noir comme dans un four, absolument comme cette nuit. J'avais
rendez-vous avec toi derrière cette masure où nous sommes. Quoique à cette époque
je n'aimais pas à venir ici la nuit, je vins au rendez-vous en tremblant ; j'avais peur
des revenants et du loup-garou. Il était dix heures du soir, tout le monde était
couché, personne ne pouvait nous voir. Tu m'attendais. Que ne suis-je restée couchée
comme tout le monde !

Voici ce que tu me dis :

« — Es-tu décidée, Clara ? Demain, M. et Mme Benoît s'absentent ; il n'y aura que
le vieux et les enfants à la maison. L'occasion ne peut être plus favorable. Si c'est

oui, dis-je, si c'est non, c'est bien, tu es une imbécile, et moi je pars, tu te tireras d'affaire comme tu pourras. Avant un mois, quand ces cagots de Benoît t'auront mise dehors pour avoir un amoureux, que tu n'auras pu te placer ailleurs, tu mendieras ton pain, enceinte à pleine ceinture. Et tes couches, comment les feras-tu ? et ton enfant, tu iras le jeter dans le tour?

« — Oh ! ne dis pas cela, Daniel, » lu répondis-je. J'avais une peur affreuse de voir mon enfant aux Enfants trouvés. C'est pour lui que je t'ai écouté, Daniel ; si ce n'avait été que moi...

« — Je te prédis ce qui arrivera, me répondis-tu.

« — Mais que veux-tu faire chez les Benoît? te demandai-je, quoique je le susse depuis longtemps. Pourquoi veux-tu que je te donne les clefs de chez eux ?

« — Ils sont riches et nous pauvres, me dis-tu.

« — Ne feras-tu que les voler? repris-je en hésitant.

« — Que veux-tu que je leur fasse, puisqu'ils ne seront pas chez eux.

« — Mais le vieux et les enfants? te fis-je observer.

« — Ils ne me verront ni ne m'entendront seulement pas, repris-tu. Et quand nous aurons l'argent des Benoît, j'aurai soin de toi, je rendrai ton enfant heureux. Voyons, est-ce oui ou non ?

« — Tu viendras demain, te dis-je, convaincue par l'assurance que tu me donnais de faire mon bonheur et celui de notre enfant.

« — Me donneras-tu les clefs ? me demandas-tu encore.

« — Oui, te dis-je.

« — Tu t'éloignas, je rentrai chez moi toute tremblante. Je passai une nuit terrible en attendant la journée du lendemain. Je ne pus fermer l'œil de la nuit.

Sur cette conclusion, la Fouine acheva d'un trait la bouteille commencée et la brisa contre le mur comme la précédente.

« — Le lendemain, comme il avait été convenu, reprit la Fouine, je t'attendais à la petite porte du jardin, celle de la ruelle déserte. A dix heures, on frappa à cette porte ; je l'ouvris, c'était toi. Tu connaissais la disposition intérieure du jardin et de la maison, tu étais venu travailler chez mes maîtres. Tu m'entraînas sans me donner le temps de faire une observation en me disant :

« — Viens, viens, nous n'avons pas de temps à perdre !

« Je te suivis en courant. Quand nous fûmes arrivés à la porte de la maison, tu m'ordonnas de m'y arrêter.

« — Tu feras le guet, me dis-tu, afin que nous ne soyons surpris par personne. Si quelqu'un venait, tu me préviendrais en toussant fort.

« J'avais un mauvais pressentiment. Je voulus encore une fois te recommander de ne point faire de mal aux enfants et à leur grand-père, mais tu avais déjà disparu ; je t'avais donné les clefs de la maison, tu avais allumé une lanterne sourde et tu étais monté au premier étage, où était la chambre à coucher de M. et Mme Benoît, dans laquelle ils gardaient l'argent nécessaire à leur commerce de bestiaux qui était important. Quant à moi, j'étais sur le perron, plus morte que vive. Je sentais mon sang comme glacé dans mes veines, je tremblais comme la feuille agitée par le vent du nord. Quant je pense à ce moment, je frissonne, j'ai froid. Tiens, Daniel, va me chercher du vin que je boive, ça me réchauffera.

— Attends une minute, dit Horace craignant que l'ivresse n'empêchât la Fouine de terminer son récit.

— Va m'en chercher, reprit la folle avec humeur, ou bien j'appelle, je crie, je dis tout..., tout, depuis Au nom du Père jusqu'à Amen, et je te fais couper le cou.

Vigneul ne crut pas devoir résister plus longtemps au désir de la folle : il alla chercher du vin et la laissa boire, car plus la Fouine buvait, plus elle paraissait éprouver le désir de parler.

Peu après, Clara Filleul reprenait :

« — Je ne saurais dire combien de temps je restai sur le perron; je sais seulement que je remplissais fort mal la mission que tu m'avais confiée. Je n'étais nullement attentive aux bruits qui pouvaient venir du dehors, mais en revanche j'écoutais avec une pénible anxiété tous les bruits du dedans.

« Du dehors, du reste, il n'y avait rien à craindre. Il était minuit, tout le monde dormait, la maison alors était isolée, et non pas entourée de bâtiments comme elle l'est aujourd'hui, aucun voisin n'était à portée de la voix.

« Pendant un certain temps, je n'entendis rien. Tout à coup, je frissonnai, mes cheveux se dressèrent sur ma tête, je faillis me trouver mal.

« Au milieu du bruit d'une lutte, j'avais entendu ses cris :

« — Au secours ! à l'assassin ! »

« Ces deux appels de désespoir avaient été jetés par M. Benoît père.

« Peu après, j'entendis ces paroles dites sur un ton déchirant:

« — Oh ! Gérot, ne faites pas de mal à grand-père, ne le tuez pas... »

« Ces paroles étaient prononcées par les enfants. En disant ton nom, Daniel, ils venaient, les innocents de décider de leur mort. Ils te connaissaient, tu ne devais pas laisser vivre des témoins aussi dangereux derrière toi.

« Je compris tout. Je devinai que, sans le vouloir, tu avais réveillé le grand-père mal endormi, et que successivement les enfants s'étaient levés et qu'ils t'entouraient tous. Mais toi, que faisais-tu ? J'avais encore ces mots dans les oreilles : « Ne le tuez pas ! » Je me précipitai dans l'escalier et montai au premier étage avec l'intention de t'empêcher de commettre un crime. Quand j'arrivai dans la chambre de M. Benoît, il était trop tard : le grand-père, mortellement frappé, tombait sous tes coups; il était à genoux à tes pieds et s'écriait en joignant les mains, quand j'arrivai sur cette scène de carnage :

« — Au moins, Gérot, épargne ces enfants. »

« Je me souviendrai toujours de cette scène, Daniel. Je le vois encore, ce vieillard demi-nu, sanglant, agenouillé et se traînant à tes pieds; les enfants si effrayés qu'ils ne pouvaient crier; toi furieux, fou, enragé.

« Enfin, le vieillard tomba pour ne plus se relever. Alors tu te précipitas sur les enfants; je me jetai entre eux et toi, je ne voulais pas que tu les tuasses. Tu ne m'avais pas encore vue, quand tu m'aperçus, tu t'écrias :

« — Va-t'en, Clara, va-t'en ! Il faut que je les tue, te dis-je; plus tard, ils nous dénonceraient et te feraient monter sur l'échafaud et moi aussi.

« — Tu ne les tueras pas, te dis-je ; l'échafaud, que m'importe ! »

« Je perdais déjà la tête.

« Tu t'étais emparé du petit garçon ; je voulus le défendre, tu me repoussas d'un violent coup de pied dans le bas-ventre. Quoique dangereusement blessée, je ne sentis rien sur le moment ; je pris la petite fille dans mes bras et m'empressai de fuir avec elle en prenant l'escalier du jardin.

« Je ne pus aller plus loin : le coup de pied que tu m'avais donné, je le sentais enfin. J'avais à peine fais dix pas dans le parterre, que je tombai au pied d'un arbre ; la petite tomba avec moi : elle était ou morte ou évanouie.

« Assassin ! tu ne nous donnas pas le temps de nous relever. Haletante, épuisée, je te vis accourir comme une bête des bois ayant soif de sang. Malgré la nuit, tu nous aperçus, tu te précipitas sur nous.... Je ne me souviens plus.... Sous un de tes coups, sans doute, je m'évanouis. Quant à la petite fille, assassin, scélérat, monstre, tu la tuas sans doute, comme tu avais déjà tué son grand-père et son frère.... »

La folle fit une pause. Elle était haletante, elle avait terminé son affreux et sanglant récit d'une voix sifflante et saccadée. Cette fois, elle ne pensa pas à boire, quoique la bouteille qu'elle tenait dans la main fût encore à moitié pleine.

Elle reprit peu après :

— Ah ! Daniel, tu croyais peut-être que j'avais oublié, tu te trompais ; je me souviens, vois-tu. Et si je te dis tout cela, c'est parce que je veux que tu me rendes mon enfant. Si tu ne me le rends pas, je parlerai ; on nous faucherera après si l'on veut. Tant pis, c'est toi qui l'auras voulu.

« Ah ! tu ne savais pas que je me rappelais tout cela, hein ? Sais-tu pourquoi je n'ai pas parlé plus tôt, c'est parce que j'ai été longtemps folle ; mais peu à peu, quand la raison m'est revenue, je me suis rappelé ton crime et ses détails. Alors, j'ai continué à me taire parce que je te savais libre, que j'avais peur que tu me tuasses à la moindre révélation.

« Mais ce que je te dis à toi, Daniel, je ne le dirai jamais à d'autres. Je continuerai à faire la folle ; je ne te compromettrai jamais. Seulement, rends-moi mon enfant. »

Horace était si épouvanté du récit qu'il venait d'entendre, qu'il ne se rendait plus bien compte de la situation. La Fouine, lui parlant comme s'il eût été Gérot et eût commis le crime, lui avait raconté le meurtre d'une façon si succincte, si claire, qu'un instant il crut en être le témoin oculaire. Il vit le vieillard tombant à genoux, la Filleul emportant la petite fille et Gérot frappant ses victimes ou courant après elles.

Il était en proie à une indicible horreur, quand la Fouine lui demanda :

— Tu me le rendras, n'est-ce pas ?

— Quoi ?... qui ?... dit Vigneul encore abasourdi.

— Mon enfant, dit la folle.

— Oui, répondit machinalement l'officier.

La Fouine eut comme un frisson de joie qui détendit un peu ses traits crispés par l'épouvante que lui avaient causée ses souvenirs.

Ce fut tout ; elle reprit peu après :

— Eh bien! puisque nous sommes d'accord, Daniel, buvons et ne parlons plus de cette affaire. Va chercher du vin, que j'oub ie.

Cette insensibilité bestiale résultant de la démence inspira un tel dégoût à l'officier, qu'il se leva pour se retirer. Il savait enfin ce qu'était le frère de la Sibel; restait a s'assurer si Guiffart était bien ce frère.

— Où vas-tu? lui demanda la Fouine qui le voyait préoccupé..

Horace se souvint alors de la recommandation du cabaretier, de ne quitter la folle que quand elle serait ivre-morte.

— Chercher du vin; répondit-il.

En effet, il gagna le rez-de-chaussée et redescendit avec les trois dernières bouteilles qu'il plaça devant la folle.

— Ah! s'écria celle-ci en le voyant agir ainsi, maintenant que je me suis souvenu, je veux oublier, il faut que j'oublie. Sinon, je ne pourrais pas dormir; je reverrais le vieillard et les deux enfants.

La Fouine prit une bouteille de chaque main et se mit à boire.

Horace ne la voyait plus. Son esprit était loin de ce repoussant spectacle; il réfléchissait.

On n'entendait que deux bruits dans la cave : celui de la pluie et celui du vin qui bouillonnait en passant du gosier dans l'estomac de la Fouine.

Horace entendit tout à coup un froissement de paille, il leva la tête : la Fouine était étendue sur son fumier.

L'ivresse l'avait enfin terrassée. Elle dormait, tenant une bouteille de chaque main.

Vigneul quitta aussitôt la cave et la masure. Avant de s'éloigner, il eut soin de fermer, avec la courroie dont il s'était muni, la porte de la maison, afin que la Fouine ne pût pas sortir de la ruine avant d'être dégrisée.

— Cette misérable folle est sévèrement punie de la part qu'elle a prise au crime, se disait-il en s'éloignant. En cela, la Providence est juste; mais l'est-elle, les lois le sont-elles quand l'assassin vit en paix, grâce à la prescription?...

Il ajouta après un court silence :

— Si Gérot et Guiffart ne font qu'un, malheur à lui! Si la Providence sommeille, si les lois sont impuissantes, je suis là.... Le vieillard et les enfants, cette Clara Filleul aussi, seront vengés!

. . . .

. . . .

. . . .

. . . .

Trinquefort l'aperçoit et me dit : C'est lui! (Page 139.)

VI

COMMENT BOIT-SANS-SOIF SUPPOSE ÊTRE RESTÉ OBSCUR DANS SON RAPPORT,
QU'IL FINIT PAR TROUVER D'UN EFFRAYANT LACONISME.

Le lendemain, le capitaine retourna chez le cabaretier dont il avait mis la cave à contribution pour enivrer la Fouine, et lui raconta ce qu'il avait appris dans la nuit.

— Maintenant voyons le résultat de vos observations, dit l'officier en terminant.

— Mon cher monsieur, répondit l'aubergiste, je n'ai plus rien à vous apprendre, car je suis convaincu que vous savez toute la vérité. Jamais encore la Fouine n'a été si expansive, si claire si explicite dans ses révélations, et ce qui prouve d'autant mieux sa folie.

— Comment! an contraire...

— Si elle ne vous avait pas pris pour Gérot, à qui vous ne ressemblez probablemens pas ; si elle n'avait pas pensé que vous pouviez lui rendre son enfant, elle n'eût pas été, à beaucoup près, aussi franche. Donc elle est folle en vous prenant pour son complice, et elle l'est davantage encore en vous réclamant un enfant qui était bien mort quand elle lui a donné le jour étant folle furieuse. Si elle avait pour deux liards de raison, elle se souviendrait d'un fait aussi important et la touchant de si près.

— Oui, il est évident que cette femme est folle. se dit M. Vigneul en quittant le marchand de vin. Son incurie, ses goûts, sa manière d'être, l'attestent et, du reste, les souvenirs dont elle m'a fait part sont les seuls qu'elle ait gardés de sa vie. La folie avérée de cette femme, jointe à la prescription dont bénéficierait Gérot, ne me laissent aucun doute sur le résultat négatif que j'obtiendrais en mettant l'affaire entre les mains de la justice. Au reste, dans l'intérêt de M. Lamy, et même afin de punir l'assassin comme il le mérite, je dois éviter de donner la moindre publicité à la découverte que je viens de faire. Quant à un plan de conduite, j'ai le temps de réfléchir en route à celui que j'adopterai, d'autant mieux que je ne peux prendre une détermination qu'après avoir revu Trinquefort et Boit-sans-soif, après avoir retrouvé le chevalier Guiffart et m'être bien assuré que ce dernier et Daniel Gérot ne font qu'un ; car, somme toute, je n'ai encore que de très-vagues renseignements sur cette identité.

N'ayant plus rien à faire à la Rochelle, M. Vigneul, après avoir assuré pour six mois une pension à un franc par jour à la Fouine, partit pour Paris, où il arriva le surlendemain.

Sa première visite fut pour les deux chasseurs.

— Bonjour, capitaine, dit Bois-sans-soif à l'officier aussitôt qu'il l'aperçut ; vous pouvez vous flatter de tomber à pic comme une bonne soupe après une journée de marche. Depuis ce matin seulement il y a du nouveau au rapport.

— Parle vite ; mais Trinquefort ?

— L'ennemi se montrant de deux côtés à la fois, capitaine, nous avons été forcés de diviser nos forces.

— Alors Guiffart....

— Est découvert depuis ce matin, capitaine, et, entre parenthèse, un vilain moineau, tout ressemblant au portrait que vous nous en aviez fait, que ce monsieur.

— Vous avez son adresse ?

— Sans doute ; et, à peu de chose près, Trinquefort est installé en face de lui, comme je le suis en face de la Sibel. Mon pudique ami m'a laissé la femme à surveiller, en prétendant qu'il avait sa Brunette et que celle-ci serait capable d'être jalouse de l'attention qu'il serait forcé de donner à la marchande à la toilette s'il restait ici. Avez-vous compris cette Brunette s'imaginant se mêler du service. Pauvre Trinquefort, pauvre ami ! je le plains.

— Ne le plains pas de si bon cœur. Comment est Brunette ?

— Je ne l'ai pas examinée, capitaine. Boit-sans-soif s'occuper de la femme d'un ami, jamais !

— Mais qu'en dit Trinquefort ?

— Il dit que c'est une maîtresse femme, qu'elle a toutes les qualités d'un saint, ce qui ne l'empêche en rien d'être aussi rouée que le diable : deux choses qui ne doivent guère aller de pair ; qu'en dites-vous, capitaine ?

— Je pense que nous pourrions peut-être trouver un emploi à ce démon de Brunette.

— Comment ! vous allez recruter des cotillons dans notre compagnie, capitaine, passe encore si Brunette était cantinière, protesta Boit-sans-soif d'un air et d'un ton peu satisfaits.

— Nous verrons ; dis-moi comment vous avez trouvé Guiffart, dit l'officier.

— L'escogriffe, ou M Carême comme nous l'appelons indifféremment, Trinquefort et moi; j'y suis capitaine. Combien y a-t-il de temps que vous êtes parti pour la Rochelle?

— Dix-sept jours, répondit Horace.

Eh bien ! il y a dix-sept jours que Trinquefort ou moi, souvent tous deux à la fois, nous nous crevons les yeux à observer ce qui se passe chez la voisine d'en face, et je vous réponds que nous avons eu fort à faire. Elle a une clientèle du diable, tant en hommes qu'en femmes, cette marchande à la toilette ; c'est comme qui dirait à la cantine de la mère Verse-toujours. Elle doit faire de riches affaires.... Enfin, pour en venir à l'escogriffe, nous avons été seize jours sans le voir. Mais comme nous ne le connaissions qu'approximativement, nous suivions tous les hommes sur lesquels le vent du nord semblait avoir soufflé de façon à en faire des copeaux en manière de coups de trique ; toutes les fois que nous faisions une de ces excursions, nous en étions pour nos frais. Arrivés au domicile des individus, on nous répondait, si adroitement que nous nous y prissions, qu'on ne connaissait pas plus le chevalier de Guiffart que le grand Turc. Trinquefort, qui a déjà des amis dans la police, les avait en vain consultés. Nous commencions à désespérer, quand, ce matin, le Guiffart s'amène. Trinquefort l'aperçoit et me dit : « C'est lui ! » Je le regarde, je le reconnais quoique ne l'ayant jamais vu. A ce sujet, capitaine, je vous fais mon compliment : à vous le pompon, la cocarde et encore le plumet pour faire les signalements. Je ne voudrais pas être voleur, que vous fussiez gendarme, et avoir affaire avec vous : mille millions de fourniments ! Je ne serais pas longtemps à être à l'ours. Enfin, bref, je dis à Trinquefort : « Veille au grain, la vieille, moi je descends. » En effet, je descends et je vais me planter devant la vitrine de la marchande de chiffons, où j'étais censément à regarder un tas de bibelots auxquels je ne comprenais et ne voyais que du feu, et cela pour le bon motif que j'essayais d'inspecter ce qui se passait dans la turne ; mais, vent et remous, je ne puis rien voir : l'escogriffe et la Sibel, aussitôt que le premier était arrivé, m'avaient fait la niche d'aller s'embusquer dans la chambre du fond.

— Vous savez, si je vous dis cela, capitaine, c'est en tout bien, tout honneur ; ne vous fâchez pas, au moins.

— Pourquoi veux-tu que je me fâche, dit l'officier.

— Dame ! reprit Boit-sans-soif, comme la dame n'est pas tout à fait à jeter, vous pourriez avoir des vues sur elle ; et, dame! ce que je vous dis de l'escogriffe, ce dernier étant un monsieur qui n'a point l'air de se gêner avec la particulière, cela pourrait vous déplaire.

— Tu te trompes, Boit-sans-soif, reprit Horace ; ne te souviens-tu plus que je t'ai autorisé à faire la cour à la Sibel.

— Ah ! c'est vrai, capitaine, mais seulement dans l'intérêt du service.

— Oui ; continue.

— Depuis un quart d'heure j'attendais, quand le Guiffart sortit. V'lan, gai chasseur, en avant ! Je lui emboîte le pas à distance et j'arrive, à dix pas derrière lui, rue Montmartre. Il entre au 164, j'attends une heure sans voir ressortir notre homme.

« Bien, me dis-je, c'est qu'il est chez lui : une visite ne dure pas si longtemps. Payons de toupet; n'interrogeons pas le pipelet, il pourrait me faire aller si on lui a recommandé la discrétion.

« J'allais m'enfoncer dans l'allée, quand j'entendis un monsieur qui descendait : c'était notre homme. Sans se demander ce que je faisais sur la porte, il s'arrête devant et dit au cerbère :

— Si quelqu'un venait me demander pour une affaire d'importance, et que ce soit un domestique en livrée, vous répondrez que je serai chez moi vers deux heures. Pour d'autres visiteurs, je suis à la campagne et vous ne savez pas quand je reviendrai.

— Bien, bien, monsieur le chevalier, répondit le saint Pierre de la maison, un singulier paradis, noir comme une bouteille à l'encre.

« Aussitôt, je reviens ici ; nous tenons conseil avec Trinquefort et ce dernier, qui, pour les raisons que je vous ai dites, sa Brunette, en un mot, a déserté le colombier, préférant avoir l'homme que la femme à surveiller.

— Voilà le rapport, mon capitaine ; j'espère que c'est clair, court et précis.

— Clair, oui, fit Horace en souriant, mais court et précis....

— Voulez-vous que je recommence, mon capitaine? demanda Boit-sans-soif qui, sérieusement, se reprochait d'être resté obscur pour avoir été trop laconique.

Horace le dispensa de revenir sur son récit et le quitta. Que devait-il faire?

Convaincu que Guiffart était bien Gérot, il se demandait s'il ne devait pas brusquer les choses, aller trouver le bandit et lui dire :

— Tu es Gérot, un assassin, je le sais, je puis en fournir la preuve. Eh bien ! je te dénonce si tu ne me remets pas de suite le faux procès-verbal que ta sœur, qui ne vaut pas mieux que toi, avait entre les mains et que tu as repris. Si tu ne veux pas, j'ai un homme en bas qui m'est dévoué, il va aller prévenir la police pendant que je te garderai à vue ici.

Après avoir réfléchi un instant, Vigneul comprit que ce plan était mauvais; qu'en réussissant, il ne servait que ses intérêts à lui, et les servait mal, sans rendre à la société le service de la débarrasser d'un criminel qui, depuis longtemps en lutte avec elle, n'avait probablement pas que le meurtre de la famille Benoît à se reprocher.

— En dénonçant ce misérable, qu'en résultera-t-il? Rien, ou peu de chose. Quant au crime commis en 1822, il y a prescription; on ne le poursuivra seulement pas. Est-ce que je connais cet homme pour prouver qu'il a commis des crimes plus récents et le faire arrêter? Non, il ne faut pas agir ainsi; car une fois qu'il serait libre, que je serais convaincu de mon impuissance et de celle des lois, il se rirait de moi; je n'obtiendrais rien de lui, ni par surprise ni par force.

— Il me faut aussi éviter de le mettre sur ses gardes en lui laissant deviner les soupçons que j'ai contre lui. Il est adroit, rusé, protégé par des complices puissants : ou il disparaîtrait, ou il nous ferait une guerre de trames et d'embûches dans laquelle je n'aurais certainement pas le dessus.

— Pour le moment, il me suffit de m'assurer, autant que possible, s'il est bien le meurtrier Gérot. Je vais aller le voir, et, dans l'entretien, je saisirai bien quelque indice dans le trouble de son visage ou l'embarras de ses manières.

— Si j'acquiers cette conviction, alors, Trinquefort, Boit-sans-Soif et Brunette m'aideront, et je découvrirai le secret de la vie de ce Guiffart et consorts. Le jour viendra où je pourrai les démasquer, non pour me venger personnellement, car que m'importe, après tout, le coup d'épée que j'ai reçu! mais pour venger M. Lamy, pour leur faire expier les larmes qu'ils font couler des beaux yeux de Juliette; pour venger la société et punir le crime comme il le mérite.

— Je sais quelle tâche je m'impose, mais je réussirai, et si la justice est impuissante à me secourir, eh bien! je me ferai juge et bourreau, je condamnerai et punirai

Ces réflexions d'Horace le font mieux connaître que tout ce que nous pourrions dire. C'était l'homme généreux que toute mauvaise action indigne et met hors de lui.

A une heure de l'après-midi il arrivait au domicile de Guiffart, en se souvenant des ordres que le chevalier avait donnés au sujet d'un domestique en livrée venant pour une affaire importante.

Pour éviter tout commentaire du concierge, il passa devant la loge sans rien demander à l'émule de M. Pipelet.

Quand le domestique de Guiffart sut que le visiteur venait pour une affaire importante, il se fit cette réflexion assez naturelle :

— C'est sans doute la personne dont m'a parlé M. le chevalier et qu'il attend. Seulement, par prudence, elle ne sera pas venue en livrée.

Le domestique dont il s'agit était au service de Guiffart depuis cinq ans. Inutile d'ajouter qu'il n'était pas sûr de laisser traîner sa bourse à sa portée. Le chevalier cependant se louait de la probité de son valet. Raison de plus pour que celui-ci fût un coquin.

Cette fois la pénétration habituelle du rusé François fut en défaut. Il introduisit Horace en lui faisant l'honneur de le croire de la bande.

Et quelle bande.

VII

GUIFFART SUPPOSE QU'IL Y A PÉRIL EN LA DEMEURE, ET REMÉDIE PROMPTEMENT A LA CHOSE.

Nous avons laissé Horace et Guiffart en présence.

Le chevalier avait courtoisement salué l'officier; ce dernier s'était levé et lui avait rendu son salut.

Un silence d'un instant, mais si solennel qu'il était en quelque sorte menaçant, eut ensuite lieu. Guiffart semblait demander à l'officier s'il fallait en juger à sa morgue.

— Monsieur, après ce qui s'est passé entre nous, voudriez-vous me faire l'honneur de me dire le but de votre visite? Si vous n'êtes pas content que je vous aie blessé en duel il y a deux mois, dites-le, nous recommencerons; cette fois j'espère bien me débarrasser de vous pour toujours en vous tuant bel et bien.

— Vous paraissez étonné de me voir, monsieur? dit enfin Horace.

— Je vous avoue, monsieur, que...

— Oh ! soyez tranquille, je ne viens pas précisément vous faire une visite d'entrée en convalescence. Depuis longtemps j'ai oublié notre rencontre en ce qui me concerne.

— Tant mieux ! fit Guiffart avec une apparente gaieté parfaitement jouée : je n'aimerais pas, si je me battais souvent, mais grâce à Dieu cela m'arrive fort rarement, avoir affaire à des adversaires qui vous gardent éternellement rancune pour un malheureux coup d'épée que leur fait attraper le hasard et qu'on pourrait tout aussi bien recevoir qu'eux. N'êtes-vous pas de mon avis ?

— Parfaitement, monsieur.

Un instant Guiffart, avec le dessein de tromper mieux Horace, songea à lui tendre la main afin de gagner sinon son amitié, au moins sa confiance; mais il y avait tant de froide réserve dans le maintien de l'officier, qu'il ne donna pas suite à ce projet.

— C'est un gaillard à me refuser la main, se dit-il; alors que ferais-je de cette nouvelle insulte? Attendons plutôt et voyons-le venir. Sa visite a bien certainement un but, puisqu'il a parlé d'une affaire importante.

— Cependant monsieur, reprit Vigneul, quoique reconnaissant avec vous qu'il est de bien mauvais goût de garder rancune pour un mauvais coup d'épée, je dois vous avouer que notre rencontre n'est pas tout à fait étrangère au motif de ma visite.

— Ah ! dit Guiffart.

— Vous vous rappelez sans doute les motifs de ce duel ?

— Parfaitement, monsieur.

— Ce que vous dites alors de M. Lamy.

— A ce sujet, monsieur, reprit Guiffart avec sa fausse cordialité, permettez-moi de vous interrompre pour vous dire deux mots. J'ai regretté et je regrette encore vivement l'altercation qui a eu lieu entre nous au sujet de M. Lamy. Si j'eusse pu em-

pêcher cette déplorable discussion, je l'eusse fait; c'était impossible, je m'étais trop
avancé, je ne pouvais pas reculer sans m'exposer à passer pour un calomniateur;
mais au début, pouvais-je supposer que M. Lamy était votre parent ou votre ami? car
il doit en être ainsi pour que vous l'ayez défendu comme vous l'avez fait.

— C'est mon ami, monsieur. Quant à ce que vous venez de dire, je suis de votre
avis jusqu'à un certain point. Vous avez peut-être manqué de réserve, mais une légèreté est sitôt commise, qu'on ne réfléchit généralement pas au mal que l'on peut faire
en la laissant échapper; je ne viens donc pas vous demander une explication à ce
sujet, mais seulement m'adresser franchement à votre loyauté et vous prier de me
dire comment vous avez eu connaissance du faux procès-verbal que possède ou possédait Mme Sibel.

— Ce procès-verbal, vous l'avez vu? demanda Guiffart.

— Oui.

— Et vous croyez qu'il est faux? fit le chevalier avec un étonnement et une naïveté
si bien joués qu'Horace en fut dupe.

— J'en suis certain, qu'il est faux! s'écria ce dernier avec feu et conviction; et j'espère bien trouver le faussaire : dans ce cas, malheur à lui!

Ces paroles étaient de trop, surtout dites du ton que Vigneul les prononça.

Le capitaine, dupe du manège du spadassin, s'était un moment laissé entraîner
plus loin qu'il n'eût dû. Il s'arrêta, mais Guiffart était sur ses gardes.

Redoublant d'astuce

— Si ce procès-verbal est faux, reprit-il avec bonhomie, c'est un devoir pour moi
de vous donner l'explication que vous désirez. Autrement je vous eusse répondu :
Envoyez-moi M. Lamy, je lui dirai, à lui seul, ce qu'il en est.

— Je vous écoute.

Monsieur, reprit Guiffart, je suis de la Rochelle, et, à peu d'années près, du même
âge que M. Lamy. J'ai connu les quatre sergents et M. Lamy en 1821. A cette époque
j'ai même fait partie d'une vente qui entretenait des relations avec celle que prési-
dait Bories. Je ne vous dirai rien de la conspiration, tout le monde la connaît; seulement j'affirme que, à la Rochelle et dans le 45e, tous les conjurés considéraient
M. Lamy comme un brave officier, un parfait honnête homme, incapable de la
moindre bassesse.

— Ce qu'il n'a jamais cessé d'être, dit Horace.

— J'ajouterai même que, sans que M. Lamy fût mon intime, reprit Guiffart, c'était
le conspirateur que j'estimais le plus de ceux que je connaissais. Depuis la mort des
sergents, vingt années s'écoulèrent, je quittais la Rochelle, M. Lamy aussi sans doute.
Tout fut fini entre nous. Les rares relations que nous avions pu avoir de loin en loin
et sans y attacher d'importance, cessèrent complètement. Les choses étaient en cet
état quand, il y a deux ans, un inconnu dit de M. Lamy devant moi, ce que j'ai eu
la folie de dire devant vous. Sans faire ce que vous avez fait, je ne connaissais pas assez
le colonel pour prendre aussi chaleureusement son parti, je demandai une explication.
L'inconnu m'envoya chez la Sibel, où je fus convaincu de l'existence du procès-verbal,
sans penser que cet acte pouvait être faux, comme vous venez de le dire. C'est tout. »

Horace gardait le silence, une phrase de Guiffart le préoccupait :

— Je suis de la Rochelle.... avait dit ce dernier.

Ces mots lui avaient produit une sensation si profonde, qu'il avait à peine entendu l'explication de Guiffart. Il avait feint de l'écouter, mais en réfléchissant à ce qu'il allait faire. Il se décida à frapper un grand coup qui surprendrait tellement le chevalier, que celui-ci ne pourrait résister à une visible émotion, si passagère qu'elle fût.

— Vous êtes de la Rochelle? demanda-t-il à Guiffart.

— Oui, monsieur.

— Vous y étiez en 1822?

— Je viens d'avoir l'honneur de vous le dire, répondit Guiffart, qui ne comprenait rien à cet interrogatoire.

— Vous n'auriez pas, par hasard, connu un nommé Gérot?

L'officier attachait un regard de lynx sur le spadassin. Ce dernier, si maître de lui qu'il fût, s'attendait si peu à ce qui arrivait, qu'il ne put empêcher son cœur de se serrer. Le coup de massue avait porté. Il était naturellement pâle, il devint livide; mais son émotion, qui n'échappa pas à l'officier, fut de courte durée; il reprit avec aplomb et comme en fouillant ses souvenirs.

— Gérot?... Gérot?... non, je ne l'ai pas connu; mais, pourriez-vous me dire le motif de cette question?

Le chevalier s'était trop pressé de répondre. Il n'avait pas tout son sang-froid. Dans sa voix perçait une légère intonation d'effroi, de colère et de menace.

L'officier observait et ne laissait rien échapper de ces détails. Il était déjà convaincu que Guiffart était bien l'homme qu'il soupçonnait.

— Oh! mon Dieu, monsieur, reprit Horace avec bonhomie — sachant ce qu'il désirait apprendre, il ne voulait pas inutilement effrayer Guiffart, en lui laissant deviner sa pensée, — en ce moment je suis un peu comme l'homme qui se noie et s'accroche à tout ce qu'il rencontre. Un malheur affreux me frappe, il est l'œuvre de la méchanceté humaine, j'ai donc des ennemis. Eh bien ces ennemis que je ne connais pas, que je ne soupçonne même pas, car je ne me suis jamais conduit de façon à m'en faire, je les cherche partout : dans les personnes que j'ai connues ou que je connais; parfois, m'abandonnant au hasard sur un faible indice, je soupçonne des étrangers. Ainsi, ce Gérot dont nous venons de parler, un assassin m'a-t-on dit, est le frère de Mᵐᵉ Sibel. Sur cette parenté de la marchande à la toilette et du meurtrier, j'ai eu la présomption de concevoir un soupçon vague, indéfini, que je ne m'explique pas bien. Il me semble, sans doute à tort, que Gérot doit être pour quelque chose dans le malheur qui me frappe; en quoi, comment, pourquoi, je ne saurais vous le dire. Chose étrange, instinctive que ce soupçon; car je ne sais pas où est ce Gérot, je n'ai aucune espérance de le joindre jamais, puis je ne sais même pas s'il existe encore. Je l'ai demandé à sa sœur. Elle m'a répondu : « Mon frère est un misérable, et je ne sais ce qu'il est devenu depuis plus de vingt ans. S'il est mort, c'est un bien pour la famille, qu'il ne déshonorera plus. S'il vit et qu'il se présente jamais chez moi, je le chasse comme il le mérite. »

Pour un élève en dissimulation, Horace avait prononcé cette phrase avec tant de naturel, de naïve bonne foi, qu'il avait fait un chef-d'œuvre du premier coup.

Le chevalier n'eût pas mieux réussi.

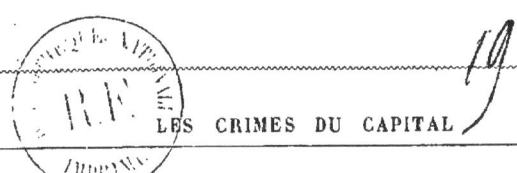

Il passa devant les fenêtres de Trinquefort. (Page 147.)

Ce dernier fut donc dupe de la manœuvre de l'officier.

Un instant emporté par un premier mouvement d'effroi, il avait cru que Vigneul l'avait démasqué, qu'il allait le faire arrêter. Une arrestation eût été dangereuse pour lui; car, comme le supposait Horace, il n'avait pas que le meurtre de la famille Benoît sur la conscience. Une arrestation l'eût immanquablement conduit au bagne ou à l'échafaud. En proie à cette épouvante, Guiffart avait d'abord été sur le point de se précipiter sur le capitaine afin d'en finir avec lui; mais, n'ayant pas donné suite à ce projet, d'une exécution difficile du reste, en entendant l'explication de Vigneul il se rassura peu à peu.

— Allons, s'était-il dit, il ne sait rien de rien ; j'en suis quitte pour la peur.

Il répondit à l'officier :

— Je suis désolé, monsieur, de ne pouvoir vous procurer aucun renseignement sur ce Gérot, car, je suis de votre avis, il pourrait bien être pour quelque chose dans vos affaires. Ces misérables, sans avoir aucun motif d'inimitié contre les honnêtes gens, ne leur font-ils pas tous les jours du mal, seulement pour le plaisir de mal faire ? Ne désespérez pas ; je connais ici plusieurs personnes de la Rochelle, je les interrogerai et vous ferai part des renseignements qu'elles pourront me donner.

Cette dissimulation mit Horace hors de lui. Il était certain que Guiffart et Gérot ne faisaient qu'un, que cet homme était en partie l'auteur du coup porté à M. Lamy. A son tour, emporté par sa colère et sa haine, il fut sur le point de se précipiter sur le bandit et l'étrangler, si un autre arrangement n'était pas possible.

Il n'en fit rien pourtant, et, après s'être remis, quitta Guiffart le sourire sur les lèvres, enchanté du reste du résultat de l'entrevue.

Guiffart, le bandit dont la sombre et sanglante existence se déroulera tout entière sous les yeux du lecteur, n'était pas accessible à la peur ; un danger, si grand qu'il fût, ne devait ni l'atterrer ni le jeter dans un état d'inerte prostration. Ce danger devait seulement le préoccuper et galvaniser toutes ses mauvaises facultés jusqu'à ce qu'il eût trouvé les moyens de vaincre ce péril, ou du moins de l'éviter. Ces moyens, il les trouvait toujours ; car, doué du génie du mal à un haut degré, il imaginait les expédients les plus compliqués avec une facilité vraiment prodigieuse.

Resté seul, il réfléchit un instant ; puis, avec le plus grand calme, il fit cette réflexion :

— Décidément, il y a péril en la demeure. Cet officier en sait sans doute beaucoup plus qu'il ne m'en a confié. Allons, vite les grands moyens, jouons, avec les déguisements ; en avant la musique et ouvrons le bal...

Sur cette plaisanterie, dont on comprendra la signification, le chevalier sonna son domestique.

— M. le chevalier m'a appelé ? demanda François en passant sa tête à museau de renard entre les deux battants de la porte.

— Oui. Je sors ce soir, apporte-moi ma tenue de bal.

— La grande ?

— La grande au complet, dit Guiffart, va vite.

Un instant plus tard François revint avec deux corbeilles pleines d'une foule de choses, dont nous ne nous sentons ni la force ni la patience de faire l'inventaire.

Il y avait des vêtements, des postiches, de quoi déguiser, grimer une troupe d'acteurs tout entière.

Avec l'aide de François, le chevalier commença sa métamorphose.

En s'habillant, le chevalier donnait ses instructions à François, en lui avouant juste ce que ce dernier devait savoir.

— François, je vais partir pour Londres, lui disait-il. A tous ceux qui viendront tu répondras que je suis en Angleterre pour un voyage dont tu ignores la durée. Aux plus acharnés, tu pourras faire voir les lettres que tu recevras de moi avant peu ; tu tiendras la maison comme si je m'attendais à chaque instant. Tu continueras, malgré mon absence, à donner la gratification mensuelle à M. Jaboteur, le concierge; car, à tout évènement, il faut que je sois certain de la discrétion de cet homme. Tu lui diras que je suis allé présider une Société protectrice des animaux, cela l'intéressera infiniment; car, à l'exemple de bien des gens, il accorde beaucoup plus d'estime à la race animale qu'à l'humanité. Si, pour une cause imprévue ou extraordinaire, j'avais à t'envoyer un exprès, tu vois bien ce papier écrit?

— Oui.

— Eh bien! le voici déchiré en deux, reprit Guiffart en joignant l'action à la parole; en voici un morceau que tu garderas précieusement, l'autre morceau sera entre les mains de mon émissaire. Quand tu auras rapproché ces débris, que tu seras certain d'avoir bien affaire à mon envoyé, tu te mettras à l'entière disposition de ce dernier, homme ou femme. C'est tout; as-tu compris?

— Parfaitement.

Le chevalier était habillé.

— Suis-je bien? demanda-t-il à François en se regardant dans une glace.

— Je ne sais si monsieur est bien, répondit François, mais il est méconnaissable.

— C'est ce que je demandais, imbécile; donne-moi ma canne, mes lunettes et mon chapeau.

François apporta au chevalier une magnifique paire de lunettes vertes, un chapeau bas de forme à larges bords et un superbe jonc à pomme d'argent.

Quelques minutes plus tard, un monsieur au vigoureux abdomen, aux mollets énormes, à la poitrine saillante, le tout s'épanouissant à l'aise sous un pantalon et un gilet de nankin et dans un paletot sac ouvert, passait devant la loge de M. Jaboteur. Ce passant, à cheveux blancs, portait une barbe vénérable, chaussait des escarpins et traînait les pieds en marchant, comme s'il eût été embarrassé de porter sa lourde personne. Son teint enluminé et fleuri, son sourire sensuel lui donnaient l'air d'un vieillard aimant la plaisanterie croustillante et la bonne chère. Quant à ses yeux, on ne les voyait pas sous ses larges lunettes en garde-vue.

Cet homme, c'était Guiffart, le gandin. Il parvenait à se rapetisser de quatre pouces, et à gagner en largeur et en épaisseur ce qu'il perdait en hauteur.

Il passa devant les fenêtres de Trinquefort. Celui-ci était à son poste; il vit indifféremment passer l'homme au pantalon de nankin, mais se garda bien de le reconnaître pour celui qu'il épiait.

Guiffart gagna le boulevard, où il prit une voiture qui, d'après ses ordres, le conduisit chez le marquis de Courville.

— Gardons l'incognito et voyons si ce cher complice me reconnaîtra, se disait Guiffart en montant l'escalier qui conduisait à l'appartement du marquis.

— Qui dois-je annoncer? lui demanda un domestique, informé du désir du visiteur de parler au marquis.

Guiffart réfléchit un instant et dit :

— Annoncez M. Vert-de-Gris, je vous prie.

VIII

LE MARQUIS DE COURVILLE S'APERÇOIT QUE L'AMOUR N'EST PAS DE TOUS LES AGES, S'IL EST DE TOUTES LES SAISONS.

Au moment où Guiffart demandait à parler à M. de Courville, celui-ci était peu disposé à recevoir une visite, et encore moins qu'un autre M. Vert-de-Gris, qu'il ne connaissait pas, dont il n'avait même jamais entendu parler, si sa mémoire le servait bien.

Nous l'avons dit en passant et sans nous expliquer à ce sujet, depuis deux mois, quoique sa société usurière fonctionnât à merveille, quoiqu'il eût réalisé son idée quant à la grève des voleurs, M. le marquis de Courville était loin d'être dans la jubilation, s'il fallait en juger d'après les apparences.

Lui, le vieillard qui possédait à fond ce grand art de Jésabel de réparer des ans l'irréparable outrage ; lui, le céladon sceptique jusqu'au cynisme, le viveur toujours joyeux et dissimulant, sous une franche gaieté de bon aloi, des passions honteuses, des vices effrénés et des instincts criminels, il était devenu tout à coup, et au moment où tout semblait sourire à ses projets, sombre, triste, morose et taciturne. Comme retiré en lui-même et chez lui, il ne sortait plus que rarement ; il paraissait indifférent à ce qui se passait autour de lui et gravement préoccupé par une idée fixe et absorbante.

Le suprême égoïste avait-il quelques soucis de famille ? Non, le marquis, depuis longtemps, résumait, à ses yeux, la famille et la société tout entière. Mieux encore : dans un jour de colère, Dieu, pensant enfin au châtiment du coupable, lui infligeait-il la peine affreuse, terrible, incessante, du remords, afin de l'amener ensuite au repentir ? Non, la vengeance céleste sommeillait encore, et le marquis avait l'âme si endurcie qu'elle était inaccessible aux remords.

La Providence a des moyens si détournés de frapper les criminels, que souvent elle emploie leurs passions, leurs vices, leurs instincts à la satisfaction de sa vengeance. C'est ce qui devait sans doute arriver pour le marquis ; car si ce dernier vivait ainsi absorbé, c'était parce qu'il ourdissait un nouveau crime.

Tous les domestiques du marquis étaient étrangement surpris du changement de leur maître, mais sans pouvoir en rien l'expliquer ; car, si M. de Courville avait un secret, il le gardait avec une discrétion presque féroce, s'irritant pour un rien s'il supposait qu'on épiât ses paroles ou qu'on commentât ses actions.

Avant de mettre les deux complices en présence, disons quel était ce secret que le marquis enfouissait au fond de sa pensée.

Nous ne nous sommes guère occupé du gentilhomme depuis le moment où il avait cru avoir rompu par ses intrigues le mariage de Vigneul et Juliette.

Un matin, deux ou trois jours après avoir fondé sa ténébreuse association, et tranquille de ce côté, car le comte de Mercœur et Guiffart étaient deux agents sur lesquels le marquis savait pouvoir compter; ce dernier se prit à penser aux événements qui venaient de s'accomplir.

— Dans tout cela, se dit-il, nous avons été le jouet de cette enfant terrible et gâtée de Reine; c'est véritablement honteux pour des hommes comme nous de nous être ainsi mis à la merci du caprice de cette amazone, tout cela pour rendre inutilement malheureuse une pauvre fille. Si encore ce malheur de Juliette pouvait être utile à quelque chose...

Et le marquis se prit à réfléchir au parti qu'il pourrait tirer du malheur de la fille de M. Lamy. Ne trouvant rien dans les ressources de son esprit machiavélique, il reprit le monologue de sa pensée.

— Reine dit que cette Juliette est admirablement jolie, se dit-il. Si....

Le marquis s'arrêta tout à coup dans son raisonnement. Son front qui, à cette époque, n'avait encore rien d'ennuyé ni de chagrin, s'éclaira soudain; une pensée, comme il ne pouvait qu'en venir à cet homme, venait de germer dans son esprit.

Le marquis était joueur; il avait, petits ou grands, tous les défauts; mais, avant tout, il était luxurieux; la luxure, ce péché peu mignon chez lui, était en partie cause de ses désastres. Après l'avoir plusieurs fois ruiné, tyran inexorable, elle l'avait fait glisser des pentes rapides de l'intrigue et de l'indélicatesse dans l'abîme de l'infamie et du crime.

M. de Courville était luxurieux à la manière de Louis XV. Un parc aux cerfs n'eût pas été une invention indigne de lui; il avait eu ses Pompadours et ses du Barry. Sans prendre aucun souci de l'opinion de la mode et de celle de ses contemporains, il aimait aussi bien au champ qu'à la ville, sous un déguisement plus ou moins mythologique de danseuse d'Opéra que dans les bas-fonds sordides de quelque lupanar infect. Vertueuse ou non, ange de candeur ou démon de perfidie, une jolie femme trouvait toujours, bien souvent à son insu, le chemin de son cœur, d'un accès si facile. Après avoir soupiré aux pieds d'une marquise, on eût pu le trouver causant rente 3 pour 100 avec une petite bourgeoise; son esprit de changement le portait indifféremment, et par à-coup, aussi bien vers la femme mariée que vers la jeune fille: il lui semblait aussi amusant de tromper un mari que de faire manquer un mariage; les ébats de la grisette l'amusaient, s'il aimait à partager les délassements cérémonieux de la femme du monde. Autrefois, il eût aimé les nonnes, raffolé des bohémiennes et couru après les sorcières aux poses et à la démarche druidiques.

Au moment où nous le dépeignons sous ce nouveau jour, il n'avait nullement abdiqué. Au contraire, il se sentait de vagues dispositions à aimer toutes les jolies femmes en masse. Dans le but de donner à ses amours quelque chose de sardanapalesque, il s'était imaginé sa société usurière, qui devait en peu de temps le faire aussi riche qu'un nabab et lui permettre toutes les prodigalités.

Tel était l'homme dont le front s'était subitement éclairé à la pensée que Mᵉ Juliette jouissait d'une réputation de magnifique beauté.

— Oui, c'est cela, se dit le marquis d'un ton de bonne humeur; une ingénue, une vertu même, ne ferait pas un trop mauvais effet dans les rangs déjà assez serrés de mes conquêtes de l'année. Il est temps que j'en finisse avec la duchesse de***, elle ferait de moi un jésuite ou un marguillier. L'heure est venue d'envoyer la *petite chose* au diable, elle cesse d'être drôle et commence à être bête à faire plaisir depuis que je me suis imaginé de lui acheter une voiture qu'elle s'avise de conduire elle-même.

« Vive Dieu! je serais un bélître si je n'en avais pas assez de ces intrigues de salon, et par-dessus la tête de ces amours de coulisses.

« Quel bonneur quand, en courant après Mlle Angélina ou tout autre margoton, j'arriverai premier contre ce cher de Mercœur? Qu'est-ce que cela prouvera? Que j'ai été un peu plus imbécile que mon rival, que j'ai fait plus de folies que lui.

« Non, plus d'amours faciles! Une fois par hasard, cela me distraira; chassons à la vertu, lançons-nous dans le charmant imbroglio d'une idylle champêtre; assez de chants d'orgie, prêtons un peu l'oreille à des chants plus élégiaques. Cette charmante Juliette, si candide et si pure, saura bien me rendre quelques illusions que je ne demande pas mieux que de rattraper si je les ai déjà eues.

— Allons! c'est arrêté, vérifions d'abord le fait, à savoir si Mlle Juliette est aussi jolie que Reine le prétend.

Sur cette décision, le marquis avait sonné son domestique : ce dernier avait fait atteler une voiture et son maître était parti pour Neuilly, où était Juliette chez sa tante.

D'ordinaire le marquis de Courville, en pareil cas, prévenait toujours son compagnon de débauche, le comte de Mercœur.

Cette fois, il n'en fit rien. Il s'entoura même de tout le mystère dans lequel certaines gens de bien aiment à ensevelir leurs bonnes actions.

À Neuilly, M. de Courville vit Juliette et en fut émerveillé, si émerveillé, qu'il ne songea plus à donner suite à un premier plan d'attaque prématurément conçu. Il s'était d'abord décidé à se présenter chez Mme Desbars comme un amateur ayant l'intention d'avoir un pied-à-terre à Neuilly et d'y acheter une propriété. Quand il eut vu Juliette, qu'il fut enchanté de toutes ses qualités, il modifia son plan en se disant :

— « Si plus tard, pour un motif ou un autre, je me vois forcé d'enlever la petite, il ne faut pas me montrer ici ; sans cela, on supposera de suite que c'est moi qui ai commis le rapt, et, dans ce cas, M. Vigneul me connaît et sait où me trouver... »

En cette circonstance, et par prudence, le marquis se mit à se ressouvenir de son jeune temps, et imagina des ruses d'amoureux de quinze ans, afin de voir sa belle, ce qui n'était pas facile, car Juliette sortait à peine de chez sa tante une ou deux fois par jour.

Ces obstacles, qu'il n'avait pas l'habitude de rencontrer et sur lesquels il n'avait pas compté, ne firent qu'exciter les désirs du marquis et grandir sa passion. De sorte qu'un jour, lui qui depuis longtemps ne croyait plus à l'amour, il s'avoua avec effroi qu'il était sérieusement épris.

Le premier jour, le marquis s'en réjouit beaucoup.

— C'est très amusant, se dit-il, je puis me figurer avoir une seconde fois vingt ans.

Huit jours plus tard, il ne riait plus et commençait à s'épouvanter.

Il faisait de véritables tours de force qui devaient, si cela continuait, lui coûter la santé et la vie : il passait les nuits dans les bois et s'exposait aux rosées de nuit si fécondes en rhumatismes, tout cela sans obtenir un regard de Juliette, qui était loin de le supposer si près d'elle.

— « Diantre ! se dit un jour le marquis, l'amour est terrible chez les gens entre deux âges ; je crois que cette petite pourrait bien finir par m'envoyer chez les morts. Tenons-nous bien. »

Le jour où M. de Courville se fit cette réflexion peu rassurante pour lui, qui avait la faiblesse de tenir énormément à la vie, il raisonnait et raisonnait juste ; malheureusement pour lui, huit jours plus tard, il ne raisonnait plus du tout et se tenait si peu, qu'il semblait prendre à tâche de se tuer le plus promptement possible.

Sans être bâti comme certains Nemrods campagnards, à force de soins et d'attentions délicates, le marquis parvenait à se bien porter, à se donner les apparences de quelques restes de sève et de fraîcheur ; mais son médecin, son coiffeur et son valet de chambre, pour lesquels il était bien forcé de ne pas avoir de secrets, sans prétendre peut-être qu'il fût usé jusqu'à la corne, savaient bien que ce n'était pas en vain qu'il avait mené l'existence joyeuse.

Follement épris de Juliette, absorbé par cette passion qu'il sentait grandir d'une effrayante façon, le marquis se soigna moins. Pour combler la mesure sans doute, il devint jaloux d'Horace qu'il voyait souvent venir chez Mᵐᵉ Desbars.

Qu'on s'imagine ce vieux roué ayant loué un petit pavillon dont les fenêtres donnaient sur le jardin de la tante de Juliette, s'introduisant la nuit dans cette maison qu'il veut qu'on croie inhabitée ; le voyez-vous seul, sans lumière qui puisse trahir sa présence, debout des heures entières derrière une persienne fermée, dans l'attitude d'une bête féroce guettant sa proie ?

A le voir, ne le prendrait-on pas pour un prisonnier travaillant à son évasion et croyant entendre le pas d'un geôlier ; pour un avare contemplant son or et craignant d'être surpris dans son ardente contemplation ?

Il est là, oubliant les heures qui s'écoulent, ne songeant ni à boire, ni à manger, ni à dormir ; parfois le jour le surprend, et, afin de ne pas livrer le secret de sa présence, il ne peut sortir que le lendemain. La première fois que pareille chose arriva, il resta trente-six heures sans manger.

Il souffre, surtout quand il voit Horace auprès de la jeune fille, quand il suppose que les deux amoureux se font de douces confidences.

Cette souffrance en se prolongeant, devient insupportable. Au physique et au moral, le marquis finit par s'en ressentir. Ainsi s'explique le changement qui s'est opéré en lui et qui étonne tous ceux qui l'approchent.

Au moment où M. Vert-de-Gris frappe à sa porte, le marquis cherche depuis longtemps à sortir de cet état de marasme qui lui pèse. Plusieurs fois déjà il a songé à enlever ou à faire enlever Juliette ; son amour lui a retiré son audace habituelle : il tremble, il hésite. Tout à coup, il se décide pour l'enlèvement ; un instant après, il y renonce. Chose qu'on trouvera peut-être étrange de sa part, non-seulement il désire posséder Juliette, mais ce qu'il cherche avant tout et surtout, c'est l'amour de la jeune fille, qu'il ne peut se résoudre à enlever, seulement peut-être parce qu'il craint sa colère.

Telle était la position de M. de Courville quand Guiffart lui fit demander un entretien.

Le domestique lui ayant annoncé M. Vert-de-Gris :

— Vert-de-Gris !, dit le marquis en s'arrachant à ses réflexions qui avaient Juliette pour objet; un singulier nom.... Qui diable cela peut-il être ?... Je ne connais pas, ni n'ai jamais connu cet homme, bien certainement.

M. de Courville allait donner l'ordre de congédier l'intrus quand il se ravisa. Ce nom significatif de Vert-de-Gris lui parut devoir être en rapport avec la Société usurière. Toujours est-il qu'il donna l'ordre d'introduire le visiteur.

Guiffart fit majestueusement son entrée dans le petit salon où se trouvait le marquis. Celui-ci l'examina très-attentivement, comme il eût fait d'un personnage curieux ou important ; puis, ne reconnaissant pas son complice, regretta de l'avoir reçu.

Pour compléter l'expérience, le chevalier, dans un patois de son invention, baragouina deux ou trois phrases au marquis, qui, s'il n'y comprit rien, ne reconnut pas la voix de Guiffart.

Celui-ci était enchanté de l'effet de son déguisement,

Trouvant que la mystification avait assez duré :

— Corbleu ! monsieur le marquis, s'écria-t-il en riant, vous n'avez pas la vue aussi perçante que je croyais.

— Comment, c'est vous, Guiffart? dit le marquis surpris.

— Mais oui, en chair et en os.

— Eh bien ! reprit de Courville, ne vous en prenez pas à ma perpicacité, si je ne vous ai pas reconnu, mais seulement à la perfection de votre costume. C'est tout simplement merveilleux,

— Tant mieux, tant mieux ! si je suis aussi habilement parvenu à me rendre méconnaissable, dit le spadassin.

— Pourquoi? demanda M. de Courville.

— Un danger nous menace, quoique jusqu'à présent je sois seul menacé.

— Un danger, dites-vous ! Lequel? s'écria M. de Courville en sortant de son apathie habituelle.

— Vous vous rappelez ce diable d'officier que je n'ai fait que blesser à Dammarie ?

— Oui.

— Et que j'eusse bien mieux fait de tuer tout à fait, dit Guiffart.

— Sans doute, riposta le marquis pensant aux tortures que lui faisaient endurer les succès d'Horace, son rival.

— Tiens, vous êtes de mon avis aujourd'hui? remarqua le chevalier.

— Si vous saviez, mon cher ami.... dit M. de Courville d'un ton sérieusement désespéré.

— Indubitablement, répliqua Guiffart, le seul obstacle à ce mariage étant enfin levé.

— Eh bien, ce mariage est impossible! s'écria le marquis comme indigné et pourpre de colère ; je ne veux pas qu'il se fasse, et il ne se fera pas !

Le chevalier regarda de Courville avec un étonnement qui tenait de la stupéfaction.

— Vous en parlez à votre aise, dit-il.

— Il en sera comme j'ai dit, reprit le marquis ; savez-vous pourquoi, chevalier?

— Non, pas encore ; si vous vouliez me le dire, vous m'obligeriez infiniment, car ce capitaine me cause quelque effroi, je l'avoue.

— Eh bien, reprit le marquis de Courville en continuant à s'exaspérer, M. Vigneul n'épousera pas Juliette parce qu'il ne pourra pas réparer la brèche que nous avons faite à l'honneur de M. Lamy. Vous dites qu'il tient déjà un fil de nos intrigues, eh bien ! il l'aura bientôt perdu, car il va avoir tout autre chose à faire que de s'occuper de nous.

— J'avoue, fit humblement le chevalier, que je ne vous comprends pas plus que si vous me parliez hébreu.

— Eh bien ! reprit de Courville, j'ai voulu voir Juliette, je l'ai vue et je l'aime. Voilà tout le secret.

— Ainsi vous êtes le rival de Vigneul ?

— Oui, et cet amour me mine, me tue, me désespère, me dessèche sur pied, dit le marquis ; ne vous apercevez-vous pas combien je suis changé ?

— Si, mais....

— Eh bien ! nous allons enlever Juliette ; quand notre officier sera occupé à la chercher par monts et par vaux, nous verrons bien s'il a du temps de reste pour s'occuper de nous.

— C'est vrai, dit Guiffart.

— Vous chargez-vous de cet enlèvement?

— De le faire faire, oui.

— Comment vous y prendrez-vous?

— Je ne sais ; il faut que je fasse une petite excursion à Neuilly afin d'étudier la disposition des lieux et les habitudes de la tante et de la nièce.

— C'est juste, dit le marquis.

— C'est donc une affaire arrangée, reprit Guiffart, et dont il n'y a plus à s'occuper, jusqu'à ce que j'aie les renseignements nécessaires. Je ne vous ferai pas longtemps attendre, car, je vous répète, M. Vigneul m'a mis la puce à l'oreille. Parlons d'autre chose.

— Encore ?

— Et la Paula ?

— Eh bien ! dit le marquis en pâlissant légèrement, ce qui n'échappa pas au chevalier.

— L'aviez-vous oubliée? dit ce dernier; c'est cependant d'après vos instructions que je suis allé la voir.

— Vous l'avez vue?

— Oui.

— Consent-elle à nous servir ? demanda le marquis avec impatience.

— Une singulière femme que cette créature, reprit Guiffart. Elle est Espagnole, comme vous l'aviez supposé.

— Savez-vous ce qu'elle vient faire à Paris? dit M. de Courville avec une légère inquiétude dans la voix.

— Elle vient à Paris afin de poursuivre une vengeance, répondit Guiffart.

— Se venger de qui ? de quoi ?

— Je ne sais....

M. de Courville réfléchit un instant, puis murmura, comme en se parlant à lui-même.

— Oh! non, cette ressemblance frappante ne m'a pas trompé; c'est bien elle. Paula est bien la fille de la Peperla. Elle vient ici pour se venger, ou plutôt pour venger sa mère. C'est bien cela. Telle mère, telle fille.... Enfin, nous verrons.

Et le marquis reprit, en s'adressant à son complice, après avoir réfléchi pendant une minute.

IX

LES ROUAGES DE LA SOCIÉTÉ USURIÈRE.

— Et, à la condition que nous l'aidions à se venger, vous a-t-elle fait pressentir qu'elle consentirait à seconder nos vues.

— Sans doute qu'elle en arriverait là, dit Guiffart; mais comment aider la Paula à se venger, puisque je ne sais rien de son histoire et ignore complètement à qui elle en a ?

— Écoutez, Guiffart, je crois connaître Paula. Si elle est bien la femme que je suppose, vous vous en apercevrez facilement à l'empressement qu'elle mettra à accepter les propositions que vous lui ferez d'après ce que je vais vous dire. Si elle reste insensible à ces ouvertures de votre part, je me serai trompé; alors, nous aviserons à un autre moyen de la gagner, car il faut qu'elle soit à nous. Avant un mois, avec ses instincts et ses goûts multiples, — car il y a de tout en elle, aussi bien du bravo et du bandit que de l'artiste, du poète et de l'ange, — elle régnera sans partage sur la fashion parisienne et pourra parfaitement, si elle veut, nous aider à exploiter tous les fils de famille qui prétendent user de la vie comme nous avons fait.

— Comment avez-vous connu Jeanne Paula? demanda Guiffart très surpris de la révélation de son complice.

— Peu importe ! répondit de Courville; l'essentiel est que je la connaisse et puisse vous dire ses desseins. Si Paula est bien la personne que je suppose, elle est née

1824, peu après notre campagne en Espagne dirigée par le duc d'Angoulème. Sa mère a été séduite par un certain chevalier des Urbins, qui faisait partie de l'expédition. Cet acte brutal, car le chevalier ne posséda la sénora Peperla que par la force, eut lieu accompagné de circonstances vraiment si extraordinaires, que le séducteur eût été poursuivi, en France, comme étant l'auteur d'un crime atroce. L'état de guerre assura son impunité ; peu de temps après, il abandonnait la senora et rentrait en France, où il avait laissé sa femme et son fils.

Depuis, je n'ai appris qu'une chose de la senora : que, déshonorée aux yeux de tous, elle avait, afin d'échapper au mépris général, fui son pays natal, un village aux environs de Saragosse, où son père était fermier. Elle s'était enfuie de la maison paternelle dans un moment d'affreux désespoir, sans prendre aucune des précautions qu'on prend en pareil cas, et surtout sans se munir d'argent. Elle ne put aller loin ainsi. Pensant trouver à se placer dans quelque ferme, et n'ayant pu y parvenir, elle en fut bientôt réduite à mendier pour vivre. En Espagne, comme en Italie, la mendicité ne rapporte guère qu'aux moines et aux religieux ; la senora fut bientôt à bout de ressources. Un matin, épuisée de fatigue et de besoin, elle se laissa tomber au bord d'une route, sur le revers d'un fossé. Elle y fût morte sans doute, n'eût été un bandit célèbre, Peperlo, ancien officier de Mina qui, après avoir été partisan, s'était fait voleur, qui la recueillit fort à temps ; elle allait rendre le dernier soupir m'a-t-on affirmé.

La senora n'avait pas vingt ans et était fort jolie. Quand elle fut rétablie, le bandit en fit sa maîtresse en lui jurant de la venger. Paula nacquit quelques temps après des relations de la senora et du guérillero.

Voilà tout ce que je sais de l'histoire de Paula, dit le marquis en terminant.

— Ou du moins tout ce que vous voulez en dire, répondit Guiffart peu confiant dans la sincérité de l'affirmation de M. de Courville.

— C'est tout ce que je sais, répéta froidement ce dernier.

Guiffart n'insista pas dans son indiscrétion et reprit :

— A quoi cela peut-il nous servir ?

— Je vais vous le dire, répondit le marquis. Paula vous a parlé de sa vengeance comme d'une mission difficile et sacrée ?

— Oui, dit le bandit, elle m'a dit que c'était le but de sa vie.

— Eh bien ! reprit le marquis, c'est que sa mère l'a élevée dans une haine féroce contre le chevalier des Urbins, dont elle a tant eu à se plaindre.

— C'est possible, fit Guiffart. Cependant, si nous ne savons où prendre ce chevalier des Urbins qui, depuis 1823, peut être mort ou disparu, comment ferons-nous pour servir la vengeance de Jeanne Paula ?

— Le chevalier n'est pas mort, reprit le marquis ; je sais même où il est. Dans cette affaire, la Providence ou le hasard nous sert à souhait. Ce chevalier des Urbins s'appelle le duc des Uzelles : le nom des Urbins est un mensonge de plus qu'il a fait à la senora. Cet homme, je ne crains pas de vous l'avouer, est mon ennemi personnel, et je ne serais pas fâché de lui faire le plus de mal possible. Il est très riche et habite une terre magnifique qu'il possède dans les environs de Tours. Par lui-même, il est presque invulnérable. Il fait aussi peu de cas des femmes qu'il les a aimées autrefois. Mais il a un fils qui habite Paris et a, m'a-t-on assuré, de grandes dispositions à mordre à la vie.

Alors, ce serait au fils qu'il faudrait nous adresser ? demanda Guiffart.

— Sans doute.

— Est-il majeur ?

— Oui, puisque je vous ai dit qu'il était né avant que son père n'allât en Espagne.

— Comment nous y prendrons-nous avec lui ?

— Quant à ce marquis, reprit M. de Courville, la chose me regarde seul. Je serai personnellement son usurier ; vous verrez si je le conduis grand train.

Tout ainsi convenu, les deux complices se séparèrent. Guiffart, avant de s'occuper de Juliette, devait mettre Paula à même de se venger.

Il s'éloigna, peu enchanté du rôle subalterne que M. de Courville lui faisait jouer, mais en se promettant bien de pénétrer le mystère dont ce dernier entourait l'histoire de la Paula.

Inquiet de savoir si le marquis ne s'é ait pas trompé sur le compte de la jeune femme, il se décida à se présenter chez elle aussitôt après avoir quitté son déguisement.

Sur le boulevard, le chevalier prit une voiture en donnant au cocher l'adresse de son bureau de placement de la place Maubert.

Ce bureau, auquel nous reviendrons souvent, car c'était le quartier général de la Société usurière, était tenu par un certain Nivodan, qui, avec joie et sans le moindre scrupule, s'était laissé faire usurier par le spadassin.

Cet homme, âgé de trente-cinq ans, avait, pendant plusieurs années, exercé la peu honorable profession de marchand d'hommes dans toute l'acception du mot. Il eût fait, sous tous les rapports, un beau tambour-major et en affectait la crânerie tapageuse. Infectant la pipe et le mauvais lieu, nous ne dirons rien de sa moralité peu édifiante.

Qu'on ne se figure cependant pas un mauvais garnement batailleur, paresseux, ivrogne et dépensier.

Non pas, Nivodan, quoique doué d'une intelligence très ordinaire, comprenait que l'homme sans fortune doit travailler pour vivre, s'il ne tient pas à mourir de faim, et il travaillait ; peu lui importait le labeur, pourvu qu'il fût lucratif et l'usure l'est.

De plus, Nivodan avait autant d'ordre que la jeune ouvrière qui a pris la courageuse détermination de s'amasser une petite dot sur le produit de ses journées. S'il fréquentait les établissements les plus mal famés de Paris un peu par goût, il les fréquentait beaucoup aussi pour obéir au chevalier, qui exigeait qu'il se tînt en relation avec la population misérable, crapuleuse et criminelle qui fait ses repaires des bouges dont nous venons de parler. Inutile d'ajouter que Nivodan connaissait Paris dans les moindres cavités et recoins de ses bas-fonds les plus sordides.

Cet homme était très dévoué à Guiffart, non pas par affection, mais par intérêt, la base des plus solides amitiés. Il admirait le chevalier et le considérait comme un génie vraiment supérieur.

Somme toute, c'était un homme d'un abord facile, paraissant gai compagnon, et d'autant plus dangereux que, sous une apparente cordialité, il était astucieux, rusé, actif et fort discret en ce qui le concernait, lui ou les affaires de son patron.

Il avait un adjoint, un ancien matelot, qui, s'il n'avait pas fait comme Nivodan, la traite des blancs, avait fait celle des noirs.

Gros, court, trapu, ayant quelqu'analogie avec un bouledogue, cet ex-gabier contrastait singulièrement avec son chef. Il avait quarante ans, s'appelait le Pallu et était Breton.

Ces deux hommes vivaient en parfaite intelligence : ils avaient les mêmes goûts, les mêmes instincts, les mêmes principes et la même manière de voir. S'ils différaient parfois d'opinion, ce n'était que dans la forme ou pour l'application, et non quant au fond.

Un voyou adolescent, un de ces êtres crapuleux qu'on rencontre dans les ruelles infectes de Paris ou la nuit sous les arceaux des halles, pour lesquels les mots apprentissage, travail, atelier, sont sans signification, complétait le personnel intérieur du bureau de placement.

Nous disons *intérieur*, car ce bureau avait de nombreux correspondants ou affiliés surtout depuis que la Société de M. de Courville fonctionnait.

L'adolescent dont nous avons parlé s'appelait Greluchet. Comme physionomie, tournure et manières, tous les jours les bancs de la police correctionnelle donnent asile à des accusés de son acabit.

Un tel personnel ne devait pas être installé et opérer dans un bureau comme un autre.

En effet, comme tout le monde peut être appelé, passagèrement, à fréquenter un bureau de placement, aussi bien celui qui a une place à donner que celui qui en cherche une, Guiffart n'avait pas voulu spécialiser sa clientèle aux habitants du quartier. Il avait donc installé son bureau dans une maison tranquille, de modeste mais honnête apparence. Seulement, une allée sombre et un escalier obscur, sans doute pour que les allants et venants ne pussent bien se voir, conduisaient à son bureau, situé au second étage.

Sur la porte de cet antre était accolée une magnifique pancarte calligraphiée par un artiste en ce genre.

Ce monument indicateur était ainsi conçu :

SOCIÉTÉ ANONYME.

Gérants : NIVODAN ET PALLU.

BUREAU DE PLACEMENT ET D'ÉCRIVAIN PUBLIC.

On achète les reconnaissances du Mont-de-Piété.

La porte sur laquelle était collée cette pancarte était peinte en chêne; mais l'humidité en avait rendu la peinture terne et terreuse. Un gros bouton de cuivre, d'un brillant douteux, servait à l'ouvrir, ainsi que l'indiquait cette seconde inscription peinte en blanc sur le fond sombre du bois.

ENTREZ SANS FRAPPER.

TOURNEZ LE BOUTON S V. P.,

Le bureau est ouvert tous les jours, de huit heures du matin à neuf heures du soir, sans excep'ion des dimanches et fêtes.

Un paillasson dont l'état attestait d'honorables services était étendu au bas de la porte.

En entrant, on se trouvait dans une grande antichambre dont Greluchet était le gardien. Cette vaste pièce n'était éclairée que par un vitrage la séparant du premier bureau, où travaillaient Nivodan et le Pallu; elle était meublée d'une banquette circulaire; dans le coin le plus en lumière, était le bureau à pupitre et la chaise du voyou. C'était sur ce bureau que Greluchet s'offrait la distraction de lire tous les livres orduriers qu'il pouvait se procurer. Appliqué au mur derrière le scribe et au-dessus de sa tête, il y avait encore un coucou déréglé, qui n'avait qu'un mérite, celui d'avoir un mouvement bruyant et insupportable.

En ouvrant une porte vitrée, on pénétrait dans le bureau proprement dit. Cette pièce ressemblait fort à la précédente. Elle était cependant éclairée par deux fenêtres garnies d'épais rideaux verts et sales, et possédait une cheminée qu'ornait une garniture style empire, qui avait dû passer ses plus beaux jours dans le magasin d'un marchand brocanteur. Devant chaque fenêtre il y avait un bureau, ceux des deux gérants. Ces tables étaient placées au fond de la pièce, de façon à ce que le public restât entre elles et la porte d'entrée. Les fenêtres donnaient sur la place. Quant au mobilier, des fauteuils anciens remplaçaient la banquette de l'antichambre, et des casiers encombrés de cartons verts garnissaient les murs. Ceux de droite et de gauche étaient percés d'une porte. En prenant celle de gauche, après avoir traversé une pièce disponible, on arrivait au cabinet particulier de Guiffart; la pièce disponible ne servait qu'à empêcher d'entendre, du bureau, ce qui se disait dans le cabinet du patron. En prenant la porte de droite, on passait dans un salon salle à manger, et on arrivait à une chambre à coucher, qui elle-même contenait un cabinet de toilette, où dans un placard parfaitement dissimulé dans l'épaisseur du mur et s'ouvrant par un ressort et une porte à coulisses; Guiffart avait tout un arsenal de déguisements et de postiches. Cette partie des appartements du spadassin était meublée d'une façon confortable; son cabinet avait l'aspect austère d'un bureau, mais la susceptible méfiance de Guiffart l'avait garni de tapis, de meubles et casiers épais qui le rendaient aussi sourd qu'une tombe. Les fenêtres de toutes les pièces que nous venons de faire parcourir au lecteur donnaient toutes sur la place. Sur la cour, et sur le même plan que l'antichambre dont Greluchet était le cerbère, se trouvaient les logements de Nivodan et de le Pallu : ces messieurs entraient chez eux par l'antichambre sans avoir besoin de passer par le bureau. De leurs logements, ils ne pouvaient communiquer avec les appartements du patron que par ce bureau. Les communications existant avant l'installation de cette fantaisie du vice, le chevalier les avait fait soigneusement murer.

Qu'on nous pardonne cette longue description, elle doit faciliter l'intelligence de notre récit. Maintenant, pénétrons dans le bureau des gérants pendant que Guiffart parcourt la distance qui sépare l'hôtel de Courville de la place Maubert.

On était au 15 août ; c'était un jour d'échéance, ou plutôt de règlement de compte pour les affiliés de la société.

Il y avait foule d'initiés dans le bureau. Dans l'antichambre, deux ou trois pauvres diables, autant de femmes du peuple sans place, se morfondaient d'ennui en attendant qu'ils pussent se recommander aux agents du bureau de placement pour leur procurer du travail. Greluchet, qui avait appris à lire et à écrire nous ne saurions dire comment, en les inscrivant sur un registre faisait avec eux l'article le plus adroitement possible et leur soutirait des pourboires. Le voyou était quelque chose dans le bureau et sa protection était recherchée des clients.

Dans le bureau, il y avait quatre hommes et trois femmes. A première vue, on pouvait supposer que ces sept individus devaient vivre dans sept milieux différents, si l'on en jugeait par leurs vêtements, leurs tournures et leurs manières. Mais un observateur tant soit peu physionomiste n'eût pas hésité, après un court examen, à classer tous ces personnages dans la même catégorie. Les figures de ces derniers, quoiqu'elles différassent quant aux détails et aux contours des lignes, étaient ou basses ou serviles, et respiraient une ardente cupidité. Leurs traits à tous avaient plus ou moins subi les effets du vice, de la débauche, et en portaient les traces indélébiles. Aux airs plus sinistres de deux ou trois de ces clients, on supposait de suite que les sentiers tortueux du crime leur étaient familiers.

Ces sept personnages étaient assis autour des deux bureaux et causaient familièrement entre eux, comme des gens qui se connaissent depuis longtemps. En effet, leurs relations étaient déjà anciennes : tous, avant d'être les agents du chevalier, avaient été bandits ou voleurs.

C'était cependant assez curieux de voir sur ce pied de parfaite égalité nos sept individus : un gandin, une lorette, un employé, une marchande à la toilette (la Sibel), un commis voyageur, une balayeuse et un chiffonnier.

Tous avaient des physionomies bien adaptées à leurs professions et portaient scrupuleusement la livrée de leurs emplois.

Ils étaient dans la force de l'âge. Le plus jeune n'avait pas moins de trente ans, et la Sibel, la plus âgée, comptait quarante-sept printemps.

Ils ou elles répondaient aux noms suivants :

Le gandin, le vicomte de Pomponne ; il avait ajouté la particule à son nom et le titre de vicomte pour qu'il ne lui manquât rien. Ce vicomte avait le caractère libéral ; il singeait l'artiste et l'homme de lettres.

La lorette, Stelina de Maugrebin, se disant ancienne pensionnaire de Saint-Denis.

L'employé, Tournebuc s'occupait spécialement des assurances à Paris.

Son collègue, le commis voyageur Philidor, remplissait les mêmes fonctions en province, et savait au besoin jouer le maquignon et le campagnard.

La balayeuse, Sophie Barbette ; sa clientèle se composait en partie des commerçants du carreau de halles.

Ces sept personnages étaient assis autour des deux bureaux. (Page 160.)

Le chiffonnier, marchand d'habits galons lejour, le Ribouilleur : ce surnom lui avait été donné parce qu'il louchait. Il avait la moisson des prêts à la petite semaine ou sur gages.

La réunion était au complet.

— Eh bien! Nivodan, disait le vicomte, le chevalier est en retard : s'il n'allait pas venir.

— Il viendra, je l'attends, répondit Nivodan.

Tout à coup, le bruit d'une violente altercation se fit entendre dans l'antichambre.

X

COMMENT, PAR TRENTE-SIX MOYENS PLUS VILS LES UNS QUE LES AUTRES, GUIFFART
ET SA BANDE RENDAIENT L'USURE PLUS PRODUCTIVE QUE LE VOL.

Est-ce que les gens sans emploi se sont imaginés de se battre afin de s'occuper?
demanda le Ribouilleur à Nidovan.

— Je vais voir ce que c'est, dit le Pallu, et s'il en est comme tu le dis, je te flanque
les tapageurs à la porte, ça ne traînera pas.

Le robuste matelot se leva et alla pour prêter main-forte à Greluchet, dont il enten-
la voix en faisant par-dessus toutes les autres.

Quand le Breton eut ouvert la porte qui séparait l'antichambre du bureau, il se
trouva en face de M. Vert-de-Gris qui, dans son patois inintelligible pour Greluchet,
demandait avec instance et emportement à parler à l'un des gérants sur-le-champ.

La mine de M. Vert-de-Gris, qui trahissait l'aisance et semblait indiquer un propriétaire ou un rentier, en imposa au Breton.

— Certes, se dit-il, cet homme ne vient pas nous demander un emploi.

Le Pallu se garda bien de reconnaître son patron.

Guiffart, avant de mettre son déguisement au grand jour, afin d'être plus sûr de
lui, s'était décidé à en faire l'essai sur des gens qui le connaissaient bien, et étaient
au courant de ses tics et habitudes.

— Monsieur, que voulez-vous? demanda le Pallu au visiteur.

— Fouchtra! dit Guiffart, je veux parler à l'un des gérants, et ce petit ne veut
pas.

En prononçant fortement tous les s et tous les x de cette phrase, M. Vert-de-Gris
parvenait à la rendre presque incompréhensible.

— L'un des gérants, c'est moi, dit le Pallu.

— Eh bien ! venez, j'ai à vous parler, reprit Vert-de-Gris.

Le Pallu hésita un instant : il ne savait s'il devait introduire le visiteur dans le
bureau au moment où tous les membres principaux de la bande montée par Guiffart
étaient réunis.

— Eh bien ! voyons, fouchtra, qu'est-ce que vous attendez? reprit le peu patient
Vert-de-Gris en frappant violemment de sa canne sur le parquet. Je vous dis qu'il
s'agit d'une affaire importante.

Vert-de-Gris parlait de façon à être entendu de toutes les personnes qui se trouvaient dans l'appartement, soit dans le bureau, soit dans l'antichambre.

Nivodan jugea à propos de faire cesser cette scène.

— Silence, dit-il à voix basse à ses complices, ne dites devant cet homme aucune parole indiscrète; je vais le faire introduire, je le ferai passer dans le cabinet du patron pour le confesser et le plumer si c'est un pigeon.

— Méfie-toi, Nivodan, fit le Ribouilleur, le patois de c't'auverpin me semble moins catho**que que le vin du manzingue.

— Ayons tous l'œil sur lui, dit Tournebuc.

Cette conversation avait eu lieu à voix très basse. Tous les associés s'apprêtaient à examiner leur chef, afin de saisir le moindre indice trahissant le mouchard sous son déguisement. Tous devaient également se tenir sur la réserve d'un silence prudent et se donner les apparences de clients inoffensifs.

Nivodan s'étant ainsi entendu avec ses complices, reprit en s'adressant à son collègue :

— Le Pallu, laisse entrer monsieur.

M. Vert-de-Gris fit aussitôt et majestueusement son entrée au milieu de ses neuf acolytes. Ceux-ci, sa sœur comprise, l'examinèrent attentivement de la tête aux pieds et ne le reconnurent point. Tous se confirmèrent dans l'opinion qu'ils avaient affaire à un mouchard.

Le spadassin jouissait de son triomphe, qui était complet.

Quand Nivodan crut avoir laissé poser l'inconnu assez longtemps devant le singulier et criminel aéropage :

— Monsieur, dit-il à Guiffart, si l'affaire qui vous amène est si importante et si pressée, veuillez me suivre dans mon cabinet, nous en parlerons plus à notre aise qu'ici.

M. Vert-de-Gris suivit Nivodan dans le cabinet, qu'il connaissait au moins aussi bien que son guide. Une minute plus tard, le premier commis revenait trouver ses compagnons; sa figure conservait l'empreinte d'une jubilante hilarité.

Guiffart, seul avec lui, avait fait tomber ses lunettes garde-vue, ses postiches et son tromblon, en redressant sa taille en fusée, et lui avait ri au nez en s'écriant avec bonne humeur :

— Farceurs que vous êtes, pas un de vous ne m'a reconnu. Décidément voici un déguisement qui aura du succès et me permettra d'en faire de belles.

Nivodan parti, le chevalier ajouta :

Il me fallait bien cela pour mener à bonne fin l'enlèvement de Julie tte et échapper aux recherches du capitaine.

— Messieurs et mesdames, dit Nivodan à ses collègues, le patron vous attend dans son cabinet.

— Le patron! se récria Turnebuc surpris.

— Es-tu fou? demanda le vicomte de Pomponne.

— Et le maître auverpin? fit le Ribouilleur.

— Entrez et vous verrez, répondit Nivodan.

Les huit complices, en proie au plus vif étonnement, passèrent dans le cabinet où Guiffart, encore costumé, les attendait un sourire narquois sur les lèvres.

Tous se récrièrent d'admiration.

Le spadassin-usurier-faussaire-meurtrier eut en quelque sorte son apothéose.

— Allons, mes amis, dit-il bientôt, assez d'extase et de ravissement comme cela. Passons aux affaires sérieuses. Vicomte de Pomponne, au rapport.

Disons, pour mémoire, que la grève des voleurs, si impossible qu'elle paraisse en ce beau siècle de fer, était cependant établie. Les sept personnages qui entouraient le bureau du chevalier étaient à peu de chose près les voleurs ou voleuses les plus intelligents, les plus adroits et les plus à craindre de Paris.

De plus, comme on va le voir, ils avaient sous leurs ordres une armée qui s'enrichissait plus vite, et surtout plus impunément, par l'usure que par le vol; armée dont les rangs grossissaient tous les jours.

Pomponne fit son rapport en ces termes :

— Aujourd'hui, j'ai dix gaillards de ma trempe qui jouent, ceux-ci du fils de famille ceux-là de l'artiste, les autres de l'homme de lettres et de l'auteur dramatique.

Grâce à eux, je n'ai plus, depuis deux jours, un centime à l'association entre les mains. J'avais dix mille francs : voici pour trente mille francs de valeurs à un an; j'ai en dépôt, comme seconde garantie, des manuscrits d'auteurs connus que j'ai fait examiner et qui sont bons, des tableaux et autres objets d'art qui figureront à de futures expositions, des titres et autres pièces.

— Bien, dit Guiffart. Les trente mille francs en valeurs sont sûrs ?

— Oui.

— Du reste, je ne connais que vous. Donnez-les, dit Guiffart.

Pomponne remit les valeurs, en billets à ordre pour la plupart. Guiffart les compta puis en échange remit vingt mille francs au vicomte et dit :

— Dix mille francs que je retiens pour mes associés et moi; dix mille francs pour vous et vos dix chenapans, et dix mille francs qui constituent un nouveau capital d'opération. Allez, mais je vous recommande une grande sévérité dans l'examen des affaires. Celles-ci abondent, choisissez, n'en faites aucune qui vous semble véreuse; cette recommandation regarde vos collègues aussi bien que vous. Je vous attendrai le 1ᵉʳ septembre. Si d'ici là vous avez besoin de fonds, faites-moi prévenir par Nivodan et remettez toujours toutes les valeurs passées à mon ordre. A votre tour, madame de Maugrebin.

Le vicomte sortit. La lorette, qui, avec une élégance à se faire montrer au doigt, choisissait ses toilettes partout ailleurs que dans les magasins de la Sibel sa collègue, prit la place du dandy.

— J'ai sous mes ordres, dit-elle, un essaim de vierges folles, toutes plus séduisantes les unes que les autres et dépensières en diables. Elles adressent tous les pigeons qu'elles plument et toutes leurs amies les actrices qu'elles ruinent à M. Berlingot, mon homme de paille; car, décemment, je ne puis m'exposer à prêter de l'argent à des gens qui souvent m'ont un peu fait la cour...

— Un peu !... dit Barbette la balayeuse en interrompant la pécheresse.

— Silence! fit Guiffart avec son flegme habituel.

— Comme garantie, reprit la Maugrebin, des actrices, j'ai des délégations sur leurs appointements, ou la signature de leurs protecteurs quand ceux-ci sont bons. Enfin, je dors tranquille sur les deux oreilles. J'avais vingt mille francs argent, voici soixante mille francs de valeurs.

— Bien, dit Guiffart qui, toujours d'après son système adopté, compta quarante mille francs à la lorette, après avoir compté et examiné les valeurs. Allons, monsieur Tournebuc, à nous deux, reprit Guiffart.

M. Tournebuc, employé genre plumitif, tenue négligée, mise râpée et crasseuse, tournure sordide, échine flexible, air jésuite et contristé, s'avança d'un air modeste et tenant entre ses doigts, aussi secs que des arêtes, son chapeau, aussi mince qu'une feuille de parchemin.

Ce cuistre, cet homme à figure de sacristain, était cependant le plus important et le plus occupé des employés de Guiffart.

— L'assurance contre l'incendie, dit Tournebuc, me permet d'employer cent courtiers qui ont affaire par jour à plus de mille clients, commerçants, industriels ou autres. Par leur intermédiaire, je prête à tout ce monde avec de bonnes garanties.

— Oh! pour cela, monsieur Tournebuc, je m'en rapporte à vous, dit Guiffart.

— Les cinquante mille francs que j'avais à l'association ne m'ont pas suffi, dit Tournebuc.

— Combien m'apportez-vous de valeurs?

— Vous savez que, aux gens à qui j'ai affaire, je ne puis plus prêter qu'à 25 pour 100, et non pas à 200 pour 100, comme le vicomte et la Maugrebin.

— Oui, c'est convenu dit Guiffard.

— Les valeurs que je vous apporte, dit Tournebuc, sont à trois mois; mais il n'y en a que pour cinquante-trois mille cent vingt-cinq francs, toutes bonnes et régulièrement endossées.

Guiffart compta et dit :

— A 25 pour 100 par an, c'est le compte. Combien vous faut-il?

— Ce que vous voudrez, mais j'userai de la faculté de vous faire prévenir par Nivodan

Guiffart donna cinquante mille francs à Tournebuc et quinze cents francs pour sa commission. Ces quinze cents francs partagés tous les dix jours entre cent hommes ne produisaient que quinze francs à chacun d'eux ; mais ces derniers, bandits timides du reste, étaient payés comme courtiers et étaient convaincus de faire bientôt en un jour le même chiffre d'affaires qu'en dix, et de porter l'intérêt de 25 à 40 pour 100.

D'après les comptes rendus du vicomte, de la Maugrebin et de l'employé, il est facile de se rendre compte des opérations de Guiffart.

Philidor, en province, opérait comme Tournebuc à Paris.

La Sibel, la Barbette et le Ribouilleur prêtaient à la semaine ou au mois, sur le pied de 5 pour 100 par semaine. S'ils prêtaient cinq francs à un ouvrier pour faire le lundi, cet ouvrier leur rendait cinq francs vingt-cinq centimes le samedi. Jamais il ne manquait à cette obligation, pour ne pas perdre la confiance du prêteur dans un cas de nécessité absolue.

C'était l'usure en petit, mais à un taux scandaleux, puisque, sans compter les intérêts des intérêts, un capital se triplait en soixante semaines, quatorze mois !

. Guiffart, son audience terminée, se défit rapidement du costume de M. Vert-de-Gris et s'habilla de façon à pouvoir se présenter chez la Paula.

Ai

EN PROJETS CRIMINELS, ET SI RUSÉ QU'ON SOIT.
ON EST SOUVENT JOUÉ PAR PLUS PETIT QUE SOI.

Gérot (Daniel), chevalier de Guiffart, et s'appelant très prosaïquement M. Vert-de-Gris à l'occasion, était sans doute convaincu de cette grande vérité : que le temps perdu ne se rattrape jamais.

Sans nous occuper de l'emploi de sa matinée, dans cette journée du 15 août il avait fait bien des choses.

A deux heures, il avait eu une entrevue avec la Paula, à quatre, il avait reçu chez lui M. Vigneul. A cinq, il avait obtenu une audience du marquis de Courville. Une heure et demie plus tard, il réglait ses comptes avec ses employés. Enfin, à neuf heures, il revenait rue du Helder, chez l'Espagnole, à laquelle il fit remettre un billet ne contenant que ces mots :

« Señora,

« Je vous ai dit que je reviendrais. Je ne me fais point attendre, je reviens. J'ai pénétré le secret de votre vengeance. Je viens vous fournir les moyens de la satisfaire.

« Le plus dévoué de vos amis,

« Chevalier DE GUIFFART. »

Par une telle lettre, Guiffart, avec son adresse accoutumée, s'assurait une bonne et prompte réception chez la jeune femme.

Jeanne, quand sa camériste lui remit le billet du spadassin, était dans son boudoir, seule et pensant à la singulière visite du chevalier qu'elle avait reçu dans la journée.

— Qu'est-ce que c'est que cet homme, se disait-elle, qui, de but en blanc, vient me proposer de faire ma fortune et semble vouloir s'initier à mes affaires les plus secrètes ? Est-ce un ami ou un ennemi ?... — Un ennemi !

En répétant ces deux mots, la belle jeune femme eut comme un frisson qui contracta ses jolis traits d'une expression menaçante. Ses sourcils se froncèrent; elle réfléchit un instant, puis elle répéta pour la troisième fois :

— Un ennemi ... Si c'en est un et qu'il m'épie dès le premier jour de mon arrivée, malheur à lui ! Comme je savais que la tâche que je me suis proposée de remplir est périlleuse, je ne suis pas venue seule à Paris. Les gens qui m'entourent me sont dévoués, rien ne saurait faire obstacle à leur zèle à me servir. »

Ce fut à ce moment que la cameriste apporta la lettre de Guiffart sur un plateau d'argent.

La Paula était assise sur un siège placé dans l'ombre, où elle était en quelque sorte tapie à la manière des panthères dans les anfractuosités de rochers.

Elle fit apporter une lampe allumée afin de pouvoir lire la lettre du spadassin.

D'un seul regard elle en lut les trois lignes. Cette lecture lui fit faire un bond.

— Encore cet homme! dit-elle presque avec colère.

Il y eut un silence : la senora réfléchissait. Elle reprit : ·

— Il dit qu'il connaît le secret de ma vengeance, c'est impossible. Cet homme est fou.

Puis, se ravisant aussitôt, Jeanne frappa deux coups sur un timbre.

Ali fut bientôt auprès d'elle, attendant ses ordres.

—Ali, lui dit la Paula, tu m'aimes?

— Que faut-il faire pour le prouver? demanda le noir.

— Tu sais, cet homme...

— Celui d'aujourd'hui? demanda Ali

— Le seul qui soit encore venu ici, dit Jeanne.

— Je comprends. Celui que je vois quand je ferme les yeux et qu'il est absent. Après?

— Lis, » fit Jeanne en donnant la lettre de Guiffart au noir.

Ali lut la lettre d'un trait et la mit dans sa poche.

— Eh bien! dit Jeanne étonnée de cette manière d'agir.

— J'en fais mon affaire, dit le noir, et je garde la lettre : un *fac simile* de l'écriture de cet homme peut un jour nous servir.

— Faut-il le recevoir, enfin? demanda Jeanne.

— Sans doute, reprit le noir : autrement, comment saurions-nous ce qu'il sait? Pendant votre entretien avec lui, je vais prendre toutes mes mesures pour le faire suivre quand il sortira d'ici. Soyez tranquille, senora, il ne m'échappera pas; je saurai qui il est.

— Va, sois vigilant.

Ali sortit. La Paula passa dans le salon, où l'attendait le chevalier.

— Asseyez-vous et causons, lui dit la jeune femme sans perdre de temps en salutations cérémonieuses.

— Causons, répéta Guiffart.

— Vous m'avez écrit que vous connaissiez le secret de ma vengeance, c'est-à-dire le motif qui m'a décidée à venir à Paris? commença la Paula.

— Oui, je crois connaître ce secret, ce motif, dit Guiffart avec son assurance habituelle.

— Voyons cela.

— Au reste, reprit Guiffart en observant attentivement la jeune femme, nous pouvons nous assurer de suite si je ne me trompe pas. Si vous êtes bien la personne que je suppose, vous êtes née en 1824, peu après l'expédition française en Espagne ; à quelques jours près, vous avez aujourd'hui vingt et un ans.

— Je ne suis pas la seule née à cette époque, dit Jeanne d'un ton visiblement embarrassé.

— C'est vrai ; vous êtes bien la fille du fameux bandit Peperio et de la senora Junita Bonza, aujourd'hui Peperla, du nom de son mari ou de son amant ?

A la pâleur mortelle qui avait envahi le joli visage de la Paula, à une violente émotion dont la jeune femme ne put rester maîtresse, le chevalier comprit que M. de Courville ne s'était point trompé dans ses suppositions.

Jeanne ne put de suite répondre au spadassin.

— Eh bien ! me suis-je trompé ? demanda Guiffard.

Jeanne resta muette. Elle réfléchissait aux dangers et aux avantages d'un aveu.

— Voyons, soyez franche, dit le spadassin : comment voulez-vous que je vous vienne en aide si je ne vous connais pas bien et seulement par de vagues soupçons.

— C'est vrai, répondit la Paula. Eh bien ! je suis en effet celle que vous venez de dire ; le bandit Peperio est bien mon père, et la femme qui m'a donné le jour est bien Juanita Bonza.

— Très bien, continua Guiffard. Maintenant, passons à votre vengeance. D'abord, deux mots de votre histoire, ou plutôt de celle de la senora votre mère.

Jeanne était si attentive, qu'elle écoutait le chevalier la poitrine oppressée.

Celui-ci commença sa narration en ces termes :

— Jusqu'en 1823, lors de la rentrée de nos troupes dans la Catalogne, votre mère fut la plus heureuse des jeunes filles. Son père, riche fermier des environs de Saragosse, l'aimait beaucoup et se faisait un devoir de satisfaire à ses moindres désirs. Elle était belle, c'était la plus jolie fille du pays ; sa fierté, son amour-propre, étaient agréablement flattés des hommages qu'on lui rendait,

« Tout à coup, avec nos troupes, le chevalier des Urbins arriva dans le pays où votre grand-père était fermier. Il vit Juanita Bonza et conçut pour elle une si violente passion, qu'elle devint criminelle.

« Il séduisit Juanita.

— Non, monsieur, dit Jeanne, il ne la séduisit pas, mais la violenta. Je vais vous dire comment les choses se sont passées. Je vois que vous ne le savez qu'imparfaitement.

— Je vous écoute, señora, dit Guiffart ; mes renseignements peuvent être incomplets quant aux détails, mais quant au fond...

— Quand au fond, vous ne savez rien, dit Jeanne. Si ma mère n'avait été que séduite, M. des Urbins ne serait pas un grand criminel à mes yeux, et je ne serais pas venue ici pour le poursuivre de ma vengeance implacable. Le chevalier est un traître, un assassin. Si jamais je le découvre, car des Urbins est un faux nom et j'ignore son véritable nom, aucun supplice ne me paraîtra trop cruel pour ce misérable.

Guiffard ne répondit pas, il écoutait.

« Il y avait, en 1823, deux partis aux prises en Espagne : celui de Ferdinand VII,

Ils furent fusillés le même jour. (Page 172.)

soutenu par les religieux, et celui des Cortès ou d'une constitution libérale. Ma mère avait deux frères et un fiancé qu'elle aimait. Ces trois derniers, à tort ou à raison, s'étaient rangés du parti du roi. Ils devaient donc combattre avec les Français, leurs alliés, qui venaient affermir Ferdinand VII sur le trône.

« Les choses étaient en cet état, quand le chevalier des Urbins, à la tête d'un parti de troupes, arriva dans le pays où mon grand-père était fermier. Le chevalier, comme vous l'avez dit, vit ma mère et conçut pour elle une violente passion.

« Cet amour fut dédaigné par celle qui en était l'objet et qui en aimait un autre. M. des Urbins conçut un affreux et criminel projet, afin de satisfaire ses désirs.

« La guerre civile se poursuivait alors avec un terrible acharnement; ses horreurs jetaient le deuil dans toutes les familles, la désolation dans toutes les villes : peu de familles où l'un ou l'autre des deux partis n'eût point fait de victimes.

« Le chevalier des Urbins, qui logeait avec les siens dans le village où était ma famille, avait déjà rendu un grand service de mes oncles et du fiancé de ma mère. Un jour qu'il s'était imprudemment éloigné, avec peu de monde, du gros du corps d'armée dout il faisait partie, il s'était trouvé isolé dans un pays difficile et dont il ne connaissait pas la disposition.

« Cette situation déjà critique devint tout à coup désespérée : au moment où il s'y attendait le moins, le chevalier fut cerné, entouré par un détachement ennemi beaucoup plus nombreux que celui qu'il commandait.

« Les *Descamisados* ne voulurent rien laisser aux chances d'un combat désespéré : afin qu'aucun Français ne pût leur échapper, ils prirent différentes mesures qui leur firent perdre un temps précieux.

« Les Français, avec des longues-vues, pouvaient, en quelque sorte voir les apprêts de leur supplice.

« Ils désespéraient.

« L'ennemi croyait si bien les tenir en son pouvoir, qu'il leur eût refusé toute espèce de capitulation.

« Cependant, par un contrebandier, on apprit à la ferme de mon grand-père la triste position dans laquelle se trouvaient le chevalier et ses hommes.

« Mes oncles et le fiancé de ma mère, — ce dernier ne savait rien des propositions que le chevalier des Urbins avait faites à Juanita; celle-ci, afin sans doute d'éviter une querelle entre les deux rivaux, avait gardé ce secret pour elle, — après avoir tenu conseil, prirent une résolution énergique, celle de sauver au péril de leur vie celui qu'ils considéraient comme leur ami.

« Quoiqu'ils connussent parfaitement le pays et qu'ils fussent convaincus de réussir, l'entreprise était fort périlleuse seulement pour se mettre en communication avec le chevalier, cerné de tous côtés.

« Celui-ci était en quelque sorte adossé à un ravin qui formait derrière lui un abîme infranchissable, tant les berges de ce torrent étaient à pic et difficiles. De ce côté le chevalier n'était point cerné.

« Il s'agissait d'arriver jusqu'à M. des Urbins par ce chemin, et d'établir une sorte de passerelle sur le torrent, qui n'était pas très-large.

« Ils partirent munis de cordes et de câbles, marchèrent tout le jour et furent assez heureux pour échapper aux patrouilles ennemies qui battaient la campagne. Il était d'autant plus dangereux de se faire prendre, que les partis ne faisaient pas de prisonniers et fusillaient impitoyablement ceux qu'ils surprenaient les armes à la main, après leur avoir donné un quart d'heure pour recommander leur âme à Dieu.

« Les trois hommes arrivèrent à la nuit tombante sur un des bords du torrent. M. des Urbins et les siens, au nombre de soixante et un, avaient pu voir soixante et une potences que les Espagnols avaient élevées dans la journée, et qu'ils devaient faire fonctionner le lendemain. Mes oncles et leur compagnon profitèrent des ténèbres d'une nuit épaisse pour mettre leur projet à exécution. Le fiancé de Juanita, qui avait fait la contrebande en ces parages et connaissait mieux les escarpements du ravin, au risque de se rompre vingt fois le cou, prit pour son compte le rôle le plus dangereux de l'entreprise. Il passa le torrent, emportant avec lui une pelote de ficelle dont mes oncles tenaient une extrémité. La pelote une fois de l'autre côté du torrent, les hommes du chevalier et mes oncles tendirent roides deux cordages qu'ils avaient fait passer de l'autre côté, grâce à la ficelle dont les frères de ma mère avaient continué à tenir un des bouts. L'un des câbles était tendu à ras de terre : les fugitifs devaient marcher dessus en s'appuyant des mains sur le second câble tendu à hauteur d'homme. Sur soixante et un Français, cinquante-trois passèrent sains et saufs ; les huit autres, soit maladresse, soit épouvante, tombèrent dans le précipice et se tuèrent en faisant cette traversée périlleuse. Toujours est-il que le lendemain les ennemis ne trouvèrent sur le mamelon aucun des malheureux qu'ils espéraient si bien prendre.

— Quelle déception ! dit Guiffart.

— Savez-vous comment le chevalier des Urbins témoigna sa reconnaissance à ceux qui lui avaient sauvé la vie ? demanda Jeanne.

— Je m'en doute ; mais continuez, répondit le chevalier, cette terrible histoire m'intéresse au plus haut point.

— Oh ! non, vous ne vous en doutez pas ! fit Paula.

— Vous croyez ?

— C'est trop affreux !

— Le chevalier enleva Juanita ? fit le spadassin.

— S'il n'eût fait que l'enlever ! continua Paula.

— Diantre ! c'était déjà beaucoup. Mais que fit-il donc de plus terrible ? s'écria Guiffart.

— M. des Urbins, reprit la Paula, sentait tous les jours grandir son amour, et, quoiqu'il ne songeât qu'aux moyens qu'il emploierait pour le satisfaire, il feignait une grande froideur pour Juanita, de sorte que celle-ci s'était rassurée de ce côté, et savait intérieurement gré de sa discrétion à l'officier.

Ce dernier venait cependant d'adopter un terrible parti.

Un jour, il pria mes oncles et André — André c'était le fiancé de ma mère — de l'accompagner et de lui servir de guides dans une reconnaissance qu'il avait à faire du côté de l'ennemi.

— Les évènements, disait-il, m'ont donné de l'expérience et m'engagent à agir prudemment. Dorénavant, je ne veux plus m'aventurer sans guides dans un pays que je ne connais pas, surtout avec des ennemis aussi inexorables.

Pareille chose était déjà arrivée plusieurs fois. Les trois hommes se firent un plaisir de rendre au chevalier le service qu'il réclamait d'eux.

Ils partirent. Ils ne devaient pas revenir : M. des Urbins ne songeait qu'à se débarrasser d'eux et à enlever à ma mère ses défenseurs naturels. Il n'avait pas avec lui les hommes que mes oncles avaient sauvés sur les bords de la Chitasa.

Ces nouveaux soldats connaissaient à peine ceux que des lâches payés par le chevalier accusèrent bientôt de trahison. Ils voulaient, disaient les dénonciateurs, faire tomber la petite colonne d'éclaireurs entre les mains de leurs ennemis.

« En temps de guerre, le sort des espions et des traîtres est toujours bientôt décidé, ils meurent du dernier supplice.

« Pour la forme, on assembla un conseil de guerre, mais les soi-disant coupables furent à peine entendus.

— Ils furent condamnés à mort? demanda Guiffart.

— Oui, et fusillés le même jour, répondit la jeune femme. Ma mère ne sut rien de leurs derniers moments.

« Croiriez-vous qu'après un crime aussi affreux, M. des Urbins, avec une audace sans pareille, osa reparaître à la ferme devant mon grand-père et Juanita?

— Damé ! dit Guiffart, c'était audacieux; mais après tout, le chevalier n'était que logique : il avait tué les hommes pour avoir la femme, il fallait bien qu'il la revit, ne fût-ce que pour l'enlever.

— Il laissa ses hommes dans leur cantonnement et revint à la ferme, accompagné seulement d'un soldat, continua la Paula.

Tous deux étaient dans un état qui pouvait faire supposer qu'ils venaient d'assister à un combat terrible et d'échapper à la mort.

En les voyant, mon grand-père supposa de suite une sinistre nouvelle.

« — Et mes fils? demanda-t-il au chevalier.

« — Morts, répondit celui-ci d'un ton sinistre; mais je les vengerai.

Cette épouvantable nouvelle foudroya mon grand-père. Il tomba sans connaissance sans qu'on songeât à lui porter secours :

« — Et André? dit ma mère.

« — Il ne vaut guère mieux que ses compagnons, dit le chevalier des Urbains. Cependant, il vit et il m'a envoyé près de vous afin de vous prier de venir recevoir son dernier soupir.

« — Où est-il? demanda Juanita.

« — A deux pas, répondit l'officier. Son état est si douloureux, que je n'ai pu l'apporter ici ; il n'aurait pas supporté la fatigue du trajet...

Ma mère était si désespérée, qu'elle ne réfléchit pas; elle ne pensa point que le chevalier l'avait longtemps poursuivie de son amour et de ses obsessions Au reste, pouvait-elle supposer une trahison aussi noire, un crime aussi affreux de la part d'un homme à qui André avait sauvé la vie, et qu'elle avait les meilleures raisons de supposer honnête homme? Non, elle n'eut qu'une pensée, celle de se rendre immédiatement au désir du mourant.

Elle laissa son père entre les mains des domestiques chargés de lui faire reprendre connaissance. Dans un autre état, le fermier n'eût peut-être pas laissé Juanita partir seule avec l'officier.

Vous devinez le crime du chevalier des Urbins. Ma mère, conduite auprès du cadavre de l'homme qu'elle aimait, dans un lieu désert et isolé, ne pouvant appeler du secours qu'en vain, revint déshonorée de cette pénible excursion. Elle partait croyant assister un malheureux à ses derniers moments, et elle devint la proie, la victime d'un lâche; du dernier des hommes.

— Oh ! que je le hais, cet homme! fit Jeanne avec passion. Est-ce que l'heure du châtiment ne sonnera pas pour lui?

— Bientôt peut-être, dit Guiffart.

— Juanita, reprit Paula n'était pas femme à subir l'affront qu'elle avait reçu sans se venger. Elle ne dit rien à personne de ce qui lui était arrivé, mais quelques mois plus tard elle joignait enfin M. des Urbins; qui s'était empressé de quitter le théâtre de ses forfaits, et, en essayant de le tuer; ne fit que le blesser dangereusement d'un coup de stylet.

« Cette tentative d'assassinat fit grand bruit. Aux sollicitations des autorités françaises, qui étaient alors toutes puissantes en Espagne, Juanita fut poursuivie, traquée; elle n'échappa que par miracle à ses ennemis. Un jour que, brisée de fatigue, épuisée par les privations, elle allait, presque mourante, tomber entre leurs mains, elle fut recueillie par Péperlo. Vous savez le résultat de cette rencontre.

« Péperlo, marié secrètement à ma mère par un moine, avait juré à sa femme de la venger. Il eût bien certainement tenu son serment si M. des Urbins fût resté en Espagne. Mais ce dernier, après avoir été blessé comme j'ai dit, rentra précipitamment en France aussitôt que son état le lui permit. Depuis, Péperlo et ma mère firent faire ici mille démarches inutiles pour obtenir de ses nouvelles. Sans doute que le chevalier avait repris son vrai nom. Grâce à cette précaution, il dut échapper au ressentiment de ma mère, qui, il y a deux ans, quand elle mourut et qu'elle me fit jurer de m'occuper de la venger aussitôt ma vingtième année révolue, était encore aussi profond que le lendemain de l'outrage reçu.

« Vous savez tout maintenant. Fidèle à mon serment, je suis venue à Paris afin de découvrir le chevalier des Urbins, quelque soit le nom qui l'a rendu introuvable jusqu'à ce jour, et le châtier d'une façon terrible du crime qu'il a commis en 1824.

— Et votre père, Péperlo ? demanda Guiffart.

— Je ne puis rien dire de lui, répondit Paula sans le moindre embarras. Ses secre's, dont dépend sa sûreté, ne sont pas les miens.

— Il vit encore, alors ?

— Oui, dit Paula, et est aussi bien portant que vous et moi.

— Il est riche ?

— Ses secrets, vous ai-je déjà dit...

— Ne sont pas les vôtres; c'est très juste, fit Guiffart sans laisser achever Jeanne. Parlons donc seulement de vos affaires. Comment pensez-vous vous venger du chevalier des Urbins?

— Je ne sais, répondit Paula; il faudrait d'abord que je le découvrisse. Maintenant que je suis ici, je vois que c'est plus difficile que je ne pensais. Je me suis déjà inutilement informée au ministère de la guerre de l'officier qui avait fait la campagne d'Espagne sous le nom de des Urbins.

— En employant de tels moyens, dit Guiffart, vous faisiez tout simplement fausse route.

— Cependant... fit Jeanne.

— Tenez, reprit le spadassin, ne perdons pas de temps en contestations inutiles. Je sais où trouver l'ex-chevalier des Urbains, comme je suis presque certain que le bandit qu'on appelle aujourd'hui Granco, en Espagne, n'est autre que l'ancien Péperlo, votre père.

Guiffart ne se trompait pas dans sa supposition. Jeanne le regardait d'un air si stupéfait, que le spadassin se fit cette réflexion :

— Allons! j'ai deviné juste. Mon ami Granco, en m'annonçant la Paula, ne voulait, sans rien me dire de leurs affaires, que me mettre en relations avec elle, afin d'assurer un ami à sa fille. Granco est riche, c'est sans doute lui qui subvient à l'entretien du train de maison de la senora ; je comprends maintenant que celle-ci fasse peu de cas de la fortune.

Revenue de son étonnement, Jeanne reprit :

— Vous connaissez mon père, alors?

— Oui; je dirai plus, je suis son ami. C'est lui qui, sans me rien dire pourtant de vos affaires, m'a annoncé votre arrivée, afin de me pousser à faire votre connaissance, ce que je me suis empressé de faire. Maintenant, vous ne serez pas comme dépaysée dans une ville inconnue; car, si je suis l'ami de votre père, je dois aussi être le vôtre.

— J'accepte volontiers, dit Paula, que l'homme étrange qu'on appelait Guiffart étonnait assez pour qu'elle ne contremandât pas les ordres donnés à Ali. Au contraire, elle brûlait du désir de savoir un peu des affaires du chevalier, qui savait si bien les siennes, à elle. A ce sujet, elle pensait bien écrire à son père; mais que pouvait savoir Granco Péperlo, un bandit de montagnes, sur le compte d'un collègue vivant à quatre cents lieues de lui, et n'opérant que dans le monde en substituant sans doute l'intrigue au poignard et à l'espingole?

— Revenons donc au chevalier des Urbins, dit Guiffart.

— Vous savez où il est? demanda Jeanne.

— Oui, et comment il se nomme, répondit le spadassin.

— Oh! dites-le-moi, fit Paula sur un ton de supplication passionnée.

— Un instant, un instant, fit Guiffart. Diantre! quelle curiosité à l'endroit de ce pauvre chevalier!

— Oh! ne plaisantez pas avec ma haine et ma vengeance! dit l'Espagnole.

— Je prends tout cela très au sérieux, je vous jure, répondit le spadassin; mais, d'un mot, je ne veux pas faire de vous un tigre déchaîné, ivre de colère, altéré de sang, pour que vous alliez me faire quelque folie. Vous seriez mal reçue ici à imiter votre mère, et à aller planter un stylet plus ou moins empoisonné dans la poitrine de votre ennemi. Bien certainement vous ne trouveriez pas un Péperlo pour vous soustraire aux recherches des gendarmes et autres alguazils.

— Oh! je me vengerai plus adroitement que vous ne croyez! dit Jeanne.

— Je ne doute pas de votre adresse, reprit Guiffart, de votre prudence, du désir que vous éprouvez de conserver votre tête sur vos épaules, et surtout de votre bonne volonté; mais, avant que je vous révèle mon secret, il est bon que nous nous entendions sur la manière dont vous vous vengerez. Pour des motifs qu'il est inutile que vous sachiez, — l'avenir vous les apprendra sans doute, — j'ai un grand intérêt à ce que vous réussissiez. Ainsi donc, je vous suis dévoué, non-seulement par amitié, mais encore par intérêt. Maintenant, voici ce que j'ai à vous dire: Celui ou celle qui, pour se venger d'un ennemi, se contente de le tuer, est un imbécile.

— Mais.... dit Jeanne.

— A la rigueur, en pareil cas, continua le spadassin, on ne doit tuer un homme que quand le pauvre diable n'a que sa vie pour tout patrimoine. Et encore doit-on préalablement s'assurer qu'il tient à vivre et qu'on ne le débarrasse pas d'un fardeau gênant en l'envoyant chez les morts.

« L'assassinat, je le répète, est la vengeance des fous. On ne fait pas souffrir son ennemi et on s'expose à mille tortures.

« De plus, un ennemi qui a de la fortune ou une famille est toujours vulnérable. On peut lui rendre la vie si dure qu'il se suicide un jour dans un moment de désespoir. C'est le comble de l'adresse.

« En tout cas, on le ruine d'abord ; on le réduit à la mendicité, on lui débauche ses enfants, qui finissent par faire le désespoir de ses vieux jours. On en fait de mauvais fils, qui désirent la mort de leur père pour jouir plus tôt de sa fortune. »

— C'est vrai, dit la Paula qui écoutait Guiffart avec une religieuse attention.

— Eh bien ! c'est notre cas, dit le chevalier.

— M. des Urbins est riche ? demanda Jeanne.

— Oui, très riche.

— Il a des enfants ?

— Marié avant de faire la campagne d'Espagne, il avait un fils, ce fils, il l'a toujours.

— Ma vengeance s'appesantira aussi sur lui, dit la Paula.

— Sans doute ; dans mes projets, il doit même nous servir d'instrument.

— Comment cela ? demanda Paula.

— Son père vit, dit-on, retiré du monde et à peu près en misanthrope.

— Ah !

— Il est donc à peu près invulnérable.

— Que dites-vous ? s'écria Jeanne avec feu.

— Calmez-vous, senora, le fils nous reste et est à Paris. Il ne demande qu'à jouir de la vie. Vous allez faire sa conquête.

— Moi ! s'écria la Paula avec un vif sentiment d'horreur et de répulsion dans la voix.

— Oui. Je me charge de peupler vos salons, et, si vous le voulez, il ne tiendra qu'à vous qu'il soit ici un des plus assidus.

— Après, dit l'Espagnole enfin de l'avis de son interlocuteur.

— Vous l'affolez, le désespérez, le ruinez ; et, un jour, je ne doute pas que vous ne fassiez de lui le plus mauvais fils de la chrétienté.

— Quand le verrai-je ? demanda la Paula.

— Avant deux jours, répondit Guiffart ; il se nomme le marquis des Uzelles, son père est duc.

— Le duc des Uzelles ! » répéta trois fois et lentement la Paula, comme si elle eût voulu se graver le titre et le nom dans la mémoire.

Puis elle s'abandonna à ses réflexions.

Réflexions absorbantes sans doute, car la jeune femme ne semblait plus se souvenir de la présence de Guiffart.

— Eh bien ! dit enfin le chevalier, que décidez-vous maintenant ?

— Encore est-il bon, pour adopter un parti, reprit la Paula, que je sache ce que vous pensez, vous qui devez diriger ma vengeance.

— Voici mon plan, dit le chevalier. J'ai quelques connaissances en hommes et en femmes à la mode. Ces gens ont souvent besoin de moi, ou plutôt de mon argent. Par reconnaissance et intérêt, ils font tous, à l'occasion, ce que je veux. Je vais vous envoyer les mieux posés d'entre eux : le vicomte de Pomponne, Mlle de Maugrebin et d'autres ; ils vous constitueront, eux et leurs amis, une société. Vous pourrez avant huit jours, réunir dans vos salons les gens de lettres, les artistes, les actrices les plus en vogue à Paris, les dandys du Jockey-Club, les célébrités du turf. La grande famille des inutilités en tous genres, qui se recrute en partie des fils de famille, suivront les gens de talent ou de génie, cela va sans dire. Alors, vous donnerez des fêtes. Sur ce point, je m'en rapporte à votre bon goût. Que ces fêtes n'aient rien de trop retentissant. Soyez exigeante ou feignez de l'être pour vos invitations. Que vos salons ne soient pas comme un caravansérail. En ami, permettez-moi de vous demander si vous avez assez d'argent pour faire tout cela ?

— Est-ce que le train de ma maison peut vous faire supposer que j'en manque ? » dit fièrement la Paula qui, au fond, s'indignait du rôle que Guiffart voulait lui faire jouer ; car elle comprenait que, tout en réalisant son rêve, elle n'était qu'un intrument entre les mains de ce dernier, qui lui était fort peu sympatique, quoi qu'il prétendît et parût être réellement l'ami de Péperio, son père à elle.

Pourtant, comme elle voulait pénétrer autant que possible les desseins du chevalier et qu'elle savait dissimuler, rien de ses secrètes impressions ne transpirait sur sa physionomie souriante ou dans ses manières.

Elle écoutait attentivement les conseils de Guiffart et semblait disposée à les suivre.

— Oh ! pardon ; dit Guiffart, je n'ai point voulu vous blesser en vous offrant de l'argent, que vous m'eussiez rendu si vous eussiez accepté mes offres.

— N'en parlons plus, dit Paula ; mais ma vengeance, le marquis des Uzelles ?...

— Eh bien ! reprit Guiffart, le marquis s'introduit chez vous, et bientôt, autant par amour que par orgueil et esprit de rivalité, il vous aime comme tant d'autres ; car attendez-vous, senora, à compter vos adorateurs par centaines.

— J'en ai déjà, dit la Paula ; je reçois à chaque instant des lettres de gens que je ne connais pas.

— Et ces lettres ?...

— J'en ai lu deux qui m'ont semblé si ridicules, que depuis je jette les autres au feu sans les lire.

— C'est peut-être un tort, dit Guiffart en se faisant cette réflexion : « Si cette femme voulait, elle pourrait nous aider à ruiner la moitié de Paris. »

— Revenons au marquis des Uzelles, fit Jeanne.

— Eh bien ! reprit Guiffart, quand ce garçon-là vous aimera comme un insensé, vous le ruinerez, morbleu ! Vous n'avez donc pas d'idée comment une jolie femme peut mettre un homme trois fois millionnaire sur la paille en fort peu de temps ? S'il existe des femmes qui sont assez prudes pour ne vouloir accepter que des fleurs, il y en a fort heureusement aussi qui ne se font aucun scrupule d'accepter un hôtel.

La charité, monsieur, s'il vous plaît!

— Quant à moi, s'empressa de dire la Paula, sans être prude, je n'accepterai même pas une fleur du marquis. Faire de ma vengeance une affaire d'argent, ce serait hideux !

— Vous avez des préjugés? dit Guiffart.

— Non, c'est tout simplement de la dignité de caractère.

— Eh bien ! soit, dit Guiffart, vous ruinerez le marquis au profit des pauvres si vous voulez. Mais calmez-vous; quand la chose sera en train, vous ne serez pas la seule à le pousser dans le gouffre. Après bien des folies, quand il aura gaspillé la succession de sa mère, qu'il commencera à être gêné, vous l'adresserez à certains usuriers de mes amis qui, tout doucement, vous l'amèneront à faire mourir son père de chagrin ou à l'empoisonner, si le pauvre cher homme a la vie trop dure et que le fils craigne un testament contraire à ses intérêts. Pour que notre vengeance soit complète au moment où le duc sera sur le point de trépasser, nous pourrons vous ménager avec lui une entrevue dans laquelle vous pourrez lui dire la part que vous aurez prise à ses malheurs. Un peu plus tard, quand le marquis se sera ruiné une seconde fois, vous, et les usuriers aidant, pour que vous n'ayez rien à nous reprocher, nous vous procurerons le plaisir de faire guillotiner le marquis comme parricide, car nous aurons soin de nous procurer une preuve évidente de l'empoisonnement. Est-ce une vengeance terrible que celle que je vous propose ? » demanda le chevalier en terminant.

Il était évident qu'il était enchanté de lui.

La Paula l'avait écouté avec autant d'épouvante que d'effroi. La cruauté, l'astuce, l'esprit du mal incarnés en Guiffart l'effrayaient.

Bien décidée à tenir le serment qu'elle avait fait à sa mère mourante, elle avait rêvé une vengeance plus prompte, mais bien moins cruelle que celle que lui proposait le spadassin.

Elle éprouvait d'autant plus de répugnance pour ce dernier, qu'elle comprenait parfaitement que le chevalier était l'usurier dont il avait été question ; que l'amour de l'argent seul le poussait à ourdir la trame épouvantable qu'il venait de lui communiquer.

La Paula était douée d'un caractère indomptable, mais généreux. Elle méprisait l'argent quand il n'engendre que de mauvais instincts. Guiffart lui apparaissait donc comme l'être le plus vil et le plus dangereux qu'elle pût rencontrer.

Pourtant, quand elle le congédia, elle s'était ouvertement décidée à n'agir que d'après ses conseils.

Tout avait été convenu comme le spadassin l'avait désiré.

A peine celui-ci se fut-il éloigné, que la Paula, encore sous le coup du mépris, du dégoût et de l'effroi que le bandit lui avait inspirés, s'empressa d'écrire à son père pour lui demander des renseignements sur celui qui la laissait en proie à tous les sentiments que nous venons de dire.

Le chevalier, en sortant de chez la Paula, tout fier de son triomphe, n'avait aucune crainte ni soupçon.

Il ne supposait aucune arrière-pensée à la jeune femme.

Quant à Vigneul, il était bien convaincu de lui avoir fait perdre sa piste, grâce au déguisement de M. Vert-de-Gris.

Dans cette quiétude d'esprit, à laquelle il avait cependant grand tort de s'abandonner aussi bénévolement, le chevalier monta dans la remise qui l'avait amené, après avoir ordonné au cocher de le reconduire place Maubert.

Le spadassin allait reprendre son déguisement et partir pour Neuilly, afin de prendre des renseignements sur Juliette et sa tante, comme il avait été convenu dans la journée avec le marquis de Courville.

Dormir, Guiffart n'y songeait pas, quoi qu'il fût près de minuit.

Quand les affaires l'exigeaient, le spadassin devenait infatigable, et il lui importait de faire disparaître Juliette, afin que cet évènement fournît un nouvel aliment à l'activité de M. Lamy et de l'officier. Ceux-ci alors n'auraient plus qu'un souci, qu'une préoccupation exclusive : celle de retrouver la jeune fille.

Nous avons dit que Guiffart avait grand tort d'être si tranquille. En effet, s'il eût eu le moindre soupçon, il eût remarqué, rue du Helder, deux voitures stationnant au bord du trottoir, devant la maison qui faisait face au petit hôtel de la Paula. L'une de ces voitures, un coupé élégant attelé d'un magnifique anglais, était tourné du côté du boulevard ; l'autre, un remise banal, regardait, par les yeux de son cocher, la rue Taitbout.

Le coupé était vide, à la vérité,

Dans le remise, il n'y avait qu'une femme qui, à sa mise, à ses manières, se fût immanquablement fait prendre pour une divinité du demi-monde par le premier venu,

Cette femme, enfouie dans l'un des coins de la voiture sans donner le moindre signe d'impatience, paraissait indifférente à ce qui se passait autour d'elle.

Des préoccupations graves l'absorbaient sans doute....

Quant au cocher, il fumait philosophiquement sa pipe ; mais il était facile de voir qu'il tenait son cheval sur le qui-vive, que ce dernier ne dormait pas.

Moins en sécurité, le chevalier eût encore pu remarquer un petit mendiant déguenillé accroupi près de la porte de la Paula.

Quant le chevalier parut sur cette porte, l'enfant se leva et dit d'un ton lamentable en tendant la main :

— La charité, monsieur, s'il vous plaît !

La charité, Guiffart ! fi donc !

Il passa outre.

Le petit mendiant le suivit et arriva avec lui à la portière du remise.

— La charité, mon bon monsieur, dit-il encore de sa voix dolente.

Guiffart ne vit qu'un visage pâle, de grands yeux brillants de fièvre sans doute, mais ne donna toujours rien.

— Place Maubert, 26, dit il.

Il monta en voiture, le fiacre partit.

Le petit mendiant n'attendait sans doute que ce moment.

Il s'élança vers le coupé attelé du bel anglais et y monta après avoir donné au cocher l'adresse que Guiffart avait donné au sien.

L'élégante voiture partit aussitôt, sans suivre le remise du chevalier.

Sans doute que le petit mendiant qui se permettait d'avoir cheval et voiture, chose assez étrange par le temps qui court, comptait sur la vélocité de l'anglais pur sang pour arriver place Maubert avant les deux haridelles de la compagnie qui véhiculaient le spadassin.

Quant au remise dont nous avons parlé et qui renfermait une beauté du demi-monde, il se mit à la poursuite de Guiffart, ni plus ni moins que s'il eût porté une femme jalouse cherchant à prendre son mari ou son amant en défaut.

Sans doute qu'il avait mission, en suivant le même itinéraire que le chevalier, de constater toutes les stations que ce dernier pourrait faire en route. Cette voiture était aussi pour le cas où Guiffart changeant subitement d'idée, eût donné une nouvelle adresse à son automédon pris à l'heure.

Guiffart, chemin faisant, ne fit aucune station et ne changea point d'idée; il arriva donc place Maubert, 26, suivi à une petite distance par le remise de la dame. Le coupé l'avait précédé, mais ne s'était pas maladroitement mis à l'attendre au n° 26.

Voici au reste ce qui était arrivé, afin que le chevalier, qu'on savait rusé, ne pût reconnaître la voiture pour l'avoir remarquée rue du Helder.

Le petit mendiant était descendu du coupé.

Jéronymo, avait-il dit au cocher, va m'attendre sur le quai, près de la rue des Deux-Ponts.

— Bien, senor Manoël, avait répondu le cocher en s'éloignant.

Celui qu'on avait appelé senor Manoël n'était autre qu'Ali, qui, grâce à certain talent en peinture et quelques connaissances en chimie, jouissait du privilège d'être noir ou blanc pour le service de sa maîtresse, pour un sourire de laquelle il se fût indifféremment jeté au feu ou à l'eau, ce qui eût été infiniment plus grave et plus dangereux que l'innocent usage qu'il faisait de ses talents d'agrément.

Tout déguenillé qu'il était, Ali, nous continuerons à l'appeler ainsi, possédait une fort jolie montre dans son gousset; il l'en tira et dit, après s'être assuré de l'heure.

— Nous avons mis un quart d'heure à venir de la rue du Helder ici, nous sommes en avance d'autant au moins, c'est bien

Grave et sérieux comme un pacha, Ali se fit une cigarette qu'il alluma et fuma, sans doute pour se distraire de son attente.

Le bout, devenu imperceptible, de son *cigareto* s'éteignait entre ses doigts quand il prêta l'oreille à un bruit qui avait attiré son attention.

Son ouïe, aussi subtile que celle d'un trappeur, avait distinctement reconnu la marche de deux voitures se suivant de près.

Ali se jeta précipitamment dans l'ombre d'une porte formant enfoncement.

C'était en effet les deux remises partis de la rue du Helder.

Celui de Guiffart s'arrêta au n° 26; le spadassin en descendit.

Suivant ses instructions, le second remise monta la place et s'arrêta au n° 20.

Guiffart était déjà rentré chez lui quand la divinité du demi-monde mit pied à terre

Ali était auprès d'elle.

Trépinette, lui dit-il, remonte vite en voiture, je n'ai plus besoin de toi pour cette nuit.

— Le monsieur ne s'est pas arrêté en route, dit Trépinette.

— Je m'en doute bien, fit Ali, mais va-t-en et ne sors pas de chez toi demain.

Trépinette, ainsi renommée parce qu'elle excellait déjà à cette époque dans l'art peu sublime qui devait faire la réputation de Rigolboche, s'empressa de remonter en voiture et de regagner la rue Notre-Dame de Lorette, cet élément peu humide de la vierge folle, qu'elle habitait.

Le cocher de Guiffart dormait sur son siège.

Ali s'assura de cette situation pacifique, prit d'abord le numéro du remise, le 319 ; puis, avec une allure de serpent, se glissa sous la voiture.

Enfin il entendit et vit s'ouvrir la porte du n° 26.

A la vérité Ali fut assez étonné de voir M. Vert-de-Gris au lieu de Guiffart ; cependant, il ne laissa échapper aucun mouvement de surprise.

Le gros monsieur s'approcha du remise stationnaire.

— Eh ! l'ami, en route, dit-il au cocher. Je suis la personne pour laquelle le monsieur que vous avez amené a retenu votre voiture.

Guiffart changeait sa voix. Le cocher à demi-endormi, put s'y tromper ; mais Ali, qui avait entendu le chevalier parler pendant une heure, dans le boudoir de la Paula, ne s'y trompa point.

— C'est notre homme, se dit-il. Allons, la chose devient intéressante.

— Où faut-il aller, bourgeois ? dit le cocher.

— Loin et vite, répondit Guiffart.

— Diantre ! mes chevaux sont épuisés et il est une heure.

— Tiens, voilà déjà cinq francs de pourboire, » reprit le bandit en mettant la pièce dans la main du dormeur mal éveillé.

Nul cocher n'est sourd à de tels arguments, et messieurs les chevaliers du fouet étaient, à cet égard, en 1845, ce qu'ils sont en 1880.

— Où allons-nous, bourgeois ? demanda le nôtre, complètement éveillé et avec empressement.

— A Neuilly. Tu t'arrêteras au pont ; je ne suis pas pressé : que j'arrive avant le jour, cela suffit. Si j'ai envie de dormir je ferai un somme dans la voiture.

— Bien, bien, dit le cocher.

M. Vert-de-Gris était déjà dans le remise. Il ne soupçonnait rien et n'avait cru devoir prendre que les précautions que nous venons de dire : tromper le cocher sur un déguisement qui pouvait paraître singulier à ce dernier.

La voiture partit ; elle remorquait Ali et se dirigeait du côté du quai.

A la rue des Deux-Ponts Ali quitta son poste et dit à Jéronymo, qui l'attendait:

— Va-t-en. Tu diras à la señora que tout va bien, qu'elle ne s'inquiète pas de mon absence.

Le remise 319 allait au petit trot. Ali ne l'avait pas perdu de vue, il l'eut bientôt rejoint.

Il se remit derrière à son poste.

Il était si peu lourd, en sa qualité de nain, que ni Guiffart ni le cocher ne s'aperçurent de la surcharge.

Si Trinquefort et le capitaine Vigneul avaient été joués par Guiffart rue Montmartre, Ali ne l'était pas. C'était un argus rusé et clairvoyant que le noir.

XII

LE BONHEUR DES HABITANTS DU PAVILLON VERT.

Depuis longtemps, entraîné au courant des intrigues de Guiffart, nous avons laissé au repos, ou plutôt sans nous occuper d'eux, des personnages importants de notre récit : nous voulons parler de Juliette Lamy et de Reine de Mercœur.

Guiffart, en venant à Neuilly, nous force à remettre la première en scène quant à la seconde, nous la retrouverons avant peu.

Ni l'une ni l'autre ne sont destinées à jouer le rôle restreint d'utilités dans ce drame.

Mme Desbars et sa nièce habitaient donc Neuilly, dans une charmante propriété, dont un des murs d'enceinte baignait en quelque sorte sa base moussue dans la Seine.

Sans être riche, la première jouissait de cette modeste aisance qui, à la campagne, permet de ne rien se refuser du confortable de la vie bourgeoise et sédentaire.

La vieille Marguerite, la bonne de M. Lamy, qui avait élevé Juliette et vivait avec les deux dames sur un pied d'égalité, suffisait aux besoins de ces dernières, aidée d'un paysan, jardinier du pays, qui, deux jours par semaine, venait donner au jardin les soins que réclamait son bon entretien.

Deux mots seulement sur la propriété vue d'ensemble et en détail.

En arrivant au pont de Neuilly, celui qui veut remonter le cours de la Seine en suivant le bord, prend le boulevard Bourdon. Certes, si ce promeneur aime la campagne, l'air pur et frais, les joyeux rayons de soleil, les gais paysages, le murmure de l'eau, il ne regrette pas sa promenade, surtout s'il la fait le matin et au printemps.

Du boulevard Bourdon, il aura pour perspective, s'il fait face au fleuve, devant lui, les maisons de Courbevoie, qui lui apparaîtront entre les jeunes feuilles des grands arbres plantés sur les deux îles qu'unit un barrage et qui sortent de la rivière comme deux immenses corbeilles de verdure et de fleurs. Ces grands arbres, en quelque sorte abandonnés à eux-mêmes, sont magnifiques. Entourés de lianes capricieuses, ils inclinent leurs puissants rameaux qui retombent en ombelles sur la rivière. Sous ce frais fouillis de verdure, que d'ombre, que de fraîcheur ! L'eau, jaunâtre ailleurs, semble transparente sous cette voûte impénétrable aux regards du soleil, et dans

laquelle murmurent doucement les folles brises de mai. Sur la rivière, quelque bateliers qui passent en chantant ; sur les berges, de patients pêcheurs ; dans les buissons
des oiseaux qui chantent, jacassent et sifflent. Sur le tout, un soleil chaud, miroitant
et scintillant. C'est un charmant paysage qui ne semble pas devoir être dans le voisinage de la Babylone aux deux millions d'habitants, et qui n'en est cependant qu'à
deux pas.

A sa gauche, notre promeneur aura le beau pont de Neuilly, qui, avec son aspect
imposant ses larges arches sous lesquelles se pourchassent les hirondelles et les mar-
tinets, mérite bien la biographie qu'un écrivain distingué vient de lui faire. Chaque
arche de ce pont forme comme le cadre d'un tableau champêtre et gigantesque. Dans
l'un de ces cadres, le village de Puteaux ; dans l'autre, les lointains de Saint-Cloud
et de Boulogne, dans les derniers, les profondeurs des bois et des îles qui se prolon-
gent de ce côté et les plaines et massifs de Longchamps ; tous ces horizons se reflétant
gracieusement dans le cours sinueux et calme de la Seine.

A sa droite, il aura le parc de Neuilly, le pont d'Asnières, les hauteurs de Villiers
et de Courbevoie, toutes flanquées de villas, de chalets et d'élégants jardins.

En 1845, notre promeneur, si, sur le boulevard Bourdon, il se fût trouvé à l'angle
de droite de la rue du Pont qui vient y aboutir, eût eu derrière lui la propriété de
Mme Desbars.

Au reste, rien n'est changé aujourd'hui. Le boulevard et la rue existent toujours ;
et cette vieille grille en fer rouillée, que l'on peut voir à l'angle indiqué, est celle qui
autrefois servait de clôture, de ce côté, à la propriété de la belle-sœur de M. Lamy.

Cette grille s'ouvrait alors sur un jardin beaucoup plus grand que celui qui existe
aujourd'hui. Ce jardin était à peu près carré et avait une étendue de quatre mille
mètres ; il donnait sur le boulevard par la grille ; la rue du Pont longeait le mur de
huit pieds qui l'entourait du côté droit. Au fond, un mur pareil le séparait de la propriété clandestinement louée par M. de Courville. Le pavillon de ce dernier était,
d'un côté, construit sur ce mur, presque au milieu ; par ses fenêtres des côtés, le regard plongeait dans le jardin de Mme Desbars.

Un voisinage terrible, mais pourtant sans danger aux yeux des dames, qui
croyaient le pavillon inhabité.

La maison d'habitation, à dix mètres en arrière de la grille, était construite au
milieu du jardin à peu près.

Une maison charmante, gaie, proprette, commode et bien distribuée. C'était un
pavillon carré construit sur cave et sous-sol et traversé dans sa largeur par un vestibule. Dans le sous-sol, très clair et très aéré, Mme Desbars avait fait la cuisine, le
bûcher et une sorte de serre pour les plantes que la gelée force à rentrer l'hiver. On
arrivait au vestibule par un perron formant le fer à cheval. Dans ce vestibule, à
droite, un grand salon ; à gauche, la salle à manger, l'escalier conduisant au premier
et un petit salon où se tenaient les trois dames quand elles étaient seules. Au premier
six chambres à coucher. Quand Hector et M. Lamy étaient à Neuilly, il n'y en avait
qu'une de disponible.

Le pavillon, couvert en tuiles rouges, garni de volets verts, était, à la hauteur du
premier étage, entouré par une galerie-balcon supportée par une légère colonnade

en fonte; cette colonnade, la galerie, le balcon, étaient garnis de plantes grimpantes le houblon, la vigne vierge, le chèvrefeuille, la clématite, y poussaient à l'envi ; l'été, les volubilis, les pois de senteur, le jasmin, achevaient de faire du pavillon un nid de verdure et de fleurs.

Aussi les habitants de Neuilly ne l'appelaient que le Pavillon vert.

Entre la grille et le perron, il y avait un large gazon, au milieu duquel une source alimentait un petit bassin dont le trop plein formait un ruisselet qui courait, chantait sautillait, murmurait au bord des allées du jardin. De distance en distance, ce cours d'eau mignon, encaissé dans un conduit rocheux et caillouté, s'arrêtait dans des réservoirs en briques, autant de petites citernes utilisées pour l'arrosage du jardin. Le bassin du gazon avait ses poissons rouges, sa statue, un enfant tenant une corne d'abondance d'où s'échappait un jet d'eau qui, en retombant en pluie fine sur le bébé en terre rouge, lui donnait l'apparence d'un robuste enfant du Midi au teint doré par un soleil des tropiques. Deux sarcelles donnaient encore de la vie à ce petit Éden.

A gauche de la grille en entrant, et cachée par des lilas et des érables, Mme Desbars avait établi sa basse-cour, une volière productive. Des cabanes à lapins et une étable pour une jolie chèvre blanche; l'amie de Juliette, servaient, à droite de la grille de pendant à la basse-cour.

A l'aspect de cette charmante propriété, le passant le moins observateur se fût convaincu que ceux qui l'habitaient étaient heureux.

« Petits propriétaires, eût-il dit en parlant de Mme Desbars et de ses compagnes, gens sans ambition, aux goûts modestes, aux consciences pures ; si le bonheur n'habite pas avec eux, sous leur toit, il n'est pas de ce monde. »

Celui qui se fût fait cette réflexion, quelques jours avant celui où nous pénétrons chez l'ex-fermière, eût été dans le vrai et eût pensé juste.

En effet, les trois femmes étaient heureuses; leur bonheur était si complet qu'il n'y manquait rien.

Mais, depuis un mois, tout est changé ; le bonheur a fait place au chagrin, car une sorte de mélancolie est peinte sur tous les visages. Les trois femmes, au lieu de s'aborder comme autrefois avec une gaieté franche, s'isolent pour penser ou réfléchir. Si elles travaillent, elles sont mornes et silencieuses.

La maison et le jardin n'ont plus aucun attrait pour elles.

Juliette néglige ses fleurs et ne s'occupe plus de sa chèvre. Sa tante et Marguerite s'attristent du chagrin de leur enfant.

Il est facile de voir qu'une vague inquiétude les domine toutes trois. Elles pressentent un malheur dont elles ignorent les causes et ne prévoient point les effets.

Les deux officiers étaient arrivés dans la salle à manger.

XIII.

MOINS LIMPIDE ET MOINS GAI QUE LE PRÉCÉDENT.

Juliette est chez sa tante depuis le jour où, rue du Bac, nous l'avons vue assister aux préparatifs de voyage de son père partant pour l'Algérie, c'est-à-dire depuis trois mois. Un premier mois s'est écoulé, heureux et gai, pendant que M. Lamy était en

Afrique et qu'Horace, que la jeune fille croyait à Saumur, se rétablissait de sa blessure à Dammarie chez M. le comte de Mercœur; et deux mois depuis que les deux officiers sont de retour à Paris, où ils tiennent une conduite, en cherchant les introuvables ennemis de M. Lamy, qui est bien faite pour faire concevoir aux trois dames de tristes appréhensions.

Mme Desbars, femme simple de la campagne, veuve à un âge où elle eût facilement pu se remarier, a toujours beaucoup aimé son frère. Sans enfants, elle s'est depuis longtemps attachée à la fille de ce dernier qu'elle chérit d'un amour presque maternel.

Si Mme Desbars a quitté son pays, la Beauce, pour venir s'installer définitivement à Neuilly, à deux pas de Paris, elle ne l'a fait que pour se rapprocher de son frère quand celui-ci est devenu veuf, et prendre soin de l'enfant au berceau que ce douloureux évènement faisait orpheline.

Pendant le temps que M. Lamy a passé en Afrique, dix ans environ, c'est elle qui a pris soin de l'enfance de sa nièce : on se souvient sans doute des beaux chasselas et des galettes dorées que la digne dame apportait à la jeune pensionnaire, et qui inspiraient tant de jalousie à Mlle de Mercœur.

Depuis, le dévouement et l'amitié de Mme Desbars n'ont pas fait défaut un seul instant à la jeune fille, dont le charmant caractère, les qualités solides et brillantes et la gracieuse beauté sont pour elle autant de motifs de joie et de ravissement.

Marguerite, une Beauceronne aussi, qui en sa qualité de pays et en raison de ses vingt ans de service chez M. Lamy, se considère comme de la famille, aime l'enfant, qu'elle a vue naître, d'une manière insensée. À défaut de famille, Juliette est tout pour elle. Cette affection est tellement exclusive, que, si la vieille bonne aime beaucoup M. Lamy et Mme Desbars, c'est parce qu'ils sont, l'un le père et l'autre la tante de Juliette, et qu'ils la chérissent.

Nous avons assez dit du caractère généreux, charmant, gracieux et sensible de Mlle Lamy, pour qu'on se figure l'effusion, la tendresse et l'empressement avec lesquels elle répondait aux sentiments des deux femmes.

Juliette aimait Mme Desbars comme elle eût aimé sa mère. Pour Marguerite, elle éprouvait ce que les petits enfants, dont raffolent les vieillards, ressentent pour leurs grands-parents.

Quand Juliette était en pension, c'était avec une grande joie qu'elle voyait approcher le temps des vacances qu'elle allait passer boulevard Bourdon auprès des deux dames alors réunies.

Plus tard, M. Lamy, à son retour d'Afrique et ayant repris Marguerite chez lui, il ne se passait pas de semaine, pendant que le colonel était à son bureau, que la vieille bonne ne conduisit Juliette passer les jeudis et les dimanches à Neuilly. Les dimanches, M. Lamy toujours, et Horace parfois, étaient du pélerinage. Ces jours-là, la fête était complète.

Le départ de M. Lamy pour l'Afrique était venue brusquement interrompre les douceurs de ces réunions intimes; mais comme on savait à Neuilly que la mission dont M. Lamy était chargé était entièrement administrative, qu'il ne courait aucun danger, on se contenta bientôt, en prenant le dessus de son absence, de désirer ardemment son retour.

Quant à Horace, nous avons dit les bonnes raisons qui l'avaient décidé à cacher ses dernières et tragiques aventures à sa fiancée. Celle-ci, qui du reste était habituée à son absence, le trouvait aussi bien à Saumur que dans toute autre garnison. La gaieté que respiraient ses lettres disait assez que, grâce à la certitude qu'elle avait d'être bientôt réunis tous, elle subissait assez philosophiquement l'épreuve de la double séparation.

Cependant Vigneul, pendant que Juliette, en passant des jours pleins de sécurité et d'agrément, s'exhortait à la patience, était gravement blessé et recevait une hospitalité dont il devait se souvenir, chez la mortelle ennemie de sa fiancée.

Qu'il fit bien de faire de ces évènements un mystère à Juliette!

Qu'eût fait cette dernière, si elle l'eût su dans une si affreuse position? nous ne saurions le dire... mais nous tremblons en pensant au résultat qu'eussent pu avoir pour elle le désespoir et la douleur.

Il n'en fut rien. Ni Juliette, ni ses compagnes ne surent rien de ces terribles évènements, et le jour vint où les absents arrivèrent enfin à Neuilly.

Ce fut une grande fête à la villa dont ce retour tant désiré fut le sujet; car M. Lamy et Horace avaient su se composer un maintien, de façon à se rendre impénétrables. Voici, au reste, à peu de chose près, l'entretien qu'ils avaient eu, en venant en omnibus de Paris à Courbevoie.

Quelle conduite faudra-t-il tenir vis-à-vis de Juliette et de ces dames? avait demandé Horace au colonel.

— Nous ne pouvons leur rien dire, répondit M. Lamy, car je ne veux pas que ma fille sache rien des bruits qui circulent sur mon compte. Afin qu'elle les ignore, je ne la remmènerai même pas à Paris, et la laisserai chez sa tante, où rien ne pénètre des nouvelles du dehors. Si la pauvre enfant savait le malheur qui me frappe, elle s'exagérerait encore l'importance des choses, et serait capable d'en mourir de chagrin. Puis, quoiqu'elle ne puisse rien à mes tourments, elle voudrait me suivre à Paris pour m'en consoler; et, afin de ne pas l'épouvanter ni l'affliger, je serais toujours forcé de me contenir; cette contrainte, dans de certains moments, me serait insupportable. Ensuite, tu ne pourrais apprendre à Juliette ton duel et ce service que tu as reçu de ce brave M. de Mercœur, sans qu'elle ne te demandât le motif de ce duel. Alors, il nous faudrait entrer dans une série de mensonges dont nous ne sortirions jamais. Je te le répète, il vaut mieux dissimuler et ne rien dire. Du reste, nous ne séjournerons pas à Neuilly, et nous n'aurons pas à feindre longtemps une gaieté qui est loin de nos cœurs.

— Mais mon mariage? essaya de dire Vigneul.

— Juliette, une jeune fille, n'en parlera pas la première, que diable! dit M. Lamy.

— Non, mais elle s'étonnera que je n'en dise rien.

— Alors, je prends tout sur moi, j'objecterai sa jeunesse, sa dot, que je n'ai pas encore élevée au chiffre que je me suis fixé; enfin, que tu n'es pas encore chef d'escadron ; sois tranquille, je trouverai bien des raisons, et de bonnes, pour empêcher Juliette de douter de ton amour et de ton empressement à l'épouser.

Horace, bien malgré lui, quant à cette dernière question, s'était vu forcé d'être de l'avis de son futur beau-père.

A Neuilly, et tout à la joie de revoir heureuse et en bonne santé celles qu'ils aimaient, les deux officiers avaient oublié leurs terribles préoccupations ; nous l'avons dit, les trois dames n'avaient conçu aucun soupçon.

En agissant avec la circonspection convenue, Horace n'avait même pas prononcé le nom de Reine devant Juliette, et celle-ci, qui, du reste, ne nourrissait aucune haine contre la fille du comte, n'avait pu rien lui dire d'une mésintelligence d'enfants, depuis longtemps oubliée par elle, en admettant qu'elle y eût été pour quelque chose, au pensionnat.

M. Vigneul continua donc à supposer que Reine et Juliette ne se connaissaient pas, qu'elles ne s'étaient jamais vues.

Malheureusement il en était autrement.

Le premier mois, M. Lamy et Horace, quoique leurs recherches, si actives qu'elles fussent, ne produisissent aucun résultat, ne désespérant pas d'arriver à leur but, continuèrent vaillamment, et avec un plein succès, le rôle de dissimulation qu'ils s'étaient imposé.

Mais, ce délai expiré, si la chose était encore possible, elle n'obtenait plus ce même résultat.

Les trois femmes commençaient à avoir de vagues soupçons.

M. Lamy désespérait de découvrir ses ennemis, et de se réhabiliter dans l'opinion publique, à ce sujet, il s'exagérait beaucoup les choses. On ne s'occupait plus de lui depuis longtemps.

Cependant il n'osait plus aller nulle part, il craignait d'entendre, au moment où il s'y attendrait le moins, quelque méchante allusion qui n'eût fait qu'envenimer la plaie de ses blessures.

M. Lamy ne poussait pas la philosophie jusqu'au stoïcisme, son âme ne renfermait ni assez d'orgueil, ni assez de mépris et de dédain, pour qu'il osât, fort de sa conscience, se mettre au-dessus des bruits et de l'opinion du monde.

Au contraire, d'une loyauté antique, d'une modestie peu commune, n'ayant jamais rien eu à se reprocher, il avait la faiblesse de tenir à sa réputation, et il se croyait déshonoré.

Analyser les souffrances de M. Lamy, surtout quand Vigneul n'était pas là pour l'encourager, et il était en ce moment à la Rochelle, nous est impossible. Il vivait comme un homme halluciné, tourmenté par une idée fixe qu'il voit sans cesse, qu'il retrouve partout, qui, comme le remords, s'attache à son esprit et le torture. La nuit il ne dormait pas, il mangeait peu et sans appétit, lui qui autrefois avait quelques dispositions à la gastronomie. Il devenait d'une incroyable négligence dans sa tenue, autrefois si méticuleusement soignée.

Il était impossible que cette incessante préoccupation d'esprit, cette indifférence de satisfaire aux premiers besoins de la vie et de soi, n'exerçassent pas de grands ravages dans la santé du colonel, et ne le changeassent pas d'une manière évidente pour ceux qui le connaissaient.

M. Lamy devint tout à coup distrait, taciturne et préoccupé. Les trois quarts du temps, il n'était pas à la conversation.

Ses chagrins, qu'il ne pouvait plus confier à personne depuis le départ d'Horace, la privation de sommeil, l'avaient fait maigrir, ses joues étaient devenues caves, ses yeux, autrefois souriants, enfoncés maintenant dans leurs orbites, n'avaient plus qu'un éclat sauvage et une inquiète mobilité.

Des changements si brusques, si visibles et si affligeants ne pouvaient, quoi que fît le colonel, échapper à sa fille, à sa sœur et à la bonne Marguerite.

Elles s'en aperçurent et s'en effrayèrent, Juliette surtout.

Personne, pourtant, n'osait interroger le colonel, c'était avec impatience qu'on attendait Horace pour lui demander des renseignements.

Juliette avait un soupçon, soupçon vague, mais terrible, qui devait, en peu de temps, si les choses restaient en l'état, la mettre dans une situation d'esprit et de corps analogue à celle de son père.

Elle avait remarqué que, depuis deux mois, son père et Horace semblaient affecter de ne point parler d'un mariage qui avait fait leur joie et devait la faire encore.

Cette découverte, que Juliette rapprocha de la conduite et du changement de son père, jeta un affreux soupçon dans son esprit.

Rien n'est prompt à s'alarmer comme l'imagination d'une femme aimante. Cette alarme naît souvent pour rien, à bien plus forte raison quand elle a de sérieux motifs d'exister.

Juliette, sans rien deviner des causes qui avaient si subitement métamorphosé son père, pensa que quelques raisons graves s'opposaient à son mariage avec Horace, que ce mariage était sans doute rompu, et que cette rupture causait le chagrin du colonel.

Voici ce qui la confirma dans cette supposition : la douleur de M. Lamy d'abord, celui-ci, qui connaissait l'amour de son enfant bien-aimée pour l'officier, était épouvanté du chagrin mortel qu'elle allait éprouver en recevant la terrible nouvelle, aussi par tous les moyens possibles, retardait-il le moment de faire un si pénible aveu. Ainsi raisonnait la jeune fille.

A ce sujet Juliette pensait que Vigneul n'était parti en voyage que pour que le colonel fût plus à l'aise pour faire sa terrible confidence, peut-être aussi, le voyageur voulait-il fuir les ennuis d'une explication pleine de récriminations.

La conduite d'Horace justifiait encore ces soupçons.

Mlle Lamy se rappelait lui avoir entendu dire, plusieurs fois, qu'il allait donner sa démission, lui qui n'avait qu'à se louer d'avoir embrassé la carrière militaire.

— Sans doute, pensait Juliette sur ce point, qu'Horace m'aime, je ne puis en douter; il veut, en quittant l'état militaire, rompre les obstacles qui s'opposent à notre mariage... Dois-je souffrir que, pour moi, il brise son avenir?...

Ces soupçons, accompagnés de réflexions accablantes de tristesse, produisirent un effet terrible sur Juliette.

La pauvre enfant, depuis longtemps déjà, aimait Horace de toutes les forces de son âme; son cœur d'ange était à l'officier sans réserve. Un jour, son amour avait brillé dans son esprit comme un joyeux et bienfaisant rayon; elle l'avait accueilli avec joie, ne l'avait jamais combattu, il avait tout accaparé en elle, comme ceux qui sont les bienvenus font souvent dans nos maisons.

Plus tard, quand elle avait su que cet amour était partagé et qu'il faisait la joie de son père, elle l'avait laissé grandir; elle avait eu si grande foi en lui, qu'elle ne l'avait plus considéré comme une espérance, mais comme une certitude.

Elle eût été moins surprise et eût peut-être moins souffert de la mort d'Horace que d'une rupture.

L'une se serait expliquée, la seconde lui paraissait inconcevable, impossible, monstrueuse.

Dans cet amour de Juliette, que d'illusions suaves, de pur abandon, de sainte confiance, de force et de vie!

De vie, avons-nous dit, et nous le répétons : oui de vie; car, l'amour de Juliette, c'était plus que sa vie.

Qu'on juge de sa souffrance en concevant les soupçons, en élaborant, dans sa pensée, les réflexions que nous venons de dire.

Rien ne peut donner une idée du coup que reçut Juliette en ce terrible instant.

. . . .

Le lendemain, Juliette, après avoir passé une journée et une nuit affreuses, était au lit, dévorée par une fièvre ardente. Elle avait le délire, mais un délire muet, qui ne pouvait faire soupçonner à personne les causes de sa prompte et affreuse maladie.

Mme Desbars écrivit à son frère, qui s'empressa d'accourir.

Le colonel aimait sa fille avec passion. La maladie de cette dernière fut peut-être un bien pour lui, elle le secoua de sa torpeur. Il fallait, du reste, un motif aussi grave pour le distraire de son idée fixe, pour lui faire oublier ses ennemis inconnus et l'affront terrible qu'il avait reçu d'eux.

A Neuilly, il s'installa au chevet de sa fille et, justement alarmé, la soigna, sans autre préoccupation dans l'esprit que celle de sauver son enfant.

Pour atteindre ce but, il fut réellement sublime. L'amour maternel le plus exalté, en usant des trésors de toute sa tendresse, n'eût pas mieux fait que M. Lamy, n'eût pas eu pour la malade plus de soins, plus d'attentions, plus de prévenances.

Cependant Juliette n'était pas en danger.

Si violente que fût la crise, le trouble complet de sa raison lui était salutaire ; car il l'empêchait de s'appesantir sur les soupçons qui étaient cause de sa maladie : une absorption d'esprit mortelle pour elle.

Ne supposant pas la cause de cette crise, M. Lamy n'informa pas de suite Horace de l'état de sa fille. Cependant l'arrivée subite de l'officier n'eût pu produire qu'un excellent effet sur Mlle Lamy.

Tout le monde, au pavillon vert, était dans des transes affreuses. Le désespoir, l'angoisse, l'inquiétude, étaient peints sur toutes les physionomies.

Mme Desbars et Marguerite allaient comme deux folles, ou deux âmes en peine, frappées d'un malheur inexplicable.

Mlle Lamy ne fut cependant que deux jours dans cet état alarmant, la fièvre et le délire la quittèrent. Mais ce retour à la raison avait quelque chose de vraiment inquiétant; triste et absorbée, la malade revenait insensiblement à ses soupçons, et était en proie à une espèce de nostalgie effrayante.

Juliette n'avait pas été assez longtemps malade pour que ses forces et sa santé s'en ressentissent matériellement; elle était pâle et triste, son regard était d'un vague indéfinissable, mais c'était tout.

Le troisième jour elle voulut se lever et se leva, on ne la contraria pas, car on était convaincu que la maladie n'avait pas suivi son cours, qu'elle couvait comme un feu sous la cendre, et qu'une seconde crise, plus affreuse que la première, ne tarderait pas à se déclarer : on attendait cette crise avec effroi et anxiété.

Les deux médecins appelés, qui étaient restés bouche béante devant la maladie de la jeune fille, à laquelle ils n'avaient pu donner un nom, prétendaient qu'ils ne pourraient se prononcer que quand cette crise aurait lieu.

Il était tout naturel que des personnes qui ne savaient rien des souffrances morales de Juliette, et qui, par conséquent, attribuaient sa maladie à des causes toutes physiques, pensassent ainsi.

La seconde crise, au grand étonnement de tout le monde, n'eut pas lieu, la première était passée. Mlle Lamy était cependant loin d'être guérie : elle semblait en proie à une maladie de langueur.

Ceux qui ont beaucoup aimé et dont l'amour a été violemment et longtemps contrarié se feront seuls une idée des tortures qu'endura Juliette.

Sombre et recueillie, elle était en quelque sorte devenue le triste pendant de son père.

Personne ne pouvait pénétrer le secret de la jeune fille. Ce fut alors que M. Lamy, en présence de cette tristesse qui menaçait de devenir chronique, prit le parti d'écrire à Horace de revenir.

Il voulait s'entendre avec l'officier sur l'état alarmant de sa fille.

Cette lettre ne devait point parvenir à Horace , il était déjà en route pour Paris où il arriva le lendemain.

Disons pour plus de clarté que M. de Courville, au moment du retour d'Horace, aimait déjà Juliette depuis deux mois. Il y avait cependant dix ou douze jours qu'il n'était point venu à Neuilly, de sorte que, quand il avait chargé Guiffart d'enlever la jeune fille, il ne savait rien de la maladie de cette dernière.

Le capitaine, en arrivant à Paris, était allé rue du Bac chez M. Lamy, où il avait appris l'absence de celui-ci, mais sans qu'on pût rien lui dire des motifs de cette absence.

Le capitaine était allé ensuite chez Boit-sans-soif.

On se rappelle ce qui s'était passé entre eux; on se souvient sans doute également de l'entrevue du capitaine et du spadassin.

Horace, avant de quitter Paris, avait vu Trinquefort et lui avait recommandé la plus grande vigilance vis-à-vis du bandit.

Pendant que, regardant tous deux par la fenêtre, il lui donnait ses instructions à ce sujet, M. Vert-de-Gris était bravement passé sous leurs yeux, se rendant chez le marquis de Courville.

On sait déjà que les deux militaires n'avaient pas reconnu Guiffart.

En quittant Trinquefort, M. Vigneul prit une voiture pour aller à Neuilly, où il arriva quelques heures seulement avant le chevalier.

Horace n'avait prévenu personne de son arrivée.

Il trouva tout le monde plongé dans la consternation Mlle Lamy s'évanouit en le voyant et ne put jeter que ce cri :

— Enfin!...

XIV

DANS UN KIOSQUE ET SOUS LE REGARD D'UN ENNEMI.

Au cri de la jeune fille, à sa pâleur qu'il avait remarquée aussitôt qu'il avait vu Juliette, à l'anxiété empreinte sur tous les visages de ceux qui l'entouraient, Horace comprit qu'il était arrivé quelque chose d'extraordinaire pendant son voyage. Ses amis devaient être sous le coup de quelque évènement grave.

— Juliette!... s'écria l'infortuné jeune homme en s'élançant vers sa fiancée, afin de la secourir sans doute.

M. Lamy l'arrêta :

— Viens, Horace, dit-il à l'officier; laisse à ma sœur et à Marguerite le soin de faire revenir Juliette à elle. Il est heureux, pour plusieurs raisons, que cet évènement se soit produit ; au moins, j'aurai le temps de te prévenir.

— Que s'est-il donc passé depuis que je suis parti ? demanda Vigneul avec émotion en se laissant entraîner dans la salle à manger. Tous, ici, vous avez l'air d'être sous le poids de quelque grand malheur. Auriez-vous parlé, divulgué notre secret!

— Non, mon ami, je m'en suis bien gardé, répondit le colonel.

Les deux officiers étaient arrivés dans la salle à manger. M. Lamy dit à Horace :

— Tu n'as pas reçu ma lettre?

— Non; quand l'avez-vous écrite?

— Hier.

— J'ai quitté la Rochelle avant-hier. Mais, je vous en prie, ayez pitié de mon inquiétude. Dites-moi ce qui s'est passé... Juliette... parlez-moi de Juliette!...

Le colonel fit à l'officier un récit détaillé de tout ce qui était arrivé à la jeune fille.

Horace l'écouta avec autant d'étonnement que d'attention. Le récit terminé, il dit à son futur beau-père d'un ton de reproche :

Nos deux amants étaient assis sur un banc de gazon.

— Quand Juliette était en danger, vous ne m'avez pas écrit!

— Non ; mais, à te parler franchement, je crois que j'avais perdu la tête.

— Pauvre père ! dit Horace.

— Oui, pauvre père, tu as raison, mon ami; pauvre homme!... Mais qu'ai-je donc fait pour être si malheureux?...

Avec Horace, M. Lamy était expansif. Il jeta un cri parti de l'âme avec une anxiété si poignante, que le jeune homme, qui l'aimait comme on aime un père, lui prit les mains et ne songea qu'à le consoler.

— Voyons, du courage, mon cher ami, lui dit-il. Je reviens de La Rochelle avec de bonnes nouvelles. J'ai la certitude que le chevalier de Guiffart s'appelle Gérot et est un assassin capable des plus grands crimes. Un tel scélérat, car je ne dirai pas un tel homme, ne peut être dans votre affaire qu'un calomniateur; nous n'aurons pas de peine à le prouver.

— Dis-tu vrai, Horace? fit le colonel en serrant à son tour les mains de son fils d'adoption avec effusion. Tu es donc un ange, toi? Tu me sauves l'honneur et tu vas sans doute aussi me rendre la vie en rendant la santé à mon enfant.

— A propos de Juliette, dit Horace, voyons, du sang-froid; recueillez vos souvenirs, cher ami. Comment la maladie a-t-elle débuté?

— Oh! mon Dieu, rien de plus simple. Juliette est tombée malade tout à coup, comme foudroyée, le lendemain de ton départ.

— Et vous ne supposez aucune cause morale à cette crise? dit Horace en tremblant.

— Longtemps je n'ai rien supposé, répondit le colonel; mais, depuis trois jours, la tristesse de Juliette ne me paraissait plus naturelle, quand je t'ai écrit pour t'apprendre que ma fille avait sans doute deviné notre secret et qu'il fallait que tu revinsses. Maintenant que tu es revenu, que j'ai vu l'effet de ton retour inattendu sur elle, qu'elle s'est évanouie, je vois que je m'étais trompé. L'as-tu entendu, ce mot *enfin*! dit d'un ton... Il est significatif, je crois... Je pense à présent que Juliette n'a rien pénétré de nos secrets. Oh! combien ce serait horrible, être déshonoré aux yeux de son enfant!...

— Juliette ne croirait pas à l'affreuse calomnie dont vous êtes victime, fit observer Horace à M. Lamy.

— C'est juste, dit le colonel.

— Revenons donc à ce que vous pensez de l'état de Juliette, reprit Horace.

— Je pense, je pense... dit le malheureux père, qu'elle est arrivée à t'aimer au point de ne pouvoir supporter ton absence. Malade pendant ton voyage, elle va bientôt être remise, puisque tu es revenu, tu vas voir.

— Alors je ne vois qu'un remède à la maladie de Juliette, il faut nous marier.

— Vous marier! s'écria M. Lamy, avant que ma position ne soit tirée à clair? Comment, par amour pour mon enfant, par dévouement pour moi, tu consentirais...

— Mais je n'ai jamais changé d'avis à ce sujet, j'ai toujours consenti et je consentirai toujours à un mariage qui fera mon bonheur.

— Cependant, dit M. Lamy avec résolution, ce mariage ne peut avoir lieu quant à présent.

— Pourquoi?

— Je ne veux pas que, dans ton régiment, on puisse, derrière toi, parler de l'ignominie de ton beau-père.

— Je donnerai ma démission.

— Toi, un futur maréchal de France, donner ta démission! Je ne le souffrirai pas, fit le colonel avec énergie. Enfin, je ne veux pas que le jour de ton mariage, un des curieux assistant à la cérémonie puisse dire derrière toi, et de façon à ce que Juliette l'entende :

« — Vous voyez cette belle jeune fille qui se marie ? eh bien ! c'est la fille d'un lâche qui, par une trahison infâme, a fait monter les quatre malheureux sergents de La Rochelle sur l'échafaud.

— Mais je vous dis que je rapporte de bonnes nouvelles de La Rochelle, dit Horace que la résolution de M. Lamy affectait profondément.

— J'y arrive. Voici ce que nous allons faire. Tu vas d'abord l'appliquer à guérir Juliette le plus promptement possible ; puis, adroitement, tu la sonderas et l'assureras du motif de sa maladie ; enfin, tous deux nous allons nous occuper, avec un nouvel acharnement, de démasquer mes ennemis. Nous causerons de cela dans un autre moment ; pour l'instant, rentrons au salon, que Juliette te revoie en revenant à elle.

Les deux officiers rejoignirent aussitôt les trois dames.

Juliette ne tarda pas à reprendre connaissance. Son premier regard fut pour Horace, et personne n'en fut jaloux.

En le voyant, elle lui sourit et lui tendit la main. L'officier s'assit auprès d'elle sur le divan sur lequel elle était à demi couchée.

Quelle puissance que celle de l'amour.

Depuis quinze jours que Juliette commettait l'injustice de douter d'Horace, une pâleur presque livide avait envahi ses traits ; sa démarche était devenue languissante. Celui qu'elle aime n'est auprès d'elle que depuis une demi-heure, elle lit son amour dans ses regards éloquents, tendres et passionnés, il n'en faut pas davantage : aussitôt une légère rougeur vermillonne ses traits et ses yeux étincellent de l'éclat de la joie.

Elle a tout oublié, ses soupçons et ses pressentiments, elle est heureuse.

Le colonel, témoin d'un changement si subit et si heureux, qu'il avait prévu du reste, ne pense plus à ses chagrins ; il est tout à la joie de revoir son enfant belle et heureuse comme autrefois. Aussi s'écrie-t-il avec bonne humeur :

— Il n'y a que toi, Horace, pour faire des cures merveilleuses. Allons ! mesdames, laissons le docteur avec sa malade et allons préparer le dîner. Marguerite, j'espère que vous allez vous signaler aujourd'hui.

Depuis trois mois le colonel n'avait pas parlé avec tant d'entrain. Mme Desbars et Marguerite le comprirent et s'empressèrent de le suivre.

Un long silence, silence bien éloquent, du reste, dont les amoureux follement épris ont seuls le secret, régna entre les deux jeunes gens.

Assis l'un près de l'autre, les mains entrelacées, ils se parlaient du regard et du sourire. Un doux langage que celui du cœur !

Horace ne voulait pas aborder de suite le chapitre des interrogations au sujet de la maladie de Juliette.

Il craignait d'embarrasser la jeune fille et d'avoir l'air de vouloir lui arracher un aveu pénible pour sa modestie.

Juliette, de son côté, était un peu confuse. Elle se rappelait avec peine les soupçons qu'elle avait eus contre Horace, et combien elle avait été injuste envers lui.

A la vérité, elle avait pour excuse l'état alarmant de son père qui, seul, lui avait suggéré les réflexions qu'elle se reprochait.

Mlle Lamy eut pu garder le secret de ses torts. Elle avait trop de délicate franchise pour agir ainsi.

Ce fut donc elle qui commença l'entretien.

— J'ai été bien coupable envers vous, Horace, dit-elle.

— Que voulez-vous dire ? demanda l'officier étonné.

— Je me comprends... fit Mlle Lamy.

Vigneul remarquait que Juliette, en parlant de ses torts, était péniblement affectée il reprit gaiement :.

— Laissons pour aujourd'hui les torts immenses que vous avez eus à mon égard. Si graves qu'ils soient, je vous les pardonne. Soyons tout entiers au bonheur de nous revoir.

— Vous avez raison, fit Juliette avec joie. Demain, il sera temps de vous dire mon crime.

Le lendemain, à dix heures du soir, les deux amoureux étaient dans le kiosque en treillage bâti sous les fenêtres du pavillon de M. de Courville, Guiffart, arrivé dans la nuit, respirait l'air parfumé du soir à une de ces fenêtres.

Une persienne à demi fermée le rendait invisible du dehors.

Il savait les deux amants dans le kiosque, il était placé de façon à les voir et à les entendre.

Ali, lui aussi, n'était pas très-éloigné d'Horace et de Juliette.

M. Lamy, sa sœur et Marguerite prenaient le thé dans le petit salon et causaient, en s'occupant des enfants.

Les trois vieillards ne donnaient jamais d'autres noms à Horace et à Juliette.

Poussée par Marguerite, autant que pour éclaircir ses doutes, Mme Desbars venait de demander à son frère :

— L'évènement qui vient d'arriver, t'ayant enfin servi de leçon, et te démontrant le danger de tes lenteurs, nous diras-tu quand tu penses marier Horace et Juliette? Si c'est la dot de cette dernière qui t'embarrasse, tu sais bien que j'ai huit mille francs de rente, et que c'est beaucoup trop pour moi.

Attaqué aussi ouvertement par les deux femmes, car Marguerite s'était bravement jointe à Mme Desbars, le colonel se défendait de son mieux, sans rien laisser échapper de son secret; il prétendait qu'il désirait ardemment le mariage dont il s'agissait, mais qu'il fallait attendre deux mois encore, tout au plus ; qu'Horace fût officier supérieur.

Une discussion assez vive était engagée sur ce point; disons d'avance que le colonel ne devait pas se rendre aux arguments, si logiques qu'ils fussent, de ses deux adversaires.

Au dehors la soirée était belle. Une de ces soirées comme Juliette les aimait.

Le ciel n'avait pas un nuage et scintillait d'étoiles ; une folle brise tiède, d'un parfum balsamique, courait dans l'air. Le feuillage frémissait, la Seine avait un murmure joyeux, en caressant de ses petites vagues argentées et écumantes les cailloux humides et luisants du rivage. La lune, dans son dernier quartier, jetait et éparpillait partout ses rayons, produisant des reflets et des ombres qui ajoutaient encore quelque chose de vague et de poétique aux charmes du tableau.

Le kiosque sous lequel Horace avait conduit Juliette était formé d'un treillage à claire-voie, après lequel s'entrelaçait tout un monde de plantes grimpantes en pleine floraison. Deux énormes rosiers jaunes, palissés sur la façade de ce réduit, en gardaient l'entrée.

Nos deux amants, assis sur un banc de gazon recouvert d'une natte, se voyaient à peine et d'une façon indécise ; en revanche, par les interstices du dôme de verdure qui les enveloppait, ils pouvaient voir quelques étoiles du firmament ; autour d'eux, des vers luisants brillaient dans l'herbe fraîche dans un lilas voisin, un rossignol, de sa voix perlée, chantre d'une si belle nuit, témoignait de sa joie en vocalisant du mieux de son gosier.

Pour mettre le comble à l'enivrement des deux jeunes gens, les fleurs du parterre leur envoyaient mille senteurs délicatement parfumées à cette heure où la douce rosée de la nuit commençait à rafraîchir la végétation des chaleurs de la journée, et à lui donner une nouvelle sève.

Horace et Juliette, sans saisir les détails, étaient cependant sous la douce influence de ce séduisant entourage. Ils étaient à peu près dans la même position qu'ils avaient la veille sur le divan du salon :

Silencieux, leurs mains étroitement serrées.

Tout à coup, Horace dit à sa compagne :

— Vous avez beaucoup souffert pendant mon absence, Juliette ?

— Oh! oui, dit naïvement la jeune fille en accompagnant sa phrase d'un soupir.

— Et la cause de cette maladie ? demanda Horace.

— Oh! terrible... répondit Juliette en frissonnant, au souvenir des soupçons qui, un instant, avaient troublé son bonheur.

— Terrible ! reprit l'officier.

— Écoutez, Horace, reprit Mⁱˡᵉ Lamy ; je vais tout vous dire ; mais, je vous en prie, soyez indulgent. Si vous saviez comme, dans certaines positions, on est peu maître de soi et comment on se laisse abattre et décourager !

Après votre départ pour la Rochelle, votre voyage ne me causa d'abord aucune crainte, je n'étais nullement effrayée de cette nouvelle absence : votre éloignement presque continuel de nous n'est-il pas une conséquence de votre état? et depuis l'enfance ne suis-je pas un peu habituée à ces séparations, qui, hélas ! m'ont déjà arraché tant de larmes ?

Cette fois, je savais que notre séparation ne durerait pas plus de quinze jours, je pris facilement mon parti. Au reste, je dois bien vous le dire, vous n'occupiez pas seul ma pensée, j'avais d'autres motifs graves de préoccupation.

Vous n'avez pas été, Horace, sans remarquer l'effrayant changement de mon père depuis deux mois, depuis qu'il est revenu de sa mission en Algérie, maudite mission !

Sans qu'il soit malade, je ne le crois pas du moins, mon père n'est plus le même. Sa tendresse, si exaltée pour moi, s'est même ressentie de ce changement ; elle n'est plus folle et expansive comme autrefois, mais inquiète et chagrine ; on dirait qu'elle cache une arrière-pensée.

Je ne vous dirai rien des transformations physiques de mon père, de ses habitudes oubliées, cela saute aux yeux, ma tante et Marguerite s'en sont aperçues, et s'en alarment comme moi.

Plusieurs fois, isolément ou réunies, nous avons essayé d'éclaircir ce mystère; nous avons sondé, tourmenté mon père, afin qu'il s'expliquât; nous espérions qu'il nous confierait ses chagrins, et que nous pourrions y apporter un remède.

Il n'en fut rien; nos prévisions et nos espérances furent déçues; mon père resta maussade et impénétrable devant nos avances provocatrices.

J'avais déjà remarqué ce changement avant votre départ, je vous en ai même parlé autrefois; mais, comme vous ne sembliez pas vous en alarmer et l'attribuiez à un grand surcroît de travail, je pris patience, espérant que le temps amènerait bientôt un changement favorable.

Quand vous fûtes parti pour la Rochelle, ce fut le contraire qui arriva. La mélancolie de mon père devint une tristesse profonde, son ennui se changea en accablement. Il mangeait à peine et ne dormait plus; il s'affaisa rapidement, sa maigreur, vous le prouve. Il fut pris d'une telle indifférence, d'un tel dégoût de la vie et de tout ce qui la constitue, qu'il poussa l'incurie, lui d'une propreté rigide, jusqu'à oublier de mettre du linge blanc.

Alors je m'alarmai sérieusement. Vous savez combien mon père est bon pour moi et combien je l'aime, mon épouvante n'eut plus de bornes.

Si je ne fusse pas tombée si subitement malade, et que je n'eusse pas perdu l'usage de la raison, je vous eusse écrit de revenir.

— Mais, cette maladie, dit Horace, eut bien une cause mieux déterminée?

— Oui, dit Juliette avec embarras.

Elle continua d'une voix que son émotion rendait tremblante :

— Quand je vis mon père dans l'état que je vous ai dit, dans mon épouvante et sans rien comprendre à cette mystérieuse et effrayante métamorphose, j'en cherchai la cause, qui devait être toute morale; car si mon père eût été malade, il se fût fait soigner, comme cela est déjà arrivé; une perte d'argent ne l'eût pas affecté aussi profondément.

C'est alors que je me fis un mal affreux. En me livrant aux recherches que je viens de dire, avec une fiévreuse et incessante impatience, je ne trouvai rien de mieux à m'imaginer que, pour une cause ou une autre, notre mariage était rompu, et que cette rupture, qu'il n'osait m'avouer, causait la désolation de mon père. Cette idée me fit un mal si affreux que j'en tombai malade et faillis en devenir folle.

C'est assez vous dire, combien je vous aime, Horace.

— Sans doute, répondit l'officier sur un ton de doux reproche; mais, pour supposer une rupture qui est impossible, il fallait que vous fussiez arrivée à douter de mon amour.

— Oh! ne me grondez pas, Horace, dit Juliette en serrant avec effusion les mains du jeune homme; j'ai été bien coupable; mais excusez-moi, pardonnez-moi, je vous en supplie; ne vous ai-je déjà pas dit, n'avez-vous pas compris que, en de certains moments, on est assailli par de si vives inquiétudes, qu'on s'abandonne comme malgré soi aux doutes affreux qui vous surgissent dans l'esprit ? Pardonnez-moi, Horace, car j'ai bien souffert.....

Horace attira doucement Juliette à lui et déposa un long et chaste baiser sur le front pur de la belle et innocente jeune fille, en murmurant :

— Pauvre enfant !...

Dans ces deux mots et dans le baiser qu'elle avait reçu, Juliette devait trouver son pardon.

— Comment, enfant, tu as douté de moi, dit Horace à la jeune fille en la tutoyant, comme cela lui arrivait dans les grandes circonstances ; tu as pu douter de moi et de mon amour ! Mais tu n'as donc pas réfléchi ?

— Oh ! de grâce, Horace, point de reproches, dit Juliette toute tremblante, mais en se serrant, malgré son effroi, contre celui qui l'avait vue enfant.

— Des reproches, à toi, Juliette ! y penses-tu ? Tes soupçons, ta maladie même, ton état de langueur depuis que tu as quitté le lit, ne sont-ils pas autant de preuves de l'excès de ton amour ? Des reproches, à toi ! mais, enfant, à présent que le danger est passé, maintenant que je suis heureux, laisse-moi te le dire, que tu aies souffert, car tes souffrances, tes préoccupations, tes soupçons, me convaincraient que tu es la plus aimante, la plus dévouée, la plus pure des femmes, si je n'en étais certain depuis longtemps.

Des reproches à toi, Juliette ! es-tu folle ? Je veux seulement, moi, te dire combien je t'aime. Une rupture, as-tu dit ? Mais sache donc bien que, pour rompre un mariage qui fera mon bonheur, il eût fallu que, lâche, je trahisse l'affection filiale que je ressens et ai toujours ressentie pour ton père ; que, misérable, je méconnaisse l'amour que j'éprouve pour toi et qui m'anime ; que, fou — et fou, c'est tout dire, — je renonce mon passé, répudie mes sentiments et oublie mes devoirs.

— J'en connais qui sont devenus lâches et misérables pour de l'or, murmura Guiffart, qui n'avait point perdu un mot de ce que disait l'officier parlant avec exaltation.

En ce moment, un bruissement étrange se fit entendre dans le feuillage qui couvrait le kiosque.

Pas une brise de vent ne soufflait dans l'air, cependant.

Horace, Juliette et Guiffart écoutèrent ; tous trois avaient entendu le bruit que nous venons de dire...

Après une minute d'attente, le bruit ne se renouvelant pas, Horace, Juliette et Guiffart, qui écoutaient, supposèrent qu'un chat, poursuivant un oiseau dans les touffes des plantes grimpantes qui couvraient le kiosque et le chaperon du mur, était l'auteur du bruit qui les avait dérangés.

Aucun d'eux ne remarqua qu'un massif de clématites était bien épais ; au reste, sans se déranger complètement, ils ne pouvaient bien apercevoir la luxuriante végétation que nous venons de signaler.

Les deux amoureux reprirent donc leur entretien.

— La rupture que tu as supposée un instant, Juliette, continua Horace après s'être un peu calmé de son amoureuse exaltation, n'est pas possible, d'abord, parce que je t'aime, que je n'aime et n'aimerai jamais que toi, ensuite parce que je ne suis pas homme à forfaire aux lois de l'honneur et de la reconnaissance.

— J'en suis convaincue, Horace; pourquoi mettre tant d'acharnement à vous défendre?

— Parce que je veux te rassurer complètement sur l'avenir de nos projets, reprit l'officier. Comprenant, par ce qui s'est passé, l'influence que peut exercer sur toi le changement de ton père, je dois te prémunir contre les dangers d'une rechute résultant d'inquiétudes aussi vagues qu'exagérées.

— Ce changement est bien alarmant, Horace, dit la jeune fille avec tristesse.

— Il ne sera pas de longue durée; fit l'officier d'un ton convaincu; je te jure sur l'honneur qu'avant deux mois ton père sera redevenu ce qu'il était avant son voyage en Afrique.

(— C'est ce qui reste à savoir, pensa Guiffart; je crains bien, mon jeune présomptueux, que, cette fois, vous ne puissiez tenir votre parole.)

— Vous connaissez donc le secret de cette affreuse métamorphose? demanda Juliette avec anxiété.

— Oui, reprit Horace; et je puis t'affirmer que notre amour, notre bonheur, notre avenir n'en sont pas les motifs. Voici en deux mots ce qu'il en est: ton père a des ennemis.

— Un si digne, un si honnête homme!... il a des ennemis?... lui qui n'a jamais fait de mal à personne, qui est incapable d'en faire, d'en désirer même à quelqu'un, se récria Juliette avec un profond étonnement.

— Je ne m'explique ni comment cela se fait, ni le but de ces misérables, reprit Horace; mais ces ennemis, implacables... terribles et d'une incroyable perversité, existent malheureusement. Ne pouvant faire autrement du tort à ton père, ils se sont imaginé, par une calomnie atroce, de détruire sa réputation, de faire de lui, aux yeux du monde, un lâche et un misérable. Le coup a porté, la calomnie, revêtue de certaines apparences de vérité, a malheureusement trouvé des auditeurs bienveillants pour l'accueillir. Ton père, désolé, fou de désespoir, courbe le front sous un mépris et une réprobation immérités.

— C'est affreux. Pauvre père! je comprends maintenant son chagrin et les tortures qu'il endure, fit Mlle Lamy.

— Cependant, je te le répète, ces souffrances vont avoir prochainement un terme, fit Horace; je suis sur la trace de ses ennemis, d'abord inconnus, de ses infâmes calomniateurs; je suis sur le point de les démasquer et de les faire châtier comme ils le méritent. Je les châtierai moi-même, s'il le faut... Ce voyage à la Rochelle que je viens de faire, qui t'a tant alarmée, n'avait d'autre raison que de me procurer des renseignements sur le principal auteur de ces bruits épouvantables, une sorte de bandit qui se fait appeler le chevalier de Guiffart.

— Ces renseignements, vous les avez obtenus? demanda Mlle Lamy.

— Oui. Cet homme, ce Guiffart, reprit Horace, s'appelle tout simplement Gérot. En 1822, de complicité avec sa maîtresse, une fille Clara Filleul, il a assassiné trois personnes d'une famille Benoît: le grand père et les deux petits-enfants. Tu comprends

Il aperçut une foule nombreuse.

qu'il ne me sera pas difficile de prouver le peu de crédit qu'on peut et doit avoir dans les calomnies d'un assassin ?

Cette phrase fit tressaillir profondément Guiffart à sa fenêtre. N'eût été l'obscurité de la nuit, on l'eût vu pâlir affreusement, malgré le grand empire qu'il exerçait sur lui-même ; ce qui ne l'empêcha pas de se faire cette réflexion :

— Je dois une belle chandelle à Satan, mon patron, de m'avoir fait assister à l'entretien de ces deux étourneaux. Décidément, mon brave capitaine, tu viens de décider de ton sort ; tu sauras ce qu'il t'en coûtera d'avoir la langue si longue ; mais, comment, diable ! et par qui a-t-il pu être aussi bien renseigné sur mon compte ?

An moment où Guiffart se faisait cette réflexion, la touffe de clématites ondula sournoisement, comme si elle eût pris à tâche de marquer, par un mouvement quelconque, les endroits les plus surprenants du récit de l'officier.

Comme la première fois, elle reprit son immobilité silencieuse; Guiffart redoubla d'attention. M. Vigneul avait repris la parole.

— Tu es épouvantée, ma chère Juliette, de savoir que ton père a pour ennemis des gens bien dangereux sans doute, des assassins ?

— Mais comment la justice laisse-t-elle de semblables misérables impunis ? demanda la jeune fille.

XV

MÉCHANTE, DISSIMULÉE ET HYPOCRITE.

Horace raconta, en supprimant les dégoûtants détails de la scène de l'ivresse, ce qui s'était passé entre lui et la Fonfue; puis il termina en disant :

— Non seulement je compte me servir du témoignage de cette misérable folle pour convaincre ce Gérot et le forcer à quitter la France, mais je cherche encore à le surprendre en flagrant délit de quelque crime nouveau, qui me permettrait de le faire poursuivre, quoiqu'il y ait prescription pour le triple meurtre qu'il a commis il y a vingt-trois ans. J'emploie à les surveiller, lui et la Sibel sa sœur, des hommes actifs, dévoués, intelligents et intrépides. L'un, un certain Auger, est installé rue Saint-Denis, dans un hôtel qui fait face à la boutique de la marchande à la toilette; l'autre Servant, dans une position analogue, observe les faits et gestes de Gérot, rue Montmartre. De cette façon, j'espère être tenu au courant des menées et des démarches de ces deux êtres dangereux. Ainsi donc, nous pouvons être parfaitement tranquilles. Le jour est proche où les ennemis de ton père seront punis, et le châtiment sera proportionné au crime.

Juliette avait une telle confiance en Horace, qu'elle sentait renaître la sécurité dans son esprit : elle était si heureuse d'être follement aimée, elle qui, un instant, avait en quelque sorte douté de la sincérité de l'officier.

Peu après la conclusion d'Horace, quand les deux jeunes gens se levèrent et quittèrent le kiosque, Juliette était gaie et avait oublié ses sinistres appréhensions pour se livrer tout entière à son bonheur.

Quand ils se furent éloignés, M. Vert-de-Gris, lui aussi, quitta son poste pour rentrer dans sa chambre à coucher.

Une joie infernale éclairait sa sombre et anguleuse figure. Le spadassin se réjouissait sans doute à l'idée de nouveaux crimes ...

Ce digne officier ! il l'eût fait exprès pour me mettre en garde contre lui, qu'il n'eût certes pas mieux fait. J'aurai l'œil sur ces deux guerriers, MM. Auger et Servant. Quant à la Fouine, j'irai à la Rochelle : je lui ferai bien perdre la mémoire et l'habitude de s'occuper des affaires des autres. Somme toute, une bonne journée ; je crois qu'après avoir aussi vaillamment travaillé, je n'ai pas volé le somme que je vais faire.

Pendant que Guiffart se mettait au lit, qu'on en faisait sans doute autant chez Mme Desbars, le mystère de la touffe de clématites animée se dévoilait sur le kiosque, sans que ceux qui y étaient intéressés s'en doutassent le moins du monde.

Tout à coup cette touffe plus épaisse que les autres s'agita, comme cela était déjà arrivé deux fois, puis une masse noire, grosse comme un chien de taille ordinaire, s'en sépara : cette masse, qui semblait soutenue par quatre jambes repliées sur elles-mêmes, portait un vêtement. On eût pu la prendre pour un enfant.

C'était un nain, autant nommer Ali, cet être blanc et noir à son gré, si dévoué aux intérêts de la Paula.

Il observait Guiffart, comme ce dernier espionnait Horace et Mlle Lamy. Ayant parfaitement entendu l'entretien que nous venons de rapporter, il était en ce moment très satisfait de tout ce qu'il venait d'apprendre sur le chevalier.

Ali sortit de sa cachette, jeta un regard autour de lui, afin de s'assurer qu'il n'était observé par personne, puis il rampa comme un serpent sur le chaperon du mur qui séparait les deux propriétés ; enfin, après s'être glissé dans les lierres et avoir touché le pied du mur, il s'élança dans une des nombreuses broussailles qui encombraient le jardin peu entretenu s'il en fut jamais.

Là, il était certain de ne pas être dérangé. Guiffart, qui n'éprouvait aucun plaisir à mener la vie champêtre, se tenait claustré dans son pavillon, sans supposer la surveillance dont il était l'objet.

. . . .

Le lendemain des événements que nous venons de raconter, Mlle de Mercœur, triste et songeuse, pénétrait sous une des charmilles du jardin de son père : c'était un charmant et ombreux réduit sous un quinconce épais. Le soleil d'août n'y jetait aucune de ses ardeurs caniculaires. Les mille bruits si discordants de la grande ville, amoindris par l'espace et interceptés par l'épaisseur du feuillage, n'y arrivaient que comme un murmure confus qui n'avait plus rien de désagréable.

Depuis deux mois à peine que nous avons laissé à Dammarie, près Melun, la fille du banquier, un grand et visible changement s'est opéré en elle ; il est facile de s'en apercevoir à première vue.

Autrefois Reine était fière, hautaine ; son orgueilleuse physionomie n'était certes pas sympathique à ceux qui aimaient la franchise et la cordialité, deux qualités qui sont toujours l'apanage d'un cœur généreux. Cependant, il faut bien en convenir, si alors Reine ne plaisait pas à tout le monde, elle subjuguait bien des cœurs par sa grâce, sa gaieté, son entrain et la tournure de son esprit. On était étonné de sa beauté et on l'admirait involontairement, en comprenant souvent que son orgueil et sa fierté dédaigneuse avaient bien un peu leur raison d'être.

Reine n'avait rien perdu de sa beauté, de sa grâce, elle charmait toujours ; mais tout à coup elle s'était transformée.

De jeune fille elle était devenue femme.

La haine et l'amour qui consumaient ce cœur de dix-huit ans avaient seuls opéré ce funeste changement.

La gaieté bruyante, expansive, l'entrain, avaient fui de son cœur et de son esprit. Elle ne plaisantait plus, sa bouche ne souriait plus pour un rien, et son regard, devenu profond et brillant d'un sombre éclat, ne trahissait que ses ardentes préoccupations.

Depuis deux mois, Reine aimait Horace. Sa passion pour l'officier s'était d'autant plus exaltée, que, jalouse du bonheur qui semblait réservé à Mⁿᵉ Lamy, elle avait compris que M. Vigneul ne l'aimait pas et ne l'aimerait sans doute jamais.

Elle eût volontiers renoncé à régner sur le cœur de ce dernier, mais à la condition qu'il eût aimé toute autre femme que Juliette.

Qu'elle se fût réjouie d'apprendre que celle-ci se morfondait dans l'ennui d'un sentiment non partagé et à jamais incompris !

Les choses n'étaient pas ainsi ; le contraire arrivait : Reine, au lieu de se réjouir, de savourer les douceurs d'une haine satisfaite, se consumait en élans de rage en songeant au bonheur de sa rivale.

Dans sa jalousie, elle se comparait à la fille du colonel. Aveuglée par son égoïsme en se trouvant de beaucoup supérieure à celle-ci sous tous les rapports, elle ne comprenait pas que M. Vigneul eût assez mauvais goût pour lui préférer Juliette.

Pas un instant où la haineuse, vindicative et implacable jeune fille ne formât quelque sinistre projet, quelque trame ténébreuse contre le bonheur de son ennemie. Emportée par son acharnement contre celle-ci, elle avait ourdi de véritables complots qui, comme machiavélisme, eussent fait honneur à la féconde imagination de Guiffart lui-même.

Au reste, avant peu, on verra à l'œuvre cette mégère de dix-huit ans, cette furie aussi belle que la Circé antique, aussi gracieuse que l'Armide du Tasse.

Si éprise qu'elle fût, Reine n'avait rien de ces douces et délicates jeunes filles qu'un amour contrarié mine et tue ; pauvres fleurs qu'un chagrin étiole, que les larmes dessèchent, qu'une peine abat, et qui un jour tombent sans plus de bruit que leurs sœurs, les simples fleurs des champs, que sape la faux du moissonneur.

Aucun des sentiments de tristesse que nous venons de dire ne devait avoir prise sur la sensibilité de Reine. Celle-ci, par caractère et par tempérament, était organisée pour la lutte. Jamais, dans sa colère, elle ne devait se résoudre à un rôle de résignation. Sans hésiter dans le choix des moyens, elle devait, au contraire, intrépidement combattre pour vaincre ou mourir : un combat sans merci, sans courtoisie et surtout sans générosité ni grandeur d'âme, puisqu'elle devait attaquer son ennemie sans la prévenir, afin de la vaincre dans l'ombre et par des voies tortueuses e hypocrites.

On comprend maintenant le changement de Reine. Tous ceux qui l'approchaient, son père compris, l'avaient remarqué à ses emportements, à l'aigreur de son caractère ; mais personne que le banquier et ses deux complices n'en connaissait les causes. Ces causes, pourtant, ne pouvaient être physiques, jamais la santé de l'intrépide amazone n'avait paru aussi florissante.

Depuis deux mois, M¹¹ᵉ de Mercœur avait reçu de fréquentes visites du capitaine Vigneul. Il ne s'était pas passé de semaine, sauf pendant le voyage qu'Horace avait fait à la Rochelle, que celui-ci ne fût venu au moins deux fois chez le banquier. Comme ce dernier laissait sa fille agir en toute liberté sur ce point, ces visites avaient quelquefois duré plusieurs heures.

Aussitôt que Reine avait su que le capitaine avait obtenu un congé de six mois, qu'il devait passer à Paris, quoique la belle saison ne fît que commencer, elle avait manifesté d'une façon très impérieuse le désir de revenir à Paris. Son père, dont les nouvelles et peu honorables opérations réclamaient la présence dans ses bureaux, s'empressa d'adhérer au désir de sa fille.

Horace, par reconnaissance, ne pouvait manquer de devenir un des familiers empressés de la maison où l'accueil le plus flatteur et le plus amical l'attendait toujours ; car seulement pour lui, et avec une hypocrisie et une dissimulation admirablement jouées, Reine prenait la peine d'imposer à son ressentiment, et de ne rien laisser paraître de sa subite et profonde transformation.

L'officier, qui du reste était loin d'être doué d'une nature soupçonneuse, que rien ne mettait en garde contre les artifices et la duplicité de Reine, était affreusement joué par cette nouvelle sirène.

C'était avec franchise que, sans rien soupçonner, il s'abandonnait avec elle aux douceurs de l'amitié et aux charmes d'une confiance aveugle et expansive.

Il était fier d'avoir été l'obligé de Reine et du comte. Sa dette de reconnaissance lui était facile, douce et légère à porter.

Il aimait Reine d'une amitié toute fraternelle, susceptible du plus sublime dévouement, de la plus délicate abnégation.

C'était avec une vive impatience qu'il attendait que l'heure de crise et de danger fût passée pour M. Lamy.

« Alors, se disait-il, je pourrai tout dire à Juliette, lui raconter ma supercherie du voyage à Saumur, mon duel et ses motifs ; alors, je lui ferai part de ma rencontre avec Reine et de l'affection qui m'unit à cette dernière.

Si, en attendant cette heure de tranquille félicité, Horace ne disait rien de la famille de Mercœur à sa chère Juliette, en revanche, il parlait souvent et toujours longtemps de celle-ci à Reine.

De quoi parlerait un amoureux, n'était de la femme qu'il aime.

Reine n'ignorait donc rien des relations des deux jeunes gens. Elle connaissait cette pure et charmante idylle dans ses moindres détails.

Ce jour, Reine, soucieuse et encore plus absorbée que de coutume, en venant au jardin et sous la charmille, arrivait à un rendez-vous où elle se trouva la première.

Ce rendez-vous qu'elle savait devoir être très intéressant et qui lui avait été donné la veille par M. Berlingot, qui cumulait les fonctions de premier caissier de M. de

Mercœur et celles *d'homme de paille* des usuriers, ne préoccupait cependant pas Reine d'une façon exclusive; car ce fut à peine si elle pensa au caissier en voyant vide le réduit de verdure.

Elle s'assit sur un banc, un soupir douloureux s'échappa de sa poitrine oppressée.

Elle pensait à Horace qu'elle n'avait pas vu depuis dix-huit jours.

L'officier n'était de retour à Paris que depuis l'avant-veille. L'étant alarmant de M. Lamy et de Reine l'ayant retenu à Neuilly, il n'avait pas encore annoncé son arrivée au banquier et à sa fille.

C'était cette absence prolongée qui préoccupait Reine. A ce sujet, elle s'abandonnait malgré elle et sans raison dans le champ aussi vaste que peu positif des commentaires et des conjectures.

— Bien certainement qu'il est revenu, se disait-elle, et qu'ayant à la Rochelle obtenu des renseignements favorables à M. Lamy, il sera, aussitôt arrivé à Paris, parti pour Neuilly, afin d'y faire des heureux en rendant compte du bon résultat de son voyage. Une fois près de sa dulcinée, entouré de cette famille de rustres, sans doute que par hasard, en croyant bien faire peut-être, il aura commis quelque indiscrétion, aura raconté son duel et parlé de moi....

Oh! alors, quelle scène! je la vois d'ici. Cette mijaurée, cette petite précieuse de Juliette, un bas-bleu greffé sur une fille de basse-cour, aura jeté les hauts cris, sera tombée en défaillance, et en revenant à elle se sera empressée de faire promettre à Horace de ne jamais me recevoir.

Juste de dire qu'à sa place j'en eusse fait tout autant.... »

Reine fut interrompue dans ses réflexions par le bruit d'un pas furtif sous lequel craquaient mystérieusement les graviers d'une allée.

Sans doute M. Berlingot, pensa-t-elle. Mais à propos, que peut-il me vouloir, ce jésuite à figure de Tartufe, avec son entretien duquel dépendent ma fortune et mon avenir?

Reine allait sortir de la charmille afin de s'assurer de l'exactitude de sa dernière supposition, quand, au lieu de Berlingot qu'elle attendait, elle vit le capitaine Vigneul qu'elle n'attendait plus.

L'officier entrait sous la charmille.

— Ah! c'est vous? s'écria Reine. Je pensais à vous il n'y a qu'un instant.

— En bien ou en mal? demanda Horace en riant et en tendant la main à Mlle de Mercœur.

— Quand êtes-vous revenu, d'abord? dit Reine.

— Avant-hier.

— Et vous ne venez qu'aujourd'hui? C'est bien mal. Ne sommes-nous plus vos amis? reprit Reine.

— Oh! si... fit Horace. Figurez-vous qu'en arrivant j'ai trouvé Juliette presque mourante.

— Juliette, mourante! s'écria Reine avec une émotion impossible à décrire.

Reine s'attendait si peu à la nouvelle qu'elle venait d'apprendre de la bouche d'Horace, qu'elle ne put de suite dissimuler sa joie. N'eût été l'étonnement qui dominait dans son exclamation, son interlocuteur se fût sans doute aperçu de cette satisfaction intempestive.

En effet, l'étonnement de Mlle de Mercœur était grand.

Comment, Horace avait trouvé Juliette mourante, et malgré l'état désespérant de cette jeune fille qu'il aimait si ardemment, il était là tranquille, joyeux, souriant, le visage épanoui ! Que lui était-il donc arrivé ? Que s'était-il passé à la Rochelle ? Quelle raison pouvait motiver une anomalie si étrange, un changement si inexplicable ?...

Reine était entièrement absorbée par ces réflexions, quand M. Vigneul reprit :

— Oui, mademoiselle, j'ai trouvé Juliette mourante. Mais, tenez, je vois votre émotion, je ne veux pas vous y laisser longtemps en proie. Grâce à Dieu et à mon retour, Juliette aujourd'hui est sauvée et se porte mieux qu'elle ne s'est jamais portée ; car elle est enfin convaincue que nos chagrins touchent à leur fin.

Reine regardait M. Vigneul d'un air hébété ; elle ne le comprenait pas bien ; elle n'avait entendu qu'une chose : que son ennemie allait être heureuse ; la rage lui serrait le cœur, elle était pâle.

L'officier prit cette colère, cette rage pour de l'effroi et dit :

— Voyons, tranquillisez-vous, mademoiselle, je vais tout vous dire...

— Oh ! oui, parlez, parlez, je vous en prie, répondit Reine d'une voix sifflante. La nouvelle que vous venez de m'apprendre m'a fait un mal affreux.

Horace raconta aussitôt à Mlle de Mercœur ce que le lecteur sait déjà : son arrivée à Neuilly, la maladie et la guérison subite de Mlle Lamy. Reine, en l'écoutant, était calme en apparence ; elle était parvenue à dominer toutes les mauvaises émotions qui l'animaient et à n'en rien laisser paraître sur son visage ou dans ses manières. Au fond, elle souffrait horriblement, était dans des transes affreuses, quoiqu'elle se fût un instant réjouie en apprenant le martyre de son ennemie.

Cette preuve de la sensibilité de Juliette lui suggéra l'infernale pensée d'attaquer cette dernière par cette faiblesse. Ce devait être facile, il ne suffisait que de réveiller les inquiétudes éteintes de la jeune fille.

Reine cherchait un moyen, quand Vigneul, qui avait plus grande confiance dans l'amitié de la fille du banquier, reprit :

— A ce sujet, mademoiselle, permettez-moi de vous dire que j'ai formé un projet.

— Un projet ! dit Reine étonnée.

— Dans lequel vous êtes intéressée, reprit Vigneul.

— Lequel ?

— Sans la connaître, vous sentez-vous disposée à aimer Juliette ?

Quoique la demande fût aussi singulière qu'imprévue, Reine l'entendit sans broncher.

— Oh ! n'en doutez pas ! répondit-elle avec une effusion admirablement jouée.

— Auriez-vous quelque répugnance à faire sa connaissance ?

— Non.

— Eh bien, je vais tout lui dire, fit Horace.

Cette proposition fit intérieurement frissonner la fille du banquier.

Souvent elle avait eu la pensée du rapprochement dont le capitaine venait de parler. Quant à elle, afin de mieux perdre son ennemie, elle se sentait assez dissimulée et assez hypocrite pour jouer tous les rôles infâmes de la fausse amitié. Elle se fût donc prêtée de grand cœur à ce que désirait Horace.

Ce qui la détournait d'encourager ce dernier dans sa résolution, c'était l'antipathie que Juliette avait autrefois ressentie pour elle et le mauvais souvenir qu'elle lui avait sans doute gardé.

Méchante, vindicative, haineuse, et jugeant Mlle Lamy par elle-même, la fille du banquier faisait injure au bon naturel de celle qu'elle haïssait, en s'exagérant singulièrement cette antipathie et cette rancune que nous venons de signaler.

Depuis longtemps Juliette avait oublié ses petites inimitiés de pensionnat. Si, cœur généreux et bonne nature, elle se souvenait parfaitement du nom de ses amies, elle ne se rappelait guère celui de l'orgueilleuse Reine.

Une autre raison retenait encore cette dernière.

Que penserait M. Vigneul quand il apprendrait subitement que les deux jeunes filles se connaissaient depuis longtemps, et qu'il remarquerait que celle qui pouvait seule lui révéler le secret de ces anciennes relations ne l'avait point fait?...

Une telle découverte amènerait peut-être une rupture de la part de l'officier, et en tout état de choses ne serait point favorable au rapprochement désiré. Pour se rapprocher de Juliette, Reine ne voulait pas s'exposer à une brouille avec Horace, qu'elle considérait beaucoup comme un instrument devant servir sa vengeance entre ses mains.

Elle répondit donc à Horace :

— Je regrette bien de ne pouvoir approuver votre résolution pour le moment, car j'éprouve un véritable chagrin d'ajourner le plaisir que j'aurai à devenir l'amie de votre chère Juliette; mais je dois vous avouer que je ne crois pas le moment favorable pour agir comme vous voulez faire. Puisque nous avons tant fait que d'attendre jusqu'à présent sans lui rien dire de nos relations, de votre duel et de ma chute de cheval, qui les ont amenées, je suis d'avis que nous ferons bien de patienter encore un peu, jusqu'au jour où vous aurez enfin réparé le tort que des gens malveillants ont fait à la réputation de votre futur beau-père. Ce moment, que je désire autant que vous, tant je m'intéresse à votre bonheur, ne peut être éloigné, car avec les renseignements que vous rapportez de la Rochelle, je crois que vous n'éprouverez que des difficultés insignifiantes à démasquer vos ennemis, le chevalier Guiffart et consorts; moi-même, je vais essayer de vous venir en aide. Mon père, bien certainement, n'a pas invité, il y a trois mois, à assister à cette fête de Dammarie le chevalier sans le connaître : je vais adroitement l'interroger sur cet homme; je vous dirai ce qu'il me répondra.

— Que vous êtes bonne! dit Vigneul en s'emparant des mains de la jeune fille et en les serrant dans les siennes avec effusion.

— Ne doit-on pas s'obliger entre amis? dit Reine. Mais, je le répète, jusqu'au jour où nous aurons réhabilité M. Lamy dans l'opinion du monde, il faut continuer à garder la même réserve vis-à-vis de sa fille. Soyez tranquille, nous n'aurons pas longtemps ce mystérieux mensonge sur la conscience.

— C'est votre avis? demanda Horace.

— Oui, et je crois le conseil bon.

Elle ne voyait pas Guiffart, caché derrière un gros arbre.

— Bien ; quoiqu'il me soit pénible de m'y soumettre, je le suivrai.

Quelques instants plus tard, l'officier prenait congé de l'astucieuse jeune fille en l'appelant son bon ange.

Avant de le suivre, nous dirons que l'entretien qu'il venait d'avoir avec Reine avait eu un témoin, M. Berlingot.

M. Berlingot, le caissier homme de paille de M. de Mercœur, qui se permettait de donner des rendez-vous à la fille de son patron, pour traiter soi-disant d'affaires importantes, était enfin arrivé au rendez-vous, mais en sourdine, comme un homme qui rampe en allant commettre un mauvais coup. Il avait entendu un bruit de voix ;

aussitôt, assourdissant encore sa marche, il s'était approché de la charmille et avait vu Horace et Reine.

Poussé par une ardente curiosité et aussi par un autre motif, M. Berlingot avait glissé son corps de silhouette et sa tête de fouine dans un bosquet, derrière un arbre. d'où il pouvait entendre la conversation des deux jeunes gens.

Il n'en avait pas perdu un mot.

Quand Horace prit congé de Reine, M. Berlingot, très heureux de savoir ce qu'il désirait apprendre, sortit furtivement de sa cachette et alla se placer loin de là, bien en évidence, dans une allée découverte, de sorte que Mlle de Mercœur, en reconduisant le capitaine jusqu'à l'entrée du jardin, aperçut le caissier de son père et se souvint du rendez-vous qu'il lui avait donné.

L'officier parti, elle courut au caissier.

— Je vous ai fait attendre, monsieur Berlingot? lui dit-elle.

— Je viens d'arriver, mademoiselle, répondit fort naturellement l'homme de paille, qui était expert dans le grand art de mentir; mais eussé-je attendu, que je ne regretterais pas le temps perdu, en raison de l'importance des révélations que j'ai à vous faire.

— Si c'est si important, venez vite, dit Reine du ton qu'elle eût donné un ordre à un domestique.

Le caissier et l'amazone furent bientôt sous la charmille, auprès de laquelle M. Berlingot avait déjà fait une pause aussi indiscrète qu'intéressée.

XVI

LA DISPARITION DE JULIETTE.

Horace n'avait pas quitté Neuilly, qui pour lui, en raison de la présence de Juliette, constituait une sorte de paradis terrestre, pour venir à Paris seulement afin de faire une visite à M. de Mercœur et à sa fille.

Désireux avant tout de réhabiliter M. Lamy, il s'était dérangé surtout pour voir Trinquefort et Boit-sans-soif et avoir des nouvelles de Guiffart.

En quittant Reine, il se rendit chez les deux chasseurs d'Afrique,

Qu'on juge de son désappointement, quand Trinquefort lui apprit que Guiffart avait quitté les bords de la Seine pour ceux de la Tamise. L'officier fut d'autant plus contrarié que son espion ne put lui donner aucun renseignement sur le départ du spadassin.

Morose et absorbé dans des réflexions dont on peut facilement se faire une idée, Horace revenait à Neuilly, quand, en approchant du Pavillon vert, il aperçut une foule nombreuse et en rumeur stationnant devant la porte de l'habitation de Mme Desbars, et allant et venant de cette porte au bord du fleuve.

Cette foule dont la présence sur le boulevard Bourdon, si paisible d'ordinaire, avait d'abord surpris l'officier, prit bientôt à ses yeux, peut-être en raison de la disposition de son esprit, un aspect sinistre, inquiet et en quelque sorte lamentable.

Il était évident qu'elle se trouvait réunie sur le théâtre de quelque catastrophe récemment arrivée.

Ceux qui la composaient avaient tous l'air très affairé ; ils allaient, venaient, questionnaient, discouraient, péroraient, gesticulaient par groupes, en montrant la rivière, au bord de laquelle la réunion était plus compacte et plus nombreuse, s'étendant comme une longue bordure suivant les sinuosités de la Seine.

Des bateaux plats, montés par des mariniers armés de crocs, de gaffes et d'éperviers, sillonnaient le courant, que les pêcheurs sondaient en secouant tristement la tête.

Il était évident que ces bateliers cherchaient quelqu'un ou quelque chose qu'ils désespéraient de trouver.

— Sans doute quelque baigneur imprudent qui se sera noyé..., se dit Horace en allongeant le pas avec la charitable intention d'aller augmenter, comme nageur, le nombre de ceux qui fouillaient la rivière pour lui ravir sa victime.

En arrivant près des premiers groupes qui se trouvaient de son côté, Horace s'arrêta court.

Il tressaillit, chancela sur ses jambes et devint livide.

Ces terribles paroles avaient frappé son oreilles :

— Elle a disparu depuis ce matin onze heures, disait une commère.

— Et on croit qu'elle est tombée dans la rivière ? demandait un arrivant.

— On ne peut faire que cette supposition : où voulez-vous qu'elle soit ?

— Pauvre demoiselle !

— C'est bien malheureux ! de si bonnes gens !...

— M. Lamy, qui est déjà malade, en deviendra fou, bien sûr.

— Et le fiancé de la demoiselle ?

— Il est à Paris.

— Quand il va savoir cela !...

— Chut ! le voici..., dit un des interlocuteurs de cette conversation, dont quelques mots seulement, mais des mots significatifs, avaient été entendus et compris par Horace.

Le silence se fit aussitôt dans les groupes, et tous les regards se dirigèrent vers Horace.

Quant à ce dernier, son état de prostration n'avait pas duré longtemps. Convaincu de l'impossibilité de ce qu'il avait compris, et se croyant le jouet d'une hallucination, il accourait pâle comme un spectre, effaré comme un fou échappé de son cabanon.

— Que s'est-il passé ? demanda-t-il d'une voix profondément altérée à tous ceux qui l'entouraient en lui jetant des regards de commisération.

Personne n'osa lui répondre.

— Que s'est-il passé ? de grâce, parlez, ayez pitié de moi ! ne voyez-vous pas ce que je souffre ?... reprit Horace d'un ton lamentable.

Il était déjà convaincu de toute l'étendue de son malheur.

Tout à coup, la foule s'ouvrit pour donner passage à M. Lamy.

M. Lamy, l'officier qui avait affronté vingt fois le feu, était de ces hommes dont le danger et le malheur doublent l'énergie. Quand il avait subitement appris la disparition de Juliette, il avait été frappé comme d'un coup de foudre; mais, dominant aussitôt sa douleur, faisant taire ses pressentiments, il avait résonné la situation.

A dix heures du matin, on ne savait qu'une chose au Pavillon vert : que la jeune fille était sortie depuis une heure, pour aller acheter quelques fleurs et des graines pour les animaux de la basse-cour.

On ne supposa pas de suite que Juliette avait pu tomber dans la rivière; cet accident n'eut pu arriver qu'à un enfant turbulent. Quand à un enlèvement, personne n'y pensa. Un enlèvement en plein jour semblait trop audacieux pour paraître possible. Sur le point d'être enlevée, la jeune fille eût crié, les ravisseurs se fussent aussitôt enfuis.

Ces réflexions faites, M. Lamy et les deux dames, un peu moins alarmés, s'étaient mis à battre Neuilly dans tous les sens.

Ces recherches durèrent deux heures. Tous les voisins, amis, connaissances et fournisseurs, reçurent la visite des habitants du Pavillon vert; comme ces derniers étaient aimés de tous ceux qui les connaissent, le bourg entier fut bientôt en rumeur. On s'abordait en se racontant l'événement, avec autant d'étonnement que d'épouvante. A midi, il n'existait pas un habitant de la localité qui ne sût la triste nouvelle. Il fut alors démontré d'une manière positive que personne n'avait vu Mlle Lamy dans la matinée.

L'épouvante le désespoir furent à leur comble au Pavillon vert. Alors seulement, on pensa sérieusement à une chute dans la rivière, hypothèse qu'on avait d'abord généralement écartée.

Aussitôt tous les bateliers et pêcheurs riverains fut requis. On stimula leur zèle par des promesses d'argent. Les recherches étaient dirigées avec la plus grande activité par deux employés de la police, qui avait été prévenue. M. Lamy, entouré d'amis qui s'efforçaient de le consoler, y assistait du rivage.

Quel supplice il devait endurer pendant cette sinistre enquête !...

Si on retrouvait Juliette, on la retrouverait noyée, un cadavre !...

Le colonel n'avait donc qu'un désir au cœur, qu'on ne la retrouvât pas.

Quelles tortures que les siennes, quand un des instruments dont se servaient les mariniers rencontrait quelque obstacle au fond de la rivière ! Alors il souffrait comme si l'instrument lui eût arraché le cœur; chaque secousse retentissait douloureusement dans tout son être. Quand le croc, la gaffe ou l'épervier revenait enfin à fleur d'eau sans rien ramener, M. Lamy poussait un soupir de soulagement; et c'était à recommencer cinq minutes plus tard.

Ce supplice affreux, qui avait commencé à midi, durait encore à cinq heures, lors de l'arrivée d'Horace sur les lieux.

Mais M. Lamy souffrait moins, il commençait à se ranger à l'avis d'un grand nombre, que Juliette n'était pas tombée dans la rivière.

En effet, vingt bateaux au moins, montés par plus de cent hommes, avaient battu la rivière dans tous les sens ; plus de quarante nageurs les avaient aidés dans leurs inutiles recherches, et les eaux étaient basses, le courant peu rapide.

Le colonel, ayant été prévenu de l'arrivée de l'officier, venait à sa rencontre.

Presque certain que Juliette ne s'était pas noyée, M. Lamy semblait en proie à une satisfaction relative.

Sans se demander ce que son enfant était devenue, le malheureux père se réjouissait qu'elle ne fût point morte noyée.

Horace fut d'abord un peu rassuré en voyant M. Lamy.

— Je me serais trompé, se dit-il, j'aurai mal entendu; il n'était sans doute pas question de Juliette...

Cependant ce fut d'un ton déchirant qu'il dit au colonel :

— Vous, au moins, mon ami, vous parlerez. Voyons, dites-moi je vous en supplie, que s'est-il passé en mon absence ?

Cette demande d'Horace réveilla subitement toutes les perplexités de l'infortuné père. Sa fille n'était sans doute pas morte, mais disparue: qu'était-elle devenue ?

— Juliette a disparu, répondit-il à l'officier avec un affreux accablement.

— Juliette... disparue !... Mais... balbutia Horace.

M. Lamy n'avait plus la force de lui répondre, et M. Vigneul manquait de courage pour l'interroger.

Un ami cependant mit ce dernier au courant de la situation.

— Toujours est-il, dit cet officieux voisin en terminant, qu'il n'y a pas lieu de désespérer. Il est certain maintenant que Mlle Juliette n'est pas tombée dans la rivière ; si elle y était coulée, on l'aurait déjà retrouvée ; sur plus de deux cents mètres, tant en aval qu'en amont de la Seine, il n'existe pas une place grande comme la main qui n'ait été scrupuleusement fouillée.

— Mais où peut-elle être ? s'écria Horace avec désespoir.

Tout le monde se tut en présence de l'immense douleur du capitaine. Personne ne répondit à son cri parti de l'âme.

Une stupeur terrible et contagieuse régnait sur tous les visages qui entouraient les deux soldats anéantis de douleur et de désespoir.

Le silence était solennel ; les recherches étaient un instant suspendues.

Tout à coup ce cri se fit entendre :

— M. Lamy ! M. Lamy !

Et un facteur de postes, tenant une lettre à la main, fendit la foule.

Un soupir de soulagement s'échappa de toutes les poitrines.

Tout le monde supposa que la lettre, ayant sans doute trait à l'événement, allait enfin rassurer les esprits.

Pâle et tremblant, M. Lamy la décacheta d'un mouvement convulsif.

Elle ne renfermait que ces mots :

« Monsieur,

« Je m'empresse de vous écrire afin de vous rassurer, vous et les vôtres, sur le sort de Mlle Juliette. Celle-ci a été enlevée ce matin à dix heures ; ne la cherchez donc pas dans la rivière, où elle n'est pas : je vous l'affirme sur l'honneur.

« J'ignore les intentions des ravisseurs ; je ne vous les nomme pas, afin d'éviter que vous fassiez contre eux des démarches qui compromettraient l'avenir.

« Rassurez-vous, cependant, je veille sur votre enfant ; malheur à ceux qui attenteraient à sa vie ou à son honneur ! Avant trois jours elle ne sera plus entre le mains de ceux qui l'ont enlevée, mais en un lieu où elle n'aura rien à craindre.

« Un ami. »

Cette lettre, en dissipant bien des inquiétudes, jetait M. Lamy et les siens dans une affreuse consternation.

Cependant c'était un renseignement.

XVII

L'ENLÈVEMENT

Vigneul et M. Lamy eurent assez de confiance dans la missive anonyme pour faire aussitôt cesser les recherches qu'on faisait sur la rivière.

Nous n'essayerons pas d'analyser leur douleur, leur épouvante et leurs craintes ; de raconter toutes les suppositions qu'ils firent. Mme Desbars était accablée : si elle ne gardait point le lit, c'était parce qu'elle ne pouvait supporter de rester seule. Marguerite était comme folle ; dans son désespoir, elle s'accusait amèrement de la disparition de son enfant chérie :

— Si je n'eusse pas été si négligente à veiller sur elle, eût-on pu l'enlever aussi facilement ?... s'écrirait-elle à chaque instant en pleurant et sanglotant comme une Madeleine ; ce qui ne l'empêchait pas de parcourir dans tous les sens la maison et le jardin, comme si elle n'eût pas cru à la disparition de Juliette et qu'elle eût espéré la retrouver tout à coup dans quelque coin oublié.

M. Lamy, depuis longtemps déjà péniblement affecté par la douleur morale que lui causait le déshonneur qui planait sur sa réputation, était le digne pendant de Marguerite ; seulement sa folie, moins expansive, moins bruyante, était plus sérieuse, justement parce qu'elle était plus concentrée. Il n'allait plus à son bureau, dont le travail ne lui inspirait qu'un insurmontable dégoût depuis que ses collègues lui avaient témoigné une certaine répulsion, en raison des bruits fâcheux qui couraient sur son compte. Par moments, quand son exaltation atteignait son paroxysme, il prenait ses pistolets, son sabre, et faisait mine de sortir, avec l'intention évidente de se mettre à la poursuite des ravisseurs de sa fille et de leur faire un mauvais parti.

Alors Horace qui, au milieu de ses amis et quoique aussi affligé qu'eux, conservait le mieux son sang-froid, devait faire tous ses efforts pour empêcher le colonel de mettre son dessein à exécution et de sortir de la maison. La plupart du temps il y parvenait par la persuasion, quelquefois pourtant il avait été obligé d'employer la force, et plus d'une lutte avait eu lieu entre lui et le père de Juliette. Il tenait la maison fermée et en gardait la clef sur lui; sans que le colonel s'en aperçut, il avait mis les pistolets de ce dernier hors d'état de fonctionner, en enlevant le ressort des batteries.

Quand à lui, ne sachant à quel parti s'arrêter ni que faire, il attendait, dans des transes affreuses, que le délai de trois jours fixé par l'ami anonyme fût expiré pour avoir des nouvelles. Il supposait que le mystérieux correspondant donnerait alors un nouvel avis.

Il ne se trompait pas.

Cependant, après bien des réflexions, autant de suppositions et de rapprochements, M. Vigneul était arrivé à soupçonner une partie de la vérité.

Sans supposer les desseins de M. de Courville sur Juliette, car il ignorait les relations intimes du marquis et du spadassin, Horace, en remarquant la coïncidence qui existait entre le départ de Guiffart pour Londres et l'enlèvement de Juliette, s'était convaincu que le chevalier n'était pas étranger à la disparition de la jeune fille.

Quand ces soupçons l'assiégeaient plus violemment, son exaltation égalait presque celle de M. Lamy.

Vingt fois il avait été sur le point de s'élancer sur la route de Paris.

La crainte de compromettre l'avenir par des démarches imprudentes, comme disait l'ami inconnu, l'avait seule retenu.

—J'attendrai trois jours, se disait-il; mais, ce délai expiré, aucune considération ne sera capable de m'arrêter.

Ce délai, que sa raison lui imposait à grand'peine, était pour lui un supplice affreux de tous les instants. Il lui fallait toute sa force de volonté pour persévérer dans sa résolution. Les idées les plus horribles lui assiégeaient l'esprit. Il voyait l'honneur et la vie de Juliette, cette belle enfant chaste et pure qu'il aimait tant, menacées par des hommes infâmes. La pensée des souffrances et du désespoir de sa fiancée n'était pas le moindre de ses tourments. Elle le suffoquait.

Il voyait Juliette éplorée, tordant ses beaux bras de désespoir et priant en vain le ciel de venir à son aide. Dans d'autres instants, il se la représentait endormie sous l'influence de quelque narcotique, et sur le point de devenir la proie de quelque lâche débauché épris de sa beauté et n'écoutant que les instincts de sa sauvage et brutale passion....

Nous croyons qu'aucune langue n'est assez éloquente pour dépeindre les tortures de ce malheureux.

Nous y renonçons, en affirmant seulement que l'existence des habitants du Pavillon vert, si calme d'ordinaire, offrait le spectacle le plus navrant qu'on puisse imaginer.

. . . .

Comme le lecteur l'a déjà supposé sans doute, c'était Guiffart qui avait enlevé Mlle Lamy, et nous pouvons affirmer que le bandit ne devait pas s'arrêter à une si belle action.

On a peut-être supposé que la lettre que M. Lamy avait reçu sur la disparition de sa fille était d'Ali. On ne se serait pas trompé : le noir de la Paula n'était pas l'auteur de la lettre anonyme, comme on le verra bientôt.

Quand à présent, nous n'avons qu'à dire comment le spadassin avait enlevé la jeune fille ; et, en suivant naturellement le cours des événements, nous arriverons au dénoûment de la première partie de ce récit.

On sait comment le chevalier avait employé une partie de la seconde nuit qu'il avait passée à Neuilly à écouter fort attentivement l'imprudent entretien des deux amoureux. Nous avons même fait assister le lecteur au coucher de Guiffart.

Au lit, le chevalier ne dormit pas : il avait vraiment bien autre chose à faire. Quoiqu'il ne fût pas très-impressionnable de sa nature, la conversation qu'il venait d'entendre et la résolution que l'officier avait si fermement prise de le démasquer, lui et ses complices, l'épouvantait sérieusement. La certitude qu'il y avait prescription quant au crime qu'il avait commis en 1823 ne le rassurait que très-médiocrement, quoiqu'on fût en 1845 et que le délai de vingt ans fût écoulé.

— Cet enragé, se disait Guiffart en parlant d'Horace, jouit d'un certain crédit sans être un personnage considérable ; c'est un parfait honnête homme : il ne sera content que quand il m'aura fait arrêter, et il y parviendra. Une foi arrêté, quoique ne pouvant rien contre moi pour le triple meurtre commis en 1823, la justice éprouvera quelque chagrin à relâcher une si belle proie. Elle fouillera ma vie dans ses coins et recoins, et finira bien par se convaincre que depuis vingt-deux ans, je n'ai pas précisément fait métier de pratiquer la vertu, et de concourir au prix Montyon afin de me réhabiliter. Il pourrait même se faire qu'elle me découvrît quelque crime plus affreux que le meurtre de la famille Benoît, quoique celui-ci commençait à pouvoir compter... Il y a tant de choses dans ma vie !

Après un moment de réflexion, le chevalier reprit :

— Décidément, l'officier est de trop... Pour le faire plutôt disparaître, il me faut enlever la donzelle demain, si faire se peut... Oui, c'est cela... demain matin, quand tout le monde dormira encore... Nivodan, d'après mes ordres, viendra, comme il est déjà venu ce matin, savoir ce qu'il a de nouveau au rapport. Je lui donnerai mes instructions, et il faut espérer que l'affaire marchera comme sur des roulettes... Quand je tiendrai la femelle, je ferai bien venir le mâle. Cela ne se pratique pas autrement en vénerie.

Tranquillisé sur l'avenir, car les réflexions que nous venons de dire cachaient tout un plan dont la réussite devait débarrasser le chevalier d'Horace, notre homme s'endormit aussi profondément que si c'eût été du sommeil du juste.

Le lendemain matin, Ali, qui, peu sybarite sans doute, avait aussi bien dormi sur le gazon que Guiffart dans son lit, venait de se réveiller au petit jour, quand il entendit la porte du jardin tourner sur ses gonds.

— Ah ! pensa-t-il, voici le domestique du chevalier qui lui apporte à manger comme hier. Allons voir ce qu'ils vont se dire : sans doute tramer quelque méchante machination contre ces deux charmants amoureux dont le sort m'intéresse malgré moi ; car moi aussi, grâce à la Paula, je connais les tortures d'un amour contrarié....

Sur cette réflexion, Ali laissa passer Nivodan (c'était lui qui venait au rapport,

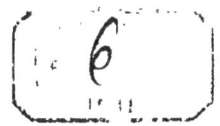

Jéronimo buvait et fumait.

suivant l'expression de Guiflart). Quand celui-ci eut disparu dans l'escalier rustique et vermoulu qui conduisait à l'unique chambre de la chaumière, le nègre, avec une agilité dont un sapajou eût été jaloux, monta à un arbre jusqu'à ce qu'il eut atteint le toit de chaume de la champêtre construction. En rampant sur le toit, il gagna la cheminée, dans laquelle il disparut comme par enchantement.

Deux minutes plus tard le nain était, comme la veille, dans la chambre de Guiffart, séparé seulement de ce dernier et de Nivodan par un devant de cheminée.

Il ne pouvait faire autrement que d'entendre toute la conversation qui allait avoir lieu.

En toute circonstance, le chevalier était très-prudent; il ne confiait de ses affaires, à ses complices, même à Nivodan, dans lequel il avait cependant une entière confiance, que juste ce qu'il fallait qu'ils sussent absolument, afin d'exécuter ses ordres et le seconder.

Quoiqu'il fût tout oreilles, Ali n'apprit pas grand'chose de l'entretien qui se résuma à cet ordre donné par le spadassin :

— Nivodan, vous allez retourner à Paris le plus promptement possible. Aussitôt que vous serez place Maubert, vous me dépêcherez le Ribouilleur en lui recommandant la plus grande célérité possible. Il amènera le *sapin* de la confrérie; il viendra par la rue du Pont, où il stationnera jusqu'à ce que j'aie besoin de lui, sans qu'on puisse l'apercevoir du boulevard Bourdon. Est-ce compris ?

— Parfaitement, répondit Nivodan.

— Que diantre veut-il dire avec le *sapin* ? se demanda le nain, qui n'entendait rien à l'argot. Ce diable de mot m'empêche de bien comprendre le reste.

Ali, fortement préoccupé et quoiqu'il crût, peut-être en sa qualité d'homme noir ou blanc à sa volonté, parfaitement comprendre le français, réfléchissait encore à la signification du mot *sapin*, quand il s'aperçut que, Nivodan parti, Guiffart déjeunait avec les provisions que lui avait apportées son premier commis.

Il s'empressa, par le chemin qu'il avait suivi pour venir, de regagner le pied de son arbre, où il déjeuna de deux biscuits trempés dans une goutte de malaga.

Une dînette d'enfant, que le souvenir de la belle Espagnole assaisonna sans doute.

Ali ne s'était pas pressé. Il ramassait, ou plutôt picotait les dernières miettes de son festin, quand il entendit le roulement d'une voiture.

Aussitôt il prêta l'oreille.

Ali entendit la voiture s'arrêter dans la rue du Pont, à hauteur de la petite porte par laquelle venait Nivodan.

Comme il n'avait pas été seul à épier l'arrivée du fiacre, il ne tarda pas à voir descendre Guiffart, ou plutôt M. Vert-de-Gris, costumé comme on sait.

Ce dernier ouvrit la petite porte, et le colloque suivant s'engagea entre lui et le cocher de la voiture qui venait d'arriver.

— Ah ! c'est enfin vous, Ribouilleur ! dit le chevalier.

— Oui, monsieur le chevalier, et je vous réponds que je n'ai pas posé en chemin, fit le chiffonnier usurier.

— Votre cheval est-il bon ?

— Dame ! entre les deux. Où allons-nous ?

— Pas loin, place Royale ; mais il faudrait aller comme le vent.

— Diantre ! enfin, nous essayerons.

Sur cette conclusion, Guiffart rentra pour quelques instants dans le pavillon.

Ali n'avait pas perdu un mot de la conversation des deux bandits, et il en avait conclu qu'un fiacre s'appelait un *sapin*, entre gens dont il ne pouvait au juste définir la position.

Il savait aussi que Guiffart, en quittant Neuilly, devait se rendre place Royale ; mais, faute de réflexions, il ne s'attendait pas à la singulière position que celui-ci allait lui faire.

Le chevalier reparut bientôt.

Il avait achevé de se donner un air innocent en se couvrant le chef d'un chapeau de paille, et, s'armant d'une longue ligne et du matériel nécessaire à un amateur forcené de la pêche. Il tenait aussi sous un bras une sorte de paquet dont on connaîtra bientôt la destination.

La veille, Nivodan avait eu soin d'apporter au chevalier tout ce dont celui-ci avait besoin pour jouer son rôle.

Dans son accoutrement, le spadassin ressemblait à un de ces bons bourgeois de Paris qui, dans leur amour pour les plaisirs de la vie champêtre et afin de se reposer des fatigues de la semaine, s'en vont, le dimanche, suer sang et eau sur les bords dénudés de la Seine, et s'aveugler pour trois jours à force de suivre d'un regard avide et anxieux les oscillations de leur ligne sur l'eau.

Etrange passion, au prix où est le poisson de rivière !

Enfin l'illusion était complète. Guiffart s'était métamorphosé en destructeur d'ablettes et de gougeons.

Il sortit du jardin, mais en ayant soin d'en fermer derrière lui la porte à double tour.

Ali se trouvait enfermé dans la propriété du marquis de Courville.

En entendant crier le ressort de la serrure, il eut un mouvement de rage et de désespoir.

Une escalade ne l'eût pas effrayé la nuit ; c'était de cette façon qu'il avait suivi Guiffart jusque dans son repaire ; mais en plein jour, avec le Ribouilleur veillant sur la rue du Pont, une escalade devenait imprudente.

S'il était découvert en la faisant, il ne pouvait déjouer les mauvais desseins de Guiffart qu'en le dénonçant, ce qu'il ne voulait faire à aucun prix, parce que, de fait, le chevalier était l'homme qui devait aider la Paula à conduire sa vengeance à bonne fin.

— Que faire? se demandait Ali, qui ne pouvait se résoudre à perdre Guiffart de vue et à lui abandonner les deux amants dont le sort l'intéressait.

En sa double qualité d'homme à demi civilisé seulement et d'espion, surtout quand il s'agissait d'espionner un homme comme Guiffart, Ali, l'ami du guérillero Granco, le platonique et timide amoureux de la Paula, dont il était jaloux comme un tigre, tout nain qu'il fût, devait avoir toujours sur lui un bon couteau catalan au moins.

Ali avait mieux que cela ; il n'avait qu'à fouiller dans ses guenilles de mendiant pour trouver un bon poignard indien, dont la lame de fine trempe coupait, piquait bien et avait l'avantage d'être empoisonnée.

Ali s'en souvint à temps; car il n'était pas homme à rester dans la position embarrassée dans laquelle le prudent Guiffart l'avait mis.

C'était à pas de loup ou plutôt en rampant comme un reptile qu'il s'était approché de la petite porte, sans que le Ribouilleur, en vedette dans la rue, l'eût entendu. Aussitôt Ali examina la serrure.

Elle était fixé au bois par quatre vis à tête ronde.

Un sourire de satisfaction effleura les lèvres du nain : l'obstacle lui semblait facile à vaincre sans doute.

Ce fut alors qu'il tira son poignard ; nous devons convenir que c'était une arme très-respectable.

Aussitôt notre nain se mit à l'œuvre sans bruit. Un prisonnier travaillant à son évasion à deux pas de ses goôliers n'eût pas mieux fait.

Laissons-le un instant à un travail qu'on s'explique facilement, et revenons à Guiffart.

Il était dix heures du matin, cinq heures s'étaient écoulées entre le départ de Nivodan et l'arrivée du Ribouilleur, envoyé par lui.

Répétons qu'on était au mois d'août, en constatant que la journée était superbe.

Un temps comme l'aiment les pêcheurs fanatiques, non pour le poisson qu'ils prennent, ce dernier ne *mord* pas pendant les chaleurs canicufaires, mais pour les bains de soleil qu'ils absorbent couchés sur l'herbe, ce qu'ils appellent *faire le lézard,*

Guiffart, dans l'attirail que nous avons dépeint, gagna le bord de la rivière, et se choisit une *place*, juste en face la grille du Pavillon vert.

Le paquet qu'il avait sous le bras était une couverture qu'il posa à terre.

Il commençait à dérouler ses engins destructeurs, quand il entendit grincer la grille du Pavillon.

C'était Horace qui partait pour Paris, afin de s'occuper de trouver les ennemis de M. Lamy.

Il devait voir Reine et les deux chasseurs Trinquefort et Boit-sans-soif.

Juliette accompagnait l'officier, mais dans un négligé qui témoignait assez qu'elle ne partait pas avec lui.

Guiffard devina tout cela.

— Dans dix minutes elle reviendra seule. Apprêtons-nous, et en avant la vapeur ! se dit-il.

Il examina les environs.

Personne sur le petit bras du fleuve. Quand au grand et à l'autre rive, sur laquelle s'étend Courbevoie, ils étaient complétement masqués par les massifs de l'île. Les gros arbres du boulevard Bourdon empêchaient les passants sur le pont de voir la grille du Pavillon vert. Le boulevard était désert : la rue du Pont, qui n'était alors qu'une ruelle à peine tracée, l'était également. Les habitants du pavillon, encore retirés dans l'habitation, ne donnaient point signe de vie. Le spadassin se décida à attaquer Juliette, au moment où elle s'approcherait de la grille afin de rentrer.

A cet effet, il se dirigea vers cette grille, sa couverture déroulée sur un bras.

Dix minutes plus tard, Juliette, après avoir accompagné Horace jusqu'au pont, où il avait pris l'omnibus de Courbevoie, revint pensive et bien heureuse.

Elle ne voyait pas Guiffart, caché derrière un gros arbre.

Elle arrivait à la grille, quand, tout à coup et sans qu'elle eût le temps de jeter un cri, tant son épouvante et son étonnement furent terribles, elle se sentit enveloppée d'une couverture qui fit aussitôt la nuit autour d'elle.

Le chevalier ne perdait pas son temps. En quelques secondes il mit Juliette hors d'état de jeter un cri ou de faire un mouvement. Ainsi fagotée, il la prit dans ses bras et gagna rapidement le sapin du Ribouilleur, où il déposa son fardeau.

Ali, qui était parvenu à défaire les quatre vis de la serrure, ayant entendu venir le bandit, entre-bâilla doucement la porte du jardin, et vit la scène que nous venons de dire.

Avant de monter en voiture :

— Je ne crois pas qu'on m'ait vu, dit Guiffart au Ribouilleur ; mais n'importe, file, et bon train.

— Place Royale ?

— Oui.

— Et les gabelous de l'octroi ? fit observer le cocher de circonstance.

— Diantre ! dit Guiffart, je n'avais pas pensé à cela.

Il réfléchit un instant et finit par dire :

— Gagne Charonne par les boulevards extérieurs ; tu t'arrêteras au bout de la rue de Paris. File.

Guiffart était monté en voiture.

Le Ribouilleur rassemblait ses rênes.

Ali, sorti du jardin, était accroupi sous la voiture.

Quand celle-ci partit, il sauta derrière en murmurant :

— Mon cher Guiffart, il est dans ta destinée de voiturer à tes frais l'homme qui ne te quitte guère plus que ton ombre. »

XVIII

GUIFFART, COMME CELA SE PRATIQUE EN VÉNERIE, AYANT LA FEMELLE, ESSAYE D'ATTRAPER LE MALE.

La voiture, grâce aux nombreux coups de fouet que le Ribouilleur partageait entre ses deux chevaux, allait grand train.

Elle passait sur les boulevards extérieurs, derrière le parc Monceau, que personne au Pavillon vert ne s'était encore aperçu de l'enlèvement de Juliette.

Jusque-là Guiffart n'avait été dominé que par la crainte d'avoir été vu et d'être poursuivi.

Tranquilisé de ce côté par la distance qui le séparait déjà du théâtre du crime, il songea à sa prisonnière.

— Si elle allait étouffer dans ma couverture ! se dit-il. Je ne sais trop ce que dirait notre vieil amoureux de marquis.

La jeune fille ne donnait aucun signe de vie.

Le chevalier entr'ouvrit doucement la couverture, à l'endroit où devait se trouver le visage de Juliette.

Celle-ci complètement évanouie.

— Allons bien, elle n'est qu'évanouie, tant mieux! se dit le spadassin après avoir examiné sa victime.

Celle-ci ne devait recouvrer l'usage de ses sens que place Royale. Guiffart s'était remis dans son coin. Mlle Lamy enlevée, il songeait à faire tomber Horace dans quelque guet-apens. Le fiacre marchait toujours. Ali, lui aussi, réfléchissait. Sans rien comprendre aux motifs qui poussaient le bandit à agir comme il le faisait, la conduite de ce dernier lui paraissait aussi lâche qu'ignoble, et il se sentait tout disposé à venir en aide aux deux amoureux, si toutefois la Paula ne s'opposait pas formellement à ces charitables intentions, ce qui était peu probable. Ali savait combien la Paula, irritée des malheurs de sa mère, était, en toute circonstance, généreusement et toujours portée à contrarier les vils projets des don Juan suborneurs et à se mettre du côté de la victime contre le bourreau.

— Bien certainement, se disait le nain, que quand je lui aurai dit combien mes deux protégés s'aiment, elle me laissera déjouer les méchants desseins de cette espèce d'assassin, qui du reste lui est antipathique, je l'ai bien vu.

A midi le fiacre s'arrêtait place Royale, devant une maison de belle apparence. On était sans doute arrivé. Le nain, afin de ne pas être pris en flagrant délit d'espionnage, se laissa glisser à terre. Avant que personne songeât à s'apercevoir de sa présence, il était couché à l'ombre du mur, à deux pas de la porte cochère, que le cheval du Ribouilleur touchait presque de la tête.

Guiffart descendit de voiture, sonna à la porte; un homme vint, le spadassin lui parla à voix basse.

De leur conversation, Ali, qui avait l'oreille aussi fine que Jean Gribouille, qui entendait l'herbe pousser, ne saisit que ces mots : *Le pavillon.... Le marquis....*

C'était peu, mais c'était beaucoup pour Ali.

Aussitôt les deux battants de la porte cochère s'ouvrirent, le fiacre entra, et la porte se referma aussi rapidement que celle d'une prison. Elle résonnait encore sur ses gonds que le nain était déjà debout examinant la maison.

C'était un de ces sombres et vastes édifices qu'on voit encore place Royale et qui, réunis par leur ensemble et leur uniformité, ont l'aspect d'un château seigneurial. La maison de laquelle Ali semblait vouloir pénétrer les secrets, ne devait pas être habitée. Toutes les persiennes donnant sur la place étaient comme hermétiquement fermées.

La reconnaissance du mendiant ne dura que quelques instants.

Celui-ci, comme un vrai lazaronne du portique de Saint-Janvier, à Naples, alla se coucher à l'ombre, où il feignit de dormir : il écrivait deux billets.

Le premier était adressé à Jéronymo, ce valet de pieds de la Paula qui professait pour les pièces d'or corruptrices un profond mépris. Il était ainsi conçu :

— Jéronymo, viens de suite place Royale, n° 11. Je t'y attends. Si tu ne m'y trouves plus, tu attendras mon retour.

Dans le second écrit, adressé à Trépinette, Ali s'exprimait en ces termes :

— Trépinette, à l'ordre, place Royale, à deux maisons du n° 11, en voiture. Grande et petite tenue. J'attends. Ne pas quitter la place sans m'avoir vu.

Comme Ali terminait cette seconde missive, le Ribouilleur et son fiacre sortirent de la maison de M. de Courville. Ali s'assura que la voiture était vide et dit :

— Notre homme est toujours là et il ne doit pas ressortir tout de suite ; autrement, il eût gardé la voiture. Allons, j'ai le temps de chercher un commissionnaire. Ce ne sera pas long, en voici un à la porte de ce marchand de vin.

Peu après, le nain faisait partir ses deux lettres en disant à son messager :

Voici cinq francs pour votre course. Si vous faites diligence et que je sois content de vous, je vous donnerai cinq autres francs ; vous me retrouverez ici.

Le mendiant payait en grand seigneur, il fut obéi comme un prince. Le commissionnaire partit au pas gymnastique.

Ali revint aussitôt à son poste d'observation.

Il y était depuis un instant, dormant d'un œil comme un gendarme en faction, quand il entendit ouvrir la porte de la maison qui captivait toute son attention. Il regarda de son œil éveillé. Un gros homme, aussi replet qu'un Suisse de l'ancienne garde royale, était debout sur cette porte ; il tenait une lettre à la main et explorait la place du regard. Évidemment il cherchait un commissionnaire pour porter sa lettre. Ce fut du moins ce que pensa Ali. Aussitôt, il bâilla à se désarticuler la mâchoire, afin d'attirer l'attention du gros monsieur et lui faire comprendre qu'il n'avait rien à faire et s'ennuyait.

La manœuvre du nègre réussit complètement.

M. Bontemps, concierge, et d'ordinaire unique habitant de la petite maison du marquis, se tourna du côté du nain et l'aperçut qui grouillait presque à ses pieds.

— Moutard, dit M. Bontemps à Ali, veux-tu gagner dix sous ?

— Oui, mon bon monsieur, répondit Ali dont la physionomie trahissait la joie. Je n'ai pas encore déjeuné ce matin ; vos dix sous me permettront de satisfaire les besoins de mon estomac.

— Eh bien ! va me porter cette lettre à la poste. Quand tu reviendras, je te donnerai tes dix sous, et te ferai peut-être gagner ton souper si tu n'es pas paresseux.

— Je ne suis pas paresseux, mon bon monsieur.

— C'est ce que nous verrons. Va où je t'ai dit et reviens vite...

Ali partit en courant ; mais il s'arrêta aussitôt qu'il entendit la porte se refermer derrière lui. Il regarda la suscription de la lettre qu'il tenait à la main et murmura :

— Allons ! tout va bien ; je reconnais l'écriture du chevalier, c'est bien la même que celle du billet qu'il a écrit à la Paula. Voyons un peu ce qu'il écrit à ces braves gens de Neuilly, ce gredin de chevalier...

Ali entra chez un marchand de vin, coupa très-adroitement, dans le sens de l'épaisseur, le pain à cacheter de la lettre, qu'il ouvrit et lut sans le moindre scrupule.

La missive que venait de lire le nain était celle que nous avons vu recevoir et lire à M. Lamy en présence d'Horace au moment où ils dirigeaient des recherches sur la Seine pour retrouver Juliette. Le lecteur connaît le contenu de cette lettre, qui devait favoriser les mauvais desseins que Guiffart nourrissait contre Horace.

Le spadassin, en se mettant en correspondance avec les habitants du pavillon, s'apprêtait, par ce moyen, à faire tomber l'officier dans un guet-apens.

— Je ne comprends rien à cet écrit, se dit Ali en sortant du cabaret, mais il est bon que j'en sache le contenu; mettons-le à la poste. J'eusse eu à écrire à Neuilly que je n'eusse pas trouvé d'autres expressions que le chevalier; car j'espère bien qu'avant trois jours Juliette ne sera plus place Royale, prisonnière de cet assassin.

Ce fut en courant que le nain revint hardiment frapper à la porte de la maison du marquis.

Chemin faisant, il s'était fait cette réflexion.

— Le chevalier est toujours où je l'ai laissé. Il eût été sur le point de sortir qu'il eût gardé sa lettre, afin de la mettre lui-même à la poste.

Ali ne se trompait pas dans son raisonnement, Guiffart était toujours place Royale.

Avant d'aller plus loin, une courte explication est indispensable. La maison de la place Royale appartenait au marquis de Courville depuis longtemps. Elle avait fait partie de l'héritage paternel. On était en droit de s'étonner que le marquis ne l'eût pas mangée comme le reste. Cela tenait à ce que l'homme débauché que nous connaissons l'avait trouvée merveilleusement disposée pour abriter ses peu pudiques amours et ses folles orgies.

C'était une belle construction. Le corps de logis principal, qui avait sa façade sur la place, était inhabité. A peine si, dans cette partie de l'hôtel il y avait un appartement meublé. Le reste était abandonné aux araignées et autres parasites qui, généralement, aiment à peupler des solitudes que n'explore pas le balai des ménagères. C'était vraiment dommage, car il y avait des appartements charmants et parfaitement disposés.

Mais M. de Courville ne voulait aucun locataire, ni de communauté avec qui que ce fût en fait de voisins, cela pour de bons motifs. Si jadis il s'était privé du plaisir de dissiper cette partie de son patrimoine, il était toujours homme à se passer de quelques milliers de francs de revenu, afin de satisfaire sa grande passion en sécurité et sans que des indiscrets se mêlassent en rien de ses affaires.

La façade intérieure de la maison donnait sur un grand jardin, ou plutôt sur un grand bois planté d'arbres élevés, au feuillage épais. Au milieu de ce bois, il y avait un charmant pavillon style Louis XV. Ce pavillon était disposé, agencé, meublé avec un luxe vraiment féerique et d'une façon toute particulière, répondant à l'usage auquel il était destiné. C'était là que le marquis venait, en bonne fortune, sacrifier à Vénus et à Cupidon. Ce pavillon devenait prison quand celles qu'on y amenait y venaient à leur corps défendant.

Prison, ce pavillon était sourd; les arbres épais qui l'entouraient le rendaient presque invisible du dehors, et achevaient d'étouffer tous les bruits qui eussent pu s'en échapper.

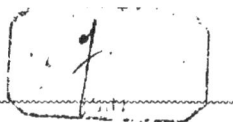

A l'heure indiquée les cinq cavaliers se mirent en route.

M. Bontemps, depuis vingt ans, était le cerbère de ce parc aux cerfs nouveau genre. Il devait en avoir gros sur la conscience, ce Bontemps...

Il n'occupait son emploi qu'à la condition de rester célibataire : son maître savait à quoi s'en tenir sur l'esprit cancanier des femmes et le redoutait. Le digne Bontemps était la discrétion incarnée, ce qui ne l'empêchait pas de temps à autre, en sa qualité de garçon, d'user du pavillon absolument comme faisait M. de Courville.

M. Bontemps, ex-cuisinier de Charles X, regardait avec raison la cuisine comme un

art, et pour un empire n'eût pas dérogé en faisant quoi que ce fût qui ne ren-
trât pas dans sa profession. Balayer, frotter et le reste, fi donc !

Cet homme, genre Vatel ou Carême, était gourmand comme un pigeon, paresseux
comme une couleuvre, fier comme un paon, malin comme un singe et égoïste au suprême degré.

Bien payé, admirablement logé, nourri mieux encore, et de sa main ne faisant
absolument rien, c'était une heureuse et paisible existence que la sienne.

Quand, comme dans la circonstance actuelle, le pavillon était habité, M. Bontemps réquérait aussitôt des étrangers pour faire ce qui était indispensable.

Pour ce motif, il avait dit à Ali en l'envoyant à la poste :

— Quand tu reviendras, je te ferai sans doute gagner ton dîner, si tu n'es pas
paresseux...

Quand le nain frappa, M. Bontemps alla lui ouvrir.

Une demi-heure plus tard, Ali, prévenu par M. Bontemps de ce qu'il avait à faire
pour gagner son dîner, exherbait, sarclait les allées du jardin, et arrosait les fleurs
et les plantes qui pouvaient en avoir besoin ; ce qui ne l'empêchait pas d'observer la
porte de sortie afin de voir Guiffart s'en aller, si cela arrivait.

— Après tout, se disait le nain à ce sujet, qu'il parte si cela lui plaît ; le Guiffart,
je sais où le prendre, il reviendra chez la Paula ; s'il n'y revenait pas, je le trouverais
toujours place Maubert, où il doit rester, puisqu'il y a changé de vêtements. L'important est que je reste ici et que j'aie l'œil sur Mlle Juliette et sur ce pavillon, qui
semble aussi muré qu'une tombe dans lequel elle est enfermée. Si je pouvais seulement lui faire savoir que quelqu'un de dévoué veille sur elle, cela la consolerait et
lui donnerait du courage ; elle doit en avoir besoin, la pauvre enfant...

Ali se rapprocha du pavillon, en fit le tour et l'examina de tous côtés. Les persiennes étaient solidement fermées en dedans, de sorte qu'Ali ne put d'aucune
façon informer Juliette de sa présence, ni recueillir aucun renseignement sur la
jeune fille.

— Ne faisons concevoir aucun soupçon sur notre compte, en donnant un libre cours
à notre curiosité, se dit encore le nain ; cette nuit nous verrons à pousser plus loin
nos investigations...

Le nain se remit consciencieusement à son travail. Quand il pensa que Trépinette
et Jéronymo devaient l'attendre sur la place Royale, il mit ses outils sur son épaule et
alla trouver M. Bontemps.

— Eh bien, mon garçon, lui dit ce dernier, tu songes à aller dîner, tu fais bien ;
je suis content de toi, cela commence à prendre tournure. Voici trois francs pour ta
peine. C'est assez travaillé aujourd'hui, tu reviendras demain de très bonne
heure.

Ali prit les trois francs, promit d'être exact le lendemain et disparut.

Sur la place, il vit Jéronymo à la figure de brigand calabrais, assis sur un banc, et
soupçonna qu'une petite citadine bleue, qu'il aperçut à vingt pas plus loin, devait
renfermer Trépinette.

D'un signe imperceptible il envoya Jéronymo chez le marchand de vin du coin,
puis il alla droit à la citadine. Il ne s'était pas trompé, c'était Trépinette.

— Tu vois cette maison, le n° 11, dit Ali à la vierge folle, eh bien, elle ne renferme outre le concierge, qu'un habitant, un monsieur. — Ali fit un signalement exact de M. Vert-de-gris et de Guiffart, c'est-à-dire de l'homme au naturel et de l'homme déguisé, — puis il continua :

— Notre gaillard va sortir d'une façon ou de l'autre, soit à pied, soit en voiture. S'il sort à pied, comme une voiture ne peut pas aller partout, dans les passages, par exemple, tu descendras de la tienne et tu lui feras voir que tu as de bonnes jambes; tu le suivras partout où il ira. S'il sort en voiture...

— Je le suivrai dans la mienne, dit Trépinette.

— Précisément.

— Est-ce tout?

— Non. Si le monsieur sort au naturel, tu lui proposeras un amoureux tête-à-tête et essayeras de le faire boire et jaser. S'il sort déguisé, comme son déguisement l'empêcherait de céder à tes agaceries, tu te contenteras de le suivre jusqu'à ce qu'il soit rentré chez lui, place Maubert, pour se coucher. C'est tout. Voici cent francs, afin que l'argent ne te manque pas.

Ayant ainsi donné ses instructions à Trépinette, le nain alla trouver Jéronymo. En passant devant le commissionnaire qui était allé chercher ce dernier et la lorette :

— Tenez, voici vos cinq francs, lui dit Ali, je suis content de vous. Ne vous éloignez pas, vous pourrez peut-être m'être utile.

L'homme à la veste de velours empocha les cinq francs, en murmurant avec étonnement :

— Comment diable peut-il être content de moi et savoir si j'ai fait ses deux courses?...

Jéronymo buvait un verre d'anisette et fumait une cigarette à une table du cabaret.

— Jéronymo, lui dit Ali, tu vas aller en vedette de façon à voir tous ceux qui entreront au n° 11 de cette place; tu feras également attention aux sortants. Je ne sais au juste à quelle heure je reviendrai; je vais à l'hôtel, mais tu attendras mon retour.

— Bien, — répondit laconiquement l'Espagnol du ton d'un soldat qui vient de recevoir une consigne.

Peu après, Ali prenait une voiture sur le boulevard Beaumarchais, et donnait au cocher l'adresse de la Paula, en recommandant d'aller bon train.

XIX

DE NOUVELLES MACHINATIONS.

Revenons au chevalier de Guiffart. On sait comment il était arrivé place Royale. Aussitôt que la porte de l'hôtel avait été refermée derrière le fiacre du Ribouilleur, le spadassin avait ouvert la portière de la voiture et pris Juliette dans ses bras. M. Bontemps, qui depuis peu avait reçu de son maître l'ordre d'obéir au chevalier en toutes circonstances, le précédait avec les clefs du pavillon, afin d'en ouvrir les portes.

Après avoir traversé plusieurs chambres, le chevalier arriva à un petit salon carré qui semblait, de l'intérieur, n'avoir ni portes ni fenêtres. Était-ce une porte que ce panneau glissant dans une rainure et joignant hermétiquement dans son encadrement, par lequel le chevalier pénétra dans le réduit?

Ce salon, dont le plafond était à quinze pieds du sol, recevait le jour et l'air par un châssis en tabatière ajusté dans ce plafond. A la vérité, ce châssis était garni de stores mignonnement peints supportés par des arabesques en fer, qui formaient un grillage par lequel il eût fallu être nain comme Ali pour passer. Un lustre, suspendu par une chaîne dorée, descendait de ce grillage et remplissait un peu le vide supérieur de cette chambre, disposée comme en cheminée en raison de son peu d'étendue et de sa hauteur.

Au reste, ce salon était somptueusement meublé, quoiqu'il fût partout matelassé et rembourré, comme certaines cellules qu'on emploie à garder des aliénés qui ont la manie du suicide.

La femme la plus délicate et la plus exigeante y eût trouvé, sous sa main, tout ce qui constitue l'extraconfortable d'une existence oisive et luxueuse.

Le lit, en bois de citronnier, disparaissait comme un soyeux monticule dans un flot de mousseline et de riches dentelles. Le piano, genre Boule, était un chef-d'œuvre sortant des ateliers de Pleyel. La bibliothèque eût été un trésor, sans le choix des livres, auquel il était évident que l'esprit dévergondé de M. de Courville avait présidé.

Ce n'étaient pas des œuvres ordurières, qu'un esprit délicat repousse avec un profond dégoût, qui étalaient leurs titres dorés sur ces reliures magnifiques en cuir de Russie : le marquis avait trop de tact et d'expérience pour commettre une faute semblable, digne d'un lovelace à ses débuts. Sa collection était bien autrement dangereuse; c'étaient nos chefs-d'œuvre en littérature, mais seulement ceux qui passionnent, égarent, troublent et incendient aussi bien la raison que les sens, l'âme que le cœur et l'esprit.

Les tableaux, qui étaient nombreux, étaient dans le même goût ; c'étaient de belles toiles, faites par des maîtres pour plaire à des Épicuriens : de belles nudités, de voluptueux sujets, qu'une jeune fille, si innocente qu'elle fût, devait comprendre et regarder en rougissant.

Les étagères étaient encombrées de riches futilités ; un tapis moelleux recouvrait le parquet. La garniture de cheminée seule valait des milliers de francs.

Guiffart, avant de faire partie de la société usurière, ne se fût fait aucun scrupule de dévaliser ce réduit s'il y fût entré.

Le chevalier déposa Juliette sur une chaise longue. Elle était toujours évanouie. Le bandit la contempla avec inquiétude.

L'évanouissement de sa prisonnière lui semblait durer bien longtemps.

Guiffart, qui n'avait jamais vu M¹¹ᵉ Lamy, avait mis tant de précipitation à l'enlever, qu'il l'avait emportée sans la regarder.

— Elle est réellement bien belle, se dit-il après l'avoir examinée un instant ; et c'est véritablement malheureux de livrer une aussi jolie créature à ce vieux débauché de Courville...

Le spadassin réfléchit un instant. Il regardait toujours Juliette avec des yeux étincelants de convoitise.

Est-ce que les sens éteints ou plutôt endormis de l'assassin allaient se réveiller ?

Mystère... Toujours est-il que Guiffart murmura :

— Il ne la tient pas encore, le vieux faune ; rien ne me force à lui dire qu'elle est déjà en notre pouvoir. Dans l'état où il est, il ne pense pas plus à Bontemps qu'à la place Royale, il ne viendra donc pas ici. D'un autre côté, je crois qu'il est bon que je règle le compte à l'officier avant de disposer du sort de Juliette.

Le spadassin allait s'éloigner quand M¹¹ᵉ Lamy poussa un soupir.

Le bandit revint sur ses pas.

Juliette avait les yeux ouverts. Ses traits charmants reflétaient son effroi et son anxiété ; elle regardait M. Vert-de-gris avec étonnement.

Elle voulait parler, elle ne le pouvait pas.

— Mademoiselle, lui dit alors Guiffart de sa voix la plus insinuante, ne vous épouvantez pas...

Juliette l'interrompit.

— Où suis-je ? lui dit-elle d'un ton plein d'autorité.

— Chez des amis, osa dire Guiffart.

Le soupçon d'un grand danger donnait de l'énergie à la jeune fille.

— Je ne vous crois pas, dit-elle au spadassin ; des amis ne m'eussent pas enlevée si lâchement de chez mon père.

Guiffart s'était préparé d'avance à cette explication.

— Ces amis vous ont enlevée dans votre intérêt, dit-il.

— Dans mon intérêt ! se récria Juliette avec incrédulité.

— Oui, dans votre intérêt, répondit le chevalier. Calmez-vous, je vais m'expliquer.

Autant dire à un homme dominé par une panique : n'ayez point peur, que d'exhorter Juliette, dans l'état où elle était, à se calmer. Etait-elle maîtresse d'échapper à la terreur et à la colère qui la dominait ?

Pâle, tremblante, elle écoutait M. Vert-de-gris, dont la physionomie, comme on sait, était plutôt débonnaire et rassurante que sinistre au point d'inspirer l'épouvante et l'effroi.

— Oui, mademoiselle, je vous l'affirme sur l'honneur, vos amis, dont je viens de vous parler, n'ont agi, en vous enlevant de Neuilly, que dans votre intérêt. Vous allez voir que je suis bien informé et que je dis vrai. Monsieur votre père, depuis deux mois, n'est-il pas en butte aux menées les plus odieuses d'ennemis inconnus ?

— Oui, monsieur, dit Juliette étonnée d'entendre son ravisseur lui parler avec tant d'assurance d'un secret de famille qu'elle ne savait que depuis la veille.

— Ces méchantes personnes n'ont-elles pas tenté de déshonorer M. Lamy en l'accusant d'avoir, par une trahison infâme, fait monter les quatre sergents de la Rochelle sur l'échafaud ?

— Oui, monsieur, dit encore la jeune fille.

— Et ni vous, ni monsieur votre père, ni M. Horace Vigneul, votre fiancé, n'avez pénétré le secret de ces infâmes calomniateurs, c'est-à-dire le motif de leur conduite ?

— Non, monsieur, dit Mⁱˡᵉ Lamy; ce motif le connaîtriez-vous ?

— Oui, mademoiselle, dit Guiffart. Je connais même les auteurs de ces méchancetés, et, si je ne les savais pas capables de tous les crimes pour atteindre le but qu'ils se proposent, je ne vous eusse pas enlevée ce matin au risque de jeter dans la désolation vos parents de Neuilly ; mais, entre deux maux, il faut choisir le moindre : ici, vous êtes en lieu sûr, et chez votre tante vous courriez de grands dangers.

— Vous m'effrayez, monsieur, dit Juliette ; de grâce, expliquez-vous. Vous qui êtes bon et charitable, nommez-moi ces ennemis; dites-moi leurs raisons d'agir, que j'en informe mon père et Horace, qu'ils puissent déjouer les complots tracés contre nous.

— Vous nommer ces ennemis! c'est inutile, mademoiselle, répondit M. Vert-de-gris ; leurs complots sont en grande partie déjoués par votre subite disparition de Neuilly. Quant à leurs raisons d'agir comme ils font, je vais vous les dire afin que vous ayez en moi la confiance que je mérite.

« Une jeune fille, jolie, riche, noble, s'est rencontrée, il y a deux mois, dans des circonstances exceptionnelles, avec M. Vigneul, à Fontainebleau. Le capitaine, beau, distingué, ayant devant lui un avenir splendide, a plu à cette jeune fille, qui a fini, en dépit de la volonté de ses parents, par concevoir pour lui une passion terrible, une de ces passions qui font que certaines natures ambitieuses et jalouses n'hésitent pas à s'engager dans la voie du crime pour les satisfaire.

« Justice à leur rendre, les parents de cette jeune fille, de gens d'une ambition outrée, qui trouvaient que M. Vigneul n'était pas un assez beau parti pour leur fille, firent tous leurs efforts pour détourner leur enfant de ce qu'ils appelaient une affreuse mésalliance. Ils ne purent y parvenir; ce fut en vain qu'ils employèrent les prières, les conseils, les promesses et même les menaces.

« Leur orgueilleuse fille était possédée d'une de ces passions qui ne pardonnent pas.

« Après un mois de lutte, la demoiselle tomba si dangereusement malade, que sa vie fut bientôt en danger.

« Les parents, qui n'avaient qu'elle d'enfant et qui, malgré ce qui arrivait, l'aimaient sérieusement, durent enfin céder à cette grande passion, qu'ils avaient longtemps considérée comme un caprice d'enfant gâtée.

Leur position était délicate ; ils ne pouvaient aller jeter leur fille à la tête de M. Vigneul, qui, lié avec vous, ne pensait guère à la belle malade. Ils allèrent aux renseignements, et ne tardèrent pas à apprendre la vérité.

« Ce fut pour eux un désenchantement terrible. Ils avaient cru n'avoir qu'à désirer le consentement de l'officier pour l'obtenir. Le coup fut encore plus affreux pour leur fille. La jalousie se mêla à son amour, qui ne fit que s'exalter des obstacles qu'il rencontrait.

« Son état empira encore ; ce fut alors que les parents songèrent à faire rompre le mariage projeté entre M. Horace et vous ; pour atteindre ce but, ils essayèrent de déshonorer M. Lamy aux yeux du monde, espérant que, dans sa position d'officier, M. Vigneul ne pourrait vous épouser après un si grand scandale.

« Vous savez les résultats de ces odieuses menées ; c'est avec bienveillance, en quelque sorte, que le public a accueilli ces atroces calomnies.

« Le capitaine, qui vous aime sérieusement et professe pour monsieur votre père une haute estime, que celui-ci mérite à tous les titres, ne fut pas aussi crédule que le public, et, tout en cherchant les calomniateurs pour les démasquer et les punir, parla sérieusement de donner sa démission plutôt que de renoncer à un mariage qui devait faire son bonheur.

« Cet entêtement chevaleresque dérouta un instant les ennemis de M. Lamy ; alors, il y a deux jours à peine, ils se décidèrent à commettre un crime afin d'atteindre leur but.

« Je vous l'ai dit, ils sont capables de tout.

« Ils pensèrent à vous enlever ; si l'enlèvement ne réussissait pas, ils devaient vous faire empoisonner.

— Oh ! mon Dieu ! s'écria Juliette.

— Et en vous faisant empoisonner, ne pouvaient-ils pas faire autant de victimes qu'il y d'habitants au Pavillon vert ? fit observer Guiffart.

— Sans doute, dit Mlle Lamy épouvantée.

— Quand mon maître, un homme qui se réjouit de faire le bien comme d'autres se plaisent à faire le mal, fut convaincu des desseins criminels de vos ennemis, comprenant qu'il n'avait pas un instant à perdre s'il voulait vous sauver tous, il se décida à vous enlever afin de vous soustraire à la haine de vos ennemis. Trop âgé, c'est un vieillard, pour vous enlever lui-même, il me chargea, moi son intendant, de cette opération, que je me réjouis d'avoir conduite à bonne fin.

Comprenez-vous maintenant, mademoiselle, que nous avons agi dans vos intérêts, et me reprocherez-vous l'épouvante et la peine que je vous ai causées ?

Juliette ne savait que répondre au spadassin.

Celui-ci semblait parler avec sincérité. Son explication, qui, du reste, côtoyait la vérité de très-près, sauf en ce qui concernait ses charitables intentions, était très-adroite et très-vraisemblable. Dans la candeur de son caractère, Juliette devait nécessairement être dupe d'un mensonge aussi habilement conçu, fait par un homme qui lui inspirait une certaine confiance.

Malgré ce qu'elle souffrait d'être séparée de ses parents, elle répondit au bandit :

— Vous faire des reproches, monsieur, serait manquer à la reconnaissance que je vous dois pour le service que vous nous avez rendu, à mes parents et à moi, et pour l'intérêt que vous voulez bien nous porter ; mais vous devez comprendre combien je suis affectée d'être séparée de ceux que j'aime, et ce que je souffre en pensant à leurs inquiétudes à mon sujet.

— Par un mot, dit Guiffart, je les ai déjà rassurés sur votre compte ; mais vous pouvez leur écrire autant que vous voudrez, vos lettres parviendront. S'ils consentent à vous écrire à l'adresse que vous leur désignerez, poste restante ; j'irai moi-même vous chercher leurs lettres.

— Oh ! alors je vais leur écrire de suite, dit Juliette. Puis-je leur parler de votre maître, notre bienfaiteur ?

— Quoique ce dernier tienne à rester inconnu, je n'y vois aucun inconvénient, puisque vous ne savez ni son nom ni son adresse. Allons, je vous laisse ; dans deux heures je reviendrai prendre votre lettre.

Quand Guiffart revint, Juliette écrivait encore ; elle s'empressa de clore cette longue confidence, dont on peut facilement deviner le sens. Le spadassin prit la lettre, causa quelques instants encore avec Juliette, puis se retira dans la chambre qu'il occupait, à deux pas de celle de la prisonnière, dont la présence l'obligeait à demeurer place Royale.

Chez lui, le spadassin lut la lettre de Juliette, et décida qu'elle parviendrait à ceux à qui elle était destinée.

Cette indiscrétion commise, le spadassin resta pendant deux heures au moins livré à d'absorbantes réflexions.

Il tenait Juliette en son pouvoir et songeait à se débarrasser d'Horace. S'il réfléchissait autant, c'est qu'il reculait devant un assassinat.

L'officier lui semblait un homme dangereux, dont la disparition de Juliette allait doubler l'énergie et stimuler le caractère entreprenant ; cet homme n'avait qu'à aller trouver le procureur du roi et lui dire :

— Je connais un certain Gérot qui, il y a vingt-deux ans, a assassiné trois personnes à la Rochelle. Cet homme, sous le nom de chevalier de Guiffart, sert d'instrument à de méchantes gens qui ont déshonoré mon futur beau-père par d'infâmes calomnies ; ma fiancée vient de disparaître, je soupçonne ce Gérot de l'avoir fait enlever : ne pourrait-on pas arrêter ce scélérat et faire une enquête ?

L'officier ayant ainsi parlé, lui, Guiffart, avait le lendemain toute la police de Paris à ses trousses, et la chose pouvait nuire à sa fortune et à la société peu philanthropique dont il faisait partie.

Le spadassin se disait tout cela. Il était bien décidé à tuer Horace, mais il

Guiffart enveloppé dans un manteau...

voulait le tuer en le faisant tomber dans un guet-apens qui ressemblât à un accident.

Si dans sa lettre à M. Lamy il avait fixé un délai de trois jours, c'est que, pendant ces trois jours, Horace ne ferait aucune démarche, et que lui, Guiffart, aidé de Satan son patron, se débarrasserait du capitaine.

Nous l'avons dit, le chevalier réfléchit au moins deux heures ; enfin il se leva radieux et murmura :

— C'est cela, parfaitement imaginé. A l'œuvre maintenant...

Aussitôt le spadassin mit la lettre de Mlle Lamy dans sa poche et sortit peu après en disant à Bontemps :

— Ne vous occupez en rien de notre prisonnière.

Trépinette et Jéronymo, qui avaient des yeux de lynx à l'endroit du spadassin, l'aperçurent quand il sortit de l'hôtel de Courville...

Guiffart était à pied. Trépinette, en sa qualité de danseuse infatigable et distinguée, n'était pas femme à s'épouvanter d'une course à pied, si longue qu'elle fût; elle mit donc pied à terre aussitôt que le chevalier eut dix pas d'avance sur elle et dit à son cocher :

— Voici cinq francs pour vous. Je vais aller à pied, vous me suivrez partout où j'irai ; ayez bien soin de ne pas me perdre de vue, que je vous trouve au moment où j'aurai besoin de vous.

— Soyez tranquille, ma petite dame, j'ai de bons yeux, répondit l'automédon que les cinq francs de pourboire avaient mis en belle humeur.

Peu après, Trépinette, sur les talons de Guiffart, se dirigeait vers la place Maubert, en passant par l'île Saint-Louis et la Cité.

En chemin, le spadassin jeta la lettre de Juliette à la poste. Il marchait d'un pas rapide. L'un derrière l'autre, nos deux personnages furent bientôt arrivés. Guiffart monta rapidement à son bureau de placement.

— Greluchet, vite une voiture, dit-il en arrivant. Il est sept heures, et il faut que je sois avant la nuit rue Montmartre.

Le voyou ne se fit pas répéter l'ordre deux fois.

— Nivodan, venez, dit Guiffart au commis en passant dans sa chambre à coucher.

En quittant la défroque de M. Vert-de-gris, pour reprendre son vêtement et sa physionomie habituels, le spadassin donnait ses instructions à Nivodan :

— Tenez-vous prêt à quitter Paris demain soir, lui disait-il. Je pars pour la Rochelle ; vous ne m'accompagnerez pas jusque-là. Vous vous trouverez à la barrière, sur la route d'Orléans, à neuf heures du soir. Je vous prendrai en passant. Vous allez prévenir Tournebuc et le Ribouilleur d'être ici demain matin à neuf heures.

— Est-ce tout ? demanda Nivodan.

— Avez-vous donné les ordres que je vous ai dits au chevalier de Pomponne et à la Maugrebin ?

— Oui ; aujourd'hui leurs amis et connaissances savent que, d'une façon ou de l'autre, ils doivent se mettre en relation avec la Paula et lui faire une ovation.

— Bien.

Guiffart était habillé, Greluchet vint le prévenir qu'une voiture l'attendait.

Cette fois encore, le spadassin, malgré son fiacre, ne se mit pas en route sans être suivi par Trépinette.

La petite citadine bleue le suivait d'assez près pour ne point le perdre de vue, sans éveiller ses soupçons.

A vingt pas de son domicile de la rue Montmartre, le chevalier fit arrêter sa voiture et la congédia.

Trépinette fit stationner la sienne de l'autre côté de la rue, juste sous les fenêtres de Trinquefort, qui fumait mélancoliquement sa pipe sur un diminutif de balcon.

L'infortuné chasseur, quoique désolé d'avoir laissé échapper le chevalier, était fidèle à son poste.

Guiffart y comptait bien. On se souvient que, grâce à son indiscrétion et aux révélations d'Horace à Juliette qu'il avait entendues, le spadassin savait la surveillance dont Trinquefort et Bois-sans-soif étaient chargés à son sujet.

Trinquefort, dans l'attitude désolée d'un enfant contemplant la cage vide dont son oiseau chéri s'est envolé, regardait la maison que Guiffart avait habitée, en se disant comme l'espiègle amateur d'oiseaux :

— Hier, il était pourtant encore là....

Tout à coup, Trinquefort se crut en proie à une hallucination. Il se frotta les yeux : il croyait avoir vu Guiffart qu'on lui avait dit être à Londres. Quand il se fut assuré qu'il n'avait pas la berlue, il regarda à nouveau.

— Mille millions de tonnerres ! se dit notre homme, c'est bien lui, mons Guiffart, le desséché. Ne dirait-on pas que le vent du désert a soufflé dessus quarante jours dans l'intention de le tailler en lame de couteau ou en arête de poisson ? Arrête, arrête, mon camarade, je vais, cette fois, te mettre de la glu sur les ailes, je vais si bien te surveiller désormais que, le fil à part, tu vas ressembler à un hanneton attaché par la patte.

Le taciturne Trinquefort depuis bien longtemps n'avait dit tant de paroles à la fois.

Il est certain qu'il était dans la jubilation.

Guiffart, qui n'était venu rue Montmartre que pour remettre le chasseur à sa piste, était tout aussi content que Trinquefort de voir que celui-ci l'avait aperçu.

Il monta chez lui, où il ne fit que paraître aux yeux de M. Auguste, qui fut fort étonné de le revoir.

Il redescendit aussitôt et se trouva presque face à face avec Trinquefort. Celui-ci l'attendait déjà, afin, suivant son expression, de lui *emboîter le pas.*

Guiffart, Trinquefort et Trépinette arrivèrent presque ensemble à la poste aux chevaux. Le chevalier, sans paraître soupçonner la présence Trinquefort qu'il savait être sur ses talons, commanda à haute voix, d'un ton de parvenu, afin d'être bien entendu du chasseur, une chaise de poste à deux chevaux pour le lendemain soir huit heures, en prévenant qu'il ne marchanderait rien quand à la dépense. Il pria qu'on utilisât les vingt-quatre heures qu'on avait d'avance à lui faire préparer des relais jusqu'à Orléans, où il s'arrêtait une journée.

— Où envoyer la voiture ? demanda l'employé à Guiffart.

— Je viendrai la prendre ici à huit heures, répondit le chevalier. Voici deux cents francs d'arrhes qui vous répondent de l'engagement que je prends. Je vous recommande de bons chevaux et une bonne voiture. Vous ajouterez ces dix francs pour les guides.

— Vous serez content, monsieur, dit l'employé en saluant jusqu'à terre. Le pauvre diable croyait avoir affaire au moins à un prince russe.

Guiffart sortit majestueusement du bureau.

Trinquefort et Trépinette, qui n'avaient pas perdu un mot de ce que Guiffart avait dit, ne jugèrent pas à propos de le suivre plus longtemps.

Tous deux s'étaient fait cette réflexion.

— Demain soir, à huit heures, je retrouverai mon homme ici si cela est nécessaire.

Trinquefort demanda un renseignement à l'employé, puis partit pour Neuilly, afin d'informer son capitaine de ce qui se passait.

Trépinette était déjà loin. Elle alla passer sa soirée au Prado, où elle dansa comme une perdue, en femme qui n'avait pas un homme aussi dangereux que le spadassin à surveiller.

Mais Trépinette n'en était plus à compter avec les nuits blanches, quand le plaisir était en jeu. Les fatigues du bal et un déjeuner aux halles ne l'empêchèrent nullement d'avertir Ali, le lendemain de très bonne heure, des intentions que Guiffart avait de quitter Paris.

XX

CHEZ LA PAULA.

Le nain, en quittant la place Royale, était de suite revenu rue du Helder, chez celle que tout le monde considérait comme sa maîtresse, et qui n'était pour lui qu'une femme aimée dont il s'était fait l'esclave ; car, comme nous le démontrerons plus tard, Ali n'était rien moins que le domestique de la jeune femme.

Le nain, sans prendre le temps de se rendre sa couleur primitive, ou de se teindre en noir, s'il était blanc — le moment n'est pas opportun pour raconter son histoire et dire à quelle race il appartenait, — s'empressa de gagner le boudoir de l'Espagnole, chez laquelle il se fit annoncer par Annita, la cameriste favorite.

La Paula mit un certain empressement à aller au-devant du nain, tant elle avait hâte d'avoir des renseignements sur Guiffart, dont le souvenir l'occupait sérieusement. L'Espagnole avait été déjà mêlée à trop d'intrigues et connaissait trop le monde pour avoir une grande confiance dans un homme comme le chevalier, qu'elle connaissait de la veille seulement.

Au reste, ce dernier avait été assez franc pour la prévenir et lui avait avoué que, s'il se faisait son allié, c'était bien plus par intérêt que par affection.

Et, disons-le, la Paula, qui professait un souverain mépris pour les gens d'argent, croyait devoir se méfier d'un homme qui avouait sans pudeur qu'en toute chose l'argent était son principal mobile.

Elle avait un ardent désir de venger sa mère, désir fort légitime du reste ; mais elle craignait d'être trompée par son complice, de n'être qu'un instrument entre ses mains. De plus, quoiqu'elle fût loin d'être d'un caractère pusillanime, elle se disait que la complicité de Guiffart n'était sans doute pas sans danger.

Dernière raison, la plus grave qu'elle eût de tenir à se bien renseigner sur le chevalier : sans qu'elle pût préciser pourquoi, ce dernier lui avait souverainement déplu ; il lui était pénible d'entretenir d'étroites relations avec un homme qui lui était instinctivement antipathique.

— Ah ! c'est toi, Ali, dit-elle au nain, en lui tendant cordialement la main. Je commençais à être inquiète de ton absence prolongée.

— Inquiète, senora, et de quoi, demanda le nain. Est-ce qu'il y a des dangers pour Ali ? S'il y en avait, aurais-je délivré le senor Peperlo, votre père, quand vingt miquelets qui devaient le fusiller le tenaient prisonnier pieds et poings liés ? Est-ce que je vous aurais sauvée de ce torrent sans berges, tant ses rives était à pic, quand les plus braves étaient pris de vertige en regardant seulement dans l'abîme ?

— C'est vrai, dit la Paula ; je devrais savoir que tu es brave et que rien ne saurait faire obstacle à ton dévouement pour moi.

— Si vous disiez à mon amour... dit le nain en fixant son regard étincelant sur la belle jeune femme. »

La Paula n'eut aucun mouvement d'étonnement ou d'indignation en entendant l'amoureuse déclaration qui pouvait paraître singulière dans la bouche du nain.

Un sourire d'une douceur extrême passa sur ses lèvres, d'où ces paroles s'échappèrent sans aucun accent de reproche :

— Ali, Ali, je crois que tu oublies nos conventions.

— C'est vrai, répondit le nain, mais je vous aime tant....

Un profond soupir accompagna ce nouvel aveu.

— Fais comme moi, Ali, prends patience ; je crois que l'heure de me venger approche. Quand, grâce à ce chevalier de Guiffart, j'aurai puni comme il le mérite le séducteur de ma mère, l'assassin de mes oncles, que tu m'auras aidé dans cette tâche difficile, que nous aurons revu l'Espagne et que nous serons sur les bords du torrent de la Sierra-Névada, je tiendrai ma parole, comme tu auras rempli tes engagements.

Un éclair de joie passa sur le visage du nain, qui répondit avec émotion :

— Merci, señora, de cette espérance que vous ranimez dans mon cœur.

— Aurais-tu jamais douté de moi, Ali ? demanda la Paula.

— Non, mais je souffre.

— Pauvre ami.... dit la jeune femme. Mais, si tu veux, parlons d'autre chose, de la mission que je t'avais confiée. Cet homme ?...

— Dites ce misérable, señora.

— Que dis-tu ?

— Un vil assassin. Il a tué un vieillard et deux petits enfants.

— Tu m'effrayes, Ali. Et je me ferais la complice d'un tel homme ! s'écria la Paula.

— Nous nous servirons de ses renseignements, dit Ali, mais nous ne nous ferons pas ses complices. Écoutez-moi, señora, je vais vous raconter tout ce que je sais sur cet homme et vous dire ses nouvelles et affreuses machinations.

— Parle, dit la Paula.

Ali raconta son excursion à la suite de Guiffart dans tous ses détails et la conversation d'Horace et de Juliette qu'il avait surprise, caché dans une touffe de clématites.

— Alors tu t'intéresses à ces deux jeunes gens ? demanda l'Espagnole au nain.

— Oh ! oui, beaucoup, ils sont si intéressants ! dit Ali. La jeune fille est si belle, l'homme est loyal et ils s'aiment tant ! Puis, autour d'eux, il y a encore trois ou quatre vieillards, de bonnes et braves natures qui ne vivent que du bonheur des deux enfants. Si vous les voyiez, si vous les entendiez, señora ! Ils méritent si bien le bonheur qu'ils espèrent ! Je suis certain qu'entre eux tous ils n'ont pas une seule mauvaise action sur la conscience,

— Que penses-tu faire ?

— Je ne sais encore. Je réglerai ma conduite sur celle du chevalier, dont je fais épier toutes les actions. Pour l'instant, je n'ai qu'à protéger Juliette contre quelque lâche tentative, jusqu'au moment où je pourrai l'enlever de la place Royale. Mais il est certain, à moins que vous ne m'empêchiez d'agir, que je ne laisserai pas ce misérable assassin faire le malheur de mes protégés.

Je sais ce que c'est que l'amour, moi, señora.. Eh bien, si un misérable venait à vous enlever, que je ne puisse vous joindre, je me tuerais. Si, au moment de me tuer, un homme généreux venait me dire : « — J'ai sauvé Jeanne, j'ai veillé sur son honneur, tiens, la voici, je te la rends aussi pure qu'on te l'a enlevée, » cet homme, je le bénirais, je lui dévouerais ma vie, je deviendrais son esclave, son chien... que sais-je ?...

Eh bien, le capitaine est un homme à éprouver et à faire tout ce que j'éprouverais et tout ce que je ferais à sa place. Il faut que je le sauve. Non, je ne souffrirai pas que, pour le caprice d'un scélérat, une jeune fille soit déshonorée d'abord et assassinée ensuite, qu'un homme de cœur finisse par le suicide, et que trois vieillards, qui méritent mieux, terminent dans les larmes et le désespoir une existence à jamais flétrie. Il me semble même que cette bonne action, ce service éminent rendu à des amants dont la position est pleine d'analogie avec la mienne, seront favorables à nos projets et à mon amour

Quant à vous, señora, si vous songez à votre mère, si vous vous dites que, sans un misérable comme Guiffart, votre mère n'eût pas été odieusement déshonorée, vos oncles n'eussent pas été tués, vous ne m'empêcherez pas de faire ce que je veux.

— Moi, t'empêcher de commettre une action généreuse, Ali, jamais! se récria la Paula. Au contraire, en pensant à ma mère, je veux, tu m'entends, Ali, je veux que tu sauves cette infortunée, que le plus tôt possible tu l'enlèves et l'amènes ici. Chez moi, protégée par nous, elle n'aura rien à craindre de personne.

— Oh ! merci, señora, fit Ali en prenant la main de Jeanne et en la portant à ses lèvres avec une sorte de fanatisme.

— Seulement, reprit la Paula, je t'en prie, agis avec prudence, que le chevalier ne puisse pas soupçonner que nous cherchons à faire échouer ses projets. Cet homme est bien dangereux.

— Oh ! soyez tranquille, señora, le danger et moi nous nous connaissons depuis longtemps. Toutes les fois qu'il m'a menacé, je l'ai vaincu.

Sur cette réponse superbe, qui eût passé pour une plate fanfaronnade aux yeux de tous ceux qui eussent vu le nain, Ali prit congé de la Paula, et, tout joyeux du consentement formel que celle-ci venait de lui donner, il s'empressa de retourner place Royale.

Jéronymo l'attendait.

L'indolent Espagnol n'avait pas quitté son banc. Autour de lui il avait fait un semis des bouts des cigarettes qu'il avait fumées pour tuer le temps.

— Eh bien? lui dit Ali.

— Notre homme est sorti.

— Il y a longtemps?

— Ving minutes après votre départ.

— Et Trépinette?

— La señora Trépinette a suivi l'homme qui est parti à pied, dit Jéronymo.

— Bien, reprit Ali. Je vais faire une reconnaissance autour de la place, dans laquelle nous nous introduirons cette nuit même.

Le nain s'éloigna. Jéronymo se remit à faire et à fumer des cigarettes.

La nuit venait. Il quitta son banc pour un autre qui se trouvait plus rapproché de la porte qu'il devait surveiller.

A dix heures Ali était de retour.

XXI

LE GUET-APENS.

Guiffart allait à la Rochelle dans un double but : celui de *régler le compte* à la Fouine, disait-il, et afin de faire tomber Horace dans un piège.

En allant, rue Montmartre, se mettre bien en évidence sous les yeux de Trinquefort, et en agissant comme il avait fait à la poste, le spadassin s'était dit :

« Notre homme — le chevalier parlait de Trinquefort — va de suite aller prévenir son endiablé capitaine que je suis retrouvé, mais que je m'apprête à quitter Paris, que j'ai commandé une voiture et des chevaux afin de m'en aller par la route d'Orléans. Le troupier ne mettra pas un instant en doute la parole de son cher Trinquefort, et, comme il est fort probable qu'il me soupçonne d'avoir enlevé Juliette, il va se figurer que ma fuite n'a qu'un but : éloigner sa belle de Paris.

« Aussitôt ce raisonnement fait, notre homme adoptera le parti de m'arrêter en route aussitôt qu'il se sera assuré que je voyage avec une dame.

« Un amoureux ne peut se faire un autre raisonnement ni s'arrêter à un autre parti.

« En conséquence, le capitaine ne partira de Paris qu'après m'avoir vu monter en voiture ; puis, à prix d'argent, il me dépassera une fois hors de Paris, et alors arrêtera ma chaise de poste, surtout s'il y a vu une femme dedans.

« Qu'il en soit ainsi ou autrement, agissons comme si les choses devaient se passer comme nous venons de dire. »

Le lendemain, à neuf heures, Guiffart donnait ses instructions à Tournebuc et au Ribouilleur, prévenus par Nivodan.

« Prenez quatre hommes avec vous, leur disait-il, choisissez les plus déterminés que vous avez sous la main. Dans deux heures au plus tard, il faut qu'armés jusqu'aux dents, vous ayez quitté Paris. Vous irez vous poster à trois lieues au moins des fortifications, sur la route d'Orléans, dans une montée, de façon à ce qu'il vous soit plus facile d'arrêter une voiture. Vous choisirez un endroit éloigné de toute habitation et boisé, si c'est possible.

« De dix heures à minuit, vous verrez passer deux chaises de poste. Je ne puis vous dire à quelle distance elles seront l'une de l'autre, mais elles iront un train d'enfer, comme si la seconde donnait la chasse à la première, cherchant à éviter un abordage.

« Je serai dans la première avec Nivodan et la Maugrebin. Vous ferez entendre le signal ordinaire, afin que je sois prévenu de votre présence et que je connaisse l'endroit où vous serez.

« Quand la seconde chaise viendra, vous l'attaquerez. Elle renfermera probablement trois voyageurs, trois anciens militaires n'ayant point froid aux yeux ; ils seront sans doute armés.

« Vous agirez suivant les circonstances, mais il faudrait tuer le plus important de ces voyageurs, que les deux autres appellent *mon capitaine*. Au reste, c'est le plus jeune des trois.

« Surtout ne dévalisez pas les morts ou les blessés ; ne leur prenez pas une épingle. »

Tournebuc et le Ribouilleur, qui avaient été fort attentifs jusqu'alors, laissèrent échapper un léger murmure en entendant cette singulière recommandation.

— Vous vous attendiez peu à celle-là, mes gaillards, dit Guiffart en souriant et sans autrement s'émouvoir des murmures des deux bandits. Il me semble que vous oubliez bien facilement que nous ne sommes plus des voleurs, mais des usuriers. L'homme qu'il s'agit de mettre à l'ombre a pénétré le secret de notre association ; nous n'avons que cette raison pour l'assassiner. Vous allez donc travailler pour le bien de la communauté. Du reste, je suis trop juste pour vous faire exposer votre peau pour le roi de Prusse : je vous payerai en conséquence. Allez, c'est tout, si vous m'avez bien compris.

Les deux bandits disparurent aussitôt.

A huit heures du soir, avec une ponctualité toute militaire, Guiffart arrivait seul à la poste aux chevaux.

L'employé auquel il s'était adressé la veille ne l'avait pas pris en vain pour un prince russe. Ses ordres avaient été merveilleusement exécutés.

Une chaise de poste, louée exprès pour la circonstance chez un faiseur en renom, stationnait dans la cour. Un garçon d'écurie achevait d'atteler les chevaux. Le postillon, en tenue complète, ajustait la mèche de son fouet.

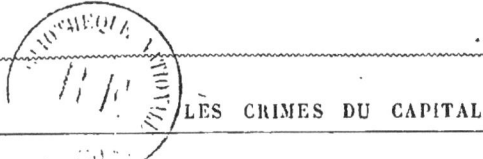

A dix heures, il y avait grande affluence

Le chevalier feignit d'examiner les chevaux avant de monter en voiture. Il regardait les gens qui se trouvaient dans la cour.

Sur un banc de pierre, près de l'auge d'abreuvoir, il reconnut Trinquefort.

« Allons ! tout va bien, se dit-il ; l'un des soldats est là qui guette mon départ ; bien certainement que le capitaine n'est pas loin ; ils partiront dix minutes après moi. »

Le chevalier monta en voiture et dit au postillon :

— Vous savez que j'aime à marcher rondement, je paye en conséquence.

La chaise de poste partit au grand trot. À la barrière, Guiffart devait prendre Nivodan et la Maugrebin qu'on pouvait supposer être Juliette.

On entendait encore les grelots des chevaux du chevalier, quand le capitaine Vigneul entra dans la cour de la poste, pendant que Boit-sans-soif, sorti d'une écurie, rejoignait son ami Trinquefort.

D'après les ordres de Trinquefort, on attendait l'arrivée du capitaine pour atteler une seconde chaise préparée depuis le matin.

On se mit aussitôt à l'œuvre.

Horace, sombre et menaçant, activait les garçons d'écurie et le postillon. On devinera facilement ce qui se passait en lui, par la conversation des deux grognards qui se tenaient à quelques pas derrière leur chef.

— Ça va chauffer, disait Trinquefort ; le capitaine est menaçant comme un canon chargé jusqu'à la gueule.

— Dame ! écoute donc, si l'escogriffe lui a enlevé sa future.

— Le capitaine le suppose. Si tu savais avec quel empressement il a adopté le parti de se mettre *illico* aux trousses du Guiffart !

— Un vrai salpêtre, dit Boit-sans-soif.

— Tout juste.

D'après la conversation que nous venons de rapporter, on voit que, quand au départ du capitaine Vigneul, Guiffart ne s'était trompé dans aucune de ses conjectures.

Horace partait en se disant :

— Ce misérable part seul et vient prendre la voiture ici, parce qu'il n'a pas voulu donner une adresse ni amener Juliette. À l'aide de quelques machinations diaboliques, il aura convaincu cette dernière qu'il est de son intérêt de quitter Paris, qu'il y va de la vie de M. Lamy ou de la mienne. Juliette décidée, il va la prendre en route. C'est ce dont il faudra nous assurer. Quand à nous rendre maîtres de cet homme, ce ne sera pas difficile, sa chaise ne peut contenir que quatre personnes, y compris Juliette. En admettant que Guiffart se soit décidé à s'adjoindre quelques scélérats de sa trempe, ils ne seront toujours que trois, et avec Trinquefort et Boit-sans-soif je parviendrai facilement à leur enlever leur proie.

Le chevalier avait quitté la poste aux chevaux à huit heures précises. M. Vigneul partit à huit heures et demie, à une allure qui ne le cédait en rien à celle des chevaux de la chaise de Guiffart.

Ce dernier n'avait pas encore prévenu le marquis de Courville de la capture de Juliette, et, pendant son absence, M. Bontemps devait avoir soin de Juliette, de façon à ce que celle-ci ne manquât de rien.

Quand Horace arriva à la barrière, il fit arrêter sa chaise et mit pied à terre, afin d'aller aux renseignements.

Il apprit qu'une chaise de poste s'était arrêtée à la barrière, comme il le faisait lui-même, il y avait une demi-heure tout au plus, qu'un grand monsieur sec et maigre en était descendu et était aussitôt reparti avec un grand monsieur et une jeune dame, qui l'attendaient depuis vingt minutes environ. Un voile très épais cachait les traits de la dame.

— Plus de doute, se dit Horace, c'est lui.

L'officier regagna rapidement sa voiture et dit au postillon.

— Vous vous rappelez cette chaise de poste qui est partie une demi-heure avant nous de la rue Pigale ?

— Oui, morbleu ! c'était moi qui devais la conduire.

— Il faut la rejoindre.

Le postillon regarda le capitaine d'un air narquois et dit :

— Il faut la rejoindre ! Vous en parlez à votre aise, mon officier ; le briska a une grosse demi-heure d'avance sur nous, et le voyageur qu'il renferme, un prince russe, dit-on, qui sème l'or sur la route, veut être conduit rondement.

— Vingt francs pour vous si nous l'atteignons, dit Horace.

— Oh ! alors, reprit le postillon, nous allons faire de notre mieux pour cela, et bien sûr, si nous ne l'attrapons pas à ce relai, vous n'aurez point de peine à le joindre au relai suivant. Vite en route et en avant !

Horace monta aussitôt en voiture.

— Ils ne sont que deux, dit-il à ses compagnons.

— Oh ! la quantité n'y fait rien, mon capitaine, dit Bois-sans-soif ; l'important est de les tenir.

Le postillon avait abattu son sceptre redoutable sur la croupe frémissante du sous-verge ; quant à son porteur, il l'avait caressé de l'éperon. Les deux chevaux bondirent et enlevèrent la chaise, qui disparut rapidement.

Pendant la halte que nous venons de dire, aucun des trois voyageurs n'avait fait attention à cinq chevaux anglais magnifiques, sellés et bridés, qu'un gamin complaisant était chargé de surveiller pendant que les cinq cavaliers buvaient le coup de l'étrier dans un cabaret voisin.

Les cinq chevaux et leurs cavaliers étaient déjà là quand Guiffart avait passé la barrière ; ce dernier, occupé de ses affaires, n'avait fait aucune attention à cet équipage de chasse ou de course.

Quand le chevalier s'était arrêté pour prendre Nivodan et la Maugrebin, Ali, qui se trouvait parmi les cinq cavaliers, vint sur le seuil de la porte du cabaret et assista au départ de Guiffart.

Comme ses compagnons, le nain portait une riche livrée, un long couteau de chasse pendait à son côté. Nous pouvons ajouter que les fontes des selles des cinq veneurs de circonstance étaient garnies de pistolets soigneusement chargés.

— Et d'un ! fit Ali en espagnol à ses compagnons en rentrant dans le cabaret après que Guiffart se fut éloigné. L'autre ne tardera pas à arriver.

Une demi-heure après Horace passait.

Cette fois encore, Ali alla reconnaître les voyageurs.

— Ce sont eux, dit-il en revenant se mettre à table. Nos chevaux sont bons, dans vingt minutes, quand la nuit sera sombre, nous partirons.

A l'heure indiquée par le nain, les cinq cavaliers se mirent en route, au trot de leurs magnifiques montures.

Avant d'aller plus loin, disons comment Ali avait passé la nuit précédente, comment il était informé du départ de Guiffart et d'Horace, et pourquoi il se trouvait à la barrière quand ces deux derniers y passèrent.

Comme il l'avait dit, le nain, suivi de Jéronymo, s'était, pendant la nuit précédente, introduit dans la maison de M. de Courville, en escaladant le mur du fond du jardin, qui donnait sur une ruelle étroite, déserte et mal éclairée.

Une fois dans le jardin, Ali, après avoir mis Jéronymo en vedette, de façon à ce l'Espagnol pût épier le retour de Guiffart, avait fait le tour du pavillon, où il était certain que Mlle Lamy était enfermée.

Un examen attentif de l'édifice ne lui apprit que trois choses : que les volets étaient solidement fermés; que la porte fermait à l'aide d'une serrure à chiffres et qu'il fallait, pour l'ouvrir, connaître le secret de celui qui l'avait fermée; que la prisonnière n'était pas enfermée dans une chambre donnant, par une des façades, sur le jardin. Elle était sans doute reléguée dans quelque pièce située au milieu de l'édifice et recevant l'air et le jour par un vitrage.

C'était désespérant.

Rien ne pouvait décourager le nain, une fois qu'il avait un projet à exécuter en tête.

Après avoir réfléchi un instant, il s'élança après l'un des grands arbres, dont les rameaux supérieurs retombaient sur la toiture de l'édifice.

Un serpent n'eût pas été plus vite arrivé que le nain sur cette toiture, disposée en terrasse, suivant l'usage italien.

Ali eut bientôt pénétré le secret de la retraite de Juliette.

Au milieu de la terrasse, le nain avait vu un large vitrage éclairé de l'intérieur.

—Elle est là, se dit-il en s'avançant avec précaution vers le point lumineux.

Par le vitrage, le nain aperçut Juliette. La pauvre enfant était triste, rêveuse, absorbée.

— Elle est bien belle, murmura-t-il. Quelle pureté, quelle candeur sur ses traits ! ne dirait-on pas un petit ange ?

Afin de ne pas épouvanter la jeune fille, Ali ne la prévint pas de sa présence.

— Contentons-nous de veiller sur elle? ajouta-t-il encore.

Il examina un instant la disposition du vitrage qui l'empêchait de communiquer avec la jeune fille, et parut satisfait. Sans doute que l'obstacle n'était pas insurmontable.

Cette excursion faite, le nain alla rejoindre son ami Jéronymo.

— Eh bien?... lui dit-il en l'abordant.

Il était minuit.

— L'homme est rentré, dit l'Espagnol ; je l'ai entendu dire au concierge qu'il pouvait se coucher.

— Écoute bien, Jéronymo, reprit Ali à voix basse en entraînant son compagnon dans un massif qui touchait presque à l'unique porte de la prison de Mlle Lamy, tu vois ce pavillon ?

— Par Dieu! je le touche, fit l'Espagnol.

— Eh bien! ce pavillon renferme une jeune fille que l'homme dont nous parlons a enlevée ce matin ; tu devines dans quel but? Cette jeune fille, un ange de beauté et de vertu, a un fiancé qui ignore ce qu'elle est devenue, et qui donnerait sa vie et sa fortune pour la retrouver.

— On les donnerait à moins, répondit Jéronymo.

— En effet; mais la Paula ne veut pas que cette jeune fille, au sort de laquelle elle s'intéresse, soit victime de l'homme que nous surveillons.

— Il faut tuer l'homme, alors, dit Jéronymo sans hésiter.

— Non, pas encore. Nous allons seulement l'épier; et cette nuit, s'il vient pour mettre ses méchants projets à exécution, je bondis sur lui, nous lui mettons le poignard sur la gorge et le ficelons comme une andouille de Bayonne. As-tu ta ceinture ?

— Un Castillan ne sort jamais sans sa ceinture et son poignard, répartit Jéronymo.

— Bien. Quand nous l'aurons attaché, nous le forcerons à nous dire comment on ouvre cette porte...

— Je devine le reste, fit l'Espagnol; attendons.

Les deux hommes, aussi silencieux que les arbres qui les entouraient, attendirent en vain.

Guiffart, on s'en souvient, s'était décidé à ne s'occuper de Juliette qu'après s'être débarrassé d'Horace ; il ne sortit donc pas de son appartement.

Au petit jour, Ali quitta Jéronymo en lui disant :

— Je m'en vais. Dans un instant, je te jetterai, par dessus le mur du fond, un paquet de provisions. Pendant le jour, tu te cacheras...

— Sur un arbre, dit Jéronymo.

— C'est cela. Tu attendras mon retour.

— Bien, fit l'Espagnol sans se permettre la moindre objection.

Un quart d'heure plus tard, il recevait de copieuses provisions; il les mit dans sa ceinture dont il se fit une sorte de gibecière et monta, armes et bagages, sur l'arbre le plus touffu du jardin.

De grand matin, comme nous l'avons dit, Ali fut prévenu par Trépinette que Guiffart devait partir le soir même à huit heures en chaise de poste, par la route d'Orléans, afin de se rendre à la Rochelle.

— A la Rochelle! se récria Ali. Le misérable va tuer cette malheureuse folle qui seule, a dit le capitaine, pouvait servir de témoin contre lui...

Cette conversation avait lieu dans un café borgne de la place Maubert, par la devanture duquel Ali et Trépinette observaient la maison dans laquelle Guiffart avait installé son bureau de placement.

Ils virent arriver successivement Greluchet, le Ribouilleur, Tournebuc et Guiffart.

— Qui se ressemble s'assemble, dit Ali après les avoir vus. Ces hommes font partie de la même bande. Examine-les bien de façon à les reconnaître quand ils sortiront, Trépinette, je te dirai pourquoi après.

Trépinette n'attendit pas longtemps.

Tournebuc et le Ribouilleur sortirent ensemble les premiers, précédant Guiffart de quelques instants seulement.

— Il est évident que ces trois hommes avaient rendez-vous dans cette maison, dit

Ali. Comme le voyage si précipité de Guiffart me semble cacher quelque chose, tu vas aller, Trépinette, te poser en voiture, à la barrière, sur la route d'Orléans. Tu feras bien attention si, parmi ceux qui sortiront de Paris par cette route, tu ne reconnais pas les deux hommes que nous venons de voir. Moi, je vais à la poste, où tu me retrouveras dans le plus proche cabaret, si tu as quelques communications à me faire.

Ali et Trépinette se séparèrent.

Le premier, moyennant un louis, décida un employé de la poste à venir lui dire le nom de tous les voyageurs partant.

A deux heures, l'employé vint pour la troisième fois et dit à Ali :

— Un nommé M. Vigneul, capitaine d'état-major, vient de commander une chaise de poste pour huit heures et demie du soir ; il emmène deux personnes. On attellera quant il sera arrivé.

— Où va-t-il ? demanda Ali.

— A Orléans.

— Bien, fit le nain, c'est tout ce que je voulais savoir. Tenez, voici un autre louis pour votre peine.

Comme il congédiait l'employé, Trépinette arriva.

— Les deux hommes de ce matin ont quitté Paris par la route d'Orléans. Ils sont accompagnés de quatre autres hommes. Tous les six sont vêtus en paysans des environs, dit-elle à Ali.

Celui-ci n'avait besoin d'être sorcier pour deviner le plan de Guiffart.

— Le scélérat, se dit-il, par un faux avis, a décidé le capitaine à le poursuivre ; mais de cette chasse au bandit, le capitaine, attaqué par six hommes, ne reviendrait certainement pas si je n'étais là. Ah ! mons Guiffart, votre guet-apens est dressé ! Très bien. A mon tour de dresser mes batteries, et nous allons voir si, à la Rochelle ou sur la route d'Orléans, les choses tournent comme vous l'espérez!...

XXII

UN COMBAT PAR UNE NUIT SOMBRE.

Le Ribouilleur, comme étant le plus expert en pareille matière, devait établir l'embuscade et diriger l'attaque résolue par le chevalier.

Nos six bandits qui, grâce à leurs déguisements, ressemblaient à des paysans ou à des maraîchers des environs de Paris, suivaient la route en ayant soin, aussitôt qu'ils rencontraient quelqu'un, de s'entretenir à haute voix du cours des grains et autres denrées.

Ils étudiaient attentivement le pays.

Ils firent trois lieues sans trouver ce qu'ils cherchaient ; ils n'avaient rencontré que des bourgs et des villages, tous endroits peu favorables au succès de leur entreprise.

Ils arrivèrent enfin à une montée fort rapide.

— Installons-nous ici, dit Tournebue ; la côte est rapide, les chevaux ne la graviront pas au galop. Un fossé et un bois pour nous cacher, c'est plus qu'il n'en faut.

— Nous avons le temps, dit le Ribouilleur, grimpons le mamelon ; du sommet, nous découvrirons le pays qui nous entoure. Cette reconnaissance est indispensable, car bien certainement que l'affaire sera chaude, avec trois poulets qui n'ont point froid aux yeux. Et si les coups de pistolet doivent aller leur train, est-il bon que nous nous assurions qu'ils ne seront entendus de personne. S'il y a souvent des auberges au sommet des côtes, il y a quelquefois aussi des casernes de gendarmerie.

L'avis était bon et dicté par la prudence. Les cinq bandits l'adoptèrent, et, quoique la chaleur fût étouffante et la montée rapide, ils furent bientôt au sommet.

Comme l'avait prévu le Ribouilleur, de ce point culminant on dominait parfaitement le pays, qui était assez désert. Au loin seulement quelques maisons éparses çà et là dans la plaine.

Le Ribouilleur ne put retenir une joyeuse exclamation.

Des ouvriers étaient occupés à réparer la route sur une longueur de plus de deux kilomètres.

Cette réparation commençait au milieu du versant que les bandits n'avaient pas parcouru, c'est-à-dire dans la descente en venant de Paris. Les ouvriers la faisaient en laissant juste un passage pour une voiture. Le reste de la voie était encombré de matériaux et d'outils, une vraie barricade. La nuit, afin de guider les voyageurs dans ce pas difficile, des falots étaient allumés par un cantonnier.

Des deux côtés de la route, des bois taillis peu élevés, mais assez épais pour que les hommes de Guiffart pussent s'y cacher.

— Voici notre affaire, fit le Ribouilleur, j'ai mon idée ; attendons la nuit, vous verrez...

Les six bandits, comme autant de bêtes fauves, se glissèrent dans le bois, où ils déjeunèrent et firent un somme.

A sept heures, les ouvriers rangèrent les brouettes sur une ligne, une sorte de cheval de frise fort dangereux.

A neuf heures, la nuit venue, un cantonnier vint placer et allumer les fanaux. Leurs lueurs pourpres étincelaient de distance en distance, et indiquaient nettement la ligne qu'il fallait éviter.

— Nous n'avons pas de lune ce soir, dit le Ribouilleur. Eh bien ! voici mon idée : dans une heure, il fera noir comme dans un four ; aussitôt que le chevalier sera passée, nous éteindrons les deux ou trois premiers fanaux, et allez-y !...

— La seconde chaise de poste fera la culbute, firent en chœur les bandits enchantés de l'*idée* de leur chef. De cette façon, notre besogne sera peut-être simplifiée de beaucoup.

Les six bandits rendirent encore l'abord de la ligne de pavés plus difficile et plus dangereux ; la catastrophe devait être épouvantable.

Le Ribouilleur ne s'était pas trompé. La nuit était noire comme un four. Il était assis sur un monticule de pavés, au pied du premier fanal, du côté de Paris.

Ayant consulté sa montre :

— Dix heures vingt, dit-il ; silence, j'entends un bruit sourd. Une voiture monte la côte ; nous ne la voyons pas, parce que la montagne nous sépare.

Les bandits firent silence et entendirent quelques légers tintements de grelots vibrer dans l'air. Le bruit paraissait éloigné, parce qu'il venait de l'autre côté du mamelon. Ils ne s'y trompèrent pas.

— Attention, dit le Ribouilleur, voici le chevalier.

— Si ce n'était pas lui, dit une voix contenue, que les troupiers lui aient passé sur le dos ?

— Ce n'est pas possible. Coûte que coûte, le chevalier aura su garder l'avance qu'il avait sur l'officier. A tout événement, je ferai le signal quand la voiture sera à dix pas de nous. Si c'est lui, il me répondra d'une façon ou de l'autre.

Peu après, les brigands apercevaient les deux lanternes du briska au sommet de la montée. La chaise n'arrêta pas pour enrayer le sabot ; elle descendait au galop.

Quand elle fut à dix pas de l'écueil, le Ribouilleur siffla d'une façon particulière. Aussitôt, le chevalier passa sa tête par la portière, de façon à ce que la lumière d'une lanterne l'éclairât en plein.

— C'est le chevalier, dit le Ribouilleur à ses compagnons.

Puis il reprit à haute voix en se dressant debout et en s'adressant au postillon :

— Attention ! camarade, on répare la route. Appuyez à gauche, modérez l'allure de vos chevaux et suivez bien la ligne des feux.

— Merci, mon brave, de me crier casse-cou, dit le postillon qui était déjà dans la passe.

Il avait pris le Ribouilleur pour un cantonnier placé en vedette, afin de veiller à la sûreté des voyageurs.

Guiffart avait pénétré sans peine le plan d'attaque de ses hommes.

Ils sont perdus, dit-il à Nivodan, c'est un vrai casse-cou. Quand le Ribouilleur aura éteint les falots, ce sera bien pis encore.

La chaise de poste de Guiffart était loin. Le Ribouilleur et ses compagnons, redevenus silencieux, n'entendaient rien. Quatre des derniers falots, étaient déjà éteints. A une distance de deux pas, on ne voyait ni le terrible barrage, ni les bandits qui le gardaient, poignards et pistolets au poing.

Le Ribouilleur dit encore :

— Quand la chaise de poste arrivera, elle piquera immanquablement une tête. Le postillon et les chevaux, autant de f... ; quant aux voyageurs qui ne s'attendent à rien, ils seront tout surpris du choc ; nous les attaquerons aussitôt sans leur donner le temps de prendre leurs armes et de se reconnaître. En opérant ainsi, nous nous exposerons moins.

Le bandit finissait à peine de parler que, comme la première fois, des tintements de grelots se firent entendre.

— Les voilà ! fit la sinistre bande d'égorgeurs.

Peu après il aperçurent les lumières de la voiture.

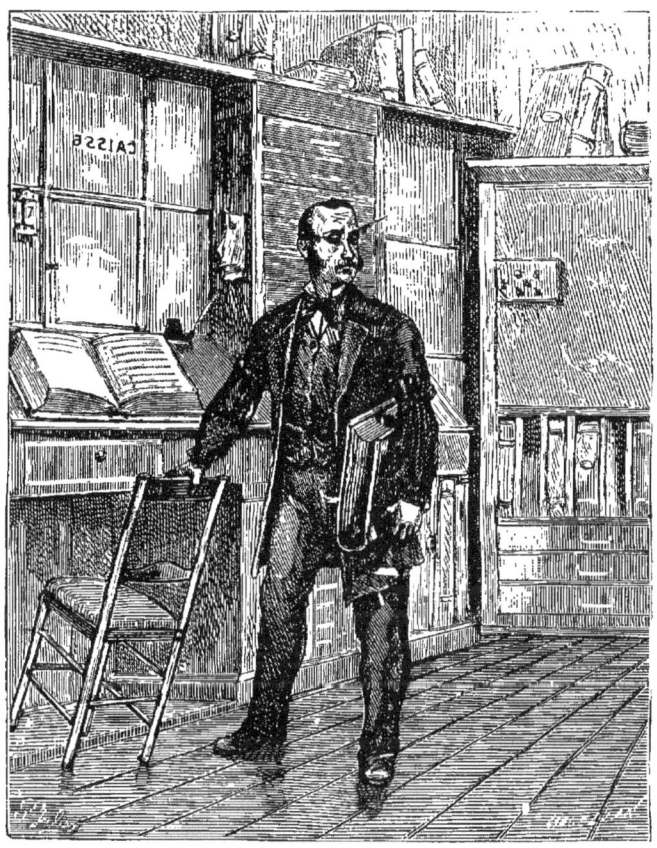

M. Berlingot, l'homme de paille de la Compagnie usurière.

Le postillon n'enraya pas plus que son devancier. Il conduisait encore plus *rondement*, puisque, sur une demi-heure d'avance il avait regagné un quart d'heure. La chaise roulait avec une rapidité vertigineuse.

Quand elle arriva sur l'obstacle, le choc fut affreux; les deux chevaux, lancés au galop, s'abattirent; le postillon disparut; la voiture, entraînée par son propre poids, passa sur les chevaux, escalada presque une ligne de pavés, et finit par verser.

Un pêle-mêle effroyable!

Les trois voyageurs, étonnés, surpris, épouvantés, purent croire un instant que la terre se dérobait sous leurs pas; tombés les uns sur les autres, ils se relevaient à grand'peine, quand ils entendirent un bruit de voix autour d'eux.

— Ne faites pas un mouvement, ou vous êtes morts! fit une de ces voix sur un ton menaçant.

Ils entendirent des hommes monter sur la chaise; une tête, un bras et un pistolet parurent à la portière qui regardait le ciel.

Trinquefort, sans tenir compte de la menace des bandits, avait armé un pistolet; il vit la tête, tira : cette tête disparut comme foudroyée.

La bande de Guiffart comptait un scélérat de moins.

Ce premier épisode n'avait pas duré une seconde.

Les bandits, en voyant tomber un des leurs, avaient subitement compris qu'il était fort périlleux d'approcher de la portière de la voiture dans laquelle les trois voyageurs étaient enfermés comme dans une forteresse et à l'abri de leurs coups.

Ils tinrent conseil.

— Nous ne les aurons jamais, dit l'un, s'ils ne sortent pas de leur guimbarde.

— Non, car on ne peut les atteindre que par cette maudite portière, fit un autre.

— Et il n'y a pas presse pour s'en approcher; ils tiennent leurs pistolets braqués dessus, ajouta un troisième.

— Si nous mettions le feu à la voiture et les enfumions? dit Tournebut.

— L'idée est impraticable, ce serait trop long, répondit le Ribouilleur.

— Trouve un autre moyen, alors.

— J'en ai un, répondit le chef.

— Voyons, fit la bande.

En effet, une idée infernale venait d'éclore dans le cerveau de l'ex-chiffonnier.

— Nous allons jouer à l'homme fort, dit-il avec un éclat de rire féroce; jetons des pavés en l'air de façon à ce qu'ils passent par la portière; quand la voiture sera pleine, tout sera dit... En avant! prenons les plus gros.

Horace et ses compagnons, qui entendaient cette conversation, frissonnèrent en pensant à la mort affreuse qui leur était réservée. Quand à se rendre, pouvaient-ils y songer? les bandits les massacreraient impitoyablement à mesure qu'ils sortiraient de la voiture, par cette portière peu facile et longue à franchir.

Les bandits étaient armés de pavés. Les voyageurs se placèrent de façon à ne pas se trouver sous l'ouverture; mais il était facile de prévoir que les pavés rebondiraient et briseraient tout ce qu'ils rencontreraient, chair et bois, pieds et corps.

Quel supplice pour les trois malheureux, qui ne pouvaient rien contre cette nouvelle attaque!

— Allons, ouvrons le bal! dit le Ribouilleur.

XXIII

COMMENT CESSA LA PLUIE DE PAVÉS ET QUI LA FIT CESSER.

La pluie de pavé commença.

Quoiqu'on ne pût voir les malheureux qui recevaient cette singulière averse, c'était une scène effrayante, hideuse et sans nom.

Il fallait des hommes sans entrailles et sans cœur pour la prolonger et y assister sans frémir.

Une lapidation imitée des temps d'affreuse barbarie.

Les pavés tombaient avec un bruit sourd dans la chaise matelassée, ou rebondissaient avec fracas sur les panneaux de la voiture sans arriver à la portière, assommant comme des massues, coupant comme des couteaux ou déchirant comme des scies, suivant leurs formes et leurs arêtes.

Le bois craquait, le fer grinçait et lançait des étincelles, les vitres criaient, les lapidés, malgré leur courage et leur énergie, jetaient des cris de rage, de douleur et de désespoir.

Les bandits riaient, faisaient d'horribles plaisanteries, couraient, gesticulaient.

On eût dit une horde de sorciers du moyen âge se rendant au Sabat ou se livrant à quelques danses cabalistiques.

L'idée du Ribouilleur avait un succès fou.

Tout à coup les bandits s'arrêtèrent surpris.

Un bruit singulier se faisait entendre.

C'était le pas de plusieurs chevaux arrivant au galop, un cliquetis d'armes et de fer.

— Les gendarmes ! s'écria Tournebuc.

— Halte !... au pas... la route est encombrée, fit une voix dans la nuit.

Cette voix était douce comme celle d'une jeune fille.

— Il y voit clair, celui-là, dit le Ribouilleur ; sauvons-nous, mes amis, ils sont nombreux ; j'en vois déjà cinq sur la route.

Le bandit avait parlé à voix basse, mais de façon à être entendu de ses compagnons ; ceux-ci ne se firent pas répéter l'ordre deux fois. Profitant des ténèbres, rampant comme des serpents entre les lignes de pavés et d'outils, ils gagnèrent le bois impunément et s'enfuirent.

Ils eurent bientôt disparu.

Ali et ses compagnons, c'étaient eux qui arrivaient si à propos, mirent pied à terre et entourèrent la voiture.

Les lumières et les falots furent bientôt rallumés ; trois des hommes d'Ali gardèrent la ligne du bois.

Le mot *gendarmes* avait frappé l'oreille de Boit-sans-soif, le seul des trois voyageurs qui ne fût pas grièvement blessé.

— Au secours ! au secours ! s'écria-t-il, mes compagnons ne donnent plus signe de vie ; les scélérats nous ont écrasés sous une grêle de pavés.

— Les misérables ! dit Ali, serais-je arrivé trop tard ?

Il ne comprenait pas encore la *grêle de pavés*, et se demandait comment les bandits s'étaient contentés d'assaillir les voyageurs à coups de pierre.

— Pour éviter le bruit des armes à feu, sans doute, se dit-il.

La portière fut enfin ouverte. Boit-sans-soif sortit de la voiture à peu près sain et sauf.

En deux mots, le chasseur mit Ali au courant de la situation ; puis oubliant un instant ses amis et ivre de rage, voulut se précipiter à la poursuite des bandits qui les avaient si singulièrement attaqués.

— Les gueux ! les scélérats ! s'écriait-il, si je les tenais, je ne sais pas ce que je leur ferais. Ils ont voulu nous assommer vivants, moi je les écorcherais vifs.

Ali eut toutes les peines imaginables à faire comprendre à Boit-sans-soif que les bandits s'étaient enfuis aussitôt qu'ils les avaient entendus, lui et les siens.

— Le plus pressé maintenant, dit le nain au chasseur d'Afrique, c'est de tirer vos amis de cette berline.

— Ce pauvre capitaine ! dit Boit-sans-soif, ce cher Trinquefort ! C'est vrai, vous avez raison, sauvons-les ; pourvu que je les retrouve entiers !...

Le sauvetage commença. Il fut plus difficile qu'on pourrait croire. Il s'agissait de déblayer la voiture. Un nouvel aide prêta main-forte à Ali et aux siens, le postillon, qui s'était enfin relevé de sa chute sans une égratignure ; il devait en être quitte pour la peur. Quoiqu'il affirmât le contraire avec un aplomb vraiment remarquable, notre homme avait cru prudent de faire le mort tant qu'il y avait eu du danger à se montrer.

La voiture fut déblayée ; on parvint à en sortir Horace et Trinquefort. Tous deux respiraient encore, mais ils avaient les pieds et les jambes dans un état si pitoyable, qu'il fut très difficile de leur faire recouvrer l'usage de leurs sens.

Le nain était cependant convaincu que leurs blessures et leurs contusions n'étaient pas mortelles.

Aussitôt il fit remettre la voiture sur ses roues et y fit atteler deux des cinq anglais ; quand aux chevaux de poste, il était impossible de songer à en tirer le moindre parti, ils n'étaient bons qu'à contribuer à faire la fortune d'un équarrisseur.

Le capitaine et Trinquefort furent réinstallés dans la berline ; avant d'y prendre place, Boit-sans-soif reçut les instructions d'Ali :

— Vous allez retourner à Paris, lui dit le nain ; deux de mes hommes vont vous accompagner ; vous installerez le capitaine à Neuilly et ne le quitterez pas, car ses ennemis essayeront peut-être encore de lui jouer quelques mauvais tours.

— Les coquins, si je les tenais !... s'écria Boit-sans-soif.

— Soyez tranquille, mon brave, nous les tiendrons avant peu. Quand le capitaine ira un peu mieux, qu'il sera en état de vous comprendre, afin de lui donner du cœur au ventre et l'envie de guérir, vous lui direz que mademoiselle Juliette ne court aucun danger ; que celui qui vous a tirés tous du mauvais pas où vous étiez il n'y a qu'un instant veille sur elle.

— Mais qui êtes-vous donc ?

— Qu'importe ?

— Vous connaissez le capitaine ?

— Oui.

— Et lui ?

— Il ne sait pas seulement si j'existe, dit Ali.

— Cependant, reprit Bois-sans-soif, ce n'est pas seulement le hasard qui vous a amené sur la route, à pareille heure, et *juste à pic* pour nous *sauver la mise*

— Non, je savais le complot tramé contre le capitaine, et je n'ai qu'un regret, celui d'être arrivé un peu tard.

— C'est égal, vous êtes un brave, dit Bois-sans-soif en tendant la main à Ali. Où diable allez-vous maintenant ?

— Où va le chevalier de Guiffart, celui que vous poursuiviez, dit Ali.

— Vous avez de la chance. Si j'étais à votre place... coquin de sort !

— Comme je ne veux pas le manquer, je n'ai pas de temps à perdre. Allons, une dernière poignée de main et en voiture....

— Bon voyage dit Boit-sans-soif en prenant place auprès des deux blessés.

— Surtout n'oubliez pas mes recommandations, lui répondit le naïn.

Pendant ce colloque, le postillon, rassuré par la présence des deux veneurs d'Ali, remonta sur ses chevaux et la chaise reprit au pas, afin de ne pas fatiguer les blessés par une allure plus rapide, le chemin de Paris, où elle arriva le lendemain sans encombre.

— Ali, resté sur la route avec deux cavaliers encore montés, dit à ces derniers :

— A cheval, camarades ; que nos chevaux jouent des jambes et nous de l'éperon. Celui que nous nous proposons d'atteindre a sur nous une belle avance. Nos chevaux tiendront bien jusqu'à Orléans. Trente lieues ne seront pas la mer à boire pour eux ; demain, ils se reposeront.

Les trois cavaliers marchèrent jusqu'à onze du matin le lendemain, et arrivèrent à Orléans, où Guiffart ne les avait précédés que de deux heures, quoiqu'il eût changé de chevaux à tous les relais de poste.

Juste à dire qu'au second relais, quand il ne s'était plus vu poursuivi par Horace qu'il supposa victime du guet-apens, Guiffart avait donné ordre au nouveau postillon d'aller à l'allure réglementaire.

En arrivant à Orléans, les chevaux d'Ali étaient épuisés. Le nègre les installa, avec un de ses hommes, dans une auberge.

Le cavalier avait ordre de les reconduire à Paris à petite journée aussitôt qu'ils seraient remis des fatigues de la route.

— Maintenant, à nous deux, dit Ali au seul compagnon qui lui restait pour continuer à poursuivre Guiffart. Je vais aller à la poste commander des chevaux et prendre des renseignements sur notre homme. Pendant mon absence, ouvre cette valise change de vêtement, donne-toi l'apparence d'un riche voyageur espagnol. Quant à moi, je resterais comme je suis ; je passerai pour ton domestique.

— Bien, señor Manoël, dit l'Espagnol.

— Ali courut à la poste, où il retint des chevaux. En payant en grand seigneur, il apprit ce qu'il voulait savoir.

En arrivant à Orléans, le chevalier s'était aussitôt débarrassé de Nivodan et de la Maugrebin, dont il n'avait que faire à la Rochelle, pendant qu'au contraire leur présence était absolument nécessaire à Paris pour l'ovation à faire à la Paula.

— Ces deux voyageurs, dit le donneur de renseignements, sont de suite repartis par le courrier de Bordeaux. Quant à celui qui reste, il ne veut voyager que la nuit à cause de la chaleur. Il part ce soir à six heures et ira jusqu'à Tours sans s'arrêter.

Le jour même, à cinq heures du soir, les deux Espagnols quittaient Orléans. Le lendemain, ils étaient à Tours, où ils prirent la diligence jusqu'à la Rochelle.

Ils arrivèrent dans cette dernière ville deux jours avant Guiffart. Ali eut le temps de prendre ses mesures, afin d'empêcher le chevalier de mettre à exécution ses sinistres projets contre la Fouine.

Le nain supposait qu'afin de se défaire d'un témoin dangereux, l'assassin de la famille Benoit n'était venu à la Rochelle qu'avec l'intention de tuer la pauvre folle.

On va voir s'il se trompait dans ses prévisions.

XXIV

DANS UNE CAVE DU CHATEAU-TREMBLANT.

A la Rochelle, les habitants de la vieille ville voisins de la masure habitée par la Filleul, en raison du mauvais état de cette construction presque en ruine, l'avaient baptisée du nom significatif du Château-Tremblant.

On ne connaissait la maison abandonnée que sous cette appellation.

Le lecteur peut facilement se faire une idée du réveil de la folle, le lendemain de cette nuit où elle s'était si complètement enivrée, grâce à la généreuse curiosité de l'officier.

A onze heures du matin, huit heures après le départ d'Horace, la Fouine avait enfin remué sur le fumier fétide qui lui servait de lit ; puis elle s'était mise sur son séant, la tête lourde, l'estomac malade.

Le peu d'intelligence qui lui restait était singulièrement troublé en ce moment. Cependant, elle eut comme un souvenir confus des scènes de la nuit.

Elle se rappela d'avoir reçu Gérot, son ancien amant, — persistait dans son erreur à l'endroit de M. Vigneul, — d'avoir causé avec lui du meurtre de la famille Benoit, de lui avoir réclamé son enfant et de l'avoir menacé de le dénoncer s'il ne le lui rendait pas.

Tout à coup, elle frissonna ; ses traits s'imprégnèrent d'une profonde épouvante, son regard étincela de terreur.

— Oh ! je le connais, murmura-t-elle, sa haine est implacable. Que lui importe un peu plus ou un peu moins de sang répandu ! Si je l'ai menacé, il reviendra et me tuera !... Mon Dieu ! qu'est-ce qui m'a donc prise, qu'ai-je donc eu pour lui parler de l'assassinat des Benoît, et surtout pour le menacer de le dénoncer ?...

J'étais folle... non, j'étais ivre, je le sens bien, je suis malade ce matin ; j'ai comme du feu dans la poitrine et du plomb dans la tête. Maudite ivresse ! je ne boirai plus...

Clara Filleul resta une demi-heure dans un état de prostration complète.

Elle était en proie à la terreur qui l'avait rendue folle et l'avait obsédée toute sa vie : la peur du courroux du meurtrier.

Enfin, elle reprit :

— Je me trompe peut-être. C'est sans doute un rêve... Gérot revenir après une absence de vingt-deux ans, c'est impossible ! Il me croit morte depuis très-long-temps.

La Fouine arrêta son regard affolé sur la table chargée de bouteilles et sur les deux chaises.

— Cependant, il est venu quelqu'un, dit-elle : cette table, ces chaises, ces bou-teilles...

Une pensée surgit sans doute dans l'esprit de la folle.

Elle se mit debout d'un bond.

Elle allait parler, quand elle entendit frapper à la porte du rez-de-chaussée.

La Fouine monta rapidement l'escalier disjoint et ouvrit la porte : c'était un garçon envoyé par le marchand de vin qui avait fait la fourniture de la veille.

Ce dernier avait plusieurs raisons d'envoyer chez la folle ;

La curiosité d'avoir de ses nouvelles, de savoir comment elle se trouvait après une ivresse comme celle de la nuit ;

Le désir de reprendre sa table, ses chaises et ses bouteilles, afin que ce matériel n'eût pas à souffrir des humeurs noires de Clara Filleul ;

Enfin, le repas quotidien qu'il envoyait à sa nouvelle pensionnaire, puisque Horace lui avait versé une somme suffisante pour nourrir la folle pendant six mois en lui fai-sant dépenser un franc par jour.

— Tiens, c'est vous ?... Que voulez-vous ? demanda la folle au garçon.

Depuis bien des années personne, sauf Horace, n'était venu la voir dans sa cave. Seuls les gamins semblaient se souvenir d'elle, et seulement pour lui dire des injures quand elle s'avisait de sortir du Château-Tremblant.

— Je viens voir comment vous allez et chercher mes ustensiles, dit le garçon. De plus, je vous apporte à déjeuner, ou plutôt à manger, car il faut que vous passiez la journée avec ce que je vous apporte.

— A déjeuner... à manger !... dit la folle très-étonnée du procédé.

— Oui, reprit le garçon, à manger. Vous souvenez-vous du monsieur qui est venu vous voir hier, et qui a passé une partie de la nuit avec vous ?

— Du monsieur ?... dit Clara Filleul avec égarement.

— Sans doute, du monsieur. Il a payé au patron six mois de nourriture pour vous.

— C'est donc vrai qu'il est venu quelqu'un! s'écria la Fouine avec désespoir en se frappant le front de ses deux poings. Je ne me trompais pas... ce n'était pas un rêve... c'était Gérot!... Malheur à moi, il me tuera!

La folle descendit rapidement l'escalier et alla se blottir sur son fumier, dans ses débris de couverture.

Tremblante et effarée, elle était indifférente à ce qui se passait autour d'elle, de sorte que le garçon put enlever les objets qui appartenaient à son patron.

Avant de s'en aller, il posa le déjeuner dans un coin, en disant :

— Ne cassez pas la vaisselle, ou je ne vous apporterai plus à manger.

La folle ne l'entendait pas, elle sanglottait, en répétant :

— Gérot !... Gérot !... il me tuera, pour sûr il me tuera !

Pendant les dix jours qui s'écoulèrent entre la visite d'Horace et l'arrivée du chevalier, Clara resta dans cet état d'insensibilité, mangeant comme une brute quand la faim la tourmentait, n'osant point sortir de sa cave, et si épouvantée qu'elle n'eut pas la présence d'esprit d'en fermer la porte, afin de mettre un obstacle entre elle et celui dont elle redoutait l'arrivée.

Le chevalier vint à la Rochelle. A peine s'il mit le pied hors de l'hôtel où il était descendu, pendant le jour ; il attendait la nuit.

Quoiqu'il ne fût pas venu à la Rochelle depuis vingt-deux ans, il craignit sans doute d'être reconnu par ses compatriotes. Sans sortir de sa chambre, il s'arrangea cependant de façon à savoir où trouver la Fouine quand le moment en serait venu.....

Dix heures du soir viennent de sonner aux différentes églises de la ville ; un homme sort furtivement de l'hôtel des Trois-Piliers, et d'un pas précipité traverse la ville en se dirigeant vers la cité ou *ville haute*, la partie la plus ancienne de la Rochelle, celle qui supporta plusieurs sièges au temps des guerres de religion.

La nuit était belle, mais sombre et sans lune, comme celle de l'attaque de la chaise de poste. L'atmosphère était tiède.

Guiffart, c'était lui, enveloppé dans un manteau et en faisant quelques détours afin de suivre les rues les moins fréquentées et les plus mal éclairées, arriva à onze heures devant le Château-Tremblant.

Tout était calme et silencieux dans les environs ; les maisons étaient toutes fermées; les habitants de ce quartier retiré étaient sans doute tous plongés dans les profondeurs d'un premier sommeil.

— Tout va bien, se dit le chevalier.

Il se pencha et écouta à un soupirail de la cave. Il n'entendit que le bruit d'une respiration entrecoupée et ces mots prononcés avec épouvante :

— Je l'ai menacé, il sera sans pitié et me tuera !

— C'est elle, se dit Guiffart, qui reconnut la voix de Clara Filleul, quoiqu'il ne l'eût pas entendue depuis vingt-deux ans.

Le spadassin alla droit à la porte, qu'il n'eut qu'à pousser pour l'ouvrir. Il la referma derrière lui, en assujettissant un pavé derrière.

Ali était à son poste.

Le chevalier n'avait pas à chercher à l'aide de quel moyen il assassinerait la folle, son plan était arrêté depuis longtemps.

Afin d'éviter les cris et le bruit, il s'était décidé pour l'empoisonnement. Il pensait enivrer la folle avec des liqueurs, qu'il apportait préparées pour assurer la réussite de ses projets.

Il était entouré de ténèbres épaisses ; il alluma une lanterne sourde dont il s'était muni, et descendit l'escalier.

Il en avait déjà franchi plusieurs marches que la folle ne s'était pas aperçu de sa présence, quoique la cave fût en partie éclairée.

Guiffart ne croyant pas que cette lumière subite n'attirait pas l'attention de la folle, il crut qu'elle dormait.

Il dirigea les rayons de sa lanterne sur toutes les parties du souterrain, et aperçut la Fouine accroupie sur sa paille.

La vue de cette femme qui, jeune et jolie, avait été sa maîtresse et sa complice, qu'il avait aimée sans doute, n'éveilla aucune pensée d'humanité chez Guiffart et ne modifia rien à ses homicides projets.

Au contraire, à son aspect, il eut comme un mouvement de rage et de joie, la sensation bestiale qu'éprouve l'animal féroce en sentant enfin sa proie palpitante sous sa griffe ensanglantée.

— La voici donc, la misérable qui m'a trahi, se dit-il. J'avais de la pitié pour elle je la laissais vivre, parce que je la croyais folle et inoffensive; maintenant que je sais qu'elle peut faire tomber ma tête, malheur à elle! elle mourra.

Guiffart dirigea aussitôt les rayons de sa lanterne sur le visage de la folle, qui, les coudes sur ses genoux, tenait sa tête entre ses mains.

La folle, sur qui le rayonnement subit et inattendu produisit l'effet qu'il eût produit sur un oiseau de nuit, releva subitement la tête et regarda d'où venait la lumière. Guiffart restait dans l'ombre par suite de la disposition du réflecteur, Clara Filleul ne vit qu'une silhouette longue et mince.

Il ne lui en fallut pas davantage. Convaincue que Géro! devait venir sans avoir eu le temps de reconnaître ce dernier, et, obéissant peut-être à un pressentiment secret, elle s'écria avec terreur :

— C'est lui!... le voilà!... je suis perdue !...

D'un bond, afin d'empêcher la Fouine de crier ou d'appeler du secours, le cheva-lier fut auprès d'elle.

— Voyons, Clara, lui dit-il de sa voix insinuante, qu'as-tu?

— Va-t'en, va-t'en, s'écria la folle en se cachant le visage de ses mains, sans doute afin de ne pas voir son bourreau.

— Comme tu me reçois!

— Dame! ne viens-tu pas pour me tuer?

— Te tuer! se récria Guiffart, y penses-tu? J'étais en voyage, mes affaires m'appe-lèrent à deux pas de La Rochelle; je demandai de tes nouvelles, on m'apprit que tu étais devenue folle ; alors je poussai jusqu'ici pour voir ce que je pourrais faire pour toi.

— Dis-tu vrai?

— Sans doute.

— N'es-tu pas déjà venu?

— Moi? fit Guiffart en pensant à Horace.

— Oui, toi, il y a... ah! dame, je ne me souviens plus combien il y a de jours, je n'ai pas de mémoire, moi... Mais, approche un peu, que je t'examine bien et te reconnaisse.

Le chevalier fit aussitôt ce que désirait la folle.

Celle-ci s'était levée. Elle mit ses deux mains sur les épaules de Guiffart, qu'elle contempla fixement, comme un magnétiseur regarde le sujet qu'il veut endormir; puis elle dit :

— Oui, tu es bien Gérot; mais l'autre?...

— Eh bien l'autre? dit Guiffart.

— Qui était-ce? dit la folle en devenant profondément pensive.

— Tiens, dit Guiffart, assieds-toi sur ce pavé, moi sur cette marche, en me racontant cette visite et en me disant ce que tu veux que je fasse pour toi, nous boirons un coup de vieille eau-de-vie que j'ai apportée, cela te déliera la langue, t'égayera les idées et te dégourdira la mémoire...

Guiffart s'était déjà assis sur la marche.

Il se rappelait que Clara Filleul avait toujours eu un faible pour les liqueurs fortes.

— De l'eau-de-vie! dit la folle avec convoitise et les yeux étincelants ; tu m'en as apporté, bien vrai?

— Oui, dit Guiffart en tirant une bouteille de sa poche.

La folle s'assit à son tour et dit :

— Buvons, je suis contente de te revoir, Daniel.

— Parce que je t'apporte de l'eau-de-vie, n'est-ce pas? dit l'assassin.

— Oh ! non.

Guiffart avait empli le verre; il le tendit à la Fouine.

Celle-ci but avec avidité, d'un trait, et ne s'aperçut pas que la perfide liqueur avait un léger goût d'amertume.

— Bonne eau-de-vie, dit-elle.

— Elle est aussi vieille que notre connaissance, dit Guiffart; elle a plus de vingt ans de bouteille. Mais, dis-moi donc comment le monsieur dont tu m'as parlé est venu te voir?

— Comment, il est venu? dit la folle, je n'en sais ma foi rien; je ne savais pas plus qu'il allait venir que je ne l'attendais ce soir : il s'est trouvé tout à coup dans la cave.

— Et que t'a-t-il dit?

— Rien, fit la folle en parlant du ton mal assuré d'un enfant qui fait un mensonge. Nous avons bu.

Le chevalier, par Horace, savait ce qui s'était passé entre ce dernier et la Fouine. Il n'insista pas auprès de celle-ci pour en obtenir un aveu dont il n'avait pas besoin.

— Buvons, dit-il..

Guiffart effleurait à peine son verre des lèvres et en jetait le contenu ou le faisait boire à la folle, sans que celle-ci s'en aperçût.

Après plusieurs libations, la folle allait parler de son enfant, — elle revenait toujours sur ce sujet de conversation quand elle avait bu, — lorsqu'elle se sentit la tête lourde et prise d'une forte somnolence; ses yeux se fermaient malgré elle; ses idées s'obscurcissaient dans son cerveau.

— C'est drôle, dit-elle, j'ai envie de dormir.

— Bois un coup, ça te réveillera, dit Guiffard.

— Tu as raison, donne à boire.

Cette dernière libation, au lieu de réveiller la Fouine, l'acheva et l'endormit tout à fait; elle ne put vider son verre, qu'elle laissa rouler à terre, et s'étendit sur le sol sans avoir la force de se traîner jusque sur son grabat.

Le chevalier se leva. Son visage n'était empreint d'aucune émotion; l'assassin en était arrivé à tuer sans sourciller.

— Voilà, ma chère Clara, qui t'apprendra à avoir la langue trop longue, dit-il; demain, tu ne seras plus de ce monde. Quand on relèvera ton cadavre, personne ne s'avisera de demander l'autopsie. L'on dira : la misère et la folie l'ont tuée, sans penser à Gérot, qui t'a débarrassée de l'existence.

Le bandit éteignit sa lanterne, remonta l'escalier à pas précipités, et sortit du Château-Tremblant, dont il se fut bientôt éloigné.

XXV

ALI EST D'AVIS QUE, SI MISÉRALE QUE SOIT LA FOUINE, ELLE NE DOIT PAS MOURIR EMPOISONNÉE.

Le Château-Tremblant était certes une misérable masure, nous l'avons assez répété; cependant il possédait un premier étage, au plancher et à la toiture effondrés par larges places; c'était sans doute ce qui avait déterminé Clara Filleul à se réfugier dans les caves du chancelant édifice.

Dans son souterrain elle était au moins à l'abri des intempéries du temps.

Un escalier vermoulu, aussi raide qu'une échelle de meunier, pouvait servir à un homme peu effrayé ou imprudent à monter au premier étage.

Aussitôt arrivé à La Rochelle, Ali s'était occupé de la Fouine, qu'il avait trouvée sans peine. Ayant fait épier le passage des voitures à la poste, il avait appris l'arrivée de Guiffard avant que celui-ci ne fût installé à l'hôtel des Trois-Piliers. Aussitôt, le nègre avait acheté une voiture et un cheval, dont il devait se servir pour revenir à Paris. Cette voiture était fermée, son compagnon ou lui devait la conduire.

Avant de se séparer de l'Espagnol, Ali lui dit :

— Notre assassin ne tuera pas la folle en plein jour, il attendra la nuit pour commettre ce nouveau crime; tu viendras ce soir à vingt pas du Château-Tremblant et derrière, là tu m'attendras.

— Mais ce crime, señor Manoël, comment ferez-vous pour l'empêcher?

— L'assassin, répondit Ali, afin d'éviter le bruit d'une lutte et des cris, essayera d'empoisonner sa victime en la faisant boire. Il est trop prudent pour agir autrement. Quand il sera éloigné, en laissant la Fouine pour morte, je donnerai un contre-poison à celle-ci et nous l'enlèverons. Plus tard, si notre scélérat trahissait ou servait mal Paula, notre maîtresse, cette malheureuse nous servirait contre lui.

— Bien, je comprends cela ; mais si, contre votre attente, Guiffart n'empoisonnait pas la folle, que celle-ci ne veuille pas boire, par exemple, qu'il veuille la tuer à coups de poignard ou autrement?...

— Je blesserai Guiffart de façon à le mettre hors de combat, répondit Ali sans la moindre hésitation.

— Mais cet homme est bien dangereux, dit l'Espagnol.

— Oh! ne crains rien pour moi, Baptistou, le chevalier ne me sachant pas sur ses talons, il n'y aura pas grand mérite à le frapper dans l'ombre et à le bien frapper.

Sur cette conclusion, les deux Espagnols se quittèrent. Ali alla aussitôt s'installer au premier étage du Château-Tremblant, que Guiffart ne devait pas explorer.

A onze heures, le nain entendit le bandit ouvrir la porte du rez-de-chaussée. Il attendit qu'il eût allumé sa lanterne et fut descendu dans la cave.

Alors sans faire plus de bruit qu'un reptile ou un spectre, il alla lui-même se blottir sur les premières marches de l'escalier dont le degré inférieur servait de siège au spadassin.

On le sait déjà, les choses se passèrent selon les suppositions d'Ali.

Ce dernier vit et entendit tout ce qui se passa entre la Filleul et le spadassin. Aussitôt que ce dernier se fut éloigné, le nain descendit dans la cave, examina et palpa la Filleul.

— Le cœur bat, elle respire, mais déjà difficilement. Allons, tout va bien, j'arrive à temps. Quel que soit le poison dont vous vous êtes servi, mons Guiffart, votre victime n'en périra pas.

Le nain sortit un petit flacon d'un étui en cuir de Russie, et en versa le contenu dans la bouche de la folle. Pour l'introduire, il avait été forcé de desserrer les dents de la malheureuse avec la lame de son poignard.

Cette première opération terminée, Ali s'assit où s'était assis Guiffart, afin d'attendre l'effet de son contre poison.

Une certaine anxiété crispait ses traits.

Celui qui eût vu Ali en ce moment eût fortement supposé que le nain était blanc de couleur, et que, quand il devenait noir, cette métamorphose n'était que le résultat d'un *maquillage fortement carabiné.*

L'effet du contre-poison ne se fit attendre que cinq minutes tout au plus.

Comme galvanisée, la Fouine fit un soubresaut; puis, elle eut des mouvements d'épileptique; enfin les haut-le-corps commencèrent.

Elle rendit tout ce que Guiffard lui avait fait boire, poison et eau-de-vie, puis elle tomba comme une masse inerte.

C'était le moment qu'Ali attendait.

Il alla prévenir son compagnon, qui, avec sa voiture, était à l'endroit indiqué.

Baptistou était robuste; il vint, enleva la Fouine avec autant de facilité qu'il eût fait d'un enfant.

Peu après il l'installait dans la voiture. Les deux hommes montèrent sur le siège, et sur-le-champ quittèrent La Rochelle pour revenir à Paris.

Le lendemain, Guiffart, ayant repris son train de grand seigneur, en passant en chaise de poste et au galop auprès de l'humble voiture achetée par Ali, fut loin de supposer que dans cette voiture la Fouine suivait la même route que lui.

Quand la folle se réveilla, elle fut fort étonnée de se trouver en voiture en compagnie d'Ali.

— Vous avez vu votre amant, Gérot, hier? lui dit le nain.

— Oui, dit la Fouine ; mais que je souffre dans l'estomac et dans la tête.

— Vous souffrez parce que Gérot vous avait empoissonnée avec l'eau-de-vie qu'il vous a fait boire.

— Oh ! le scélérat! je le pensais bien qu'il voudrait me tuer... dit la folle.

— C'est moi qui vous ai fait prendre du contre-poison, et il ne faut pas que Gérot vous tue.

— Non, il ne faut pas qu'il me tue : je veux vivre, moi.

— C'est pour cela que je vous emmène de La Rochelle.

— Et où me conduisez-vous?

— Où vous serez bien et où vous n'aurez rien à craindre de Gérot.

— Oh ! alors, vous êtes un brave homme, vous, dit la Fouine avec un accent de reconnaissance passionnée. J'étais bien mal à La Rochelle ; aussi j'irai où vous me conduirez et ferai ce que vous voudrez.

La folle étant aussi raisonnable, Ali la fit habiller convenablement, se débarrassa de son cheval et de sa voiture, et prit, avec ses compagnons, la diligence, afin d'être plutôt de retour à Paris.

Aussitôt arrivé, Ali s'informa d'Horace et de Juliette.

Horace, gravement blessé, était hors de danger. Trinquefort était un peu moins mal que lui. Place Royale, les choses étaient toujours dans le même état ; Guiffart n'avait pas reparu.

Le nain songea à rendre compte de son voyage à Jeanne.

Quand il eut fini sa narration à cette dernière, il ajouta :

— Si le chevalier ne sait rien de nos secrets, nous, nous avons pénétré les siens, et, quand je voudrai, je le ferai monter sur l'échafaud ! Qu'il se tienne bien et ne nous trahisse pas...

FIN DE LA DEUXIÈME PARTIE

TROISIÈME PARTIE

LES EFFETS DE LA GRÈVE

———

I

DES GENS DE TOUS LES MONDES EN SOIRÉE CHEZ LA PAULA.

C'est le lendemain du retour de Guiffart à Paris. Ce dernier a été absent cinq jours seulement ; il y en a donc sept que Juliette est prisonnière place Royale, où le spadassin et le nain doivent bientôt retrouver les choses dans l'état où ils les ont laissées. M. de Courville, confiné dans la solitude de son hôtel, où son amour, une de ces passions violentes comme les vieillards seuls en ressentent, lui fait endurer mille tortures, ne se doute pas que sa *petite maison* du Marais est habitée par Mlle Lamy, la seule femme qu'il aime et pour laquelle il souffre. S'il en avait le moindre soupçon, quelle ardeur ne mettrait-il pas à se rendre auprès de la jeune fille !

Guiffart, profitant de l'absence de Trinquefort et de Boit-sans-soif, retenus à Neuilly auprès du capitaine, qu'ils ne veulent plus quitter, a décidément abandonné son appartement de la rue Montmartre et son estimable concierge, M. Jaboteur, l'homme discret moyennant finance. Ce cerbère sait parfois se faire payer plus cher pour se taire que certains avocats pour parler. A la vérité, l'auditoire de ces derniers préférerait souvent et de beaucoup que ceux-ci, autant de foudres d'éloquence, gardassent le silence.

Auguste, la perle des laquais, sur la probité duquel Guiffart ne tarit pas d'éloges, a suivi son maître. Tous deux sont installés dans une maison de la rue Meslay ayant une seconde sortie sur le boulevard Saint-Martin. Ce n'est pas sans raison que le chevalier, qui ne fait jamais rien sans motif, a choisi une maison ainsi disposée.

L'appartement du spadassin a toujours le même aspect de confort, il possède deux sorties ; l'une, celle que Guiffart doit utiliser dans les moments difficiles, ouvre par une porte étroite, percée dans un cabinet obscur, sur un escalier raide, sombre et tortueux.

Il est neuf heures du soir. Le spadassin est dans son salon, occupé à sa toilette. Auguste l'aide à s'habiller. Notre homme va sans doute dans le monde, car l'habit noir et la cravate blanche sont de la partie et contribuent singulièrement à donner à celui qui les porte l'aspect d'un apprenti diplomate, la seule catégorie de ces fonctionnaires qui travaille et prenne la diplomatie au sérieux.

Il est juste de dire que leur travail consiste à s'étudier à faire se passer pour ce qu'ils sont, ou plutôt pour ce qu'ils ne sont pas.

Ce soir Guiffart est soucieux, si soucieux que Nivodan lui-même, qui le connaît bien, concevrait en le voyant de sérieuses inquiétudes.

Le chevalier vient d'apprendre qu'Horace et ses amis, malgré la grêle de pavés qu'ils ont essuyée, ne sont point morts, et que l'état des blessés, quoique très-douloureux, n'a rien de sérieusement alarmant.

Guiffart a applaudi à l'idée du Ribouilleur, mais en revanche il s'est emporté contre ses hommes et les a sans gêne qualifiés de lâches et de poltrons.

— Que vouliez-vous que nous fissions contre cinq gendarmes et nos trois militaires, qui, grâce à l'arrivée des grippes-Jésus, seraient bientôt sortis de la voiture? Nous n'étions plus que cinq, un de mes hommes était tué, fit observer le chiffonnier au spadassin.

— C'est vrai, dit ce dernier, nous en serons quittes pour recommencer; car maintenant, plus que jamais, il faut que ce capitaine disparaisse, il me soupçonne de lui avoir enlevé sa fiancée et m'accusera immanquablement du guet-apens de l'autre jour. Mais es-tu bien sûr que vous avez eu affaire avec des gendarmes?

— Qui voulez-vous que ce fût? dit le Ribouilleur d'un ton convaincu.

— Dame! je ne sais...

Depuis cette conversation, Guiffart était soucieux; il ne croyait que fort médiocrement aux gendarmes et se demandait avec inquiétude qui étaient les indiscrets qui avaient mis si hardiment le nez dans ses affaires et quel était leur but en agissant comme ils avaient fait.

Cette question devait rester longtemps insoluble pour l'esprit si pénétrant de Guiffart.

Ce dernier est habillé, une voiture l'attend sur le boulevard, il sort de chez lui et part après avoir donné l'adresse de la Paula au cocher.

Nous allons le précéder de quelques instants chez la belle Espagnole.

Le chevalier de Pomponne et Stella de Maugrebin, ces deux rusés agents de Guiffart dans un certain monde, n'ont pas perdu leur temps depuis huit jours. Aidés de leur bande, ils ont fait une société à la Paula. Au Jockey-Club, au cercle, au bois, au théâtre, derrière les coulisses, à la Bourse et en bien d'autres lieux on a subitement appris, sans que personne pût préciser d'où venait la nouvelle, que la Paula, la future danseuse de l'Opéra, l'énigme à la mode, le mystère indéchiffrable, allait enfin se révéler à la curiosité anxieuse de tout ce qui dans Paris entend et mène l'existence dorée. Tout à coup encore, il a été démontré qu'il n'était pas plus difficile d'être présenté chez la Paula que partout ailleurs. L'engouement a été général. Fils

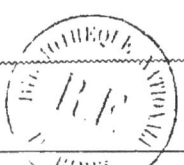

En deux bonds l'Espagnol eut atteint le sommet du mur.

de famille et marchandes d'amour se sont empressés d'user de la Faculté de pénétrer dans le petit hôtel de la rue du Helder, où pendant quinze jours aucun étranger, sauf Guiffart, n'avait pu s'introduire. Le comte de Mercœur a de son côté coopéré à l'ovation à faire à la Paula ; à l'heure où celle-ci donne une première soirée, elle compte déjà plusieurs financiers parmi ses connaissances.

Toute la rue du Helder est en rumeur. Les équipages et les voitures de tous genres encombrent les abords.

Quoiqu'on soit en plein été, la réunion sera sans doute nombreuse. Tous ceux qui ont entendu parler de la Paula ou qui l'ont aperçue sont si curieux de savoir quelque chose de cette excentrique, qu'on dit aussi riche que plusieurs nababs.

Le petit hôtel est somptueusement illuminé. Nous avons déjà dit au lecteur avec quel luxe et quelle élégance pleine de bon goût était disposée et meublée cette charmante résidence, à laquelle on ne pouvait reprocher qu'un jardin de trop peu d'étendue pour la circonstance.

Depuis un demi-siècle les terrains sont si chers, à deux pas du boulevard des Italiens!...

La Paula n'avait rien ménagé pour donner à ses appartements de réception un aspect vraiment féerique, dont les gens élégants conserveraient le souvenir. Les fleurs, les tentures, les mousselines, les dentelles, avaient été semées, groupées et disposées avec profusion ; on avait eu soin d'éviter tout ce qui eût été lourd, par une belle nuit parsemée d'étoiles et chargée de brises tièdes et parfumées. L'éclairage était splendide dans le grand salon, où l'on pourrait danser si le caprice en prenait à quelqu'un. Dans une vaste galerie, on pouvait admirer une véritable collection de tableaux signés par les plus grands maîtres : toutes les écoles y étaient représentées. Ceux qui s'étonnèrent de voir un pareil trésor entre les mains d'une femme comme la Paula, ne manquèrent pas d'en attribuer la réunion au mari défunt qu'on soupçonnait l'Espagnole d'avoir eu. Dans un salon, où les tables de jeu avaient été dressées, la Paula avait pris à tâche de réunir toutes les curiosités et objets d'art qui se fabriquent dans l'univers entier. Ces échantillons, chacun dans son genre, étaient d'une beauté vraiment merveilleuse.

A dix heures, il y avait grande affluence dans les salons de Jeanne. Les véritables femmes du grand monde seules manquaient à cette réunion. En revanche, parmi toutes les beautés féminines qui avaient eu à cœur d'assister à cette fête et qui s'étaient empressées d'y venir, il eût été impossible de trouver une femme laide, vieille, gauche ou complètement sotte. Toutes ces femmes étaient jolies, gracieuses et gaies ; parmi elles, plusieurs avaient des toilettes et portaient des diamants qui eussent fait mourir d'envie plus d'une duchesse.

Quant aux hommes, la réunion était complète. Toutes les illustrations semblaient s'être donné rendez-vous, afin de prêter plus d'éclat à cette fête exotique : des généraux, des députés, des pairs de France, des ambassadeurs y coudoyaient des auteurs, des peintres, des musiciens, des sportsmen entraîneurs et des financiers.

De Pomponne, la Maugrébin et leurs nombreux acolytes ou clients faisaient nombre dans cette foule. Qui s'en serait douté? Tous, en ces jours d'usure productive, possédaient assez d'or pour jouer leur rôle avec faste et s'attirer une certaine considération.

Si la Paula s'était mise en frais d'imagination pour donner cette fête charmante, ses invités prenaient à tâche de répondre à son attente. La foule était gaie, brillante et très-animée.

On dansait dans le grand salon; on jouait un jeu d'enfer dans le petit; dans la galerie il y avait foule, et dans les allées les plus désertes du jardin complotaient les membres de la Société usurière.

Ce n'étaient pas les moins occupés.

La Paula faisait les honneurs de sa maison avec une grâce charmante et en femme habituée à recevoir bonne et nombreuse compagnie.

Par moment, cependant, elle avait comme un mouvement d'impatience ; alors ses traits se contractaient légèrement, ses yeux étincelaient, et une vague inquiétude troublait la joyeuse expression de son aimable et expressive physionomie.

Le chevalier de Guiffard et le marquis des Uzelles, le fils de l'homme que la Paula allait bientôt poursuivre d'une vengeance implacable, n'était pas encore arrivés.

Tous deux devaient venir. Jeanne les attendait.

A onze heures, un laquais annonça presque du même coup les deux gentilshommes, le bandit et le fils de famille.

Guiffart était seul.

Le marquis pénétra dans le salon, en compagnie du chevalier de Pomponne, avec lequel il était lié depuis peu et qu'il considérait nécessairement comme un de ses pairs.

Paula ne remarqua point Guiffart, mais toute son attention se fixa avidement sur le fils de l'homme qui avait déshonoré sa mère, à elle.

Elle l'examinait encore, quand le spadassin vint lui présenter ses hommages.

Guiffart, en effleurant de la main les doigts gantés de la jeune femme, n'eut que le temps de lui dire :

— Attention, señora ! voici l'ennemi.

Le marquis attendait que le chevalier lui laissât la place libre pour que son ami M. de Pomponne pût le présenter à la señora, la reine de la soirée à bien des titres.

Le marquis des Uzelles avait alors vingt-six ans. Si, en parlant de lui, M. de Courville l'avait traité de façon à le faire passer pour un viveur genre *gandin* ou *petit crevé*, au choix, rétablissons de suite les choses dans leur état réel.

Léonce était à Paris depuis l'enfance. Il y avait fait successivement ses études et commencé son droit. Quand, à vingt et un ans, il avait atteint sa majorité, il avait continué à habiter Paris, où sa fortune, soixante mille francs de rente environ, lui permettait de tenir un certain rang.

Des motifs sérieux, mais qui ne provenaient point de mauvais sentiments de Léonce pour son père, tenaient le marquis éloigné du toit paternel. Nous révélelerons bientôt ce secret important que Léonce ne connaissait pas, et qu'il ne s'expliquait qu'en accusant amèrement son père d'égoïsme et d'antipathie.

N'eût été sa fortune, le marquis eût été un homme extraordinaire. Doué de toutes les aptitudes, il eût pu réussir dans les carrières les plus ardues et devenir une des célébrités de son temps.

Mais, convenons-en, ils sont assez rares les mortels de vingt ans qui, possesseurs d'une belle fortune, se consument et se tuent à travailler, afin de compter un jour parmi les gloires contemporaines. Léonce avait donc sans trop de peine sacrifié à l'usage antique et peu solennel ; il s'était pris à jouir de la vie ; mais entendons-nous, il avait jusqu'alors usé de la chose grandement, follement, sans en tirer vanité et sans mesquinerie. On voit qu'en ce sens Léonce n'était qu'un gandin mal réussi-

Joli garçon dans toute l'acception du mot, aimable, spirituel, gai, érudit si l'on considère l'affreuse ineptie de la plupart de ses pareils, certes les bonnes fortunes ne lui avaient point fait défaut. Il avait beaucoup aimé toutes ses maîtresses ; duchesses ou grisettes, elles avaient été autant d'illusions pour lui. S'il avait toujours fui ces beautés affichantes et tapageuses dont les amours sont autant de scandales, il n'avait jamais non plus tiré vanité de ses bonnes fortunes, et simplement, bêtement peut-être, s'était toujours contenté d'être heureux dans l'ombre.

C'est assez dire qu'il n'avait point prostitué les beaux jours de sa jeunesse à d'abrutissants excès, qu'il fuyait les nuits d'orgie. Aussi n'était-il pas l'ombre d'un homme, comme tant de rivaux en élégance qui, non contents de promener partout leur teint bilieux et leur air ennuyé, y ajoutent encore, et cela par genre, une apparence d'homme blasé et un cynisme révoltant. A les voir à certaines heures de la nuit, sortant du café Anglais ou de la Maison d'Or, après boire ou après jouer, on les prendrait volontiers, quand on les écoute, pour autant de gens que le spleen a rendus enragés.

Au contraire, Léonce, taillé comme l'Apollon du Belvédère, était robuste et eût fait un superbe garde du corps. Il aimait à prendre de l'exercice, de là lui étaient venues trois passions qu'on ne satisfait point sans dépenser beaucoup : la chasse, les chiens et les chevaux.

Qu'on juge par un fait de ce qu'il pouvait dépenser pour satisfaire ces trois penchants. Une chasse, qu'il louait à quelques lieues de Paris, lui coûtait annuellement, c'est-à-dire pendant six mois de l'année, six mille francs. Ses écurie, remise et chenil, lui coûtaient trois fois autant que ses chasses. Le tout absorbait bravement la moitié du revenu du jeune gentilhomme.

Ce n'était pas tout. Il eût été indécent de s'en tenir à si peu de chose.

En tout et toujours, Léonce avait le goût du bon et du beau. Il occupait seul une petite maison située à Auteuil. Elle lui appartenait ; aussi avait-il pu la disposer, la monter et la meubler à son gré, sans craindre qu'un propriétaire grincheux l'invitât à vider les lieux sans autre forme de procès.

C'était dans ce palais que Léonce entassait une foule de jolies choses, qui témoignaient de ses goûts artistiques et de ses connaissances variées : des tableaux de maîtres, des bronzes de prix, des armes de luxe et une foule de choses si souvent ruineuses, hélas ! pour ceux qui en ont la passion.

A part cela, le marquis passait pour être un garçon rangé et s'amusant à la sourdine, peut-être parce qu'il ne jouait jamais. Il n'avait pu prendre sur lui de suivre la mode jusque dans cet écart. S'il n'était pas exposé à être ruiné par l'aveugle déesse, qui règne surtout dans les tripots, il ne pouvait pas non plus compter sur ses gains au jeu pour réparer les brèches qu'ils faisait à sa fortune, et il dépensait bien hardiment le double de son revenu.

En somme, il était dans de bonnes conditions. Il devait un jour ser   ier à temps et ainsi finir par où il aurait pu commencer.

Depuis cinq ans déjà, Léonce en usait ainsi de ses soixante mille livres de rente, sa fortune avait nécessairement subi quelques changements. Notre étourdi semblait l'ignorer et était loin de penser à changer son genre de vie.

Tel était l'homme que le chevalier de Pomponne allait présenter à Jeanne, celui qui inspirait, sans qu'ils se connussent, une haine insurmontable à la jeune femme.

L'avertissement de Guiffart : « Attention, señora ! voici l'ennemi..., » avait produit l'effet d'une commotion électrique sur celle à qui il était adressé.

Pendant que le chevalier se rangeait de façon à ne pas perdre un mot de l'entretien qui allait avoir lieu, la Paula arrêtait son regard incisif sur le marquis. A peine si elle apercevait de Pomponne.

Ce fut cependant ce dernier qui prit la parole.

— Señora, dit-il à la Paula, me pardonnez-vous la liberté que j'ai prise de vous amener monsieur sans que vous le connussiez ?

Cette banalité fut accompagnée d'un profond salut des deux jeunes hommes.

Jeanne avait eu le temps de se remettre de sa première émotion. Douée d'une nature excessivement franche, il lui était pénible de ne point attaquer son ennemi en face et d'être forcée de dissimuler avec lui. Cependant, elle était dans son rôle.

Elle répondit à M. de Pomponne, en accompagnant ses paroles d'un sourire gracieux :

— Mais, chevalier, ne vous ai-je pas dit que je donnais aujourd'hui cette pauvre fête, afin de me faire quelques connaissances sans lesquelles, malheureuse étrangère que je suis, je périrai d'ennui à Paris ? Ne vous ai-je pas autorisé à me présenter tous vos amis ? Et, croyez-le, votre manière d'agir ne peut que vous donner des droits à ma reconnaissance.

— Alors, señora, reprit de Pomponne, je vous présente M. le marquis Léonce des Uzelles.

Pendant que Léonce et la Paula échangeaient un second salut, le chevalier continuait en énumérant les qualités de son compagnon :

— Pourtant, afin que plus tard vous ne me fassiez pas de reproches, je dois vous prévenir, señora, que le marquis ici présent est une sorte de sauvage, de misanthrope au milieu de notre monde. Il ne joue jamais, ne se mêle d'aucun scandale. Enfermé chez lui avec ses chiens, ses chevaux et ses tableaux, il s'occupe d'alchimie, dit-il. Vous voyez, señora, que, pour vous, qui ne songez qu'à vous distraire, la connaissance est assez triste. N'eût été le vif désir que le marquis m'a manifesté de vous être présenté, je n'eusse jamais songé à lui en faire la proposition.

Le chevalier eut pu continuer à débiter ces absurdités pendant longtemps encore sans se faire une réputation d'imbécile, pour l'excellente raison que ses deux interlocuteurs ne l'écoutaient pas.

Ceux-ci, après s'être examinés une seconde, semblaient absorbés par la rêverie. Nous n'avons pas à expliquer les motifs de celle de la Paula, on les devine. Disons deux mots des réflexions de Léonce.

Un soir, deux ou trois jours avant la fête chez Jeanne, Léonce avait rencontré la Paula au Bois.

Comme tant d'autres, il ne s'était pas contenté de l'admirer. La beauté, la jeunesse, la grâce et la distinction mêlée de hardiesse et de fierté de la Paula l'avaient ébloui, émerveillé. Disons le mot, Jeanne lui était apparue comme une femme supérieure, douée d'une nature exceptionnelle.

Léonce avait fait ce que nous faisions tous en pareille circonstance : il était allé aux renseignements et n'avait pas tardé à apprendre les milles bruits qui couraient sur la jeune femme.

Le soir de ce jour, il s'était surpris à rêver. Léonce, on le sait, était doué d'une nature aimante, peu faite pour se passionner pour les femmes-poupées qui sillonnent le boulevard, mais tout disposé à s'exalter pour une femme comme Jeanne, qui semblait dédaigner les louanges banales et qui se présentait à lui avec une existence mystérieuse et romanesque.

De plus, Jeanne lui était apparue dans un rare moment où son cœur, si habitué à aimer, était sans emploi.

Le lendemain, Léonce, sans rien faire pour bannir de son esprit la belle Espagnole, fit, au contraire, de son mieux pour revoir la jeune femme. Il y parvint.

On comprend avec quel empressement le marquis accepta la proposition que lui fit de Pomponne de le présenter à Jeanne.

Nous n'affirmerions pas que Léonce, en pénétrant dans les salons de la Paula, aimait déjà cette dernière ; mais nous pensons qu'il était tout disposé à se laisser incendier de fond en comble par le moindre regard ou le plus léger sourire.

Une seconde avait suffi à la Paula pour adopter un parti.

Elle se décida à s'assurer de suite si Guiffart ne l'avait point trompée, et si Léonce était bien le fils de l'homme qui, en Espagne, avait, vingt ans plus tôt, joué le rôle odieux du Chevalier des Urbins.

— Vous êtes artiste, monsieur le marquis ? dit-elle à Léonce.

— Oh ! madame... répondit ce dernier avec modestie.

— Enfin, vous aimez les bons tableaux ? Eh bien ! donnez-moi le bras, j'en ai quelques-uns là, dans un galerie, je veux vous les faire voir. Vous me donnerez votre avis.

Léonce fit avec bonheur ce que désirait Jeanne. Son cœur battait à se rompre. Le joli couple s'éloigna en passant devant de Pomponne sans faire attention à lui.

En voyant passer la Paula au bras du marquis des Uzelles, plusieurs de ses nouveaux et nombreux admirateurs envièrent le bonheur de Léonce. Les ignorants ! s'ils eussent su que cette innocente familiarité cachait une haine implacable se préparant à faire une enquête !

Le couple arriva dans la galerie et s'arrêta devant une toile de Velasquez.

— Que pensez-vous de cette peinture, de ce sujet ? fit la Paula à son compagnon. Peut-être ne la comprendrez-vous pas comme moi, vous Français ?...

— Je suis plus Espagnol que vous ne pensez, s'empressa de répondre Léonce en interrompant Jeanne.

— Comment cela ? demanda cette dernière avec une curiosité évidente.

— J'ai voyagé en Espagne, je connais la langue du pays, et j'apprécie d'une façon toute particulière le génie des peintres de cette nation, dit le marquis.

Jeanne tressaillit de joie. Léonce venait de lui-même au-devant des questions qu'elle pensait lui faire.

— Vous êtes resté longtemps en Espagne, si vous y avez appris la langue, dit-elle.

— Je n'ai pas appris cette langue en voyage, fit le marquis.

Un silence se fit entre les deux interlocuteurs. Le marquis était tout à coup devenu triste, comme si la conversation lui eût rappelé quelque sombre souvenir.

— Sans doute qu'il connaît en partie l'histoire de son père, se dit Jeanne, et notre conversation lui rappelant l'odieuse conduite de ce dernier, ce triste souvenir le fait rougir de honte et l'indispose.

Jeanne reprit à haute voix :

— Qu'avez-vous, monsieur le marquis ? Mon indiscrétion paraît vous causer de la tristesse

— Oh! ce n'est rien, señora, reprit le marquis en passant la main sur son front comme pour en chasser une pensée importune. Cette conversation m'a rappelé l'heureux temps où, enfant, j'apprenais la langue de votre pays. Alors, mon père, qui me donnait des leçons, — il avait habité longtemps en Espagne, — était si bon pour moi!...

Une fois encore le marquis s'arrêta court dans son récit. Il était évident qu'une violente émotion lui poignait le cœur.

— Et votre père si affectueux est mort, sans doute? dit la Paula d'une voix dans laquelle perçait une délicate compassion.

Elle savait que le duc des Uzelles vivait encore. Elle voulait seulement provoquer de nouveaux aveux.

— Non, il n'est pas mort; pour moi, c'est bien pis..., dit le marquis. Mon père m'a en quelque sorte maudit. Pourquoi? je n'en sais rien.

Le jeune homme se tut, en accompagnant sa phrase d'un soupir douloureux. Il reprit peu après :

— Mais, tenez, señora, je ne sais ce qui m'a pris de vous attrister comme je fais par mes pénibles confidences....

— Oh! ne croyez pas que je vous les reproche, reprit Jeanne avec empressement; au contraire, je vous assure que je sympathise de cœur à vos infortunes. Mais, dites-moi, à quelle époque votre père était-il en Espagne?

— Mon père était en Espagne en 1822 et 1823, répondit le marquis; il servait en qualité d'officier dans l'armée commandée par le duc d'Angoulême, envoyée par la France afin de maintenir le roi Ferdinand sur le trône.

— C'est bien lui, se dit la Paula, le chevalier ne m'a point trompée.

Elle savait ce qu'elle désirait apprendre. Elle ramena aussitôt Léonce dans les salons. Peu après elle le quittait en lui affirmant d'un ton gracieux qu'il serait toujours le bien venu chez elle.

— Vous avez un peu le spleen, lui dit-elle avec enjouement; moi, je ne cherche qu'à me distraire. Venez me voir souvent, nous gagnerons tous les deux à cette fréquentation.

La soirée continuait, le jeu allait son train. Au matin, quand les plus intrépides quittèrent la table, plusieurs d'entre eux eussent pu s'adresser à Guiffart et Cie, afin de se recaver.

Avant de se séparer, le chevalier eut le temps de dire à Jeanne :

— Vous tenez votre vengeance, maintenant. Le marquis ne sera pas difficile à ruiner, il ne compte pas et agrandit tous les jours la brèche faite à sa fortune. Quand il sera ruiné, il nous servira d'instrument contre son père.

— Ils sont fort mal ensemble, dit la Paula.

— Raison de plus.

— Je ne vous comprends pas.

— Je m'expliquerai quand le moment en sera venu.

En regagnant son domicile, Guiffart, après avoir supputé ce qu'une soirée comme celle de la Paula pouvait rapporter à la société usurière, se prit à penser à sa belle captive de la place Royale. Le grand jour le surprit se promenant sur le boulevard et plongé dans cette amoureuse rêverie.

Quand le soleil commença à l'éblouir, revenu à lui-même, il frissonna sous ses vêtements imbibés de la rosée du matin et gagna à grands pas la maison gardée par le sybarite M. Bontemps.

II

M. BERLINGOT HYPOCRITE, AMBITIEUX, AVARE, AMOUREUX, ETC., ETC.

Le lecteur se souvient dans quelle situation nous avons laissé Mlle Reine de Mercœur le jour de l'enlèvement de Juliette par Guiffart.

Horace, sans rien savoir du rapt opéré par le chevalier, venait de quitter Reine. M. Berlingot, l'homme de paille de la compagnie usurière, après avoir, par une indiscrète manœuvre, surpris l'entretien des deux jeunes gens, s'apprêtait à faire une confidence importante à la fille de son patron.

L'amazone et le caissier étaient assis sous la tonnelle de verdure, celui-ci, avec son air tartufe, à une distance respectueuse de celle-là.

C'était un astucieux personnage, un fin matois que M. Berlingot. Rodin rêvant la papauté n'était pas plus ambitieux que lui. Contraste étrange! Arpagon était un prodigue aux yeux de cet avare. Cependant, avant de faire sa confidence, le caissier élevait naïvement ses regards vers le ciel, comme les gens timides, n'osant pas risquer une entrée en matière dans une conversation qui menaçait de devenir épineuse.

Cette pantomine n'échappant point à Reine, celle-ci se répéta pour la vingtième fois :

— Que peut me vouloir cet imbécile?

— Et ce grand secret, monsieur Berlingot? dit-elle à l'employé, à la timidité duquel elle croyait.

— Mademoiselle, fit enfin le caissier, je n'ai pas eu tort quand je vous ai dit qu'il s'agissait de votre fortune, et par conséquent de votre bonheur. Votre fortune est sérieusement en danger entre les mains de monsieur votre père.

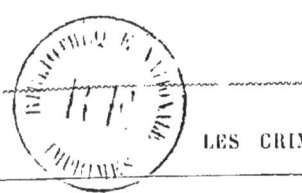

Le valet de chambre du chevalier vint ouvrir.

— Que dites-vous ? s'écria Reine.

— La vérité, mademoiselle. M. de Mercœur est depuis longtemps ruiné; depuis quelques jours, afin de relever sa position, il expose sérieusement vos capitaux dans des affaires aussi productives que peu honorables...

— Et c'est vous, monsieur Berlingot, vous, le caissier de mon père, qui me dites de pareilles choses ! C'est à ne pas y croire, répondit Reine, fort étonnée d'entendre le misérable mépriser M. de Mercœur.

— Oui, mademoiselle, fit Berlingot, c'est moi qui vous dis de pareilles choses, parce qu'il n'y a que moi qui puisse vous les dire, attendu que seul je les connais.

— Mais ces mots : peu honorables?... fit la jeune fille.

— Sont peu honorables, en effet, pour celui auquel ils s'adressent, répondit Berlingot, sans se déconcerter nullement.

— Expliquez-vous, dit froidement Reine.

Écoutez, mademoiselle, reprit M. Berlingot, je vois bien que vous ne me croyez pas. Et bien, observez votre père, sondez adroitement sa pensée; et, alors, quand vous serez certaine que je ne vous trompe pas, revenez me voir, voici ce que je vous dirai :

— Non-seulement je sais que votre fortune est en danger, mais, de plus, je sais tous les secrets de monsieur votre père. Je puis prouver qu'il fait des affaires qui, s'il était découvert, vous déshonoreraient à jamais, lui et vous.

— Les fautes sont personnelles, essaya de dire Reine en interrompant le caissier.

— Vous avez raison jusqu'à un certain point, dit Berlingot; cependant, par un exemple, permettez-moi de vous prouver qu'en certains cas le respect du préjugé l'emporte sur la raison. Croyez-vous qu'un galant homme dont vous seriez éprise vous épouserait s'il était certain que votre père fût un usurier?

Cette question fit pâlir Reine.

— Allons, vous me comprenez, reprit l'impitoyable Berlingot, je reprends donc mon raisonnement. Afin d'éviter le déshonneur qui vous menace, voyons les moyens qui sont en votre pouvoir.

— Si vous aviez vingt et un ans, que vous fussiez majeure, vous pourriez, sans autre forme de procès, exiger que le comte vous rendît la fortune de votre mère; mais vous n'avez que dix-neuf ans : pour obtenir cette reddition de comptes de tutelle, il faudrait que vous vous fissiez émanciper.

— Votre émancipation ne peut avoir lieu que de deux façons : en vous mariant, parce que, par le fait de son mariage, la femme devient majeure, pour passer sous la tutelle de son mari.

Cette phrase fit naturellement penser Reine à son amour pour Horace. Pouvait-elle sérieusement espérer épouser jamais ce dernier?...

M. Berlingot reprit de sa voix dolente :

— Vous pouvez encore demander votre émancipation en divulguant les craintes que vous inspire la moralité de votre père; mais, faire cela, ma chère demoiselle, c'est ruiner et déshonorer l'auteur de vos jours ; et, sérieusement, je crois qu'il vous serait pénible de vous résoudre à adopter ce moyen extrême....

Berlingot avait terminé sa phrase par un profond soupir, comme s'il se fût sincèrement apitoyé sur la fâcheuse position de la jeune fille.

Celle-ci prenait l'entretien très au sérieux. Les mots ruine, déshonneur, l'avaient péniblement affectée. En outre, elle connaissait assez son père pour suspecter la délicatesse des moyens employés par lui afin de s'enrichir. Elle était donc toute disposée à croire ce que lui disait le caissier.

— Continuez, monsieur Berlingot, j'ai la plus grande confiance en vous. Ainsi, vous pouvez me dire tout ce que vous me diriez si je revenais vous trouver après avoir soumis mon père à l'épreuve que vous m'avez conseillée. Je ne puis, par une plainte, ni ruiner ni déshonorer le comte en faisant évanouir la confiance qu'on a dans sa probité, et en le forçant à se retirer des affaires et à vivre dans une inactivité qui se changerait bientôt en misère.

— Je n'attendais pas moins de votre amour filial, dit hypocritement Berlingot. Cependant, vous ne pouvez pas vous laisser ruiner et avilir au point de ne pas pouvoir vous marier quand l'envie vous en prendra; et laissez-moi vous dire que je suis certain que cette envie ne vous manque pas...

— Monsieur Berlingot !... dit Reine avec hauteur.

— Voyons, mademoiselle, ne vous emportez pas, reprit humblement le caissier. Vous oubliez donc que je connais tous les secrets de monsieur votre père, ce qui signifie clairement que je sais une grande partie des vôtres; car le comte ne se gêne pas pour causer de vos affaires avec M. Guiffart, son associé.

— M. Guiffart, l'associé de mon père! s'écria Reine.

— Sans doute; ce n'est pas le seul, M. de Courville complète le trio.

— Que me chantez-vous là?. ne put s'empêcher de dire Reine tout abasourdie de ce qu'elle entendait.

— Voulez-vous que je renvoie l'entretien à huitaine? dit Berlingot dont le ton devenait plus hardi à mesure qu'il avançait dans son récit. De cette façon, vous aurez le temps d'interroger M. de Mercœur sur ses associés.

— Non, continuez, je vous en prie, répondit Reine; mais avant dites-moi comment vous pouvez savoir ce que mon père et M. Guiffart se disent quand ils sont ensemble.

— Grâce à un procédé de mon invention, j'assiste à tous leurs entretiens, répondit Berlingot sans sourciller.

— Vous les espionnez, alors?

— Parfaitement, et cela beaucoup dans votre intérêt et un peu dans le mien.

— Enfin..., continuez, fit Reine.

— Je disais donc que vous ne pouviez pas vous laisser ruiner, déshonorer, et le reste...

— Mais que faire? dit Mlle de Mercœur avec anxiété.

— Je connais un homme, répondit Berlingot, qui peut et veut vous tirer de la fausse position où vous êtes.

— Sans faire aucun tort à mon père?

— Parfaitement.

— Et le nom de cet homme? demanda Reine qui devinait parfaitement que le caissier voulait parler de lui.

— Avant de vous le nommer, répondit Berlingot, laissez-moi vous énumérer tous les services que cet homme peut et a l'intention de vous rendre.

— Voyons le bilan des bonnes intentions de ce monsieur? fit Reine avec une ironie qui trahissait une pointe d'incrédulité.

— Cet homme, reprit le caissier sans paraître remarquer le ton de la jeune fille, peut d'abord vous conserver votre fortune, sans presque rien changer à l'état. de choses existant, et sans que le comte de Mercœur soupçonne que vous connaissez sa pénurie. Est-ce un service que cela?

— Un grand ; mais ce n'est point le seul sans doute? fit Reine.

— Oh! non ; vous allez voir. Vous avez au cœur deux passions malheureuses, dit Berlingot : une haine implacable qui vous consume, parce que c'est en vain que vous cherchez à l'assouvir ; un amour ardent, terrible, qui vous brûle et qui, incompris, ignoré de celui qui en est l'objet, grandit tous les jours en raison des obstacles que vous rencontrez à vous faire aimer. Vous voyez si je connais les secrets ou plutôt les tortures de votre cœur. »

Reine tressaillit d'étonnement en apprenant que le caissier connaissait si bien tous ses secrets. Elle regarda d'une façon singulière ce M. Berlingot qu'elle avait toujours cru un naïf imbécile. N'eût été la curiosité qu'elle éprouvait de tout apprendre n'écoutant que sa colère et son dépit, elle eût fait une sortie que le tartufe eût sans doute trouvée peu de son goût.

Celui-ci continua :

— Mlle Juliette Lamy est la femme que vous détestez. Cette haine date de loin ; c'est un souvenir de pensionnat. Au lieu de s'amoindrir, de s'user avec le temps, elle n'a fait que croître et s'envenimer, surtout dans ces derniers temps, depuis que vous avez appris que votre ennemie allait être heureuse en épousant un homme qu'elle aime et qui, sous tous les rapports sans exception, est un parti qu'envieraient bien des jeunes filles. Cette pauvre petite Juliette, l'innocente jeune fille que vous connaissez, que ne donneriez-vous pas pour la voir plus malheureuse que les pierres?

M. Berlingot fit une pause. Reine ne trouva aucune objection à lui faire. Il continua peu après :

— M. Horace Vigneul est l'homme qui cause vos peines de cœur. Si vous l'aimez, c'est beaucoup parce qu'il est le fiancé de Juliette et que vous voudriez pour tout au monde l'enlever à l'amour de cette dernière. Mais tous vos efforts pour réaliser ces amoureux projets sont inutiles ; les deux amoureux s'aiment à en perdre la raison.

Telle est la situation, et je m'explique parfaitement tout ce que vous devez souffrir avec votre caractère orgueilleux, haineux et vindicatif.

— Vous m'arrangez bien ! dit Reine.

— Cela est nécessaire, répondit le caissier.

— Arrivons à notre homme, reprit la jeune fille. Voyons ce qu'il peut faire pour ma haine et pour mon amour.

— Il peut faire que vous rendiez Juliette la plus malheureuse des femmes.

Le visage de Mlle de Mercœur eut une expression de joie diabolique.

— Pour répondre à vos désirs, monsieur votre père d'abord, MM. de Courville et Guiffart ensuite, se sont associés à vos projets, et ont tout fait pour amener entre la famille Lamy et M. Vigneul la rupture que vous désirez.

— Ils ont à peu près déshonoré le colonel, espérant qu'Horace ne voudrait jamais épouser la fille d'un homme flétri par l'opinion publique. M. Guiffart a failli tuer en duel M. Vigneul, et ils ne sont parvenus qu'à rendre plus épris l'un de l'autre les deux charmants tourtereaux, et à resserrer les liens d'affection qui existent depuis si longtemps entre le colonel et son pupille.

— En effet, d'aussi vifs moyens ne devaient pas avoir un autre résultat sur des natures aussi franches, des âmes aussi droites, des cœurs aussi dévoués et aussi bien faits pour s'entendre que ceux des gens dont nous parlons.

— Vous et vos complices vous n'avez donc fait que des maladresses, et vous ne ferez que cela tant que vous suivrez la fausse voie dans laquelle vous êtes engagés. Dans cette voie, que j'appellerai celle des moyens violents, pour rendre Mlle Lamy malheureuse, il faudrait ne pas reculer devant un assassinat et tuer le capitaine ; mais à ce crime votre amour ne trouverait pas son compte. Le moyen est donc mauvais et impraticable.

— Oui, car à aucun prix je ne veux qu'on tue M. Vigneul, dit Reine.

— Bien ; il faut donc changer de ligne de conduite, reprit Berlingot, et vous abandonner complètement aux conseils de l'homme que je ne vous ai pas encore nommé.

— Mais cet homme ? ces conseils ?... fit Reine.

— Cet homme, dit Berlingot, a le malheur d'appartenir à la nombreuse catégorie de gens qui ne donnent pas sans recevoir. Il consent à vous conserver votre fortune, à faire le malheur de Mlle Lamy, même à vous pousser dans les bras d'Horace, mais tout cela à deux conditions.

— Lesquelles ? demanda résolûment Renne.

— Cet homme est ambitieux, il veut devenir l'associé de votre père. Au reste, il faut qu'il le soit pour qu'il puisse veiller sur votre fortune comme il a été convenu.

— Mais cette condition ne regarde que mon père.

— Nous nous arrangerons de façon à ce que vous puissiez la remplir.

— Très-bien. L'autre condition ? demanda Reine.

— Ce sera plus difficile, dit Berlingot. Cet homme qui vous veut tant de bien et qui peut tant pour vous, a un faible, lâchons le mot : il vous aime, mademoiselle.

À cette déclaration, inattendue du reste, Reine ne put retenir un éclat de rire en pensant que le caissier à la physionomie de séminariste était l'homme dont il était question depuis le commencement de l'entretien.

Berlingot ne se déconcerta pas. Il était homme à voir tomber le ciel à ses pieds sans s'étonner. Comme persistance, c'était une nature exceptionnelle.

— Ne riez pas, mademoiselle, il n'y a pas de quoi. Ce que je vous dis est très-sérieux. Cet homme a mis dans sa tête que vous seriez sa femme.

— Êtes-vous fou, monsieur Berlingot, moi qui songe à épouser M. Vigneul ? dit Reine.

— Ce projet, plus insensé de beaucoup que celui de mon homme, rentre dans la catégorie des moyens que j'ai qualifiés de maladroits, dit froidement le caissier.

— Cependant, je tiens à cette idée.

— Tout autant que l'homme tient à la sienne.

— Précisément.

— Eh bien ! vous y renoncez, dit Berlingot avec assurance

— Nous verrons bien.

— Je suis certain de ce que j'avance.

— Mais le nom de cet homme, enfin, demanda Reine, que je juge du ridicule et de la présomption de ses prétentions.

Berlingot fit à Reine la réponse qu'elle attendait :

« Cet homme, c'est moi, » dit-il.

Reine eut encore un mouvement d'hilarité ; puis elle reprit :

— Comment ! vous m'aimez, vous, monsieur Berlingot, et vous avez la prétention de m'épouser ?

— Pourquoi pas, mademoiselle ? Mais permettez-moi de vous dire que, si j'ai les défauts dont vous venez de parler, j'ai aussi quelques qualités : non-seulement je puis vous conserver votre fortune, mais bien la doubler ; je puis...

— Oh ! je sais que vous êtes peu modeste. Je connais toutes les qualités que vous vous attribuez, mais rien ne me prouve au moins que vous ayez la puissance dont vous parlez. Vous voyez, je suis franche, je ne vous crois pas sans faire quelques réserves.

— Mademoiselle, reprit Berlingot, si je ne suis pas homme à donner sans recevoir, je ne suis pas non plus de ceux qui reçoivent sans donner. Ainsi donc, je ne deviendrai l'associé de monsieur votre père et vous ne m'épouserez que quand, de mon côté, j'aurai rempli toutes les conditions de notre marché.

— De cette façon, les choses deviennent plus acceptables.

— Très bien ; mais, une fois que j'aurai comblé tous vos désirs et réalisé toutes vos espérances, n'essayez point de m'échapper, dit Berlingot. Dans ce cas, je me vengerais d'une façon terrible, grâce à des moyens de mon invention préparés longtemps à l'avance. Méfiez-vous toujours de ces moyens-là...

— Comment ! des menaces et je n'ai pas encore consenti ? se récria Reine.

— Qu'est-ce qui vous retient ?

— Je veux du temps pour réfléchir.

Le caissier trouva cette exigence très naturelle. Il fut donc convenu entre lui et Reine que huit jours plus tard ils se retrouveraient au même endroit.

Le lecteur sait déjà tous les faits de cette histoire qui se passèrent pendant les huit jours qui s'écoulèrent entre les deux entretiens du caissier et de Reine.

Ceux-ci furent exacts au rendez-vous.

Huit jours plus tard, comme il avait été convenu, ils étaient sous la tonnelle. Reine n'avait plus la même morgue. Berlingot, tout cuistre qu'il était, paraissait parfaitement sûr de lui.

III

REINE DE MERCŒUR EFFRAYÉE DU MACHIAVÉLISME DU CAISSIER.

— Eh bien ! mademoiselle, dit Berlingot à Reine en commençant l'entretien, vous voilà ; et, si vous êtes venue, c'est que vous avez adopté le seul parti qui soit dans vos intérêts. Vous acceptez mes propositions ? Oh ! soyez tranquille, vous pouvez consentir sans crainte, je ne tomberai pas à vos pieds pour vous importuner de mon amour et de mes brûlantes protestations.

— Que ferez-vous, alors ?

— Je commencerai à m'occuper de vos affaires. Mais acceptez-vous le pacte ?

— Posons-en bien toutes les conditions d'abord, dit Reine, que nos positions respectives soient bien définies.

— Très-volontiers, dit le caissier. Je suis de votre avis, dans un marché je n'aime pas les conventions mal accusées, qui prêtent à l'équivoque quand il s'agit de les exécuter. Dites, je vous écoute ; je verrai si vous m'avez bien compris ; mais, d'avance, je suis certain que nous nous entendrons.

— Quant à ma fortune, comme d'après une des clauses de notre pacte elle doit devenir vôtre, dit Reine, je m'en rapporte parfaitement à vous pour la conserver intacte et même la faire prospérer. Au reste, je vous déclare que je ne suis pas avare, que je n'entends rien aux affaires d'argent et que je vous laisse carte blanche à ce sujet.

Cette ouverture combla de joie le caissier ; il n'avait pas tant espéré.

Mademoiselle, répondit-il, je m'attendais à ce désintéressement de votre part ; votre confiance m'honore et je saurai m'en rendre digne.

Expliquons en deux mots la conduite de Reine de Mercœur, qui pourrait paraître singulière.

Les huits jours qui venaient de s'écouler avaient porté conseil pour Reine. Celle-ci, en réfléchissant bien à la grotesque proposition de Berlingot, s'était convaincue, à tort ou à raison, que la passion que ce dernier se flattait d'éprouver pour elle n'était qu'un vif amour d'argent. Seulement, le caissier croyait devoir abriter sa cupidité derrière un amour simulé, c'était donner à la lâcheté de sa conduite un prétexte moins vénal et moins hideux.

— Le jour où il aura tenu ses engagements, se disait Reine, je n'aurai qu'à lui proposer de partager ma fortune avec lui ; il sera très enchanté de renoncer à cette idée saugrenue de m'épouser. Maintenant, si cet homme a le talent de doubler ma fortune du jour où il s'en chargera jusqu'au moment du partage, sa complicité et les services qu'il me rendra ne me coûteront absolument rien : je n'aurai fait que lui confier un capital dont je lui abandonnerai les intérêts produits pour prix de ses peines. A pareil prix, je ne dois pas hésiter à accepter le marché. Reste à savoir si M. Berlingot est réellement capable de mener à bonne fin une intrigue difficile.

Le jour même, étant seule avec son père, Reine, ayant adroitement amené la conversation sur le compte du caissier, finit par demander au comte ce qu'il pensait de son employé.

— Chose étrange, dit le comte, je connais cet homme, je sais l'apprécier et je l'emploie. Sous son air cuistre, c'est un être fort dangereux. Il est inventif, intelligent, audacieux et profondément observateur. D'une cupidité sans nom, d'une avarice sordide, il vendrait son ami, son frère ou son père, selon la somme. Il a toutes les vertus d'un caissier fidèle, exact, zélé, discret; mais je ne m'illusionne pas, il n'a ces vertus que parce qu'il est de son intérêt de les avoir. Chez moi, je suis convaincu qu'il poursuit un but; lequel, je l'ignore, quelquefois quand je pense à cela, j'ai des craintes folles, d'affreux cauchemars; je cours à ma caisse et la vue de Berlingot que j'y vois toujours le même depuis dix ans, me rassure complétement...

— Moi, je connais le but de M. Berlingot, pensa Reine.

Ainsi renseignée sur le compte du caissier, M¹¹ᵉ de Mercœur comprit que le cuistre ne s'était chargé que de ce qu'il pouvait faire, et se décida à conclure le pacte que nous allons dire en revenant à son entretien avec Berlingot.

— Mais, reprit Reine, je ne veux pas que mon père sache que je connais sa position.

— Oh! soyez tranquille, dit Berlingot, le jour où je n'aurai plus qu'à devenir le gendre et l'associé du comte, je saurai bien l'y faire consentir, sans qu'il soupçonne rien de notre complicité.

— Bien, dit Reine, voici l'affaire d'argent réglée; passons à l'autre condition, la plus importante.

— Le malheur de cette petite Juliette, fit le caissier.

— Comme vous dites cela, monsieur Berlingot!

— Allez toujours, vous allez voir.

— Ainsi, c'est convenu, fit Reine, pour que vous puissiez exiger quelque chose de moi, il faut que vous soyez parvenu à rompre d'une façon définitive le mariage projeté entre Juliette et Horace, et même à faire cesser les rapports d'amitié qui existe entre ce dernier et la famille Lamy.

— Encore cette vieille machination! dit le caissier.

— Comment, une vieille machination! s'écria Reine.

— Oui, un moyen détestable.

— Ne seriez-vous pas de mon avis? vous seriez-vous moqué de moi? fit l'amazone sans pouvoir contenir son indignation, et en jetant sur l'imperturbable Berlingot des regards étincelants de colère.

— Calmez-vous, mademoiselle, et, de grâce écoutez-moi; vous êtes beaucoup trop intelligente pour ne point me comprendre, aussi suis-je convaincu que dans un instant vous serez de mon avis.

— Ne préjugez de rien, parlez, fit Reine.

— Croyez-vous, mademoiselle, que les ruptures dont vous parlez sont les seuls moyens de rendre votre ennemie malheureuse?

— Ce sont les meilleurs et les plus sûrs; nous n'avons pas le choix, de reste, ce sont les seuls, répondit l'amazone.

Ils se battaient un contre quatre.

— Quant à être les meilleurs, je le répète, ils sont pitoyables, dit Berlingot; vous avez dit sûrs, ils sont impraticables; tous les obstacles que vous ferez surgir au mariage dont il s'agit ne feront qu'en hâter la conclusion. Vous avez ajouté les seuls; je vais vous démontrer qu'il y en a d'autres, de meilleurs et de plus sûrs.

— Voyons-les, fit Reine qui ne contenait sa colère et son impatience qu'en raison de ce que son père lui avait dit du caissier.

— D'abord, reprit ce dernier, il faut qu'avant quinze jours Horace et Juliette soient mariés, et nous allons tout faire pour cela. »

Cette proposition fit bondir Reine.

— Mais vous êtes fou ! dit-elle.

— Laissez-moi dire, que diable ! reprit Berlingot avec humeur. Je sais encore..., comment, cela ne vous regarde pas, que M. Horace, qui, en raison des services que vous lui avez rendus, vous aime d'une affection presque fraternelle, ne demande qu'à vous mettre en relation avec sa chère Juliette. Acceptez, vous devenez la demoiselle d'honneur de Mlle Lamy. Après le mariage, vous êtes la meilleure, l'inséparable amie de Mme Vigneul. Comprenez-vous, enfin, le parti que vous pouvez tirer de cette position, haineuse, dissimulée et belle comme vous l'êtes ?

Reine ne répondit pas ; elle commençait à comprendre.

— Juliette sera d'abord parfaitement heureuse, continua Berlingot, et, quand le malheur viendra, il sera d'autant plus pénible pour elle que son bonheur aura été plus complet.

— C'est vrai, dit Reine.

— Vous enlevez à Juliette son mari (nous nous arrangerons pour cela), vous lui faites un enfer de son ménage, et un jour, dans un élan de sublime désespoir, elle vient se jeter à genoux à vos pieds. A vous, la maîtresse d'Horace, elle crie « Grâce !... » Est-ce cela ?

Berlingot dit cette phrase d'un ton si naturel, qu'à l'entendre, on eût pu croire que tout ce qu'il projetait était arrivé. Son interrogation : *Est-ce cela ?* tomba comme un argument décisif.

Il était évident qu'il était enchanté de son plan et le croyait d'une exécution facile.

Mlle de Mercœur ne lui répondit pas. Elle le regardait avec un étonnement mêlé d'épouvante. La machiavélique perversité du caissier l'effrayait. Celui-ci se taisait depuis un instant, qu'elle l'écoutait encore.

Il reprit :

— Vous ne m'avez pas compris, mademoiselle, voici des détails. Juliette est une excellente personne, parfaitement organisée pour rendre la vie et le bonheur faciles à son mari, mais à condition que ce bonheur soit toujours de même, et cette vie réglée comme du papier pour musique. Les émotions graves, les succès dans le monde et mille et une autres choses du même genre qui occupent, absorbent et passionnent des natures ardentes et des esprits actifs, ne sont point faits pour elle. Ce qu'il lui faut, c'est la vie calme et nauséabonde de province, le bonheur du coin du feu, les délices de la vie de famille, avec une nichée de marmots qui crient, et dans laquelle l'apparition d'une première dent poussée par le dernier né ou un dîner manqué par la bonne sont de grands événements.

— Pensez-vous que M. Horace, un homme habitué aux violentes émotions, un gaillard qui jadis avait l'habitude de regarder la mort en face une fois par jour, croyez-vous que quand il aura donné sa démission, il s'amusera beaucoup auprès de sa femme lui serinant tous les airs connus sur son piano, ou lui confectionnant des monceaux de paires de bretelles en tapisserie et des myriades de blagues à tabac au crochet ou tricotées ? Vous en penserez ce que vous voudrez, mais moi je ne le crois pas. Laissez-moi vous dire que ces deux étourdis ne sont faits l'un pour l'autre que pour s'aimer avant le mariage.

— Après, voici ce qui arrivera. Vous serez là, guettant l'instant favorable. Vous qui êtes plutôt faite pour devenir un dragon qu'un cordon-bleu, qu'une épouse soumise et féconde, vous vivrez d'une existence diamétralement opposée à celle de notre ingénue. Vous monterez à cheval et ferez quelques-unes de ces folies qui vont bien à la réputation d'une femme du monde. Quand nous en serons là, vous me laisserez faire ; sans me mettre l'imagination à la torture, je vous trouverai juste ce qu'il vous faudra pour qu'Horace finisse par se dire :

— Décidément, je ne suis qu'un niais ; j'ai fait une sottise en me mariant ; cette bonne petite Juliette n'était pas la femme qu'il me fallait ; c'est Mlle de Mercœur que j'eusse dû épouser ; avec elle, au moins, la couleur de mon intérieur n'aurait pas cette teinte grise qui devient trop uniforme et me donnera le spleen si cela continue.

— Le jour où M. Horace se fera cette inévitable réflexion, savez-vous ce qui arrivera ?

Cette fois, M. Berlingot se tut pour attendre la réponse de son interlocutrice.

Il s'était exprimé gaiement, facilement, comme un homme qui, en prévoyant l'avenir, parle de faits qui ne peuvent manquer d'arriver. L'ironie et la conviction n'avaient point fait défaut à sa narration.

Peu à peu, en l'écoutant, Reine, subissant l'influence fascinatrice de ce serpent, s'était laissé convaincre. Quand Berlingot arriva à la fin de son explication, elle avait une foi si forte en ce qu'elle venait d'entendre que, par anticipation, elle savourait déjà les fruits de sa vengeance.

Reine était radieuse. La perversité de M. Berlingot ne l'effrayait plus. Le rôle que celui-ci lui ménageait lui convenait à merveille. Elle trouvait le plan du caissier de beaucoup supérieur à toutes les trames qu'elle et ses anciens complices avaient ourdies jusqu'alors sur le même sujet.

— Continuez, monsieur Berlingot, dit-elle avec un sourire plein de bienveillance.

— Eh bien, M. Vigneul, à qui vous tiendrez la dragée haute, afin d'aiguillonner l'ardeur de ses désirs, en homme délicat qu'il est, aura d'abord des scrupules. Tromper sa femme, fi donc ! Il a trop de cœur pour se dire de suite que c'est de bon ton, et qu'on ne procède pas autrement dans le grand monde. Mais, en fin de compte, l'amour, la passion, irrités, finiront par l'emporter sur ses scrupules, il fera ce que vous voudrez, en vous priant de laisser à sa femme son bonheur et ses illusions, par une conduite aussi discrète que dissimulée.

Mais une maladresse, une imprudence, sont si vite commises ! Un jour, vous perdrez une lettre de M. Vigneul. Cette lettre...

— Juliette la trouvera, dit Reine.

— Précisément, reprit Berlingot. Voyez-vous le tableau ? Il y aura des pleurs, des cris et des grincements de dents dans la situation, absolument comme dans la scène du jugement dernier. Au reste, vous ferez le dénoûment que vous voudrez à cette intrigue, avec laquelle un auteur de médiocre talent ferait un roman bien autrement intéressant que la plupart de ceux qui peuplent les rayons des cabinets de lecture.

— Je suis de votre avis, dit Reine.

— Oh ! je savais bien que vous en arriveriez là, dit Berlingot. Maintenant, deux mots pour vous faire comprendre la supériorité de notre projet sur celui qui aboutissait à la rupture.

— La rupture était déjà difficile à obtenir, vous l'avez cherchée en vain. J'admets que nous y fussions parvenus : une rupture est-elle jamais éternelle ? Une autre considération : Qui peut affirmer que Juliette ne se serait pas consolée de l'abandon d'Horace; que, consolée, elle n'eût pas fait un mariage qui l'eût rendue aussi heureuse que celui qu'elle aurait déjà manqué ?

— C'est vrai, dit Reine.

— Notre projet ne présente point les mêmes inconvénients. Suivant mes calculs, l'intrigue dont nous dirigerons les fils ne peut finir que par une séparation entre les deux époux ou le suicide de Juliette : deux manières de finir terribles pour une femme comme Mlle Lamy. Quant à vous, de cette façon, vous ne devenez pas la femme de M. Vigneul, comme vous le désiriez il y a huit jours, et vous pourrez devenir la mienne. Je vous affirme que vous ne perdrez point au change ; avec le capitaine, vous feriez un ménage épouvantable.

Les conclusions de M. Berlingot assombrirent le beau front de Reine. Ce ne fut qu'un léger nuage dans un ciel pur ; elle se rasséréna promptement.

— Que faut-il faire, quant à présent? demanda-t-elle à Berlingot.

— Il y a huit jours que vous n'avez pas vu le capitaine ?

— Oui.

— Eh bien, je vais aller à Neuilly ; je ferai en sorte de le voir et vous l'amènerai, si faire se peut.

Reine approuva cette résolution. Une heure plus tard le cassier partait pour Neuilly, où il apprit l'enlèvement de Juliette et la maladie d'Horace, maladie dont on connaît les causes.

M. Berlingot revint à Paris la figure décontenancée.

— Encore des tours à la façon de ce M. Guiffart, se disait-il ; maintenant, il va nous falloir retrouver Juliette et attendre que M. Vigneul soit guéri. Que Satan emporte le comte et ses complices ! trois idiots...

IV

L'EFFET D'UNE SUZANNE AU BAIN.

Quand M. Berlingot, rentré rue de la Chaussée-d'Antin, chez le comte de Mercœur, eut informé Reine des événements survenus dans la famille de M. Lamy, l'amazone, tremblant pour la vie de M. Vigneul, dont à la vérité le caissier se souciait fort peu, les deux complices décidèrent qu'il fallait de suite retrouver Juliette et empêcher le chevalier de Guiffart de continuer de faire de mauvaises et dangereuses affaires au capitaine

— Je me décharge de tout cela, dit Berlingot qui était intrépide à sa façon.

Nous dirons plus tard comment le caissier remplit son engagement; dès à présent, nous pouvons affirmer qu'après huit jours employés à découvrir Juliette, il n'était pas plus avancé que le premier.

Au reste, Mlle Lamy devait être introuvable pour lui et pour bien d'autres, nous allons dire pourquoi.

Après la conversation qu'elle avait eue avec Guiffart, Juliette était restée un peu rassurée sur les événements. Elle avait écrit à Horace et à son père; l'homme qui venait de la quitter et qui ne lui inspirait aucun soupçon lui avait promis que cette lettre arriverait le soir même à son adresse, et que les réponses qu'on pourrait lui faire lui seraient fidèlement remises. Il n'en fallait pas davantage pour la rassurer, l'innocente créature qui de sa vie n'avait jamais nourri une mauvaise intention contre quelqu'un.

Les premières heures de sa captivité lui parurent longues certainement: ce n'est pas en vain qu'on est enfermé dans une chambre de quelques pieds carrés, sans pouvoir communiquer avec qui que ce soit. Elles se passèrent cependant sans que Juliette soupçonnât les mauvais desseins qu'on avait sur elle.

Affligée d'être ainsi brusquement séparée de sa famille et d'Horace, gravement préoccupée des causes de son enlèvement, elle ne prêta d'abord aucune attention à la disposition du salon dans lequel elle se trouvait, ni aux objets qui l'entouraient, et qui eussent pu lui faire concevoir des doutes sur la pureté des intentions de ceux qui l'avaient enlevée et qui la retenaient prisonnière.

Elle songea à cette jeune fille dont les parents, riches et puissants, étaient cause de tout ce qui arrivait, par leur désir absolu de faire épouser leur enfant au capitaine.

A ce sujet, Juliette fit mille conjectures; elle s'étonna naïvement et longuement que des gens fussent assez méchants pour satisfaire leurs passions à l'aide d'un crime.

La nuit vint qu'elle était encore plongée dans ses réflexions. Cette première nuit, Mlle Lamy la passa assez rapidement. Elle s'endormit, en espérant une lettre de M. Lamy ou d'Horace pour le lendemain.

Ce fut pendant le sommeil de la jeune fille qu'Ali fit une reconnaissance sur la toiture du pavillon, et étudia le mécanisme du vitrage qui permettait au jour et à l'air de pénétrer dans le salon où était Juliette.

Le lendemain, Ali et Guiffart partaient pour la Rochelle.

En s'éveillant, la blonde fiancée d'Horace jeta enfin autour d'elle un regard curieux.

L'esprit reposé par le sommeil, et la curiosité aidant, elle pensait à juger du lieu où elle était.

Tout à coup elle rougit, jeta un petit cri d'effroi et ramena chastement la mousseline de son peignoir sur ses belles épaules et sa gorge nues.

M. de Courville, homme de goûts dépravés et vieux débauché de profession, car il faisait une étude de la débauche absolument comme d'autres font de l'art ou de la science, n'avait pas fait décorer le salon où se trouvait Juliette précisément pour l'éducation de celles qu'il y faisait enfermer.

Un des peintres qui avaient travaillé à l'ornementation de cette salle, nous pouvons ajouter un peintre d'un talent supérieur, ne jugeant les choses, en cette affaire, qu'au point de vue de l'art, et sans s'occuper autrement de la destination de son œuvre, avait eu une assez singulière idée, pour répondre au désir du marquis, qui oubliait si facilement ce commandement :

Luxurieux point ne seras, etc., etc.

Le tableau terminé, le marquis de Courville avait été très satisfait et avait payé le peintre sans marchander, en se disant :

— Ça éveillera des idées dans l'esprit de mes pensionnaires.

Ce tableau, dont les personnages étaient de grandeur naturelle, représentait une Suzanne au bain ; le peintre avait mis de côté la tradition et les Écritures pour n'écouter que son caprice.

Sa Suzanne était une belle jeune femme, comme les partisans des tableaux de Courbet les aiment. Cette beauté blonde, jeune, fraîche, souriante et admirable de formes, était aussi nue que l'était la mère du genre humain avant de toucher au terrible fruit défendu. Cette position de nudité s'expliquait : les bouts des pieds de la belle touchait déjà la surface d'une onde limpide et pure, qui bientôt allait voiler tous les charmes de la séduisante baigneuse ; cela au grand regret sans doute de deux indiscrets qui, cachés dans un blé, observaient avec des yeux étincelants de convoitise le charmant objet qui les charmait.

Ces deux indiscrets, l'un habillé en moine, l'autre en militaire, avaient des figures expressives et d'un effet saisissant. Tous les désirs, toutes les tentations se reflétaient sur leurs traits enluminés par une sorte d'ivresse.

En voyant le moine et le soldat, il fallait en quelque sorte toucher la toile pour ne pas croire à deux personnages en chair et en os.

Digne en tous points des honneurs du Salon, cette peinture eût sans doute éprouvé de grandes difficultés à y pénétrer.

Chez le marquis de Courville, elle faisait face au lit dans lequel Juliette était couchée. Celle-ci n'avait pu faire autrement que de l'apercevoir.

Juliette ne fit que s'étonner de la nudité de la baigneuse ; mais quand elle vit les deux faces lippues du moine et du soldat, auxquelles une ardente convoitise donnait des airs de faune ou de satyre en état d'ébriété, elle ne put retenir le cri et s'empêcher de faire le pudique mouvement que nous avons dit.

Ce tableau était comme une enseigne parlante. Si innocente qu'elle fût, Juliette comprit instinctivement dans quelle repaire elle était.

Elle devina un danger, sans pouvoir le définir.

Son premier mouvement fut pour s'habiller ; puis elle chercha un moyen de correspondre avec le dehors : un cordon de sonnette ou autre chose.

La pauvre enfant, quelle odieuse et pénible recherche pour son esprit délicat et son âme virginale ! A chaque instant, elle touchait ou voyait de ces choses qui fai-

Mohamed pénétra dans le cabinet de son maître.

Enfin, il entendit un léger craquement dans la boiserie du salon, une porte s'ouvrit et un homme pénétra furtivement dans la cellule en regardant de tous côtés.

Il cherchait la jeune fille sans doute.

Le nain, qui l'observait attentivement, ne le reconnut pas.

En effet, ce n'était pas Guiffart, mais bien le marquis de Courville.

— Celui-là ou un autre, dit Ali, qu'il se tiennent bien, ou sinon...

En deux mots, expliquons l'arrivée de M. de Courville.

Ce dernier, n'ayant depuis dix jours aucune nouvelle de Guiffart ni de Mlle Lamy, et souffrant plus que jamais de la violence de sa passion, avait enfin pensé à combattre ses chagrins en occupant son esprit à des amours moins platoniques, mais plus faibles que celui qui le torturait. Il s'était alors souvenu de sa petite maison de la place Royale, et avait profité de la nuit pour y venir.

M. Bontemps n'avait nullement été étonné de voir son maître, puisqu'il croyait Juliette destinée à ce dernier.

— Ah! monsieur le marquis, dit-il à celui-ci après le salut d'usage, vous faites bien languir notre prisonnière !

V

LE MARQUIS A GRAND TORT DE METTRE AU DÉFI LES PUISSANCES DIVINE ET HUMAINE.

Comment! monsieur Bontemps, votre prisonnière, que voulez-vous dire ? s'écria le marquis avec le plus naïf étonnement.

— Tiens, pensa le cerbère, il ne sait rien ; est-ce que M. Guiffart aurait tout simplement enlevé la petite pour son compte ? Dans ce cas, tant pis pour lui ! Je n'ai guère à prendre souci d'un homme que je ne connais que depuis quinze jours. Puis, je ne l'aime pas, ce M. Guiffart, avec moi il tranche du maître. Somme toute, en toutes choses, je dois prendre les intérêts de M. le marquis, puisque je suis payé par lui.

Sur cette réflexion d'une haute sagesse, M. Bontemps, en deux mots, mit le marquis au courant des événements qui, depuis quinze jours, s'étaient accomplis dans l'hôtel grâce à l'arrivée du spadassin. Pendant ce récit, le marquis jubilait.

Depuis si longtemps il se desséchait de désespoir, n'était-il pas juste que le malheur cessât de s'acharner contre lui, ce pauvre marquis ?

Non-seulement il était ravi de l'aventure pour elle-même, mais il était encore enchanté de jouer un mauvais tour à Guiffart.

— Nous allons voir si ce scélérat, qui m'a un peu forcé la main pour que je l'accepte pour associé, a bon goût, se disait le marquis en se frottant joyeusement les mains.

Il dit encore à Bontemps avant de s'éloigner pour gagner le pavillon :

— Si quelqu'un sonne, Bontemps, ce ne sera que le chevalier cherchant à rentrer ; vous n'ouvrirez pas.

— Soyez tranquille, monsieur le marquis, je vais mettre un tampon dans la sonnette ; de cette façon, je ne l'entendrai seulement pas.

Dans son empressement à voir la captive du chevalier, le marquis était déjà à la porte du pavillon, dans lequel il eut bientôt pénétré après avoir eu soin d'en refermer la porte derrière lui.

Quand le marquis eut découvert Juliette et qu'il se fut aperçu qu'elle dormait, il s'approcha d'elle sans bruit et en marchant sur la pointe des pieds.

La jeune fille était tournée le visage de son côté.

Il la reconnut, s'arrêta court et comme stupéfait. Il n'osait plus avancer de peur de réveiller Juliette. Dans son extase, il n'eût point affirmé qu'il ne fût point le jouet d'un rêve ou d'une apparition, tant sa surprise était grande. Tremblant, l'œil dilaté et bouche béante, il ne put d'abord que murmurer.

— C'est elle ! Le brigand, il voulait la garder pour lui !...

Peu à peu, le marquis recouvra son assurance habituelle, et imagina le plan de conduite qu'il devait suivre.

Il touchait presque la jeune fille et la contemplait avec ravissement, quand celle-ci s'éveilla et poussa un profond soupir.

Dans son rêve, elle avait vu Horace pénétrant, suivi de M. Lamy, dans sa prison, afin de la délivrer. Le mouvement qu'elle avait fait pour se précipiter au-devant de ses libérateurs l'avait réveillée.

Quelle affreuse déception lui réservait ce réveil.

Au lieu d'Horace et de M. Lamy, en ouvrant les yeux, elle aperçut M. de Courville, un inconnu qui, malgré tous les efforts qu'il faisait afin de se donner une attitude rassurante, ne pouvait éteindre le feu de la convoitise qui allumait son regard.

En voyant le marquis, Juliette eut peur. Elle eut, sans s'en apercevoir et comme instinctivement, un mouvement analogue à celui d'un animal qui se pelotonne en présence d'un animal plus fort, son ennemi, qui le tient en arrêt et contre lequel la lutte est impossible.

Le marquis avait naturellement une figure douce et aimable ; il eut un sourire bienveillant pour la circonstance. Il eut fallu un observateur habile et habitué à ce genre d'observation, un médecin ou un juge d'instruction, pour deviner ce qu'il y avait de sensualité, d'astuce et de cynisme sous ce masque. L'innocente Juliette devait être dupe de la physionomie débonnaire du vieux Céladon. Elle se rassura. M. de Courville, par une plus grande aménité dans les manières, lui plut mieux que le chevalier, qui l'avait déjà trompée en lui promettant de revenir et en ne tenant pas sa promesse.

Peu à peu, son premier effroi se changea en satisfaction à mesure qu'elle raisonnait. L'arrivée du marquis lui faisait espérer un changement quelconque dans une situation d'isolement qu'elle ne se sentait plus la force de supporter.

Un silence de quelques instants avait eu lieu pendant que les deux interlocuteurs de cette scène s'observaient. Juliette, s'étant levée, dit au marquis :

— Monsieur, je ne sais qui vous êtes ; mais, puisque vous pouvez pénétrer jusqu'à moi, c'est que vous pouvez...

— Répondre à une foule de questions que vous avez à me faire, dit le marquis en interrompant la jeune fille et en faisant un signe affirmatif.

M. de Courville était cependant assez embarrassé. N'ayant pas été informé du rapt de Juliette, il ne savait pas comment Guiffart l'avait opéré, ni ce qui s'était passé entre ce dernier et la jeune fille.

— Et vous allez répondre à toutes ces questions, monsieur? demanda Juliette.

— Oui, autant que je le pourrai, dit le marquis.

— Ma famille d'abord, monsieur ?

— Tout le monde se porte bien à Neuilly, dit de Courville à tout hasard et seulement afin de rassurer Juliette.

— La lettre que je leur ai écrite d'ici les a complètement tranquillisés sur mon compte? demanda Mlle Lamy.

— Parfaitement.

— Dois-je rester longtemps ici ? reprit la jeune fille.

— Cela dépend de vous, répondit le marquis, qui, ignorant que le chevalier avait commencé à conduire les choses à sa façon, se disposait à les mener à la sienne et en n'écoutant que les ardeurs sauvages d'une passion qui le torturait depuis longtemps ; c'est-à-dire qu'il allait aller au dénoûment le plus rondement possible.

Le vieux débauché était d'avis qu'en pareil cas un peu de brutalité tranche le nœud gordien de bien des situations embarrassantes.

— Qu'ai-je à craindre, du reste se disait-il en son cynique égoïsme, ce pavillon est isolé et sourd comme une tombe ; il en a bien vu d'autres...

La réponse du marquis causa un étonnement stupide à Juliette.

— Comment! dit-elle, il dépend de moi d'abréger les heures d'une captivité qui m'est si cruelle ? dit-elle.

— Entièrement, ma chère enfant, répondit le marquis.

Dans l'expression familière du marquis il y avait une galanterie empressée qui déplut à Juliette.

Elle ne répondit pas de suite à M. de Courville ; elle pensait à cette jeune fille riche et éprise de M. Vigneul dont le chevalier lui avait parlé ; rapprochée de la façon dont le dernier venu prenait les choses, cette histoire lui paraissait au moins singulière. Elle voulut éclaircir cette particularité de son enlèvement.

— L'homme qui m'a conduite ou plutôt apportée ici, dit-elle, n'était cependant pas de votre avis quand à mon séjour ici. Il prétendait qu'une jeune fille...

De Courville, talonné par la passion qui le dominait et lui retirait toute sa prudence, n'éprouvant pas un vif désir de connaître la fable inventée par Guiffart, interrompit la jeune fille et lui dit :

— L'homme qui vous a amenée ici est un imbécile et un domestique maladroit. Il s'est si mal pris pour me prévenir de votre arrivée, que je n'en ai été averti qu'aujourd'hui. Sans cette négligence, croyez bien, mademoiselle, que je vous ai... que je vous porte trop d'intérêt, veux-je dire, pour vous laisser jamais vous ennuyer à mourir dans une solitude comme celle-ci. Quant à la fable qu'il a imaginée pour vous tranquilliser, je ne la connais pas et ne tiens nullement à la connaître. Mais je vous jure que ce que je vais vous dire est la vérité quant à votre enlèvement.

Cette phrase ambiguë eut pour effet de replonger Juliette dans ses folles terreurs et dans ses sinistres appréhensions.

Elle eût cependant le courage de la peur et de l'incertitude.

— Parlez, monsieur, parlez, de grâce ! dit-elle an marquis, que je sache au moins le sort que me réservent ceux qui m'ont enfermée ici.

— Un sort très heureux, et dont bien des femmes seraient jalouses à juste titre, répondit le marquis.

— Cette réponse ne m'apprend rien.

— Un homme riche, noble, jouissant d'une puissance et d'une considération au moins égales à sa fortune, a conçu pour vous un amour insensé ; c'est lui qui a donné l'ordre de vous enlever de Neuilly. Cet homme, qui peut tout vous donner, qui peut rendre votre existence splendide et enviée, n'a reculé devant rien pour vous tenir en sa possession.

L'aveu était franc et clairement exprimé. Le marquis parlait avec cette conviction de l'homme qui raconte fidèlement ses impressions.

Juliette comprit enfin le but de ceux qui l'avaient enlevée et devina que l'inconnu était l'homme riche, épris et puissant dont elle venait d'entendre parler.

— Et cet homme, c'est vous ? demanda-t-elle au marquis.

— Il faut bien que je vous l'avoue, dit ce dernier.

— Et que comptez-vous faire de moi, maintenant que je suis en votre possession ? reprit Juliette, à qui une colère nerveuse donnait soudain l'énergie de tenir tête au débauché, qui ne lui inspirait qu'un profond mépris.

— J'espère vous convaincre de mon amour, fit le marquis avec assurance.

— Votre amour ! se récria Juliette, en se reculant du marquis comme elle eût fait d'un animal venimeux.

Nos deux personnages étaient beaucoup trop occupés de l'entretien pour remarquer ce qui se passait au dessus de leur tête.

Cependant la chose méritait toute leur attention.

Ali qui, par l'ouverture qu'il avait pratiquée dans le vitrage, n'avait perdu ni un mot ni un geste de la scène que nous venons de raconter, ayant cru le moment favorable pour intervenir entre le marquis et la jeune fille, avait pénétré dans le salon par la toiture.

En ce moment, il descendait par la chaîne qui soutenait le lustre, ou plutôt rampait de haut en bas. A sa taille et à la couleur de son visage, ainsi qu'à l'agilité et à l'adresse de ses mouvements, on l'eût pris pour un gros singe habillé.

Il tenait entre ses dents une arme dont on ne pouvait pas bien distinguer la forme.

Le marquis et Juliette l'eussent aperçu, qu'ils n'eussent pas été moins effrayés l'un que l'autre. Comment la jeune fille eût-elle pu deviner un libérateur dans cette masse de forme humaine ?

Mais ils ne voyaient rien ; et, pendant qu'Ali se livrait à l'exercice gymnastique que nous avons dit, ils continuaient l'entretien commencé, dont le dénoûment ne devait point se faire attendre.

— Oui, mon amour, reprit le marquis, mon amour qui, pour vous, est susceptible de tous les dévouements, de toutes les folies...

— Taisez-vous, monsieur, dit Juliette que le désespoir rendait furieuse ; taisez-vous, je ne veux point vous entendre.

En proie à une surexcitation nerveuse dont la réaction devait être terrible, Juliette emportée par son indignation, eût en ce moment été capable de tuer M. de Courville, si elle eût eu une arme entre les mains.

— Pourquoi ne voulez-vous point m'entendre? lui demanda la marquis.

— Parce que vous êtes un lâche, que je vous hais et que je vous haïrai toujours! s'écria Mlle Lamy.

A ces mots, le teint d'une pâleur mate du marquis devint bilieux. L'homme grinça des dents, son regard flamboya.

Le marquis méditait un horrible dessein. Le démon de la luxure, un monstre qui n'a ni merci ni trève pour ceux qu'il torture, l'obsédait.

— Autant aujourd'hui que demain ou un autre jour, se disait-il; il y a assez long-temps que je souffre... — Vous me haïrez toujours? demanda-t-il à Juliette d'une voix sourde, qui produisit sur cette dernière l'effet d'un cri de rage étouffé.

— Oui, toujours, ici-bas et dans la tombe, répondit la fiancée d'Horace.

— Eh bien, vous ne me haïrez pas sans raison, dit de Courville.

— Croyez-vous que je n'ai pas assez de motifs de haine contre vous?

— Vous en aurez de nouveaux. Vous allez être à moi, malgré vous....

— A vous, jamais! fit Juliette.

La pauvre enfant devenait folle; elle oubliait les dangers de sa position et parlait comme si elle eût été en état de repousser les attaques du monstre.

— Jamais! ricana le marquis; n'êtes-vous pas en mon pouvoir? Ne sommes-nous pas seuls? Vous le voyez, nulle puissance humaine et divine ne peut vous soustraire à...

Le débauché n'acheva pas son blasphème.

Un poids, qui parut énorme au marquis, parce qu'il ne s'attendait pas à le recevoir, lui était d'abord tombé comme une masse sur la tête et sur les épaules; puis, quoique presque assommé sous le coup, — le nain n'était cependant pas bien lourd, — le marquis avait senti cette masse s'étendre et l'enlacer; enfin, des crampons s'étaient serrés autour de sa gorge et l'étranglaient avant qu'il ne se fût rendu compte de l'être ou de la chose qui l'assaillait de la sorte.

L'attaque avait été si vive et si violente qu'il s'affaissa et tomba sans pousser un cri et que Juliette le crut foudroyé.

Quelle fut la surprise de cette dernière en voyant M. de Courville se débattant, mais faiblement, sous l'étreinte du nain, qui, accroupi sur la poitrine de son adversaire l'étranglait.

La scène était terrible. Juliette eut peur; elle ne reconnut pas d'abord le nain pour un homme; l'apparition d'Ali avait été si brusque, qu'elle crut à un être surnaturel et en quelque sorte à un miracle : elle allait crier.

— Rassurez-vous, mademoiselle, lui dit Ali en très bon français. Je suis venu à temps pour convaincre ce misérable que sans la puissance divine, une puissance humaine pouvait encore vous arracher de ses mains : cette puissance c'est la mienne, celle d'un nègre nain, un homme par le cœur, un animal par l'aspect.... M'entends-tu, misérable? dit Ali en terminant et en secouant rudement le marquis par le cou.

VI

CE QU'ALI FAIT DE JULIETTE.

Ali qui, comme nous l'avons dit, était doué d'une force musculaire peu propor-
tionnée à sa taille, — cela tenait peut-être à l'activité de son existence souvent périlleuse, — n'attendit pas la réponse du marquis et ne jugea pas plus à propos de
parlementer avec lui que de lui faire de la morale. Ignorant les ordres de M. de
Courville à Bontemps, il redoutait la subite arrivée de Guiffart; aussi pensait-il ne
pas avoir de temps à perdre.

Il dit au marquis d'un ton fort peu rassurant :

— Je ne veux pas te tuer afin de ne pas souiller mes mains dans le sang d'un
misérable tel que toi ; cependant si tu cries ou me fait la moindre résistance, je te
tue comme un chien.

C'était court, mais significatif. L'arme que le nain serrait à la main était un long
poignard que le marquis apercevait parfaitement.

Ce dernier, à la force avec laquelle Ali l'avait abattu et lui serrait le cou, comprit
qu'il n'était ni d'âge ni de force à soutenir une lutte contre cet adversaire, petit, mais
robuste, agile et d'autant plus difficile à saisir. Il songea encore à s'emparer du poignard du nain : ce dernier, après avoir parlé, l'avait remis entre ses dents, qui, blanches et fortes, étreignait le manche de l'arme comme dans un étau. Prendre le poignard par la lame, c'était dangereux : il coupait et piquait bien.

Vaincu, M. de Courville se résigna enfin à supporter la honte et les conséquences
de sa défaite.

— Tes mains ? lui dit Ali.

Le marquis livra ses mains.

— Donnez-moi une de ces embrasses de rideaux, dit Ali à Juliette qui regardait
avec terreur la scène qui se passait sous ses yeux. Dans l'état de surexcitation et
d'épouvante dans lequel elle était, à peine si elle comprenait qu'elle était sauvée
du danger imminent qui l'avait menacée. Dans ce premier moment de surprise, le
nain l'effrayait peut-être autant que le marquis.

Elle obéit cependant et remit à Ali ce qu'il demandait.

M. de Courville, étourdi, stupéfait, peu rassuré par la couleur du nain, se laissa
garrotter sans faire la moindre résistance. Il fut attaché des pieds et des mains en
moins de cinq minutes. Il l'était solidement.

Le nain, sans perdre un instant en vaines paroles, le fouilla et lui prit les clefs
qu'il avait dans ses poches ; parmi ces clefs il pensait trouver celle du pavillon.

Quand le marquis fut en outre bâillonné, le nain dit à Juliette :

— Maintenant, mademoiselle, nous allons sortir d'ici.

— Vous pensez que ce soit si facile? répondit la jeune fille.

— Vous allez voir.

Le nain avait, pendant qu'il était en observation sur le vitrage, remarqué l'endroit par où le marquis avait pénétré dans le salon ; il y alla, et après quelques instants de recherches, grâce à son étonnante sagacité, il finit par découvrir l'entrée de la serrure qu'il cherchait. En une minute, il eut essayé les clefs et ouvert la porte.

— Venez, dit-il à la jeune fille.

Celle ci s'empressa de suivre son libérateur, sans se demander tout d'abord ce qu'il adviendrait de cette nouvelle aventure.

Un quart d'heure plus tard, Juliette et son guide, laissant le marquis enfermé dans le salon étaient hors du pavillon et respiraient l'air frais du jardin.

Le nain fit retentir le signal convenu entre lui et Jéronymo ; celui-ci accourut aussitôt.

— Alerte! dit le nain, tout est-il prêt ?

— Oui, señor Manoël, répondit l'Espagnol.

Aussitôt les trois fugitifs traversèrent le jardin en se dirigeant sur le mur qui longeait la rue déserte que nous avions mentionnée.

— Passe le premier, dit Ali à Jéronymo.

Une échelle était appliquée au mur ; en deux bonds, l'Espagnol, qui était aussi agile qu'un chamois des Pyrénées, eut atteint le sommet du mur

— Tout est désert et silencieux, fit-il après un court silence.

— Bien, descends.

Jéronymo sauta dans la ruelle.

— Allons, à votre tour, du courage! mademoiselle ; vous m'attendrez assise sur le chaperon du mur. Nous n'avons plus que ce mauvais pas à franchir, dit Ali.

Quoique en tremblant bien fort, Juliette exécuta le mouvement indiqué par Ali. Elle monta à l'échelle et s'assit sur le mur, au pied duquel se trouvait Jéronymo, prêt à la préserver d'une chute dangereuse, si elle venait à tomber.

Ali l'eut bientôt rejointe.

Se plaçant à cheval sur le mur, il fit passer l'échelle du jardin dans la ruelle ; la descente s'opéra sans accident.

Quand Jéronymo eut caché l'échelle dans des herbes qui tapissaient le pied de la muraille, Ali dit à la jeune fille :

— Vous êtes sauvée, Mademoiselle.

Ce mot *sauvée* démontra bien à Juliette l'étendue du service que le nègre venait de lui rendre ; son cœur, oppressé jusqu'alors, se dilata ; elle s'écria avec transports :

— Sauvée, monsieur! et c'est vous mon libérateur. Oh ! si vous saviez !...

Le nain n'était pas partisan des grandes démonstrations. Quoique Mlle Lamy lui eût pris les mains et qu'elle les lui serrât avec effusion, il l'interrompit :

— Je sais, mademoiselle, lui dit-il, tout ce que vous allez me dire ; je sais également l'importance du service que je vous ai rendu ; aussi suis-je parfaitement fixé

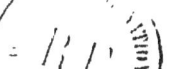

Aussitôt après qu'il avait embarqué on avait mit a la voile.

quant à la reconnaissance d'un cœur aussi noble et aussi généreux que le vôtre, ce n'est donc pas la peine d'en parler. Ce qu'il nous faut décider, c'est ce qu'il nous reste à faire.

— Vous allez me reconduire à Neuilly, dit Juliette ; après ce que vous venez de faire pour moi, vous ne me refuserez pas ce service. Vous devez comprendre que les personnes que je désire revoir les premières, ce sont mes parents.

Ali avait prévu cette demande si naturelle de sa protégée. Cependant il ne voulait pas reconduire celle-ci à Neuilly, pour deux raisons :

Il ne voulait d'abord pas qu'elle y retrouvât Horace dans l'état pitoyable où la grêle de pavés du Ribouilleur l'avait laissé.

Puis il craignait que Juliette ne fût pas en sûreté à Neuilly, où Boit-sans-soif, le seul homme sérieusement valide qui y fût, était fort occupé auprès des deux malades. Au reste, Ali ne jugeait pas les honnêtes habitants du Pavillon vert capables de se défendre contre Guiffart et sa bande.

— Mademoiselle, répondit-il à Juliette, vous me demandez la seule chose que j'aie à vous refuser.

— De me reconduire à Neuilly ! se récria Juliette étonnée.

— Oui, mademoiselle; et, faut-il vous le dire ! à Neuilly, chez vos dignes parents, vous ne seriez pas en sûreté. Je puis même ajouter que votre présence les exposerait à des dangers sérieux. Les gens qui vous ont enlevée sont capables des plus grands crimes; l'assassinat ne les effraye point. S'ils vous savaient à Neuilly, ils ne se tiendraient pas pour battus, malgré l'échec d'aujourd'hui, recommenceraient, et je ne serais peut-être pas là, pour faire échouer leurs complots.

— Vous m'effrayez, dit la fiancée d'Horace.

— Je vous parle en toute sincérité, reprit Ali. Croyez-moi, si vous voulez échapper à ces misérables et ne pas exposer ceux qui vous sont chers à d'inutiles dangers, il faut que vos ravisseurs ignorent le lieu de votre retraite.

— Vous allez donc me proposer une autre prison ? dit Mᶦᶦᵉ Lamy.

— Non ; vous devez avoir confiance en moi, fit le nain.

— Oh ! oui, après le service que vous venez de me rendre, dit la jeune fille en serrant les mains du nain dans les siennes.

— Eh bien, je vais vous conduire dans une maison où vous saurez où vous êtes ; vous y serez libre. Une femme, un ange de bonté, qui est prévenue de votre arrivée, vous y recevera et vous y traitera comme une sœur. Vous l'aimerez, j'en suis sûr quand à elle, elle vous aime déjà. C'est pour lui obéir que je vous ai arrachée du repaire d'infamie où vous gémissiez il y a une heure, et, si vous devez de la reconnaissance à quelqu'un de cet heureux événement, c'est surtout à elle.

Juliette se rassurait aux bonnes paroles du nain, dont l'organe, quoique rempli d'expression, était doux et sympathique. Une seule chose la tourmentait encore, sa famille.

« Et mon père, ma tante, Horace et Marguerite ? dit-elle.

— Comme le moins de monde possible doit connaître le secret de votre retraite, dit Ali, que M. Horace a quitté Paris pour vous chercher où vous n'étiez pas, que je ne sais où il est, pendant quelques jours monsieur votre père sera la seule personne qui pourra venir vous voir chez votre nouvelle amie ; mais je vous assure que vous le verrez demain, j'irai le chercher à Neuilly.

— Oh ! alors, je vous suis où vous voudrez me conduire ; où faut-il aller ? demanda Mᶦᶦᵉ Lamy.

— Vous allez le savoir.

En s'entretenant de la sorte, les trois fugitifs, que personne ne poursuivait, étaient arrivés à la place de la Bastille. Il était une heure du matin; la nuit était si belle que de nombreuses voitures sillonnaient encore le boulevard.

Jéronymo héla un cocher. Celui-ci s'empressa d'approcher du trottoir. Ali lui donna l'adresse de la Paula, chez laquelle lui et ses compagnons furent bientôt arrivés. C'était la nuit de la fête donnée par la jeune femme. La soirée était à son moment le plus brillant. Jeanne, prévenue par un domestique de l'arrivée de la jeune fille, quitta ses salons un instant pour aller recevoir sa protégée.

Juliette, en voyant cette belle jeune femme en grande toilette, fut complètement rassurée. Malgré ses grands yeux vifs et hardis, ses sourcils et ses cheveux aussi noirs que l'aile d'un corbeau, la Paula avait l'air si franc, si bon, son sourire était si doux, ses manières si affables, que quand elle voulait subjuguer on se sentait attiré vers elle par un mouvement irrésistible. La hardiesse de son regard, qui semblait ne devoir jamais se baisser, ne paraissait plus être l'indice que d'un caractère énergique et résolu.

Quand elle vit Juliette, elle la prit dans ses bras, l'embrassa comme elle eût fait d'une sœur et lui dit :

— Ah ! vous voici enfin, ma chère enfant ! Que vous m'avez causé d'inquiétude depuis huit jours ! Dieu soit loué, Manoël est parvenu à vous amener ici, et ici vous êtes en sûreté, croyez-le. Malheur à ceux qui essayeraient de vous y poursuivre !

De telles paroles n'étaient pas ambiguës. Juliette sentit enfin la confiance renaître dans son cœur.

Ce soir-là elle s'endormit l'esprit tranquille, avec la certitude qu'elle verrait son père le lendemain.

Le lendemain elle était très souffrante ; l'heure de la réaction étant venue, mais Jeanne était auprès d'elle ; les caresses, les paroles affectueuses et les soins ne lui manquaient pas. Enfin, introduit par Ali, M. Lamy pénétra auprès des deux jeunes femmes.

Le nain l'avait prévenu de ce qu'il avait à dire de l'absence du capitaine Vigneul.

Le colonel était comme fou de joie.

Une mère pleurant auprès d'un berceau son enfant mort ne serait pas plus heureuse que le colonel si son enfant, tout à coup rendu à la vie, lui sautait au cou, l'entourait de ses petits bras et la couvrait de caresses.

La Paula voulut s'éloigner afin de laisser le père et la fille au plaisir de se retrouver. Elle voulait aussi se dérober à l'explosion de leur reconnaissance.

M. Lamy et sa fille s'opposèrent à son départ.

Si des scènes de sang et de carnage échappent à la description à force d'être horribles, la plume est encore plus inhabile à rendre certains moments de bonheur et d'ivresse. Cette entrevue de M. Lamy et de sa fille est du nombre, nous ne l'analyserons donc pas.

VII

HAINE ET AMOUR.

Huit jours s'étaient écoulés depuis les derniers événements que nous avons racontés. Jeanne, grâce aux insinuations de Guiffart qu'elle avait revu, s'étant convaincue que le marquis des Uzelles était bien le fils de l'ennemi qu'elle cherchait, avait tout mis en jeu, y compris les ressources fécondes d'une coquetterie de bon ton, pour attirer le jeune sportsmen sous sa domination.

Elle avait réussi au delà de ses espérances. Au reste, la chose était inévitable. Le marquis, déjà épris de la belle Espagnole, l'amour avait été pour beaucoup dans l'enjouement exalté avec lequel il avait répondu aux avances de la Paula. Celle-ci n'avait pas été sans remarquer que Léonce n'était pas un adorateur ordinaire, un de ces papillons cosmopolites — autant de natures dégénérées — qui, en amour, ne savent ni aimer, ni se faire aimer, mais qui tiennent surtout à la réputation d'adorer toutes les femmes. Elle avait compris que l'empressement du jeune élégant cachait une passion sérieuse, ardente, qui, sur un caractère comme celui du marquis, devait produire des effets terribles en se développant.

Si Jeanne n'eût été qu'une Circé moderne du trottoir, elle eût pu dire avec raison : « Je le tiens dans mes filets, le pigeon ne sera pas long à plumer. »

La Paula se souciait fort peu de l'argent, mais elle tenait à sa vengeance plus qu'à la vie, plus qu'à l'honneur; plus tard, nous pourrons ajouter plus qu'à l'amour.

Elle se souvenait religieusement et avec toute l'énergie de son caractère du terrible serment qu'elle avait fait à sa mère mourante d'être sans pitié pour le faux marquis des Urbins, de lui infliger les plus affreuses tortures, et de le châtier jusque dans sa génération.

Seule, elle se réjouissait d'être enfin sur le point de réaliser son rêve.

Quand Guiffart venait, elle écoutait en souriant ses affreuses théories; et quand il parlait des duc et marquis des Uzelles, et qu'il y ajoutait les mots ruine, déshonneur, misère, patricide, suicide, échafaud, elle approuvait. Rien ne lui semblait trop affreux pour eux.

Mais la Paula était femme, elle avait vingt ans et un cœur sensible et généreux; on l'a jugée du reste parce qu'elle a fait pour Horace et Juliette, et ce n'était pas avec indifférence, sa haine à part, qu'elle avait vu Léonce.

La franche, bonne et douce nature de ce dernier l'avait surprise; son exquise et délicate discrétion l'avait touchée; sa voix suave, harmonieuse, sympathique, avait trouvé le chemin de son cœur, bien malgré elle, à son insu.

Un matin, Jeanne eut peur, elle pâlit.

Le marquis devait venir, et elle se surprit à l'attendre avec une impatiente anxiété.

« L'aimerais-je ? » se dit-elle en frissonnant de terreur.

Elle mit la main sur son cœur comme pour en interroger les pulsations, et reprit :

« Oh ! non, c'est impossible, je ne serais pas lâche à ce point ! » Elle eut, après ces paroles, un éclat de rire nerveux et saccadé.

Jeanne avait raison, elle n'aimait pas le marquis ; ou, si elle l'aimait déjà, sa haine, un sentiment terrible et vivace auquel elle était habituée depuis longtemps, étant plus forte que son amour, ce dernier devait plutôt être nuisible que favorable au marquis dans l'esprit de celle qu'il aimait déjà éperdûment.

La Paula, considérant sa vengeance comme un devoir, était femme à se reprocher amèrement sa faiblesse à l'endroit du marquis, et à s'en punir en devenant plus cruelle et plus empressée à accomplir sa mission.

C'était ce qui arrivait le jour où nous introduisons le lecteur chez elle.

« Non, je ne serai pas lâche au point d'écouter le sentiment de pitié qui m'anime pour lui, qui me le représente comme innocent du crime de son père ; au contraire, je suivrai les conseils du chevalier, je... »

Elle n'acheva pas, un domestique annonça :

— Le marquis des Uzelles.

— Priez monsieur le marquis de m'attendre au salon, je le rejoins, répondit la Paula.

Léonce était venu dans une élégante voiture découverte, dont les magnifiques chevaux piétinaient le gravier du jardin. Venant en ami et sans cérémonie chez la Paula, il s'était permis de conduire lui-même l'élégant véhicule.

Le marquis, depuis le jour où nous l'avons vu pénétrer en curieux chez la Paula, était changé, mais changé à son avantage. Il était radieux et beau, comme l'homme qui porte au front la double auréole du bonheur et du succès : deux choses qui ne marchent pas toujours de compagnie, quoi qu'on en dise. Le succès a souvent des soucis ; le bonheur visite le plus souvent des gens sans ambition.

Quoi qu'il en soit, Léonce avait ce jour-là la physionomie d'un heureux de ce monde.

En le voyant pénétrer chez la Paula, on devinait un homme épris entrant chez la femme aimée et se sachant attendu et désiré.

Cependant Léonce n'était point fat, Dieu merci ! il n'avait pas encore fait l'aveu de sa passion.

Quant à l'opinion du monde, qui souriait déjà malicieusement de l'intimité des deux jeunes gens, Jeanne et Léonce ne s'en préoccupaient pas. Que leur importait le monde et ses jugements ?

Le bonheur du marquis avait cependant ses heures de suprême défaillance, comme toute passion, tant qu'elle n'est que platonique, que les amants se plaisent à l'entourer de mystère.

Moment charmant qu'on devrait prolonger indéfiniment, car en amour le dénoûment est toujours aussi brutal que le commencement a été sublime.

Léonce avait donc ses heures de doute, et il avait bien ses raisons pour cela.

L'affection, la familiarité pleine de décence du reste, avec lesquelles le recevait la
jeune femme, lui avaient paru étranges, fascinatrices, attractives. Souvent il avait
éprouvé une sorte de malaise en présence de la Paula.

Le malaise du somnambule qu'un magnétiseur qu'il ne connaît pas va endormir
pour la première fois.

Étant auprès de la Paula, il avait remarqué en elle des changements subits et
inexplicables, comme les changements d'atmosphère dans une certaine zone. Parfois, tout à coup et sans raison, Jeanne devenait triste, après avoir été follement
gaie; elle le traitait avec dureté, quand un instant avant elle lui prodiguait les plus
charmantes câlineries. Il l'avait surprise le regardant avec des yeux remplis de
larmes ou d'éclairs: on eût dit des étincelles de colère et de haine, des larmes de
pitié.

Comment expliquer ces changements? La Paula n'était fantasque en rien; au
contraire, en tout, même pour les plus petites choses, il était difficile de trouver une
femme ayant plus de suite dans les idées et la conduite.

Léonce se contentait de n'y rien comprendre; depuis longtemps il avait renoncé à
s'expliquer le caractère de la Paula. Sauf ses rares moments de défaillance, il était
heureux.

Cependant, le plan tracé par le spadassin recevait son exécution; car si le marquis
eût réfléchi au changement qu'il avait apporté dans sa conduite et dans son existence depuis qu'il connaissait la Paula, il se fût inévitablement aperçu que son
amour l'avait engagé sur une pente rapide, dont un abîme, la ruine, formait le fond.

La Paula, ayant sans doute le bandit Granco Péperlo pour banquier, — sans doute,
disions-nous, car la fortune de la jeune femme avait peut-être une origine plus mystérieuse et plus avouable, — semblait avoir d'inépuisables trésors à sa disposition,
au train qu'elle menait. Ce train était princier. En toutes choses, il était facile de
voir que l'intendant de la jeune femme, quand il s'agissait de combler un désir de
celle-ci, ne comptait pas plus avec l'argent qu'avec les difficultés.

Un seul exemple de cette vérité.

La Paula avait trouvé son petit hôtel charmant, et ne s'était plainte que d'une
chose: l'exiguïté des jardins, tout en déclarant qu'elle était installée et ne voulait
pas aller ailleurs.

Aussitôt son intendant, — Ali remplissait ce rôle près de Jeanne, — sans la consulter le moins du monde, avait acheté et fait démolir une maison voisine. En huit
jours, et presque sans que Jeanne s'en fût aperçue, — les travaux s'étaient faits en
grande partie la nuit, — tout avait été terminé, les locataires expulsés et indemnisés.

Ce caprice avait coûté douze cent mille francs à Jeanne. Il est vrai que les maisons et les terrains n'étaient pas aussi chers qu'aujourd'hui; pourtant, le fait était
assez notable pour que tout Paris s'en occupât. Aussi les experts en pareille matière
déclarèrent-ils, et d'une façon formelle, que l'Espagnole n'avait que des vues honnêtes

sur le marquis, mais que ce dernier, en faisant sa cour pour le bon motif, pouvait bien avoir l'intention de réparer un peu les brèches faites à son patrimoine.

Quoiqu'elle ne vous demande rien, — que diantre pourrait du reste vous demander une femme qui s'offre sans sourciller des fantaisies de plus d'un million? — il peut devenir ruineux de faire la cour à une femme riche, surtout pour un pauvre diable n'ayant plus guère que sept ou huit cent mille francs.

Ce misérable ne doit-il pas monter sa maison sur le pied de celle de l'ange de ses rêves?

Peut-il, au bois, approcher la voiture de cette dernière avec un équipage d'un goût douteux, d'une fraîcheur équivoque et d'une beauté contestable? Non, mille fois non; l'ange lui dirait, en fronçant ses beaux et soyeux sourcils :

— *Pauvre vicomte*, ou bien, *cher marquis, comme vous êtes fait aujourd'hui!*

Du reste, la locution a déjà servi.

Un sourire dédaigneux et un regard de commisération accompagnent ces paroles. C'est tout. Le vicomte ou le marquis n'est plus qu'un simple mortel. Comme homme du monde, le ridicule l'a tué.

Nous ne donnerons qu'un conseil au malheureux qui se trouve pris dans un pareil guêpier : qu'il achète un pistolet et une feuille de papier timbré, qu'il fasse sur celle-ci son testament en faveur des pauvres, et se brûle la cervelle avec le premier. C'est la manière la plus digne et la plus honorable dont il puisse finir.

De cette façon, le ridicule n'aura pas raison de lui, il n'ira pas s'encroupir dans les bas-fonds de quelque emploi abject, nourrissant son homme à grand'peine. Au contraire, l'ange, cause première du suicide, le plaindra sincèrement et aura de l'admiration pour lui.

C'est sans doute pour ce motif que les femmes honnêtes sont si furieuses contre les femmes légères : elles leur doivent leurs maris en grande partie.

Léonce s'était donc fatalement trouvé dans la position difficile que nous venons de dire. On devine aisément ce qu'il avait fait. Ses goûts d'artiste et sa passion pour le beau aidant, il avait fait les choses en grand et commençait à éblouir Paris de son luxe et de son faste.

Mais, au prix de quels sacrifices avait-il acheté cette misère richement dorée !

Un instant il s'était senti glisser sur la pente, mais, arrivé au bord de l'abîme, il n'avait osé en sonder la profondeur.

Il avait craint le vertige.

Insoucieux et aveuglé par son amour, il s'était abandonné à son malheureux sort.

Ruiné, il s'était déjà mis à jouer, lui qui avait professé si longtemps un profond mépris pour le jeu et pour les joueurs.

En ce moment, la veine lui était favorable.

Avec ses gains il suffisait difficilement à sa dépense; c'était un gouffre que son goût pour le luxe depuis qu'il connaissait la Paula.

Le moment approchait où, sans avoir jamais fait accepter à Jeanne autre chose que quelques fleurs des champs, en faisant une promenade, le marquis allait enfin être forcé d'avoir recours à des usuriers.

Son père, qui n'avait que lui d'enfant légitime, était immensément riche, il est vrai ; mais la mésintelligence très-prononcée qui régnait entre eux était de notoriété publique.

Le chevalier de Pomponne, en vertu d'ordres supérieurs, guettait un moment favorable pour jeter Léonce en pâture à Guiffart et à sa bande.

Il n'attendait plus qu'une ouverture du marquis.

Telle était la position de ce dernier le jour où il venait rendre visite à la Paula.

Le malheureux était souriant, tout en lui indiquait une grande quiétude d'esprit.

Au reste, rue du Helder, en face de Jeanne, il oubliait ses soucis et était tout entier à son bonheur.

Il avait au moins l'excuse d'aimer avec le cœur et non pas par orgueil ; son sort était encore digne d'envie.

Il attendait depuis cinq minutes, quand Jeanne entra dans le salon ; son visage ne laissait rien paraître de ses préoccupations.

Elle était belle, si belle, que le malheureux Léonce en fut effrayé en songeant à l'ascendant qu'une telle femme pouvait prendre sur lui.

— Je vous ai fait attendre ? dit Jeanne au marquis. Figurez-vous, j'étais sérieusement occupée. Que votre vie de Paris est parfois insipide ! Ici il faut tout faire ou voir soi-même. Ainsi, depuis une heure, je suis avec mon intendant, mon architecte et un entrepreneur, c'est ainsi qu'on désigne ces messieurs, je crois. Me voyez-vous au milieu de ce trio, causant chiffres et alignements ? Je n'ai rien compris à leur conversation ; j'aurais signé des deux mains afin de me débarrasser d'eux. Enfin, c'est fait... mais j'en reviens à dire que la vie ici est bien désagréable. Cette corvée m'a horriblement fatiguée, j'en suis encore toute maussade.

Sur cette boutade, Jeanne se laissa presque tomber sur une causeuse en disant à Léonce :

— Asseyez-vous, marquis, j'ai à vous parler ou plutôt à vous consulter, vous qui avez un goût exquis.

M. des Uzelles s'inclina, s'assit et dit :

— Mais, señora, à Paris, si on ne faisait un peu ses affaires soi-même, on serait ruiné en un moment par les gens dont vous parlez. Un tas de neige sous un soleil brûlant ne fondrait pas plus vite qu'une fortune bien assise aux prises avec leurs comptes et mémoires.

— Oh ! dit la Paula, ma fortune n'a rien à craindre de pareilles catastrophes. J'en ignore le chiffre et je voudrais qu'il en soit de même de mes propriétés, que mon intendant achète et vend sans que j'en sache rien ni que j'aie des signatures à lui donner ; de cette façon il pourrait, de temps à autre, me réserver quelque surprise agréable. Me comprenez-vous ?

— Parfaitement, répondit Léonce qui, souriant, endurait son martyre avec un sang-froid stoïque.

— Que ne donnerais-je pas, se disait-il, pour que cette femme soit pauvre ! Immédiatement je l'épouserais et la ferais marquise. Avec ce que j'ai et un peu d'ordre, nous pourrions être si heureux ! Riche comme elle est, où peut me conduire l'amour que je ressens ?

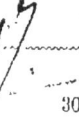

Nous étions en garde.

« A la ruine, si je reste ce que je suis pour elle, car je n'en ai pas pour deux mois si je veux la suivre partout et partager ses folies.

« Au déshonneur, si je devenais son amant ; dans ce cas, ou elle m'entretiendrait, — ce que je ne pourrais jamais supporter, — ou je jouerais par métier si je ne voulais rien lui coûter. Quel est le joueur qui peut répondre de rester toujours à cheval sur la ligne si facile à franchir de la délicatesse telle que la comprend l'homme d'honneur ?

« A la honte, si je l'épousais. Tout le monde crierait au spéculateur, mes envieux plus que les autres; l'on ne manquerait pas de me considérer comme un chevalier d'industrie plus adroit et plus heureux que mes peu honorables confrères. »

En faisant ces tristes réflexions, Léonce était devenu pensif et avait laissé tomber la conversation.

Jeanne ne faisait rien pour l'arracher à sa rêverie.

Prévenue par Guiffart des embarras financiers du marquis, elle se rendait parfaitement compte des tortures du malheureux. Elle lisait dans son cœur comme dans un livre ouvert; n'écoutant que sa haine, elle savourait déjà les fruits de sa vengeance.

Sa conduite, en cette circonstance, était d'une cruauté machiavélique.

Sans que Léonce pût jamais se plaindre d'avoir dépensé un centime pour elle, sans qu'elle cherchât à savoir où passerait l'argent du malheureux, elle était décidée à le ruiner.

— Figurez-vous que j'ai formé le projet d'aller à la campagne, dit Jeanne; mais non pas comme y vont certaines gens, afin d'y faire des économies qui leur permettent de passer l'hiver suivant à Paris. Au contraire, si je vais à la campagne c'est tout simplement parce que je trouve qu'on vit mesquinement ici et qu'on y manque d'air. J'ai fait acheter une propriété charmante entourée d'une fort belle chasse que j'ai fait louer, y compris les étangs et cours d'eau.

— Je gage, dit Léonce avec un sourire forcé, que vous allez être locataire ou propriétaire d'un département entier.

— Je ne sais, fit la Paula; mais comme vous dites cela! On serait tenté de croire que mon idée vous contrarie. Cependant, en faisant à ma tête, j'ai eu pour vous une attention charmante.

— Ah! ah! dit Léonce.

— Vous allez voir. A une petite distance du château que j'ai été visiter la semaine dernière, et où nous chasserons et jouerons la comédie avant un mois, il existe une petite maison de plaisance charmante qui ferait bien l'affaire d'un jeune homme. Un instant, j'ai eu l'intention de l'acheter pour vous. Nous eussions été voisins et j'en eusse été enchantée; car, il faut bien que je le dise, je ne puis plus me passer de vous.

Cet aveu de la Paula mit Léonce aux portes du septième ciel.

— Il fallait acheter cette campagne, dit-il sans trop savoir ce qu'il disait.

— Espérons qu'elle n'est point vendue, fit la Paula; courez vite chez le notaire, Ali vous donnera son adresse. Si vous n'avez pas assez d'argent, il vous en prêtera.

Léonce, en homme bien né, se récria à cette proposion.

— Mais ces services se rendent entre amis, dit Jeanne. Enfin, puisque vous ne voulez pas... Voyons, dépêchez-vous, c'est l'affaire d'un instant. A votre retour, vous déjeunerez avec moi et je vous raconterai l'histoire de l'ancien propriétaire des campagnes dont nous venons de parler. Elle est curieuse, vous verrez.

VIII

DANS L'AIRE DES OISEAUX DE PROIE

Cinq minutes plus tard, Léonce était sur le boulevard des Italiens. Sombre et recueilli, il conduisait ses magnifiques anglais sans savoir où il allait.

Si, par Ali, il savait l'adresse du notaire, en revanche, il ne savait pas où prendre l'argent dont il avait besoin, et la propriété n'était à vendre qu'au comptant.

— C'est pour cette raison, lui avait dit Ali, qu'on s'est décidé à la vendre à moitié prix. En somme, une affaire magnifique.

La Paula attendait Léonce.

Celui-ci se trouvait dans une position terrible, affreuse.

D'un côté, il ne voulait pas laisser échapper l'occasion qui s'offrait à lui de resserrer encore les liens de l'intimité qui l'unissait à la Paula.

— Je ne puis plus me passer de vous, lui avait dit cette dernière.

D'autre part, il ne pouvait se résoudre à lui avouer la gêne de sa position.

— Ce serait infâme de ma part d'accepter l'argent qu'elle vient de m'offrir, se disait-il : comment ferais-je pour le lui rendre? Cependant, ajoutait-il, il me faut de l'argent; il faut qu'aujourd'hui même je me rende acquéreur de la maison dont Jeanne m'a parlé.

Sur ces entrefaites, Léonce pensa tout à coup, et comme cela arrive toujours en pareil cas, à ses amis.

— Il n'y a que Pomponne pour me tirer de là. Certes, il n'est pas en position de m'aider de sa bourse, mais il s'est si souvent trouvé dans des embarras d'argent, qu'il a eu affaire à des usuriers, il en connaît, il m'aidera toujours au moins d'un renseignement.

Grâce aux bénéfices que lui rapportait l'usure, le chevalier de Pomponne, depuis qu'il était un des principaux agents de l'association Couville, Mercœur et Cie, habitait, avec aplomb et quelque faste, un bel appartement rue de la Boule-Rouge. Il avait certainement des chevaux et des voitures moins beaux que ceux de son ami, M. des Uzelles, mais il avait aussi beaucoup moins de soucis.

Si le marquis envisageait l'avenir avec effroi et se sentait glisser sur la pente qui devait le mener à la ruine, le chevalier songeait à l'avenir avec impatience, et constatait tous les jours quelque progrès de sa marche ascendante vers la fortune.

Léonce arriva en tremblant à la porte de son ami. Il craignait de ne pas le rencontrer chez lui.

Il sonna. M. François, — un cinquième d'usurier, comme il y a aujourd'hui des cinquième d'agent de change, — le valet de chambre du chevalier, vint ouvrir.

— Ah! c'est monsieur le marquis, dit le Frontin en voyant Léonce. Que M. le chevalier sera aise de le voir!

— Alors, votre maître est chez lui, François?

— Pour vous, toujours, monsieur le marquis.

Deux secondes plus tard, le gentilhomme abordait le chevalier en lui serrant la main et en lui disant :

— Mon cher, je suis dans une position fort embarrassée.

— Cela se voit, vous avez l'air très ennuyé. Puis-je vous être utile? répondit de Pomponne avec l'apparence d'une cordiale amitié.

— Je le pense, c'est pourquoi je suis venu.

— C'est charmant de votre part d'avoir pensé à moi, dit de Pomponne. De quoi s'agit-il? Voyons, allez droit au but.

— Il me faut de l'argent, dit Léonce.

— Vous tombez bien, répondit son ami ; j'ai là trente mille francs, en voulez-vous vingt-cinq!

Léonce fut étonné de la spontanéité de l'offre, et se dit ;

— Voici au moins un ami sur lequel on peut compter, et c'est rare par le temps qui court.

Le malheureux ! s'il avait su que de Pomponne, connaissant sa position à lui, offrait ce qu'il savait devoir être refusé !

— Il s'agit bien de vingt-cinq mille francs.... dit Léonce.

— Diantre ! que vous est-il donc arrivé? demanda le chevalier d'industrie.

— Il me faut cent vingt mille francs, fit Léonce.

— Sans vous demander ce que vous voulez en faire, où diable voulez-vous que je prenne cent vingt mille francs?

— Vous connaissez des usuriers, chevalier?

— Cette demande fit bondir de Pomponne; il se dressa sur ses pieds avec la promptitude d'un ressort et dit :

— Vous, marquis, avoir affaire à des usuriers, jamais !

— Il le faut, cependant, dit le marquis. Je vous répète que j'ai besoin de cent vingt mille francs.

— Nous allons vous les chercher, répondit M. de Pomponne.

— C'est aujourd'hui même qu'il me les faut.

— Vous ne savez donc pas, mon cher ami, qu'une fois que nous sommes entre les mains des usuriers, nous sommes perdus? Ils nous sucent sang, moelle et humeur ; ils ne laissent même pas la bile. Tout leur est bon. Il n'y a pas d'oiseaux plus carnassiers qu'eux. Que Dieu vous préserve d'avoir jamais affaire à ces anthropophages !....

— Je vous en prie, chevalier, faites-moi grâce de vos conseils et de vos lamentations. Je vous remercie bien sincèrement du bon sentiment pour moi qui vous les dicte, mais ne me faites pas perdre un temps précieux à les entendre. Oui ou non, voulez-vous me conduire chez un usurier.

— Puisque vous le prenez sur ce ton, répondit le chevalier, dans votre intérêt, j'ai bien envie de vous dire : Non.

— Je vous en prie, dit Léonce.

— Plus tard, si malheur vous arrive, ce qui, je vous le dis encore une fois, me paraît inévitable, vous vous rappellerez cet entretien et vous n'accuserez que vous de l'avoir voulu ?

— Bien entendu, fit Léonce.

En faisant une si grande résistance, le chevalier était certain d'avance du résultat de cette comédie, qui lui faisait faire un grand pas dans l'estime de Léonce, sans compromettre en rien les intérêts de la Société.

— Vous avez votre voiture, dit de Pomponne à son ami.

— Elle est en bas.

— Partons alors.

En chemin, le chevalier dit au marquis :

— Quelle garantie allez-vous donner à ces gredins?

— Avec vous, chevalier, je serai franc. De ma fortune, je n'ai plus que mon hôtel, meublé comme il est, et mes écuries.

— Combien estimez-vous tout cela ?

— Quatre cent mille francs au plus bas prix. En vendant on en tirerait cinq, peut-être six. Mes tableaux et mes chevaux sont très-estimés des connaisseurs.

— Vendez alors.

— Ce serait avouer ma ruine et je veux qu'on l'ignore.

— Empruntez sur hypothèque.

— J'ai déjà emprunté deux cent mille francs; c'est ce que valent à peu près les bâtiments et le terrain. Chez un notaire, j'aurais de la peine à trouver vingt mille francs.

— Diantre ! ce sera difficile, dit de Pomponne.

— Vous croyez? fit Léonce en tremblant, tant il aimait Jeanne.

— Avez-vous au moins un état des lieux et un inventaire du mobilier !

— Oui, dans mon portefeuille.

— C'est bien, nous sommes arrivés.

La voiture s'était arrêtée place Maubert, où la foule peu choisie de ce quartier l'environna bientôt.

Les deux jeunes gens, arrivés dans le bureau de placement, furent introduits dans le cabinet de Guiffart.

Pour cette affaire, quoiqu'elle eût une haute importance, Nivodan devait remplacer le chevalier. Ce dernier, fréquentant parfois les salons de la Paula, où il pouvait rencontrer le marquis, ne voulait pas que celui-ci le connut pour un usurier.

Nivodan avait sa leçon faite d'avance, et il la savait.

Quand il sut de quoi il s'agissait, il dit au marquis, dont il avait examiné les titres et les papiers pour la forme :

— Quoique les capitaux soient rares, monsieur le marquis, quoique l'affaire ne présente pas des garanties suffisantes, je tiens absolument à vous obliger. Vous devez déjà deux cent mille francs, vous m'en demandez cent vingt mille, total : trois cent vingt mille ; ajoutez les intérêts, frais de tous genres, vous atteignez le chiffre de quatre cent mille francs. Votre hôtel vaut-il cela, si l'on juge que vos chevaux peuvent perdre de leur valeur, que vos tableaux peuvent brûler, etc., etc. ?

— Alors l'affaire est impossible, dit froidement Léonce.

— Je n'ai pas dit cela ; elle présente seulement des difficultés, répondit Nivodan. Les garanties ne sont pas suffisantes, voilà tout. Cherchons-en d'autres. Pouvez-vous me dire ce que vous voulez faire des cent vingt mille francs.

— Oh ! mon Dieu, oui, répondit Léonce : c'est pour acheter une maison de campagne, dont on exige le payement de suite.

— Combien pensez-vous mettre à l'acquisition de cette propriété ? demanda le représentant de Guiffart.

— Cent mille francs, dit M. des Uzelles, c'est le prix.

— Très-bien, tout est pour le mieux ; nous pouvons nous arranger. Vous me donnerez cent vingt mille francs de traites négociables à un an. De plus, pour les intérêts, frais, honoraires, enregistrement, poursuites à prévoir et diminution de valeur des objets affectés en garantie, vous nous ferez une obligation notariée de cent mille francs hypothéqués sur votre future acquisition.

— Mais vous me prêtez à cent pour cent, dit Léonce.

— C'est à prendre ou à laisser, monsieur le marquis : l'argent est rare, je suis usurier, et vous n'êtes pas sans savoir à quoi je m'expose en faisant l'usure. Dépêchez-vous d'accepter, car si mon associé arrivait, peut-être qu'il ne voudrait point faire l'affaire. Ce n'est pas une grande garantie que vos chevaux, qui vous restent entre les mains...

— Terminons, dit Léonce, qui trembla un instant que l'usurier ne revînt sur sa première décision.

Le malheureux aimait assez la Paula pour ne point reculer, quand bien même Nivodan lui eût demandé un intérêt de deux cents pour cent.

— Eh bien, monsieur le marquis, reprit l'usurier, je vais faire préparer toutes les pièces. A quelle heure faut-il vous les porter avec l'argent ? Il est midi, ce sera prêt à trois heures.

— Venez à cinq.

— Bien, monsieur le marquis peut passer en toute assurance chez son notaire et faire libeller l'acte de vente.

Léonce ne répondit rien et entraîna son compagnon hors du repaire dans lequel il venait de consommer sa ruine.

Ils étaient à peine hors du bureau de placement, que Guiffart sortit d'un cabinet d'où il avait tout entendu.

— Vous avez mené l'affaire rondement, dit-il à Nivodan.

— C'était le seul moyen de la terminer de suite. En somme, l'affaire est excellente ; l'hôtel du marquis et le reste, d'après les renseignements pris, valent au moins 600,000 francs. M. des Uzelles est trop honnête homme pour avarier ou faire disparaître les objets qu'il nous donne en garantie ; quant à la petite propriété que nous lui vendons et qui ne nous a pas coûté cher, que nous importe sa valeur ? Dans un an elle sera à nous, ainsi que l'hôtel, et, ce soir, les fonds que nous donnons d'une main, comme prêteurs, nous reviendront par l'autre comme vendeurs, sauf 20,000 francs, et encore le marquis fera-t-il bien 20,000 francs de réparations à notre immeuble.

— Je sais tout cela, dit Guiffart ; mais je me demande comment le marquis va vivre pendant cette année ; du train qu'il y va, il lui faudra de l'argent. Tenez, afin de savoir jusqu'où on peut s'aventurer avec lui, je vais faire un voyage en Touraine, afin de prendre des renseignements précis sur son vieux père.

— C'est, je crois, ce que vous avez de mieux à faire, dit Nivodan.

Le soir même, Guiffart quittait Paris. Il laissait les habitants du pavillon vert dans l'état que nous avons dit. Il avait compris qu'il ne pouvait, pendant quelques jours, continuer ses machinations sans se compromettre beaucoup.

— Laissons-les se remettre de ces différentes secousses, se dit-il, après nous aviserons. Quand le capitaine sera guéri, il aura bien autre chose à faire qu'à s'occuper de moi. Ne faudra-t-il pas qu'il cherche Juliette, dont il n'a aucune nouvelle ?

En quittant Paris, le spadassin laissait M. de Courville encore sous le coup de l'aventure qui lui était arrivée.

Le marquis était resté trois jours attaché sans-manger. M. Bontemps, qui n'avait point la clef du pavillon, n'avait pu ouvrir à son maître. Enfin le chevalier était venu, et, après avoir délivré de Courville, il avait été abasourdi par le récit que ce dernier lui avait fait de la délivrance de Juliette.

Le marquis gardait le lit.

Quant au spadassin, il se disait avec une sorte d'indifférence en pensant à Mlle Lamy.

— C'est peut-être un bien que cette jolie péronnelle m'ait été enlevée si tôt ; je me sentais déjà un petit faible pour elle et, qui sait où, en passant à un amour échevelé, cette faiblesse eût pu me conduire ?... Un homme amoureux n'est propre à aucune affaire. Vrai, je me croyais mieux cuirassé contre les traits de ce scélérat de Cupidon.

Le marquis des Uzelles, en quittant la place Maubert, laissa le chevalier de Pombonne sur le boulevard, courut prévenir le notaire, rue de la Paix, afin qu'il dressât l'acte de vente et revint chez la Paula.

Tout ruiné qu'il était, son visage rayonnait.

Sans se demander de quoi il vivrait, il se disait qu'il avait *une année devant lui.* Une année lui semblait un si long terme que, d'aucune façon, il ne cherchait à voir au-delà.

— Eh bien !

— C'est terminé, répondit Léonce.

— Quel bonheur ! fit la jeune femme, nous allons être voisins. Que nous allons passer de beaux jours à la campagne !

— Mais, à propos, où allons-nous ? reprit Léonce, qui ne savait pas où était située la propriété qu'il achetait.

— Tenez, allons déjeuner, je vous le dirai à table.

— Et l'histoire que vous m'avez promise ? demanda encore Léonce, en suivant la Paula pour passer dans la salle à manger où le couvert était mis.

IX

UNE SINGULIÈRE HISTOIRE.

En lisant les scènes qui précèdent, l'esprit du lecteur se sera peut-être révolté de la perversité du caractère de la Paula. En effet, il était difficile d'être d'une duplicité plus diabolique.

C'était par elle et grâce à ses confidences sur ses relations avec Léonce que Guiffart dépouillait ce dernier.

Mais l'usure ne prête-t-elle pas aux plus atroces comédies ? Le type de la Paula, — les qualités de cette dernière à part, qui pis est, ne le retrouve-t-on pas à chaque instant parmi ces grugeuses qui se font les complices partageuses des Guiffart de nos jours ?

La Paula aimait Léonce, à peu de chose près, nous dira-t-on. C'était précisément parce qu'elle l'aimait, qu'elle considérait son amour comme un sacrilège infâme dont elle voulait se punir, qu'elle cherchait à terminer au plus vite avec le marquis, afin de pouvoir s'éloigner de lui avant d'en être sérieusement éprise.

Qu'on se représente maintenant, pour l'excuse de la jeune femme, qu'elle était convaincue que Léonce était le fils de l'homme qui, pour déshonorer sa mère à elle, avait répandu des flots de sang ; qu'elle ne pouvait, pour se venger de cet homme, dont la position était inattaquable, que se servir du fils comme d'un instrument ; un instrument doublement terrible, en raison de la mésintelligence existant entre le père et le fils et des causes de ce désaccord qu'on va enfin connaître.

Ceci dit pour que le caractère de Jeanne soit au moins justifié, autant qu'il peut l'être, affirmons, une fois de plus, que nous racontons seulement, sans avoir la prétention d'expliquer les anomalies du cœur humain.

La salle à manger était richement tapissée et décorée, la table servie avec luxe, recherche et abondance. Il était facile de voir que, devançant les temps heureux qui voient fleurir les menus du baron Brisse, et peut-être sérieusement gastronome, la Paula aimait le luxe de la table, au moins en ce qui charme les yeux, réjouit l'esprit et épanouit le cœur, qui alors se sent tout disposé à répéter cette glorification de l'Éternel échappée à certain moine, dit-on :

— Que Dieu est bon de nous envoyer de si bonnes choses !

Sans doute que c'était le bénédicité du moine franscicain...

Le marquis et la Paula déjeunaient donc en tête-à-tête.

Léonce dit tout à coup à son gracieux amphitryon :

— Señora, je ne brûle que d'un désir en ce moment, et vous comprendrez sans doute mon impatience quand je vous aurai répété la question que je vous faisais il n'y a qu'un instant : dans quelle partie du monde êtes-vous décidée à nous exiler ?

Le duc, par une pression du pied, fit jouer un ressort.

— Dans cette impatience, reprit Jeanne en accompagnant ses paroles d'un adorable sourire, dois-je voir la crainte d'être emmené trop loin et pour trop longtemps de Paris ?

— Señora, à Dieu ne plaise que vous ayez cette pensée, répondit Léonce. Ai-je besoin de vous jurer que je vous suivrai où vous voudrez me conduire et que nous ne reviendrons à Paris que quand il vous plaira ?

Cette déclaration, faite d'un ton convaincu et avec émotion trouva le chemin du cœur de Jeanne :

— Comme il m'aime! se dit-elle.

Fidèle à sa résolution et à ses projets, elle eut cependant l'énergie d'étouffer ce bon mouvement, mais ce ne fut pas sans un serrement de cœur terrible, elle reprit :

— Avant de satisfaire votre curiosité, il est bon que je vous raconte l'histoire que je vous ai promise.

— J'écoute alors.

— Cette histoire est bien triste et bien terrible, dit la Paula. Notre déjeuner en sera peut-être troublé.

— Non, si les personnages nous sont inconnus ; dites toujours répondit le marquis.

La Paula se recueillit un instant. Elle hésitait à commencer la lutte contre Léonce en attaquant ce dernier à coups d'épingle.

Sa haine l'emporta enfin sur son amour et sur sa sensibilité.

— Avez-vous jamais eu affaire à des usuriers? demanda-t-elle tout à coup à Léonce.

Cette question si imprévue fit frissonner le marquis : il pâlit, regarda la Paula avec un étonnement stupide et se remua mal à l'aise sur son siège.

Jeanne feignait de ne point le regarder, mais elle l'observait, au contraire, très attentivement.

Comme le marquis ne lui répondait pas, elle reprit :

— On dit que ce sont des gens terribles, de véritables vampires qui s'acharnent sur les malheureux qu'ils ruinent et déshonorent, absolument comme les oiseaux carnassiers s'acharnent sur les cadavres après une bataille.

Léonce suait sang et eau, il suffoquait et ne pouvait respirer. Le médecin qui l'eût saigné n'eût pas tiré une goutte de sang de la veine ouverte.

— Il faut qu'il en soit ainsi, reprit Jeanne; l'histoire que je vais vous raconter le prouve et de reste.

Léonce, à force de volonté, avait repris son attitude habituelle; son émotion n'avait laissé aucune trace sur sa physionomie; il était calme et solennel comme il fallait l'être pour écouter l'histoire que nous allons dire, narration dont le malheureux se serait bien passé.

— M. le comte de Péravis, commença la Paula, était, il y a quinze jours seulement, le propriétaire des deux maisons de plaisance que nous allons acheter. Il peut avoir quarante-huit ans et une fille charmante qu'il est question de marier.

Je vais vous dire l'histoire de M. de Péravis en deux mots, ainsi qu'on me l'a raconté. Au reste, c'est une histoire si banale, qu'elle ne mérite qu'une faible attention. Le comte, à vingt ans, avait perdu son père qui, en mourant, lui avait laissé une belle fortune; sa veuve, la comtesse, devait vivre, cela avait été convenu entre elle et son mari, d'une rente viagère suffisante pour une femme de son rang.

Ces deux vieillards, lors de la mort du comte, n'avaient pensé qu'à l'avenir de leur fils unique; et, en lui donnant presque tout ce qu'ils possédaient, avaient pensé lui mettre en main un moyen qui l'aidât à aplanir ou à vaincre les difficultés qui encombrent les débuts dans toutes les carrières.

Après la mort de son mari, la comtesse s'était retirée dans son pays natal, — une petite ville de province, — auprès de quelques vieilles parentes qui lui restaient.

De là, elle devait suivre les progrès de son fils en priant pour lui. C'était en 1816, le jeune comte avait déclaré qu'il voulait se consacrer à l'étude de la diplomatie, une carrière qui, sous le nouveau régime, devait être ouverte à tous les membres de la vieille noblesse dont il faisait partie.

M. de Péravis s'occupa-t-il de la diplomatie? On ne sait. Le fait est que Paris, ce berceau des lumières, des merveilles et des enchantements, lui produisit l'effet qu'il produit à bien d'autres.

Son séjour, au lieu de le conduire à la fortune et aux honneurs, allait le mener tout droit à la ruine. Il avait trente ans, portait le titre d'un emploi qu'il ne remplissait que pour émarger tous les mois la feuille d'appointements.

Justement parce qu'il se croyait quelque chose, il était un peu moins qu'une nullité.

Au demeurant, il avait d'excellentes manières et jouissait d'une certaine réputation d'esprit et d'élégance.

Il n'était donc pas hors concours et pouvait espérer arriver tout comme un autre. Il allait voir sa mère une ou deux fois par an, l'aimait et se conduisait en bon fils ; pour lui épargner des chagrins, il lui laissait ses illusions sur sa position à lui.

A ce sujet, la digne dame, entichée d'orgueil maternel, — le plus naturel de tous, — ne manquait pas d'illusions.

Elle s'imaginait, bien à tort, que son fils n'avait qu'à froncer les sourcils pour mettre tous les peuples de la terre à couteaux tirés; que d'un mouvement ou d'un ordre il pouvait changer la face de l'univers.

Il est certain que le comte était un homme parfaitement inoffensif. Comme les chimères de sa mère ne lui faisaient, après tout, aucun tort, il ne s'en occupait pas.

La comtesse, outre ses chimères auxquelles tous les gentilshommes campagnards croyaient comme à autant d'articles de foi, avait une idée bien plus grave en tête, idée juste et raisonnable après tout.

Elle voulait marier son fils et s'épuisait à lui trouver une femme qui le rendît heureux. Si difficile que fût la comtesse, car elle voulait une bru jolie, spirituelle, riche, noble, jeune, etc., etc., elle eut le bonheur de découvrir enfin ce qu'elle cherchait.

Elle écrivit aussitôt à son fils une lettre aussi tendre que pressante.

Celui-ci qui, en sa qualité de diplomate sans doute, n'avait jamais eu une pensée sérieuse, surtout celle de se marier, reçut la lettre de sa mère dans un moment où les besoins d'argent commençaient à se faire sentir.

Il en était réduit aux expédients : triste position s'il en fut. C'est de cette fâcheuse époque que date sa connaissance avec les usuriers.

— Une triste connaissance, eut le courage de dire Léonce.

— Le comte relut deux fois la lettre de sa mère, reprit Jeanne sans répondre à l'interruption du marquis. Dans l'énumération que sa mère faisait des qualités de la jeune fille, ces mots surtout le frappèrent : *belle dot, espérances superbes...*

Ces quatre mots, si souvent d'un effet magique par le temps qui court, suffirent pour faire naître de nouvelles idées dans l'esprit du viveur. Il partit le soir même pour aller rejoindre sa mère.

Celle-ci avait eu la main heureuse. M. de Péravis et Mlle de Montcalm se plurent et s'aimèrent presque en se voyant. L'affaire fut rondement menée et le mariage bientôt conclu.

Un an plus tard, la comtesse douairière mourait heureuse entre les bras de ses enfants. Sa mort fut le premier nuage qui obscurcit le bonheur des deux jeunes époux ; mais elle eut une compensation.

Mme de Péravis, un mois plus tard, donnait le jour à une charmante petite fille. Son bonheur et celui de son mari furent complets

Le bonheur sans nuages n'est pas de ce monde. Le moment approchait où M. de Péravis devait se convaincre de cette grande vérité.

M. de Péravis s'aperçut comme tout le monde, et quelques jours seulement après la naissance de l'enfant dont nous venons de parler, que la santé de sa femme subissait quelques modifications graves dont les raisons lui échappaient.

La comtesse n'était cependant pas sérieusement malade et ne dépérissait d'aucune façon. Aux questions qu'on lui adressait, elle répondait qu'elle ne souffrait pas et que ce qu'elle éprouvait par moments n'était qu'un léger malaise.

Il était évident que Mme de Péravis ne comprenait rien à sa position. Son mari, par suite d'une délicate attention, et afin de ne pas l'alarmer peut-être à tort, avait donné les ordres les plus sévères pour qu'on n'interrogeât jamais la comtesse sur sa santé ni sur ses impressions et défendu qu'on l'accablât surtout de condoléances qui, au lieu d'être un remède à son état douloureux, n'eussent fait que l'aggraver.

Pourtant, si le comte cherchait à rassurer sa femme et ceux qui l'entouraient sur l'état de cette dernière, il ne pouvait parvenir à calmer ses propres inquiétudes Au contraire, elles grandissaient tous les jours ; le malheureux souffrait horriblement, sans pouvoir confier à personne le secret de ses chagrins. Loin de là, il s'étudiait à paraître tranquille. Cette dissimulation ajouta encore à son supplice.

Un jour vint où le comte crut qu'il était de son devoir de se mieux renseigner sur la position de sa femme. Il se décida à s'adresser à l'un de ces fameux praticiens qu'on considère avec raison comme les princes de la science. Tous les médecins de la localité avaient été vainement consultés ; tous avaient à peu près répondu que Mme de Péravis n'était nullement malade, que, si elle l'était, il fallait que les symptômes de la maladie s'accusassent mieux ; qu'alors on pourrait se prononcer et soumettre la malade à un régime.

Cette réponse ne satisfaisant point le comte, il se décida à aller chercher à Paris un médecin célèbre, il y alla et ramena ce savant qui, en restant quelques jours au château, devait faire de son mieux pour découvrir le secret de l'état de langueur de a comtesse. Celle-ci devait ignorer la profession du visiteur, qui passerait pour un ami de M. de Péravis.

Le docteur vint et commença son expérience.

Le lendemain de son arrivée, il prit le comte à part et lui dit :

— Madame la comtesse s'est, je crois, mariée un peu trop jeune. Ses couches, sans que cela laisse des marques très-apparentes, l'ont horriblement fatiguée. Il était temps que vous vinssiez me chercher. Dans huit jours, il eût peut-être été trop tard. L'air de ce pays est trop vif pour la poitrine de la malade. Il faut que vous quittiez la France de suite. Allez en Italie, sous des cieux plus doux ; restez à Nice ou dans les environs le plus longtemps que vous pourrez ; procurez le plus de distractions possible à notre chère malade, et je réponds d'elle.

Le comte n'hésita pas à suivre les conseils du docteur. Il partit de suite. Quelques jours plus tard il était à Nice.

La prédiction du docteur se réalisa de point en point. L'air et le climat de l'Italie influèrent favorablement sur la santé de Mme de Péravis.

Elle reprit bientôt ses fraiches couleurs et sa gaieté. Le comte redevint le plus heureux des hommes, mais son bonheur devait être de courte durée.

Sur sa proposition, les deux époux se décidèrent à profiter de leur séjour en Italie pour visiter ce classique pays, où les merveilles de tous genres sont en quelque sorte entassées les unes sur les autres, pour charmer les regards du voyageur et provoquer son admiration. Ce voyage enchanta la jeune femme et fut des plus agréables. Gênes, Florence, Rome, Naples, Syracuse, Catane, reçurent successivement la visite des deux époux. Un soir du mois de mai, ils quittèrent Rome avec l'intention de pousser jusqu'à Venise, la plus illustre et la plus importante république du moyen âge.

La campagne de Rome, à cette époque, présentait déjà un aspect assez désolé, qui tient à son peu de fertilité ; ce qui ne l'empêchait pas d'être aussi peu sûre que la forêt de Bondy. Les bandits des Apennins ou des marais Pontins, le crucifix à la ceinture et l'escopette au poing, y exploitaient hardiment et impunément le pays. Malheur à ceux qui tombaient entre leurs mains !

Comme tous les étrangers qui visitent Rome et ses environs, le comte de Péravis pensa qu'on lui exagérait beaucoup les dangers du voyage qu'il méditait. Quand on lui représentait qu'en passant par Terracine, comme il voulait le faire, il était obligé de traverser les marais Pontins, en contournant la base du mont Piperno, dans les grottes et cavernes duquel on avait lieu de croire que résidait le roi de la montagne, — Bartholomeo Laigi, était le bandit le plus déterminé des États romains, — le comte haussait les épaules et ne voulut rien changer à son itinéraire. Il devait plus tard déplorer cet entêtement.

A partir de Vitrelli, la route de Rome à Terracine traverse les marais Pontins par une ligne droite comme un I. Une fois engagé sur cette route, le voyageur assez téméraire pour s'aventurer dans ces parages, est certain de ne pouvoir s'échapper des mains des bandits, surtout s'il est attaqué par devant et par derrière.

Les deux côtés de la route ou plutôt de cette jetée, sont bordés de canaux assez profonds, chargés de faciliter l'écoulement des eaux, qui y restent cependant stagnantes, parce que, prétend-on, le niveau de ces canaux est moins élevé que celui de la Méditerranée. C'est ce séjour malsain des eaux qui engendre les fièvres terribles dont presque tous ceux qui stationnent longtemps dans ces contrées sont atteints.

Le comte, en quittant Rome, s'était attaché deux domestiques français sans emploi. Après les avoir bien armés et s'être armé lui-même, il était parti avec la comtesse en chaise de poste.

L'imprudent voyageur ne devait pas aller loin. A Vitrelli, au moment d'entrer dans les marais Pontins, les postillons se prirent de querelle et firent si bien qu'ils furent plusieurs heures avant de s'emparer des chevaux sauvages qui, dans ce pays singulier, font le service de la poste.

Si M. de Péravis n'eût pas été étranger, il eût conçu quelques soupçons de cette manière d'agir et eût passé la nuit à Vitrelli; car il est toujours très imprudent de s'engager le soir sur cette route, où les hommes qui font le pénible métier de postillon sont aussi sauvages que les chevaux qu'ils conduisent et aussi avides que les bandits auxquels ils font la plupart du temps une rude concurrence.

A minuit, au beau milieu des marais, le comte fut arrêté près d'un relai en plein air, où il devait changer de chevaux. Les postillons réunis attaquèrent les trois hommes, qui, quoique braves et bien armés, eurent enfin le dessous.

Ils se battaient un contre quatre.

Un des domestiques fut tué, le second blessé. Quant au comte, il fut laissé pour mort sur le champ de bataille.

Les bandits pillèrent la voiture et emmenèrent la comtesse. En pareille circonstance, quand la femme est jeune et belle, ils ne manquent jamais de l'enlever. Soit que le sort en décide, ou pour toute autre raison, elle devient toujours la proie d'un des scélérats qui l'ont enlevée et savent la soustraire à toutes les recherches de la justice.

Le comte survécut à ses blessures et fut ramené à Rome, où il parvint à se rétablir complètement. Aussitôt debout, il se mit à chercher la comtesse, mais il ne put ni la joindre ni même obtenir aucune nouvelle d'elle. Aujourd'hui même, quoiqu'il y ait dix-huit ans que le fait se soit accompli, le comte n'est pas bien certain que sa femme soit morte. Cette douloureuse et terrible aventure devait exercer une grande influence sur sa vie entière. Il fut d'abord comme un véritable désespéré, comme une âme en peine. On craignit même qu'il devint fou. Mais peu à peu sa douleur se calma pourtant. Il ne pouvait pas se remarier, puisque aucun acte n'attestait que sa femme fût morte; il déversa toute son affection sur son enfant et ne tarda pas à reprendre les quelques mauvaises habitudes qu'il avait contractées avant son mariage.

Il avait joué, il se remit au jeu avec plus d'acharnement que jamais, sans comprendre qu'il préparait sa ruine et peut-être aussi celle de son enfant; car il était naturellement tuteur de l'orpheline.

La fortune laissée par la comtesse s'élevait à un assez joli chiffre, deux millions environ. Le comte n'avait point d'ordre, ne se rendait pas plus compte de ses dépenses que de ses pertes au jeu, de sorte qu'un jour, quoique ayant eu plus de cent mille francs de rente, il se trouva dans une véritable gêne.

Alors il comprit comme pour la première fois tout ce que sa conduite avait d'odieux. Il avait déjà compromis la fortune de sa fille.

Comment ferait-il pour l'établir quand elle serait en âge d'être mariée? Cette demande, qu'il se faisait et se répétait avec toute l'amertume du plus violent désespoir, n'était point faite pour lui donner un courage qu'il n'avait jamais eu: celui de refaire sa fortune par un travail opiniâtre, honorable et productif.

Comme tous les joueurs, le comte ne vit que le jeu pour le tirer du mauvais pas où il s'était si imprudemment mis. Il espéra bien à tort que le jeu lui rendrait l'argent qu'il lui avait pris.

Il se remit à jouer avec un sorte de fureur qui tenait de la rage. Il eut bientôt engagé le reste de sa fortune et hypothéqué le peu de bien qui lui restait : les deux propriétés que nous habiterons dans quelques jou s.

A cette dernière heure de sa crise financière, sa fille atteignait sa dix-septième année. Le comte songeait à la marier, en lui donnant les derniers débris de son avoir, et à s'expatrier ensuite.

La position était si désespérée, qu'il paraît que, dans les derniers temps, M. de Péravis se décida à se tuer. Il allait mettre son sinistre projet à exécution, quand on vint lui faire des ouvertures pour un mariage magnifique. L'épouseur était riche et semblait tout disposé à aimer Mlle de Péravis seulement pour elle; malheureusement, sa famille avait des vues beaucoup moins désintéressées.

— Que faire, que répondre, quand on me mettra en demeure de déclarer le chiffre de la dot de ma fille? se demandait l'infortuné gentilhomme.

Dans cette dernière extrémité, il prit le plus mauvais parti qu'il pût adopter, il eut recours à des usuriers.

X

UN MISANTHROPE.

Il voulait tenter un dernier coup, jouer le tout pour le tout, continua la Paula. Il abandonna aux usuriers tout ce qui lui restait contre une somme de... Cette somme, s'il ne pouvait la rembourser à un jour fixé, tous les biens qu'il engageait, pour répondre de cet argent, devaient appartenir à ceux qui le prêtaient. Toutes les mesures avaient été prises pour que ces usuriers ne courussent aucun risque quand ils réclameraient la mise en possession, si, le délai expiré, ils n'étaient pas remboursés.

Quant à l'argent qu'il venait de recevoir, le comte était disposé à le jouer jusqu'à ce qu'il eût tout perdu ou gagné une somme suffisante qui lui permit de se sortir de son affreuse position.

Il partit pour Paris, d'où il revint le lendemain dans un état affreux. Il avait tout perdu! Pour mettre le comble à son malheur, les parents du jeune homme qui avait demandé la main de Mlle de Péravis retirèrent tout à coup leur parole. Ils avaient appris la ruine du comte et les motifs peu avouables de cette déconfiture. M. de Péravis revint à son projet d'en finir avec la vie. On dit même que c'est sa fille qui lui a retiré des mains l'arme meurtrière et que sans elle tout serait fini.

— Que sont devenus ces infortunés? demanda le marquis des Uzelles, sérieusement impressionné par le récit de la Paula.

— Ils se sont expatriés. On dit qu'ils sont partis pour l'Amérique, que le comte a juré de n'en revenir que sa fortune faite. Quant aux usuriers, ils sont entrés en possession des biens qui leur avaient été donnés en garantie, et aujourd'hui, comme ils aiment mieux avoir de l'argent que des biens d'un produit insignifiant, ce sont ces mêmes propriétés qu'ils nous vendent.

— Et vous n'avez pas quelque scrupule d'acheter ces propriétés ?

— Oh ! mon Dieu, non, dit Jeanne ; je ne suis pour rien ni vous non plus dans la débâcle du comte. Si nous n'achetions pas ses anciennes propriétés, d'autres que nous les achèteraient. Nous ne pouvons rien à la chose que plaindre ce malheureux. Il me reste à vous dire, comme je vous l'ai promis, le nom de la localité où nous allons passer le reste de la saison.

— J'attends, dit Léonce

— Aimez-vous la Touraine ? reprit la Paula.

Pour le marquis, c'était sans doute le jour aux surprises et aux émotions. La demande de la Paula le fit pâlir et profondément tressaillir.

Il se souvenait tout à coup qu'il avait été élevé en Touraine et que son père habitait encore ce pays ; son père avec lequel il n'avait conservé aucune relation, par la seule raison que le veillard lui avait formellement déclaré qu'il ne le voyait pas avec plaisir.

— Dans quelle partie de la Touraine allons-nous ? demanda-t-il.

— Dans un endroit charmant, à huit lieues de Tours seulement, à Château-Lavallière.

Léonce connaissait le pays ; il eut un soupir de satisfaction. Il ne serait pas forcé de vivre dans le même pays que son père, malgré ce dernier.

— Et quand partons-nous? demanda-t-il.

— Demain, si vous voulez....

En effet, le lendemain, Jeanne et Léonce quittaient Paris.

. . . .

Guiffart, lui aussi, s'était éloigné de Paris afin de se rendre en Touraine et prendre quelques renseignements sur le père de Léonce, le duc des Uzelles, l'homme qui, d'après le marquis de Courville, avait fait la campagne de 1823, en Espagne, sous le nom de vicomte des Urbins.

Le duc des Uzelles habitait une fort belle propriété située à quatre lieues de Tours, sur la route de Vendôme. A peine s'il sortait de ses domaines une fois par an ; et encore le vieux gentilhomme que Guiffart prenait pour un misanthrope ne venait-il jamais à Tours, où une nombreuse population lui rappelait les grandes villes, qu'il avait prises en haine : il allait à Château-Renaud seulement, où il touchait une certaine partie de ses revenus chez le percepteur de la localité.

Le château où le duc avait établi définitivement sa résidence était magnifique. Le vieillard avait su en faire un séjour de délices. Il n'avait surtout pas économisé l'argent pour réunir en tout, partout et sous tous les rapports, l'utile, le gracieux et l'agréable. Ce domaine, sauf l'ancienneté d'origine, ne le cédait en rien aux châteaux

Il s'était habillé en marchand forain.

de Chambord ou de Chenonceaux, mais cette magnifique propriété ne s'ouvrait jamais pour aucun étranger ; nul convive ne venait l'égayer de sa présence ; jamais une fête champêtre n'y attirait la foule en rappelant que l'hospitalité du propriétaire était aussi large, aussi généreuse que le comportait sa fortune princière.

Un étranger au pays eût pensé, en voyant cette résidence seigneuriale, qu'elle avait été édifiée par le plus parfait des égoïstes. Elle était aussi murée qu'un couvent de trappistes ou qu'un pénitencier ; de loin, le voyageur, en glissant un regard curieux par-dessus les murs, pouvait apercevoir le haut des grands bois aux magnifiques et frais ombrages, et la forêt de toits pointus s'élevant vers le ciel comme les minarets d'une ville arabe.

Le duc des Uzelles avait cinquante-cinq à soixante ans. Il ne paraissait pas son âge ; la vie patriarcale et solitaire qu'il menait depuis longtemps et les exercices violents auxquels il se livrait, tant à la chasse qu'à la promenade, n'avaient fait que développer ses forces à l'âge où l'homme commence généralement à les perdre.

Le duc était grand, robuste, sans embonpoint ; sa figure avait une expression froide, mais hardie et très-énergique ; ses grands yeux bleus sous ses épais sourcils gris, avaient des regards remplis d'éclairs. Il avait par moment l'air triste ou plutôt ennuyé ; on eût dit qu'il était tourmenté par de sombres et mauvais souvenirs. Comme il n'avait jamais un mot plaisant, qu'il ne souriait pas davantage, on avait quelque peine à se faire à sa société. On éprouvait d'abord comme un certain malaise à se trouver avec lui, puis, peu à peu, si on savait se mettre à la hauteur de son esprit, on se faisait à son caractère, et on finissait par éprouver pour lui une certaine sympathie et par se plaire dans son intimité. Les intimes du duc étaient si peu nombreux que c'était presque inutile de donner ces détails sur son caractère envisagé sous cet aspect.

Autrefois, M. des Uzelles avait beaucoup voyagé ; il possédait une vaste érudition et excellait dans le grand art de bien raconter. S'il parlait de lui, il ne s'entretenait que de ses voyages et jamais de ses affaires, de sa femme, de sa famille et de son fils.

Tout misanthrope qu'on était en droit de le supposer, il faisait beaucoup de bien dans le pays, c'est-à-dire qu'il donnait beaucoup, mais sans demander jamais sur qui tombaient ses bienfaits, ni de la façon dont ils étaient répartis.

Il ne donnait cependant pas par ostentation, car il se souciait fort peu de ce qu'on pensait de lui et ne s'intéressait pas davantage à ce que faisait son prochain ; il donnait comme un homme qui a beaucoup trop pour lui et ne sent pas la nécessité de faire des économies.

Le duc vivait entouré de plusieurs domestiques, de vieux serviteurs qui étaient chez lui depuis quinze ans ou plus. Les plus anciens pourtant ne savaient rien de ce qui s'était passé chez leur maître avant leur entrée chez ce dernier. On croyait généralement que celui-ci était veuf quand, vingt ans plus tôt, il était venu s'installer définitivement dans le pays. Tous les domestiques, habitués à vivre avec lui, avaient modelé leur caractère sur le sien : ils étaient graves, sérieux, obéissant ponctuellement, sans paraître jamais plus pressés dans un moment que dans un autre. A voir ce service, on se rappelait celui de ces hôtels grands comme des palais, où tout était d'un confort magistral, d'un cérémonial qui rappelait les grands et beaux jours de Versailles au temps du roi Soleil.

Au château il y avait cependant deux existences singulières et mystérieuses.

Le duc faisait élever sous ses yeux et avec le plus grand soin deux jeunes gens, un grand et beau jeune homme de vingt-deux ans et une charmante jeune fille de dix-sept.

On disait tout bas — les domestiques entre eux — que le jeune homme, M. Oscar, était simplement un enfant trouvé que M. de Uzelles avait retiré de l'hospice de Tours, et auquel il s'était très sérieusement attaché.

Quant à la jeune fille, c'était — disait-on toujours — une enfant naturelle appartenant au duc. Celui-ci l'aimait passionnément, et ceux qui se prétendaient les plus pénétrants affirmaient que le vieux gentilhomme n'avait pas de plus vif désir que celui de marier, quand le moment en serait venu, M. Oscar et Mlle Angèle.

On ajoutait, mais plus bas encore et toujours en s'éloignant le plus possible des appartements du duc, qu'il n'eût pas été difficile de trouver la mère d'Angèle parmi les gens qui demeuraient au château.

Celle que tout le monde considérait comme telle était une femme de quarante ans, qui ne rendait aucun compte de sa conduite à personne. Elle servait de femme de chambre honoraire à celle qui passait pour être sa fille.

Cette femme avait dû être admirablement belle ; elle avait encore de beaux restes de sa beauté. Elle ne s'habillait que de noir et simplement, était triste, très dévote et ne parlait à personne.

En voyant cette figure austère et majestueuse, on eût pu supposer que des remords tourmentaient Mme Agathe et lui arrachaient les larmes dont ses joues conservaient souvent la trace.

Les uns prétendaient que Mme Agathe était folle ; d'autres disaient qu'elle était seulement maniaque.

Dans toutes les circonstances, quelles qu'elles fussent, le duc et la dévote semblaient s'éviter et se fuir.

Outre les domestiques, il y avait encore au château un aumônier, un intendant, un ou deux savants professeurs qui avaient dirigé l'instruction des deux enfants et dont le duc avait fait ses amis et ses commensaux obligés.

Nous citerons encore un vieux mameluck égyptien qui était revenu d'Afrique avec Bonaparte. Il avait soixante-dix ans, s'appelait Mohamed, et était le concierge du palais dont nous venons de passer en revue les singuliers habitants.

Mohamed était le seul de ces habitants qui connût positivement les secrets du duc et auquel parlât Mme Agathe.

Mais Mohamed était aussi discret qu'une tombe.

Un matin, juste celui du jour où Guiffart s'installait à Tours, le duc envoyait un domestique prévenir Mohamed de passer chez lui, qu'il l'attendait dans son cabinet.

Mohamed était seul dans sa chambre et fumait une longue pipe turque, avec ce flegme qui caractérise les Arabes quand ils se livrent à cette importante occupation.

Quand le domestique lui eut communiqué l'ordre du maître, il se leva, secoua la cendre de sa pipe et la suspendit à la muraille en l'alignant sur plusieurs autres qui s'y trouvaient déjà.

Cette importante occupation terminée, Mohamet vint se camper fièrement devant une glace et examina si sa tenue était irréprochable. Il était toujours habillé en mameluck, absolument la même tenue que celle qu'il portait à la bataille des Pyramides et à celle de la Moskova. Sur cette tenue usée, élimée, mais propre encore, le vieux guerrier portait une croix d'honneur qui lui rappelait le magnifique Murat, sous les ordres duquel il avait longtemps servi.

Mohamed fut sans doute enchanté de lui et de sa tenue, car il partit le regard satisfait, le visage épanoui.

Ce ne fut que dehors et en traversant l'immense cour d'honneur qu'il se demanda :

— Que peut me vouloir M. le duc? Ce doit être très grave, il y a bien trois ans que pareille chose n'est arrivée..... et il s'agissait de M. Léonce..... Pauvre jeune homme ! est-ce sa faute si..... Enfin, nous allons voir.....

Le vieux mameluck à la figure énergique et hâlée, à la barbe blanche, était devenu triste tout à coup. Sans doute que les souvenirs qu'il venait d'évoquer n'avaient rien de bien réjonissant pour lui.

Quand il arriva à la porte du cabinet du duc, il redressa sa haute taille un peu voûtée d'ordinaire, et frappa à la porte.

— Entrez, dit le duc de l'intérieur.

Mohamed pénétra dans le cabinet de son maître. Celui-ci était assis devant un grand bureau en ébène à encoignures de bronze ; une large et haute bibliothèque, richement garnie et du même style, avec six grands fauteuils et quelques tableaux, autant de grands portraits de famille, complétaient l'ameublement de cette grande salle qui formait en tous points un cadre digne de l'homme qui l'occupait.

Ce jour-là, le duc n'avait pas seulement l'air préoccupé comme toujours; il était sombre et presque sinistre. Il avait une grande quantité de papiers et de lettres ouvertes ou décachetées devant lui.

— Monsieur le duc m'a fait demander? dit le mameluck à M. des Uzelles.

— Oui, reprit ce dernier en attachant sur l'Égyptien un regard perçant et inquisiteur.

Celui-ci était raide, immobile, comme un soldat au port d'armes devant un officier; mais rien en lui n'indiquait la défaillance, il soutenait bravement le regard de son maître.

— Va fermer la porte du couloir et celle du cabinet, que personne passant dans le corridor ne puisse nous entendre, reprit le duc qui paraissait aussi impassible que Mohamed.

Celui-ci s'empressa d'obéir, revint prendre sa position d'immobilité devant son maître et dit :

— Monsieur le duc est obéi.

— Je sais que tu es un fidèle serviteur, Mohamed.

Ce fut tout. Un silence se fit entre les deux interlocuteurs de cette scène étrange. Le duc paraissait hésiter à aborder l'entretien qu'il avait cependant provoqué.

Il reprit :

— Si je t'ai fait appeler, Mohamed, c'est pour t'entretenir une fois encore du sujet qui nous occupe depuis longtemps, pour te parler de Léonce. Voyons si cette fois tu me diras ce que tu sais du crime comme il y a vingt ans.

— A ce sujet, monsieur le duc, je vous ai dit tout ce que je savais, tout ce que je devais vous dire.

— Mais non pas tout ce que tu sais, dit le duc.

Un second silence, plus long que le premier, se fit entre le duc et le vieux soldat.

— Avec ton silence obstiné, dit M des Uzelles, tu verras que tu finiras par être cause du malheur de Léonce, à qui tu portes cependant un grand intérêt.

— Le malheur de Léonce ? dit seulement Mohamed, comme s'il entendait cette menace pour la première fois.

— Oui, le malheur de Léonce, dit le duc ; et, cette fois, c'est décisif ; je crois que je n'aurai plus à t'en parler. Léonce est complètement ruiné, ou du moins il le sera avant un an s'il continue.

— Ruiné ! s'écria Mohamed ; et pour un peu d'argent, vous si riche, vous laisserez se consommer le malheur de votre fils, sa ruine peut-être...

— Oui : que m'importe la misère de Léonce ! Tu l'appelles mon fils, mais je proteste. Prouve-moi qu'il l'est et je le reconnais pour mon héritier ; sinon, comme j'ai tout lieu de croire qu'il n'est pour moi qu'un étranger, que le fils de ma femme, si tu aimes mieux, je vais, avant peu, faire un testament dans lequel je le déshériterai. S'il est malheureux ensuite, c'est toi qui l'auras voulu. Au reste, il n'avait qu'à ne pas dissiper l'héritage de sa mère.

— C'est vrai, monsieur le duc ; mais n'êtes-vous pas assez riche pour pardonner quelques folies de jeunesse ?

— Il s'agit bien de folies de jeunesse ! s'écria le vieux gentilhomme avec colère.

— Mais Léonce vous aime, fit Mohamed.

— Tu le dis.

— J'en suis sûr, reprit le mameluck avec fermeté ; et quand Mohamed affirme une chose d'une façon aussi formelle, c'est que cette chose est vraie. Et puis mieux encore, admettez que vous vous trompiez, que vos soupçons ne soient pas fondés.

— Misérable ! fit le duc, je ne demande pas mieux que de me tromper. Mais toi seul, toi qui peux m'éclairer, dissiper mes doutes, pourquoi ne le fais-tu pas ? Je sais que tu n'as jamais menti ; parle, je croirai ce que tu me diras.

Le duc était enfin sérieusement en colère. Il tremblait, ses yeux flamboyaient. Il reprit :

— Tiens, Mohamed, après ce que tu m'as fait souffrir, je ne comprends pas comment tu aies l'audace de me parler comme tu viens de le faire.

— Je vous ai tenu le langage de la raison, fit l'impassible mameluck.

— Le langage de la raison, dis-tu ? Deviens-tu fou ? Ne crains-tu pas que dans un moment de colère, et malgré les services que tu m'as rendus, j'en finisse avec toi, comme je voudrais en finir avec celui qui... Tiens, Mohamed, tais-toi !... Laisse-moi te dire ce que j'ai souffert, ce que je souffre encore. Laisse-moi te dire : « Aie pitié de moi, bourreau ! » et ensuite nous verrons si tu persistes avec autant d'acharnement à me cacher la vérité.

— Monsieur le duc, je vous en prie, dit le mameluck, ne vous irritez pas davantage en évoquant des souvenirs qui vous sont si pénibles.

— Je le veux, te dis-je.

— A quoi bon revenir sur un passé que je n'ai garde d'oublier.

— Laisse-moi parler, il y a des choses que tu ignores. Je veux que tu saches tout ce que j'ai fait pour la femme dont nous parlons. Quand tu la connaîtras mieux, peut-être te décideras-tu à parler et à ne pas prolonger mon supplice.

Mohamed n'avait jamais vu le duc dans un tel état d'irritation. il crut inutile de lui faire aucune objection.

M. des Uzelles, d'une voix émue et souvent entrecoupée, commença son récit en ces termes :

XI

UN AMOUR PRIS AU HASARD SOUS LES PLUS MAUVAIS JOURS DE LA RESTAURATION

En 1820, j'étais et j'ai même toujours été depuis un des plus chauds partisans de la branche aînée des Bourbons. J'avais trente-deux ans. Mon père, ancien émigré qui s'était longtemps battu dans les rangs de l'armée des princes, m'avait fait sous l'Empire et sous la République partager son exil, aussi bien en Allemagne qu'en Angleterre. J'étais encore émigré quand, en 1814, après Leipsig, je te sauvai la vie, en t'empêchant d'être fusillé par les Prussiens, qui t'avaient fait prisonnier et t'accusaient d'espionnage.

— Ce service, que vous m'avez rendu, je ne l'oublierai jamais, dit Mohamed.

— Tu m'en as rendu bien d'autres depuis; aussi n'ai-je fait mention de cette épisode de notre vie que pour mémoire. En 1820, j'étais donc très bien en cour, au moment où Louvel poignarda le duc de Berri. Le meurtrier ne fit aucun aveu, comme tu sais, mais un homme dont je ne saurais au juste te dire le nom, car je suis certain que celui qu'il portait n'était pas le sien, fut cependant sérieusement impliqué dans l'affaire.

Ses opinions exaltées, ses invectives contre la cour, la façon énergique dont il approuvait le crime de Louvel, une existence mystérieuse qui prêtait à tous les commentaires et à tous les soupçons, la part active qu'il avait prise dans les conspirations de 1815 et celle qu'il prenait dans la formation de la charbonnerie, l'avaient fait arrêter.

Il allait être jugé. L'accusation portée contre lui était de celles qui, sous la Restauration, conduisaient tous les inculpés à l'échafaud.

Tout bas, on l'accusait d'être le complice de Louvel; tout haut, on affirmait que cet homme était un agent bonapartiste, un perturbateur du repos public.

Il était perdu.

Cet homme, sans que j'aie jamais pu savoir pourquoi, il a emporté ce secret avec lui, eut la fatale pensée de me faire appeler dans son cachot.

Autant par curiosité que par humanité, je me rendis à son désir et l'allai voir. Je me demandais avec anxiété, pendant qu'un porte-clefs me conduisait à sa cellule :

Que va me dire cet homme, qui semble être un mystère pour tout le monde?

Quand je fus auprès du prisonnier, il me regarda fixement et me dit :

— Me connaissez-vous, monsieur le duc?

Quoique je fusse d'avance convaincu de ne pas connaître, de n'avoir jamais vu l'homme qui me parlait, je le regardai attentivement, comme si je n'eusse pas été bien certain du fait.

C'était un homme de vingt-cinq ans au plus. Il avait la figure belle et singulièrement expressive, était de haute taille. Son geste était sobre et très énergique. Une audace téméraire brillait dans ses yeux.

Après un examen attentif, je restai convaincu que je ne l'avais jamais vu.

— Je ne vous connais pas, lui dis-je.

— C'est bien; je m'attendais à cette réponse, dit-il sans manifester ni étonnement ni contrariété. Moi, je vous connais, je sais que vous êtes l'homme qu'il me faut. Plus tard, dans quelques instants, en terminant l'entretien, je vous expliquerai tout ce qui peut vous paraître obscur dans mes paroles. Pour l'instant, occupons-nous de l'affaire pour laquelle je vous ai fait prier de venir me voir. Veuillez, je vous prie, me prêter une religieuse attention.

— Je vous écoute, dis-je à l'inconnu, et croyez bien que je ne perdrai pas une de vos paroles.

— Demain, reprit le prisonnier, sans que son visage décelât la moindre émotion, je dois être jugé. En raison de la conduite singulière que j'ai tenue depuis quelques jours, on me soupçonne d'être le complice de Louvel, et l'on m'accuse de travailler à renverser le gouvernement actuel au profit du parti de l'empereur.

Étonné du sang-froid de cet homme, qui parlait avec autant de calme que s'il se fût entretenu d'une affaire sans importance, je ne pus m'empêcher de lui dire:

— Mais, monsieur, avez-vous bien conscience de la gravité de l'accusation qui pèse sur vous?

— Oh! parfaitement, monsieur, me dit-il en souriant. Comme je ne me défendrai point je serai condamné, et, le jugement rendu, je serai exécuté dans les vingt-quatre heures. Tout sera pour le mieux.

— Mais, monsieur... lui dis-je.

— Oh! soyez tranquille, vous allez me comprendre, reprit le prisonnier; dans cette exécution, croyez-le bien, je n'aurai ni la forfanterie d'un criminel endurci, ni le courage d'un tribun qui, vaincu supporte stoïquement la peine de son opinion et de ses fautes. Je me laisserai couper le cou comme un homme que la mort seule peut tirer d'une position difficile, et qui est enchanté qu'on le tue, quand il sait qu'il n'aurait jamais le courage de se tuer lui-même.

— Que me dites-vous? demandai-je au prisonnier, que je soupçonnais enfin d'être atteint de folie.

— La vérité, monsieur, me dit-il, rien que la vérité. Je suis aussi innocent que vous des crimes que l'on n'impute. Je vous le répète, ayant été trop lâche pour me tuer, j'ai pensé me faire tuer par les autres. J'ai trouvé un excellent moyen, j'en suis enchanté.

— Mais les motifs de cette résolution désespérée? demandai-je au singulier conspirateur.

— L'amour! l'amour! monsieur le duc, me dit-il avec une mordante ironie.

— Comment! vous aimez et vous pensez à mourir?

— Je n'aimerais pas, que j'espérerais vivre cent ans, me répondit le prisonnier, car je suis vigoureusement constitué.

— Mais cet amour est donc bien malheureux?

Je remarquai que cette question produisit un grand effet sur mon interlocuteur. Il avait été gai, avait parlé d'un ton enjoué jusqu'alors. Tout à coup, il devint sérieux et triste.

Ce fut d'une voix grave et d'un accent convaincu qu'il me répondit :

— Cette passion qui me consume n'a été que malheureuse jusqu'à présent, mais je tâchais de prendre mon mal en patience. Mes chagrins, si cuisants qu'il fussent, ne m'eussent jamais, je le crois du moins, suggéré la terrible détermination que vous savez. Mais un jour je m'aperçus que cette passion ne pouvait devenir que déshonorante. Je le sentais, elle me conduisait droit au crime. Voici le fait : la femme que j'aime est d'une beauté admirable, mais c'est une de ces sirènes dangereuses, un de ces démons incarnés dont l'amour est toujours fatal à ceux qui les approchent de trop près. M'aime-t-elle? Je ne le crois pas. Elle a dix-huit ans, la vie et le monde l'éblouissent, la charment, la captivent, en un mot. Me comprenez vous?

— Parfaitement : le luxe, la toilette, l'enivrent, elle ne se sent vivre qu'au milieu des fêtes, entourée d'une cour d'adorateurs?

— Non, elle n'en est pas encore là. Elle est pauvre, pure, vertueuse; elle travaille pour vivre et habite une mansarde.

— Alors, rien n'est désespéré. Il faut essayer de la ramener à de saines pensées, dis-je à l'inconnu pour qui je ressentais une certaine sympathie, depuis que je savais que ce n'était qu'un malheureux dont l'état mental ne me paraissait pas très certain.

— La ramener à de saines pensées, monsieur le duc? Si vous la connaissiez comme moi, vous diriez comme moi : C'est impossible. Sa vertu n'est que le résultat d'un calcul hypocrite provenant de la peur qu'elle a de mal tomber en se donnant, ou plutôt en se vendant. Sous l'Empire, sa mère, une actrice de talent, dit-on (je ne l'ai point connue), fut aussi une des courtisanes les plus courues. Elle l'a vue finir sur le grabat d'un hospice. Sa sœur, qui, sauf le talent, marchait sur les traces de sa mère, riche d'abord, s'est asphyxiée le jour où elle s'est vue à son dernier louis. Les années venant, la beauté disparaissant, les protecteurs fuyant l'astre éteint, celui-ci eut le sot orgueil de ne point vouloir enrayer à temps, et ce fut de ses deniers qu'il solda ses dernières folies, les plus bruyantes et les plus coûteuses peut-être.

— L'enfant dont je vous parle se souvient de ces deux exemples terribles qu'elle a eus récemment sous les yeux.

« L'hospice, le suicide, l'avenir, l'effrayent. Bien décidée à se perdre, elle hésite sur la façon dont elle doit consommer sa perte. En attendant qu'elle prenne une décision à ce sujet, sa misère lui est odieuse; elle a le travail en horreur, sa mansarde l'oppresse plus que les verrous qui gardent cette sinistre demeure n'ont jamais oppressé le cœur d'un prisonnier.

« Imaginez-vous les sept péchés capitaux tourmentant d'autant mieux ce cœur de vingt ans, qu'ils ont pour lui l'attrait du fruit défendu depuis longtemps convoité.

On procédait à la signature du contrat.

Vous me direz ensuite comment, à ma place, moi pauvre diable qui n'ai rien, comment vous feriez pour la ramener à de bons sentiments.

— En effet, c'est difficile, j'en conviens, dis-je au malheureux.

— Il y a quinze jours, j'ai cependant essayé, reprit ce dernier. Je la connaissais mal et ne faisais que soupçonner son caractère. Depuis quelques jours, elle était triste, gravement préoccupée. J'eus la folie de la croire malade.

« Nous étions voisins ; depuis longtemps je la voyais tous les jours et je l'aimais de cet amour insensé qui, chez les caractères énergiques et entreprenants comme le mien, engendre et développe tous les instincts bons ou mauvais, fait prendre toutes les résolutions nobles ou dégradantes.

« Pour l'amour de cette femme, j'eusse tout entrepris, tout fait, et, avec le temps, je suis certain que je fusse arrivé à lui procurer une position brillante et honorable, une existence luxueuse et enviée. J'ai mes raisons, comme vous allez voir, pour avoir cette certitude.

« Depuis que je la voyais soucieuse, préoccupée, je pourrais même dire souffrante, j'étais au désespoir et ne savais que faire. L'amour rend souvent timide, je ne lui avais jamais parlé du mien. J'hésitais longtemps, tout en comprenant l'urgence d'une explication. Un jour, je me décidai pourtant, j'entrai chez elle en tremblant. En la voyant, je sentis ma résolution me revenir. Elle était plus pâle, plus affaissée que de coutume ; j'espérai la sauver d'elle-même par mes aveux et mes propositions.

« Je restai longtemps auprès d'elle, vous vous figurez facilement tout ce que je pus lui dire : l'aveu de mon amour, la proposition de nous marier et une foule de considérations sur sa position que menaçait déjà un avenir peu rassurant.

« Elle m'écouta avec un calme de mauvais augure, sans témoigner ni étonnement, ni joie, ni contrariété. Quand j'eus fini, elle me répondit d'une voix mélodieuse, mais nullement émue :

« — Mon cher ami, je vous porte trop d'amitié pour ne pas vous répondre franchement. »

« J'écoutais, l'esprit suspendu à ses lèvres, avec plus d'anxiété, bien certainement, que j'écouterais demain la sentence de mort que rendront mes juges.

« Elle reprit après un court silence :

« — Mon ami, vous n'êtes point l'homme qu'il me faut. Vous ne pouvez me convenir, ni comme mari, ni comme amant. Pour moi, vous êtes beaucoup trop honnête et trop pauvre, trop pauvre surtout. Qu'avez-vous à me donner ?

« — Mon nom d'abord.

« — Il est excessivement roturier, me dit-elle en souriant ; le cadeau ne vaut vraiment pas la peine d'en parler.

« — Mais le nom que je porte est un nom d'emprunt, lui dis-je. Le mien est noble, je puis facilement le prouver et le reprendre.

« — Non, dit-elle, je ne veux même pas que vous me le disiez. Vous n'avez pas de fortune, à quoi bon m'avouer vos secrets. »

« J'étais abruti par tant d'indifférence, d'égoïsme et de cupidité. Cependant, je repris :

« — Riche, je le serai un jour.

« — Ah ! l'espérance ! ricana-t-elle.

« — Écoutez, lui dis-je. J'ai un oncle en Amérique, il est riche, il ne s'agit que de l'aller trouver ; je vais partir.

« — Et vous croyez que j'attendrai votre retour ? Oh ! non, jamais ! Ne voyez-vous pas que je me mine sur pied, que l'envie d'être riche et de briller me dessèche... Oh ! oui, il faut que cela finisse ; je le sens, je ne puis résister plus longtemps.... Vous n'auriez pas fait cent lieues que...

« — N'achevez pas, Madeleine ! m'écriai-je en l'interrompant.

« — Pourquoi n'achèverais-je pas ? me demanda Madeleine. Ne vous ai-je pas promis de vous répondre franchement ?

« — Je sais ce que vous allez me dire, lui dis-je, et votre aveu me ferait du mal. Ecoutez-moi : avant tout, vous voulez être riche, vous ne voulez pas attendre que j'aie le temps d'aller en Amérique. Très-bien, vous serez satisfaite, vous serez riche... »

« Je quittai Madeleine, bien surprise de mes dernières paroles. Elle dut me croire fou ; je ne sais, car je ne l'ai point revue depuis. Mais bien certainement qu'en ce moment je n'avais pas toute ma raison.

« Enfin, voici ce qui arriva!

« Je rentrai chez moi en proie à une fièvre ardente, cette fièvre qui dévore les chercheurs d'or pendant leurs pénibles explorations, qui tourmente le joueur quand, arrivé à ses dernières ressources, il joue le tout pour le tout. Je voyais devant moi des cascades d'or, des mines d'argent tout monnayé où il n'y avait qu'à se baisser et à prendre. En un mot, j'étais en proie à un mirage délirant qu'on peut facilement s'imaginer, mais qu'on ne peut raconter. Au reste, à quoi bon m'appesantir sur ces détails ?

« Restai-je longtemps plongé dans cette énervante prostration à faire mon rêve chimérique ? Je ne saurais le dire... Cette scène se passait dans une mansarde située au cinquième étage. A certain moment, j'ouvris la fenêtre de cette mansarde, afin qu'un peu d'air vînt rafraîchir mon sang embrasé. J'étouffais, j'avais besoin d'air.

« Mon regard plongea machinalement au-dessous de moi et s'arrêta sur l'une des fenêtres ouvertes d'un magnifique hôtel, dont la façade de derrière donnait sur un beau jardin, qui n'était séparé de la cour fétide de la maison où j'habitais que par un mur assez bas et facile à franchir.

« L'or attirait mes regards sans doute.

« Dans la chambre somptueusement meublée que j'avais sous les yeux, sur une table-bureau placée au centre, il y avait un monceau d'or rangé par piles, des liasses de billets de banque. Un homme était assis devant le bureau, il comptait l'or et les billets. Il y en avait beaucoup car l'opération fut longue.

« Fasciné, je ne voyais que le trésor ; l'homme et les objets qui l'entouraient n'existaient plus à mes yeux.

« J'étais haletant, une sueur froide et abondante coulait sur mon front. Son compte fait, l'homme ouvrit un tiroir de la table et y fit glisser avec indifférence l'or et les billets pêle-mêle.

« Ce mouvement me galvanisa.

« Que s'était-il passé en moi pendant cet instant d'ardente et fiévreuse contemplation ? Je ne m'en suis pas rendu compte et je l'ignore. Je sais seulement que, quand l'homme se leva, je m'écriai comme eût fait un insensé :

« — Il faut que cet or soit à moi! Cette nuit, je m'en emparerai, et, grâce à lui, j'aurai l'amour de Madeleine!... Puis-je vivre sans cet amour ?

« Ma convoitise était si ardente, qu'il ne me vint même pas à l'esprit que la détermination que je venais de prendre était criminelle, et qu'il fallait combattre mes affreuses tentations.

« Au contraire, je ne pensais qu'à réaliser mon projet. Celui-ci prenait sur moi la sinistre influence d'une idée fixe. En proie à une sorte d'hallucination, je ne songeais qu'à me procurer ce qui m'était indispensable pour pénétrer, la nuit suivante, dans l'hôtel voisin.

« Je n'entrerai dans aucun détail ; il m'est pénible de revenir sur cette heure de défaillance. A minuit, je franchissais le mur qui sépare le jardin de la cour ; peu après, je pénétrais sans difficultés dans la chambre où j'avais vu compter l'or le matin. On eût dit qu'une fatalité étrange favorisait mon entreprise.

« Je ne tremblais pas, je n'éprouvais rien de ce qu'en pareille circonstance doivent éprouver les bandits les plus déterminés. J'étais entré par un balcon peu élevé, sur lequel une fenêtre était restée ouverte. J'étais bien dans la chambre où j'avais vu l'or, je reconnaissais la table et le mobilier. Soudain, je m'arrêtai : assis devant la table, comme au matin, se trouvait l'homme que j'avais vu compter des billets de banque.

« Il était à peu près dans la même position ; seulement il ne comptait pas de l'argent et paraissait dormir, la tête appuyée sur une main. Une lampe allumée et déposée sur la cheminée éclairait très mal cette scène, de sorte que pour voir le dormeur, il fallait en quelque sorte le toucher.

« A la vue de cet homme, ou plutôt de cette masse noire, car dans la position où il était je ne pouvais voir les traits du dormeur, je restai comme épouvanté. Ce gardien muet, immobile, des trésors que j'avais vus dans la journée, m'effraya plus qu'un homme armé prêt à défendre l'argent confié à sa vigilance.

« A tout événement, je m'étais armé d'un poignard. En voyant le dormeur, ce poignard, je le pris et le jetai par la fenêtre ouverte, afin de ne pas être exposé à m'en servir.

» Cette action témoigne assez qu'à partir de ce moment seulement j'eus conscience du crime que j'allais commettre.

« La révélation, quoique spontanée, fut terrible. En un instant, je compris que j'étais sur le point de devenir un assassin. La flétrissante signification de ce mot se dressa dans ma pensée comme un abominable fantôme.

» Les mots vol, crime, sang, gendarmes, juges, bourreau, échafaud, se heurtèrent confusément dans mon esprit. J'eus peur.

« Alors, je reculai comme un condamné reculerait devant le sinistre couperet, s'il pouvait.

« Je voulus fuir, mes jambes se dérobèrent sous moi. Enfin, après de grands efforts, je quittai la chambre dans laquelle je venais de pénétrer sans réveiller le dormeur.

« J'abrège. Je passai le reste de la nuit à errer dans Paris en réfléchissant à l'énormité du crime que j'avais failli commettre.

« C'est alors que je me pénétrai bien de ce que pouvait coûter l'amour d'une femme comme Madeleine.

« — Aujourd'hui ce crime, demain un autre, me dis-je. Non, jamais ! il vaut mieux en finir. »

« Alors, je pensai à mourir. Pour mourir, il faut du courage, un amoureux en a peu ; j'en manquais sous ce rapport.

« Indigné de ma lâcheté, j'étais assez indécis sur ce que j'allais faire, quand j'entendis un crieur annonçant l'assassinat du duc de Berri par Louvel.

« A cette audition, une idée me vint. Je désirais mourir et je n'osais me détruire. Pour parer à ma lâcheté, il s'agissait de me faire passer pour le complice du régicide.

« Sans discuter la valeur de cette réflexion, tant m'obsédait cette pensée que j'avais failli être voleur et assassin pour une femme, que plus tard, cette femme existant toujours, je pourrais le devenir, je m'écriai :

« — Mais Louvel a bien fait de tuer le duc de Berri ! Quel Français, par le cœur ne l'approuverait d'avoir essayé de débarrasser la France de ces Bourbons qui n'ont pas rougi de vendre leur patrie à l'étranger pour y régner ensuite? »

« Ces cris séditieux, criminels, si vous voulez, furent entendus. Ils me conduisirent ici, où je suis enchanté d'être. Dans quelques heures il me feront monter sur l'échafaud, sur lequel j'aime mieux finir comme victime que comme assassin, quand bien même mes crimes m'auraient procuré l'amour de Madeleine.

« Telle est la confidence que j'avais à vous faire, monsieur le duc. Maintenant, ne croyez pas que j'aie eu la lâcheté d revenir sur ma première manière de voir, que je vous aie fait appeler, vous, un des puissants du jour, afin de vous prier d'intercéder pour moi en disant la vérité sur mon compte. Non, loin de moi cette pensée qui serait la dernière ignominie d'une dégoûtante comédie. Je vous somme, au contraire, de garder le silence sur tout ce que je viens de vous dire.

« Vous parleriez, je vous démentirais devant mes juges, je proclamerais des théories qui les empêcheraient de reculer ; car, je vous le répète, il m'importe peu de finir comme régicide, tandis que je ne voudrais, à n'importe quel prix, avouer que, sans une résolution tardive, je tuais un homme afin de lui voler l'argent de son maître.

— Mais alors quel était votre but en me priant de venir vous voir? demandai-je au prisonnier dont je soupçonnais la sincérité. Je ne croyais pas à ce qu'il appelait une lâcheté de sa part; mais je supposais que quinze jours d'isolement en prison avaient porté conseil et l'avaient fait revenir sur une décision de premier mouvement.

— Mon but, me répondit-il, le voici : J'aime Madeleine : depuis quinze jours, quoique je ne doive jamais rien être pour elle, je ne cesse de penser à son avenir, qui me cause mille inquiétudes.

« Je veux la sauver. Quand je serai mort, vous lui ferez savoir tout ce que je viens de vous dire, soit en allant la voir, soit par écrit. Quand elle saura ce que je suis devenu, peut-être fera-t-elle quelques réflexions salutaires, peut-être consentira-t-elle à accepter l'amour et le nom d'un honnête homme pauvre diable qui la rendra heureuse, et renoncera-t-elle à ses idées de grandeur qui la conduiront à l'hospice comme sa mère, ou au suicide ainsi que sa sœur.

« C'est pour elle, pour elle seule, que je vous ai fait appeler; et, je vous le dis une fois encore, cette mission, vous ne devez la remplir qu'après ma mort.

« Maintenant, si vous me demandiez pourquoi je vous ai fait appeler plutôt qu'un autre, je vous répondrais : Parce que vous êtes son voisin.

— Moi, son voisin, m'écriai-je.

— Oui; car vous êtes le maître de l'homme qui comptait de l'or et que j'ai failli assassiner. Cet homme est votre intendant.

— Comment! c'est chez moi que... dis-je stupéfait.

— Oui, monsieur le duc.

— Mais, malheureux, laissez-moi vous sauver! dis-je au prisonnier.

A ces mots, celui-ci releva fièrement la tête.

Cet homme m'inspirait d'autant plus de pitié, continua le duc des Uzelles en s'adressant à Mohamed, que je n'avais plus aucun doute sur la véracité de son récit; car je me rappelais parfaitement qu'à l'époque qu'il citait, mon intendant avait eu entre les mains une très forte somme pour payer une propriété que je venais d'acheter. Les renseignements qu'il me donnait sur la disposition de mon hôtel et sur celle de l'appartement occupé par mon régisseur étaient exacts.

Entraîné par un mouvement de sympathie vers cet homme qui voulait si courageusement mourir, qui tenait si généreusement à sauver d'une honte et d'une misère probables la femme qui était cause de son malheur, qui, somme toute, n'avait qu'à se reprocher une mauvaise intention, conçue dans un moment de désespoir ou plutôt de folie, je lui pris les mains, sans être impressionné en rien par son regard incisif et impérieux, et lui dis :

— Oui, laissez-moi vous sauver, je le puis, sans qu'on sache rien de votre histoire.

Il hésita un instant.

— Non, me répondit-il enfin, d'une voix triste; ce serait un mauvais service que vous me rendriez, un jour je vous forcerais peut-être à regretter cette bonne action. Je le sens, j'aime trop Madeleine pour l'oublier, et la première fois que je la verrais, la tête me tournerait encore. Afin d'obtenir son amour, qui sait...Vous me comprenez Evitez-moi de penser à cette heure où, le poignard à la main, je pénétrais chez vous...

— Qu'il ne soit plus question de cela, lui dis-je; je vous mettrai en main de quoi gagner l'amour de Madeleine, et quand vous aurez reçu des nouvelles d'Amérique, vous me rendrez ce que je vous aurai prêté.

A cette proposition, un éclair de joie brilla dans les yeux du prisonnier, mais il ne fit qu'y passer.

— Non, me dit l'inconnu, non, mille fois non, vous ne connaissez pas Madeleine. Son amour sera insatiable comme un gouffre. N'insistez pas, ou sinon, je vous accuserai de vouloir ma honte.

Une telle réponse ne me permettait plus que d'offrir ma main au faux conspirateur. Ce fut ce que je fis. Il se jeta dans mes bras.

Peu après je le quittais, en emportant une haute opinion de lui. Je ne sais pourquoi je désirais que cet homme devînt mon ami.

Rentré chez moi, je finis par me dire :

— Non, je ne puis laisser mourir cet homme, il ne mourra pas, car il est innocent.

Aussitôt, je me fis habiller, j'étais décidé à implorer la clémence du roi, et à tout lui dire.

Ce fut ce que je fis

Le roi m'aimait, il m'écouta avec complaisance et me dit, quand j'eus terminé.

— Si cet homme n'est pas fou, il mérite de passer pour l'être, je vais faire signer son ordre d'élargissement. Il sera conduit à Marseille, où on l'embarquera pour l'Amérique ; pour son bien, et dans l'intérêt de la société, il ne doit pas revoir Madeleine. Vous veillerez à l'exécution de cet ordre de bannissement, une simple mesure de précaution. Quant à vous, si vous voyez l'enchenteresse, comme c'est probable, précisément en raison de ce que vous savez d'elle, sachez au moins vous préserver de ses artifices.

Je quittai le vieux roi, enchanté de la grâce qu'il m'accordait, mais sans attacher la moindre importance à l'avertissement qu'il avait bien voulu me donner en me congédiant.

XII

LA BEAUTÉ DE MADELEINE PRODUIT DES EFFETS CONTAGIEUX

Le lendemain du jour où j'avais eu l'honneur d'approcher le roi, fit le duc des Uzelles en continuant son récit à l'impassible mameluck, je me présentai à la prison où le fol admirateur de Madeleine était incarcéré. Outre l'ordre d'élargissement dont j'étais porteur, j'en avais un second qui me permettait de prendre toutes les mesures que je jugerais convenables, pour le transport, ou plutôt pour l'enlèvement du prisonnier.

Comme je craignais quelque résistance de la part de ce dernier, j'avais pris mes mesures.

Une chaise de poste attendait à la porte de la prison ; elle était occupée par quatre soldats : deux dedans, sur la banquette de devant ; deux sur le siège extérieur, ordinairement affecté aux domestiques pendant la route.

Un officier commandait ces quatre hommes ; il descendit seul dans le cachot du conspirateur.

— Monsieur, lui dit-il, j'ai l'ordre de vous conduire à Marseille, où vous serez confronté avec des gens soupçonnés d'être vos complices. Voulez-vous me suivre ?

— Et si je ne voulais pas ? ou si, en route, je faisais la moindre résistance, vous me brûleriez la cervelle, n'est-ce pas? C'est sans doute l'ordre que vous avez reçu? demanda le prisonnier.

J'avais prévu cette idée de mon inconnu de se faire casser la tête par les gens de son escorte. L'officier était prévenu,

— Non, monsieur, répondit-il ; quoi que vous fassiez, je ne vous ferai ni ne vous laisserai faire aucun mal. On vous attachera, au besoin ; je vous bâillonnerai, s'il le faut.

— Ah! je comprends, dit mon protégé avec une amère ironie : j'appartiens à la catégorie de ces grands criminels dont on soigne avec sollicitude les moindres égratignures, afin de les livrer gras, dodus, ou au moins avec tous leurs membres au bourreau.

— Précisément, dit l'officier.

— C'est bien, monsieur. Pour nous éviter, à vous un service désagréable, à moi d'inutiles tortures, je vous suis ; pendant la route, vous serez content de moi.

L'officier s'inclina et livra passage au prisonnier, qui, en montant en chaise de poste et pendant la route, ne se douta pas un instant du dénouement de son voyage.

Il fit la route rapidement, je le précédais de quelques heures.

A Marseille, il descendit de la chaise de poste pour monter dans une embarcation qui, lui disait-on, allait le conduire sur le navire où il devait être confronté avec les carbonari italiens accusés d'être ses complices.

Arrivé près de ce navire, il monta gaiement à bord, convaincu qu'il était toujours sur la route de l'échafaud.

On le fit descendre dans une cabine où je l'attendais.

— C'est là aussi que je vous attendais, dit Mohamed ; cette action est bien digne de votre excellent cœur.

— Tais-toi, je n'ai que faire de tes compliments, dit le duc des Uzelle au mameluck qui reprit aussitôt son impassible immobilité.

Le faux conspirateur fut fort étonné de me voir, reprit M. des Uzelles. Il était aisé de deviner que c'était de la joie qu'il éprouvait. Aussitôt qu'il avait embarqué, on avait mis à la voile, et nous étions loin déjà des côtes quand nous songeâmes à nous quitter.

Nous montâmes sur le pont, le rivage avait complètement disparu.

— Alors il faut que je vive? me dit l'inconnu.

— Sans doute.

— Eh bien, sans vous, sans votre amitié, que je puis apprécier, vivre me semble difficile.

— En Amérique rien ne vous fera défaut. Vous avez une fortune à y faire ; les émotions ne vous manqueront pas, et les préoccupations de votre vie nouvelle auront bien raison des soucis que pourrait vous causer le souvenir de Madeleine.

— C'est vrai, me dit-il. Allons, adieu !

Une embarcation suivait le navire ; je descendis dedans pour revenir à Marseille.

Le soir même je remontais tout triste en chaise de poste. Je me demandais si je reverrais jamais mon inconnu, que je ne connaissais que sous le faux nom de Domard.

Chose singulière ! plus la distance qui me séparait de lui devenait grande, plus je

Le Ribouilleur tomba sans jeter un cri.

sentais ma tristesse disparaître en me rapprochant de Paris. Le désir que j'éprouvais de voir Madeleine l'emportait beaucoup sur le chagrin que me causait la séparation dont je viens de parler.

Enfin j'arrivai chez moi, où j'allai m'installer dans le cabinet de mon intendant. De la fenêtre que m'avait désignée Domard, j'aperçus le mur qu'il avait franchi et la fenêtre de sa mansarde.

Madeleine est là, me dis-je avec un mouvement d'hésitation mêlée de crainte. Il m'était pénible d'aller sur les brisées du proscrit; car je sentais déjà que j'aimerais l'enchanteresse, et son caractère m'effrayait pour l'avenir.

Pourquoi cette hésitation ne s'est-elle pas changée en une ferme résolution de ne pas voir la sirène!...

Qu'avais-je à faire chez elle?

Aujourd'hui, je me fais toutes ces réflexions, parce que les événements ont réalisé la prédiction de Domard : que l'amour de Madeleine serait fatal à ceux qui en seraient l'objet ; mais alors, en 1820, je ne pensais pas ainsi, ou plutôt je ne pensais pas du tout. Ce fut avec le plus vif empressement que je me rendis chez la jeune fille.

Je la connaissais assez pour savoir combien il me serait facile de l'éblouir en flattant son orgueil.

J'allai chez elle en voiture, et, après avoir échangé un salut avec elle, je ne trouvais rien de mieux à lui dire que cette banalité :

— Mademoiselle, je suis le duc des Uzelles.

Cette phrase produisit sur Madeleine un effet renversant.

Elle m'examinait avec une curiosité presque indiscrète sans pouvoir parvenir à cacher sa satisfaction.

Quant à moi, j'étais ébloui.

Jamais je n'avais vu une aussi adorable créature.

Je ne te dépeindrai pas Madeleine puisque tu l'a connu en 1824, peu d'années après les événements que je te raconte. Tu sais combien elle était belle, cette créature, qui, sans être précisément perverse, pour satisfaire sa vanité avait tous les vices ; sa voix était aussi séduisante que sa personne. Par sa grâce, elle avait toutes les dangereuses qualités de ces charmeuses qui fascinent ceux qui les approchent.

Je ne dis rien à Madeleine de l'histoire de Domard. Ce silence fut, de ma part, une lâcheté et une faute. Mais comprend-on jamais le langage de la raison quand on est violemment épris! et je l'étais déjà.

Je ne fis non plus aucun aveu à ma belle voisine; seulement, en me retirant, je lui demandai la permission de revenir. Elle me l'accorda aisément. Je la quittai sans qu'elle m'eût parlé de Domard; sans doute qu'elle l'avait déjà oublié.

Pendant plusieurs mois je vis Madeleine tous les jours, sans que nos relations cessassent d'être pures. Sans que je lui eusse fait aucun aveu, elle avait deviné mon amour, mais elle ne me fournissait aucune occasion de lui en parler. Ce caractère froid, souverainement égoïste, m'effrayait à un tel point, que je n'osais me décider à faire ma maîtresse de cette sirène.

Quant à devenir ma femme, j'étais bien certain qu'elle le désirait, qu'elle ne cessait d'y penser; mais, comprenant les obstacles qui s'opposeraient à notre mariage aussitôt qu'il en serait question, elle attendait sans doute que j'abordasse ce sujet délicat.

Enfin, ce qui était inévitable arriva. Un jour, plus épris que de coutume, je devins plus pressant; Madeleine céda, elle fut à moi. Je renonce à te dépeindre ce moment de bonheur et d'ivresse; cette femme était de feu et éprouvait tous les délires.

Aujourd'hui, quand ma mémoire évoque les détails les plus minutieux de cette scène que je considère comme une odieuse comédie, je me rappelle que ce ne fut pas moi qui devins entreprenant; mais que ce fut Madeleine qui se fit plus que séduisante.

Jusqu'alors elle m'avait résisté. Ce jour-là, elle courut au-devant de sa perte.

— Que concluez-vous de ces réflexions tardives? demanda Mohamed.

— Que Madeleine était enceinte, et qu'elle voulait assurer une paternité honorable à l'enfant qu'elle portait dans son sein.

— Et cet amant supposé?...

— Je ne devais être certain des infidélités de Madeleine que plus tard.

— Permettez, monsieur le duc, dit Mohamed.

— Quoi?

— Vous parlez des infidélités de Madeleine, vous avez tort.

— Oserais-tu la défendre?

— Non, mais laissez-moi m'expliquer. Dans ce premier faux pas que Madeleine fit en votre honorable compagnie, des deux hommes en jeu, vous fûtes le préféré et vous eûtes le beau rôle. Si elle fut infidèle, ce ne fut pas à vous, certainement.

— Mais plus tard? dit le duc.

— Plus tard, nous verrons; continuez.

— Je fus longtemps dupe du manège de cette femme. En 1820, au mois de décembre quand Léonce vint au monde, je me crus si bien son père, que je me décidai à épouser sa mère.

J'avais rendu quelques services au roi et à son gouvernement. Le premier me considérait comme un des plus fidèles soutiens du trône et de la royauté; aussi, si cette expression n'était surannée, dirais-je que j'étais un de ses favoris. La grâce de Domard qu'il m'avait si facilement accordée, le prouvait et de reste.

Dans cette position, je ne pouvais me marier sans en informer le roi. Cette omission eût constitué un tel oubli des convenances et de mes devoirs, qu'elle eût immédiatement entraîné ma disgrâce. D'un autre côté, comment avouer au roi que je voulais épouser une fille de rien, ayant une mère et une sœur flétries dans l'opinion, et qui depuis longtemps était ma maîtresse? Comment lui avouer seulement mes relations avec l'*enchanteresse* — le mot était de lui — dont je lui avait raconté l'histoire, et que, dans sa sage prévoyance il m'avait conseillé d'éviter.

Enfin, ce mariage ne devait-il pas me rendre ridicule aux yeux de tous les gens que je fréquentais? En le contractant, n'allais-je pas me fermer les portes de toutes les maisons où j'avais l'habitude d'aller?

Aujourd'hui que je raisonne, tous ces obstacles me semblent insurmontables. Alors ils me semblaient beaucoup moindres et ne faisaient qu'exciter mon ardeur à les vaincre. Cette ardeur était du reste vivement entretenue par Madeleine, qui avait à cœur de devenir duchesse; mais elle s'y prenait si adroitement dans ces excitations, que je ne pouvais l'accuser d'ambition, ni de vénalité; aveuglé par mon amour, j'étais même convaincu que je désirais plus qu'elle le mariage dont il était question.

Un jour où j'avais l'esprit je ne sais où, je me décidai à sonder le terrain. Mon projet de me marier fut très favorablement accueilli par le roi, qui, de suite, prétendit s'occuper de me trouver une femme.

J'eusse dû m'en douter. Je fus seulement outré de cette sollicitude imposée qui venait se jeter au travers de mes projets. Cependant, je n'oserai pas dire au roi: Sire, je vous en prie, ne prenez aucun soin de me chercher une femme, j'en ai trouvé une;

cette jeune fille que ce pauvre diable que nous avons envoyé en Amérique, au lieu de l'envoyer à l'échafaud, aimait comme un fou.

Je me tus, décidé à ajourner l'exécution à des temps plus favorables, n'attendant que la première occasion où le roi aurait besoin de moi, pour lui mettre mes services au prix de son consentement à mon mariage.

Madeleine ne parut nullement contrariée de ce retard, qu'elle avait prévu. Certaine que ses désirs se réaliseraient, elle attendit patiemment.

Depuis longtemps, comme tu penses bien, elle avait quitté sa mansarde. Je lui avais acheté un petit hôtel rue du Faubourg-Saint-Honoré, une voiture et des chevaux ; mais elle usait de tout avec modération et sortait peu.

Elle comprenait que le moment de briller n'était pas encore venu pour elle, et qu'afin de ménager l'avenir, elle devait, mettant un frein à ses désirs, vivre avec une réserve pleine de dignité pour notre réputation à tous deux.

Ce fut dans ce petit hôtel du faubourg que se passèrent les plus beaux jours de ma vie. Aujourd'hui, l'infâme, elle a su me rendre ce souvenir cruel et honteux, quand je pense qu'elle me trompait ; que, pauvre fou rêvant du bonheur et croyant au mien, j'étais dupe de son hypocrisie.

Quand je pense à ces instants, je suis furieux contre moi et contre elle.

Les choses allèrent ainsi jusqu'en 1823, époque à laquelle fut décidée cette ridicule expédition d'Espagne dont on fit tant de bruit et qui eut de si tristes résultats. Je devais faire cette campagne, mais avec une mission particulière.

Afin que tout le monde, le duc d'Angoulême lui-même, ignorât la nature de cette mission, je devais, sous le nom de vicomte des Urbins, exercer un commandement dans l'armée ; puis, le moment favorable venu, et en reprenant mon nom, je devais, en outre, remettre au roi Ferdinand une lettre qui m'accréditait près de lui. Si je menais à bonne fin la négociation dont j'étais chargé, je pouvais compter sur le consentement du roi à mon mariage.

Je ne te dirai rien de l'expédition, à quoi bon ? Qu'il te suffise de savoir que je revins à Paris, ayant réussi dans ma mission et heureux d'avance de retrouver mon enfant et la femme auprès desquels je goûtais, depuis trois ans, le bonheur le plus complet.

Deux mots peuvent suffire à clore cette partie de mon récit. Le roi, très satisfait de la façon dont j'avais conduit ses affaires, consentit à mon mariage ; Madeleine devint duchesse.

XIII

UN DUEL SOUS BOIS

Le duc des Uzelles fit une longue pause. Mohamed pensa qu'il donnait des regrets au passé ou faisait un effort pour recueillir ses souvenirs, afin de continuer sa narration.

Le gentilhomme reprit :

Tu sais en partie ce qu'il me reste à te dire, Mohamed ; je dirai plus : il existe des faits, parmi ceux que nous allons aborder, que tu connais beaucoup mieux que moi. Qu'importe, continuons...

J'étais marié depuis quelques mois, c'était donc en 1824, quand je vins pour passer l'été dans ce château, dont la garde t'était confiée depuis longtemps, et dans lequel Madeleine n'était jamais venue. Nous amenions notre enfant avec nous. Les premiers temps passés dans ce séjour agréable furent délicieux. Madeleine se plaisait ici, cela suffisait à mon bonheur.

Six semaines environ s'étaient écoulées depuis notre arrivée, quand, un, matin je reçus une lettre qui me rappelait à Paris. C'était au mois de juillet. Le roi, qui devait bientôt mourir, était sérieusement malade. Je crus que le ministre qui m'écrivait, un ami, supposait ma présence à Paris indispensable quand ce grand événement se produirait.

Je partis sans méfiance d'abord, en laissant Madeleine et son enfant ici. Mais, en route, quand je pensai à ce départ si précipité, qui me contrariait, que j'eus relu cette lettre du ministre, celle-ci me parut singulière.

Je pensai de suite qu'on me tendait un piège afin de me séparer d'une femme qu'on ne m'avait vu épouser qu'avec regret.

Pendant que je serai à Paris, que se passera-t-il au château? me demandai-je. Si on allait m'enlever Madeleine!...

Aussitôt, je fis tourner bride aux postillons, afin de revenir ici, où je ne voulais plus laisser la duchesse seule.

Les plus affreux soupçons m'assiégeaient l'esprit. L'épaisseur de la nuit augmentait mes terreurs.

Je crus à une fausse lettre, écrite par quelqu'un qui avait un intérêt quelconque à m'éloigner de chez moi.

Mes pressentiments ne me trompaient pas.

Tourmenté par l'inquiétude que m'inspirait le sort de ma femme, que j'étais furieux d'avoir laissée seule, je donnai bientôt l'ordre aux postillons de gagner le château en laissant courir leurs chevaux ventre à terre. J'eus soin de stimuler leur bonne volonté par une promesse d'argent. Ma chaise volait sur le sable fin de la grande route qui traverse la forêt. Je n'étais plus qu'à une lieue d'ici, quand j'aperçus une voiture qui, en suivant une direction opposée à la mienne, allait également à une rapide allure.

L'espace qui nous séparait diminuait à chaque temps de galop des chevaux. Dans quelques instants nous allions nous croiser.

— D'où vient cette chaise? me dis-je avec terreur et colère. Du château; elle ne peut venir d'ailleurs, puisque la grande avenue que je suis y conduit directement, et ne reçoit aucune route adjacente carrossable.

Cette réflexion me suggéra l'idée que cette chaise renfermait Madeleine, qu'elle ne pouvait contenir qu'elle, qu'on avait profité de mon absence pour l'enlever aussitôt mon départ.

Niais que j'étais! Convaincu de son amour, car jamais, depuis que nous nous connaissions, elle ne m'avait accablé de tant de tendresses que pendant les derniers jours, je ne songeai pas un seul instant à l'accuser d'avoir un amant, ni d'agir de complicité avec celui qui l'enlevait.

Je supposais que ceux qui m'avaient sérieusement blâmé de m'être mésallié comme j'avais fait, et parmi eux il y avait certains proches parents qui avaient bien quelques droits sur moi, avaient tant fait auprès du roi, qu'ils avaient enfin obtenu l'ordre de me séparer de la duchesse en m'enlevant cette dernière.

Je te laisse à penser la colère que me causa ce soupçon. J'étais alors si violent, si emporté, j'aimais tant Madeleine et j'étais si jaloux d'elle!

J'avais une paire de pistolets et mon épée dans la voiture. Je m'emparai des premiers et j'ordonnai aux postillons d'arrêter.

Quand ils eurent obéi, je sautai sur la route; d'après mon ordre, ma chaise continua sa route. Elle ne s'était arrêtée qu'un instant.

La nuit était épaisse, j'attendis au passage ceux que je supposais être des ravisseurs. Je tremblais, non de peur, mais de rage; j'étais comme fou et ne réfléchissais point à ce que j'allais faire.

Il me fallait à tout prix arrêter la voiture, je ne songeais qu'à cela. Elle arrivait avec une rapidité qui avait doublé depuis qu'elle avait rencontré ma chaise vide. Ce qui me confirmait dans mes soupçons.

Quand les chevaux lancés au galop arrivèrent à ma hauteur, je déchargeai mes pistolets sur eux. Ils tombèrent comme foudroyés. J'avais tiré les quatre coups presque à bout portant.

Plusieurs cris s'échappèrent de la voiture. A l'un de ces cris, j'avais reconnu la voix de la duchesse.

Ces accents m'exaltèrent encore. Je m'élançai vers une des portières, en m'écriant :

— Courage? Madeleine, je suis à toi!... Mort aux traîtres.

Je ne savais plus ce que je disais.

Quand j'ouvris la portière, j'avais mon épée nue à la main.

Les fugitifs avaient d'avance formé leur complot dans le sens de mes soupçons; la fausse lettre du ministre n'était que le premier acte de leur infâme comédie.

La voiture ne renfermait que ma femme et celui que j'ai toujours supposé avoir été son amant.

L'homme descendit, avant que je ne l'en eus prié. A la lueur des lanternes de la voiture, j'essayai de voir son visage. Je n'aperçus qu'une figure inconnue.

S'il me connaissait, il feignit le contraire.

— Monsieur le duc des Uzelles, sans doute? me demanda-t-il.

— Oui, monsieur, lui répondis-je, les dents serrées par la colère; mais vous, qui êtes-vous?

— Mon nom, peu vous importe, me répondit cet inconnu avec hauteur. Qu'il vous suffise de savoir que, obéissant à un ordre du roi, que j'ai dans ma poche, j'enlève madame la duchesse, que vous ne reverrez jamais probablement. Afin que vous ne vous opposiez pas à cet enlèvement, on vous a écrit, afin que vous ne vous trouviez pas au château quand je m'y présenterais pour remplir ma mission. Nous nous rencontrons; avec un aussi bon gentilhomme que vous, je ne chercherai pas à déguiser la vérité, ce serait prêter à mon rôle, dans cette affaire, un caractère qu'il n'a pas et qu'il ne doit pas avoir.

Ainsi donc, je vous déclare que madame la duchesse est dans cette voiture, qu'elle y est par ordre du roi. Que veut-on faire d'elle? où dois-je la conduire définitivement, je n'en sais rien. De ce pas, je l'emmène à Paris. Que comptez-vous faire maintenant?

Ce que l'inconnu venait de dire n'était point fait pour changer ma résolution. Le roi n'avait point le droit de me séparer de ma femme. Dans la prévision de ce qui arrivait, j'avais depuis longtemps fait mes réflexions à ce sujet.

Si je cède volontiers, m'étais-je dit, les choses iront au gré des ennemis de la duchesse; si je résiste et tiens bon, il faudra bien que ce soient mes adversaires, le roi compris, qui abandonnent la partie.

— Ce que je compte faire? dis-je à l'inconnu; vous me le demandez?

— Oui, monsieur, me répondit-il; car, maintenant que mes chevaux sont tués, que je ne puis vous passer sur le corps, malgré vos cris, il faut bien que nous avisions au moyen de sortir de l'impasse où nous sommes. Nous n'allons pas perdre notre temps en contradictions qui seraient aussi inutiles qu'interminables.

— Monsieur, je m'oppose, envers et contre l'ordre du roi, à ce que la duchesse fasse un pas de plus en votre compagnie.

— C'est bien, monsieur, fit l'étranger; sans nous expliquer davantage, vous comprenez ce qu'il nous reste à faire. Je suis soldat, j'ai une consigne, vous voulez la violer....

— Très-bien, en garde! lui dis-je en l'interrompant.

Il avait mis l'épée à la main, nous fûmes bientôt aux prises.

Le domestique et le postillon de l'officier vrai ou faux nous servaient de témoins. Quant à Madeleine, dans cette circonstance difficile, ne voulant pas avoir un rôle à jouer, entre son mari et son amant, rôle que le vainqueur, dont elle devait être la possession, eût pu lui reprocher un jour, elle simulait un évanouissement complet.

Je m'étais battu plusieurs fois, un duel ne m'effrayait nullement. J'étais même assez fort en escrime.

Dans la circonstance, pourtant, et pour la première fois de ma vie, j'eus comme peur de ne pas sortir vainqueur du combat : ne s'agissait-il pas de Madeleine?

— Si j'allais mourir, la perdre... me disais-je; ne ferais-je pas mieux de céder aujourd'hui à l'ordre du roi, sauf à aller trouver ce dernier, et à le faire revenir sur sa détermination, dont je n'aurai point de peine à lui faire comprendre l'iniquité.

Si j'eusse supposé avoir à faire à un amant, cette pensée ne me fût pas venue; je n'eusse, au contraire, songé qu'à précipiter le dénoûment du combat, qu'à tuer mon adversaire, qu'à me venger de ma femme.

Nous étions en garde, il était trop tard pour entrer en arrangement. Le combat devint bientôt acharné; aux premières passes, je m'aperçus que mon adversaire tirait admirablement l'épée. Notre acharnement alla jusqu'à la fureur.

A peine si nous distinguions les épées. Nous avions toutes les chances possibles de nous enferrer nous-mêmes.

Cette circonstance égalisait à peu près les forces. Je fus blessé le premier, au bras, blessure peu dangereuse, mais horriblement gênante, pour continuer à soutenir la lutte. Je perdais sans doute beaucoup de sang, déjà je sentais mes forces m'abandonner et mon bras se raidir, quand, tout à coup, un choc arrêta mon épée, je compris à cette résistance, que l'officier, en se fendant s'était jeté sur mon arme.

En effet, il tomba, en ne jetant que ce cri :

— Je suis perdu.

Ivre de joie, dans mon empressement à sentir Madeleine sur mon cœur, je ne songeais qu'à elle. Je la pris dans mes bras, elle était toujours évanouie, peut-être l'était-elle sérieusement, si elle aimait l'homme qu'elle venait de voir tomber sous mes coups... Je ne le crois pas cependant. Cette femme n'aimait qu'elle; ses autres affections n'étaient que des caprices.

Quoi qu'il en fût, je m'éloignai rapidement, sans penser à m'emparer de l'ordre du roi que l'officier avait prétendu avoir dans sa poche.

Je te le répète, je n'avais alors aucune raison de soupçonner la vertu de la duchesse; ce n'est que depuis que je me suis rappelé que si j'étais parti seul pour Paris, c'était Madeleine qui m'en avait suggéré la pensée.

— Je serai mieux, et Léonce aussi, à la campagne qu'à Paris, m'avait-elle dit.

— A propos de Léonce, veuillez me permettre une question, monsieur le duc, dit Mohamed.

— Parle.

— Il n'était pas du voyage ?

— Non, tu le sais bien.

— Sans doute; dit le mameluck, si je vous fais cette observation, c'est afin de vous faire comprendre que si Léonce n'eût pas été votre enfant, mais celui de l'inconnu d'un homme qu'elle aimait assez pour oublier ses devoirs, afin de le suivre, la duchesse ne l'eût pas abandonné, l'inconnu non plus.

M. des Uzelles parut frappé de l'observation de Mohamed.

— C'est vrai, dit-il.

— Vous voyez bien que vos soupçons ne sont pas fondés reprit l'Egyptien.

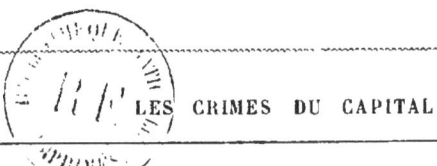

Elle se jeta à genoux près du lit du duc.

— Peut-être...

— Et que M. Léonce mérite toute votre affection.

— Tu es prompt à conclure, Mohamed, dit le duc.

— Et vous trop opiniâtre à soupçonner un enfant qui, malgré la faute de sa mère, est innocent, repartit le fidèle serviteur.

— Tais-toi, et continuons, reprit M. des Uzelles.

— J'écoute, monsieur le duc, murmura l'impassible Mohamed.

XIV

EN ITALIE.

Aussitôt que la duchesse eut repris l'usage de ses sens, ce qui ne fut pas très long, elle parut ravie de mon retour. Avec quel art, quelle dissimulation elle sut cacher les sentiments de colère et de rage qui l'agitaient! Elle eût su me convaincre de son innocence, si j'en eusse douté.

— Ah! me dit-elle, quel bonheur que vous soyez revenu juste à temps pour m'empêcher d'être enlevée! Si vous saviez quelle crainte s'est emparée de moi, en voyant cet ordre du roi, au nom duquel on me séparait de vous et de mon enfant!.., Résister, pouvais-je y songer? On m'avait avertie que, ce cas échéant, on avait l'ordre de m'enlever de force. Puis, comment ne pas obéir à un ordre du roi? Si vous saviez ce ce que j'éprouvais en m'éloignant de ce château où nous avions été si heureux!...

De tels discours produisirent leur effet. Je me contentai de répondre à la duchesse en lui couvrant le visage et les mains de baisers brûlants...

Quand je pense à ces transports, ridicules, je comprends qu'il n'y avait que ma naïve et robuste crédulité pour égaler son infamie.

Mais aujourd'hui qu'elle s'est chargée de me dessiller les yeux, je puis l'affirmer que ma haine ne le cède en rien à mon fol amour d'autrefois en acharnement. Depuis près de vingt ans je me venge...

— D'une façon terrible; dit Mohamed.

— Et je serai sans pitié, je te le jure! répondit M. des Uzelles.

En faisant ce serment, le duc avait pâli, et il était facile de voir que le vieux m... meluck était aussi ému que lui.

M. des Uzelles reprit:

— Continuons à nous ressouvenir, Mohamed: de haine ou d'amour, les souvenirs fortifient nos sentiments. La duchesse, une fois rassurée, me dit: Comment allons-nous faire? l'ordre du roi est positif, je l'ai vu. Quand le roi saura qu'il n'a pas été obéi, que vous avez tué son émissaire, que fera-t-il? Oh! cette pensée me fait trembler; car c'est moi, moi pauvre et faible femme, qu'il punira de tout ce qui arrive.

— Crois-tu que je serai assez lâche, Madeleine, pour t'abandonner à la colère du roi?

— Non, tu m'aimes trop pour cela; mais si tu voulais m'écouter et suivre mon avis, je sais bien ce que nous ferions.

— Parle, lui répondis-je, as-tu donc oublié que tes désirs sont des ordres pour moi?

— Eh bien, nous fuirions; tu m'éviterais la peine de rentrer au château, où je ne saurais désormais goûter un seul instant de repos. Nous irions loin, bien loin, hors de France...

— Mais notre enfant? fis-je observer à Madeleine.

— Me crois-tu donc l'intention de l'abandonner? s'écria la duchesse avec un talent admirablement feint; il faudrait, que je fusse une mère dénaturée et barbare pour faire cela. Nous allons nous arrêter au château, tu iras prendre Léonce, et cette chaise de poste, qui devait t'emmener seul à Paris, nous conduira tous en Italie.

Je ne fis aucune opposition au désir de Madeleine. Au contraire, la perspective d'un long voyage, et d'un non moins long tête-à-tête avec elle, me souriait agréablement.

La chaise de poste était arrêtée devant la grille du château. La duchesse ne voulut même pas en descendre, afin, dit-elle, que je fusse plus tôt revenu. Je courus au château, j'y pris mon fils, tout ce que j'avais de valeurs disponibles, des bijoux et des papiers indispensables; puis je t'ordonnai de me suivre comme étant le domestique qui m'inspirait le plus de confiance.

— Je me souviens parfaitement de tous ces détails, dit Mohamed.

Je n'étais pas resté plus d'une demi-heure absent. La chaise de poste se remit en route, au grand contentement de Madeleine. Le lendemain, au point du jour, nous étions déjà loin.

Ma femme ne m'avait fait qu'une observation : sachant que tu m'étais très dévoué, elle m'avait demandé, avec un étonnement mêlé de contrariété, pourquoi je t'emmenais.

Cette question et le soin qu'elle avait pris d'emporter tous ses bijoux pour suivre le faux envoyé du roi, eussent dû me faire ouvrir les yeux. Je devais être aveugle jusqu'à la fin. Je ne te dirai rien de notre voyage en Italie, tu le connais aussi bien que moi, il fut des plus agréables. Quand le roi Louis XVIII mourut, au mois de septembre, je n'avais encore rien fait pour éclaircir l'affaire de l'enlèvement de Madeleine.

Celle-ci, au reste, n'était nullement pressée de rentrer en France; et comme j'étais heureux partout où elle était, c'était son caprice qui nous servait de guide pour notre itinéraire. Nous arrivâmes à Naples, où il avait été décidé que nous passerions l'hiver.

Au milieu d'un brusque silence, le duc dit tout à coup à Mohamed, en élevant la voix et avec un accent singulier :

— Te souviens-tu de Naples, Mohamed?

— Oh! oui, répondit le mameluck avec une sorte d'effroi.

— J'avais loué une villa du côté de Portici, reprit le duc.

— Un petit palais, dit Mohamed,

— Oui, tous les soirs, profitant de la douceur de ce climat favorisé et des derniers beaux jours, nous dînions sur une terrasse couverte d'ombre. De ce point on dominait un horizon magnifique, celui de la mer.

Un jour, la brise était douce, l'air pur, le ciel sans nuages, la mer faisait entendre un lascif murmure, en mourant sur les galets de la plage. Nous étions à table.

À nous voir, tendres comme deux jeunes époux qui savouraient avec ivresse les douceurs de la lune de miel, qui eût osé supposer ce qui allait se passer?

Léonce, il avait à peine un an, jouait et se roulait sur le sable, à deux pas de nous, surveillé par sa nourrice, une femme des environs de Florence, que Madeleine avait prise à son service, depuis que nous avions quitté la France.

— Quant à toi, je me le suis souvent demandé depuis, où étais-tu?

— Je vous l'ai dit cent fois, répondit Mohamed sans hésiter, j'étais à Naples où Mme la duchesse m'avait envoyé.

— A mon insu, elle qui ne te donnait jamais aucun ordre?

— J'étais à Naples, répondit encore le mameluck.

— Toujours, toujours le même entêtement, fit M. des Uzelles avec humeur. Pourquoi ne pas m'avouer la vérité, ne pas me dire que tu as eu un moment de défaillance?

— Je ne comprends pas, dit Mohamed avec hauteur, pourquoi monsieur le duc met tant d'acharnement à me faire avouer une lâcheté que je n'ai point commise.

— Mais depuis, la duchesse t'a accusé de complicité avec elle dans cette affaire.

— Afin de me perdre dans votre esprit, répondit Mohamed. Libre vous êtes de croire une femme aussi fausse que celle dont vous parlez, plutôt qu'un homme qui, vous le dites vous-même, n'a jamais menti.

— Mohamed, si tu savais ce que je souffre, tu comprendrais mieux mes perplexités. Dans certains moments, ceux où mes soupçons me laissent toute ma raison, je me dis: Mohamed n'a jamais menti, il est incapable de tromper, c'est un serviteur honnête et incorruptible qui m'est dévoué; je dois croire ce qu'il me dit, et ne plus avoir de mauvaises pensées à son sujet.

— En ces moments, vous pensez juste, dit simplement le mameluck.

— Oui; mais quand la passion m'égare, quand ma haine et mes désirs effrénés de vengeance m'aveuglent, sais-tu ce que je me dis?

— Je m'en doute.

— Je pense que tu as été le complice de la duchesse, comme elle l'affirme encore; que tu as connu son amant, que, pour une raison ou une autre, sans doute pour ne pas avoir à me confesser ton crime, tu ne veux pas me nommer cet homme, que je ne connais pas et dont je voudrais me venger. Tiens, Mohamed, si tu connais ce misérable qui m'a volé mon bonheur, dis-moi son nom, et je t'abandonne la moitié de ma fortune, toute ma fortune, si tu veux. Oh! parle, Mohamed, dis-moi son nom, et je me charge de son supplice horrible, que je médite depuis longtemps, Parle, je ne t'en voudrai pas, j'oublierai que tu m'as trahi, je ferai ta fortune...

Entraîné par sa haine, le duc parlait d'un ton pressant, suppliant... Mohamed, d'un mot, s'il eût voulu, l'eût en ce moment jeté à ses genoux.

Il dit seulement à son maître:

— Monsieur le duc, je ne sais rien, et vous avez tort, à cette heure, d'écouter les soupçons qui, comme vous le disiez il n'y a qu'un instant, ne font qu'égarer votre raison et vous rendre malheureux.

— Il ne sait rien, rien, murmura le duc. Mais cet homme, ce misérable, qui m'a fait tant de mal restera donc impuni? Oh! non! J'ai juré de pénétrer aujourd'hui le mystère de cette terrible énigme, avant de décider du sort de Léonce: de l'abandonner à sa ruine, ou de le reconnaître pour mon héritier. Oui, j'ai fait ce serment, Mohamed; et, aujourd'hui même, je te confronterai avec celle qui t'accuse.

— Avec la duchesse? demanda le mameluck.

— Oui.

— Je ne veux point la voir.

— Veux-tu me faire supposer, par ce refus, que tu es coupable? fis le duc.

— Non; mais quand je pense au supplice que cette femme endure depuis quinze ans, que j'ai contribué beaucoup à lui faire infliger cette torture, à elle qui, après tout, ne m'a rien fait personnellement, je frissonne à l'idée de me trouver en sa présence. Qu'elle doit être changée!

— Oui, en effet.... fit M. des Uzelles avec un sourire féroce. Mais consens-tu à la voir?

— Oui, dit Mohamed; car avant tout, je ne veux pas que vous ayez aucune raison de m'accuser de complicité avec elle.

— C'est bien, nous l'irons voir dans un instant, quand j'aurai terminé mon récit.

Nous dînions donc, j'étais gai; car je croyais lire mon bonheur dans les beaux yeux de Madeleine, quand celle-ci me fit remarquer une élégante tartane, qui allait aborder sur le rivage, et portait le pavillon français.

— Je te comprends, lui dis-je, ces couleurs t'ont rappelé la France; sois tranquille, nous la reverrons bientôt; notre persécuteur vient de mourir...

Je m'étais levé et avais quitté la table, afin de mieux voir la légère embarcation; quand je me retournai, Madeleine eut un brusque mouvement.

Un sourire de satisfaction radiait sur ses lèvres.

J'attribuai ce sourire à la joie que causait à Madeleine la promesse que je venais de lui faire. Quant au mouvement, il ne me frappa point. Je ne m'en souvins que plus tard. Quel triste courage il fallait à cette femme; elle souriait et elle venait de commettre un crime...

La tartane, qui se balançait mollement à l'ancre, était un signal pour elle. Elle était montée par l'amant de Madeleine, que je n'avais fait que blesser dans la forêt de Château-Renaud, et qui, depuis trois mois que nous étions en Italie, avait eu le temps de se rétablir des suites de cette blessure. Il venait pour enlever sa maîtresse; celle-ci était prévenue, et afin de pouvoir le suivre sans que je pusse mettre obstacle à leur fuite, elle venait de mettre dans mon verre un poison dont elle s'était munie d'avance. C'était en retirant sa main qu'elle avait fait le mouvement dont j'ai parlé.

Se méfie-t-on de la femme que l'on aime, surtout quand on compte sur la sincérité de son amour? Samson ne se livra-t-il pas à la fourbe Dalila?

Quand Madeleine me dit:

— Finissons de dîner, vidons nos verres; nous descendrons ensuite sur le rivage, où nous pourrons nous entretenir un instant avec nos compatriotes.

Je vidai mon verre et lui répondis, en lui offrant le bras:

— C'est fait, partons.

Nous n'avions pas fait vingt pas hors de la villa, que je ressentis les premiers effets du poison. Un étourdissement en fut le premier symptôme; puis je sentis mon sang se glacer.

— Qu'avez-vous? me demanda Madeleine avec un angélique sourire.

Me connaissant très violent, elle me savait capable de la saisir et de l'étrangler sur un soupçon, afin de ne pas mourir sans elle ; aussi dissimulait-elle encore. Elle ne devait lever [le masque que quand je ne pourrais plus faire un mouvement et me précipiter sur elle.

— Je ne sais ce que c'est, mais je me sens mal, rentrons.

Je ne pus revenir jusqu'à la villa ; je fus forcé de m'asseoir en chemin. Enfin, je perdis connaissance entre les bras de l'infidèle qui m'accablait des preuves d'une sollicitude aussi fausse qu'exagérée.

Que se passa-t-il pendant mon évanouissement ? Combien de temps restai-je évanoui ? je n'en sais rien au juste.

— Je vais vous le dire, monsieur le duc, dit Mohamed ; quand je rentrai au château, la nuit était venue ; vous étiez absent, ainsi que Mme la duchesse et votre fils. Personne ne put me donner aucun renseignement. Madame, en se levant de table, avait congédié la nourrice, en affirmant qu'elle se chargerait de l'enfant.

Bientôt, l'inquiétude me gagnant, je fis faire une battue dans les environs de la villa ; je finis par vous découvrir. Vous ne donniez plus signe de vie, le corps était froid, le cœur ne battait plus.

Fou d'épouvante, j'envoyai un domestique à franc étrier chercher un médecin. Il en vint un qui, après vous avoir examiné, déclara que vous étiez empoisonné.

— Empoisonné ! m'écriais-je.

Aussitôt, pensant à l'inexplicable et mystérieuse absence de Mme la duchesse, je conçus de graves goupçons contre elle.

Pendant que je me livrais à mes réflexions, le docteur, quoiqu'il désespérât de vous rappeler à la vie, vous prodigait ses soins. Il parvint à vous faire recouvrer l'usage de vos sens, mais l'opération fut longue ; ce ne fut qu'au matin, après des vomissements terribles, que vous ouvrîtes les yeux. Vous ne pouviez pas encore parler.

Cette scène, quoique muette, fut effrayante.

La douleur vous avait rendu livide ; vos traits étaient fortement contractés, vos yeux flamboyaient de l'éclat de la fièvre. Je vous vois encore, promenant autour de vous un regard effaré. Nous ne songiez pas à vos souffrances, c'était évident, mais vous cherchiez la duchesse, cette autre moitié de vous-même.

Je vous connaissais trop bien pour ne pas lire dans vos pensées ; je devinais vos inquiétudes. Que pouvais-je dire pour les calmer ? Personne ne savait ce que Mme la duchesse était devenue ; seul, peut-être, je soupçonnais la vérité ; car, depuis longtemps, à certaines remarques que j'avais faites, je m'étais convaincu que vous n'étiez pas aimé.

— Pourquoi ne m'as-tu pas prévenu ? dit M. des Uzelles avec colère.

— Un jour j'ai essayé ; vous m'avez fort mal reçu et imposé silence ; nous étions ici, au château ; c'était avant l'enlèvement.

— C'est vrai, dit le duc en se radoucissant ; continue ton récit, Mohamed ; avant de prendre une détermination vis-à-vis de la duchesse, j'ai besoin de me rappeler tout ce qu'elle m'a fait, toutes mes souffrances ; parle, j'ai plaisir à t'entendre.

Enfin, à force de volonté, vous me l'avez dit depuis, reprit Mohamed, vous parvîntes à parler. Le premier mot qui sortit de vos lèvres fut celui que j'attendais.

— Madame la duchesse, vous écriâtes-vous, où est-elle? je veux la votr, qu'on l'aille chercher; comment n'est-elle pas ici?

Le docteur et moi, nous étions seuls dans votre chambre; nous échangeâmes un regard. Lui, ne vous connaissait pas, il ignorait les particularités de votre mariage, et ne supposait pas tout le mal qu'il pouvait vous faire par une révélation sincère.

Il s'approcha de vous, vous palpa le pouls comme pour juger si vous étiez en état de le comprendre et si vous aviez assez de force pour supporter une violente émotion.

— Mohamed! ne m'as-tu pas entendu! reprîtes-vous; va dire à Madeleine que je la prie de venir me parler.

— Laissez ce brave serviteur à la vigilance duquel vous devez la vie, monsieur le duc, vous dit le docteur d'une voix émue et comme en pesant tontes ses paroles. La duchesse a pris le seul parti qu'elle pouvait prendre, après le crime infâme qu'elle a commis.

— Un crime! vous écriâtes-vous, en faisant un soubresaut sur votre lit. Qui ose, ici, accuser Madeleine d'un crime?

— Moi, fit le docteur.

— Qui êtes-vous, monsieur? fîtes-vous avec fureur.

Je crois qu'en ce moment, si vous en aviez eu la force, vous eussiez pris et étranglé l'homme qui venait de vous sauver. Vous étiez hideux de colère et de haine.

— Je suis médecin, monsieur le duc, répondit l'Italien sans se déconcerter. Je suis à votre chevet depuis quatre heures; sans moi, vous seriez mort maintenant.

— Est-ce vrai, ce que dit cet homme, Mahomed? me demandâtes-vous.

— Oui, monsieur le duc, répondis-je.

Cette assurance vous calma.

— Mais qu'avais-je donc, monsieur, pour être en danger de mort? puisque vous êtes médecin, vous devez pouvoir me le dire, fîtes-vous en vous adressant seulement au docteur.

— Vous étiez empoisonné, monsieur le duc, répondit l'Italien.

— Empoisonné! vous écriâtes-vous.

— Oui, fit le médecin; et, si vous y tenez, je puis vous dire par qui. Dans la prévision d'un crime, je me suis informé de la façon dont vous avez passé les derniers moments. On m'apprit que vous veniez de dîner quand vous êtes sorti de la villa. J'en conclus que vous aviez été empoisonné pendant ce dernier repas. Votre couvert était encore mis sur la terrasse; je me fis apporter la table toute servie en recommandant bien qu'on eût soin de ne rien déranger. Cette table, la voici, monsieur le duc. Il y a deux verres dessus: l'un d'eux contient encore quelques gouttes de vin auxquelles est mêlé un poison violent; j'en ai fait l'essai sur un chien il y a deux heures, cet animal est mort presque instantanément; l'autre verre ne contient rien qu'un peu de vin. De ces deux verres, quel est celui dont vous vous êtes servi?

— Le plus grand, celui-là! fîtes-vous en désignant du doigt celui ces deux verres qui, comme l'avait dit le docteur, contenait encore quelques gouttes de vin.

Vous étiez effrayant alors; vous commenciez à comprendre; l'horreur que vous inspirait le crime de la duchesse était peinte sur tous vos traits.

Le docteur continua :

— Le vin que vous avez bu pendant votre dîner n'était cependant pas empoisonné; il en reste dans la bouteille et il est aussi inoffensif que celui qui se trouve dans le plus petit des deux verres. Il faut conclure que c'est pendant le repas qu'une main homicide a jeté dans votre verre, à un moment où votre esprit et vos yeux étaient ailleurs, le poison que je ne puis nommer, quand à présent, et qui a mis vos jours en danger.

Maintenant, monsieur le duc, quel que soit le coupable, peu m'importe! j'ai fait mon devoir et vous ai dit ce que j'avais à vous dire. Je vais plus loin : comme après tout vous en serez quitte pour la peur, si vous le désirez, je garderai même le secret le plus absolu sur cette tentative de meurtre.

Vous étiez extrêmement pâle; un instant, je pensai vous voir défaillir; votre énergie de caractère prit le dessus; vous n'étiez que plongé dans d'absorbantes réflexions. Peu après, vous dîtes au docteur en lui tendant la main :

— Vous avez raison, monsieur, ce qu'il y a de plus simple, c'est de garder le plus grand secret sur cette aventure. La duchesse a fui le toit conjugal, c'est bien....

Je fus effrayé du ton sur lequel vous prononçâtes ces paroles. Votre voix était si calme, si froide, que je crus qu'un accès subit de folie vous empêchait d'avoir conscience de votre malheur.

— Docteur, suis-je hors de danger? demandâtes-vous encore.

— Oui.

— Alors veuillez, je vous prie me laisser. Après d'aussi cruels évènements, j'éprouve un impérieux besoin d'être seul. Mohamed, tu répondras quand je sonnerai. Tu ne laisseras pénétrer personne ici. Docteur, je compte sur vous pour connaître le poison dont on s'est servi pour m'empoisonner.

— Je vais soumettre le vin qui le renferme à l'analyse, répondit le docteur.

Sur cette réponse, nous vous laissâmes seul. Que fîtes-vous? que se passa-t-il en vous? Je ne sais. Vous restâtes quarante-huit heures enfermé sans m'appeler. Craignant un suicide, je veillais sur vous, à votre insu, autant que cela m'était possible.

— Un suicide! s'écria le duc avec emportement.

— Dame!... fit Mohamed étonné de la violence de l'interruption.

— Il eût fallu que je fusse bien lâche pour me détruire sans m'être vengé.

Ecoute, Mohamed, continua le duc avec une sorte d'emportement, tu viens de le dire, tu ne sais pas ce qui s'est passé en moi pendant les quarante-huit heures dont tu parles. Eh bien! je vais te l'apprendre. D'abord j'ai cru que j'allais devenir fou; c'eût peut-être été un bonheur pour *elle* et pour moi; car je n'ai point l'âme méchante, et Dieu sait ce que j'ai souffert à me faire bourreau depuis dix-huit ans : à faire passer pour morte une femme que je tiens vivante en mon pouvoir afin de la torturer.

Les premiers moments, je crus rêver; il m'était impossible de croire au crime d'une femme qui avait si bien su me convaincre de son amour. Madeleine empoisonneuse, jamais! m'écriai-je à chaque instant.

Puis, dans une sorte d'hallucination à laquelle j'étais en proie, je revoyais le doc-

Le comte le présenta à ses employés.

teur, j'entendais ses paroles accusatrices ; je te revoyais toi-même confirmant, par ton silence significatif, toutes les paroles de l'homme de l'art.

Un instant, j'eus la folle pensée de me claustrer pour la vie, afin que personne ne pût, en me rappelant le départ de Madeleine, me jeter ma honte et mon imbécile et si longue crédulité à la face.

Puis, peu à peu; je sentis mon cœur se briser à force d'être en présence de la réalité. Que j'ai souffert en ce moment ! qu'il en coûte de voir tomber ses illusions une à une, surtout quand ces illusions se rattachent à une femme et à un enfant sur lesquels on a longtemps compté pour faire la joie de sa vie !

La douleur ne m'accabla qu'un instant sans me terrasser. Sais-tu pourquoi, Moha-med ? Parce que, au fur et à mesure que mes illusions tombaient, je sentais naître et grandir en moi une haine immense, des désirs insensés de vengeance.

Sans eux, j'eusse sans doute fait une longue et cruelle maladie ; grâce à eux, après quarante-huit heures de délire, de réflexion, quand mon cœur fut bien brisé, pulvé-risé, anéanti, je me sentis assez fort pour me dire :

— Comment ! cette femme que j'ai sauvée de la misère et de la fange, qui portait un nom déshonoré, que j'ai épousée au mépris des gens de ma caste, au risque de briser ma position ; que j'ai gorgée d'or, que j'ai faite duchesse, dont je me suis fait l'esclave : cette femme, ou plutôt ce monstre, me trompait ; car cet amant, ce com-plice, cet assassin, elle le connaît depuis longtemps ; il est même probable qu'elle le connaissait avant de m'avoir vu.

— Ah ! qu'elle soit maudite ! je ne méritais pas cette honte.

— Me contenterai-je de la maudire, cette infernale créature qui, non contente de m'abandonner, de fuir avec son complice, a osé attenter à mes jours ? Oh ! non, je vais me mettre à sa poursuite ; je la joindrai ; alors, malheur à eux...

Sur cette réflexion, et ne me sentant plus animé que par mes désirs de vengeance, je sortis de ma chambre et t'appelai pour te donner l'ordre du départ.

Le lendemain, nous nous mettions à parcourir l'Europe. Je sentais grandir ma haine et n'éprouvais qu'un désir, qu'un seul : atteindre les fugitifs.

Depuis quatre ans nous courions en vain de royaume en royaume, de ville en ville ; dix fois nous nous étions crus sur la trace de ceux que nous poursuivions ; mais tou-jours nous avions été victimes d'une ressemblance ou d'un faux renseignement.

Déjà je désespérais de joindre l'infidèle et son complice, quand, par une lettre ano-nyme, j'appris le lieu de résidence de la duchesse. Cette lettre était si détaillée, si précise, que je supposai qu'elle m'avait été écrite par quelqu'un qui vivait dans l'in-timité de Madeleine, tout en ayant à se venger d'elle.

Dans cette circonstance, cette misérable a, je crois, été victime d'une jalousie de femme.

XV

UN MARI RÉDUIT A ENLEVER SA FEMME.

Rien d'étonnant, au reste, à ce que je n'ai pas pu découvrir Madeleine moi-même. Elle habitait une grande ville et moi je fuyais le monde. Elle vivait dans une société à mœurs élastiques que je n'ai jamais aimée ni fréquentée. Pouvait-elle avoir d'au-tres goûts ? Non, je l'avoue. Duchesse, le grand monde n'avait jamais pu se résoudre à l'admettre dans son sein. C'était ce dédain de nos égaux qui, froissant Madeleine, m'avait décidé à quitter Paris et à venir nous installer au Rideau. Mais cette femme aimait le monde, le bruit, les fêtes; cette retraite à la campagne lui déplut. Alors sans doute elle comprit qu'elle avait fait une sottise en m'épousant; que, riche, elle ne pourrait jamais briller par sa fortune. Elle désira ardemment recouvrer sa liberté, afin, au moins, de trôner sur toutes ces gens qui composent le monde de la mode.

Un monde interlope qui, par son luxe de chevaux, de bijoux, de plaisirs étourdissants, rivalise d'éclat avec le grand monde.

Cette manière d'être était assez naturelle de la part d'une femme comme Madeleine. Aujourd'hui, que je raisonne, je suis convaincu que ces dédains du monde furent les seules raisons qui la déterminèrent à affronter tous les périls pour réaliser ses projets. Ayant eu la main malheureuse dans le choix d'un amant, celui-ci, par amour, afin de la posséder complètement sans doute, n'hésita pas à la pousser sur la voie du crime.

D'où l'on pourrait conclure que l'homme qui, en se mariant, se mésallie, fait une faute et prépare presque toujours le malheur de sa vie.

Madeleine habitait Londres, où, connue sous le nom de Corine, elle s'étudiait à suivre les traditions de sa famille. Actrice, elle avait une certaine réputation de talent; fille entretenue, son luxe et sa beauté ne le cédaient à aucune de ses pareilles.

La lettre dénonciatrice ne donnait aucun renseignement sur l'amant de la duchesse. Me conformant aux instructions que renfermait cette lettre, je partis pour Londres. Madeleine jouait alors tous les soirs au théâtre de Covent-Garden.

C'était à sa sortie du théâtre qu'il fallait l'enlever, un soir où elle s'en irait seule. Chez elle, l'enlèvement eût été sinon impraticable, du moins beaucoup plus difficile.

A prix d'or, je corrompis le cocher de l'actrice et lui donnai mes instructions; puis j'attendis. J'étais bien convaincu d'être guéri de ma passion. Cependant, j'éprouvais de violentes tentations de revoir Madeleine, de juger de son talent, de sa beauté et de l'effet qu'ils produisaient sur le public.

Je cédai à ce mouvement de curiosité, indécis encore de l'effet que produirait sur moi cette expérience.

Je me rendis au théâtre, sombre et froid, sans penser un instant que je pourrais faillir à ma mission. Cette expérience fut décisive, ma haine l'emporta. Il en eût été autrement, que je n'eusse pas agi comme j'ai fait. Il y avait quatre ans que je n'avais pas vu Madeleine. Je la revis plus belle, plus gracieuse que je l'avais quittée. Elle eut un grand succès. Eh bien! tout cela, au lieu de m'inspirer des regrets, de faire naître en moi le désir d'un rapprochement, ne fit que me rendre plus furieux. J'eus beaucoup de peine à commander à ma colère. Un instant, je fis un mouvement pour me précipiter sur la scène et tuer la misérable qui m'avait déjà tant fait souffrir.

La seule pensée qu'en tuant Madeleine ma vengeance serait incomplète, puisqu'elle n'atteindrait pas son complice, me fit renoncer à ce projet.

Sur une place déserte, à minuit, le cocher de Madeleine s'arrêta. Nous pénétrâmes dans la voiture et bâillonnâmes la duchesse, sans qu'elle eût le temps de jeter un cri; puis, les deux coupés sortirent de Londres. Hors de la ville, je pris ma femme auprès de nous. Elle était enlevée. A la pointe du jour, nous étions au bord de la mer, où, à un endroit convenu et isolé, nous attendait un petit yacht, dont l'équipage m'était dévoué.

La traversée fut bonne; nous débarquâmes en France aussi furtivement que nous avions embarqué en Angleterre, sans remplir les formalités de douane. Au reste, pour ne pas attirer l'attention, nous n'avions aucun bagage.

De Grandville ici, nous vînmes en poste; tu conduisais la voiture, et seul j'accompagnais la duchesse: un postillon, monté en courrier, nous précédait, afin de faire préparer nos chevaux et ramener ceux dont nous nous servions.

Arrivés ici, nous trouvâmes le château désert. Sous le prétexte d'y faire faire quelques réparations, j'en avais congédié. tous les domestiques. Tu sais en quoi consistait la réparation qu'il s'agissait de faire : c'étaient les futurs appartements de Madeleine que je voulais faire construire. Des ouvriers étrangers furent seuls chargés de ce travail, et ils s'en allèrent convaincus qu'ils avaient eu affaire à un original, qui, de son vivant, se faisait faire un tombeau à son gré.

Quand la duchesse arriva, tout était prêt pour la recevoir. Le rôle horrible que j'ai rempli depuis, celui de bourreau, commença. Nous descendîmes Madeleine dans sa chambre. Quand à elle, forte et douée d'un caractère intraitable, comprenant, elle dédaigna de proférer une plainte, et s'entêta à ne pas vouloir me révéler le nom de son complice.

Ceci se passait en 1829, nous sommes en 1846. Depuis, j'ai souvent revu la duchesse; avec elle j'ai usé de tous les moyens : mes prières, mes menaces, mes promesses n'ont pu rien obtenir d'elle.

Son entêtement a eu raison de ma cruauté, et je puis affirmer qu'aujourd'hui le bourreau est plus usé que la victime.

Celle-ci n'est pas prête à crier grâce; celui-là a certaines heures de doute, a des remords, et se demande s'il avait le droit de faire ce qu'il a fait, de châtier une créature de Dieu d'une façon aussi cruelle....

Aujourd'hui la comtesse passe pour morte, grâce à ton témoignage et à celui du docteur Alghiéri; son acte mortuaire a été dressé comme si elle avait péri dans un naufrage fait sur la mer Parthénopéenne.

Son fils, j'ai eu peu de peine à le retirer d'une pension où elle l'avait mis avant de partir pour Londres. Elle l'y avait fait entrer comme étant mon enfant, je n'eus qu'à prouver mon identité pour qu'on me le rendit.

Cet enfant eût pu devenir une consolation pour moi. Dans le principe, je l'aimai de toutes les forces de mon âme.

Madeleine se devait à elle-même de m'enlever cette consolation. Au reste, ce fut sans le vouloir, et dans un moment de colère, qu'elle fit le malheur de son fils, et qu'elle me divulga un secret qu'elle eût bien certainement gardé si elle eût pu prévoir les suites de son indiscrétion.

Un jour que j'étais descendu auprès d'elle et qu'il m'était déjà venu quelque soupçons sur la légitimité de son fils, elle me demanda à voir Léonce. Je lui répondis, afin que dans un élan de douleur maternel, elle éclairât mes doutes :

— Votre enfant, madame, vous ne le verrez plus, il est mort.

— Misérable ! Assassin ! s'écria-t-elle ; il a fallu qu'il sacrifiât à sa haine un innocent. Vous l'avez fait mourrir, cet enfant, n'est-ce pas ?

— Madame....

— Eh bien, tant mieux ! reprit-elle avec furie ; maintenant qu'il est mort, je pourrai tout vous dire ; la crainte que vous rendiez mon fils malheureux, que vous le déshéritiez, m'empêchait seule de parler. Désormais, je pourrai vous rendre douleur pour douleur. Si vous me torturez, je vous supplicierai. Écoutez-moi donc ; non, je ne vous ai jamais aimé, j'avais même un amant quand je vous ai connu ; cet amant, je ne pouvais l'épouser, il n'était point assez riche, et, je vous l'avoue sans honte, il me fallait un homme riche, un niais, un imbécile, qui fît ma fortune et celle de mon préféré. Quand je cédai à vos transports, vous crûtes à mon amour, insensé que vous êtes ! Au lieu de vous aimer, je vous fis tomber dans un piége. J'étais enceinte, ne devais-je pas m'assurer contre l'avenir, et songer à faire une position à mon enfant? Aujourd'hui, je puis vous le dire, cet enfant n'était pas le vôtre, je ne vous ai jamais aimé ; au contraire, je vous haïssais depuis que vous aviez blessé mon amant dans la forêt de Château-Renaud, au moment où il m'enlevait. Devenu riche par la mort de son père, je pouvais vivre enfin avec lui. Je n'ai jamais voulu vous avouer toutes ces choses, afin, je vous l'ai dit, de ne point vous enlever vos illusions quant à la légitimité de votre paternité. Il n'y a qu'une chose que je ne vous avouerai pas, que vous ne saurez jamais, c'est le nom de l'homme que j'ai aimé, je ne veux pas sa mort, au contraire, et vous le tueriez si vous le connaissiez. Quant à céder aux promesses que vous me faites de me rendre à la liberté, si je vous livre ce secret, j'en fais peu de cas. Vous ne les tiendriez pas, et, à votre place, j'en ferais autant Aussi, rassurez-vous, je ne serai jamais votre dupe comme vous avez été la mienne.

A ces mots, je m'enfuis. Vingt fois pendant cette longue et virulente apostrophe j'avais été sur le point de me jeter sur la duchesse et de la broyer sous mes pieds. Je m'éloignai, afin de ne pas céder à ma colère.

Depuis, elle a eu raison ; si je l'ai torturée, elle m'a fait endurer mille supplices, et je ne saurais dire celui qui de nous deux a le plus souffert.

De son fils je ne lui en ai jamais reparlé. Je me contentai de tenir Léonce éloigné de moi. Quand il fut majeur, je lui comptai huit cent mille francs, c'était le chiffre de la dot que j'avais reconnue à sa mère. J'ajoutai six cent mille francs pour les intérêts cumulés de la première somme. Aujourd'hui, aux termes de la loi, je ne dois pas une obole à mon fils. Tu sais comment j'ai cessé de voir ce dernier en lui signifiant d'une façon positive que sa présence ici m'était désagréable.

Il avait commis la simple faute de parler en termes peu convenables d'Angèle et d'Oscar. Je voulais un prétexte pour le bannir de ma présence, je trouvais celui-là bon, je m'en servis sans donner aucune autre explication à Léonce. Il pouvait se passer de moi ; je ne voulus pas, par des révélations qui l'eussent affligé, lui faire expier des fautes dont il est innocent, comme tu l'as dit.

Quant aux enfants dont je viens de parler, en quelque sorte veuf à trente-six ans, ne voulant en rien user de l'acte de décès de ma femme pour me remarier, je connus Mlle Agathe ; elle était orpheline, je me décidai à lui faire une position, je la pris comme gouvernante. Angèle, la charmante jeune fille que tu sais, est le fruit de cette liaison. Si depuis je me suis brouillé avec Agathe, si nous nous évitons, c'est parce qu'elle a eu pitié de Madeleine et qu'elle a essayé, dans son inconcevable faiblesse, de faire évader la duchesse, après m'avoir cent fois tourmenté pour que j'apporte quelque soulagement à la position de la prisonnière.

Agathe est bavarde et faible ; après ce qui c'est passé, si je ne craignais qu'une fois hors d'ici elle ne divulguât mes secrets, je la renverrais du château. Toujours est-il qu'elle sait qu'elle ne doit pas approcher de mes appartements, et que le bonheur et la fortune de sa fille sont au prix de son silence.

Quant à Oscar, on dit vrai, tu le sais, en affirmant que c'est un enfant trouvé. Je l'ai pris à l'hospice de Tours, dans l'intention d'en faire le mari d'Angèle. Un enfant trouvé et une enfant naturelle n'auront rien à se reprocher. Sous le rapport de la fortune, ils me devront tous deux la leur. De cette façon, en se mariant, ils ne se mésallieront pas et pourront être heureux ; je crois qu'ils le seront car ils s'aiment.

C'est tout ce que j'avais à te dire, Mohamed : de ton côté n'as-tu aucune confidence ? N'as-tu rien à me dire pour détruire mes soupçons quand à Léonce ? Je te préviens que le moment est solennel. Juges-en : je vais, pour ne rien avoir à me reprocher, te confronter avec la duchesse ; puis, si cette dernière entrevue ne jette aucune lumière sur mon affreuse position, que je ne me sens plus la force de supporter, en remontant ici, je vendrai une partie de mes propriétés et ferai mon testament en déshéritant Léonce de tout ce que je pourrai, soit par voie de donation, soit par d'autres moyens. Ensuite, je marierai bien vite Angèle et Oscar, et ainsi qu'Agathe, les éloignerai d'ici. Puis, je congédierai tous ceux qui m'entourent. Alors, Mohamed, avec une petite fortune en poche, tu pourra retourner dans ta patrie et y finir tes jours.

— Mais vous, monsieur le duc ? s'écria le vieux mameluck avec une vive anxiété.

— Moi, fit le duc avec conviction, je te le répète, je ne peux plus supporter ma position ; mon rôle de bourreau me fait horreur, il faut qu'il finisse ; je m'enfermerai ici, et en me délivrant de mes tortures, j'enverrai mon âme au diable.

— Et Mᵐᵉ la duchesse ?

— Le geôlier mort, la prisonnière mourra à son tour.

Mohamed resta muet d'horreur. Il savait que le duc, s'il parlait comme il faisait, était homme à ne pas dire de pareilles choses sans être bien décidé à les faire.

— Tu n'as rien à me dire, Mohamed ? reprit le duc.

— Non, dit le mameluck d'une voix étranglée.

— Il est encore temps.

— Je ne sais rien.

— C'est bien ; alors viens voir la duchesse, tu jugeras de l'effet que dix-huit ans de captivité ont produit sur elle.

— Dispensez-moi de cette entrevue, dit Mohamed d'une voix suppliante et en tremblant.

— Non, viens.

Sur ces mots, le duc, par une pression du pied, fit jouer un ressort habilement dissimulé dans le parquet, une trappe s'ouvrit à deux pas de Mohamed. Elle livrait accès sur un escalier étroit en pierres de granit. Ce passage était obscur, effrayant.

On n'en voyait point le fond, il ne s'en échappait aucun bruit; cependant il conduisait à la demeure d'une créature humaine.

On eût dit une oubliette de quelque féodal manoir du moyen âge.

XVI

UNE MADELEINE NON REPENTANTE.

Le duc alluma une bougie, la montra à Mohamed en lui disant :

— Prends ce flambeau, tu sais le chemin, tu vas éclairer la marche.

Mohamed obéit; il était tout tremblant, son teint bistré rendait sa pâleur comme verdâtre. Quant à M. des Uzelles, il était ému sans doute, mais son émotion n'était point visible sur son visage. Il paraissait impassible.

Les deux hommes descendirent trente marches environ — à cette profondeur en terre l'atmosphère, hiver comme été, avait toujours une température moyenne — et arrivèrent devant une porte que le duc ouvrit à l'aide d'une clef qu'il portait toujours sur lui.

Cette première porte ouverte, on pénétrait dans un couloir long et étroit percé dans le roc — circonstance qui rendait le souterrain aussi sec et aussi habitable que la chambre la mieux aérée. — A l'extrémité du couloir se trouvait une seconde porte devant laquelle s'arrêtèrent bientôt le duc et son confident. Ces deux derniers et M¹¹ᵉ Agathe étaient les seuls habitants du Rideau qui connaissaient cette disposition souterraine du château. Seuls, ils étaient au courant de l'existence de la recluse et savaient les motifs de la terrible séquestration.

Pour la nourriture de Madeleine, le duc s'arrangeait de façon à n'éveiller les soupçons d'aucun de ses domestiques.

Il mangeait toujours seul. Mohamed le servait dans son cabinet; et, de cette façon, il pouvait sans inconvénient partager avec la captive sa nourriture, ses repas étant toujours fort copieux et recherchés, en raison de sa double réputation de gastronome et de fort mangeur. Le mameluck, sans que personne se permît jamais de contrôler sa conduite, s'adjugeait les restes de la table de son maître, de sorte que rien de ce qui était servi chez ce dernier ne retournait à l'office.

Le duc ouvrit la seconde porte, et son guide et lui se trouvèrent dans une sorte d'antichambre sur laquelle donnaient trois portes ne fermant qu'aux pênes des serrures.

Ils étaient dans l'appartement de la duchesse.

Le duc frappa à la porte du milieu. Une voix fraîche et sonore répondit :

— Entrez.

M. des Uzelles et Mohamed pénétrèrent aussitôt dans le salon de la duchesse. Cette pièce était luxueusement meublée, éclairée par une lampe d'albâtre à verres dépolis et très bien aérée, grâce à un système de ventilation.

La prisonnière, sous les rapports de l'air et de la lumière, était dans une position analogue à celle du mineur.

Mais ce qu'il y avait de plus curieux, de plus extraordinaire dans cette oubliette, c'était l'habitante.

Madeleine avait quarante-trois ans, la taille majestueuse, l'air hautain. Elle portait une robe de velours noir sur laquelle tranchaient un col et des manchettes d'une blancheur éblouissante.

A la voir dans le jour où elle se trouvait, la duchesse paraissait avoir à peine 28 ans, elle semblait être dans cette plénitude de beauté qu'acquiert la femme à trente. Il était facile de juger qu'elle avait été admirable, car elle était encore fort belle. Son visage était d'un oval très pur, ses traits fins et doués de beaucoup d'expression. Son profil avait cette beauté sévère et gracieuse à la fois des statues grecques ou de la Vénus de Milo. Le front était haut et intelligent, le nez droit, la bouche d'une finesse exquise. Madeleine avait le teint pâle et diaphane, les lèvres pourpres. Ses yeux noirs et étincelants semblaient avoir la profondeur d'un abîme. Ses cheveux épais, rebelles au peigne et disposés avec une coquetterie austère, seyaient bien, avec leurs reflets d'un noir bleu, à sa physionomie.

L'inaction sans doute avait développé l'embonpoint de la duchesse, mais elle se tenait droite et majestueuse.

Les ennuis et les chagrins semblaient s'émousser et n'avoir aucune prise sur ce cœur de fer, sur cette âme de bronze.

On eût été tenté de croire que le duc avait raison en affirmant que le bourreau avait plus souffert que la victime et qu'il serait usé avant elle.

En voyant son mari, Madeleine eut un sourire dédaigneux; son front se plissa d'une ride menaçante; sous ses sourcils froncés, ses prunelles lancèrent un fugitif éclair, un tremblement nerveux agita sa main fine et potelée.

Il y avait dans tout son être quelque chose de la chatte en colère qui, à l'approche d'un ennemi, couche les oreilles, plisse ses lèvres par un rictus qui n'a rien de rassurant et hérisse ses poils, en se ramassant, afin de mieux se défendre ou de fuir plus rapidement.

Elle voyait rarement le duc; celui-ci ou Mohamed, quand l'un ou l'autre lui apportait des vivres ou des effets, les déposait sur le palier de la petite antichambre et se retirait sans bruit.

Un silence se fit entre les deux époux. Tous deux songeaient à une entrée en matières pour l'entretien peu amical qui allait avoir lieu.

Chacun d'eux réunissait ses forces avant de commencer la lutte.

La duchesse devait porter le premier coup.

— Monsieur le duc, dit-elle avec une hautaine ironie, vous tombez bien, en venant me faire une visite...

— Madame, croyez bien qu'il m'a fallu un motif sérieux...

Entre lui et le mourant, il y a le marquis de Siperlo.

— Pour venir voir votre femme, dit la duchesse en l'interrompant; cela se comprend, dans les termes où nous sommes. Enfin, quoi qu'il en soit, j'ai une grâce à vous demander, c'est pourquoi je suis ravie de vous voir.

— Laquelle ? demanda M. des Uzelles, qui, tout en poursuivant impitoyablement sa vengeance, n'avait jamais eu le courage de torturer matériellement Madeleine, en lui refusant quoi que ce fût des choses qu'elle avait désirées.

— Je voudrais, dit Madeleine sans se départir de son sourire plein de fiel, que vous fissiez mettre des verrous intérieurs aux portes de ma prison. De cette façon, je serais chez moi, et pourrais me dispenser de recevoir votre visite, quand elle me déplairait.

La lutte était commencée. La première injure était sortie de la bouche de Madeleine, qui, depuis huit ans que durait sa captivité, connaissait bien son geôlier.

En tout autre moment, et ayant des idées moins sérieuses en tête, le duc se fût irrité de cette injure. Cette fois l'épigramme glissa sur lui comme une goutte de pluie sur une cuirasse bien graissée, il répondit pourtant :

— Madame, je ne manquerai pas de combler vos désirs, car les verrous dont vous parlez m'éviteront le désagrément de vous écraser un jour dans un moment d'affreux dégoût, comme on tue une araignée, un crapaud ou toute autre bête immonde.

M. des Uzelles s'était exprimé avec un calme dont la duchesse resta toute surprise. Dans sa prison elle avait vu tant d'élans de colère et de rage de l'homme qui s'intitulait son bourreau, à elle! Le sang-froid de son mari l'effraya plus qu'un fougueux emportement

— Au reste, reprit le duc, j'y pense, cette mesure devient inutile, car notre position est si près de se décider, que j'espère que c'est notre dernière entrevue. D'une façon ou de l'autre, nous n'avons plus longtemps à vivre.

— Vous m'avez dit cela bien souvent, monsieur le duc; mais, comme tant d'autres, vous avez au cœur une espérance qui vous empêche de trancher par un effort les difficultés de la situation. Je ne crois donc pas un mot de ce que vous dites. Vous pouvez le penser sérieusement, mais c'est tout; le moment de l'exécution venu, la force vous manquera. Oh! que j'ai une excellente idée d'entretenir cette fameuse espérance, c'est elle qui m'a sauvée! C'est elle qui nous fera vivre longtemps, car, comme je me trouve très bien ici, je vous avoue que je ne suis nullement pressée de mourir.

— De quelle espérance voulez-vous parler, madame? dit M. des Uzelles.

— N'espérez-vous pas toujours que je finirai par vous livrer le nom de celui que vous appelez mon complice?

— Non, fit froidement le duc, je n'espère plus cela.

— Ah! ah! dit Madeleine, vous le dites...

— Je vais vous en convaincre, reprit le duc avec ce calme qui étonnait Madeleine. Asseyez-vous, madame, assieds-toi, Mohamed, et écoutez-moi tous les deux.

La duchesse et le mameluck firent ce que désirait M. des Uzelles, qui, s'étant assis lui-même, reprit l'entretien en ces termes :

— Combien y a-t-il de temps que je vous ai annoncé la mort de votre fils, madame?

La duchesse fut si surprise de la demande, qu'elle ne sut que répondre à son mari. Ce dernier, depuis le jour où il avait signifié à la prisonnière la mort de Léonce, n'avait plus parlé de cet enfant.

Peu importe l'année, dit-il; l'important est que Léonce n'est point mort.

Cette révélation inattendue fit pâlir la duchesse, et alluma un éclair dans ses yeux. Revenue de son effroi, elle pensa que son mari, par quelque nouvelle combinaison, voulait la tromper, afin de lui arracher son secret.

— Je ne vous crois pas, dit-elle résolûment.

— Demandez à Mohamed, fit le duc.

Madeleine interrogea le mameluck d'un regard perçant et inquisiteur. [Elle cherchait à lire dans la pensée du vétéran.

- M. Léonce, marquis des Uzelles, existe, dit ce dernier d'une voix grave.

— C'est faux, s'écria la duchesse ; maître et valet, vous, mes ennemis acharnés, vous vous entendez pour jouer cette ignoble comédie, pour infliger une nouvelle torture à mon cœur de mère : mais vous perdez vos peines, l'amour maternel est mort en moi ; depuis si longtemps je suis convaincue que mon fils est mort, qu'après avoir longtemps pleuré, je me suis habituée à l'idée de ne plus avoir d'enfant. Si le mien existe, que m'importe…

— Nous verrons bientôt si votre sensibilité, à l'endroit de votre fils, est aussi émoussée que vous le dites, reprit M. des Uzelles ; établissons d'abord que Léonce existe. Voici la reddition de compte de tutelle que je lui ai faite il y a six ans, en le faisant émanciper. Vous voyez, madame, que j'ai agi loyalement avec lui : capital et intérêts, je lui ai compté jusqu'au dernier centime la dot que je vous ai reconnue et que vous ne possédiez pas. Cette pièce, ainsi que l'acte d'émancipation, sont authentiques et indiscutables. Maintenant, voici les lettres de votre fils, de son notaire, de ses créanciers ; je les ai toutes reçues depuis la majorité de Léonce ; il y en a datées d'un des jours de cette semaine. Vous voyez donc bien que votre fils existe.

Madeleine qui avait examiné les papiers, à mesure que le duc les lui faisait voir, commençant à être convaincue, s'écria :

— Mais, monsieur, quel était donc votre but, il y a quinze ans, en m'apprenant la mort de Léonce.

— Madame, fit le duc, je dois vous avouer que, dans le principe, aimant beaucoup Léonce, je me surprenais parfois à avoir des doutes affreux sur la légitimité de sa naissance. Ces soupçons, à certains moments, refroidissaient singulièrement mon affection pour l'enfant. Je craignais alors d'être encore une fois dupe de votre perfidie, et je m'irritais à la pensée de tenir lieu de père au fils d'un homme qui, non content de me déshonorer et de me couvrir de ridicule, avait essayé de m'empoisonner.

Afin de vous arracher un aveu qui pût éclairer ces soupçons qui me torturaient et m'inspiraient mille arrière-pensées, j'eus recours au stratagème que vous connaissez maintenant, je vous signifiai la mort de Léonce. Vous vous rappelez la scène qui suivit cette révélation, vous prîtes à tâche de changer mes soupçons en certitude. Merci.

Un cri rauque, un cri de rage contenue s'échappa de la poitrine de la duchesse.

— Insensée que j'ai été, s'écria-t-elle, j'ai fait le malheur de mon fils.

A l'expression de la physionomie de M. des Uzelles, il était facile de voir qu'il se réjouissait de la douleur de Madeleine.

Il savourait sa vengeance.

— Non, madame, votre fils n'a pas été malheureux jusqu'à ce jour, mais il va bientôt l'être.

— Comment cela ? demanda la duchesse avec un anxieux empressement.

M. des Uzelles eut un mauvais sourire.

— Ah ! dit-il, je savais bien que j'aurais raison de cette insensibilité dont vous parliez il n'y a qu'un instant. Voyez-vous que l'existence de votre fils vous intéresse encore. Quelle curiosité à son sujet!

En effet, Madeleine, en apprenant que Léonce n'était point mort, avait senti des trésors d'amour maternel se rouvrir dans son cœur.

— Bourreau! dit-elle au duc.

— Je ne suis que juste, madame ; mais laissez-moi vous dire en quoi consistera le malheur de cet enfant qui vous est si cher.

— Parlez, monsieur.

— Léonce est ruiné, fit le duc ; en ce moment réduit aux expédients, il se débat entre les mains des usuriers. Avant un mois il sera dans la misère. Quel monstre, la misère ; vous en savez quelque chose, madame.

— Oh! mon Dieu, dit Madeleine, en laissant tomber sa tête entre ses mains.

— Et savez-vous où la misère conduit, madame? reprit le duc : elle conduit les femmes faibles à la prostitution, les femmes fortes et ambitieuses à l'adultère, à faire ce que vous avez fait. Elle conduit un homme au déshonneur, au suicide, au crime ; que sais-je, moi? Voyez-vous maintenant l'avenir de votre enfant? tout cela de votre faute. Tels seront, madame, les résultats de votre inconduite.

Madeleine tenait encore bon ; une idée, une espérance venait de surgir dans son esprit.

— Non, monsieur, dit-elle résolûment, votre prédiction ne se réalisera pas, ne peut pas se réaliser ; je vous connais, vous êtes fier de votre nom, vous ne le laisserez pas déshonorer par un homme que vous ne pouvez empêcher de le porter.

— Vous vous trompez, madame ; j'ai quatre millions de fortune ; eh bien, je ne donnerai pas une obole pour sauver votre fils. Quant à l'empêcher de faire des choses déshonorantes, je ne serai plus là pour cela.

— A vous entendre on dirait déjà que vous êtes mort, dit la duchesse avec ironie.

— Je le serai avant peu, et vous aussi, dit le duc ; voici comment.

Il répéta à la duchesse ce qu'il avait dit à Mohamed, quand à ses dernières intentions.

Pendant qu'il parlait, la duchesse avait affreusement pâli.

— Alors, vous mort, s'écria-t-elle, je périrai de faim dans ce souterrain?

— Pourquoi pas? lui répondit M. des Uzelles avec un calme effrayant.

— Mais c'est affreux! dit Madeleine.

— A moins pourtant que la mort par la famine vous effraye trop, reprit le duc, et que vous préfériez vous empoisonner. J'ai pensé à cela ; tenez, voici une charmante bonbonnière qui renferme de cette poudre magique avec laquelle vous avez essayé de m'empoisonner à Portici.

Le duc déposa une petite boîte en vermeil incrustée de pierreries sur un guéridon.

Puis il continua, sans cesser de regarder le charmant bijou :

— Et quand, sur le point de mourir, vous penserez à votre fils, vous vous direz, en jetant un regard sur cette bonbonnière : « Le malheureux, s'il avait cette boîte qui vaut dix mille francs, peut-être serait-il sauvé !... » Vous vous direz cela, duchesse, et cette boîte restera ici pendant que votre fils emploiera son dernier louis à acheter le pistolet qui servira à son suicide.

Comment trouvez-vous que je me venge?

Madeleine était furieuse, mais sans éprouver ni remords ni regret, elle ne songeait pas à implorer la pitié de son bourreau. A quoi bon? le duc devait être inexorable Elle ne pensait qu'à trouver des armes pour se défendre, afin de rendre épigramme pour épigramme.

— Ce n'est pas tout, continua le duc: Léonce n'a jamais eu aucune raison pour mépriser ou haïr sa mère; eh bien, en mourant, je lui laisserai un écrit dans lequel je l'informerai de votre vie entière. De cette façon, il saura que c'est à vous qu'il doit son malheur, et il ne pourra faire autrement que de vous maudire...

Ce dernier coup acheva d'exaspérer Madeleine. Sur le terrain où se déroulait l'entretien, elle était forcée de s'avouer vaincue.

Mais cette femme avait des instincts de tigresse; un crime était incapable de l'arrêter; la vue du sang d'un ennemi devait l'enivrer de joie.

De plus, elle avait l'esprit d'expédients, l'âme machiavélique et la décision prompte. Elle pensa à jouer le tout pour le tout.

— Si le duc venait à mourir subitement ici, pendant qu'il est là, se disait-elle, il n'a encore fait aucun testament; mon fils hériterait de lui, je parviendrais peut-être à m'échapper pendant que Mohamed s'empresserait à secourir son maître...

Madeleine, tout en observant le duc, caressait du regard un couteau de table dont elle se servait pour ses repas, et qui se trouvait à sa portée.

Elle parvint, à l'aide de mille ruses, de vingt faux mouvements, à s'en emparer, sans que M. des Uzelles s'en aperçût.

— Tout cela vous pourriez l'éviter..... continuait ce dernier.

Il n'acheva pas, Madeleine se précipita sur lui en disant:

— Et je l'éviterai.....

Elle ne put finir sa phrase, et s'était trop pressée de chanter son triomphe; Mohamed qui l'épiait et ne l'avait point perdue un instant du regard, venait de lui arrêter le bras au moment où elle allait frapper son mari.

Il n'eut pas de peine à lui retirer le couteau des mains. Madeleine, furieuse, écumait comme une épileptique, et se débattait sous la main de fer du mameluck.

— Merci, Mohamed, dit simplement le duc à son confident; je sais maintenant ce que je voulais savoir, que tu n'a jamais pu être le complice de cette femme, comme elle a eu l'audace de me l'affirmer. Viens, laissons cette furie à ses emportements et à sa rage.

Les deux hommes se retirèrent. La femme adultère, prostrée, éperdue, folle, terrassée par l'excès même de sa colère, s'affaissa comme une masse sur le tapis du salon où avait eu lieu le terrible entretien.

XVII

LES USURIERS OU LES VOLEURS EN GRÈVE AUX PRISES AVEC UN FILS DE FAMILLE AYANT UN PÈRE MILLIONNAIRE ET MAL DISPOSÉ A SON ÉGARD.

Ce fut le matin même de la scène que nous venons de raconter, que Guiffart, comme nous l'avons dit, vint s'installer à Château-Renaud.

Il venait pour se renseigner sur la position du marquis des Uzelles, afin de mieux juger de ce que la société usurière pouvait prêter à Léonce, qui, par lui-même, n'offrait plus de garanties suffisantes pour de nouveaux prêts.

Guiffart était aussi habile qu'astucieux, et avait, comme on sait, l'inappréciable talent, pour le périlleux métier qu'il faisait, de se grimer avec un art prodigieux. Il savait s'approprier tous les airs et tous les costumes, et au besoin baragouiner tous les patois. En Tourraine, à Château-Renaud, il devait se faire passer pour un Berrichon.

Comme il avait compris que son entreprise présentait mille difficutés, et qu'il ne pénétrerait pas facilement dans la demeure du misanthrope, il avait endossé une livrée de circonstance, qui, à cette époque, lui permettait de se glisser partout dans les habitations des campagnes, aussi bien dans l'antichambre du château que dans la salle commune de la métairie.

Il s'était habillé en marchand forain, colportant des toiles et des cotonnades de village en village.

Il y a vingt ans ces magasins de nouveautés portatifs étaient dans les mœurs de nos campagnes. Les ménagères villageoises ne s'approvisionnaient guère qu'auprès de ces marchands.

Guiffart fit son entrée à Château-Renaud, la balle sur le dos, un bâton noueux à la main, à peu près à la même heure que la Paula arrivait en chaise de poste dans sa charmante résidence de Château-la-Vallière; Léonce devait arriver le lendemain ou le surlendemain.

Les deux jeunes gens avaient pensé à sauver les apparences, afin d'échapper aux critiques de mauvais goût de leurs futurs voisins.

La Paula et le spadassin, dans cette affaire, devaient naturellement agir de concert. Si le duc était l'homme dont l'Espagnole désirait se venger, il était aussi celui que Guiffart espérait dépouiller.

Au reste, les deux complices, avant de quitter Paris, avaient ébauché un plan de conduite. M. de Courville, qui se prétendait personnellement l'ennemi du misanthrope, et son noble ami de Mercœur, toujours disposé quand il s'agissait de s'approprier le bien d'autrui, formaient le corps de réserve de l'armée dont Paula et Guiffart étaient les éclaireurs.

Entre les mains de ces forbans, Léonce ne devait être qu'une machine.

A Paris Juliette, avec Ali pour défenseur, habitait le petit hôtel de la Paula où elle recevait son père, qui, de cette façon, pouvait tranquilliser les habitants du pavillon vert sur son compte à elle. Horace et Trinquefort, gardés par le fidèle Boit-Sans-Soif, gémissaient toujours sur leurs lits de douleur, Reine et M. Berlingot complotaient pour marier le capitaine et Juliette; le dernier se fatiguait en marches et contremarches, afin de joindre Mlle Lamy qu'il ne trouvait pas.

Ce regard rapide jeté sur la position de chacun de nos personnages, revenons au bourg du Château-Renaud, où Guiffart en arrivant s'était installé dans l'auberge la plus fréquentée. Là, le faux colporteur prit des renseignements sur les villages et propriétés des environs. Grâce à quelques bouteilles de vin vieux, il n'eut pas beaucoup de peine à faire bavarder son hôte. Avec l'astuce d'un véritable maquignon, le spadassin amena adroitement ce dernier à parler du Rideau.

— Oh! quand à pénétrer dans le château, fit le loquace aubergiste, quoiqu'il y aurait sans doute quelque chose à faire, je doute fort que vous parveniez à vous y introduire; le duc et tous les gens qui l'entourent, femmes ou hommes, sont si ours, qu'ils ne reçoivent guère plus de monde chez eux qu'ils ne vont chez les autres.

— Mais le fils du duc? dit Guiffart.

— Oh! mon cher ami, c'est comme s'il n'existait pas. Il y a plus de six ans qu'il n'est pas venu ici.

— Qu'a-t-il donc fait à son père?

— On ne sait rien de positif à ce sujet, mais on jase sur deux enfants que le duc a en quelque sorte adoptés et sur lesquels il a reporté toute son affection.

— Et le fils ne s'effraye pas de cette position? demanda Guiffart.

— Dame, je ne sais trop; mais que voulez-vous qu'il y fasse?

— Si son père le déshéritait?...

— Dame, cela pourrait bien arriver.

Guiffart, peu après cet entretien, reprit son bâton de voyage, et remit sa balle sur son dos, puis se rendit au château du Rideau, où il fut assez heureux et assez adroit pour se renseigner. Il apprit que le mariage de M. Oscar et de Mlle Angèle était entièrement décidé; que le duc prenait des mesures pour vendre ses propriétés et aliéner sa fortune, afin de ne point la laisser à Léonce.

— Diantre! se dit le spadassin, il était temps que j'arrivasse....

Guiffart, sur cette réflexion qui peignait bien son inquiétude, s'empressa de s'éloigner du Rideau, où sa présence eût pu éveiller quelques soupçons dans l'esprit des rares habitants de cette intéressante localité.

Sa précipitation à quitter le pays trahissait son projet bien arrêté d'y revenir sans s'exposer à y être reconnu, en raison d'un séjour trop long fait pendant un premier voyage.

De retour à Château-Renaud, le spadassin se mit à sa correspondance. Il écrivit au marquis de Courville, afin de le mettre au courant des derniers événements, puis il s'empressa de donner l'ordre au Ribouilleur de venir le rejoindre dans le plus bref délai.

Ces mots: *affaire des plus pressantes* formaient un *postscriptum* à cette seconde missive. Selon Guiffart, il devait communiquer la rapidité de la foudre au faux chiffonnier.

Ces deux missives parties, le spadassin commença à rédiger ses plus secrètes et dernières instructions à la Paula. Comme il avait de grands ménagements à prendre avec la jeune femme, il mit au moins deux heures à écrire cette importante confidence dont il pesa tous les mots, afin d'éviter de se compromettre pour l'avenir.

Guiffart, ces différentes affaires terminées, s'enferma chez lui, et commença à y vivre en vrai sybarite, en attendant l'effet des mesures qu'il venait de prendre...

Jugeons, en ce qui concerne la Paula, de cet effet avant Guiffart lui-même ; transportons-nous au Château-la-Vallière, où Jeanne, six heures après son arrivée, vient de recevoir l'exprès que lui a dépêché son complice le spadassin.

La villa que la Paula n'a pas eu la peine d'acheter de la compagnie usurière, car celle-ci s'est contentée de la mettre à sa disposition pour un temps indéterminé, afin qu'elle pût conduire à bonne fin l'entreprise à laquelle tant de monde s'intéresse, est une charmante résidence comme il s'en trouve plusieurs en Touraine, où ceux qui cultivent les douceurs et les plaisirs de la villégiature, s'adonnent à cette innocente passion avec une confortable élégance sans jamais rien avoir du ridicule du bourgeois parisien, qui se fait tout les dimanches, pour passer quelques heures sur *ses domaines* et y recevoir ses amis, une existence beaucoup plus dure que celle qu'il mène à Paris pendant la semaine.

L'histoire de M. de Péravis et de Mlle Blanche, sa fille, racontée par Jeanne à Léonce, n'était point une fable inventée à plaisir ; au contraire, elle était vraie sous tous les rapports.

Le somptueux gentilhomme, en fin de compte, avait été victime de la Société de Courville et compagnie, qui lui avait donné le coup de grâce, à l'aide de ces mille fourberies en honneur et en pratique parmi la gent usurière.

Beau joueur, gentleman élégant, ignorant les affaires comme la plupart de ceux qui n'estiment l'argent que parce qu'il procure le plaisir, M. de Péravis, suivant l'expression consacrée par le vulgaire, avait été volé comme dans un bois.

En revanche, il était parti pour l'Amérique avec la conviction d'y refaire sa fortune et une haine terrible contre ceux qui l'avait ruiné.

— Si *là-bas* je réussis, s'était-il dit dans un moment où la colère fermentait dans sa tête, et que des désirs de vengeance grandissaient dans son cœur, je reviendrai, et alors malheur à ceux qui m'ont, à quarante-cinq ans, forcé à m'expatrier et à travailler pour sauver mon enfant chérie d'une existence misérable !

L'avenir apprendra au lecteur si M. de Péravis était homme à se souvenir de son serment et à le tenir.

Pour l'instant, revenons à Château-la-Vallière. Quelques détails topographiques sur la propriété de Jeanne et sur celle du jeune marquis des Uzelles, sont ici indispensables, afin de faciliter l'intelligence de faits qui vont s'accomplir, et qui auront une grande influence sur le dénoûment de notre drame.

Un parc planté aussi dru et en aussi beaux bois que si c'eût été une forêt, d'une contenance de deux cents hectares, entourait la propriété dont il protégeait sérieusemen-

Le marquis se promenait debout sur le toit.

les abords ; car, de trois côtés, il était entouré de murs de huit pieds de haut ; le quatrième côté était défendu par un saut de loup profond aux talus à pic.

Un large bassin toujours rempli d'eau entourait l'élégante demeure et en formait une forteresse presque imprenable.

Cette demeure elle-même, quoique d'une construction nouvelle et très élégante, avait un aspect féodal. Elle était flanquée de quatre tourelles, et ne correspondait avec le dehors que par un pont-levis.

La maison achetée par le marquis des Uzelles était située à une des extrémités du parc dont nous avons avons parlé. Elle avait autrefois dépendu de la propriété de M. de Péravis, qui avait eu l'intention d'en faire une sorte de ferme modèle à une époque où il avait eu la passagère manie de s'occuper d'agriculture, afin de réparer les brèches faites à sa fortune.

Les deux habitations, le château et la métairie, étaient au reste commodément distribués et parfaitement habitables.

Jeanne Paula était, par une belle matinée du mois d'août, seule dans un salon élégamment meublé du premier étage; elle tenait à la main la lettre de Guiffart, qu'elle venait de relire pour la troisième fois.

La jeune femme semblait triste et rêveuse. Cependant, par moments, un éclair de colère et de haine s'allumait dans ses yeux, ses sourcils se fronçaient.

Elle se leva en murmurant avec une sorte d'irritation :

— Serais-je lâche? ne serais-je plus Jeanne Paula?... Est ce que je n'aurais plus dans les veines du sang de ma mère Peperla...? Cet homme, ce chevalier de Guiffart, ce bandit, j'en suis sûre, m'indique le seul moyen de réaliser le rêve de ma vie, ma vengeance! Et c'est au moment où je sens cette vengeance assurée que je manque de cœur...

La Paula garda le silence pendant un instant. L'indignation qu'elle ressentait contre elle-même grandissant sans doute, elle reprit bientôt :

— Ce n'est pas la première faiblesse de ce genre que j'aie à me reprocher. Quelle raison avais-je de lui raconter cette histoire de Péravis? aucune. Quand je pense à cette confidence que je lui ai faite, je suis forcée de m'avouer que j'ai agi malgré moi et comme à mon insu, afin de le prémunir contre Guiffart et consorts, et le mettre en garde contre les embûches des usuriers auxquels je m'étais cependant promis de le livrer.

« Chose au moins étrange que l'impression que me produit cet homme, et plus étrange encore est ma conduite à son égard.

« Dans certains moments, il me semble presque l'aimer!...

« Dans d'autres, quand je réfléchis que c'est le seul homme qu'il ne me soit pas permis d'aimer, qu'au contraire c'est le seul qu'il faut que je haïsse, je frémis de rage, je m'indigne contre lui, et nous maudit tous deux. Je maudis mes complices de me l'avoir fait connaître; puis souvent je reviens à mes premiers sentiments, et je me persuade que son père n'est pas l'homme que je cherche.

« Oh! quelle terrible position!...

Jeanne se laissa retomber sur son siège avec accablement. Puis elle posa son front brûlant de fièvre sur ses deux mains, et se laissa aller à ses réflexions.

Pendant une heure elle resta ainsi recueillie; heure terrible, car elle la passa à décider du sort, de la fortune et de la vie de plusieurs personnes.

Enfin elle se leva et dit avec résolution.

— C'est demain qu'il arrive! Ce n'est plus l'heure de se demander : Que faire? Il n'y a plus à reculer... Mon parti doit être pris et irrévocable. Le moyen qu'on m'offre pour le perdre est bien odieux et bien lâche; certainement qu'il me répugne et que j'en préférerais un autre, mais il n'y a pas à choisir, c'est le seul. Allons, de l'énergie! je ferai ce que me conseille ce scélérat de chevalier : le sang de ma mère et de mes oncles crie vengeance...,

» Si plus tard, continua la Paula après avoir réfléchi une seconde, ces usuriers cherchaient à me perdre...

« Oh! non... dit-elle encore; s'ils devenaient jamais mes ennemis et qu'ils voulussent me punir de les avoir aidés à voler une fortune, n'ai-je pas en mon pouvoir Juliette et la folle de la Rochelle? Ne pourrais-je pas leur mettre sur les bras le capitaine Vigneul et ses amis qui ne les ménageraient point?

« C'en est fait! plus d'hésitations qui tuent, énervent et dégradent! Il arrive demain, j'agirai...

XVIII

LE PREMIER COUP DE LA PAULA

Le lendemain, à peu près à la même heure que la veille, la Paula se trouvait encore dans le salon, où comme feu Rabelais, à certain moment, elle avait passé un quart d'heure difficile.

Elle n'était pas seule dans ce salon.

Léonce, marquis des Uzelles, en costume de voyage complet, lui tenait compagnie.

Les deux jeunes gens étaient soucieux, presque tristes; un silence en quelque sorte glacial régnait entre eux.

Disons-en les raisons.

Galant et épris, Léonce, à peine arrivé à la métairie, s'était empressé d'accourir au château, afin de présenter ses hommages à Jeanne.

Jeanne était la seule femme qu'il eût encore aimée sérieusement; sans qu'elle lui eût fait le moindre aveu qui pût lui faire supposer qu'il était payé de retour, toutes les fois qu'il l'avait vue, il l'avait trouvée gaie, bienveillante, enjouée, spirituelle. S'il eût eu un reproche à lui faire, c'eût été celui de le traiter avec trop de coquetterie peut-être.

Ce jour, cela au moment où il venait de se ruiner pour satisfaire un de ses caprices, à elle, qu'il venait de quitter Paris et sa vie d'artiste, de faire cent lieues d'une traite pour se rapprocher d'elle et lui complaire, il la trouvait froide, sur la réserve et d'une insensibilité incompréhensible, surtout en raison de son caractère.

Qu'est-ce que Jeanne a?

Telle était la question que se posait le marquis sans pouvoir y répondre.

Debout et embarrassé, il contemplait la jeune femme avec anxiété, et n'osait l'interroger tant il craignait une réponse qui fût la condamnation de son amour.

Il souffrait.

Mais il avait l'âme grande et généreuse. Dans son supplice, n'entrait aucun regret du passé. Quoiqu'il fût littéralement ruiné, il ne songeait même pas à tous les sacrifices qu'il venait de faire, et que la Paula avait en quelque sorte exigés de lui. Il ne pensait nullement à se plaindre surtout.

Ce qu'il désirait, c'était connaître la cause des douleurs de la jeune femme, afin d'essayer d'y porter remède.

Quant à Jeanne, elle était sombre, soucieuse, et paraissait ne point s'apercevoir de la présence du marquis. A la voir, il était évident, pour quelqu'un qui la connaissait, qu'elle était sous le coup d'un chagrin vif et profond, de date récente.

En se prolongeant, le silence commençait à devenir embarrassant.

La Paula était parfaitement décidée à ne point le rompre. Elle voulait que Léonce, autant que possible, la forçât à parler. C'était habilement se placer sur la défensive. Les réticences qu'elle mettrait à faire ses aveux devaient faire le reste.

Enfin, quoique en tremblant, M. des Uzelles prit la parole :

— Comme je vous retrouve, señora, vous, si gaie, si heureuse avant-hier, en quittant Paris. Vous, si bien disposée à faire de notre séjour ici un long moment de bonheur, qu'avez-vous aujourd'hui pour être sombre, réfléchie? Que s'est-il passé? Que vous est-il arrivé? Qu'est-ce que cela signifie? Ayez, je vous en prie, pitié de mon inquiétude, car je suis sérieusement alarmé. Voyons, parlez..... de grâce expliquez-vous.....

— Marquis, répondit la Paula, nous sommes trop bons amis pour que je ne sois pas franche avec vous. Vous n'êtes pour rien dans le changement que vous remarquez. Vous ne devez l'attribuer qu'à l'effet d'une mauvaise nouvelle que j'ai reçue en arrivant ici, et qui m'a causé un profond chagrin. Ce chagrin, à quoi bon vous l'avouer? Il est de ceux qu'on ne confie qu'aux personnes qui peuvent vous en guérir.

— Que dites-vous, señora? reprit Léonce avec feu; douteriez-vous de mon affection et de mon dévouement? Que voulez-vous de moi?... Ma fortune, ma vie, mon honneur sont à votre disposition, que peut-on vous offrir de plus précieux?

A ces mots de Léonce dits avec feu, la Paula faillit retomber dans ses hésitations.

Une seconde son front rayonna. Elle se sentit fière et heureuse d'un amour aussi profond de la part d'un homme comme Léonce; mais cet éclair s'engloutit rapidement dans la nuit de sa haine.

Jeanne devait être inexorable.

— Votre fortune!... Votre vie!... Votre honneur!... dit-elle en espaçant ces exclamations et avec un sourire d'incrédulité mêlée d'amertume, les hommes sont toujours très prompts à offrir ces trois sortes de choses. D'autant plus prompts, qu'ils savent parfaitement que le sacrifice n'aura pas lieu, et qu'ils sont convaincus qu'une femme n'osera jamais l'exiger d'eux, mais si on les prenait au mot...

La Paula n'acheva pas sa phrase, le regard magnétique et fascinateur de ses grands yeux veloutés et étincelants s'arrêta fixement sur le marquis, comme pour sonder le fond de son cœur et de sa pensée.

Léonce supporta bravement cet examen plus qu'inquisitorial, et dit :

— Señora, vous me supposez donc un homme comme les autres?

Cette phrase qui n'eût été que banale, prononcée par un autre, fut sublime dans la bouche de Léonce, tant il mit à la dire de conviction, d'étonnement, de naturel et d'âme.

Ce fut au tour de la Paula à rester surprise.

— Non, reprit M. des Uzelles qui recouvrait sa hardiesse à mesure que l'entretien se continuait, et que l'espérance de pénétrer le secret de Jeanne grandissait en lui; je ne suis pas un homme comme les autres. S'il en eût été ainsi, vous, une femme étrange, sans rivale sous tant de rapports, m'eussiez-vous distingué parmi la foule d'adorateurs et de soupirants qui vous assiégeait, quand je vous ai connue? Non, c'est parce que, — je le dis sans prétention ni fatuité, — je suis un être à part, que c'est sincèrement que je vous offre ce que j'ai de plus précieux, que je compte tenir mes offres, et que je vous prie instamment de me prendre au mot. En vous parlant comme je fais, je n'ai qu'un regret, c'est que ma fortune ne soit pas plus grande, qu'elle n'égale pas celle des nababs indiens, mais il n'est guère possible que ce soit de ma fortune dont vous ayez besoin, vous qui n'avez jamais voulu accepter de moi la moindre bagatelle. Enfin, parlez.

— Alors, dit la Paula, en accompagnant sa phrase d'un adorable sourire, il faut que je prenne au sérieux la proposition que vous m'avez faite?

— Oui, mille fois oui, répondit l'amoureux qui brûlait d'impatience de savoir ce que Jeanne voulait de lui.

— Eh bien, dit résolûment Jeanne, je ne puis rien accepter de ce que vous m'offrez, mon cher ami, mais puisque vous voulez absolument connaître le motif de mes chagrins, je vais vous le dire en deux mots. Je suis ruinée, marquis, complètement ruinée.

— Ruinée! s'écria M. des Uzelles en pâlissant, à l'idée qu'il était absolument dans la même position que celle qu'il voulait secourir.

— Oui, reprit Jeanne, ruinée; j'ai reçu cette désastreuse nouvelle hier soir.

— Comment?... dit Léonce.

— Comment? Oh! mon Dieu, c'est bien simple, reprit l'Espagnole, la mort de mon mari m'ayant, il y a quatre ans, laissée maîtresse d'une fort belle fortune: quatre millions environ, je me trouvai fort embarrassée. J'étais dans la position d'une personne qui n'entend absolument rien aux affaires, et ne fait que dépenser l'argent sans lui rien faire rapporter. Dans cette situation, qui me semblait insupportable, parce qu'elle ne me laissait point l'esprit libre, je ne vis rien de mieux à faire que de suivre le conseil qu'on me donnait. Je plaçai ma fortune chez un riche banquier-armateur de Cadix, le Rothschild du pays. Comprenez-vous maintenant?

— Cet homme a fait banqueroute? dit Léonce d'une voix étranglée.

— Précisément.

— Mais cette propriété où nous sommes? demanda le marquis.

Le malheureux ne savait comment il allait faire, mais il voulait sauver la femme qu'il aimait. Comment pouvait-il avouer sa ruine à la Paula, après ce qui s'était passé eux à Paris?

Non, se disait-il, jamais je ne lui ferai cet aveu. Si je le lui faisais, que penserait-elle de moi? Que ruiné et réduit à de honteux expédients, je lui ai caché ma ruine dans l'intention de l'exploiter; que je ne l'ai jamais aimée pour elle, mais bien pour sa fortune. Que mon amour enthousiaste dont je lui parlais n'était qu'une affreuse comédie. Que je suis un misérable comme tant d'autres, rien de plus...

Non, j'ai manqué de franchise avec elle, c'est un grand tort ; n'aurais-je pas dû plutôt lui avouer ma ruine comme elle m'avoue la sienne, que de me mettre dans une position qui n'eût pas été tenable huit jours, sans ce qui arrive aujourd'hui ? Maintenant, je ne puis revenir sur la sottise que j'ai faite, sans faire apparaître ma conduite sous un jour odieux.

Puis, comment prendrait-elle cet aveu de ma ruine, quand il n'y a qu'un instant encore je lui parlais de ma fortune en la mettant à sa disposition ?

Elle me supposerait pour le moins un de ces hommes qui retirent leur parole aussitôt qu'on les prend au mot !

Et je viens de lui dire que je n'étais pas un homme comme les autres. En effet, à ses yeux, si je lui disais la vérité, je serais un homme à part, mais seulement parce que je serais plus mauvais, plus lâche que le commun des soupirants chassant à l'héritière ou à la veuve.

Toutes ces réflexions navrantes, et cependant pleines de logiques, M. des Uzelles se les était faites en une seconde pendant que l'entretien continuait.

Ce fut avec une sorte de terreur qu'il entendit cette réponse de Jeanne :

— Cette propriété, marquis, elle est payée ; mais comment l'est-elle ? en lettres de change sur le banquier-armateur ; il est évident qu'à présentation ces lettres de change ne seront pas payées ; alors, que ferai-je ?

Les trois derniers mots de la Paula retentirent comme un glas funèbre sur le cœur de Léonce. Celui-ci cherchait toujours un moyen de sortir Jeanne d'embarras. La position était désespérée, elle tenait de celle de l'homme qui, sachant un problème impossible à résoudre, s'épuise en vain, par orgueil ou entêtement, à lui chercher une solution.

Il ne répondit pas à la Paula tout d'abord, afin qu'elle parlât encore, pour se donner le temps de trouver.

— Oui, que deviendrai-je ? reprit Jeanne ; car il est à peu de chose près de mon hôtel de Paris comme de ma villa de Château-la-Vallière ; de sorte qu'il me reste seulement mes chevaux et mes équipages. Que faire avec une telle misère ? Oh ! la misère, quel mot affreux ! quel monstre ! quel spectre !... Tenez, franchement, marquis, vous avez eu tort de provoquer mes aveux ; vous nous faites à tous deux passer un mauvais quart d'heure : à moi en me forçant à m'attrister pour l'avenir ; à vous en vous créant un souci : un mouvement de pitié pour une créature à laquelle vous avez voué une certaine affection.

Ne pensons plus à tout cela, monsieur des Uzelles ; vous êtes riche, je suis pauvre, et trop fière pour accepter la moindre des choses de qui que ce soit ; nous ne faisons plus partie du même monde, nous ne devons donc plus rien avoir de commun. Dans deux jours je repars pour Paris, afin de remettre la gestion de mes affaires à quelqu'un de compétent que je chargerai de recouvrer les débris de ma fortune. Cette maison va sans doute être revendue, afin de rembourser ceux à qui je l'ai achetée. Nous ne serons plus voisins....

La Paula s'arrêta sur ces mots. Sa voix était émue ; quant à elle, elle tremblait; ses yeux au lieu d'être étincelants étaient devenus humides et voilés.

Circé moderne, elle s'étudiait à devenir irrésistible, à mettre Léonce sous le charme. Le malheureux était depuis longtemps subjugué.

Jeanne reprit :

— Qu'il m'est douloureux de renoncer au beau rêve que nous avons fait ! Ce ne sera juste qu'un rêve, nous ne devons plus nous revoir..... Adieu !

L'Espagnole tendit une main au marquis, pendant que de l'autre elle portait son mouchoir à son visage comme pour comprimer ses sanglots et essuyer ses larmes.

Le moment était décisif.

Le marquis des Uzelles n'était rien moins que soupçonneux de sa nature. Dans la circonstance, il était encore aveuglé par l'amour. Enfin, en aucun cas, fort malheureusement pour lui peut-être, il n'était homme à compter avec une question d'argent. De sorte que, depuis le commencement de l'entretien que nous racontons, il ne lui était venu l'ombre d'un doute ou d'une arrière-pensée, quant à la position et à la sincérité de la Paula, qui, au reste, avait joué son rôle avec une dissimulation qui eût fait honneur à la plus habile comédienne.

Quand il entendit ce mot *adieu*, qui a brisé ou fait palpiter tant de cœurs, tomber des lèvres de la Paula, quand il vit cette dernière lui tendre la main en se voilant le visage comme pour cacher un affreux élan de désespoir, il se crut aimé.

En effet, les larmes et les sanglots de la Paula, vrais ou faux, ne pouvaient-ils pas être pris pour un aveu que notre amoureux, sans trop oser le solliciter, attendait et espérait cependant depuis longtemps ?

Dans cette erreur, Léonce devint comme fou; ses craintes, ses appréhensions l'abandonnèrent subitement; il n'eut plus conscience de la difficulté de sa position. L'ivresse d'une démence et d'une joie sans nom lui donna de l'audace et lui fit subitement trouver l'expédient qu'il cherchait, afin de sauver la Paula.

Sans penser un instant à dire à Jeanne qu'il était pauvre et ruiné comme elle, il n'accepta pas la main qu'elle lui tendait, mais la saisit elle-même dans ses bras et la pressa avec frénésie sur son sein.

En ce moment, pendant cette étreinte, les cœurs des deux jeunes gens bondissaient en se touchant presque. Dans ce désordre enfanté par l'amour, le sein de Jeanne n'était pas agité par la haine....

Sa haine, elle l'oubliait un instant et rendait à Léonce caresse pour caresse, baiser pour baiser.

Sa haine, il faut l'avouer, n'était qu'un sentiment en quelque sorte bâtard, puisqu'elle ne lui était pas personnelle, et n'était que l'accomplissement d'un devoir à remplir, que lui avait légué sa mère mourante. Son amour, au contraire, lui était propre, il avait longtemps sommeillé en elle. Si elle l'avait combattu, au lieu de le vaincre, elle n'avait fait que l'irriter. Son amour, c'était elle tout entière, et Jeanne avait vingt-trois ans et un tempérament de feu susceptible de tous les emportements. Il était donc naturel qu'à un moment donné, son amour triomphât de sa haine: Pour arriver à ce résultat, il ne fallait qu'une étreinte, qu'une caresse, qu'un baiser de l'homme à la fois aimé et haï.

Mais, en recouvrant son sang-froid, Jeanne devait aussitôt revenir à sa haine et à sa vengeance; et, cette fois, avec plus de violence que jamais, en poursuivre le cours. L'heure de faiblesse qu'elle ne se pardonnerait pas, ferait alors d'elle une furie d'autant plus acharnée qu'elle se méfierait de sa générosité.

M. des Uzelles, grâce à une inspiration insensée, à un emportement plein de fougue et d'amour, était donc parvenu à faire partager son ivresse à la Paula, quand, après une étreinte d'une seconde à peine, il repoussa doucement la jeune femme, et lui dit en la fixant d'un regard dans lequel étincelaient à la fois l'enthousiasme, le bonheur et la folie.

— Pourquoi me dire adieu, Jeanne? Pourquoi vouloir nous séparer? parce que, dites-vous, nous ne sommes plus du même monde; mais, dis-moi, mon adorée, que nous importe le monde si nous nous aimons? En quittant Paris pour venir nous réfugier ici, loin de tout regard indiscret, ne l'avons-nous pas fui ce monde dont tu parles. Ecoute-moi, ma bien-aimée, au lieu de nous dire adieu et de nous quitter, il faut nous unir étroitement en fondant nos âmes et nos cœurs dans l'amour, et adresser notre adieu à ce tourbillon qu'on appelle la société pour lequel nous ne sommes point faits, et qui ne nous comprendrait pas plus qu'il ne nous a compris jusqu'à présent. Le veux-tu, ma Jeanne?

Léonce se tut et serra la main de Jeanne, celle qui s'était tendue vers lui en signe d'adieu, comme pour inviter la jeune femme à accepter le pacte qu'il lui proposait.

Il parlait, du ton inspiré des poètes et des amoureux, un langage de divine origine; la Paula le comprit sans doute, car se sentant gagnée, elle répondit à sa pression de main. Le marquis reprit, en continuant à s'exalter:

— Tu me disais que nous devions nous séparer, parce que j'étais riche et que tu étais pauvre. Ne l'ai-je pas dit, il n'y a qu'un instant, et ce que j'ai dit je le pensais et je le pense encore, que ma fortune, ma vie et ma fortune étaient à toi; dispose de mes biens.

Ecoute, je comprends parfaitement que tu aies la misère en horreur; une femme habituée comme tu l'es à satisfaire tous ses caprices, quoi d'étonnant à cela? Eh bien, si tu te plais ici, si tu veux y vivre, si tu t'engages à ne jamais m'en chasser, je payerai tes lettres de change. Accepte, Jeanne, je t'en prie, je t'en conjure à genoux, et je puis t'assurer que ce ne sera pas toi qui seras mon obligé, mais moi qui serai le tien.

Depuis que Léonce parlait d'argent, et peu à peu la Paula revenait à la réalité, son ivresse se passait. Déjà elle se reprochait amèrement d'avoir cédé à un moment de fol entraînement.

Elle savait le marquis complétement ruiné; cependant elle ne lui fit aucune observation quand il lui proposa d'acquitter ses lettres de change, à elle.

Sa haine avait repris le dessus; en gardant le silence; elle rentrait dans le rôle que lui avait tracé Guiffart.

Quand Léonce, en terminant sa proposition, fit un mouvement pour se jeter à ses genoux, elle le retint, et lui dit de sa voix de charmeuse et avec son sourire diabolique, qui ouvrait les portes du septième ciel à l'infortuné marquis:

— J'accepte votre offre, Léonce, car des lettres de change impayées, quelle que soit la raison pour laquelle on ne les a pas payées, produisent toujours un mauvais effet

Trinquefort alluma sa lanterne et examina la porte.

et font planer des soupçons sur la probité de celui qui les a souscrites. Celles dont nous nous occupons me causaient donc de sérieux tracas. Cependant, si j'accepte, c'est en vous prévenant que je vais réunir les débris de ma fortune, afin de vous rembourser plus tard.

— Tais-toi, Jeanne, fit Léonce à la jeune femme.

— Pourtant...

— Tu es adorable en acceptant, voilà tout, reprit le marquis. A combien s'élèvent ces fameuses lettres de change?

— Sept cent mille francs.

Ce fut à peine si Léonce entendit. En ce moment que lui importait la somme Il avait son idée.

— Laisse-moi un instant seul, et fais-moi donner tout ce qu'il faut pour écrire, dit-il à la Paula.

Celle-ci exauça aussitôt ses désirs.

Seul, et sans trop savoir ce qu'il faisait, le marquis des Uzelles écrivit la lettre suivante d'une main agitée par l'impatience qu'il éprouvait de rejoindre Jeanne :

« Mon cher ami,

« Vous m'avez déjà rendu bien des services, j'en ai de nouveaux et de plus « grands à vous demander. Venez vite me rejoindre en Touraine, vous savez où je « suis.

« Je compte, en cette circonstance, sur votre complaisante amitié. La chose presse.

« Tout à vous,

« LÉONCE, marquis DES UZELLES. »

Trois jours plus tard, le gandin-usurier portant les titre et nom de chevalier de Pomponne, à qui la lettre que nous venons de transcrire était adressée, arrivait chez Léonce où il était impatiemment attendu.

XIX

USURIERS, CE SONT LA DE VOS TOURS

Monsieur de Pomponne était à Château-la-Vallière depuis huit jours environ.

Un matin, trois hommes étaient réunis dans un charmant petit salon de la métairie. Léonce appelait pompeusement ce salon son cabinet de travail, sans s'apercevoir qu'il était beaucoup trop amoureux pour faire quelque chose.

Les trois hommes c'étaient lui, Léonce, le chevalier de Pomponne et Nivodan, qui, cédant aux instances de de Pomponne, tout en obéissant aux ordres qu'il recevait de Guiffart, avait quitté Paris pour venir traiter d'une affaire importante.

Il était arrivé à la métairie depuis la veille seulement.

En suivant la conversation des trois hommes, nous saurons comment nos personnages les plus en jeu en ce moment avaient passé les huit jours dont nous avons parlé seulement pour mémoire.

— Ainsi, monsieur le marquis, disait Nivodon, c'est sept cent mille francs qu'il vous faut?

— Oui, sept cent mille francs, dit Léonce d'un ton glacial.

Il s'attendait à quelque proposition exorbitante de l'usurier.

— Savez-vous que c'est un chiffre rond, continua Nivodan.

— En effet, mais si c'était une bagatelle je m'adresserais à mes amis et non à vous.

— Les amis pour un service d'argent, peuh! dit Nivodan avec une pantomime qui signifiait clairement qu'il ne partageait pas la bonne opinion de Léonce à l'endroit des amis considérés comme banquiers.

— Enfin, l'affaire est-elle possible? demanda résolûment le marquis.

— Je ne dis pas non.

— Prononcez-vous.

— Eh bien, vos garanties? fit Nivodan.

— Les mêmes qu'à Paris, dit Léonce.

— Toujours des paroles inutiles, monsieur le marquis, fit Nivodan; vous savez bien que les garanties dont vous parlez ne valent rien.

M. des Uzelles pâlit légèrement.

— Mais vous avez un père? demanda le commis de Guiffart, sans paraître remarquer l'irritation croissante de son client.

— Mon père... fit Léonce avec une sorte d'étonnement, car il ne s'attendait pas à ce que cette question lui fut faite d'une façon aussi impromptue.

— Dame, oui, votre père, reprit Nivodan, à moins cependant que vous ne soyez pas le fils du duc des Uzelles, propriétaire au Rideau, près Château-Renand.

Dans les paroles et dans le ton de Nivodan perçait une pointe d'ironie; si Léonce s'en aperçut, il n'en comprit point le sens; car, comme nous l'avons dit, il avait toujours ignoré les motifs de désunion et l'inimitié ayant existé entre les auteurs de ses jours.

Ce fut sans la moindre hésitation qu'il répondit :

— Je suis le fils du duc des Uzelles.

— Très-bien, dit Nivodan; maintenant causons sérieusement et franchement, si c'est possible. En me faisant venir ici, avec l'intention de me faire sortir sept cent mille francs de ma caisse, vous n'avez pas agi à la légère et sans avoir l'espérance de réussir. Eh bien, moi, je vous avoue que j'ai la somme à votre disposition, et que je ne demande qu'à vous obliger. N'ayant aucune garantie solide à m'offrir, vous pensiez me parler de votre père, je vous en parle le premier, je vais au-devant de

vos révélations, afin de vous éviter l'ennui qu'on éprouve toujours à aborder et
discuter un point désagréable. Comme mon temps est précieux, afin d'éviter les lenteurs et les réticences qui résultent toujours de l'ennui dont j'ai parlé, j'entre
d'autor dans le sujet en sautant à pieds joints par-dessus les convenances. Maintenant, causons.

Pour ma gouverne, en l'affaire qui nous occupe, j'ai d'avance pris quelques renseignements sur monsieur votre père. Sa position de fortune est admirable. Il possède
au moins six millions.

— Mon père n'est pas si riche que cela, j'en suis sûr, dit le marquis.

— Si fait, monsieur le marquis, et pardonnez-moi de vous le dire, je connais
mieux que vous la position de monsieur votre père, répondit Nivodan. Au reste, je
vais vous prouver que ce que j'avance est vrai. Il y a vingt ans, monsieur le duc
possédait quatre millions; depuis, il n'a jamais dépensé que la moitié de son
revenu; l'autre moitié n'a-t-elle pas pu produire deux millions?

— Naturellement, dit M. de Pomponne.

Le marquis ne prononça pas une parole; sans doute qu'il était de l'avis de Nivodan
et du chevalier.

Le premier reprit :

— Il est certain que, de son mariage, le duc des Uzelles n'a eu qu'un enfant; cet
enfant, ce fils, c'est vous, monsieur le marquis. Vous êtes donc le seul et unique
héritier de monsieur votre père, — j'insiste sur ce point, continua Nivodan;
mais un fait important nous reste à éclaircir : l'état de vos relations avec l'auteur de
vos jours, afin que nous puissions juger si, par testament ou tout autre moyen,
monsieur le duc ne serait pas dans l'intention de vous priver des droits que la nature
et la loi vous donnent à sa succession.

Cette phrase de Nivodan fit faire un mouvement de dégoût à Léonce. Le rouge de
la honte et de la pudeur lui monta au front.

— Comment, s'écria-t-il intérieurement, dans son indignation, moi qui ne suis
point un homme d'argent, ni un avare, ni un prodigue, j'en suis arrivé à escompter
l'héritage de mon père ! Par nécessité il me faut entendre ce vil scélérat me demander
compte de l'affection de mon père et de mon amour filial, à moi ! A nous voir, surtout à
nous entendre, ne dirait-on pas que je suis pressé de voir mourir mon père, que je
désire même sa mort, afin de jouir plutôt de sa fortune, afin de la jeter aux quatre
vents de la débauche et de mes passions ? Quelle honte !.. quel calice !... Et il y a une
heure je me croyais encore du cœur et de l'honneur...

Léonce était fier, il se crut une seconde presque outragé par la présence et les discours des deux hommes qu'il avait appelés; il fit un brusque mouvement, se leva à
moitié de son siège, avec l'intention évidente de prendre Nivodan et le chevalier par
les deux épaules, et de les jeter hors de chez lui.

Il se laissa retomber avec découragement dans son fauteuil; cette pensée l'avait
subitement arrêté, sans calmer sa colère peut-être...

— Je n'ai que ce moyen de sauver la Paula, et il faut que je la sauve. . Pour elle supportons notre martyre.

Nivodan, avec son imperturbable sang-froid, et sans paraître avoir remarqué le mouvement de son client, continua :

— Mes renseignements, monsieur le marquis, m'ont convaincu que vous n'êtes pas précisément en odeur de sainteté dans l'esprit de M. votre père, et, qu'au lieu de vous voir, ce dernier s'entoure d'enfants étrangers auxquels il porte une trop grande affection pour ne point leur faire une large part dans sa fortune, dans celle qui devrait un jour être vôtre, si vous aimez mieux. Telle est la situation, monsieur le marquis ; notez bien que je ne vous prie pas de l'expliquer, je la constate seulement, et, en la constatant, je suis forcé de vous dire qu'elle n'est pas à votre avantage, et qu'elle n'est point faite pour inspirer une grande confiance à mes associés et à moi.

— Ce qui veut dire, fit le marquis, devinant où Nivodan voulait en venir, que l'affaire étant hérissée de difficultés, vous me prendrez un prix fou. Eh bien, comme je suis pressé d'en finir, et que cette discussion...

— J'ai l'honneur de faire remarquer à monsieur le marquis que nous n'avons pas discuté, fit Nivodan avec hypocrisie.

— Quoi qu'il en soit, fit M. des Uzelles, terminons, quelles sont vos conditions ?

Nivodan tira magistralement un papier de sa poche, et dit :

— Monsieur le marquis, signez cet acte, et je vous compte immédiatement les sept cent mille francs.

Le mot *immédiatement* fit rayonner le front de l'infortunée victime.

Léonce prit le papier que lui tendait Nivodan, et dit avant de le déplier.

— Vous avez cette somme sur vous ?

— Juste, répondit le commis usurier, je savais qu'il vous la fallait ; mais, je vous en prie, si vous voulez terminer promptement, lisez mon acte.

Léonce déplia le papier et fut de suite frappé de la brièveté de l'acte qu'on lui proposait de signer.

Il lut.

Pendant cette lecture, son visage eut différentes contractions qui trahissaient les violentes émotions qui l'agitaient. Il fut alternativement pâle et cramoisi, ses sourcils se froncèrent, son front ruissela de sueur.

Nivodan et le chevalier, les deux complices, sans que rien ne parût sur leurs physionomies, l'observaient avec anxiété.

Enfin, ayant terminé sa lecture, Léonce jeta un regard terrible sur Nivodan, et lui dit avec une colère contenue, d'une voix sifflante et les dents serrées par la rage :

— Est-ce que cet acte serait une mystification ?

A cette demande, Nivodan et le chevalier échangèrent comme un regard de triomphe. Les deux complices voulaient se dire :

— Allons, tout va comme nous l'avions prévu. Il n'y a vu que du feu. Au reste, avec sa loyauté chevaleresque, comment eût-il pu soupçonner nos criminels projets?

— Comment, une mystification, monsieur le marquis, dit Nivodan, je vous jure que je n'ai pas l'habitude de perdre mon temps à de pareilles fadaises; puis, franchement, à quoi cela m'avancerait-il?

En disant cela, Nivodan tirait de la poche d'où était déjà sorti l'acte à signer, un gigantesque portefeuille aux flancs rebondis.

— Oui, une mystification, reprit le marquis; car cet acte ne signifie absolument rien, et le simple bon sens ainsi que l'expérience m'ont appris que les usuriers ne prêtent pas leur argent en acceptant pour garantie des actes insignifiants.

— Celui-ci est loin de l'être, monsieur le marquis, reprit Nivodan; n'établit-il pas qu'à la mort de M. votre père, quelle que soit l'époque à laquelle elle arrive, vous nous rembourserez la somme de deux millions?

C'est vrai; mais si mon père me déshéritait?

— Eh bien, dit Nivodan, nous consentons à en courir la chance, mais à la condition de vous prêter à un taux énorme. Si nous étions certains que M. votre père meure dans deux jours, et que vous héritiez de lui, nous vous demanderions cent mille francs d'intérêts, et ce serait déjà beaucoup; mais, comme le duc qui se porte comme le Pont-Neuf, peut vivre vingt ans, que vous ne serez peut-être pas son héritier, nous vous demandons treize cent mille francs, ce qui n'est pas exorbitant, en raison des chances à courir. C'est pourquoi j'ai porté deux millions sur l'acte.

— Pourquoi cet acte est-il au porteur? demanda Léonce.

— Bonnement, monsieur le marquis, croyez-vous que c'est un pauvre diable comme moi, propriétaire d'un bureau de placement, qui peut vous prêter sept cent mille francs? Non pas; si je les avais, je m'en ferais trente-cinq ou quarante bonnes mille livres de rente, et j'irais me reposer des affaires dans mon pays. Celui qui vous prête est un gentilhomme comme vous, à peu près d'aussi bonne maison, et il ne veut pas que son nom figure en rien dans l'affaire. Maintenant, que tout est expliqué, faut-il, monsieur le marquis, vous compter les sept cent mille francs?

— Oui, dit le marquis d'une voix altérée et en pensant à la Paula.

Léonce s'assit à une table et signa l'acte d'une main fébrile.

Pendant ce temps, Nivodan sortait huit liasses de billets de banque. Chaque liasse renfermait cent billets de mille francs.

— Voici, monsieur le marquis, dit Nivodan; ces liasses sont de cent mille francs.

— Pourquoi y en a-t-il huit? demanda Léonce.

— Huit ou sept, dit Nivodan en mettant l'acte signé dans sa poche, c'est absolument la même chose; à présent, vous nous devez deux millions.

Cinq minutes plus tard, Léonce était seul. Il prit les liasses; et, sans compter les billets, les jeta dans un tiroir qu'il ne prit pas la peine de fermer.

Il aperçut Ali qui le tenait couché en joue.

Léonce connaissait assez la Paula pour savoir qu'elle ne reviendrait pas sur sa résolution.

Il n'insista donc pas, et s'efforça de sourire à cette femme qu'il aimait éperdument, pendant qu'il avait la mort dans l'âme.

Il était navré d'avoir commis pour rien une action déshonorante.

Seul chez lui, il maudit cet or dont il était possesseur. Il lança des regards de haine vers le meuble qui renfermait les billets de banque. Dans un moment de rage, il songea à l'ouvrir et à jeter les huit cent mille francs au feu... mais il s'éloigna en murmurant :

— Jamais, pour mes besoins, je ne toucherai à cet argent, qui est le prix de mon honneur. Et, à la première occasion, j'irai à Paris, et il faudra bien que ces hommes, quels qu'ils soient, reprennent leur argent, ou sinon je... les dénoncerai...

Cette résolution calma un peu Léonce ; mais l'enchanteresse était là ; grâce aux manœuvres d'une coquetterie habile, elle le tenait sous sa domination, comme l'oiseau de proie tient sa victime dans sa serre. Léonce s'oubliait à Château-la-Vallière et n'allait pas à Paris.

Leurs relations étaient douces, aimables ; mais elles n'avaient plus de ces épanchements passionnés semblables à celui pendant lequel Jeanne avait compris qu'elle aimait le marquis.

Ce dernier, tourmenté intérieurement, assailli de remords, n'avait plus cette audace qui communique l'ivresse qui les fait naître.

Jeanne, pleine de défiance contre sa faiblesse, se tenait continuellement sur ses gardes et évitait avec soin la moindre explosion de sentiments, afin de ne plus s'exposer à se laisser deviner une fois encore.

Les choses en étaient à ce point, quand un grand et affreux événement vint jeter le trouble et la consternation dans le pays.

Disons comment cet événement se produisit :

C'était le quatrième jour qui suivit le départ de Nivedan de Château-Lavallière. On était à la fin du mois d'août. Il était onze heures du soir. La nuit était belle et tiède.

Sur l'ordre de Guiffard, Ribouilleur et Tournebuc quittèrent Tours et, prenant la route de Vendôme, se dirigèrent vers Château-Renaud. Ils marchaient depuis plusieurs heures, lorsqu'ils furent rejoints par leur maître. Le chevalier avait une dernière communication à leur faire.

Bientôt, assis à la lisière d'un bois, nos trois bandits s'entretinrent de l'expédition projetée.

— Pour réchauffer votre zèle, dit Guiffard, je vous dirai que notre affaire doit nous rapporter six millions.

— Comment, six millions, dans une bicoque !

— Cette fortune est représentée par un homme qu'il s'agit de faire disparaître. Qu'il périsse et elle est à nous.

— Et quel est cet homme ? demanda Tournebuc.

— Le duc des Uzelles. Demain, il y a fête au château du noble duc ; vous profiterez du tumulte et de la nuit pour en finir avec lui, puis vous mettrez le feu afin d'anéantir ses papiers et entre autres son testament. Est-ce entendu?

— A vos ordres, maître ; demain soir, le duc aura cessé de vivre et son testament ne vous inquiétera plus.

11

AU CHATEAU DE DES UZELLES

On faisait bonne garde au château de des Uzelles. Le duc, on s'en souvient, avait en Mohamed un dévoué serviteur. Ce garçon, sachant son maître sujet à de noires mélancolies, et craignant qu'il ne se suicidât, veillait sur lui nuit et jour.

Bien qu'ils fussent instruits de cette particularité, les deux sicaires de Guiffard pénétrèrent néanmoins au château et parvinrent à se cacher dans la chambre à coucher du maître du logis.

Ce fut là qu'ils attendirent l'heure fixée par Guiffard. Du fond de leur cachette, assistant aux entretiens de des Uzelles et des siens, ils apprirent que Léonce et Paula venaient d'acheter, au prix de sept cent mille francs, le château de la Vallière qui s'élevait à peu de distance de la résidence du duc. Le but de Paula était évidemment la vengeance. Les jours de des Uzelles étaient donc menacés de deux côtés à la fois. On eut dit qu'il en avait le pressentiment. En effet, pour se hâter de déshériter l'enfant maudit, Léonce, il avait résolu le mariage d'Angèle avec son fils naturel.

Mme Agathe avait été chargée de préparer la jeune fille à ce changement de condition. La mission était délicate. Angèle, en effet, avait toujours cru que des Uzelles était son père. Il fallait lui révéler les mystères de sa naissance.

Ce fut pendant la fête que Mme Agathe s'acquitta de sa tâche, et tandis qu'elle s'entretenait avec la jeune fille, le duc, toujours absorbé par les plus sombres pensées, s'éloignait peu à peu de ses invités, quittait les salons et se dirigeait vers sa chambre à coucher.

La présence de Paula et de Léonce à quelques pas de lui tourmentait sa pensée.

En l'entendant venir, les deux bandits se tinrent prêts ; Tournebuc éteignit la lanterne sourde dont il s'était muni et se cacha sous la table qui occupait le milieu de la chambre et dont le tapis tombait jusqu'au parquet. Il mit le poignard à la main au moment où le duc entra.

Il se laissa choir avec accablement sur un canapé voisin de la table. Il était épuisé. Il ne songeait plus qu'au repos, qu'à la mort.

Il demeura longtemps plongé dans ses méditations. Son silence, son attitude dans cette chambre que la lumière d'une seule bougie laissait dans une demie obscurité, faisaient un étrange contraste avec la musique et le bruit joyeux des salons.

Les assassins ne savaient que penser.

Allait-il se coucher ?

Ribouilleur, caché dans la ruelle du lit, attendait dans l'espoir de le frapper endormi ; mais, las d'attendre, il rampa dans l'ombre jusqu'aux canapé puis se dressa prêt à frapper.

Mais, au même instant, le duc se leva en sursaut en murmurant quelques paroles. Ribouilleur se crut perdu et porta au duc un coup mal assuré.

Des Uzelles poussa un cri de douleur et saisit le bras du misérable qui cherchait à lui échapper. Une lutte s'engageait quand, attiré par le cri de son maître, Mohamed accourut. Il était temps, Tournebuc sortait de dessous la table.

Mohamed, avec une agilité peu commune et qui n'était pas de son âge, saisit au passage un long kangiar indien, qu'il détacha d'un trophée d'armes appendu au mur, et se précipita sur le Ribouilleur, qui fut presque décapité par un coup de l'arme redoutable.

Le mameluck avait le poignet robuste; la vieille tradition des cavaliers du désert, quant au décollement de leurs ennemis, vivait encore en lui.

Le kangiar eût été aussi lourd qu'un yatagan que la tête eût été séparée du tronc, tant le coup avait été vigoureusement et adroitement asséné.

Le Ribouilleur tomba sans jeter un cri; et, avant d'avoir vu son ennemi, le duc, mortellement blessé, s'affaissa sur le canapé.

Mohamed, quand il chercha le second assassin, l'aperçut qui fuyait par la fenêtre ouverte. Alors il jeta ce cri d'alarme et d'appel :

— Au secours !..., à l'assassin !

Sa voix de stentor retentissait dans le château et réveillait les domestiques les mieux endormis. Aux fenêtres commençaient à courir les lumières.

Guiffard et Tournebuc étaient réunis.

— Que s'est-il donc passé ? demanda le spadassin à son complice.

— Sauvons-nous d'abord, je vous le dirai ensuite, répondit Tournebuc.

Quand, après s'être mis en lieu sûr, Guiffard eut entendu le récit de son compagnon, il s'écria :

— C'est bien, si M. des Uzelles n'est point mort, je sais qui l'achèvera demain.

III

DANS LEQUEL LÉONCE COMPREND LES ODIEUSES MENACES DES USURIERS.

Le lendemain, la nouvelle du crime, si audacieusement commis au château du Rideau se répandait dans le pays et y semait la consternation; car M. des Uzelles, malgré sa sauvagerie et son originalité, était généralement aimé, en raison du bien que son intendant faisait en son nom.

Les uns affirmaient que le duc avait été tué sur le coup; d'autres prétendaient qu'il avait survécu six heures à sa blessure.

Il était seulement dangereusement blessé, son état inspirait des craintes sérieuses aux deux médecins qu'un exprès était allé chercher à Tours et qui lui donnaient leurs soins.

La sinistre nouvelle n'avait pas encore été portée jusqu'à Château-la-Vallière, il était huit heures du matin :

La villa semblait endormie, lorsqu'un homme se présentait chez la Paula et demandait instamment à parler à cette dernière.

Cet homme c'était Guiffart.

— Ma maîtresse n'est pas levée, répondit une femme de chambre au spadassin.

— Qu'importe ? dit Guiffart.

— Comment, qu'importe ? plaisantez-vous, Monsieur ? nous n'avons pas l'habitude de déranger madame, avant qu'elle n'appelle.

— Cependant, il faut que je voie la señora.

— Revenez dans la journée.

— C'est impossible, j'arrive de Paris ; et, il faut que je reparte de suite, mais attendez...

Guiffart écrivit quelques lignes à la hâte sur une feuille de son carnet, et finit par obtenir qu'on réveillât la Paula, afin qu'elle pût lire le billet.

Cinq minutes plus-tard, sur l'ordre de Jeanne, le spadassin était introduit chez cette dernière :

La Paula, après avoir lu le message de son complice, qui ne contenait que ces mots :

« Señora,

« Je suis à votre porte, attendant que vous soyez levée pour vous parler, il faut que je vous voie, *ça presse.*

« DE GUIFFART »

Paula s'était d'un bond précipitée à bas de son lit, avait passé un jupon et jeté un long châle sur ses épaules.

Sa toilette ainsi faite, ses longs cheveux noirs épars sur ses blanches épaules, elle était admirable.

Aussitôt qu'elle aperçut Guiffart, elle courut à lui.

— Quoi de nouveau, chevalier, est-ce fait ?

— L'affaire est manquée ; dit Guiffart, en se laissant tomber épuisé de fatigue sur un siège.

— Comment, vous n'avez point réussi.

Le spadassin raconta à la Paula comment les choses s'étaient passées ; puis, il ajouta, en voyant la colère poindre sur le visage si expressif de l'Espagnole :

— Non, le duc n'est pas mort, mais il ne vaut guère mieux ; je vous réponds qu'il ne s'en tirera pas. Ce n'est pas le moment de s'emporter ni de perdre la tête. J'aurais comme vous à me venger du duc, que je me réjouirais de ce qui arrive.

— Il n'y a vraiment pas de quoi, fit la Paula.

— Vous croyez ?

— De grâce, expliquez-vous, chevalier ?

— Eh bien, à votre place, dit Guiffart, je voudrais assister à la mort de mon ennemi, me réjouir de ses souffrances.

— C'est une idée, comment faire pour m'introduire au château ?

— Je voudrais, reprit le chevalier, sans paraître avoir entendu l'interrogation de la jeune femme, m'arranger de façon à me trouver auprès de M. des Uzelles sur le point de rendre le dernier soupir, alors je lui dirais...

— Si les choses en étaient à ce point, je sais ce que j'aurais à dire, fit Jeanne avec empressement ; ce qui m'occupe, c'est, je vous le répète, le moyen d'approcher le duc.

Le spadassin réfléchit un instant, comme si son plan n'eût pas été arrêté depuis longtemps, puis il finit par dire :

— Ce n'est vraiment pas difficile.

— Comment cela ?

— En apprenant la sanglante nouvelle, reprit Guiffart, Léonce partira pour le Rideau.

— Sans doute.

— Ne faites-vous pas de lui ce que vous voulez ?

— Absolument.

— Eh bien, faites en sorte qu'il vous emmène.

— Les convenances...

— Avec un peu de cette fausse tendresse avec laquelle vous l'endormez si bien, vous le ferez sauter à pieds joints par dessus les convenances et le reste.....

— Vous avez raison, je crois.

— Maintenant, entendons-nous, dit Guiffart ; quand vous serez auprès du duc ; c'est comme si vous y étiez déjà ; il faudra vous arranger de façon à détruire les testaments qu'il a fait ou pourra faire.

— Voler un testament, moi ! s'écria la Paula avec une violente indignation et le rouge de la honte au front.

— Dam, fit audacieusement Guiffart, le petit service que nous vous demandons n'est, à bien prendre, que le prix du sang, car, si nous avons mis le duc dans l'état où il est, c'est uniquement pour vos beaux yeux. Et vous poussez les hauts cris, quand nous venons vous prier de faire en sorte que cet assassinat nous rapporte quelque chose.

La Paula, quoiqu'elle fut bien décidée à n'agir que suivant son inspiration, répondit à Guiffart :

— Vous avez raison, vous vous êtes assez exposés pour que cette affaires ne soit pas infructueuse pour vous ; je ferai ce que vous désirez.

Le spadassin se retira sans savoir au juste à quoi s'en tenir quand à la promesse que venait de lui faire la Paula.

Avant de quitter Château-Lavallière, Guiffart crut devoir laisser un stimulant à sa belle complice.

Il entra, suivi de Cornebuc, qu'il avait rejoint, dans un cabaret, afin d'y déjeuner. Au dessert il se fit apporter du papier, des plumes, de l'encre et écrivit en ayant soin de déguiser son écriture, au point de la rendre méconnaissable :

« Señora,

« Je vous avoue franchement, entre nous, que, si vous ne tenez pas la parole que vous venez de me donner au sujet du testament de M. des Uzelles, nous démontrerons clairement que l'assassin qui a frappé le duc n'a agi qu'à votre instigation.

« Evitez-nous cette contrariété, rien ne vous est si facile. »

Le chevalier ne signa pas sa lettre, mais il la cacheta très soigneusement et la jeta à la poste en quittant le village.

La Paula reçut le billet à midi. Elle le lut, puis le déchira avec dédain.

Sur ces entrefaites une femme de chambre lui annonça la visite du marquis.

La señora donna immédiatement à son mobile visage une souriante expression, afin de paraître ignorer le crime commis dans la nuit au Rideau.

Léonce savait enfin la triste nouvelle.

Il en avait été informé par une lettre de Mohamed, qui lui disait entre autres choses :

« Votre père est bien mal ; je crois que sans tenir compte de la nature de vos relations actuelles avec lui, vous feriez bien de venir. »

Malgré ce qui s'était passé entre eux, Léonce aimait beaucoup son père. S'il vivait loin de ce dernier, ce n'était qu'une preuve de plus de son respect pour l'autorité paternelle, car s'il n'avait écouté que son cœur, il eut passé la moitié de l'année près du duc.

La nouvelle de l'assassinat dont son père avait failli être victime le renversa. Sa douleur en une seconde atteignit presque la folie.

Une idée, un soupçon, lugubres comme une torche incendiaire, lui traversa l'esprit et éclaira son âme, dans ses moindre replis.

— Je suis parricide ! c'est moi qui ai tué mon père !... s'écria-t-il, en tombant à la renverse sur un siége.

Pendant plus d'une demi-heure, le marquis fut en proie à un état d'affreuse prostration. Sa figure n'avait d'expression qu'une stupide épouvante.

— Oui, se dit-il avec une sorte de rage, empreinte d'un violent désespoir, c'est moi qui l'ai tué, c'est moi qui ai mis le poignard aux mains des misérables qui l'ont frappé. Si je n'avais pas eu la lâcheté de signer cet acte infâme, si je n'avais pas eu besoin d'argent, si je n'avais pas aimé Jeanne d'un amour insensé... ces hommes, ces usuriers, ces assassins n'auraient eu aucune raison pour tuer mon père... Car, il est évident que ce sont eux qui l'ont frappé, ce ne peut être qu'eux. Eux seuls avaient intérêt à sa mort... Oh! que je comprends bien la portée et le sens de l'acte qu'ils m'ont fait signer et la facilité avec laquelle ils m'ont donné leur argent!... D'avance, ils préméditaient le crime qu'ils viennent de commettre ; j'ai été assez sot pour ne point les deviner... l'homme le plus simple aurait eu assez de pénétration pour éventer leur complot et le déjouer... En effet, n'était-il pas évident qu'aussitôt qu'ils auraient ma signature, ils assassineraient mon père, afin qu'il ne puisse faire un testament et que j'hérite de lui suivant la loi... Les misérables, s'ils tenaient tant à ce que j'hérite, c'était afin de me faire rendre les deux millions dont je me suis reconnu leur débiteur, par un acte insensé... Maudit acte, quand je l'ai signé, autant eut valu que je prisse un couteau et que j'allasse le planter moi-même dans la gorge de l'infortuné vieillard !... Cet acte infâme, meurtrier, si le monde le connaissait, qu'en penserait-il? Croirait-il que j'ai été dupe d'une bande d'usuriers et d'assassins?... Non, il supposerait qu'avide de jouir de la fortune paternelle, j'ai payé des meurtriers pour assassiner l'auteur de mes jours !... Et le monde aurait raison en pensant ainsi. La justice aussi aurait raison, en me faisant arrêter, juger et condamner à la peine des parricides ; car je mérite cette peine... Si j'allais me dénoncer...

Le marquis se leva. Il était comme fou. Il hésita un instant à savoir s'il devait mettre son projet à exécution.

— Oh ! cet or, cet or, se dit-il encore, qu'il soit maudit, maudit à jamais, qu'en ferai-je à présent ? Il me semble qu'il me brûlerait, si j'y touchais. Et Jeanne, si elle savait...

Léonce se tut et réfléchit, comme un homme qui, dans une situation difficile, hésite avant de prendre une détermination importante.

— Cependant, dit-il avec résolution, il faut qu'elle sache ; il faut que je lui dise tout, que je dise tout à mon père. Il faut que je fasse découvrir les assassins. Oui, Paula me comprendra, elle fera ce que je désire ; elle ne me refusera pas le service de m'aider, sinon à me justifier, du moins à rendre ma conduite compréhensible. Je l'emmènerai au Rideau, j'irai me jeter aux genoux de mon père, je lui dirai mon amour, il me comprendra. Si, après cette démarche, la Paula me méprise et me repousse, eh bien, le sort en sera jeté, mon martyr commencera.. et je jure que j'aurai bientôt fait d'y mettre fin

Léonce ne savait plus ce qu'il disait, mais sa résolution était irrévocablement prise.

Il appela un domestique, lui donna des ordres pour le départ et s'habilla à la hâte des effets qui lui tombèrent les premiers sous la main.

La voiture fut rapidement attelée, Léonce monta dedans, et quitta la métairie, sans penser qu'il laissait huit cent mille francs chez lui. En arrivant chez la Paula, il était plus sérieusement décidé encore qu'après son moment d'exaspération.

En mettant le pied dans le salon où il devait attendre Jeanne, son aplomb l'abandonna pourtant ; il pâlit, chancela et murmura, en s'appuyant à la cheminée.

— Comment avouer à Jeanne que je suis cause de la mort de mon père ?

Jeanne ne se fit pas attendre longtemps, prévoyant ce qui arrivait, elle s'était habillée toute prête pour partir. Elle entra souriante et gracieuse.

En voyant le marquis, elle s'arrêta court dans son élan ; une vague inquiétude assombrit soudain son front ; puis, comme si elle eut cédé à un mouvement d'affection irrésistible, elle se précipita vers Léonce, lui prit une main et lui dit avec une angoisse profonde :

— Qu'avez-vous, Léonce ?... Quel malheur ?.. Cette pâleur ?... Ce désespoir ?... Ce vêtement...., puis s'élançant vers une fenêtre qui donnait sur la route, elle dit encore : Cette voiture attelée en poste ?... Que signifie...

Jeanne était devenue aussi pâle, aussi péniblement émue que le marquis. Les préparatifs de départ de ce dernier, l'idée d'une prochaine séparation avaient une fois encore réveillé son amour assoupi, qu'elle essayait de refouler dans l'oubli de son cœur.

Sans son amour, si habile et si dissimulée qu'elle fût, Jeanne ne fut point parvenue à être aussi naturelle qu'elle l'était dans son rôle d'amie dévouée et d'ange consolateur.

— Ecoutez, Jeanne, lui dit enfin Léonce, un grand, un terrible malheur me frappe,

Il descendit chez sa prisonnière.

et je vous avoue sincèrement que je compte sur votre affection pour me soutenir dans cette terrible épreuve. Mon père a failli être assassiné cette nuit ; s'il n'est point mort, il se meurt. Vous concevez, chère amie, qu'en ce moment ma place est auprès de lui. Maintenant, que je vous ai expliqué le motif de mon brusque départ, il faut que je vous adresse une prière...

Léonce hésitant.

— Laquelle? dit la señora.

— Il faut que vous m'accompagniez, Jeanne.

— Y pensez-vous, Léonce, répondit l'espagnole; pour vous et pour moi, ma présence chez monsieur votre père serait-elle convenable, dans un aussi cruel moment?

— Jeanne, faut-il tout vous dire? Eh bien, je suis la cause involontaire de la mort de mon père.

— Vous! s'écria Jeanne.

— Oui, moi, et vous seule pouvez m'aider à faire paraître ma conduite, en cette affaire, excusable et compréhensible.

— Moi, vous m'effrayez...

— Jeanne, venez toujours; ne me laissez pas exposé à la malédiction paternelle : Venez, Jeanne, je vous dirai tout en route.

Quoique la proposition de Léonce combla ses plus vifs désirs, la Paula feignait d'hésiter encore.

— Jeanne, de grâce, venez! reprit Léonce; c'est un service immense que vous me rendrez. Vous me sauverez plus que la vie, vous me sauverez l'honneur; quoiqu'il arrive, je bénirai éternellement votre nom.

— Partons, dit enfin Jeanne.

IV

AU CHEVET D'UN MOURANT

Jeanne, en arrivant au Rideau, savait toute l'histoire de Léonce. A la vérité; celui-ci eut pu se dispenser de la lui raconter, pour qu'elle en fût instruite.

Toujours est-il qu'elle avait promis au marquis de s'employer à le justifier.

En arrivant, Léonce la fit d'abord descendre à l'auberge du village — le marquis voulait voir son père avant d'introduire Jeanne au château.

M. des Uzelles, nous l'avons dit, était dans un état alarmant; à le voir on ne l'eût pas cru si dangereusement blessé, cet homme était de fer. Il supportait ses souffrances avec un sang-froid et un courage extraordinaires et sans se plaindre,

Il ne voulait personne autour de lui que Mohamed. Il n'avait aucune illusion sur la gravité de sa blessure, la certitude de mourir semblait lui causer autant de joie, qu'elle cause d'horreur aux autres.

Il ne parlait pas. Mohamed sombre et désespéré veillait seul à son chevet. Un silence de tombe et une demi obscurité régnaient dans le vaste cabinet.

Dans un salon voisin, se tenaient la famille — Mme Agathe, et les deux fiancés — les médecins et une partie des domestiques; attendant les ordres du duc, que le mameluck était chargé de leur transmettre.

Soudain, une certaine rumeur se fit dans les appartements. Tout le monde se rangea pour livrer passage à Léonce; c'était lui.

Madame Agathe, Oscar et Angèle se tinrent à l'écart. Ils étaient le prétexte que le duc avait pris pour se brouiller avec son fils.

Quand aux domestiques, tous ceux qui connaissaient le marquis, le chérissaient en secret ; la plupart d'entre eux s'empressèrent autour de lui.

— Valentin, dit Léonce à un vieux serviteur, qui l'avait vu enfant. Comment va mon père ?

— Mal, M. le marquis ;

— Annoncez-moi.

— M. le duc a défendu d'entrer chez lui, sans qu'il fasse appeler. Vous voyez, tout le monde respecte la consigne.

— Et Mohamed ? demanda Léonce.

— Il est auprès de son maître.

— Merci.

— Léonce alla frapper à la porte du cabinet, le mameluck vint aussitôt ouvrir.

— Ah ! enfin vous voici, dit Mohamed à voix basse au marquis, je vous attendais.

— Et mon père ? dit Léonce.

— Silence, et tenez-vous là un instant...

— A qui parles-tu donc, Mohamed ? demanda le duc d'une voix oppressée. Il était couché de façon à tourner le dos à la porte, près de laquelle Léonce se tenait immobile.

Mohamed se rapprocha du chevet du blessé à qui il dit :

— Je vous le disais bien qu'il viendrait, aussitôt qu'il saurait la terrible nouvelle ; il est arrivé.

— Mon fils ici ! s'écria le duc.

— Oui, mon père ; dit Léonce, en se précipitant presqu'à genoux auprès du lit du moribond.

Léonce avait fait un mouvement, pour s'emparer d'une des mains du duc, sans doute afin de la porter à ses lèvres ; le vieillard retira cette main avec vivacité.

Le père et le fils se regardèrent sans échanger une parole. Léonce ne savait comment commencer sa pénible confidence ; son regard suppliait le mourant de lui pardonner les torts qu'il avait eus à son égard et de l'écouter.

Le duc, à cette heure suprême où il sentait la mort s'emparer de lui, cherchait, dans un esprit de justice et d'équité, à dissiper les soupçons qu'il avait depuis si longtemps sur la légitimité de sa paternité. Il regardait le marquis avec une sorte d'avidité. Il cherchait à retrouver ses traits sur le visage du jeune homme ; il cherchait une ressemblance qui n'existait pas ; car, disons-le enfin, et nous le démontrerons bientôt, Léonce n'était pas le fils de M. des Uzelles, mais l'enfant du crime, de l'adultère, en un mot.

Quoiqu'il fit pour se convaincre, le duc n'y put parvenir. Une voix intérieure, plus forte que sa volonté, ne cessait de lui crier :

« Cet homme n'est pas ton fils, c'est celui de l'homme que pendant toute la vie tu as haï comme ton ennemi mortel, sans le connaître ; c'est le fils de l'homme dans le sang duquel tu te serais baigné avec plaisir. »

M. des Uzelles ne sut où ne put pas résister à cette voix du cœur et des souvenirs. Après un long moment d'examen, il dit à son fils d'une voix ferme et impérieuse :

— Qui vous a appelé à mon chevet, Monsieur.

— Mon père..... commença Léonce.

— Le duc l'interrompit brusquement :

— Monsieur, lui dit-il, si j'eus trouvé votre présence nécessaire ici, si seulement j'eus senti que j'éprouverais quelque plaisir à vous voir, je vous eus fait demander. Je ne l'ai point fait, si vous n'en devinez pas les raisons, je vais vous les dire crûment, franchement : Votre présence m'est insupportable, et je vous prie de vous retirer et de me laisser mourir en paix.

— Mon père, ne me chassez pas, dit Léonce d'un ton déchirant.

— Allez-vous-en, vous dis-je.

— Ne me maudissez pas.

— Je ne vous maudis pas, je n'en ai point le droit, mais retirez-vous; Mohamed, reconduis monsieur.

Le mameluck ne se dérangea pas. Cette scène l'affectait profondément. Il avait toujours beaucoup aimé le marquis. Il avait été son mentor, son ami, son compagnon de voyage, à une époque où le duc, n'écoutant que la voix de ses soupçons, tenait déjà son fils éloigné du toit paternel, quoique l'enfant fût mineur.

— Quel cœur de roc ! se disait l'arabe.

Léonce tenta un dernier effort pour gagner l'inexorable vieillard.

— Mon père, dit-il, je vous en prie, écoutez-moi, j'ai été bien coupable...

— Envers qui ? demanda le duc.

— Envers vous.

— Oh! moi, fit le duc avec l'accent de la franchise; je vous pardonne de grand cœur, quelque soient les torts que vous avez pu avoir envers moi. Maintenant, si vous prolongez cette scène, je vous demanderai si vous avez juré de m'achever ?

Léonce était stupéfait, anéanti; il n'avait pas assez de présence d'esprit pour deviner les motifs de l'invincible répulsion que son père éprouvait pour lui.

Il se leva et le cœur brisé se dirigea lentement vers la porte.

— Soyez tranquille, monsieur le marquis, lui dit le duc avec une mordante ironie, en le voyant s'éloigner, la démarche que vous venez de faire, aura le résultat que vous en attendiez, je pourvoierai à votre avenir.

Ce sarcasme acheva Léonce, il s'enfuit.

— Comment, se dit-il, mon père suppose à ma démarche un motif d'intérêt.

Le malheureux rentra abîmé de douleur à l'hôtel où il avait laissé la Paula, à qui il raconta sa peu amicale entrevue avec son père.

L'Espagnole, après un moment de réflexion, finit par lui dire:

— Léonce, je sais ce que vous avez voulu faire pour moi. Quand vous m'avez cru ruinée, je sais pour quelle part j'entre dans la mort de M. votre père. Le moment est venu, pour moi, de vous prouver ma reconnaissance. A mon tour d'agir... Je vais aller trouver le duc...

— De ma part? pour l'apitoyer sur mon sort? il ne vous recevra pas, dit Léonce en interrompant la señora.

— Non, je n'irai pas de votre part, mais pour lui donner des renseignements sur ses assassins. Une fois chez lui, je trouverai bien un moment favorable pour lui parler de vous, fiez-vous à moi.

— Comment, vous feriez cela? demanda Léonce avec transport.

— Puisque je vous l'offre.

— Allez, dit le marquis, et Dieu veuille que vous réussissiez dans vos bonnes intentions.

La Paula partit, mise avec un goût sévère, elle était splendide de beauté. Elle n'ignorait pas le prestige qu'exerce la beauté sur la plupart des hommes. Elle s'était parée avec un art infini.

Elle n'allait cependant pas pour s'occuper de raccommoder le père et le fils. Si elle tenait à se rapprocher du chevet du duc, c'était afin de contempler le résultat de ses menées machiavéliques. En un mot de savourer les fruits de sa vengeance et porter le dernier coup au mourant, une idée infernale, s'il en fut jamais!

Quand Jeanne arriva au château du Rideau, les choses étaient dans l'état où Léonce les avait laissées.

Le duc était toujours seul avec Mohamed.

Le salon adjacent à la chambre de M. des Uzelles était toujours rempli par les familiers de sa maison.

Jeanne passa, la tête haute et fière, au milieu de ces derniers et arriva à la porte du cabinet du duc.

Là Valentin l'arrêta.

— Que voulez-vous madame? Qui êtes-vous? lui dit-il.

— Il faut que je parle sur-le-champ à M. le duc des Uzelles; dit Jeanne avec autorité.

— Comment, il faut.... observa Valentin surpris.

— Oui, il faut..... fit la Paula avec plus de superbe hauteur que la première fois.

— Mais, M. le duc ne veut recevoir personne, reprit le domestique.

— Il me recevra, moi, dit Jeanne, quand il saura que je connais ses assassins et les raisons qui ont déterminé ces derniers à le tuer.

— Vous savez cela, Madame? dit Valentin hésitant.

— Oui, répondit Jeanne, ces secrets je ne veux les confier qu'au duc, qu'à lui seul.

— Frappez alors, vous verrez ce que dira Mohamed.

Jeanne frappa, le mameluck vint ouvrir.

En voyant Jeanne, il fronça les sourcils et se demanda ce que cette femme pouvait vouloir à son maître.

Il allait sans l'entendre, laconiquement l'inviter à se retirer, quand Jeanne le devina:

— Allez dire à votre maître, lui dit-elle, que je connais ses assassins et les motifs du crime, que je veux l'entretenir en particulier à ce sujet.

Le mameluck s'empressa de s'acquitter d'une mission si importante. Le duc parut d'abord assez indifférent à la proposition de la Paula.

— Que m'importe mes assassins?... avait-il déjà dit.

Tout à coup il se ravisa.

Une idée fort naturelle de sa part venait de traverser son esprit ombrageux. Il venait de se demander : Si ses assassins ne seraient pas des scélérats payés par l'ancien amant de sa femme ?

La pensée d'éclaircir ce soupçon le décida à recevoir la belle visiteuse.

— Fais entrer, dit-il au mameluck.

Jeanne fut bientôt assise auprès du chevet de son ennemi mortel, de l'homme qu'elle avait appris à maudire et à haïr depuis l'enfance.

— Vous savez... commença M. des Uzelles.

— Pardonnez-moi, monsieur le duc, de vous interrompre, dit Jeanne, mais ne vous ai-je pas prévenu que je ne voulais confier mes secrets qu'à vous seul ?

— Mohamed, va-t'en, fit le duc.

Le mameluck alla augmenter le nombre de ceux qui attendaient dans le salon voisin, où tout le monde fut fort étonné de voir le duc, dans de si graves circonstances, s'enfermer seul avec une étrangère que personne ne connaissait.

— Monsieur le duc, dit Jeanne, aussitôt que Mohamed se fut éloigné, avant que je vous nomme vos meurtriers, permettez-moi de vous dire deux mots des motifs du crime, c'est tout aussi important.

— Je vous écoute, madame, dit M. des Uzelles.

— Eh bien, monsieur, l'assassinat commis dans ce château la nuit dernière, est le résultat d'une vengeance, la pensée d'un vol est étrangère à cet attentat.

— Une vengeance, dites-vous ? demanda le blessé.

— Oui, monsieur.

— En êtes-vous sûre ?

— Parfaitement.

— C'est *lui*, plus de doute ! s'écria M. des Uzelles.

— Qui, lui ? demanda la Paula.

— Je me comprends...

— C'est bien, toujours est-il que je vous invite à fouiller dans vos souvenirs, afin de vous rappeler ceux que, par un crime atroce, commis à leur préjudice, vous avez mis en droit d'exercer contre vous une vengeance terrible et légitime.

— Je n'ai jamais commis aucun crime, dit le duc ; je n'ai jamais fait de mal à personne ; je jure avoir plus à me plaindre de l'humanité que celle-ci n'a à se plaindre de moi.

— Que dites-vous, monsieur le duc ? s'écria Jeanne stupéfaite.

Un jour affreux venait de se faire dans son esprit.

Elle commençait à soupçonner Guiffart de l'avoir trompée, en lui affirmant que le duc des Uzelles était bien le chevalier des Urbins qu'elle cherchait.

— Et cependant, non, se disait-elle, le chevalier ne peut m'avoir trompée, à moins qu'il ne l'ait été lui-même ; puisque c'est d'après ses conseils que je suis ici, et qu'il a prévu la scène qui arrive.

Sur cette réflexion, la señora revint au duc, qui la regardait avec autant d'impatience que de curiosité.

— Monsieur le duc, fit tout à coup la Paula, afin d'éclaircir ses doutes et jeter du jour sur la situation, vous avez fait la campagne d'Espagne, celle de 1823 ?

— Oui, madame, répondit M. des Uzelles assez étonné de l'interrogatoire.

— Avez-vous fait cette expédition sous votre nom?

— Non, madame, des raisons politiques m'avaient obligé à prendre un faux nom : celui de vicomte des Urbins.

Un éclair de joie passa comme un feu follet sur le front de la señora.

— Guiffart ne m'a pas trompée, pensa-t-elle. Les assassins n'ont pas frappé un innocent. Un instant je l'ai craint. Ah ! enfin je suis en face du vicomte des Urbins, du séducteur de ma mère, de l'assassin de mes oncles...

— Vous êtes bien l'homme qu'on m'avait dit, fit la Paula à haute voix, maintenant causons, et dans quelques instants, vous saurez pourquoi vous êtes mourant aujourd'hui. Vous êtes mortellement blessé, monsieur le duc, mais vous avez l'esprit assez lucide pour parfaitement vous rappeler des faits aussi importants que ceux que je vais dire.

Jeanne raconta immédiatement l'histoire de sa mère et du vicomte des Urbins, elle n'omit aucun des horribles détails de ce crime affreux, de cette lâche et sanglante trahison. Le duc l'écoutait attentivement, surpris et sans l'interrompre. Il devinait tout un affreux mystère, dans cette nouvelle et sale intrigue, dont en fin de compte, il était la victime.

Quand la Paula eut terminé :

— Et c'est moi qu'on accuse de tous ces crimes? demanda-t-il à Jeanne d'une voix étouffée.

Il ne pouvait plus parler qu'avec de grandes difficultés.

— Ne fîtes-vous pas la campagne sous le nom de vicomte des Urbins, monsieur le duc?

— Oui, je vous le répète, mais je dois ajouter et je puis le prouver, par une correspondance que j'ai conservée, que je n'ai pas paru à l'armée. Je suis resté tout le temps que dura l'expédition auprès du roi Ferdinand, pour qui j'avais une mission diplomatique et secrète. Ainsi, je puis vous jurer que je n'ai commis aucun des crimes dont on m'accuse, que je les ai même ignorés, que c'est la première fois que j'entends dire qu'il y avait deux vicomtes des Urbins, dans les rangs de l'armée d'Espagne.

— Deux vicomtes des Urbins ! s'écria Jeanne avec une stupide épouvante.

Elle comprenait enfin toute l'étendue du mal qu'elle avait fait à deux innocents. Le duc et Léonce (Léonce qu'elle aimait) avaient été ses victimes. Elle avait participé à l'assassinat du premier et à la ruine du second.

Elle était enfin convaincue de son erreur.

Cette conviction établie dans son cœur, elle sentit tout à coup deux sentiments grandir en elle et l'envahir toute entière :

Son amour pour Léonce.

Sa haine, une haine farouche et sauvage, contre ceux qui avaient égaré sa vengeance, qui l'avaient faite leur complice.

Désespérée, affolée elle se jeta à genoux près du lit du duc :

— Oh ! monsieur, si vous saviez..., dit-elle.

Ce fut tout ce qu'elle put dire.

Le duc ne s'expliquait pas bien la démarche et la conduite de la jeune femme, mais pressentant déjà qu'il avait été victime d'une erreur, il reprit :

— Oui, madame, il est évident qu'il y avait à l'armée d'Espagne, deux officiers, portant à tort ou à raison le nom de vicomte des Urbins, moi et le lâche qui a commis les crimes que vous venez de dire, mais pourquoi cette position ? Pourquoi êtes-vous à genoux, comme si vous aviez une grâce où un pardon à me demander?

— J'ai l'un et l'autre à solliciter de votre bonté, monsieur le duc, fit la Paula, qui ne pouvant retenir ses larmes, malgré son énergie, éclata en sanglots.

— Enfin que signifie ces mots : Si vous saviez? demanda le duc touché des pleurs de la belle visiteuse, qu'il supposait être des larmes de repentir.

— Vous allez tout savoir, monsieur le duc, dit Jeanne; quand j'aurai terminé, vous ferez de moi ce que vous voudrez, vous me livrerez à la justice, si bon vous semble; j'avouerai tout, comme je vais tout vous avouer à vous-même.

Jeanne raconta toute son histoire à M. des Uzelles, mais en insistant particulièrement sur la façon dont Guiffart s'était glissé dans sa confiance, et comment elle était devenue un vil et misérable instrument entre les mains du bandit. Elle parla aussi de son amour pour Léonce, de l'affection de ce dernier pour son père, de son épouvantable désespoir, quand il avait appris qu'il avait été la cause involontaire du meurtre commis au Rideau.

Dans cette partie de son récit Jeanne eut la véritable éloquence du cœur. Ses paroles trouvèrent le chemin de celui du duc.

Ne plaidait-elle pas la cause de l'homme qu'elle aimait enfin, qu'elle aimait avec d'autant plus de violence qu'un obstacle insurmontable avait longtemps existé entre eux?

— Comment, mon fils m'aime à ce point ? fit le duc.

— Oui, M. le duc, reprit la Paula, et savez-vous, il faut que vous vous guérissiez, que que vous viviez, pour nous pardonner, à Léonce et à moi, d'abord ; ensuite pour nous aider à punir les misérables que je connais, et à découvrir le faux vicomte des Urbins, à l'instigation duquel ces meurtriers ont sans doute agi.

— Quelle raison ces hommes avaient-ils pour s'attaquer à moi ?

— Ce sont des usuriers, fit la Paula, et ils convoitaient votre fortune.

— C'est juste, fit le duc.

— Ainsi, il faut que vous viviez, monsieur le duc.

Ce dernier eut un triste sourire et dit lentement :

— Vivre, mon enfant, c'est impossible ; je sens mon mal et suis certain de ne pas aller loin. Très probablement je ne passerai pas la nuit prochaine ; puis, je tiens fort peu à la vie, il y a quinze jours, je voulais mourir, de sorte que je suis heureux de ce qui m'arrive. Quand à Léonce, quant à vous, je vous pardonne de grand cœur. Après ma mort...

— Ne parlez pas ainsi, monsieur le duc, fit la Paula en sanglotant.

— Après ma mort, reprit le duc avec plus d'autorité, mon fils trouvera dans mes papiers la correspondance dont je vous ai parlée, elle vous prouvera que je suis bien innocent des crimes dont on m'a accusé à vos yeux.

— Innocent !... Oh ! mon Dieu !... insensée, misérable que j'ai été,.. s'écria encore Jeanne, en laissant tomber sa figure sur le bord du lit.

D'affreux sanglots déchiraient sa poitrine.

19

Il fut fort étonné de voir entrer une femme.

Jamais repentir ne fut plus profond ni plus sincère que le sien...

Le duc laissa Jeanne s'abandonner à son désespoir pendant un instant; puis il finit par lui dire,

— Ne vous désolez pas ainsi, mon enfant; surtout ne me plaignez pas, mes assassins m'ont rendu service, en m'épargnant la peine de me suicider. C'est assez vous dire qu'en mourant, j'emporterai un secret important dans la tombe; il doit en être ainsi. Si je veux éviter à Léonce un chagrin inutile, qui empoisonnerait le reste de ses jours. Ne m'interrogez donc pas. Quant à vous, vous êtes jeune, riche, belle, vous aimez Léonce, laissez-vous aller à cet amour; car Léonce, je le sais depuis longtemps, a un noble cœur. Il n'est point de son époque, et est fait pour rendre une femme heureuse. Vous avez le bonheur à votre portée. Saisissez-le donc; l'occasion ne se représentera peut-être pas une seconde fois.

Un conseil, mettez de côté vos désirs effrénés de vengeance, ces passions-là, voyez vous, dessèchent le cœur, étiolent l'âme et accaparent la vie. Depuis vingt-trois ans l'homme que vous cherchez est mort ou puni, oubliez...

Moi aussi, depuis dix-huit ans, je poursuis, je cherche, je traque un ennemi mortel, aujourd'hui je meurs sans avoir pu le joindre, sans avoir goûté un instant de bonheur, depuis le jour où cet homme m'a cruellement offensé. J'ai l'âme ulcérée, je n'aime rien, et en suis arrivé à ne pas m'aimer moi-même.

Voilà où arrive l'homme qui consacre son existence à une vengeance si légitime qu'elle soit.

Vous devez voir que les conseils que je vous donne, sont ceux d'un ami. Adieu donc, dites pour moi adieu à Léonce, mais qu'il ne revienne pas. Maintenant, laissez-moi, je suis faible et épuisé par notre entretien ; cependant, j'ai encore bien des choses à faire, aurais-je le temps ?...

Jeanne serra les mains du blessé et s'éloigna, le visage voilé d'un mouchoir qu'elle arrosait de ses larmes.

En arrivant à l'hôtel ou Léonce l'attendait, elle se jeta, avec toute la fougue d'un amour passionné, dans les bras de ce dernier, en s'écriant :

— Courage, Léonce, ton père se meurt... mais je t'aime comme jamais homme n'a jamais été aimé.

— Que s'est-il donc passé? Demanda le marquis très étonné du changement de la Paula.

— Plus-tard, tu sauras tout. Pour l'instant prions pour ton père.

— Il est mort? demanda Léonce avec égarement.

— Non.

— Alors il ne veut pas me voir.

— Il m'a dit de te faire ses derniers adieux, et que tu n'y retourne pas. Prions, te dis-je. Dieu lui suggérera peut-être une nouvelle résolution....

Léonce s'agenouilla enfin auprès de Jeanne qui, dévote jusqu'au fanatisme, comme beaucoup de femmes le sont en Espagne et en Italie, priait déjà avec ferveur.

Aussitôt Jeanne partie, Mohamed vint reprendre sa place au chevet de son maître.

Depuis deux heures le duc avait beaucoup parlé pour un blessé ; il était haletant. Au reste, son état empirait visiblement.

Il se reposa pendant une heure ; puis, dit au mameluck d'une voix à peine intelligible :

— Debout, Mohamed.

— Que voulez-vous, M. le duc ?

— La mort approche.

— Vous prenez la fièvre pour la mort.

— Non pas.

— Alors que voulez vous?

— Te parler d'elle, que tu saches au moins ce que tu dois en faire après ma mort.

V

LES DERNIÈRES VOLONTÉS DU DUC.

— Il y a huit ou dix jours, fit le duc ; quand je formai le projet de mourir, tu sais qu'elle était ma résolution, quant à la duchesse, lors de ma dernière entrevue avec cette dernière, je l'avertis elle-même de cette résolution. Moi mort, elle devait mourir de faim dans sa prison, personne ne devait plus pénétrer jusqu'à elle. Ce château devait rester désert pendant un an, toi-même tu devais le quitter pour retourner dans ton pays. Aujourd'hui, j'ai changé d'idée, le projet qui me semblait juste et bon, il y a huit jours, me semble barbare et mauvais à l'heure présente.

— Alors qu'avez-vous décidé ? demanda Mohamed.

— J'ai décidé que la duchesse resterait comme elle est, que tu hériterais de ma mission.

— C'est-à-dire que vous voulez que je devienne son geôlier, son bourreau ?

— Il le faut, Mohamed.

Le mameluck avait une si grande habitude de l'obéissance passive aux ordres du duc, qu'il ne répondit rien d'abord ; mais peu après il s'écria pourtant :

— Comment, il faut, M. le duc, que je m'applique, que j'use mes forces à remplir une tâche que vous-même vous ne vous sentiez plus la force de continuer ? Ne m'avez-vous pas répété cent fois que la victime userait le bourreau ?

— C'est vrai, Mohamed ; mais, s'il en était ainsi, c'était parce que j'aimais Madeleine et que je l'aime encore.

— Moi, dit le mameluck, je ne l'aime pas, il est vrai ; je n'ai pas cette raison pour la prendre en pitié, mais j'en ai un autre : Si Mme la Duchesse vous a outragé, elle ne m'a rien fait à moi, et j'ai un cœur comme tout le monde.

— Il faut que tu fasses ce que je dis, répondit le duc.

— Je vous en prie, dit le mameluck.

— Il faut que tu me jures par les serments les plus solennels de le faire, reprit M. des Uzelles avec une insistance pleine d'autorité.

— Ne vaudrait-il pas mieux rendre la liberté à la duchesse ? observa l'arabe.

— La duchesse sera libre à une condition, répondit le duc.

— Laquelle ? demanda le mameluck.

— Aussitôt que je serai mort, dit M. des Uzelles, qui parlait de sa mort comme d'une chose très naturelle ; tu descendras chez la duchesse. Tu ne lui diras rien de ma mort ; de cette façon tu l'éviteras une foule de scènes pénibles, tendant à te faire manquer à ta mission et faillir à ton serment. Au contraire, tu lui diras que je suis furieux contre elle, et que sa tentative d'assassinat m'a décidé à ne plus descendre chez elle.

Tu ajouteras, comme si tu remplissais un message :

« Cependant, M. le duc, m'a chargé de vous dire qu'il dépend de vous d'être libre. Nommez-lui votre complice ; et, aussitôt qu'il se sera assuré que vous ne lui donnez pas un faux renseignement, je vous ferai sortir d'ici. »

— Ainsi, dit Mohamed, si j'accepte les terribles fonctions que vous voulez m'impo- ser, et que plus tard, la duchesse m'avoue le nom de son amant, je pourrai la mettre en liberté, sans violer le serment que vous exigez de moi ?

— Parfaitement, dit le duc.

— Mais l'homme, quand je saurai son nom ? demanda encore Mohamed.

— Tu le tueras, fit le duc froidement.

— Un crime ! du sang, toujours du sang !

— Hésiterais-tu ? demanda M. des Uzelles.

Le mameluck réfléchit une minute et finit par dire :

— J'accepte, et je jure par les cendres de mes pères de remplir fidèlement ma mission, de garder la femme ici et d'assassiner l'homme ; mais à une condition.

— Laquelle ? dit le duc.

— Cette femme, cet homme ont un enfant. S'ils sont coupables, il est innocent, lui.

— Après ?

— Eh bien, cet enfant dont j'aurai martyrisé la mère, dont je tuerai le père peut-être, je veux qu'il me doive quelque chose ; vous-même, M. le duc, vous lui devez une compensation.

— Explique-toi.

— En deux mots, je veux assurer sa fortune. Si vous avez fait un testament préju- diciable, dites-le moi, que nous le détruisions ; car, si on en trouve un semblable après votre mort, je ne remplis pas la mission dont nous venons de parler.

— Alors tu veux que je laisse ma fortune à Léonce, qui n'est qu'un étranger pour toi ?

— Vous voulez bien que je me fasse le bourreau et l'assassin de gens qui ne m'ont jamais rien fait.

— Etrange ! Etrange ! fit le duc ; je vais être forcé de faire la fortune, d'assurer la vie d'un homme qui, quand mes désirs de vengeance me montaient à la tête, devait suivant mes prévisions, finir à l'hospice que je voulais fonder par testament.

— Un testament, en avez-vous fait un ? dit Mohamed.

— Non.

— Eh, bien si vous acceptez mes conditions, vous renverrez le notaire.

— Sans faire de testament, fit le duc ; mais tu rempliras bien exactement la mis- sion que je te confie.

— Je vous le jure encore une fois, dit Mohamed d'un ton solennel.

— Ta main alors, reprit M. des Uzelles.

Le maître et le vieux serviteur se serrèrent tristement la main. Tous deux se sa- vaient à la veille d'une séparation éternelle.

. . . .

Le duc avait eu raison quand il avait dit à la Paula :

« Très probablement que je ne passerai pas la nuit. »

Le lendemain il était mort. Mort sans avoir fait de testament. Léonce devenait duc et héritier d'une immense fortune — cinq millions environ. — Mais il avait un compte terrible à régler avec les usuriers, qui avaient fait assassiner son père. Cependant il se sentait fort pour soutenir la lutte qu'il pressentait ; fort parce qu'il était enfin certain d'être aimé de la Paula,

Et la Paula lui avait dit, quand il lui avait parlé des deux millions qu'il était censé devoir à ces scélérats.

— Ne crains rien d'eux, Léonce : laisse les venir et engager la lutte, Moi aussi j'ai de grande raisons pour les haïr ! Ce sont eux qui ont fait de moi une sorte de panthère altérée de sang et de meurtre, ce sont eux qui ont dirigé ma haine contre ton père et toi, deux innocents : je ne puis plus en douter, maintenant que j'ai lu la correspondance de ton père en Espagne. Lâche et trop crédule, je n'ai été qu'un vil instrument entre leurs mains, j'ai même trouvé en moi assez d'énergie pour combattre l'amour que j'éprouvais pour toi, afin de faire réussir leurs odieuses menées. Ton père ne m'eût pas reçu à son lit de mort, ne m'eût pas expliqué son rôle en Espagne ; que, le croyant coupable des crimes que tu sais, j'eus fais de toi le plus malheureux des hommes, parceque dans notre famille, ma mère me l'a toujours dit, quand une vengeance est légitime, on poursuit son ennemi, jusque dans sa troisième génération.

« Ecoute Léonce, si ces misérables, ces scélérats, ces suppôts de l'usure dont l'or est le Dieu, qui, pour de l'or, déciment les familles et commettent tout les crimes, si ces hommes de sang et d'argent ont tué ton père, malheureusement, fatalement, je les ai aidés ; ce crime, il faut que je l'expie.

« Je t'aime, ton amour me rendrait la plus heureuse des femmes. Eh bien ! je te jure, par cet amour même, que nous ne nous appartiendrons que quand j'aurai vengé la mort de ton père ; alors que tu pourras me pardonner la part que j'ai prise à ce crime.

« En ce moment, Léonce, il y a un sacrilège et du sang entre nous. Nos baisers seraient peut-être enivrants, quand tu oublierais ; mais, quand certains souvenirs assiègeraient ton esprit, tu me repousserais, tu fuirais mes caresses et mes baisers ; il te semblerait que j'aurais du sang de ton père aux lèvres.

« Quand j'aurai vengé la mort de ton père, quand j'aurai assuré notre avenir, en abattant et écrasant la nichée d'oiseaux de proie qui nous couvent du regard, je serai, digne de toi ; alors, à nous le bonheur.

« Je lis ton impatience dans tes yeux. Sois tranquille, ce ne sera point long. J'ai été assez dissimulée pour te tromper, je saurais bien les jouer eux aussi. J'ai des armes terribles contre eux et des amis courageux qui nous aideront.

« Nous allons retourner à Paris ; comme tu hérites de ton père, que ce dernier n'a point fait de testament, afin que les Guiffart et autres me croient une complice toujours dévouée à leurs intérêts, je leur affirmerai que c'est moi qui a détruit le testament du duc des Uzelles, comme ils m'en avaient chargée.

« Comprends-tu, je hurlerai avec ces loups, jusqu'au moment de les perdre ? Oh ! tu verras... Puis, je ne sais, mais quand je me rappelle certaines scènes de mes relations avec le chevalier de Guiffart, que je me souviens que c'est lui, qui le premier m'a parlé des malheurs de ma mère et du crime du vicomte des Urbins ; je me persuade que cet homme ou plutôt ceux dont il n'est que l'agent, connaissent le véritable séducteur de ma mère, le véritable assassin de mes oncles.

« S'il en est ainsi, en poursuivant les meurtriers de ton père, je trouverai sans doute le traître, l'infâme que je cherche depuis si longtemps...

« Courage, Léonce; comme moi, espère!... Il y a une providence au ciel, j'ai la conviction que, dans la lutte qui se prépare, elle fera triompher les gens de cœur de cette bande de misérables si ceux-ci sont nombreux, nous ne serons pas seuls, crois-le bien.

VII

LE FAMEUX TRIO.

Léonce fit faire à son père un service funèbre splendide, qui réunit les gens les plus notables du pays. Le duc, avant de mourir, avait manifesté plusieurs désirs, devant les témoins de son agonie : Celui d'être inhumé dans la chapelle du château, celui du Rideau ne fut habité par Mohamed, qu'autant que cette résidence plairait à ce dernier. Le mameluck connaissait seul la raison de cette dernière volonté de son maître. Les autres ne virent dans ce désir du duc qu'une dernière originalité, digne, en tous points, de servir de couronnement à toutes celles qu'il avait faites.

Léonce vit dans ce vœu une preuve de la profonde et vieille amitié qui unissait les deux veillards.

Quoiqu'il en fût, ces deux désirs de M. des Uzelles furent exaucés. Il fut enterré dans la chapelle ; et, le lendemain de ses funérailles le château était désert ; Mohamed l'habitait seul avec sa prisonnière.

Léonce n'en avait rien enlevé. Le mameluck en ferma les portes, les fenêtres et les persiennes, et se retira dans le petit pavillon de chasse où nous l'avons vu pour la première fois. Toutes les nuits il allait porter des provisions à la recluse.

Les événements de ce drame nous rameneront à ces deux personnages que nous abandonnons pour l'instant à leur position d'isolement.

Le premier soin de Léonce fut de garantir le million que son père avait donné en dot à Oscar et à Angèle. Ceux-ci, le deuil dans le cœur, retardèrent leur mariage de quelques mois. Comme ils ne doivent plus reparaître dans ce récit, disons de suite qu'ils se marièrent un an après la mort du duc, et se retirèrent dans une charmante propriété, ou il emmenèrent Mme Agathe.

De ces trois personnes, Mme Agathe parut longtemps la seule qui ne fut complètement heureuse. Elle avait fréquemment des heures de tristesse et de langueur.

La douce et sensible créature pensait alors à la prisonnière du Rideau et se demandait ce que l'infortunée était devenue, mais elle ne confiait ses pensées à personne. Ses enfants eux-même ignorèrent toujours le motif de ce qu'ils appelaient *ses humeurs noires*.

La justice fit une enquête sur le crime du Rideau; le cadavre du Ribouilleur lui servant de point de départ, elle conclut que le crime n'avait eu pour mobile qu'un vol important. Quand aux complices du Ribouilleur, elle ne put parvenir à les découvrir, quoiqu'elle fît; et il ne vint à l'idée de personne de soupçonner Léonce et la Paula d'être pour quelque chose dans l'attentat.

Ces deux derniers, toutes ces affaires terminées, en Touraine, revinrent isolément et le même jour à Paris.

Ils en étaient absents depuis un mois environ. Le mois de septembre commençait.

C'était le surlendemain de l'assassinat du duc des Uzelles, Guiffard et Tournebuc étaient arrivés à Paris le matin même.

Le chevalier avait prévenu ses associés de son retour, en leur enjoignant, en quelque sorte avec autorité, de se trouver, à midi, réunis chez M. le comte de Mercœur et de l'y attendre.

— J'ai absolument besoin de vous parler, aussitôt arrivé, disait-il, dans sa lettre au marquis de Courville; lettre que celui-ci devait sur le champ communiquer au père de Reine.

Convaincu de son importance et plus encore de celles des services qu'il rendait à l'association, rien d'étonnant à ce que M. Guiffard prit ce ton de maître à l'égard de ses collègues.

Toujours est-il que le spadassin, après s'être arrêté quelques minutes place Maubert, afin de demander quelques comptes à Nivodan, sortit de chez lui, gagna le quai à pied, prit une voiture et se fit conduire le plus rapidement qu'il pût, rue de la Chaussée-d'Antin, chez le gentilhomme-banquier.

Un valet de chambre qui épiait l'arrivée du chevalier, avait l'ordre de l'introduire de suite dans le cabinet du comte.

A midi, M. de Courville entra chez son ami. Le vieux débauché n'était pas encore bien remis de son échec de la place Royale; et, quoiqu'il ignorât complètement ce que Juliette était devenue, il était loin d'être guéri de sa passion pour cette dernière.

Il avait bien essayé d'oublier, en s'abandonnant à des amours faciles et éhontées. Vains efforts, le souvenir de la jeune fille ne cessait d'être présent à sa mémoire et était pour lui une source de chagrins, de regrets et d'élans de rage.

A ces heures de furieuse et impuissante colère, la nuit, quand la plus cruelle insomnie l'épuisait, en lui supprimant le sommeil, cet homme, tourmenté par le démon de la luxure, devenait comme fou.

Les songes, les cauchemards les plus étranges agitaient ses rares instants de sommeil, et en faisaient un supplice bien autrement cruel que la plus terrible insomnie. Chose étrange, mais qui se produit presque invariablement en pareil cas, un des cauchemards de M. de Courville commença d'abord, par se répéter plus que les autres; puis, le marquis n'eût bientôt plus que celui-là. Le misérable ne pouvait pas s'assoupir, sans qu'aussitôt il aperçut Juliette. La jeune fille plus belle encore qu'elle était peut-être réellement, était couchée et endormie sur un divan faisant partie du mobilier d'un salon somptueusement meublé. Elle était entièrement à sa merci. Alors il s'approchait d'elle sur la pointe des pieds, lui parlait, en lui prodiguant les mots les plus doux, afin de ne pas la réveiller en sursaut. Juliette se réveilla enfin, lui souriait d'une façon charmante, l'attirait en quelque sorte à elle. Il se précipitait dans ses bras avec une ardeur toute juvénile; mais, ô déception! au moment où il commençait à sentir une étreinte qu'il attribuait à d'amoureux transport, cette étreinte devenait violente, insupportable, elle l'étranglait, l'étouffait, et à mesure qu'elle devenait plus forte, la jeune fille se transformait en un serpent difforme, gigantesque, visqueux, horrible. Enfin il arrivait un moment où le monstre l'entourait de ses mille replis, l'enchaînait de ses inextricables anneaux.

Le marquis dépérissait à vue d'œil et les saturnales auxquelles il prenait part finissaient par ne plus lui inspirer qu'un invincible dégoût de lui-même et des autres.

Le comte de Mercœur était toujours l'homme hautain, souriant, content de lui-même, que nous avons vu au commencement de ce récit, dans sa charmante villa de Damarie-les-Lys. Son air de prospérité avait seulement plus de morgue et plus d'aplomb.

Aux bénéfices que la société usurière avait réalisés depuis deux mois qu'elle était fondée, le peu scrupuleux spéculateur était enfin convaincu que, grâce à l'*idée* mise en pratique du marquis de Courville, il élèverait en fort peu de temps sa fortune à un chiffre formidable.

A midi et quelques minutes, le spadassin mettait le pied dans l'antichambre de son co-associé.

Un domestique l'introduisit dans le cabinet où le marquis et le comte parlaient de lui en l'attendant.

En traversant un salon, le chevalier avait rencontré Mlle Reine.

Il l'avait salué profondément, l'altière et belle jeune fille ne lui avait répondu que par un regard dédaigneux.

Reine, en ce moment, se rendait au jardin, où M. Berlingot, son sceptique et ambitieux adorateur, lui avait donné un rendez-vous qu'il prétendait décisif.

Dans quelques instants, le lecteur apprendra les résultats de cet entretien du caissier homme de paille et de la jeune fille, auquel nous ne le ferons pas assister.

Ces résultats lui feront deviner les résultats de la conversation intime dont nous lui faisons un mystère.

Guiffart, en entrant dans le cabinet du comte, quand la porte en fut refermée, et qu'il eût entendu le bruit des pas du valet se perdre dans l'éloignement, dit à ses complices :

— Vous êtes exacts, merci ; c'était important.

— Et là bas, au Rideau ? demanda le marquis.

— Le duc était mortellement blessé, quand je suis parti ; fort probablement qu'il est mort à présent. Les journaux de demain nous en apporteront la nouvelle.

— Enfin... dit M. de Courville, en laissant échapper, malgré lui, un soupir de soulagement

— Vous le détestiez donc bien ce pauvre duc, marquis ? demanda Guiffart, en lisant sur M. de Courville un regard inquisiteur.

— Oui, fit le duc un peu embarrassé, c'était un vieil ennemi.

— Il est mort à présent, dit Guiffart, et voici comment.

Il raconta comment les faits s'étaient passés tant à Château-la-Vallière qu'au Rideau. Quand Guiffart termina son récit, en disant comment il avait laissé le duc sous la

Léonce n'eut pas le courage de retenir Jeanne.

garde de la Paula ; le marquis pâlit affreusement et se sentit comme mal à l'aise sur son siège.

— Comment vous avez laissé la Paula seule avec le duc ? demanda le marquis à Guiffart.

— A qui pouvais-je confier le soin d'enlever le testament ou d'empêcher d'en faire un ? répondit le spadassin. La Paula n'était-elle pas, en raison de la haine qu'elle nourrissait contre le duc, notre meilleure et plus fidèle alliée ?

— Quoiqu'il en soit, c'est une faute grave que vous avez commise, dit le marquis sèchement.

— Comment une faute grave ? se récria Guiffart, en ponctuant sa phrase de façon à ce que le duc la prit pour une interrogation.

— A ce sujet, fit le marquis, je vous en prie, laissez-moi ma manière de penser.

Le comte et le chevalier échangèrent un regard, comme pour se faire réciproquement observer que le marquis leur cachait quelque mystère important.

Le spadassin continua :

— Si j'ai commis une faute, cette faute nous rapportera deux millions au moins, et cinq millions peut-être... Je désirerais, marquis, pour le bien et la prospérité de notre association, que vous commettiez souvent des fautes semblables.

— Chevalier, vous résumez toute cette affaire à une question d'argent.

— Dam, marquis, nous sommes des usuriers c'est vous qui l'avez voulu; malgré nous, nous sommes des gens à n'adorer que le veau d'or.

— Il me semble, dit le comte de Mercœur, que, comme nous avons mis huit cent mille francs dans l'affaire, c'est-à-dire tous nos bénéfices, depuis que nous nous sommes constitués en société, la question d'argent a bien son importance. Vidons la donc entièrement, que disiez-vous, chevalier ?

— Je constate que, pour que nous soyons remboursés de nos avances, il fallait trois choses : que le duc mourût, qu'on ne trouvât aucun testament après sa mort et que son fils héritât de lui.

Parfaitement dit le comte.

— Le fils héritant nous remboursait et bien au delà.

— C'est-à-dire qu'il nous payait les deux millions qu'il a reconnu nous devoir, dit de Mercœur.

— Deux millions !... repartit Guiffart, je ne le tiendrai pas quitte à si l'on compte.

— Que voulez-vous dire ?

— Je vais m'expliquer :

Le marquis de Courville, enseveli dans d'absorbantes réflexions, paraissait étranger à la discussion qui avait lieu:

— L'acte que mon envoyé a fait signer au marquis des Uzelles est conçu dans des termes tels, reprit le chevalier de Guiffart, qu'il peut devenir une arme terrible entre nos mains. En effet, que dirait un procureur du roi de cette reconnaissance de deux millions, signée huit jours avant l'assassinat du père par le fils, qui a toutes les raisons possibles de se supposer sur le point d'être déshérité ? Est-ce que ce magistrat ne trouverait pas ce chiffre de deux millions exhorbitant pour une dette de jeune homme? Est ce qu'il n ouvrirait pas les yeux en lisant ces mots, je paierai... *à la mort de mon père...?* Ce dernier membre de phrase est significatif, je crois.

— En effet, cet acte est bien compromettant pour le jeune marquis, répondit de Mercœur, je m'en suis aperçu en le lisant, quand votre commis Nivodan me l'a remis. mais comment comptez-vous faire jouer un rôle au procureur du roi dans cette affaire? Le procureur du roi, c'est une enquête, une enquête c'est notre perte ainsi que celle de notre client. Le moins que nous pourrions perdre à ce jeu, serait les deux millions; à la vérité, Léonce pourrait y perdre la tête, car je ne doute pas qu'en s'appuyant sur une telle preuve à conviction l'accusation de parricide ne fasse son chemin.

Guiffart haussa les épaules fort peu respectueusement, et eut un sourire d'ironie mêlé de pitié, comme si il eut eu une faible idée des talents de l'intelligence et de la perspicacité de M. de Mercœur, puis il finit par dire :

— D'aucune façon, je n'abandonnerai les deux millions que nous pouvons considérer comme encaissés. Mais voici ce que je vais faire : écoutez bien cela :

Ces derniers mots rappelèrent le marquis de Courville à la conversation, dont il avait cependant suivi le sens.

— Je connais un faussaire très habile, continua Guiffart, je vais lui faire faire une fausse reconnaissance, ce faux sera si semblable à l'original que M. des Uzelles lui-même s'y trompera et le prendra pour l'acte qu'il a signé.

— De sorte qu'il paiera à présentation de la fausse pièce ? demanda de Mercœur stupéfait de l'audace de Guiffart.

— Sans doute, continua ce dernier, puis, plus tard, quand nous aurons encaissé les deux premiers millions, je mettrai la véritable reconnaissance en circulation. C'est alors que Léonce sera sérieusement menacé du procureur du roi. Il faudra qu'il chante et il chantera, ou, si vous aimez mieux, il faudra, pour avoir le papier compromettant qu'il ajoute deux millions aux anciens, comprenez-vous ?

Le marquis et le comte ne répondirent au spadassin que par un regard de sincère admiration.

— Désormais, reprit le chevalier, par mesure de sûreté, nous ne devons correspondre que par écrit, et en employant un alphabet de chiffres connus de nous seuls, car, en venant vous voir, je pourrais non-seulement vous compromettre, mais compromettre encore le succès de notre entreprise. Je crois même qu'il serait prudent que je disparaisse, pour quelques jours, de la scène du monde.

— Où allez-vous vous cacher ? fit de Mercœur, qui appréciait l'importance des services que rendait le chevalier à l'association.

— Je ne sais trop, répondit Guiffart, je vais aviser un domicile et un travestissement, aussitôt que j'aurais trouvé un endroit sûr, je vous en informerai, en vous envoyant écrite la clef de notre future correspondance.

— Le faux, quand le ferez-vous faire ?

— De suite, donnez-moi l'original.

Le marquis et le comte échangèrent un regard dans lequel perçait une certaine inquiétude. Ils se demandaient s'il était prudent, de leur part d'abandonner à Guiffart une pièce si importante, dont ce complice pourrait parfaitement s'approprier le recouvrement.

Guiffart était trop observateur pour ne pas remarquer le mouvement du comte et du marquis, comprenant parfaitement le sens de leur muette interrogation.

— Que signifie cette hésitation ? s'écria-t-il, comment, vous n'avez pas confiance en moi ? Mais cette reconnaissance, si vous l'avez, c'est que j'ai bien voulu que Nivodan vous la remît. Sachez bien une chose, cet homme est un chien obéissant à mes ordres, je lui eus dit : *apporte...* qu'il m'eût remis les huit cent mille francs ou la reconnaissance, à mon choix. Je vous le déclare une fois pour toutes, vous comprenez mal vos intérêts, et s'il doit régner la moindre méfiance entre nous, dites-le, immédiatement je me retire de l'association et exige ma part de ce que nous avons en caisse...

— Le comte calma Guiffart, et lui remit l'acte signé par Léonce.

Quant au marquis il était retombé dans ses réflexions.

Quand le chevalier eut mis la reconnaissance dans son portefeuille et son portefeuille dans une poche sûre, il reprit :

— C'est tout ce que j'avais à vous dire, mais de votre côté n'avez-vous aucune communication à me faire? La famille Lamy... le capitaine Vigneul .. l'amour de Mlle Reine pour le beau capitaine...

Le chevalier s'apercevant que ses différentes interrogations avaient amené un éclair de joie sur le visage soucieux de M. de Courville, allait continuer et sans doute prononcer le nom de Juliette, il s'arrêta court et prêta l'oreille.

— Chut ! dit-il d'une voix étouffée, on vient, causons d'autre chose.

— Marquis, avez-vous assisté à la revue d'hier ? fit-il à haute voix et de façon à être entendu du salon qui précédait le cabinet du banquier.

On frappa doucement à la porte.

— Entrez, fit le comte.

C'était Reine de Mercœur.

— Que veux-tu ? fit le banquier.

— J'ai à te parler, répondit Reine avec son assurance habituelle.

— Tu vois bien que je suis en affaires.

MM. de Courville et Guiffart s'étaient levés, avec l'intention évidente de céder la place à la jeune fille.

Au reste le marquis était enchanté de l'arrivée de Reine, il espérait entretenir Guiffart en particulier et lui parler de Juliette.

— Oh ! messieurs, dit Reine, ne vous dérangez pas, je vous prie, quand j'ai dit à mon père que j'avais à lui parler, je me suis trompée. J'aurais dû dire : « Je suis enchantée, messieurs, de vous trouver réunis, car j'ai à vous parler à tous trois. » Ainsi M. le marquis, M. le chevalier, vous pouvez vous rasseoir.

Les trois complices surpris, stupéfaits de l'air délibéré et de l'assurance de Reine, échangèrent un regard qui trahissait leur vague inquiétude.

VII

REINE, SUIVANT L'EXPRESSION VULGAIRE, MET LES PIEDS DANS LE PLAT.

Reine s'assit entre les trois complices, avec autant d'aisance que dans une salle de bal somptueusement décorée, elle eut pris place au milieu d'un essaim de jolies femmes moins belles qu'elle et jalousant son triomphe.

A côté de cette fleur de beauté qu'on appelait Reine, le trio ne brillait pas à son avantage.

Le marquis avait l'air de ce qu'il était, un vieillard que les orgies ont usé qu'un abus fréquent des plaisirs sensuels a flétri.

Le comte avait la physionomie de tout parvenu enrichi, dont les instincts cupides sont si violents qu'ils se reflètent dans le moindre de ses traits.

Malgré sa distinction, sa bonne tenue habituelles, le chevalier, en ce moment, eut pu passer pour un traître de mélodrame, ou a moins un conspirateur.

Le fait était qu'il augurait mal de la démarche de Mᵉ de Mercœur.

— Messieurs, fit Reine, ma démarche vous étonne ; j'avoue qu'elle a le droit de vous surprendre ; mais je vais faire en sorte que cet événement soit de courte durée. C'est avec franchise que je vais aller droit au but. Il y a deux mois environ, vous m'avez jouée d'une façon indigne.

Les trois complices eurent un mouvement de surprise. Le début promettait.

— Voici le fait, Messieurs, dit Reine ; mon père qui, à quelques centaines de mille francs près, était ruiné ; vous, M. le marquis qui l'étiez tout à fait, et vous M. le chevalier qui n'avez jamais rien eu, vous eûtes l'idée de vous réunir, dans le but de faire, en peu de temps, une fortune considérable. Les moyens de réaliser cette fortune , je puis vous le dire, ce sont ceux que comporte l'usure. Me comprenez-vo s bien , Messieurs ? l'usure !

Et Reine appuya sur ce dernier mot, en attachant un regard étincelant d'un mépris écrasant sur l'ignoble trio.

Après tout, reprit-elle avec indignation, que m'importe vos principes , vos penchants, vos instincts et vos vices ?... Ce que je ne veux pas, c'est d'être votre jouet. Je m'explique : Pour que votre société usurière opère sur une grande échelle, il vous fallait une mise de fonds. Ces fonds, vous manquant, vous me fîtes une position telle , que vous conservâtes entre les mains ma fortune, qui vous servit de mise de fond.

Les mêmes moyens furent employés par vous, auprès de M. de Broussay qui, également joué, vous confia la gérance de son avoir, l'innocent !

— Reine ! fit M. de Mercœur, comme pour imposer silence à sa fille.

— Laissez-moi, mon père, ce que je vous dis, j'ai le droit de vous le dire ; et vous, ainsi que ces messieurs, vous m'écouterez jusqu'à la fin ; je le veux.

— Écoutons, dit Guiffart, peut être finirons-nous par nous entendre avec Mademoiselle.

— Nous entendre... ! Se récria Reine avec hauteur.

— Il ne peut en être autrement, répondit Guiffart ; car il est probable, mademoiselle, que vous n'êtes point venue ici pour nous faire un cours de morale édifiante seulement.

— Non, ce serait du temps perdu, fit Reine, je suis venu pour vous reprocher ce que vous avez fait, et vous dire ensuite ce qu'il faut que vous fassiez.

— Je voudrais savoir en quoi notre conduite mérite votre blâme, mademoiselle ; dit Guiffart, à qui ses deux complices laissaient le soin de soutenir la lutte. Vous avez mis votre franchise en avant, je vais être aussi franc que vous. Il y a deux mois, au lieu d'être jouée par nous, c'est vous, mademoiselle, qui, votre amour pour le capitaine en tête, nous avez mis une série de mauvaises affaires sur les bras ; car, je vous le demande, que nous importait qu'une famille Lamy, composée comme vous savez, vécut heureuse et tranquille dans quelque coin de Paris? Que nous importait que M. Vigneul épouse Juliette, la fille de son père d'adoption?

Nous ne songions pas à eux; quand, tout à coup, vous vous éprenez du capitaine, vous renvoyez aux calendes votre mariage avec M. de Broussay, et nous priez de vous venir en aide pour rompre l'union projetée des deux jeunes gens. C'était difficile; pour atteindre ce but il nous a fallu blesser le capitaine et déshonorer le colonel. Qui veut la fin veut les moyens, vous n'avez pas à blâmer la violence de ceux que nous avons employés; c'est pour vous seule que nous avons agi.

Vous avez parlé de votre fortune, mademoiselle, n'êtes-vous pas mineure, et votre père n'est-il pas votre tuteur naturel? Pour vous émanciper, il fallait vous marier. Pouvions-nous vous faire épouser M. de Broussay malgré vous, ou vous marier à M. Vigneul malgré lui? Non. Voilà comment votre fortune est restée entre les mains de votre père, entre les nôtres, si vous voulez. Maintenant, cette fortune, que nous la fassions fructifier d'une façon ou d'une autre, c'est notre affaire. Ce qui vous importe, c'est qu'elle soit intacte et à votre disposition. Dès aujourd'hui, si vous voulez, M. le comte peut vous en compter les intérêts, depuis le jour où elle est entrée dans notre association. Quant à M. de Broussay, entre lui et nous, l'affaire se résume à une question d'argent; en nous confiant le sien, il a cru faire un placement avantageux et je puis vous assurer qu'il ne s'est pas trompé. Enfin, si je comprends bien le sens de votre démarche, vous voulez jouir de votre fortune, n'est-il pas vrai? Eh, bien, nous trouvons ce désir très naturel; M. de Mercœur va, dans le plus bref délai, assembler un conseil de famille, qui vous émancipera. De cette façon vous vous persuaderez peut-être que votre fortune ne nous est pas indispensable, et nous n'aurons ni reproches ni ordres à recevoir de vous.

Guiffart se tut, ses deux complices l'applaudirent du regard.

Il avait parlé avec tant d'assurance pour deux raisons: D'abord, parce qu'il était convaincu que Reine laisserait sa fortune entre les mains du comte; ensuite, parce qu'il comptait sur les deux millions de Léonce, comme s'il les eût eus en poche.

Déjà il jetait un regard de triomphe à la jeune fille.

Celle-ci réfléchissait, avant de commencer la lutte, dont la discussion qui venait d'avoir lieu n'était que le prélude; car Guiffart, malgré ses concessions, était loin d'avoir fait à Reine et à Berlingot la part que ceux-ci espéraient dans les travaux de l'association.

— Je vous remercie, monsieur le chevalier, dit Reine, d'avoir fait un exposé aussi clair et aussi précis d'une partie de la situation.

— Comment, d'une partie de la situation? se récria le chevalier.

— Sans doute, mais laissez-moi continuer; tout ce que vous avez dit et juste et vrai; pourtant, je ne vous félicite pas de votre franchise; car, malgré votre exactitude et votre éloquence, vous n'avez pas tout dit.

— Comment je n'ai pas tout dit, fit Guiffart avec un aplomb digne de lui.

— Non, vous n'avez pas tout dit, reprit Reine. Avez-vous parlé de l'enlèvement de Juliette qui n'est pas encore retrouvée? Avez-vous avoué le guet-apens dans lequel vous avez fait tomber le capitaine qui n'a échappé à vos meurtriers que par miracle, et que ses blessures forcent à garder encore le lit.

Tout autre que Guiffart eût été sans doute sérieusement embarrassé. Lui, ne perdit rien de son sang-froid et de son assurance.

— L'enlèvement et le guet-apens dont vous parlez, mademoiselle, répondit-il à Reine, ne sont que les conséquences inévitables de votre grande passion pour le capitaine. Pour vous plaire et concourir à la réussite de vos projets, nous avions déshonoré M. Lamy et j'avais mis M. Vigneul à deux pas du tombeau. — Ici je vous avoue, entre parenthèse, que si j'avais prévu tous les événements qui ont eu lieu depuis ce duel maladroit, j'eus immanquablement tué mon adversaire, sauf à vous faire fondre en larmes, Mlle Juliette et vous; de cette façon j'eusse évité l'enlèvement et le guet-apens.

Reine lança un regard étincelant de haine et de colère au spadassin.

— Continuons, reprit ce dernier, MM. Lamy et Vigneul, qui nous soupçonnaient d'être les auteurs du déshonneur du premier, étaient devenus des ennemis très dangereux pour nous. Ils cherchaient, fouillaient, furetaient partout et étaient sur le point de découvrir des faits accomplis par nous, soit que nous fussions réunis, soit isolément, que nous avions le plus grand intérêt à ensevelir dans les ténèbres de l'oubli. Nos têtes étaient en jeu, celle de votre père comme les nôtres, au marquis et à moi

Reine pâlissait à mesure que Guiffart, en exagérant les choses, lui révélait les mystères de la ténébreuse association dont il était l'âme.

Le chevalier remarqua l'émotion de la jeune fille.

— Ah ! Mademoiselle, dit-il, vous voulez de la franchise, des aveux complets; de cette franchise, de ces aveux qui ne ménagent aucune espèce de sensibilité, j'espère, maintenant, que vous ne me reprocherez pas de vous cacher quelque chose, je continue :

Entre MM. Lamy, Vigneul et nous c'était donc une lutte à mort qui était engagée. Quand j'enlevai Juliette, je voulais détourner de nous l'attention de nos ennemis; pendant qu'ils chercheraient la jeune fille, j'espérais qu'il nous laisseraient tranquilles. Il n'en fût rien, le contraire arriva, ils supposèrent la vérité, que nous avions enlevé Mlle Lamy.

Ils devinrent comme des tigres déchaînés après nous. De plus, M. Vigneul possédait depuis peu un secret qui pouvait personnellement me faire monter sur l'échafaud. Alors je n'hésitais pas je le mis dans l'état que vous savez.

Voici toute la vérité, mademoiselle, dites-moi, à présent, si votre amour pour M. Vigneul et votre haine contre Juliette ne sont pas les premières causes de tout ce qui s'est passé?

Sans ces deux sentiments qui, vous en conviendrez, vous étaient entièrement personnels, nous en serions peut-être encore à faire la connaissance de MM. Lamy et Vigneul, ainsi que celle de Mlle Juliette.

J'avais donc raison en disant : Que nous ne méritons en rien vos reproches et que vous nous avez mis une série de mauvaises affaires sur les bras. Quant à votre fortune, je...

— La question d'argent n'est pour moi que secondaire, dit Reine, en interrompant Guiffart; je trouve ma fortune aussi bien placée entre vos mains que partout ailleurs.

Vous avez parlé, laissez-moi m'expliquer à mon tour. Trêve de reproches, puisque vous ne voulez pas en recevoir. Parlons de l'avenir, de ce que j'exige de vous : où est Juliette, d'abord ?

— Nous n'en savons absolument rien, répondit le chevalier.

— Comment, vous n'en savez rien, s'écria Reine, et c'est vous qui l'avez enlevée !

— Je l'avais enlevée pour le compte du marquis de Courville, qui en était aussi follement épris que vous l'êtes du capitaine Vigneul: c'est lui qui se l'est laissé enlever à son tour. Expliquez-vous avec lui. Qu'il vous réponde, comme vous le désirez, nous-mêmes, nous en serons enchantés, car cette disparition de Juliette n'est pas sans nous causer de grandes inquiétudes.

— La jeune fille se retourna vers le marquis de Courville pour lui jeter un regard interrogateur.

Le vieux débauché raconta en peu de mots comment Juliette lui avait été enlevée place Royale, et termina en affirmant qu'il ne savait pas ce que sa prisonnière était devenue.

— Il faut la retrouver, dit Reine.

— C'est facile à dire, répondit Guiffart.

— Il le faut, vous dis-je.

— Permettez-moi de vous demander ce que vous voulez en faire ?

— La marier. .

— Avec qui? demanda Guiffart.

— Avec le capitaine Vigneul ; répondit Reine.

Les trois complices se regardèrent comme pour se demander si Reine avait bien toute sa raison.

— Vous êtes capricieuse, Mademoiselle, dit le chevalier ; c'était vraiment bien la peine de nous faire remuer ciel et terre pour empêcher un mariage à la conclusion duquel vous vous décidez enfin à vous employer. Mais, qu'allez-vous faire de votre amour pour le beau capitaine ?

— Ceci me regarde, dit Reine.

— Eh bien, si j'ai un conseil à vous donner, dit le chevalier; c'est celui de dormir sur les deux oreilles. Le mariage dont vous parlez se fera probablement plus tôt que vous ne pensez ; car Juliette n'a été enlevée que par M. Vigneul ou ses amis.

— Ce n'est là qu'une supposition.

— Une supposition juste toutefois.

— Très bien, attendons alors, fit Reine, mais ce n'est pas tout ce que j'avais à vous dire.

— En finiras-tu, au moins? dit M. de Mercœur, qui semblait sur les épines.

— Patience, mon père, le plus important me reste à vous dire. Quoiqu'il arrive, Messieurs, je veux que vous laissiez la famille Lamy et M. Vigneul en paix.

— Mais s'ils nous attaquent? dit Guiffart.

— Mettez-vous hors de leurs atteintes.

— Sans nous défendre?

— Oui

— C'est trop fort, s'écria le chevalier avec une colère mal contenue.

Il recula épouvanté.

Le marquis et le comte partageaient l'indignation de Guillart, et éprouvaient de violents désirs de s'insurger contre l'autorité que voulait s'arroger la jeune fille.

Mais avant de pénétrer dans le cabinet de son père, Reine avait eu un long entretien avec Berlingot, tous deux avaient arrêté des conventions qui devaient, sinon assurer le triomphe de la jeune fille, du moins lui permettre de braver la colère des usuriers.

Reine, reprit donc, sans s'épouvanter de l'orage qui s'amoncelait autour d'elle :

— Alors, vous ne voulez pas souscrire à cette première condition, c'est bien ; avant peu vous saurez ce qu'il vous en coûtera ; si vous faites le moindre mal à M. Lamy ou aux siens, ou si vous teniez la moindre chose contre moi, voici ce qui arrivera : Une personne, qui connaît parfaitement toutes vos affaires, qui sait toutes vos menées, qui n'ignore rien de vos crimes (c'est elle qui m'a si bien renseignée sur votre compte), vous dénoncera, de façon à ce que vous ne puissiez échapper à la justice.

— Des menaces ! s'écria M. de Mercœur avec emportement.

Reine resta impassible devant la colère de son père. Il était facile de voir qu'elle avait au dehors un appui, un complice sur lequel elle savait pouvoir compter.

— Puisqu'il n'y a que ce moyen de vous faire consentir... dit-elle.

— Assez, dit M. de Mercœur, après avoir consulté ses complices du regard, on fera ce que tu désires, quant à M. Lamy. En ce qui te concerne, nous n'avons aucune raison pour te faire du mal.

— Oh ! fit Reine avec incrédulité.

— Tu en doutes ?

Reine garda le silence.

— Cette enfant est folle, dit M. de Courville, l'amour l'égare. Voici ce que nous pouvons faire pour elle. Comme il est de notre intérêt à tous de savoir ce que Mlle Lamy est devenue, nous allons immédiatement la faire chercher. Que mademoiselle, qui, elle vient de nous l'apprendre, a des amis puissants, la fasse chercher de son côté. Nous nous tiendrons réciproquement au courant du résultat des nos démarches.

— Cet arrangement vous plait-il, mademoiselle ?

— Vous êtes plus aimable que ces messieurs, M. le marquis, dit Reine.

— Amabilité très égoïste, dit Guiffart, M. de Courville est le seul de nous trois qui ait un grand intérêt à retrouver Juliette. Avez-vous oublié qu'il en est éperdument épris ?

— Qu'importe, j'ai confiance en lui.

— Mais il me semble, reprit Guiffart que vous avez parlé d'autres conditions. Voyons, puisque vous êtes en veine de franchise...

— Pas aujourd'hui, monsieur.

Et sur ce refus, Reine se retira, en laissant les trois complices à leur étonnement.

VIII

GRELUCHET CHEZ M. DE MERCŒUR, BANQUIER.

— La chose est forte, s'écria Guiffart, comment, nous, des hommes d'intelligence, d'énergie et d'action, nous nous soumettrions aux volontés (c'est aux caprices que j'aurais dû dire) de cette jeune fille, nous verrions la marche de nos affaires entravée par ce petit maître en jupons ? Jamais !

— Ecoutez, Guiffart, dit le comte.

— Je sais ce que vous allez me dire, très cher, répondit le spadassin, vous allez me parler de ce complice mystérieux et menaçant qui doit nous dénoncer. Vous tremblez à cette menace, moi je ris et hausse les épaules. Ce complice est un honnête homme ou un coquin ; dans le premier cas, cet homme nous aurait déjà envoyés régler nos comptes avec dame Justice, sans nous faire faire des menaces absurdes. Il ne l'a point fait, c'est donc un coquin ; eh bien, un coquin cherchera à s'associer avec nous afin d'avoir la part du gâteau, et ne nous dénoncera pas.

— Mais comment le connaître ? dit le comte.

— Avant huit jours je vous dirai son nom, devant Mlle Reine, repartit le chevalier. J'ai déjà un soupçon.

— Voyons-le.

— Le coup, dit Guiffart, part de vos bureaux, cher comte.

— Vous croyez ?

— J'en suis certain. A ce sujet que pensez-vous de M. Berlingot ?

— Berlingot ! s'écria le comte, ce garçon me doit tout...

— Ce ne serait pas une raison, dit de Courville.

— L'ingratitude est la vertu des gens intelligents, dit Guiffart.

— Mais, chevalier, fit le comte, vous faites beaucoup trop d'honneur à Berlingot, en le prenant pour un homme intelligent. C'est un caissier modèle, une sorte d'idiot ne connaissant que ses chiffres et ses additions et non pas un homme.

— Les apparences sont parfois trompeuses, dit Guiffart, toujours est-il que je maintiens mon dire. Enfin, à tout événement, laissez-moi faire, demain je vous enverrais Greluchet, avec un mot de moi, je lui aurais fait la leçon, vous n'aurez qu'à l'employer et à le laisser faire.

— Qu'est-ce que c'est que Greluchet ? dit le comte.

— Le plus roué des gamins de Paris, mais quand il se présentera à vous, cher ami, à vous qui n'êtes point du tout physionomiste, si j'en juge d'après ce que vous venez de dire de Berlingot, vous serez tenté de le prendre pour l'innocence même.

— Et que fera votre M. Greluchet chez moi ? demanda le banquier.

— Il espionnera Berlingot, pardieu ! dit le marquis.

— Voici un point de réglé, dit Guiffart. Passons au second. Il nous faut retrouver Juliette.

— Que voulez-vous en faire ? demanda de Mercœur.

— La renvoyer à sa famille. Si elle n'y est pas déjà rentrée, somme toute, il faut lui laisser épouser le capitaine. C'est le plus sûr moyen d'avoir la paix. En savourant les douceurs de la lune de miel nos amoureux n'auront guère le temps de s'occuper de nous. Voyez-vous un inconvénient dans ce mariage, marquis ?

— Non, au contraire, j'aurai peut-être plus de chance de réussir auprès de madame Vigneul, que je n'en avais auprès de Mlle Lamy. Les femmes sont si bizarres... dit de Courville.

— Eh bien, dit Guiffart, comme il faut que je disparaisse, car je suis le seul exposé et c'est moi seul que Mlle Reine a pris en grippe, pour la seule raison que j'ai failli deux fois lui casser son capitaine, je vais, marquis, aller me réfugier une fois encore dans votre petit belvédère de Neuilly.

Mes ennemis du pavillon vert ne me chercheront pas si près d'eux, et je saurai ce qui se passe dans leur intérieur. J'aurai des nouvelles du capitaine et de son soldat; et m'assurerai si Juliette est toujours absente du toit paternel.

— J'ai bien envie d'aller avec vous? dit le marquis.

— Vous êtes donc plus amoureux que jamais.

— J'en deviendrai fou, mon cher, et je brûle du désir de voir la *petite*.

— Eh bien, venez, le pavillon est assez grand pour deux.

— Vous me quittez alors? demanda le comte.

— Oui, fit Guiffart; au reste, vous n'avez nullement besoin de nous, les affaires ordinaires vont leur petit bonhomme de chemin; quant à l'affaire de deux ou de cinq millions, respectons les convenances, laissons à M. des Uzelles un mois pour pleurer son père et voir clair dans les richesses de la succession qu'il vient de recueillir.

— Ces richesses, il ne fera que les entrevoir, dit de Courville.

— J'en ai bien peur, fit Guiffart.

Sur cette plaisanterie, les trois associés se serrèrent la main et se séparèrent.

Dehors, le marquis renvoya sa voiture et monta dans le coupé fermé de Guiffart. Cette voiture s'arrêta place Maubert et fut congédiée.

Le chevalier donna ses ordres à ses employés, particulièrement à Greluchet qui, le lendemain, muni d'un mot du spadassin, se présentait chez de Mercœur, où il fut reçu comme il avait été convenu

Le comte le présenta à ses employés comme un compatriote à lui, le fils d'une pauvre femme écrasée par une voiture et laissant sept enfants orphelins.

Les employés vantèrent la charité de leur patron et chantèrent ses louanges. Quant à Greluchet, ils lui trouvèrent, à l'unanimité, l'air *jobard* d'un Huron mettant pour la première fois le pied dans la capitale.

Greluchet, voyou parisien de la pire espèce, avait tous les vices et tous les instincts de Tortillard, sans avoir aucune des précieuses qualités de Gavroche.

M. de Mercœur, fut dupe de son hypocrisie et le prit pour un niais. Mais Berlingot aussi était très rusé et très fort; en se voyant adjoindre cet intrus il se méfia.

— Diantre! se dit-il: se douterait-on de quelque chose? Ce gamin n'est qu'un espion; mais le crapaud est déjà fort, il m'égale presque. Seulement il a poussé les choses à l'extrême; à force de faire la bête il m'a démontré clair comme le jour qu'il était très intelligent. Ah! maître Guiffart, que je vous reconnais bien là! Vous vous méfieriez de votre ombre. Il ne serait jamais venu à l'idée du marquis ou du comte de me soupçonner d'être le complice de la belle Reine de Mercœur. C'est bon, le coup est de bonne guerre, mais je serai prompt à la parade et dur à la riposte. Quant à toi, bonhomme, en pensant cela, Berlingot allongeait un regard caressant sur Greluchet — tu pourras bien vivre ici, ce que durent les roses: C'est à toi à filer droit...

Sur cette réflexion Berlingot, avec une aménité parfaite, procéda à l'installation de son nouveau compagnon.

— Le *pante*, se disait l'élève de Guiffart; je n'ai eu qu'à m'montrer pour lui taper dans le *chasse*. Pas *mariole*, pas *mariole* du tout...

Pendant que Berlingot et Greluchet devenaient ainsi forcément camarades de bureau, le marquis et Guiffart, s'installaient, de leur côté et de leur mieux, à Neuilly, dans le petit pavillon que connaît le lecteur et dont le voisinage était si dangereux pour les hôtes du pavillon vert.

Tournebuc devait servir d'intermédiaire entre les deux exilés volontaires et les principaux chevaliers de l'usure, chefs de la grève des voleurs.

Guiffart, au pavillon, s'occupait fort peu de ce qui se passait autour de lui, il ne songeait qu'à diriger les opérations de la grève, à en agrandir le cercle. Travailleur infatigable, sa correspondance seule prenait des proportions monstrueuses. Avec l'intention de les adjoindre à la bande, dont il faisait partie, dont il était en quelque sorte le véritable chef, il écrivait à tous ces bandits français et étrangers qu'il avait connus.

— Plus les affiliés de celle-ci seront nombreux, se disait-il, plus mes bénéfices seront importants.

C'était avec une sorte de rage que le chevalier se remettait à *ses prospectus*, dans lesquels bien entendu, il n'était pas assez imprudent de donner un nom ou une adresse, qui pussent le compromettre lui ou les siens. Il évitait également d'entrer dans des détails d'explications qui eussent mis l'idée du marquis de Courville à la merci du premier venu, qui, tenté lui-même par l'appât du gain, eut pu leur faire une concurrence d'un effet désastreux.

Cependant, en arrivant rue du Pont, et avant de se mettre à l'œuvre, Guiffart s'était adroitement informé de ce qui se passait chez ses voisins du pavillon vert.

Il avait appris la vérité.

Que le capitaine Vigneul et son fidèle Trinquefort en avaient tous deux pour six semaines au moins, avant d'être sur leurs jambes, que Boit-sans-Soif était assez occupé auprès d'eux à les soigner pour ne pouvoir rien faire autre chose.

Quant à Juliette, qui était chez la Paula, protégée par Ali et les siens. Guiffart ne pût rien apprendre, mais à la tranquillité du colonel et de ses amis, il comprit parfaitement que ceux-ci savaient où étaient Juliette, qu'ils n'attendaient sans doute pour la faire revenir auprès d'eux, que le jour où Horace, complètement guéri, pourrait la protéger lui-même.

Quant à M de Courville, à Neuilly, il était comme une âme en peine. Vingt fois par jour il parlait de revenir à Paris, mais au moment de partir il n'avait pas le courage d'exécuter sa résolution. Il passait sa journée tout entière derrière les persiennes de la fenêtre qui donnait sur le jardin de Mme Desbars, sœur de M. Lamy.

IX

L'HISTOIRE D'ALI, MARQUIS DE PIPERNO, L'HOMME BLANC ET NOIR.

Laissons ces deux forbans retirés dans le pavillon de la rue du Pont, revenons à la Paula et au jeune duc Léonce des Uzelles.

M. des Uzelles père était mort depuis un mois, Léonce avait mis à Château-Renaud toutes ses affaires en ordre, ainsi que nous l'avons dit. Par une belle matinée des premiers jours du mois de septembre, une chaise de poste attelée de quatre bons chevaux, passait rapide comme un météore sur la route de Vendôme pour de là gagner Blois, Orléans et enfin s'arrêter à Paris.

Les deux voyageurs renfermés dans cette chaise de poste étaient Léonce et la Paula. Tous deux habillés en grand deuil et silencieux. La mort du duc des Uzelles les avait frappés d'autant plus douloureusement, qu'ils ressentaient des remords aussi vifs que cuisants, en raison de la part qu'ils avaient prise dans cette affaire sanglante. Le pardon que leur avait si généreusement accordé le duc des Uzelles, ne leur suffisait pas, ils se sentaient trop coupables pour s'absoudre.

Ils avaient beau se dire que Guiffart et les usuriers eussent parfaitement assassiné, sans leur concours, le duc des Uzelles, rien que pour s'approprier sa fortune. La Paula ne se pardonnait pas d'avoir poussé Léonce à la ruine, de l'avoir fasciné, au point de l'avoir moralement contraint à faire l'acte qu'il avait signé. Léonce ne se pardonnait pas non plus cet acte; l'amour violent qu'il éprouvait, qui l'avait aveuglé un instant, qui seul l'avait déterminé à signer la reconnaissance de deux millions était loin de lui sembler une excuse suffisante à sa conduite.

Dans un premier moment où la douleur qui les accablait les empêchait de réfléchir, le lendemain du jour où le duc avait dit : « Vous vous aimez, mariez-vous, je vous bénis, » ils avaient pu se précipiter dans les bras l'un de l'autre pour confondre et épancher leur chagrins, ils avaient même pu, à travers les nuages qui obscurcissaient leur présent, voir briller radieux le ciel bleu de leur avenir; ils avaient pu, en un mot, être heureux l'un par l'autre.

— C'était là une illusion, enfantée par l'excès même du désespoir et de la douleur ; illusion naturelle de deux cœurs qui battent à l'unisson et qui sont sincèrement dévoués l'un à l'autre.

Un mois s'était écoulé. La Paula et Léonce s'aimaient plus que jamais. Ils étaient bien décidés surtout à s'unir et à faire cause commune pour triompher des menées de Guiffart et consorts. La Paula s'était même fait le serment de tirer le duc sain et sauf des griffes des usuriers; l'on sait, si son amour aidant surtout, elle était femme à tenir un serment semblable. Elle voulait d'autant plus faire pour celui qu'elle aimait, qu'elle lui avait fait plus de mal précédemment. Quant à Léonce, il voulait toujours épouser la Paula; cette volonté, cette espérance était sa vie, quoiqu'à certains moments et malgré lui, l'idée, le projet de cette union lui apparut comme une monstruosité presque criminelle.

Cependant, que tous deux étaient jeunes, beaux, riches et pleins d'avenir! que dans leur cœur il y avait d'ardeur, s'ils avaient pu prêter une oreille attentive aux transports d'amour qui les agitaient.

Le temps seul pouvait, en cautérisant les plaies de leurs cœurs profondément ulcérés, apporter une heureuse solution à cette situation aussi délicate que difficile.

Ils éprouvaient aussi une égale satisfaction à rentrer à Paris. Là, ils ne seraient pas toujours seuls, en présence l'un de l'autre, avec le passé pour sujet de conversation. Leur existence allait devenir forcément active; ils allaient avoir à lutter contre les usuriers. Cette surexcitation ne leur permettrait pas, bien évidemment, d'avoir l'esprit continuellement tendu et préoccupé de leurs douloureux souvenirs.

La chaise de poste suivait rapidement son chemin; déjà elle avait passé Vendôme et approchait de Blois.

— Léonce, dit tout à coup la Paula au duc, nous allons arriver à Paris; ce qui me fait penser à une confidence que j'ai à vous faire. Cette confidence vous me l'avez souvent demandée autrefois, avant le voyage que nous venons de faire. Je me suis toujours refusée à satisfaire votre curiosité, parce que je ne voulais pas que vous sachiez quoique ce soit de mon passé. Aujourd'hui, c'est le contraire, je ne dois avoir aucun secret pour vous, je veux parler d'Ali, dont vous vous avisiez parfois d'être jaloux, ce qui était assez plaisant.

— Oui, parlez-moi d'Ali, dit le duc avec un empressement, qui témoignait, et de reste, que sa jalousie au sujet d'Ali, n'était pas encore passée. Quest-ce que c'est qu'Ali?

— C'est le marquis de Piperno.

— Ali, marquis! fit Léonce surpris.

— Sans doute.

— Ce n'est donc pas un nègre?...

— Dam...

— Le marquis, un nègre!... dit la Paula en souriant.

— Le marquis est un fou.

— Comment cela?

— Sans l'histoire que je vais vous raconter en deux mots, vous ne me comprendriez pas, et il faut qu'en cette affaire surtout, vous me compreniez, afin que vous ne preniez pas ombrage de l'amour et du dévoûment d'Ali, et que celui-ci puisse nous rendre tous les services que j'attends de lui.

Vous savez ce qu'était ma mère; je vous l'ai dit, pour vous expliquer la haine que j'étais en droit de ressentir contre un certain vicomte des Urbins, je n'assurerais pas que je sois la fille du bandit Peperlo Granco, mais vous savez quel était le périlleux métier de ce dernier. Quant à moi, conformément à la volonté de ma mère dont Granco était l'esclave, je ne fus pas élevée comme la fille d'un bandit des Sierras, mais bien comme celle d'un grand d'Espagne, dans un couvent de Séville. Je restai vingt ans la pensionnaire de cette sainte maison.

Du couvent, mon père me conduisit à Madrid où il me laissa complètement libre de mes actions. Il avait jugé de mon caractère et avait parfaitement compris que je saurais très bien me conformer à ses instructions, surtout à cacher le secret des liens qui nous unissaient l'un à l'autre. Au reste, rien n'était plus facile que de faire ce qu'il désirait. J'étais installée dans une maison charmante, une sorte de palais bombonnière, l'argent ne devait jamais me manquer de façon à ce que je pusse satisfaire tous mes caprices, quand bien même ces caprices eussent été extravagants; j'étais entourée de domestiques dévoués, que Granco avait fait arriver à Madrid avec moi, et qu'il connaissait depuis vingt ans, ces hommes étaient de ses bandits les plus déterminés, les plus intelligents, les plus expérimentés Sur un signe de moi ils devaient aussi bien commettre une bonne action que le plus grand des crimes. Ce sont ces

mêmes domestiques que j'ai amenés à Paris, afin de m'aider à poursuivre ma vengeance contre le marquis des Urbins. A Madrid, sous le nom de la Paula, j'étais en
toute sécurité. Granco avait pris ses mesures pour qu'on me supposât la fille orpheline
d'un riche planteur de Cuba, arrivant directement de France, par Bayonne.

Mon père en me quittant m'avait dit :

— Jeanne tu peux faire à Madrid, tout ce que tu voudras. Te marier me semble
difficile, prendre un amant je ne te le conseille pas, ton cœur à ce sujet te dira ce
que tu as à faire.

— Mon père, lui répondis-je, je vous jure de ne jamais prendre de mari ou d'amant
avant d'avoir vengé ma mère, ou d'avoir la preuve que le misérable comte des Urbins
n'existe plus.

— Très bien ; cependant, il n'entre pas dans mes vues que tu vives à Madrid comme
une recluse. Au contraire, il faut que tu étonnes tout le monde par ton luxe, que tu
te fasses des relations dans le grand monde; que tu aies un succès fou, que tu te crées
une réputation de beauté et de coquetterie. Tout cela, si tu y parviens, et je ne doute
pas que tu réussisses si tu veux, peut un jour servir utilement mes projets.

Ce fut tout. Granco m'embrassa et me quitta. Le lendemain, il avait rejoint ses
compagnons dans la montagne.

Je suivis à la lettre le programme que m'avait tracé mon père: comme celui-ci
l'avait prévu, je réussis complètement, peut-être, sans le vouloir, car, je ne me trouvais
pas un grand plaisir à la vie élégante et désœuvrée que je menais.

J'avais le cœur vide ; mais une idée fixe occupait mon esprit: ma vengeance, le
vicomte des Urbins.

En fort peu de temps je me fis une certaine réputation à Madrid, et une infinité
d'hommes de tous rangs m'accablèrent de leurs hommages, sans que je ressentisse
pour eux ni amour ni caprice. Cette succession d'amoureux, de soupirants, de proposition orgueilleuses et parfois burlesques, qu'on me faisait la plupart du temps, comme
si le cœur d'une femme est toujours une marchandise à vendre, m'inspirait plus de
dégoût que d'enthousiasme. Toujours est-il qu'elle me montrait ceux qui s'adressaient
à moi, sous un jour si peu favorable, que souvent, par coquetterie, mépris ou désœuvre-
ment, je m'amusais à les mystifier de la plus cruelle façon. Par ce moyen, je fus
assez heureuse pour me faire quelques ennemis.

Ceux-ci, quoique je ne leur donnasse aucun motif d'être jaloux, poussés par le dépit
sans doute, ne s'arrêtèrent pas au choix des moyens pour se venger de mes dédains,
de mes froideurs ou de mes coquetteries. Ils eurent recours à la calomnie et me firent
à Madrid une réputation détestable. Que m'importait en somme ? n'ayant à craindre
ni la susceptibilité de parents ombrageux, ni à ménager l'honneur d'un nom justement
estimé, je ne fis que rire et me moquer des bruits absurdes que mes soupirants,
toujours évincés, se mirent à faire circuler sur mon compte.

Ces calomnies, et peut-être aussi la façon dont je m'en arrangeais, ne firent
qu'augmenter l'engouement dont j'étais l'objet. Les hommes, si nuls qu'ils soient, sont
généralement faux; la plupart de ceux qui m'avaient obsédée jusqu'alors, prenant
réciproquement leurs mensonges à la lettre, se persuadèrent généreusement que rien
n'était plus facile que la conquête d'une fille perdue; venant, on ne savait d'où, ayant

La Paluc et Tournebec les attendaient.

fait, on ne savait quoi, jouissant d'une fortune, qui paraissait fort belle et dont personne ne connaissait la source.

Ce fut alors que je fus sérieusement assiégée. Cette obsession après s'être changée en supplice, tourna même aux voies de faits. On essaya de corrompre mes domestiques; ceux-ci prirent l'argent, mais, par deux fois, au moment où ceux qui le leur avaient donné, essayèrent de m'enlever, à ma sortie du théâtre, ils se tournèrent contre eux et les traitèrent de façon à ce qu'ils ne renouvelassent pas leur audacieuse entreprise.

Cependant, j'étais décidée à quitter Madrid, où j'habitais depuis trois ans déjà, quand une aventure assez singulière décida de mon voyage en France.

Il y avait alors, à Madrid, un certain marquis de Piperno. L'homme, vous le connaissez; figurez-vous Ali, aussi blanc qu'il s'est toujours montré noir devant vous; vous aurez le marquis de Piperno, *le joli nain*, *Tom Pouce*, comme on l'appelait à Madrid. La ville entière le connaissait, il s'y comportait, du reste, avec un faste à captiver tous les regards. Des bruits étrangers couraient sur son compte. Il passait aussi pour un original fieffé.

Les petits hommes, c'est à remarquer. vieillissent ou du moins paraissent vieillir moins vite que les autres. On les prend toujours pour des enfants, sans doute parce qu'ils se rapprochent de ces derniers par la taille. Le marquis avait vingt-six ans, qu'on lui en eût donné dix-huit tout au plus.

Par son habileté extraordinaire à tout les exercices du corps, il s'était acquis à Madrid une certaine popularité; mais d'autre part on l'accusait en secret d'avoir avec des malfamés, contrebandiers, bravis, gens de sac et de corde des relations mystérieuses.

Ce singulier personnage devint amoureux de la fille de Granco et voici comment, l'an dernier, un soir de juillet, il parvint jusqu'à elle.

Un soir donc, comme j'allai me retirer, en entrant dans ma chambre, je vis un homme qui venait de s'y introduire, se diriger vers moi, je portai la main à mon stylet, mais il se jeta à mes pieds, j'allais crier, appeler du secours, mais il m'imposa silence aussitôt par ses paroles :

— Jeanne, je viens vous parler de votre mère!

— De ma mère ?

— Oui, de votre mère, de vos parents.

— Les connaîtriez-vous ?

— Je connais le bandit Peperlo-Granco, votre père, et j'ai connu la señora Peperla, sa femme, Juanita Bonza de son nom de famille, si vous aimez mieux.

Le secret que mon père m'avait si instamment prié de garder, secret compromettant pour moi s'il en fut, était donc connu de l'homme qui était à mes pieds. Un instant j'eus l'intention de le poignarder; je pensai que j'aurais toujours le temps.

— Mais qui êtes-vous ? demandais-je au marquis.

— Comment, vous ne me reconnaissez pas? il n'y a pas cependant à Madrid beaucoup d'hommes comme moi, me répondit-il d'une voix qui trahissait la surprise et l'étonnement.

En ce moment la lune dégagée des nuages éclairait en plein le visage du marquis, que j'étais à cent lieues de reconnaître. Il avait le teint si noir, que je le pris pour un nègre du plus beau noir.

Etonnée de son étonnement, je ne puis m'empêcher de lui dire :

— Comment voulez-vous que je vous reconnaisse, jamais, je vous le jure, je n'ai connu d'homme de votre couleur.

— Comment, de ma couleur! se récria le marquis.

Puis il poussa un petit éclat de rire. Il avait compris les causes de sa transfiguration. Il se releva aussitôt, rentra dans ma chambre et courut se poser devant la glace. Là son accès d'hilarité le reprit plus fort.

Quant à moi, je me demandai si le nègre n'était point fou.

Le marquis se mit à s'épousseter avec son mouchoir, et eut bientôt, à peu de choses près, reprit sa couleur naturelle. Alors je le reconnus et ne pus retenir ce cri :
— Le marquis de Piperno !
Revenant auprès de moi.
— Oui, c'est moi, Señorita ; mais, dites-moi, je ne vous ai point fait peur, au moins ?
— Non.
— Allons, très bien, je vois que vous tenez de votre père, que vous êtes brave, c'est ce qui me fait espérer que nous pourrons nous entendre.
Alors le marquis m'expliqua comment ayant été convaincu de l'incorruptibilité de mes domestiques, par les aventures arrivées au comte C..... au marquis B....., et à d'autres, et n'ayant cependant pu résister au désir insensé qu'il éprouvait de m'entretenir en particulier, il s'était décidé à s'introduire chez moi par une cheminée. C'était en faisant cette descente dans une cheminée, où un homme plus gros que lui n'aurait pu passer, que la suie l'avait transfiguré au point que je vous ai dit.
Le señor del Piperno me racontait cela si drôlement, et avec un tel entrain, que je ne savais au juste si je devais rire ou me fâcher de son originale équipée.
Enfin, il finit par m'avouer son amour. A cet aveu, je le trouvais si franchement ridicule, que je conçus le projet de lui jouer un assez vilain tour, autant pour le bien guérir de son amour que pour me venger de la fatuité qu'il y avait au fond de son entreprise et de l'audace avec laquelle il l'avait accomplie.
Croyant que ce qu'il m'avait dit de mes parents n'avait été pour lui qu'un prétexte de m'aborder, je ne lui en parlai pas, il ne m'en dit pas un mot. Il semblait bien plus disposé du reste à me parler de son amour que de tout autre chose.
Enfin, après un entretien d'une heure environ, je lui fis comprendre qu'il était temps qu'il se retirât ; que ne voulant pas que mes domestiques sachent qu'il était venu chez moi, je désirais qu'il s'en allât par le chemin par lequel il était venu.
Il ne me fit aucune objection et accepta cette proposition en riant et en m'affirmant qu'il était ravi de pouvoir me donner cette preuve d'amour et de discrétion.
Quelques instants plus tard, le marquis était dans la cheminée. La maison n'avait que deux étages, je couchais au premier ; l'ascension ne devait être qu'un jeu pour un homme aussi adroit et aussi agile que le marquis ; la crainte d'un si faible péril ne l'eût certes pas empêché de recommencer, je résolus de prévenir ce retour en lui témoignant le peu de cas que je faisais de lui, de son amour et de qu'il m'avait dit.
La cheminée était toute garnie d'un bois sec et résineux ; sans réfléchir à l'inconvénient de la fumée, mais bien convaincue que le marquis était assez éloigné de l'âtre pour ne pas avoir à souffrir de la flamme, j'allumai le feu, en riant comme une folle, de l'originalité de la situation.
Le feu commençait à prendre, quand señor Piperno me cria d'un ton qui n'avait rien de déconcerté :
— Ah ! señorita, señorita, vous trichez au jeu, ce n'est pas bien.
Je n'eus pas le temps de répondre au marquis, à peine avait-il fini de parler que les cris : au voleur !... au voleur !... se firent entendre, dans la rue, sous mes fenêtres.
Il faisait un clair de lune superbe. Des personnes qui, comme moi, profitaient de

la fraîcheur des nuits pour prendre le frais sur des terrasses donnant sur des jardins odorants à pareille heure avaient aperçu l'amoureux marquis se livrant à ses exercices de gymnastique sur le toit de l'hôtel que j'habitais.

Par leurs cris, ces personnes jetèrent l'émoi dans tout le quartier et l'eurent bientôt mis en rumeur. La police et des voisins curieux ou obligeants ne tardèrent pas à frapper à ma porte, mes domestiques ouvrirent.

Un moment je fus la plus embarrassée.

Je voulais sauver le marquis, craignant de lui voir une mauvaise affaire sur les bras; d'un autre côté, il me répugnait de le justifier en disant qu'il sortait de chez moi à une heure du matin. Les bruits qui couraient la ville sur mon compte m'étaient peu sensibles, tant que je savais que ces bruits n'étaient que d'affreuses calomnies. Cependant, je ne voulais pas donner plus de prise à ces bruits, en avouant en quelque sorte publiquement des relations qui n'existaient pas avec le marquis de Piperno.

Ce fut ce dernier qui, avec un tact et une délicatesse infinis, me tira de ce cruel embarras.

Tout à coup j'entendis dans la foule :

— Chut ! Chut ! Silence !... Silence !... ne le réveillez pas, c'est un somnambule.

Le marquis, afin de faire croire à son état de somnambule, se promenait debout sur le toit, sans prendre le moindre souci de se cacher à la foule silencieuse des spectateurs, qui d'un regard anxieux suivait ses moindres mouvements.

Le señor Piperno fit durer sa promenade une demi-heure environ ; puis il rentra dans une maison voisine par une fenêtre ouverte donnant sur un balcon.

Quand on alla aux renseignements dans cette maison, on apprit que l'appartement dans lequel était rentré ce singulier promeneur était loué depuis huit jours à peine au marquis de Piperno.

On ne pouvait soupçonner un millionnaire, qu'on accusait d'être prodigue, d'être un voleur.

Cependant on monta chez le marquis qui avait eu le temps de faire disparaître la suie qui couvrait ses vêtements, on le trouva couché habillé sur son lit.

Quand on le réveilla et qu'on l'eût informé de ce qui s'était passé, il fallut bien se contenter de cette réponse qu'il fit en paraissant fort étonné de se trouver tout habillé.

« La nuit est magnifique, l'air frais ; sans doute que je suis somnambule, sans m'en être jamais douté, et je me promenais sans le savoir. Dorénavant, il faudra qu'un domestique veille sur mon sommeil. »

Je ne connus cette réponse du marquis de Piperno que le lendemain, et je lui en sus un gré infini. En galant homme qu'il était, il avait tout fait pour ne point me compromettre. Il s'était même exposé à se rompre le cou, en marchant debout sur les toits.

Huit jours plus tard, j'avais revu le marquis trois fois, et, sans m'être demandé où pouvait me conduire une semblable intimité, j'en avais fait mon ami. Au reste, entre lui et moi, il avait été question de mes parents, et il m'avait prouvé qu'il avait connu ma mère et qu'il était lié avec mon père.

Quelques mois se passèrent ainsi, sans amener aucun changement dans nos relations, seulement le marquis s'était avec passion fait l'esclave de mes caprices. Pendant ce temps j'avais pu l'étudier et approfondir son caractère et les qualités de son cœur. Convaincue de la violence de son amour, de l'envie qu'il avait de se dévouer, je n'ajouterai pas de son courage, de sa discrétion et de sa probité, sous ces trois rapports, le marquis est un de ces hommes rares, que la moindre injustice révolte, et qui sont toujours prêts à défendre le faible contre le fort, l'opprimé contre l'oppresseur; je compris que je ne devais plus avoir aucun secret pour lui : Aussitôt je lui confiai le serment que j'avais fait de venger ma mère, en tuant ou martyrisant le lâche vicomte des Urbins, qui l'avait séduite et avait empoisonné sa vie. Cette confidence, je la faisais au marquis de Piperno, au mois d'avril de cette année.

Savez-vous ce qu'il me répondit?

— Je m'en doute, répondit Léonce, d'après ce que je sais de vos affaires, depuis que vous êtes à Paris.

— Il m'offrit tout simplement de se charger de ma vengeance, reprit la Paula, il fallait pour cela que son amour fût immense, pour qu'il consentît à se charger de tuer, au besoin, un homme, qui ne lui avait personnellement rien fait et qu'il ne connaissait même pas, je ne pouvais accepter un semblable dévoûment, je refusai; mais ce que je ne pus me dispenser de faire ce fut de permettre au marquis de m'accompagner à Paris et de m'aider à découvrir mon ennemi. « Si cet homme est à Paris, me dit le marquis, que vous l'attaquiez, s'il est puissant, riche, entouré d'amis ou de complices, qu'il se défende, la lutte peut être terrible, emmenez-moi, señora, j'ai quelques qualités, vous serez sûre de me trouver, au moment du danger; mes conseils aussi peuvent vous être utiles. »

« Ce que disait le marquis était fort raisonnable, je consentis à l'emmener. Ce fut lui qui, afin de mieux tromper l'ennemi auquel nous supposions devoir avoir affaire, eut l'idée de jouer son rôle en partie double, convaincu qu'il était que, dans certaines intrigues ténébreuses, les changements à vue sont nécessaires, il avait découvert pour m'être utile, le déguisement le plus naturel, et la transformation la plus impénétrable. Dans cette circonstance, ce fut son équipée nocturne, quand il était arrivé, noir de suie, chez moi, qui l'inspira. Voici comment il se fait que d'Ali, vous ne connaissez que le nègre, mon domestique de confiance; un de ces jours, je vous présenterai le marquis de Piperno, dans lequel, j'en suis convaincue, vous trouverez un parfait gentilhomme.

— Avant de quitter l'Espagne, je désirais voir mon père, afin de le consulter sur mon entreprise. Quand je manifestai ce désir, je ne savais pas où était le bandit Granco; le marquis, mieux renseigné que moi, me procura une entrevue avec mon père, qui donna son approbation à mes projets; nous partîmes, bien décidés à ne pas revenir en France, sans avoir fait chèrement expier son crime au vicomte des Urbins.

Maintenant, mon cher Léonce, vous savez tout ce que j'ai fait, tout ce que le marquis de Piperno a fait pour moi, depuis mon arrivée à Paris, vous avez été à même de juger de son esprit de ruse et d'expédients, de son adresse et de son courage, vous devez comprendre de quelle utilité, il peut nous être contre le chevalier de Guiffart; ne soyez donc plus jaloux de lui, et faites en sorte qu'il ne le soit point de vous.

Ces derniers mots firent froncer les sourcils à Léonce. Cette rivalité du marquis d
Piperno ne le comblait pas précisément de joie. Malgré la franchise que la Paula avait
mise à lui faire les aveux que nous venons de dire, franchise qui témoignait assez de
son indifférence pour l'amour du marquis, Léonce eut voulu voir ce dernier à tous
les diables, sauf à se passer de ses services, comme auxiliaires contre les usuriers.

Quoiqu'on dise de tous les sentiments, la jalousie, quand on aime sérieusement, est
peut-être le plus naturel, le plus fort et le plus irrésistible.

— Et quelles conditions le marquis a-t-il mises à ses services ? demanda Léonce à
Jeanne.

Malgré lui, peut-être, il avait fait cette question sur un ton de froide ironie.

La Paula qui l'observait comprit ce qui se passait en lui :

— Léonce, lui dit-elle, vous me faites là une sotte et méchante question. Voudriez-vous me faire repentir de vous avoir ouvert mon cœur et confié mes secrets,
comme on fait seulement à l'homme que l'on aime?

Léonce comprit qu'il avait eu tort et qu'il s'était donné un ridicule.

— Oh ! non, dit-il à la Paula, en lui prenant la main et en la portant à ses lèvres.

— Eh bien, reprit la jeune femme, le marquis de Piperno n'a mis aucune condition à ses services. Lui, faire un marché dans de telles circonstances, il eut considéré
cela comme une vilenie indigne de lui. Vous ne le connaissez pas.

X

LÉONCE ET LA PAULA SIGNALENT LEUR RETOUR A PARIS EN FAISANT DES HEUREUX.

En arrivant à Paris, la Paula retrouva les choses dans l'état où elle les avait laissées
chez elle.

Juliette Lamy, la charmante Juliette, la belle fiancée du capitaine Vigneul, était
toujours la commensale d'Ali, — nous continuerons à donner ce nom au marquis de
Piperno, — qui, connaissant ses malheurs et les intrigues dont elle avait été victime,
avait pour elle des soins et des attentions presque paternels. La surveillance d'Ali
était surtout infatigable.

Quoique Guiffard fut de retour à Paris depuis un mois, on n'avait aucune nouvelle
de lui rue du Helder. Le bandit et son complice, M. de Courville, étaient toujours
dans le chalet de la rue du Pont, à Neuilly.

Ce fut sur ces entrefaits que la Paula et Léonce arrivèrent à Paris. Par respect
des convenances, ils descendirent chacun chez soi. La Paula arriva donc seule rue du
Helder.

A ce moment, M. Lamy était au salon avec sa fille.

Jeanne avait hâte de les revoir. Ceux qui font du bien revoient toujours avec joie
les heureux qu'ils ont faits.

Elle entra dans le salon en costume de voyage et sans s'être fait annoncer. En la reconnaissant, le père et la fille coururent à sa rencontre.

Les premiers moments de joie et d'épanchements passés, l'Espagnole s'adressant particulièrement au colonel :

— Comment va M. Vigneul ? lui demanda-t-elle.

— Bien, señora; répondit M. Lamy.

— Croyez-vous qu'il puisse supporter le voyage de Neuilly ici ?

Cette demande fit profondément tressaillir Juliette. Elle adressa des regards sup- pliants à son père, afin qu'il répondît affirmativement à la Paula.

— Oh ! mon Dieu oui, dit M. Lamy, et je l'eus déjà amené, si je n'eus pas craint que vous me blâmiez d'avoir agi sans votre assentiment.

— Comment s'est-il résigné?

— Comme tous les amoureux se résigneraient, en pareilles circonstances.

— Bien, il faut l'amener demain, et faire sur le champ toutes les démarches qui sont nécessaires pour le mariage que vous désirez tous. Pendant les quinze jours que nécessitent la publication des bancs, M. Vigneul se rétablira complètement, et mademoiselle qui restera ici, fera son trousseau.

Cette motion fut saluée par une véritable explosion de joyeuses exclamations.

La Paula allait se retirer pour laisser père et la fille à leur ivresse, quand Ali vint lui remettre une lettre.

En la lisant, la Paula pâlit; quand elle eut terminé sa lecture, ses traits contractés n'exprimaient plus qu'une violente colère.

La Paula faiblir devant le danger, jamais !

— Ah ! scélérat ! s'écria-t-elle ; vous voulez la guerre ; eh bien soit, vous l'aurez... Ali, fais atteler, tu m'accompagneras... Nous n'avons pas fini...

Argus, le dragon des Hespérides, le cerbère des enfers n'ont jamais déployé une vigilance semblable à celle du nain. Cependant, celui-ci, afin de ne pas effrayer la jeune fille, savait avec un tact exquis rendre cette surveillance occulte ou impercep- tible. De cette façon, Juliette pourrait se croire hors de tout danger.

M. Lamy, comme nous l'avons dit, venait voir sa fille aussi souvent que la pru- dence le permettait, et en prenant mille précautions et mille détours, dans le cas où quelqu'un eut tenté de le suivre au sortir du pavillon vert. Par son père, Juliette avait des nouvelles de l'officier, et elle savait que celui-ci allait de mieux en mieux. Par M. Lamy, Vigneul savait également à quoi s'en tenir sur le compte de sa belle et blonde fiancée.

Juliette supportait donc très patiemment sa captivité, rue du Helder. Elle savait que cette captivité était une mesure de prudence, qu'elle finirait le jour où Horace guéri, serait à même de pouvoir la protéger efficacement. Nous renonçons à appré- cier la reconnaissance de Juliette. Ali et la Paula, qui l'avaient si audacieusement arrachée des mains de M. de Courville, étaient pour elle mieux que deux créatures humaines. C'étaient deux anges.

Il y avait encore une autre prisonnière rue du Helder, Clara Filleul, dit la Fouine, la folle du Château-Tremblant de la Rochelle. Celle qui avait été la maîtresse de Guiffart, et qui avait vu celui-ci assassiner une partie des membres de la famille

Benoist. Quoique bien traitée, celle-ci n'était pas libre. C'était un témoin à charge contre Guiffard, pour le cas où la Paula eut voulu faire asseoir ce dernier sur les bancs de la cour d'assises. Ali avait appelé des médecins spéciaux pour traiter la folle; ces savants ne perdaient pas tout espoir de la ramener à la raison. Bien traitée, bien nourrie, n'ayant plus à souffrir des injures et des coups des gamins qui, à la Rochelle, la poursuivaient comme une bête fauve, la Fileu jouissait d'un calme, qui ne faisait qu'encourager les espérances des princes de la science. Plus elle se calmait, plus en même temps elle devenait triste et taciturne. Sans doute qu'elle se souvenait que le sang des Benoist criait vengeance à ses oreilles....

Léonce, duc des Uzelles, en arrivant chez lui, rue de Berry, y avait trouvé la lettre suivante.

« Monsieur le duc,

« Vous n'avez sans doute pas oublié la reconnaissance de deux millions, que vous nous avez souscrite, afin de témoigner votre satisfaction de la peine que nous avons prise en assassinant M. le duc votre père, avant qu'il n'ait eu le temps de vous déshériter, en faveur de M. Oscar et de M\u1d50\u1d49 Angèle, comme il espérait le faire. Vous avez stipulé, dans cette reconnaissance, que vous l'acquitteriez, *aussitôt la mort de M. le duc* — une phrase significative — M. le duc est mort depuis un mois, et nous ne sommes pas encore payés. Nous ne nous en plaignons pas, car nous faisons la part de tous les tracas et de toutes les préoccupations que vous avez eus depuis un mois, et qui ont dû vous empêcher de penser à nous. D'après ce que vous venez de lire, vous devez voir si nous considérons notre créance sur vous comme sérieuse. Donc, mes associés et moi avons décidé que vous deviez nous payer dans quinze jours, dernier et suprême délai. C'est aujourd'hui le 18 septembre 1845, nous comptons sur vos deux millions, pour le *trois octobre*. Mettez-vous en mesure, et, à partir du *trois*, attendez-vous à la présentation de l'acte que vous nous avez fait.

« Je, etc... Les hommes que vous savez..... »

Cette lettre, comme on peut le penser, fit bondir Léonce. On ne pouvait l'accuser plus formellement d'avoir trempé dans l'assassinat de son père. Aux termes de la lettre qu'il venait de lire, ç'aurait été lui qui aurait commandé et payé le crime.

— Misérable que j'ai été! s'écria-t-il de signer ce maudit écrit, dont, dans un moment de folie, je ne compris pas toute la portée... Moi, l'assassin de mon père... horreur !

Le duc ne pensa pas un seul instant à la somme énorme que lui réclamaient les usuriers. Que lui importait l'argent? Au reste, comme il n'avait pas touché aux huit cents mille francs, à l'or mau dit, apporté par Nivodan à Château-Lavallière, il n'avait que douze cents mille francs à ajouter, pour compléter les deux millions, montant de la reconnaissance. Nous le répétons, que lui importait l'argent? En ce moment d'angoisse, d'épouvante, en présence de la terrible et fausse accusation qui commençait à se formuler contre lui, il eut volontiers échangé sa fortune toute entière contre l'acte qu'il avait signé un mois plus tôt, sans songer à spéculer sur la mort de l'auteur de ses jours.

L'arrivée d'une diligence à Marseille.

C'était à devenir fou.

Il fut bientôt en proie à une exaltation telle, que par moments il croyait entendre et voir ses ennemis, et s'élançait contre des fantômes. Cependant sa raison résista à cette cruelle épreuve. Il relut la lettre de Guiflard, et remarqua que ce coquin lui laissait un délai de quinze jours. Il crut entrevoir le salut. Il écrivit à la Paula et la pressa de venir le rejoindre.

Une heure après Paula était chez lui.

— Que se passe-t-il donc? demanda-t-elle.

Léonce lui remit la lettre des bandits.

Elle la lut rapidement, en se récriant d'indignation.

Puis la rendant à son ami :

— Je sais d'où le coup part, dit-elle, et où il faut frapper. Je me charge de tout.

Mais Léonce était incapable de tant de sang-froid, il ne parlait que de les tuer tous.

— Vous déraisonnez, Léonce, dit Paula. Calmez-vous, je vous en conjure.

Le jeune duc enfin se remettant de son exaspération, Paula profita de ce moment de calme pour lui tenir un langage sérieux, et élaborer un plan de conduite.

— Ecoutez, Léonce, dans cette affaire vous le savez, j'ai été plus coupable que vous; puisque j'ai été la complice de ces hommes... Oh ! Léonce, ne me maudissez pas, ne me haïssez pas, pour avoir été une des causes de vos malheurs. Je connais deux de ces hommes, de ces hommes il y en a un que je n'ai jamais vu; mais je puis les perdre tous deux. Je puis prouver que l'un, leur chef, est un assassin, j'ai des témoins. Il y a vingt ans bientôt, il a assassiné trois personnes ; il y a six semaines ou deux mois, il a enlevé une jeune fille, pour la livrer à son complice; huit jours après à l'aide de guet-apens, en troupe et à main armée, lui et ses complices ont attaqué trois voyageurs. Ils les eussent certainement tués, si Ali et d'autres de mes domestiques n'eussent arraché ces voyageurs grièvement blessés de leurs mains. Laissez-moi faire, Léonce, je vous ai juré de réparer le mal que je vous ai fait, je tiendrai parole; Dieu veuille qu'un jour vous me pardonniez, si coupable que j'ai été. Je viens de relire cette lettre, pendant que vous vous abandonniez à l'emportement de votre colère, nous avons quinze jours devant nous; eh bien, je verrai nos ennemis, et soyez persuadé qu'ils seront bien forcés de compter avec la Paula. Au reste, demain, venez me voir, je vous mettrai en présence de trois victimes de ces misérables. Parmi ces victimes, vous trouverez des hommes de cœur et d'énergie, des auxiliaires puissants ; avec eux nous triompherons sans peine de ces scélérats, nous déjouerons leurs complots. Du courage, Léonce, mais surtout et avant tout de la prudence. Les hommes que nous avons à combattre sont rusés, adroits, audacieux, et gens à [ne reculer devant aucun crime. J'ai quatre hommes de mon père sous la main, en quinze jours, je puis au besoin faire enlever les deux coquins dont je vous parle, et les faire mettre à la torture, jusqu'à ce qu'ils m'aient rendu la maudite reconnaissance signée par vous, pour me rendre service.

Jeanne avait mis toute son indomptable énergie dans ses paroles. Le teint en feu, les traits animés, les yeux pleins d'éclairs, elle était belle ainsi, mais belle d'une beauté qui eut fait trembler Guiffard lui-même, s'il eut vu la jeune femme.

Elle parvint à faire entendre raison à Léonce et à le calmer. Ils se quittèrent, en se donnant rendez-vous pour le lendemain, chez la Paula.

Le lendemain la pendule du salon de Jeanne marquait midi. Une scène pleine d'attendrissement, de larmes de joie, se passait dans cette vaste pièce richement meublée.

Cette scène avait lieu entre deux personnages seulement : le capitaine Vigneul et Juliette. La plume la plus éloquente serait inhabile à décrire le bonheur de ces deux amants, qui ne s'étaient pas vus, depuis deux mois, et qui, un instant, s'étaient crus séparés pour toujours.

Horace espérait-il retrouver Juliette, quand, désespéré, il la cherchait au fond de la rivière?

Juliette pensait-elle jamais revoir Horace, quand M. de Courville se présentait devant elle, dans le but d'assouvir une ignoble passion?

Jeanne et le colonel Lamy causaient, dans un salon voisin. Par un sentiment de délicatesse, ils avaient voulu laisser les deux jeunes gens à leur bonheur.

Ceux-ci se regardaient, se serraient les mains, ils lisaient réciproquement dans leurs âmes, leurs cœurs battaient à l'unisson, mais ils restaient tous deux silencieux.

Ils n'osaient s'interroger. Ils ne pouvaient se résoudre à aborder le chapitre des confidences.

Pour ne pas effrayer ni attrister Juliette, Horace hésitait à lui dire ce qui lui était arrivé. Afin de ne pas avoir à rougir devant l'officier, la jeune fille résistait à la pensée de lui confier les scènes qui s'étaient passées entre elle et le marquis dans la maison de la place Royale.

Au reste, à quoi bon se seraient-ils fait d'aussi horribles confidences? Par l'intermédiaire d'Ali, qui les avait sauvés, puis, par celui de la Paula et de M. Lamy, ne savaient-ils pas ce qui leur était arrivé à tous deux, chacun de son côté? De plus, un instant de vrai bonheur, pour deux amants jeunes et dont le cœur est rempli d'illusions, ne fait-il pas promptement oublier les jours de malheur, de découragement et de désespoir? Enfin, Vigneul, doué d'un esprit plus positif et plus pénétrant que la jeune fille, comprenait, à tout ce que ses ennemis encore inconnus avaient tenté contre lui, M. Lamy et Juliette, que la lutte engagée entre ces hommes et lui n'était pas encore terminée, et, à aucun prix, il ne voulait attrister sa belle fiancée, en lui communiquant ses craintes et ses appréhensions, qui, après tout, pouvaient être chimériques.

Leur premier moment d'enivrement fut donc silencieux. Ensuite ils pensèrent naturellement à ceux à qui ils devaient le bonheur d'être réunis. Après avoir reçu un bienfait, après avoir eu le temps d'en apprécier tout le prix, est-ce que les âmes bien nées faiblissent jamais au devoir de reconnaissance envers leurs bienfaiteurs?

Juliette et Léonce s'entretinrent donc longtemps de la Paula et d'Ali. Ils se demandaient comment exprimer, témoigner à ces derniers l'ardeur de leur dévouement et tous les sentiments d'affection et de gratitude, que la reconnaissance faisait naître dans leurs cœurs.

Pendant qu'ils s'étendaient sur ce sujet, Léonce des Uzelles, exact au rendez-vous que la Paula lui avait donné la veille, se faisait annoncer dans le salon voisin, où se trouvaient M. Lamy et l'Espagnole.

Celle-ci qui n'avait plus qu'une idée fixe, celle de sauver Léonce et sa fortune des audacieuses menées des usuriers, voulut de suite mettre le duc et l'officier en rapport. La présentation eut lieu sur le champ, mais non sans donner lieu à un petit incident dramatique.

Pendant que la Paula s'excusait du sans-façon avec lequel elle agissait, en expliquant aux deux jeunes gens comment ils avaient les mêmes ennemis, et pourquoi ils devaient étroitement s'unir pour les combattre et les vaincre, Vigneul et Léonce s'observaient attentivement, leurs noms ne les avaient pas tout d'abord frappés au hasard. Quoique bien des années se fussent écoulées depuis le jour où ils avaient été séparés, ils finirent par se reconnaitre et se jettèrent dans les bras l'un de l'autre; ils avaient été au collège ensemble.

En peu d'instant toutes les personnes présentes ne formèrent plus qu'une seule famille. Cependant, quand on fut sur le point de causer des usuriers, d'un signe la Paula fit comprendre à M. Lamy qu'il eut à remplir le rôle qu'elle lui avait tracé d'avance.

Il ne fallait jeter inutilement aucune pensée triste ou sinistre dans l'esprit de Mᵐᵉ Lamy, qui ne pouvait être d'aucun secours à l'association, dont on allait jeter les premières bases.

Le colonel comprit parfaitement la Paula.

Sous prétexte de parler à Juliette de son mariage et d'une infinité de choses s'y rapportant, il dit à sa fille de le suivre, dans une serre voisine.

Aussitôt qu'elle entendit parler de son mariage, la jeune fille n'eût pas besoin d'être beaucoup priée pour satisfaire au désir de son père. Que ce mot mariage, quand il signifie *amour*, retentit délicieusement à l'oreille de ceux qui aiment !

La Paula, dirigeant la conversation, une enquête sérieuse, terrible, fut aussitôt faite sur les faits et gestes de Guiffart et de M. de Courville; contre ce dernier, il n'y avait que la tentative de violence, commise place Royale; mais contre Guiffart, on trouva des charges terribles, accablantes. Ali, Clara Filleul, Trépinette, la Corette qui servait d'espion à Ali, furent entendus. Leurs dires, joints à ce que Léonce, Horace et Jeanne savaient déjà par eux-mêmes, convainquirent ces derniers que M. de Courville, complice de Guiffart, était probablement le chef de la bande des usuriers ; que Guiffart en était la partie agissante, que cette bande était nombreuse, s'il fallait en juger d'après ses forfaits ; que ces points de repaire étaient : rue Montmartre, où demeurait Guiffart; hôtel de Courville, faubourg Saint-Germain ; place Royale, place Maubert, 26, où était le bureau de placement, dont Nivodan et le Pallu composaient tout le personnel, depuis l'installation de Greluchet chez le comte de Mercœur; et enfin, le petit chàlet de la rue du Pont, à Neuilly.

Ces renseignements étaient, certes, très précieux ; un malheur, c'est que Léonce et ses amis n'avaient aucun soupçon contre M. de Mercœur. Au reste, ils ne pouvaient en avoir aucun, le banquier ne s'était jamais mis en évidence. Cependant, c'était dans les bureaux du comte, ouverts au public, que les principaux membres de la ténébreuse et criminelle association tramaient toutes leurs intrigues et toutes leurs menées.

Pour renforcer Léonce et les siens, il y avait encore Trinquefort, Boit-sans-Soif, Ali, qui avait déjà tant fait, M. Lamy, Trépinette et Brunette, cette jolie grisette qui aimait Trinquefort avec emportement.

Rien ne fut cependant décidé, quant à la marche à suivre. Avant d'adopter un parti, la Paula devait revoir Guiffart, dont elle feindrait tóùjours d'être la complice, afin de mieux le tromper.

Confier l'affaire à la justice, il en fut un instant question ; cette idée fut bientôt abandonnée, quand la Paula et les deux jeunes gens réfléchirent que, découverts par la police, les usuriers ne manqueraient pas de lui remettre la reconnaissance de Léonce, afin de faire passer ce dernier pour leur complice, dans l'assassinat commis au Rideau.

Il fut cependant conclu qu'on hâterait le plus possible le mariage d'Horace et de Juliette, et que les deux jeunes époux, aussitôt mariés, habiteraient Paris, afin de ne pas avoir plus tard à se plaindre du voisinage du châlet de M. de Courville.

II.

ALI, MARQUIS DE PIPERNO, DÉMONTRE CLAIREMENT A SES CO-ASSOCIÉS QU'IL POURRAIT FAIRE UN BON RAMONEUR.

Trois ou quatre jours après l'entrevue que nous avons raconté sommairement, dans le chapitre précédent, le capitaine Vigneul, complètement rétabli, ainsi que Trinquefort, avait fait appeler les deux troupiers. Ceux-ci, immobiles, comme le soldat sous les armes, attendaient les ordres de leur ancien chef.

— Mes amis, leur dit carrément le capitaine, quel souvenir avez-vous conservé de la pluie de pavés que nous avons reçue, il y a six semaines environ?

— Mille millions de tonnerre ! s'écria Trinquefort avec son franc-parler, comment l'entendez-vous, mon capitaine ? Vous nous demandez, je crois, si nous nous souvenons de la pluie de pavés, qui, sans le mauricaud et ses amis, nous aurait immanquablement mis en marmelade dans la voiture. Quelle confiture !... Mais, faites excuse, mon capitaine, vous nous prenez donc pour des bleus de la cinquième du quatre, pour nous supposer assez peu de mémoire dans la tire-lire aux idées, pour avoir oublié l'averse en question. C'est pas l'embarras tout de même, pétard de Dieu! J'ai reçu dans la bagarre, trois ou quatre coups sur la coloquinte, qu'il y avait bien sérieusement de quoi en perdre la trompette. A ce qu'il paraît que ma bonne femme de mère, en sa qualité de Bretonne de Landerneau, département du Finistère, m'a gratifié d'une boussole d'attaque ; car je commence à m'apercevoir que les idées me reviennent, et que, de l'aventure, je ne resterai pas encore estropié de cervelle pour cette fois. Mais suffît, assez causé comme cela, ne mettons pas dans le rang des infirmes ma cuisse droite qui me fait encore mal, et mon côté gauche qui ne me fait pas de bien. Coquin de sort, quelle pile, quelle gaulée, une vraie lapidation, quoi!... Oh! les gueux, les chenapans, si je les tenais... de nous avoir choisis, pour nous jouer à pile ou face sur les abatis, comme qui dirait avec des poids de cinquante !... Silence et la main dans le rang, tais ton bec, Trinquefort, et laisse causer ton supérieur; on dirait qu'il n'y a que pour toi à parler. Quoi de nouveau au rapport, mon capitaine ?

— Il y a de nouveau que j'ai précisément à vous parler, à Boit-sans-Soif et à toi, des gueux qui nous ont mis dans l'état que tu sais, répondit le capitaine.

— Vous les connaissez ? demandèrent à la fois les deux anciens chasseurs d'Afrique.

— Je sais que ce sont également eux qui, il y a deux mois, ont enlevé d'ici la fille du colonel Lamy, ma fiancée.

— Les scélérats ! dit Trinquefort.

— Où sont-ils ? ajouta Boit-sans-Soif.

— Mlle Juliette est en sûreté chez une amie, reprit Horace, et c'est encore Ali qui, de ce côté, a déjoué les infâmes projets de ces misérables :

— Il y a du bon bésèfle chez ce Moricaud, dit Trinquefort. Tout petit qu'il est, c'est un lapin à poil.

— Où est-il ? que je lui paye.....

Boit-sans-Soif n'acheva pas.

— Tu ne sais dire que ça : où sont-ils ?... où est-il ?... lui dit Trinquefort, en l'interrogeant ; laisse donc causer le capitaine, que diable.

— Je sais aussi, reprit Horace, que ce sont encore eux qui ont essayé de déshonorer le colonel Lamy, en répandant le faux bruit, que c'était lui qui avait fait monter les quatre Sergents de la Rochelle sur l'échafaud, en les dénonçant, après avoir été leur complice.

— Oh ! les misérables... Faire passer le colonel pour un traître... dit Trinquefort.

— Mais où sont-ils ? répéta Boit-sans-Soif, qui, d'un caractère très violent, ne trouvait rien autre chose à dire.

— Où ils sont, je vais vous le dire, reprit Horace.

Le capitaine se dirigea vers une fenêtre, qui donnait sur le jardin, et d'où l'on voyait, à cinquante pas devant soi, le châlet de M. de Courville. On eût dit une maison inhabitée. Les persiennes de toutes ces fenêtres semblaient hermétiquement fermées.

— Vous voyez ce châlet, dont une fenêtre donne juste au dessus du kiosque, qui est au fond du jardin ? demanda Horace à ses auditeurs impatients.

— Je crois bien que nous le voyons..... La cambuse nous crève les yeux, dit Trinquefort.

— Eh bien ! je crois que nos ennemis sont dedans.

Les deux chasse-marée eurent un mouvement ayant beaucoup d'analogie avec celui d'un chien de chasse, subitement surpris par une émanation quelconque. D'un soubresaut, ils tombèrent en arrêt.

— S'ils sont venus se fourrer là, dit Trinquefort, le premier revenu de sa surprise, ils sont tous bêtement venus se jeter dans la gueule du loup.

— Après ça, dit Boit-sans-Soif ; ils nous prennent peut-être pour des imbéciles ou des Jeanf..... Viens, Trinquefort, nous allons les prendre d'assaut, dans leur gourbi.

— Partons, dit Trinquefort.

— Mes amis, reprit Horace, écoutez-moi. D'abord, je vous jure sur l'honneur que quand le moment sera venu de nous emparer des coquins en question, que non seulement je vous les laisserai prendre d'assaut, mais que ce sera moi qui vous commanderai.

« J'ai de bonnes raisons pour ne point brusquer l'affaire : d'abord, si je suis certain que nos gaillards viennent dans ce châlet, je ne sais pas s'ils y sont en ce moment : je sais qu'il y avait quelqu'un cette nuit, voilà tout. Il faudrait pousser, cette nuit, une reconnaissance militaire dans la propriété; surtout, soyez prudents, de façon à ce que ces misérables ne se doutent point que nous avons l'œil sur eux. Il ne s'agit pas seulement de les prendre, mais il faut les prendre avec leurs papiers. En outre, je ne serais point fâché de les laisser faire un peu, afin de me rendre compte de leurs intentions, en venant s'installer ici. C'est afin que vous m'aidiez à exercer une surveillance sur eux que je vous ai prévenus.

— Convenu, mon capitaine, il s'agit d'ouvrir l'œil au bossoir, dit Trinquefort.

— Et de se détacher cette nuit, en éclaireurs, afin de pousser une reconnaissance... Entendu... Mais comment reconnaîtrons-nous les maucots, si ce sont eux? fit Bois-sans-Soif.

— L'un est l'homme que je vous ai déjà chargé d'épier.

— L'escogriffe de la rue Montmartre ?

— Précisément.

— Les autres ? demanda Trinquefort.

— Un vieux, genre marquis.

— Je vois çà d'ici, un aristo, dit Boit-sans-Soif.

— Comment, ils ne sont que deux, termina Trinquefort d'un ton chagrin. Ça n'est pas beaucoup pour payer tous les coups de pavés que nous avons eu tant de peine à digérer.

La nuit suivante, toutes les lumières étaient éteintes au pavillon vert, l'obscurité et le silence les plus complets régnaient aussi bien dans le jardin que dans la maison. On eût pu supposer que tout le monde dormait profondément chez la sœur de M. Lamy.

Il n'en était rien cependant.

A minuit, Trinquefort et Boit-sans-Soif sortaient mystérieusement pour leur excursion nocturne. Du jardin ils avaient préalablement examiné le châlet, sur trois de ses faces — ils ne pouvaient voir la quatrième — partout, une obscurité et un silence qui trahissaient la solitude ou le sommeil.

— Une boîte à l'encre, quoi !... dit Boit-sans-Soif.

— Ça ne fait rien, milliard de sabretaches ! viens toujours, dit Trinquefort, j'ai sur le cœur les coups de pavés que j'ai reçus, et je garde un chien de ma chienne à ceux qui me les ont donnés.

Les deux troupiers sortirent de la maison, suivirent le quai qui longe la Seine, jusqu'à la rue du Pont, s'engagèrent dans celle-ci, et enfin, arrivèrent sournoisement à la petite porte de la propriété louée par M. de Courville, sous un faux nom.

Trinquefort était muni d'une lanterne sourde.

— Fais gaff, Boit-sans-Soif, dit Trinquefort, que quelque passant ne nous tombe pas sur le dos, pendant que je vais examiner la porte de la turne.

— Sois tranquille.

Trinquefort alluma sa lanterne et examina la porte du côté de la serrure et des gonds. Ce fut l'affaire d'un instant.

— Ma vieille, dit-il à son compagnon, cette porte sert plus souvent qu'elle n'en a l'air à première vue ; rouillée en apparence, huilée soigneusement aux endroits qui se voient le moins et qui servent le plus. Calpine çà dans ta sorbonne, Boit-sans-

Soif. Ah ! mes lascars, je commence à deviner votre numéro ; un roumy (1) pourrait s'y laisser prendre, mais Trinquefort, une fine lame..... jamais.

La lanterne était éteinte.

— Eh bien ! que décides-tu ? demanda Bois-sans-Soif.

— Nous allons escalader le mur sous ces arbres dont les branches retombent dans la rue.

— Allons-y, et de l'avant.

Cinq minutes plus tard, les deux chasseurs d'Afrique étaient dans le jardin qui, de trois côtés, entourait le châlet. La quatrième façade était construite sur le mur mitoyen qui séparait ce jardin de celui de Mᵐᵉ Lamy.

Pendant que les deux troupiers pénétraient ainsi chez le voisin, le capitaine, caché dans le kiosque, écoutait et observait. Son attention était rivée sur les fenêtres du châlet, derrière lesquelles il avait vu de la lumière, la nuit précédente.

Dans le jardin inculte, Trinquefort et Boit-sans-Soif se trouvèrent au milieu d'un véritable taillis.

— Quelle broussaille ! dit Trinquefort, un éléphant s'y cacherait, qu'on aurait de la peine à l'y découvrir.

— Oui, queuqu'chose d'approchant d'une forêt vierge, répliqua Boit-sans-Soif.

— D'une forêt.... comment as-tu dis ça ? un drôle de mot, tout de même.....

Les deux anciens chasseurs d'Afrique étaient arrivés près de l'escalier en blocs de bois brut qui conduisait au premier étage du châlet, le seul habitable et le seul habité pour le moment.

Ils prêtèrent l'oreille et n'entendirent rien, absolument rien.

— Nous sommes venus trop tard, dit Trinquefort, si nos gaillards sont là, ils sont dans le pieu et ils pioncent.

— Tu sais bien que le capitaine a dit qu'ils dormaient le jour et veillaient la nuit. C'est lui, du reste, qui n'a pas voulu nous laisser partir plus tôt.

— Chut ! dit Trinquefort bas à l'oreille de son compagnon ; le capitaine a raison, nos lascars pourraient bien être de la nature des chats, je vois, au haut de cet escalier, un mince filet de lumière, qui serait sensé glisser sous une porte.

Trinquefort, ayant défait ses bottes, monta l'escalier, le pistolet au poing, il retenait jusqu'au bruit de sa respiration. Il arriva, à l'aide de mille précautions, jusqu'à la porte sous laquelle il avait vu filtrer un rayon de lumière.

Il mit son oreille à la serrure et écouta, tout palpitant d'émotions diverses, parmi lesquelles ne se glissait cependant pas la moindre crainte.

Deux personnes causaient derrière la porte, mais en parlant si bas, que Trinquefort ne pût bien se convaincre, s'il avait affaire à des hommes, à l'audition des voix. Il entendit cependant ces mots, échangés entre Guiffart et le marquis de Courville, car c'étaient bien eux qui habitaient toujours le châlet.

— Eh bien, le faux est-il fait ?

— Oui.

— En êtes vous-content ?

(1) Épithète de mépris dont les Arabes gratifient nos soldats nouvellement débarqués.

Elle avait dressé un morceau de glace sur de grosses pierres.

— Très content, c'est à s'y méprendre. Tenez, voici l'original et le faux ; jugez vous-même. Au reste, ce n'était pas difficile, il n'y avait à falsifier que la signature et la mention : *approuvé l'écriture ci-dessus, par moi, soussigné*.

Trinquefort entendit un froissement de papier, puis :

— Allons, vous avez, dans Nivodan, un habile homme, sous la main.

— Nivodan, c'est bon, un nom à calpiner, plutôt deux fois qu'une. Encore un qui paiera la pluie de pavés, se dit Trinquefort, en a parlé.

L'entretien des deux bandits était terminé. Ils venaient d'examiner le faux fait sur la reconnaissance de deux millions signée par Léonce des Uzelles.

Trinquefort écoutait toujours.

Il entendit très distinctement un nouveau froissement de papiers et le bruit d'une serrure fermée à double tour.

Ce fut tout. Peu après la lumière fut éteinte.

— Allons, la pièce est jouée, pour cette nuit, se dit Trinquefort, détalons. Oh ! messieurs les faussaires, gare à votre peau !

Vigneul, informé des détails de l'expédition nocturne que nous venons de raconter, alla le lendemain en faire le rapport à la Paula.

Quand il eut fini, l'Espagnole sonna Ali qui fut aussitôt mis au courant de la situation.

— C'est bien, dit le nain, quand on lui eut tout expliqué ; demain, vous saurez qui sont ces hommes qui habitent le châlet.

— Comment feras-tu ? lui demanda la Paula.

Le faux nègre sourit et se penchant à l'oreille de la jeune femme.

— Avez-vous oublié, lui dit-il à voix basse, par quel chemin j'ai pénétré chez vous, pour la première fois ?

La Paula renvoya à Ali son sourire et dit :

— Je comprends, une excellente idée...

Horace offrit de prendre des mesures, afin d'aider Ali dans son entreprise.

— Non pas, non pas, lui répondit le nain, vous et vos hommes vous ne feriez que gêner mes mouvements ; peut-être bien me feriez-vous même échouer, là où je suis certain d'avoir un succès complet. Pour que j'atteigne le résultat que je me propose, il faut que nos ennemis se croient en sécurité. Ainsi donc, que tout le monde, au pavillon vert, se couche à l'heure habituelle, et qu'on dorme sur les deux oreilles ; ne faites pas supposer à ces coquins, par une veille inusitée et intempestive que vous les savez où ils sont et que vous les surveillez. L'un d'eux surtout est adroit et prudent. C'est un homme à prendre ombrage de la moindre des choses.

— Mais si ces scélérats vous découvrent et vous menacent, vous qui m'avez sauvé la vie ainsi qu'à mes hommes, vous qui n'avez aucun intérêt à cette affaire, et qui ne vous en mêlez que pour nous obliger. Je ne puis vous laisser vous exposer seul, ces hommes sont capables de vous égorger.

— Je les connais mieux que vous, capitaine, répondit Ali, cependant, si vous ne voulez pas me laisser agir à ma tête, je vous déclare que je vous laisse seul embarqué dans cette affaire ; dans ce cas, je crois devoir vous prédire un insuccès complet. Vous connaissez mal les hommes dont vous voulez déjouer les complots : Ils sont continuellement sur leurs gardes, et ce serait bien étonnant qu'il n'aient déjà pas découvert l'excursion de la nuit dernière.

— Cependant... essaya encore de dire Horace.

— Faites ce que je vous ai dit, répondit Ali en l'interrompant, et, demain matin, vous saurez ce que vous voulez savoir sur le compte des habitants du châlet.

— Laissez faire Ali, dit Jeanne à Horace, afin de terminer la discussion.

Vigneul, quoiqu'il lui en coûtât beaucoup de laisser Ali s'exposer seul, fut bien forcé de se résigner et de ne pas insister.

La nuit suivante, à dix heures du soir, Ali arrivait seul, mais bien armé, sur les lieux. L'entreprise lui semblait ne présenter aucun danger sérieux. Suivant lui le vieux marquis n'était pas un homme à craindre; quant à Guiffart, il espérait tromper sa vigilance. Au reste, dans un combat contre le chevalier, l'avantage lui semblait de son côté.

L'obscurité était aussi profonde que la nuit précédente. On ne distinguait rien à cinq pas devant soi.

En deux bonds Ali fut sur le chaperon de mur qui entourait le jardin, avec l'adresse et l'agilité d'un singe ou d'un chat, en s'aidant des plus petites branches des arbres, il arriva sur le toit en chaume du châlet. Ce dernier n'avait qu'un étage.

Ali fut bientôt à l'orifice de la cheminée. Il regarda et vit comme une lumière sourde dans l'âtre. Il écouta, et entendit un murmure étouffé : celui d'une conversation à voix basse dont il ne pouvait absolument rien distinguer.

« Allons, ils sont là; soyons prudent; cette lueur, mal dessinée, que je vois dans le foyer, atteste clairement qu'il n'y a pas de devant de cheminée. Tant mieux, j'y verrai un peu plus clair à descendre, et j'entendrai mieux ce qu'ils diront. En route, maintenant. »

Le marquis attacha une corde à une branche d'un arbre élevé, dont les rameaux gigantesques retombaient sur le toit du châlet et le cachaient presque tout entier; cette corde, il devait la dérouler, en descendant, et ne s'en servir qu'en cas d'accident où pour une fuite rapide.

Cette première opération terminée, Ali s'engagea résolument dans la cheminée, dont la construction très simple ne devait lui opposer aucun obstacle. En deux minutes au plus, il descendit de façon à se trouver à l'entrée de la cheminée. Il s'arrêta, il n'avait fait aucun bruit. Guiffart et M. de Courville n'avaient rien entendu et étaient loin de supposer qu'un ennemi, celui qui avait déjà déjoué leurs complots, était à deux pas d'eux et à portée de les entendre :

En ce moment, au grand ennui de Guiffart, le marquis entonnait à pleine voix son éternel refrain, ses larmoyantes jérémiades : un sujet intarissable pour lui.

— Guiffart, disait-il à son confident d'un ton chagrin, je ne sais, mais, depuis que ce maudit nègre m'a enlevé cette petite, place Royale, depuis que je ne sais pas ce qu'elle est devenue, je ne suis plus le même homme.

— Je m'en aperçois bien, répondit le chevalier.

— Je deviens fou, il me semble.

— Que diantre aussi, je ne vous comprends pas, risposta Guiffart, vous aimez une jeune fille, qui, à tous les titres, je l'avoue, mérite vos hommages. Cette jeune fille, je l'enlève à mes risques et périls, je vous la conduis dans un endroit où vous seul pénétrez. C'était de la besogne toute mâchée, le reste allait de soi, quand, tout à coup vous vous laissez enlever la fillette. Voyons, franchement, est-ce de ma faute? que voulez-vous que je fasse à la chose? Je ne sais pas plus que vous où elle est, et je ne puis rien pour la remettre en votre pouvoir. En venant ici, je croyais qu'elle y reviendrait elle-même, je me suis trompé, c'est à vous d'en prendre votre parti, et d'attendre patiemment qu'un hasard nous fasse retrouver Juliette.

— Allons, pensa le marquis Piperno, le capitaine ne s'était pas trompé, le vieux de

Courville et le chevalier sont bien là; il ne s'agit plus que de leur mettre de la glu sur les ailes.

Ali entendit encore la fin d'une conversation que le lecteur peut facilement se figurer; puis, il s'assura que les deux solitaires, afin que la lumière ne trahît point leur présence, avaient calfeutré les fenêtres avec des couvertures.

Enfin, à deux heures, li laissa les deux complices à table.

Le marquis, afin de noyer ses chagrins, et Guiffart, pour tuer le temps, soupaient, mais soupaient mieux que dans le meilleur restaurant du boulevard.

XII

UNE GRANDE CAPTURE.

Le lendemain Ali informait Horace, Léonce et la Paula de ce qui se passait au chàlet. Chacun émis son avis; puis, il fut décidé, à l'unanimité, que la nuit suivante on cernerait le chàlet et qu'on s'emparerait de ceux qui s'y trouvaient ainsi que de leurs papiers.

Léonce, Ali et Horace retournèrent donc à Neuilly où ils devaient retrouver M. Lamy, Trinquefort et Bois-sans-Soif, qui, tous trois, feraient partie de l'expédition nocturne.

A Neuilly, Horace, fit disposer une cave solide, pour y enfermer les futurs prisonniers. En cela, il agissait peut-être un peu comme ces chasseurs de la fable, qui vendirent la peau de l'ours, avant d'avoir tué la bête. Dans la circonstance, c'était une bonne précaution à prendre. Cette cave, divisée en deux compartiments par un mur épais. — Les deux captifs devaient être tous isolés et au plus strict secret — était parfaitement digne de rivaliser avec un des plus noirs cachots de la Bastille ou du Châtelet de lugubre mémoire.

La nuit venue, un planton, mis au bord de la rivière, à un endroit d'où il pouvait surveiller la rue du Pont dans toute son étendue, ayant affirmé que les deux bandits n'avaient pas quitté le chàlet et n'avaient reçu qu'une courte visite d'une femme, qui leur avait sans doute apposté des provisions; Horace Vigneul, qui s'était engagé, sur l'honneur, à commander l'assaut en personne, prit ses mesures pour l'attaque.

Il avait été décidé que le duc des Uzelles ne devaient se montrer aux bandits qu'en cas d'absolue nécessité. Il fut donc placé dans le kiosque du fond du jardin, de madame Desbar. Armé d'une paire de pistolets, il avait pour mission de s'opposer, par tous les moyens, à la fuite de Guiffart et du marquis par la fenêtre qui donnait sur le kiosque. Ali, comme la veille, reprit le chemin de la cheminée, pour pénétrer dans la place assiégée. M. Lamy et Bois-sans-Soif restèrent dans le jardin, entourant le chàlet, afin de veiller sur les fenêtres du premier étage donnant sur ce jardin.

Ces dispositions préliminaires prises, le capitaine Vigneul et Trinquefort, qui avaient le plus à se plaindre de la pluie de pavés sous laquelle ils eussent immanquablement succombé, sans le secours d'Ali, montèrent résolument le seul escalier qui conduisait au rapaire des chefs de la Grève.

En ce moment Guiffart écrivait. M. de Courville dormait tout habillé sur un lit de repos.

Tous deux se croyaient si bien en sécurité qu'ils n'avaient aucune arme à leur portée, quoique le châlet fût en quelque sorte un véritable arsenal.

Un silence majestueux régnait dans le salon où étaient les deux bandits. On entendait que deux bruits : le grincement de la plume de Guiffart sur le papier et le bruit monotone du balancier de la pendule.

Guiffart avait l'oreille fine ; malgré la gravité de ses préocupations, aucun bruit du dehors ne devait échapper à sa subtilité d'ouïe.

Tout à coup, il s'arrêta d'écrire et prêta l'oreille. Il avait entendu du bruit dans la cheminée. Le bruit se renouvela, comme un léger grattement contre la muraille.

— Cette masure est vieille déjà ; ce sont des rats ou des souris... pensa-t-il.

N'entendant plus rien, il allait se remettre à écrire, quand son attention fut attirée ailleurs, du côté de la porte.

Le diable me brûle, se dit-il, il y a quelqu'un sur l'escalier. On monte. Le comte de Mercœur sans doute ; comment n'a-t-il pas fait le signal?....

Guiffart alla vers la porte, à pas de loup, et écouta derrière.

— Ils sont plusieurs, dit-il, soyons prudents.

En allant vers la porte, le bandit avait tourné le dos à la cheminée et à la table, sur laquelle brûlait la lampe qui éclairait la scène. Ali profita de ce mouvement pour sortir doucement de la cheminée. Une fois dans le salon, il arma ses pistolets et en prit un de chaque main.

Sur ces mots, soyons prudents, Guiffart revenait vers la lampe pour l'éteindre quand il aperçut Ali qui le tenait couché en joue de ses deux pistolets.

Cette subite apparition d'Ali, ne fit qu'arracher un cri de rage à Guiffart.

— Tonnerre! encore ce nain, ce bout d'homme sur mon chemin, fatalité!

— Oui, encore moi, dit Ali ; et, cette fois, tu ne m'échapperas pas. Au moindre mouvement que tu feras, je te tue comme un chien.

— Où diable ai-je déjà entendu cette voix ? se demanda Guiffart.

Le marquis de Courville, réveillé par l'altercation; en apercevant le nain, se faisait la même réflexion que son complice :

— J'ai entendu cette voix là quelque part... Où? je ne puis me le rappeler.

Pour pénétrer chez les usuriers, le marquis de Piperno avait conservé sa couleur naturelle. De sorte que Guiffart ne songeait pas à le comparer au nègre de la Paula. Le marquis ne pensait pas davantage à faire un rapprochement entre l'homme qui était menaçant devant lui et le noir qui lui avait enlevé Juliette.

Tous deux du reste, en face des pistolets d'Ali, songeaient à la difficulté de leur position.

Une minute à peine s'écoula, quand on heurta vigoureusement à la porte.

— Qui est là? demanda Guiffart, sans désespérer encore.

Il comptait sur du secours : le comte de Mercœur, Nivodan, la Pallu ou d'autres des principaux affiliés de la grève, qui connaissaient le repaire du châlet.

Personne ne répondit à l'interrogation de Guiffart; un coup violent, frappé avec une lourde masse en fer, fit voler la porte en éclats.

— Nous sommes perdus ! dit Guiffart.

Il se précipita, tête baissée, sur le marquis de Piperno ; celui-ci fit feu de ses deux pistolets. S'étant trop pressé de tirer, ces deux balles passèrent au dessus de Guiffart accroupi. Une lutte s'engagea aussitôt entre le géant et le nain, lutte terrible, car, si le chevalier avait la force pour lui, Ali avait la ruse, l'adresse et l'agilité. Le bandit avait voulu l'étrangler, Ali lui avait presque coupé un doigt, d'un coup de dent ; Guiffart l'avait pris, élevé au dessus de sa tête, mais quand il avait voulu le broyer, sur le marbre de la cheminée, il n'avait pu s'en débarrasser, Ali s'était attaché après lui, l'avait enlacé, lui avait saisi les cheveux d'une main, tandis que de l'autre il essayait de lui crever au moins un œil.

Lutte d'un moucheron contre un lion : lutte affreuse et terrible, dans laquelle le nain était comme martelé. Enfin, fort heureusement pour ce dernier, la porte entière céda sous les efforts de Vigneul et de Trinquefort, qui, s'étant précipités sur Guiffart, l'eurent bientôt terrassé et mis hors de faire un mouvement.

Le marquis de Piperno, que les deux soldats avaient enfin arraché des mains du chevalier, était tout meurtri et couvert de sang, mais n'avait cependant reçu aucune blessure grave. Quand il fut un peu remis et qu'il pût respirer :

— Et l'autre, le marquis de Courville? lui demanda Horace.

Ali jeta un regard significatif vers la fenêtre, qui donnait sur le kiosque, sous lequel Léonce des Uzelles faisait bonne garde.

— Il est parti par là, dit-il.

— Son affaire est claire alors, dit Trinquefort.

En effet, le marquis de Courville, peu soucieux d'engager une lutte contre les assiégeants, avait eu le temps, pendant que Guiffart était aux prises avec le marquis de Piperno, d'arracher la couverture qui masquait la fenêtre, d'ouvrir cette dernière et de descendre sur le kiosque. Entraîné par un attrait irrésistible, il avait été séduit par l'idée de s'enfuir par la maison dans laquelle il supposait que Juliette était. Peut-être même s'imaginait-il enlever celle-ci en passant...

Il en fût tout autrement aussitôt qu'il fût descendu du kiosque, et qu'il eût mis le pied sur une des allées sablées du jardin, il sentit une main robuste le prendre au collet, il entrevit comme le canon menaçant d'un pistolet, puis une voix, qui lui sembla encore avoir entendu quelque part — M. de Courville s'était trouvé à un bal, donné chez M. de Mercœur, avec le duc des Uzelles — lui dit, d'un ton, qui le fit frémir.

— Un pas de plus et vous êtes mort.

Inutile de dire que le marquis se rendit immédiatement.

Dans le châlet, une fois les deux prisonniers descendus dans les caves préparées pour les recevoir, Léonce et Horace se livrèrent aux recherches les plus minutieuses. Ils voulaient la reconnaissance faite par Léonce aux usuriers, sauf à rendre à ces derniers, les huit cents mille francs que le duc avait reçus d'eux à Château-Lavallière.

Ce fut en vain qu'ils ouvrirent tous les meubles, qu'ils fouillèrent les lits, qu'ils sondèrent les murs et les parquets, qu'ils mirent tout sens dessus dessous; ils ne trouvèrent que des papiers insignifiants ou des écrits manuscrits en chiffres auxquels ils ne comprirent rien.

Les deux reconnaissances, la vraie et la fausse, n'étaient plus au châlet. Barbette la balayeuse, cette femme dont Trinquefort avait signalé la visite, et qui faisait partie, si on s'en souvient, des sous-chefs de la grève, était venue dans la journée apporter des provisions aux deux misérables, Guiffart lui avait remis les deux reconnaissances, afin qu'elle les fît parvenir à de Mercœur, par l'intermédiaire de Nivodan.

Léonce était désespéré de ne pas trouver les papiers, qui pouvaient si gravement le compremettre.

— Que faire? dit-il à Horace,

— Nous allons d'abord tendre une souricière ici.

— Une souricière ! se récria le duc.

— Oui, tu vas voir.

Horace fit monter Trinquefort et Boit-sans-Soif, qui attendaient dans le jardin.

— Qu'est-ce qu'il y a, mon capitaine? demanda Trinquefort en arrivant, encore tout joyeux de sa capture.

— Nous allons tendre une souricière, reprit Vigneul; Boit-sans-Soif et toi vous allez vous installer ici, les bandits dont nous venons de nous emparer ne sont pas seuls de leur bande, il en viendra d'autres...

— Ah ! je comprends, dit Boit-sans-Soif, nous serons les chats et ces Messienrs seront les souris. Ça me va, et à toi, Trinquefort ?

— Moi, ça me plaît et bosse.

— Maintenant, viens, dit le capitaine à son ami, nous allons faire chanter nos gaillards, tu vas voir.

Les deux amis descendirent dans les caves, où étaient les deux prisonniers, et commencèrent par le cachot de Guiffart. Celui-ci avait déjà eu le temps d'envisager sa position sur toutes ses faces et d'adopter un parti : celui de la résistance. Il avait deviné ce qu'on voulait de lui.

Horace exposa au chevalier le but de leur visite, de Léonce et de lui. Le bandit les écouta patiemment, sans que la moindre émotion se fît jour sur sa physionomie et finit par dire :

— Si je ne vous livre pas l'écrit que vous exigez, que me ferez-vous? Que pouvez-vous me faire ?

— Nous vous livrerons à la justice.

— A la justice! dit Guiffart avec ironie.

— Oui, à la justice, reprit Horace avec un emportement que lui causait le cynisme de Guiffart, n'avez-vous pas, en 1824, assassiné trois membres d'une famille Benoist.

— Oui, mais c'était en 1823.

— Clara Filleul a été témoin de ce triple crime ?

— Qu'importe ?... Nous sommes en 1845. Il y a prescription aujourd'hui. A un autre.

— Au mois de juin dernier, n'avez-vous pas enlevé une jeune fille de cette maison, Mlle Lamy ?

— Votre fiancée, j'avoue le fait, dit Guiffart, je n'aime point les discussions, mais vous oubliez un coup d'épée que je vous ai donné, à Dammarie-les-Lys, chez M. de Mercœur.

— Au mois de juin ne m'avez-vous pas attaqué ?...

— Oui, oui, mille fois oui, dit Guiffart, et je n'ai qu'un regret : celui de n'avoir pu vous tuer. Si j'eusse réussi, je ne serais pas là, maintenant.

— Il y a cinq semaines, n'avez-vous pas fait assassiner le duc des Uzelles.

— Il le fallait bien, pour obéir à son fils, ici présent, dit Guiffart.

— Comment, pour m'obéir ? misérable s'écria Léonce.

Dans un premier moment d'irritation, il fit un mouvement pour s'élancer sur le prisonnier. Horace le contint.

— Oui, sans doute, pour vous obéir, reprit Guiffart en s'emportant. La reconnaissance ne témoigne-t-elle pas clairement que c'est à votre instigation que M. votre père a été assassiné. Maintenant à votre aise, Messieurs, livrez moi à la justice, je vous attends et vous en défie. Laissez-moi vous dire ce qui arriverait, si vous me remettiez à la gendarmerie, je vais vous prouver qu'alors je ne serais pas seul à m'asseoir sur le banc des assises, et qu'au contraire, j'y serais en belle, nombreuse et bonne compagnie. Je n'ai plus la reconnaissance qui ferait votre bonheur. Elle est dans les mains d'un complice dévoué. Cet homme, aussitôt qu'il saura mon arrestation, enverra avec accompagnements explicatifs, la lettre au procureur du roi. Autrement, il attendra jusqu'au trois octobre ; si d'ici là, il n'a aucune nouvelle de moi, le fameux acte prendra également le chemin du parquet. De plus, le même homme tient de moi deux lettres de la Paula, qui peuvent la faire carrément impliquer dans l'affaire. Maintenant, jugez, décidez et voyez ce que vous voulez faire ; quand à moi, je n'ai plus rien à vous dire.

— Il faudra bien que tu parles, dit le duc exaspéré.

— Ah bah !... fit Guiffart.

Horace entraîna son ami.

— Venez, lui dit-il, le marquis de Courville sera sans doute plus facile à circonvenir que cet homme.

Léonce et Horace sortirent du cachot de Guiffart, qui leur avait tourné le dos. Peu après, ils étaient en présence du marquis.

M. de Courville, malgré son âge, quelques infirmités naissantes et ses habitudes luxueuses et pleines de voluptés, était dans son cachot et couché sur la paille, moins abattu qu'on ne pourrait le supposer. Violemment épris, son amour le soutenait dans la cruelle épreuve que ses crimes de tous genres lui avait attirée.

Quand il entendit ouvrir sa porte :

— Allons, se dit-il, voici le grand coup : le moment des explications.

M. de Courville, plongé dans l'obscurité, ébloui par la lumière que portait Horace, mit sa main en garde-vue, afin de mieux distinguer les traits de ceux qui prenaient la peine de le visiter, il avait été témoin dans le duel d'Horace contre Guiffart, il avait plusieurs fois rencontré Léonce dans le monde, il reconnut les deux jeunes hommes.

— Ah ! le capitaine et le marquis ! Tant mieux ! avec eux je suis au moins certain de me tirer d'affaire.

Il se trouva en présence d'un inconnu.

M. de Courville, sur cette réflexion, attendit l'explication de pied-ferme.

L'interrogatoire suivit pour lui le même tour que pour Guiffart. Seulement, il ne prit pas même la peine de répondre à une seule des questions qui lui furent faites. Quand les deux amis eurent fini.

— Messieurs, leur dit-il, avec une politesse pleine d'ironie, je ne puis que vous féliciter, surtout vous, M. le duc, d'avoir eu la bonne idée de venir me demander une explication amiable avant de ne rien faire contre moi.

Les deux jeunes gens furent surpris de cet exorde.

— Comment, surtout moi, dit le duc des Uzelles.

— Oui, surtout vous, monsieur, reprit le marquis, car il n'eût pas été très convenable, avouez-le, qu'un fils traînât son père sur le chemin de l'échafaud.

— Que voulez-vous dire ?

— Rien que de très facile à saisir; mais je comprends, monsieur, en ce moment, la surprise vous paralyse l'esprit. Enfin, je répète, vous plaît-il, monsieur le duc, de me faire monter sur l'échafaud, moi qui suis votre père ?

— Vous, mon père ? reprit le duc comme abruti.

— Oui, monsieur, votre père, reprit le marquis en persiflant, ce qui équivaut à dire que, quoique mariée, madame la duchesse, votre mère, a eu quelques faiblesses pour moi.

— N'insultez pas une femme qui, depuis longtemps, repose dans la tombe, s'écria Léonce.

Depuis que le marquis de Courville avait prononcé le mot père, Horace, par discrétion, s'était retiré. Léonce était seul avec l'auteur de ses jours ; car, tout ce que le marquis disait était vrai. Il était cet homme que le duc des Uzelles avait passé en vain une partie de sa vie à chercher. C'était par amour pour ce misérable que Madeleine, devenue duchesse des Uzelles, supportait depuis dix-huit ans, le martyr d'une affreuse captivité.

Quant à lui, il avait depuis longtemps oublié Madeleine. Bientôt on verra même qu'il était en partie l'auteur du supplice de la malheureuse.

— Votre mère depuis longtemps dans la tombe ? reprit le marquis de Courville, je ne crois pas. Si coupable que fût la femme, le duc n'était pas homme à la tuer ; et la duchesse qui est jeune encore relativement, était douée d'une très forte constitution. Cependant, je ne puis rien affirmer à ce sujet, mais vous connaissez sans doute Mohamed?

— Oui, dit le duc si surpris qu'il n'avait même pas la présence d'esprit de faire la moindre objection au marquis.

— Eh bien, reprit ce dernier, Mohamed qui était un ami pour le duc, qui connaissait ses secrets les plus intimes, pourra vous donner sur votre mère les renseignements que vous désirez. Il pourra également vous certifier la vérité de ce que j'avance. Au reste, pourquoi douteriez-vous ? Ne vous souvenez-vous pas de l'éloignement que votre père vous a toujours témoigné ? La raison de cette conduite, je viens de vous la dire. Le duc des Uzelles savait que sa femme l'avait trompée, et que vous n'étiez pas son fils.

Maintenant, que décidez-vous ? Ne pensez-vous pas, comme moi, qu'il vous est impossible de m'envoyer à l'échafaud? Si j'ai tué le duc des Uzelles, ou si j'ai participé à son assassinat, comme vous le prétendez, n'est-ce pas le bourreau de votre mère, n'est-ce pas l'homme qui vous a toujours maudit que j'ai tué?...

Le duc n'écoutait plus l'ignoble vieillard, son père. Il s'était enfui presque titubant, Horace était revenu fermer la porte du cachot du prisonnier qui poussa un éclat de rire sarcastique en l'entendant s'éloigner.

— D'après ce que je viens d'entendre, se dit Horace, en rejoignant ses amis, nous ne pouvons livrer ces deux hommes à la justice. Est-ce qu'ils seraient plus forts que nous qu'ils nous raillent ?

Léonce était rentré pâle, défait et sombre dans le salon de Mme Desbars. Personne n'eût le temps de l'interroger sur son émotion, un piqueur venu de Paris à franc étrier l'attendait.

— Qu'est-ce qu'il y a, Valentin? demanda le duc au piqueur.

Celui-ci, sans répondre, remit une lettre à son maître qui la décacheta en tremblant.

« Je suis à Paris, je vous attends; venez de suite, toute affaire cessante, et préparez-vous à une forte émotion.

« MOHAMED. »

La lettre ne contenait que ces mots. Aussitôt après l'avoir lue, Léonce sauta en voiture, pour se rendre à l'appel du mameluck.

XIV

MOHAMED ET SA PRISONNIÈRE, SEULS AU CHATEAU DU RIDEAU.

Le duc des Uzelles mort, Mohamed se calfeutra dans le pavillon du garde-chasse, où nous l'avons présenté au lecteur. Tous les jours ou tous les deux jours, il allait visiter sa prisonnière et lui portait les provisions dont elle pouvait avoir besoin.

Deux jours après le décès de son maître, quand Mohamed descendit dans le souterrain, Madeleine remarqua son air contristé, et supposa de suite qu'un grand événement était arrivé au château. Cet événement devait se rattacher au duc; — car, Madeleine savait que le mameluck était indifférent à tout ce qui ne regardait pas son maître.

— Qu'as-tu, Mohamed? lui demanda-t-elle.

— Rien, dit l'Egyptien.

La duchesse, qui connaissait celui à qui elle s'adressait, comprit que le moment n'était pas favorable, ou qu'elle s'y était mal prise, pour obtenir une confidence de Mohamed. Elle changea de conversation.

— Mohamed, lui dit-elle, est-ce vrai ce que le duc, à sa dernière visite, m'a dit de mon fils. Celui-ci vit-il encore ?

— Le duc ne mentait jamais, Madame! votre fils vit encore.

— Comment, le duc ne mentait jamais? dit la duchesse.

Mohamed resta embarrassé et confus, il s'était trahi du premier mot.

— Mohamed, il se passe quelque chose d'extraordinaire au château, et tu me le caches, dit la duchesse, en attachant un regard sur le mameluck, comme si elle avait voulu lire dans le fond de sa pensée.

— J'ai juré, Madame... j'ai fait serment.....

Un soupçon passa, comme un éclair, dans l'esprit de Madeleine.

— Le duc est mort, dit-elle au mameluck.

— Quand ce serait, après ? dit Mohamed d'un ton froidement impérieux qui glaça la duchesse d'épouvante.

Un silence de quelques minutes se fit entre les deux interlocuteurs de cette scène. Madeleine n'osait le rompre, Mohamed réfléchissait, il reprit :

— Oui, Madame, M. le duc est mort, mort assassiné. Mais cet événement, par lui-même, ne doit rien changer à votre position.

— Que dis-tu ?

— J'ai juré, Madame, et, vous savez si je suis homme à tenir un pareil serment, fait à mon maître, de ne vous rendre la liberté, que quand vous m'auriez nommé votre complice, l'homme qui, il y a vingt ans.....

— Je comprends, dit la duchesse, il t'a fait jurer de continuer sa vengeance ?

— Oui, madame, et je serai inexorable.

La duchesse avait un moment espéré attendrir Mohamed et l'amener à lui rendre la liberté. La dernière réponse du mameluck la fit retomber avec accablement sur un siège. Son geôlier profita de ce moment pour s'en aller et se soustraire à un spectacle qui le navrait.

En sortant du souterrain, Mohamed alla s'enfermer dans le cabinet du duc, ou, depuis la mort de ce dernier, le retenait une occupation grave. Le duc avant de mourir, avait remis tous ses papiers au mameluck et lui avait dit :

— Comme tu connais tous mes secrets, il n'y a aucun inconvénient à ce que tu lises tous ces écrits. Je ne te recommande pas la discrétion, je sais que tu resteras muet. Tu liras donc tous ces papiers et tu détruiras par le feu tous ceux qui n'auront pas rapport à la duchesse. Ceux-ci, tu les conserveras jusqu'à ce que ma femme soit morte, ou que, par l'aveu que tu sais, elle t'ait dégagé de ton serment de la retenir prisonnière. Dans ce dernier cas, c'est à elle que tu remettras les papiers la concernant, que tu auras eu soin de conserver.

Mohamed, comme pour tout ce qu'il faisait, s'acquittait de sa mission en conscience. Pas un chiffon de papier, pas une ligne d'écriture qu'il ne lût attentivement et qu'il ne relût même, au besoin, plutôt deux fois qu'une, quand il ne comprenait pas bien, avant de décider du sort de l'écrit. L'auto-da-fé durait depuis deux jours, et laissait déjà un monceau de vestiges et de cendres dans une cheminée, quand le mameluck se remit à l'œuvre.

Quant à des papiers concernant Madeleine, il n'avait encore rencontré que de loin en loin des lettres déjà anciennes. Les deux époux se les étaient écrites, avant leur mariage, après que Madeleine eût seulement été la maîtresse de Domard, le conspirateur.

Un physiologiste, plus expert que Mohamed, eut sans doute découvert dans ces premières lettres, le germe des malheurs du duc des Uzelles; car, le caractère de Madeleine s'y peignait tout entier. L'amour qui aveuglait le duc, avait seul pu lui faire juger cet écrit favorablement. Quant à Mohamed, quoique considérant ces lettres comme insignifiantes, il les mettait ponctuellement de côté, seulement parce qu'elles concernaient Madeleine, et redoublait de zèle et d'attention en faisant son dépouillement.

Car il ne pouvait se figurer que c'était pour chercher et mettre de côté de pareilles lettres que le duc lui avait si chaudement recommandé ce travail. Le mameluck se figurait devoir trouver quelques papiers d'une importance incontestable, qui éclaireraient ce mystère des infidélités de Madeleine, et lui permettaient, à lui, Mohamed, de mettre la malheureuse femme en liberté.

Mohamed s'était remis à son dépouillement depuis une heure environ, quand il tomba sur une lettre qui tout d'abord attira son attention.

C'était une dénonciation anonyme datée de 1827.

— L'année où le duc s'est emparé de sa femme, se dit Mohamed.

Et il lut ce qui suit :

« Monsieur le duc,

« Si dans votre haute équité, et afin de prévenir de nouveaux malheurs dont on ne peut prévoir la portée, et dont vous finiriez immanquablement par être victime, vous êtes toujours, comme autrefois en Italie, dans l'intention de punir votre femme de ce qu'elle vous a trompé et de ce qu'elle a cherché, de complicité avec son amant, à vous empoisonner, rien ne vous est plus facile.

« La duchesse habite presque seule une petite maison de campagne, près V... sur la route de B... Vous et votre fidèle Mohamed vous suffirez à l'enlever facilement. Allez-y la nuit ; et pour être certain d'être immédiatement introduit auprès d'elle, faites-vous annoncer sous le simple nom d'*André*. Immédiatement toutes les consignes et toutes les portes tomberont et s'ouvriront devant vous.

« Un ami, qui en vertu du proverbe qui dit, qu'il ne faut jamais mettre le doigt entre l'arbre et l'écorce, croit, pour le moment au moins, devoir garder l'incognito. »

« Au bas de cette lettre, le duc des Uzelles lui-même avait écrit cette note datée : mai 1835. »

« Les renseignements donnés dans la lettre ci-dessus se sont trouvés exacts. Aidé seulement de Mohamed, j'ai pu m'emparer de la duchesse sans la moindre difficulté ; quoique j'avais cependant pris mes mesures pour me mettre à l'abri d'un guet-apens. Mais qui peut m'avoir donné cet avertissement ? Depuis huit ans je n'ai rien pu apprendre sur son auteur anonyme.

« Cependant, après de mûres réflexions, en évoquant les souvenirs que j'ai pu garder de l'écriture d'une lettre de l'amant de la duchesse, que j'avais surprise entre les mains de cette dernière, et qui m'a été reprise, tout me porte à supposer que c'est ce même amant, qui s'est fait le dénonciateur de sa maîtresse.

« Connaissant sans doute le caractère jaloux et vindicatif de Madeleine, cet homme voulant se débarrasser d'elle, afin de n'avoir plus rien à en redouter, aura imaginé de me la livrer afin que je l'en débarrasse en en tirant vengeance.

« Si en est ainsi, ce serait adroit, mais ignoble.

« Pièce à utiliser au dernier moment et en désespoir de cause. »

Mohamed relut cette lettre et l'apostille au moins dix fois. Il était facile de voir qu'il cherchait à bien saisir le fil de l'intrigue que cachaient l'une et l'autre.

— C'est bien, se dit-il, si la supposition du duc est fondée, que la duchesse veuille en convenir et me nommer l'homme qui a écrit cette lettre, avant peu je pourrai la mettre en liberté.

Le mameluck mit la lettre de côté et continua ses recherches, qui durèrent encore deux jours, sans qu'il trouvât rien qui pût compléter les renseignements que nous venons de dire.

Le troisième jour, son œuvre de destruction étant complètement terminée, il descendit chez la prisonnière. Celle-ci était calme ou plutôt sombrement résignée. Cette femme avait le cœur et l'âme vigoureusement trempés et une constitution de fer. Elle devait être implacable dans ses haines et dans ses vengeances.

Mohamed s'assit en face de la duchesse, la contempla un instant et finit par lui dire :

— Madame, vous avez un fils.

— Oui, Mohamed, si cet enfant vit encore ainsi que le duc me l'a annoncé la dernière fois qu'il est venu.

Cet enfant vit, madame, vous pouvez en être convaincue, je vous le jure, et il ne sera jamais malheureux, ainsi que le duc vous l'avait annoncé ; car, grâce à moi, ce dernier ne l'a point déshérité comme il voulait le faire, comme il l'eut fait, si je n'eus été là.

— Comment, le duc a laissé son immense fortune à Léonce ? s'écria Madeleine, avec un élan qui indiquait, et de reste, que l'amour maternel était loin d'être éteint en elle.

— Oui, madame, sauf quelques legs à faire par M. Léonce, le duc lui a laissé toute sa fortune, mais à une condition.

— Laquelle ?

— Que je continuerais vis à vis de vous l'œuvre de sa vengeance.

Mohamed raconta en détail et presque mot à mot l'entretien qu'il avait eu avec le duc et les engagements qu'ils s'étaient réciproquement faits.

Madeleine l'écouta, sans paraître en proie à une trop cruelle émotion. Elle ne paraissait pas trop s'effrayer d'une captivité, qui ne paraissait devoir finir qu'à sa mort ; elle savait qu'elle ne devait pas songer à faire faillir le mameluck à son serment.

— Ainsi, dit elle, c'est mon supplice qui paye le bonheur de mon fils. Tant mieux ! Si, un jour, il apprend la vérité sur ma conduite passée, il n'aura ni le droit de me mépriser, ni celui de me maudire.

— M. Léonce, en aucun cas, n'est un homme à mépriser ou à maudire sa mère.

— Parle-moi de lui, Mohamed.

— Vous l'aimez, dit le mameluck ému, et, cependant, vous ne voulez rien faire pour le revoir, pour qu'il soit rendu à votre amour, pour finir vos jours heureuse auprès de lui.

— Que dis-tu, Mohamed ?

— Nommez-moi votre complice, et....

— Jamais ! jamais ! s'écria la duchesse, en interrompant brusquement son interlocuteur.

— Cependant, si cet homme, indigne d'un amour et d'un dévouement aussi exaltés que les vôtres, vous avait trahie ?

— Je l'ai déjà supposé.

— S'il était cause de vos malheurs, de votre captivité ?

— Oh! ne me dis pas cela Mohamed.

— Si c'était lui qui, pour une raison ou pour une autre, voulant se débarrasser de vous, vous eût livrée au duc?

— Pourquoi toutes ces suppositions ?

— Lui seul connaissait la retraite où le duc et moi nous vous avons enlevée.

— C'est vrai, mais, encore une fois, pourquoi toutes ces suppositions? cet homme m'aimait avec passion, il est impossible qu'il se soit si lâchement conduit à mon égard.

— Reconnaîtriez-vous son écriture?

— Oh! parfaitement, dit Madeleine ; au reste, j'ai encore deux lettres de lui, je pourrai comparer.

— Eh bien, lisez cela, dit Mohamed, en remettant la lettre qu'il avait mise de côté de la correspondance de son maître.

— C'est bien son écriture, dit Madeleine en ouvrant la lettre et avant de l'avoir lue.

— Lisez.

Aux premiers mots la duchesse pâlit d'abord, son émotion grandissant, elle devint toute tremblante, une sueur froide perlait abondante à la racine de ses cheveux, sa poitrine devenait oppressée, sa respiration sifflante, ses yeux se voilèrent. Elle ne pût continuer. Elle sentait son cœur se briser.

— Remettez-vous, lui dit Mohamed, effrayé du changement à vue qui s'opérait en elle.

— L'infâme ! dit la duchesse; et c'est pour un pareil être que, pendant dix-huit ans, j'ai souffert un supplice qu'aucune femme n'eût pu ni n'eût voulu supporter.

En prononçant ces paroles, Madeleine semblait se faire horreur à elle-même. Une rage sourde l'étouffait. Non de faiblesse, mais de colère, elle s'évanouit, le corps agité de trépidations convulsives.

Comme pareille chose lui arrivait fréquemment, presque toutes les fois que le duc venait la voir et qu'elle avait quelque scène avec lui ; elle avait chez elle tous les remèdes nécessaires pour la tirer d'un pareil état et calmer son agitation nerveuse. Mohamed lui eut bientôt fait recouvrer l'usage de ses sens.

— Cette lettre..... Cette lettre!... dit-elle au mameluck avec égarement, aussitôt qu'elle fut revenue complètement à elle.

Mohamed ramassa la lettre qu'elle avait laissé tomber à terre et la lui remit. La malheureuse la dévora, ainsi que l'apostille, d'un regard de flamme ; puis elle répéta :

— L'infâme! le lâche.... Il avait peur de moi..... C'est pour cela qu'il m'a trahie et livrée à mon bourreau.

C'est bien cela .... C'est bien cela..... C'est bien lui qui a écrit cette lettre..... dit-elle.

Elle tomba en proie à d'absorbantes réflexions, après ces paroles.

— Oh! dit-elle encore, mes souvenirs ne me font point défaut ; j'y suis maintenant, je comprends tout..... tout.....

Elle tira de son corsage deux lettres jaunies par le temps, et les posa sur la table ; elle en compara l'écriture à celle de la dénonciation.

— Va-t-en, Mohamed, dit-elle enfin, en relevant la tête, j'ai besoin d'être seule, afin d'aviser au parti à prendre. Reviens demain, il est probable que je te ferai alors l'aveu qui doit te décider à me rendre la liberté. Car il faut que je sois libre, je sens déjà des désirs effrénés de vengeance naître en moi. Oh! si j'avais su... Si j'avais su...

Mohamed obéit et se retira, laissant la duchesse à l'amertume de ses souvenirs, de ses regrets et de ses remords.

XV

LA DERNIÈRE HEURE DE CAPTIVITÉ DE MADELEINE.

La duchesse, on a déjà pu en juger, avait le fond mauvais. Naturellement fière, orgueilleuse et coquette, ces trois défauts lui avaient fait commettre une première faute. Mariée plus tard à un homme riche qui l'aimait et qui ne lui refusait rien, elle eut pu être la plus heureuse des femmes. Une abberration d'esprit, une passion insensée, violente, irrésistible, qu'elle avait conçue pour un homme qui, sous aucun rapport, ne valait son mari — en pareil cas, les choses ne se passent pas autrement — lui avait fait préférer, à une existence calme, honorable et honorée, une vie de désordres, d'anxiétés et de crimes.

Cette existence, qui jusqu'à l'heure solennelle où elle se trouvait et que la révélation de Mohamed venait de faire sonner si brusquement pour elle, ne lui avait inspiré aucun remords, elle l'avait expiée bravement, par un supplice affreux, qui avait duré dix-huit ans, sans vouloir dénoncer son complice, autant par entêtement et par amour que pour que le duc qu'elle haïssait depuis le jour où elle n'avait pu l'empoisonner, ne pût parvenir à savourer le plaisir de la vengeance.

Envisageant courageusement en face la mort dans une sorte de cachot, elle n'avait pas eu un seul instant besoin de s'exhorter au courage ; car elle n'avait pas eu une heure, une minute de faiblesse. Croyant son enfant mort, n'ayant rien qui la rattachât à la terre que le souvenir de l'homme aimé, elle avait au contraire, éprouvé quelques moments de satisfaction. Elle avait torturé le duc, ce qui faisait dire avec raison à ce dernier que : *la victime userait le bourreau.*

En effet, pour persévérer dans son silence avec un sang-froid et un courage vraiment stoïques, elle n'avait qu'à remarquer ce que le duc souffrait de ce silence.

Mais, quand tout à coup elle apprit que le duc était mort, elle n'aurait plus à le torturer, quand Mohamed lui jura que Léonce vivait, elle sentit son courage mollir, sa détermination de rester en prison, d'y mourir, lui fit horreur; elle voulut être libre et résolut de l'être, ne serait-ce que pour embrasser son enfant, l'être pour qui son amour maternel s'était subitement rallumé, comme un brasier dévorant, dans ses entrailles de mère, aussitôt qu'elle l'avait su existant.

Sans avoir connaissance de la dénonciation anonyme, elle eut fini, avant peu, par tout avouer à Mohamed.

Elle eut fait cette confession sans haine contre son complice, sans sacrifier ce dernier

Il tomba presque foudroyé.

à son bonheur et à celui de son fils, en se jetant aux genoux du mameluck, et en intercédant pour le misérable, dont elle ignorait complètement l'existence et la destinée.

Qu'on se figure l'effet que produisit la dénonciation sur la duchesse, dans la disposition d'esprit où celle-ci se trouvait. Cet effet se refuse en quelque sorte à l'analyse. La prostration de Madeleine ne fut pas de longue durée, elle n'éprouva rien de ce qu'à sa place eussent éprouvé la plupart des femmes. Elle ne douta pas un instant de la culpabilité de son complice. Sans conserver aucune illusion sur ce point, cependant assez délicat, elle fut, au contraire, sur le champ intimement convaincue.

— Oh! mon Dieu! s'écria-t-elle, fais qu'il vive, que je puisse me venger!...

Oh! je comprend tout maintenant; quand nous étions à V... qu'il me relégua presque seule dans la petite villa isolée où le duc et Mohamed se sont emparés de moi sans la moindre difficulté, qu'il savait bien ce qu'il faisait... Personne, dans le voisinage pour me porter secours... des domestiques payés sans doute pour laisser faire les ravisseurs. Que j'ai été sotte alors... le bruit courait, cependant, que ce lâche entretenait des relations avec une actrice d'un des principaux théâtres de la ville... Comment, moi, si jalouse d'ordinaire, ne me suis-je pas informée afin de m'assurer de l'exactitude de ces bruits... Non, j'étais folle, ensorcelée, je l'aimais avec tout le délire de la passion, j'avais la fatuité de croire que j'étais tout, tout pour lui... J'eus la folie de rire de ces bruits. Maudit orgueil! Fatal aveuglement! qui m'ont fait croire que cet homme ne pouvait aimer une autre femme. Lui qui me connaissait jalouse, qui me savait capable de le poignarder, non sur un soupçon, mais sur une certitude, il n'a pas hésité pour se débarrasser de moi ; il m'a livrée à mon mari, au seul homme qui, par la mort ou l'emprisonnement avait le droit de me réduire à l'impuissance.

Oh! mon Dieu, quel châtiment infligé à la femme adultère! Être punie par l'homme aimé, par l'être pour qui on a tout sacrifié, honneur, paix intérieure et considération.

O! toi qui garde un châtiment pour tous les crimes et qui, tôt ou tard, en frappe ceux qui les commettent, épargne celui que tu m'as infligé à la femme adultère, car ce supplice est au-dessus des forces d'une femme. Ou plutôt, vous toutes qui songez à faillir, tremblez! et, si votre vertu faiblit, ayez plutôt ce sinistre courage de vous détruire que de succomber...

Ces dernières paroles de Madeleine disaient assez que le repentir avait touché son cœur de bronze; mais ni les remords, ni les regrets qui l'obsédaient tardivement, ne pouvaient la détourner de son idée fixe: celle de sa vengeance. Elle y revint.

Oh! oui, dit-elle, tout en moi, jusqu'au sang du fond de mes entrailles, crie vengeance; il faut, oui, il faut que si cet homme vit encore je lui rende supplice pour supplice.

Le lendemain quand Mohamed revint voir la duchesse, celle-ci lui dit:

— L'homme dont il te faut le nom, Mohamed, s'appelait le vicomte des Urbins; je dis s'appelait, car je ne sais pas si cet homme existe encore; il n'est plus jeune s'il vit aujourd'hui.

— N'importe, dit Mohamed, s'il vit, il faut que nous le trouvions, car j'ai juré à mon maître de le tuer s'il n'était pas mort, aussitôt que je saurai son nom. Vous le savez bien.

— Le tuer!... dit Madeleine en poussant un éclat de rire strident qui se rapprochait du rictus sanguinaire de la bête féroce.

Le mameluck regarda la duchesse comme s'il l'eût crue folle.

— Le tuer, jamais!... reprit cette dernière, est-ce que la mort, une mort qui ne fait souffrir qu'un instant serait un châtiment assez cruel pour le punir de ses crimes. Je vais être libre, nous allons partir ensemble, puisque rien ne s'oppose plus à ce que nous quittions ce château, je te suivrai sans te quitter d'une semelle jusqu'à ce que nous ayons joint l'homme que tu sais. De cette façon, tu ne pourras douter de la sincérité de mes aveux et de la haine que je porte à ce misérable. Quand nous l'aurons découvert, que je t'aurai dit devant lui : Mohamed, voici l'homme qu'à ton maître mourant, tu as juré de tuer, eh bien, tu ne le tueras pas, nous nous emparerons de lui, nous l'enfermerons ici dans ce souterrain, s'il le faut, je me ferai sa geôlière et que Dieu veuille qu'il vive assez longtemps pour que je lui fasse souffrir, heure par heure, le supplice que j'ai enduré pour lui et de son fait.

Mohamed regarda la duchesse, il semblait se dire :

— Voilà au moins une femme qui entend bien la vengeance, avec elle, c'est dent pour dent et œil pour œil.

— Madame, reprit-il, en s'adressant à la duchesse, le plus important pour l'instant, est de s'assurer que notre homme existe et de le trouver. Quand nous serons sûrs de lui, nous aviserons au parti à prendre, comme vous venez de le dire ; et, afin qu'en me trompant, vous ne me fassiez pas faillir à mon serment, je ne vous quitterai pas.

— Te tromper, Mohamed, aujourd'hui je hais cet homme plus que je ne l'ai jamais aimé. Ce serait avec joie que je me laverai les mains dans son sang.

— Enfin, où allons-nous, en sortant d'ici ?

— Tu me permettras bien d'embrasser mon fils, d'abord ?

— Oh ! certainement, c'est un désir tout naturel, mais, avant tout, avant d'être libre, vous allez me jurer par la vie de Léonce que jamais âme qui vive, excepté votre complice, à l'heure de sa mort, n'apprendra de votre bouche la captivité que vous avez supportée dans ce château.

— Je te le jure, Mohamed, je te le jure avec joie, et c'est en suppliante que je te prie d'être aussi discret que moi sur ce sujet.

— Je ne vous comprends pas.

— Comprends au moins que ce que je veux avant tout, c'est l'estime, de mon fils ; que ce à quoi je tiens le plus au monde, c'est à son affection.

— Et vous faites bien, vous n'avez que lui au monde à qui vous pouvez vous attacher, répondit Mohamed.

— Alors, comment veux-tu que je sois indiscrète pour, tenant à son estime, agir de façon à ce qu'il apprenne ma captivité ici ? Connaissant le duc des Uzelles pour un digne et honnête homme, il supposerait de suite mon inconduite, qui seule peut justifier la manière d'agir de mon mari à mon égard.

— C'est vrai, dit Mohamed.

Sur cette conclusion, Madeleine suivit le mameluck, tous deux sortirent du souterrain, la malheureuse femme était enfin libre.

Quand Mohamed voulut quitter le Rideau, la duchesse lui représenta qu'il lui fallait quelques jours de transition pour que sa vue s'habituât à l'éclat de la lumière naturelle, que ses poumons se fissent au grand air qui tout d'abord l'oppressait et que ses membres, par un exercice progressif, recouvrassent l'élasticité qui leur était nécessaire pour supporter un long voyage et se prêter aux nécessités d'une vie de recherches et de fatigues.

Enfin, quelques jours plus tard, la duchesse parfaitement remise, encore belle malgré les années, consentit à quitter le Rideau, accompagnée de Mohamed.

Le lecteur sait maintenant quelles étaient les personnes qui attendaient Léonce des Uzelles, revenant de Neuilly, où il avait assisté à la capture de Guiffart et du marquis, où celui-ci venait de lui faire de si surprenantes révélations sur les liens qui les attachaient l'un à l'autre.

XVI

LA MÈRE ET LE FILS.

La duchesse et Mohamed avaient jugé convenable que ce dernier se présentât seul au duc afin de le préparer au grand événement qui l'attendait, à retrouver sa mère qu'il croyait morte depuis longtemps, qu'il se rappelait avoir à peine connue.

En conséquence, pendant que Madeleine attendait dans le grand salon, Mohamed s'apprêtait à aborder Léonce dans un petit salon-bibliothèque où le duc avait l'habitude de recevoir ses intimes.

Tout à coup il entendit une voiture s'arrêter avec fracas dans la cour de l'hôtel.

— C'est lui ! se dit-il.

Peu après, le pas précipité et retentissant de Léonce se fit entendre dans un couloir voisin, et la porte du salon brusquement ouverte, donna passage au jeune duc qui, se précipitant avec élan dans les bras de son vieil ami, de celui qui l'avait accompagné dans les voyages que son père lui avait fait faire pour le tenir éloigné de lui, s'écria :

— Ah ! Mohamed, c'est Dieu qui t'envoie à mon aide, tu arrives juste à temps pour confondre un lâche calomniateur. Tu ne serais venu, que j'allais t'écrire ou t'aller chercher.

Un fils, quelqu'il soit, consentira difficilement, et du premier abord, à croire sa mère coupable ; une mère pour son enfant est quelque chose de si sacré, et cet enfant se sent un si grand besoin instinctif d'aimer et d'estimer !... Léonce avait bien été comme abasourdi, par la révélation si inattendue du marquis de Courville, mais il n'avait pas été convaincu, quoique l'éloignement que son père lui avait toujours témoigné semblait donner raison au marquis.

Léonce avait vingt cinq ans. Depuis dix-huit ans, il croyait sa mère morte, et depuis vingt-deux ans il n'avait reçu aucune de ses caresses. Avant d'être jeté dans le souterrain du Rideau, la duchesse ayant fui le toit conjugal, avait vécu quatre ans avec son amant. Quoiqu'il en fut, jamais aucun bruit sur la conduite de sa mère n'était parvenu aux oreilles de l'enfant. Le duc et Mohamed, qui seuls parmi l'entourage de Léonce savaient à quoi s'en tenir à ce sujet, avaient parfaitement su garder leur secret. De sorte que, dans son âme et dans son cœur, Léonce repoussé de son père, avait voué une sorte de culte à la mémoire de sa mère que Dieu, disait-il, avait enlevé trop tôt à son amour. Doué d'un excellent naturel, quand il fut à l'âge où l'on observe et où l'on comprend les choses, s'apercevant des relations que son père entretenait avec Mᵐᵉ Agathe, il ferma les yeux et ne songea même pas à attribuer l'influence de la femme de charge sur le duc, indifférence que celui-ci lui témoignait en toute circonstance.

On comprend facilement l'effet terrible que la révélation du marquis de Courville dût produire sur le duc. Cette révélation ne renversait-elle pas toute une religion dans laquelle Léonce marchait avec une foi ardente et naturelle, une conviction intime, indiscutée, et lui paraissant indiscutable ?

— Cet homme, se dit Léonce quand il eut quitté ses amis de Neuilly, et que, remonté en voiture, il eut recouvré tout son sang-froid, est un misérable, un assassin, il l'avoue. Sans doute que pour se soustraire au châtiment que nous lui préparons, il a imaginé cette odieuse calomnie, pour arriver à ces conclusions. « Vous, mon fils, aurez-vous le triste courage de faire monter votre père sur l'échafaud ? » Mais je saurai déjouer cette audacieuse combinaison ; Mohamed est là, je vais l'interroger, il me dira tout, et d'un mot dissipera mes inquiétudes et mes angoisses.

— Plus vite ! plus vite ! avait dit le duc à son cocher, une fois cette réflexion faite.

Nous avons dit comment le duc des Uzelles avait abordé le mameluck.

— Comment vous seriez venu me chercher, M. Léonce ? lui dit ce dernier, en remarquant l'agitation de son jeune maître. Que se passe-t-il donc que vous ayez besoin de moi ?

— Des choses terribles, répondit le duc.

— Vous semblez ému et presqu'épouvanté.

— Il y a quoi, dit Léonce, mais laisse-moi remettre un peu d'ordre dans mes idées, avant de t'interroger.

Le duc se laissa tomber sur un siège.

Un silence de quelques instants se fit entre les deux interlocuteurs de cette scène. Mohamed regardait le duc avec un étonnement mêlé d'anxiété.

Le duc le rompit enfin brusquement.

— As-tu jamais connu un certain marquis de Courville ? demanda-t-il à Mohamed.

— Non, jamais ! dit le mameluck après avoir un instant consulté ses souvenirs.

— Sur l'honneur ?

Sur l'honneur, M. Léonce, je n'ai jamais menti.

Le duc respira plus librement.

— Ah ! je le savais bien, se dit-il, que ma mère n'était pas coupable.

— Mais pourquoi cette question ? demanda l'Égyptien.

— Je vais te le dire ; supposes-tu Mohamed, que ma mère, la duchesse des Uzelles, vive encore ?

— Non seulement je le suppose, mais j'en suis sûr.

— Tu en es sûr ? dit le duc avec effroi.

— Oui.

Cette affirmation amena un pâleur mortelle sur le visage de Léonce.

— La révélation du marquis de Courville ne serait-elle pas une calomnie? se demandait-il, sans oser continuer à interroger le confident de son père.

— Oui, j'en suis certain; reprit Mohamed, enchanté que le duc lui eût fourni l'entrée en matière, qu'il avait cherché longtemps en vain, et votre mère n'est pas aussi éloignée de vous que vous pourriez le penser.

— Que dis-tu, Mohamed? ma mère vivrait encore.... Comment se fait-il, alors, que le duc m'ait si longtemps laissé croire à sa mort?..... Qu'il m'ait abandonné sa fortune, comme si elle eût été morte?.... Il ne savait donc rien de l'existence de sa femme?..... Il avait donc été trompé, à l'aide d'un faux acte de décès? Quel mystère se cache sous cette ténébreuse et incroyable histoire?..... Parle, parle, Mohamed. Ne vois-tu pas mon angoisse, mon effroi?... Ne comprends-tu pas que plus que ma vie, mon honneur et ma tranquillité sont suspendus à tes lèvres, et dépendent du secret que tu m'as caché pendant si longtemps?.....

Cette série de questions mit Mohamed dans le plus cruel des embarras.

— Non, M. Léonce, répondit-il enfin, le duc votre père n'ignorait pas l'existence de la duchesse sa femme, mais il est de ces choses qu'il ne m'appartient pas de vous dire, que je ne vous dirai jamais. Votre mère seule peut répondre à toutes vos questions. Cependant, je dois vous prévenir qu'elle a été bien malheureuse, la pauvre femme..... ne l'interrogez donc pas trop.

— Ma mère, mais tu as dis qu'elle n'était pas si éloignée de moi que je pouvais le supposer. Tu sais donc où elle est, Mohamed? Il faut que tu me le dises à l'instant même, je le veux.

— Elle est ici?

— Dans cette maison?

— Oui, je l'ai amenée avec moi, venez.....

Quelques instants après, la mère et le fils muets, émus, pleurant de joie, étaient dans les bras l'un de l'autre. Dans cet instant de suprême bonheur et d'enivrant épanchement, Léonce oubliait tout et ne songeait même pas à demander le moindre renseignement à sa mère.

Du salon où elle s'était tenue jusqu'alors, Madeleine avait, avec effroi, entendu toute la conversation de son fils et du mameluck.

— Ah! mon Dieu! s'était-elle dit avec épouvante, il a des soupçons!... peut-être qu'il sait tout!... Que signifient toutes ces questions à Mohamed..... Ce nom de Courville que je ne connais point?...

Un instant il vint à la pensée de la malheureuse mère de tromper son fils, de se poser à ses yeux comme la plus innocente des femmes; mais, aussitôt, la pensée qu'il avait des soupçons, qu'il savait peut-être la vérité, lui revint inexorable et terrible, et elle se résigna à sonder Léonce, avant de lui donner aucune explication sur sa vie passée, à elle.

La duchesse désirait et redoutait à la fois l'instant de l'explication. Cependant, s'armant de courage et d'énergie, elle se décida à faire cesser le doute qui planait dans son esprit.

Elle interrogea Léonce, qui lui répondit d'abord avec tant d'embarras et d'une façon si évasive, qu'elle comprit qu'il était à peu de chose près informé de sa faute. Il y eut alors un instant de dououreux silence entre la mère et le fils.

Mais Léonce était doué d'une de ses natures franches qui, à aucun prix, ne peuvent se résoudre à dissimuler. De plus, quoiqu'il lui fût très pénible d'ajouter foi à la culpabilité de sa mère, il lui importait de s'assurer si, oui ou non, M. de Courville était son père, puisque sa conduite, à l'égard de ce misérable, devait se baser sur le plus ou le moins de véracité de ses révélations.

Ce fut alors que la duchesse eût l'idée de se sortir d'une position horriblement fausse, par un grand mouvement, par un aveu sincère, si pénible que cet aveu fût pour elle. En cette circonstance, elle se laissa guider par ses remords et son repentir. C'était le moyen infaillible de se faire absoudre. En pareil cas, un fils ne peut que pardonner

Au moment où le silence devenait sérieusement embarrassant, Madeleine se jeta à genoux aux pieds de son fils, lui prit les mains, et lui dit d'un ton suppliant :

— Mon fils, Léonce, j'ai un aveu pénible, affreux à te faire ; mais il faut que je te le fasse, que je te dise tout, que tu saches tout. Il le faut, d'autant plus que je suis convaincue que tu as des soupçons.....

Madeleine avait mis toute son âme dans ses paroles, Léonce ne pouvait être que profondément touché de cet élan de franchise. Il le fut. En comparant sa mère, qui, malgré ses cinquante ans, n'en paraissait que quarante, à M. des Uzelles, mort à soixante-quatorze ans, il avait compris que le duc s'était marié sans tenir aucun compte d'une trop grande disproportion d'âges, existant entre sa femme et lui, et que, fatalement, il lui était arrivé ce qui est presque inévitable en pareil cas.

Léonce releva sa mère, la fit asseoir auprès de lui, et dit :

— Jamais, je ne vous laisserai faire un aveu pénible. Je ne veux entendre aucun détail. Je sais tout : je ne suis pas le fils du duc des Uzelles ; c'est ce qui m'explique comment jusqu'à sa mort je vous ai crue morte vous-même. Plus un mot à ce sujet, vous êtes ma mère, vous le serez toujours, voilà tout.

Après cette généreuse absolution, donnée par le fils à la mère, il y eut encore entre ces derniers un long et délicieux moment d'épanchement ; enfin la duchesse reprit :

— Mais comment as-tu été informé du secret de ta naissance.

— Il n'y a pas longtemps. Cette nuit seulement, répondit le duc.

— Mais par qui ? il y a si peu de personnes qui connaissent ce secret : Le duc, lui, Mohamed et moi.

— Eh bien, je tiens ce secret d'un homme qui prétend être mon père, répondit Léonce.

— Ton père ! s'écria Madeleine, sans parvenir à déguiser la joie que lui causait la nouvelle que l'homme qui l'avait livrée au duc existait encore et qu'elle pourrait sans doute se venger.

— Oui, mon père, reprit le duc.

— Comment, le vicomte des Urbins.

En ce moment, la pensée de Léonce était si loin de la Paula, que ce nom des Urbins, prononcé par sa mère, ne le frappa point d'abord.

— Non, le marquis de Courville, dit-il,

— Comment, le marquis de Courville ! s'écria Madeleine stupéfaite.

Le nom que son fils venait de prononcer lui était complètement inconnu.

— Oui, cet homme m'a affirmé qu'il était mon père.

— Jamais je n'ai connu personne du nom de Courville.

— Alors, cet homme m'a menti ; tant mieux ! car c'est un profond misérable, et je n'aurais qu'à rougir d'être son fils.

— Mais, comme avait-il pénétré mon secret ?

— Je ne sais...

— Etrange, affreux mystère ! dit la duchesse.

Puis, ayant réfléchi quelques secondes :

— Tu dis que cet homme est une misérable ?

— Oh ! le plus vil scélérat, répondit Léonce, il avoue avoir trempé dans l'assassinat de mon père... du duc des Uzelles, du moins.

— Oh ! c'est lui... C'est lui... Alors, dit la duchesse, enfin, il est parvenu à mettre à exécution ses sinistres et sanguinaires projets. Il faut que je voie cet homme, que je m'assure si, sous ce faux nom de marquis de Courville, ne se cache pas le vicomte des Urbins.

Cette fois, ce nom retentit aux oreilles de Léonce, avec toute sa terrible et significative éloquence.

— Ma mère, c'est la deuxième fois que vous prononcez le nom du vicomte des Urbins ? fit-il observer à la duchesse.

— Comment, ne comprends-tu pas que le vicomte des Urbins est ton père ?

— Cet homme mon père ! s'écria Léonce.

Ce fut tout ce qu'il put dire. Toute la sanglante et affreuse histoire de la Paula venait de se retracer à son esprit...

La duchesse, depuis qu'elle savait l'existence du marquis de Courville, n'était en quelque sorte plus la même femme.

Oubliant la joie immense qu'elle éprouvait d'avoir retrouvé son fils, elle ne songeait qu'à voir M. de Courville, afin de s'assurer s'il était bien le vicomte des Urbins.

Quand Léonce fut un peu revenu à lui, elle lui expliqua ses désirs.

— Oui, s'écria ce dernier ; il faut que vous voyiez cet homme, il faut que ce mystère s'éclaircisse ; venez...

La mère et le fils montèrent en voiture et repartirent pour Neuilly. Mohamed, qui, lui aussi avait connu le vicomte des Urbins, était sur le siège à côté du cocher. Il ne savait rien de l'entretien de la duchesse et de Léonce.

En voiture, Madeleine s'informa comment son fils avait été mis en relation avec M. de Courville.

Léonce raconta tout à sa mère. Aussi bien l'assassinat du duc des Uzelles, que l'histoire de la reconnaissance qu'il avait signée aux usuriers.

— Mais en te faisant tomber dans ce piège, cet homme voulait ta ruine, dit la duchesse, quand Léonce eut terminé son récit.

Jacques Hardy montant en diligence.

— Et peut-être mon déshonneur.

— L'infâme !

— Quand je réfléchis que cet homme prétend être mon père... dit Léonce avec indignation.

— C'est ce que nous allons savoir, repartit Madeleine.

En effet, la voiture, arrivée devant le pavillon vert, s'était arrêtée.

Liv. 59. — A. Fayard, éditeur.

XVII

LES DEUX COMPLICES

Le marquis de Courville qui, comme tout le prouvera bientôt, était véritablement ce faux marquis des Urbins, qui en 1829, avait commencé à être l'amant de Madeleine, ce qui ne l'avait pas empêché, en 1823, pendant la courte apparition qu'il avait faite à l'armée d'Espagne, de commettre le crime odieux que l'on sait sur la personne de Juanita, mère de la Paula.

Sous ce faux nom, le marquis n'avait fait que paraître en Espagne. Il y était allé pour tuer le duc des Uzelles qui se croyait le plus heureux des maris et dont il espérait épouser la veuve, enrichie par l'homme généreux qui lui avait donné son nom. Le misérable n'avait pu assassiner le duc, pour la simple raison que ce dernier, chargé d'une mission secrète, et affublé, lui aussi, par un hasard, du faux nom des Urbins, cachait sa présence en Espagne et qu'il ne pût le trouver. Au reste, il ne se donna pas la peine de le chercher longtemps, il crut prudent de fuir devant la colère des vengeurs de ses quatre dernières victimes; de retour en France, il continua à travers mille péripéties dont nous avons raconté les plus saillantes à entretenir des relations avec Madeleine jusqu'en 1827, époque où le duc, aidé de Mahomed, finit par s'emparer de sa femme.

Le marquis de Courville, resté seul après le départ de Léonce et d'Horace, parût fort tranquille sur son sort. Sa position lui semblait si peu alarmante qu'il ne songea même pas à ce qui pouvait en advenir, ni au moyen qu'il emploierait pour s'en sortir, sinon riche, au moins libre.

Être séparé de Guiffard, son complice, ne fut pour lui qu'une légère contrariété ; à ce sujet, il ne se fit que cette réflexion :

— Si le coquin est adroit, et il l'est, il peut se tirer de ce mauvais pas en sacrifiant la fausse lettre de change et en nous gardant la bonne. Le faux est si bien fait que certainement mon fils n'y verra que du feu...

Ensuite, le marquis se jeta sur le très mauvais lit que lui avait préparé Trinquefort, affirmant « qu'il était assez bon pour un assassin » et revint à ses platoniques amours.

Il pensait depuis deux heures environ à Juliette et le jour commençait à poindre quand il entendit un bruit de pas dans le couloir qui passait devant la porte de son cachot.

— Encore me déranger ! que le diable les enlève, se dit-il, je m'assoupissais, j'allais m'endormir, bercé par de riantes pensées.

La clef grinçait dans la serrure, la porte s'ouvrit.

Le marquis de Courville, par un simple sentiment de curiosité avait tourné les yeux du côté des visiteurs.

Il fut fort étonné de voir une femme d'une taille majestueuse dont les traits étaient cachés par un voile épais, pénétrer dans son cachot.

Léonce suivait sa mère, Mahomed venait derrière lui. Madeleine avait voulu être ainsi accompagnée.

En voyant la visiteuse voilée, M. de Courville eut comme un frisson La taille, la démarche, la tournure, le port de tête de la duchesse lui rappelèrent de suite des souvenirs confus.

— Elle ! ici !... se dit-il ; oh ! non, c'est impossible... Elle va parler, nous verrons... je la reconnaîtrai bien, surtout à la voix.

Sans remords, sans effroi, l'égoïste personnage convaincu que Madeleine ignorait qu'il l'avait lâchement trahie, se mit à supputer les chances favorables ou défavorables que Madeleine pouvait apporter pour ou contre sa mise en liberté. Pendant qu'il se livrait à cette estimation *a priori*, Léonce et Mohamed pénétraient dans la cave.

En voyant et reconnaissant le mameluck, le marquis pâlit. Il se fit cependant cette réflexion :

— Comment, lui aussi est de la fête ?... Il n'y manque pour qu'elle soit complète que ce cher duc des Uzelles que nous avons mis à l'ombre fort à temps, il paraît.

Fière et inflexible, la duchesse s'avance sur le marquis. Quand elle fut près de lui, elle le regarda fixement sans sourciller et dit d'une voix brève et métallique qui fit frissonner le marquis :

— C'est lui !... C'est bien lui !... viens voir, Mohamed.

Le mameluck s'approcha du prisonnier qu'il regarda attentivement comme pour bien se graver ses traits dans la mémoire, un éclair de joie sauvage passa dans ses yeux et il fit un mouvement pour chercher un poignard sous les plis de ses vêtements. Il n'oubliait pas le serment qu'il avait fait à son maître couché sur son lit de mort.

— Ah ! c'est cet homme, s'écria-t-il qui, par deux fois a essayé de tuer mon maître. C'est cet homme qui a été cause de tous les chagrins du duc des Uzelles. C'est bien, c'est la première fois que je le vois bien en face, mais j'aurai garde d'oublier ses traits...

Le marquis de Courville ne répondit rien à ces paroles qui renfermaient évidemment une menace.

Léonce était convaincu, sa mère avait reconnu le prisonnier. Celui-ci ne se défendait pas des crimes dont on l'accusait.

Madeleine se retourna vers son fils et le mameluck, et leur dit d'un ton impérieux :

— Laissez-moi seule avec cet homme.

— Que voulez-vous faire ? demanda Léonce.

— Lui reprocher tout le mal qu'il m'a fait.

— Un mot, ma mère, avant de vous quitter.

— Parle.

— Vous me répondez de cet homme qui n'est pas mon prisonnier à moi seul.

— Oui, ferme cette porte, qu'on ne puisse l'ouvrir du dedans et reviens dans une heure.

— Mais cet homme est dangereux, dit Léonce.

— Je ne le crois pas, répondit Madeleine. Laissez-moi.

— Un mot encore : vous m'assurez que cet homme est bien le vicomte des Urbins?

— Oui, dit Madeleine, quelque soit le nom qu'il porte aujourd'hui, il ne s'est jamais appelé que le vicomte des Urbins, de 1819 à 1827.

— C'est bien, dit Léonce en entraînant Mohamed hors de la cave.

Ils fermèrent la porte de cette cave, laissèrent la clef sur la porte et se promenèrent, chacun absorbés dans leurs réflexions, dans le couloir, afin d'être à même de porter secours à la duchesse au moindre cri d'appel de cette dernière.

Restée seule avec le marquis de Courville, assis sur son lit, Madeleine s'avança vers le prisonnier et lui dit, en rejetant en arrière le voile qui, jusqu'alors avait caché ses traits :

— Me reconnais-tu, misérable?

M. de Courville était stupéfait depuis le commencement de cette scène. Pendant dix-huit ans, il avait cru que Madeleine était morte, que son mari l'avait tuée adroitement. Tous les faits accomplis pendant cette longue période n'avaient fait que le confirmer dans sa croyance. Tout à coup, au moment où il s'y attendait le moins, Madeleine venait se dresser devant lui, sombre, féroce, implacable comme la vengeance même, et cela dans un moment où il n'avait aucun moyen de lui échapper.

— Mais comment a-t-elle pu savoir?... se demandait le marquis de Courville, et une ardente curiosité l'excitait à désirer l'explication que lui promettait la présence de Madeleine.

— Oui, je vous reconnais, répondit-il, je puis même dire qu'en vous voyant entrer, quoique vous fussiez voilée, je vous ai reconnu à votre taille, à votre démarche, à votre tournure et à votre geste.

— Très bien, mais, dites-moi, vous devez être étonné de me voir. Depuis longtemps, sans doute vous me croyiez morte et vous pensiez que l'heure de régler nos comptes ne viendrait jamais. Vous vous êtes trompé, vicomte.

— Régler nos comptes, et que vous ai-je fait, Madeleine? fit hypocritement le marquis. Est-ce de ma faute à moi si le duc ayant découvert votre retraite, près V... est venu vous enlever à mon amour? Si vous saviez ce que j'ai souffert de cette séparation aussi brusque qu'inattendue...

— En effet, vous avez dû beaucoup souffrir!... dit Madeleine, en accompagnant ses paroles d'un éclat de rire strident et sarcastique qui fit frissonner le marquis jusqu'à la moelle des os.

— Oui, j'ai beaucoup souffert, reprit ce dernier, moi seul le sait.

— Taisez-vous, être vil, infâme imposteur! s'écria Madeleine, que l'hypocrisie du marquis mettait hors d'elle-même.

Après un court silence :

— Si je viens vous trouver, dit-elle, et quoique je sente des remords affreux m'agiter et me torturer jour et nuit, ce n'est pas pour vous reprocher nos coupables relations et nos crimes. Vous les reprocher serait une lâcheté de ma part et je suis incapable d'en commettre une. Je vous aimais, comme peu de femme ont aimé, mon mari nous gênait, je me fis à plusieurs reprises votre complice pour conspirer sa mort, c'était à moi de rompre avec vous, au lieu de me laisser glisser sur cette voie criminelle, je n'y songeai même pas, je m'en repens aujourd'hui, mais je vous le répète, je n'ai aucun reproche à vous faire à ce sujet, je ne vous en ferai aucun.

— Mais alors qu'avez-vous donc à me reprocher, Madeleine ?

Un éclair de haine passa dans les yeux de la duchesse.

— Taisez-vous, misérable ! dit-elle avec furie, ne m'apelez plus Madeleine. Ce nom ne doit plus sortir de votre bouche adressé à moi... ni à d'autres.

Ces mots : *ni à d'autres*, prononces après coup, glacèrent d'effroi le marquis.

— Je ne vous comprends pas, dit-il en balbutiant.

— Je vais m'expliquer : Il n'y a qu'un instant vous parliez de notre brusque séparation, des chagrins qu'elle vous avait causés. Comment supposez-vous que mon mari a découvert le lieu de ma retraite qui n'était connu que de vous et de moi, puisque toutes les personnes, qui m'entouraient étaient étrangères et ignoraient que je fusse la duchesse des Uzelles ?

Cette demande de Madeleine mit l'angoisse du marquis à son comble. Elle lui prouvait clairement que, si elle ne savait la vérité, elle avait au moins de graves soupçons sur la trahison. En outre, il savait que la duchesse était femme aussi implacable dans ses haines, qu'elle avait été absolue en amour. S'il ignorait le sacrifice de dix-huit ans de liberté, qu'elle venait de lui faire, il savait ce qu'elle avait été, quand il s'agissait entre eux, de conspirer la mort du duc des Uzelles. Aussi, jugea-t-il à propos de dissimuler :

— Vous me faites là, madame, reprit-il, sans rien laisser paraître des sentiments qui l'agitaient, une question à laquelle je ne puis répondre que par des suppositions. Comment le duc a connu le lieu de votre retraite?... dites-vous ?... Un hasard sans doute : Une personne qui vous connaissait vous aura vue, sans que vous l'aperceviez, elle aura informé le duc qui...

— Vous mentez, Monsieur, s'écria la duchesse en interrompant violemment son complice, que vous êtes lâche ; vous n'avez pas même le courage d'avouer vos actes.

— Comment, je mens... dit M. de Courville, tout interdit de cette brusque apostrophe.

— Oui, vous mentez ; pourquoi ne pas dire ce qui est : que vous ne m'aimiez plus, parce que vous en aimiez une autre, que craignant mon amour, ma jalousie, ma haine, que sais-je, moi?... vous avez songé à vous débarrasser de moi ; vous me livrâtes à mon mari, à l'homme que j'avais déshonoré et qu'ensemble nous avions essayé d'empoisonner. Cet homme devait être pour moi un juge et un bourreau impitoyable, vous le saviez bien, aussi quand vous lui écrivîtes, pensant vous êtes débarrassé de moi pour toujours.

— Jamais je n'ai écrit au duc des Uzelles, dit le marquis.

Madeleine s'attendait à cette protestation d'innocence ; elle avait eu soin de se munir de la lettre dénonciatrice écrite par le marquis; elle tira cette lettre brusquement de la poche, en s'écriant :

— Infâme imposteur ! tenez, nierez-vous maintenant? Voici la preuve de votre crime; lisez la, déchirez la si vous voulez, que m'importe? j'ai comparé et reconnu votre écriture. Je suis convaincue, et comme je serai seule votre juge et votre bourreau, je n'ai point à conserver cette lettre pour en convaincre d'autres.

— je n'ai pas écrit, cela dit de Courville, qui ne trouva rien de mieux que de nier son infamie.

— Tant pis, dit froidement Madeleine, je vous traiterai absolument comme si vous l'aviez écrite.

— Mais... dit le marquis.

Madeleine fit un geste d'impatience comme pour signifier à son complice qu'il était complètement inutile qu'il essayât de se justifier.

— Maintenant que nous sommes d'accord quand à la trahison, reprit elle, il faut que je vous apprenne quels ont été les résultats de votre lâcheté. Comme vous l'aviez prévu, le duc fut impitoyable; vous allez voir, car il faut que je vous confesse tout ce que j'ai souffert, afin que vous puissiez juger si ma vengeance répondra au mal que vous m'avez fait.

Vous savez aussi bien que moi que le château du Rideau n'est pas une construction qui date d'hier. Son origine remonte au moyen âge. Ce vieux donjon est bâti sur des souterrains admirables et bien conservés, ces souterrains eux-mêmes renferment des oubliettes fameuses. Ces sortes de tombes, dont l'aspect vous glace d'effroi à première vue, vous aurez, avant peu, tout le loisir de les admirer, je vous en réponds.

Maître de moi et de ma destinée, le duc m'emmena au Rideau, où il fit arranger une ou deux des oubliettes en question, de façon à les rendre habitables pour une femme; puis sans autre forme de procès, il me fit descendre dans ces appartements souterrains. J'étais morte pour le monde, avec mon mari et Mohamed, deux hommes que j'exécrais pour geôliers.

Afin d'ajouter une torture à mes souffrances, le duc s'étant aperçu que je m'habituais à mon supplice, m'annonça la mort de mon fils, de notre enfant, à vous et à moi. Pour mon bourreau, non, ce ne fut pas assez de torturer la femme, il lui fallut encore déchirer les entrailles de la mère. Oh ! j'ai souffert mille morts dans ce cachot ! mille morts, entendez-vous lâche, misérable !

Surexcité aux souvenirs de son supplice, Madeleine, effrayante de colère et de haine, se rapprocha encore du marquis qu'elle secoua rudement par les bras, en lui répétant :

— Entendez-vous ?... Entendez-vous ?...

Un instant M. de Courville eut l'intention de se précipiter sur Madeleine et de l'étrangler. Mais celle-ci l'avait serré si fort, qu'il en avait encore le bras tout endolori, ce qui lui fit supposer qu'elle serait plus forte que lui. D'autre part, il entendait distinctement le bruit des pas des deux sentinelles du couloir. Raisons qui l'empêchèrent de mettre son projet à exécution.

Dix ans s'écoulèrent ainsi, reprit Madeleine; je m'efforçais de cacher ce que je souffrais à mon bourreau, parce que j'avais cru remarquer que mes chagrins et mes larmes lui causaient de la joie.

Un jour, sans doute que le duc avait pensé que sa vengeance avait assez duré contre moi, et qu'il était temps qu'il la dirigeât contre vous ; il vint à moi, avec des paroles de paix et de liberté...

Il demandait bien peu de chose, pour m'ouvrir les portes du souterrain... Il exigeait que je lui livre votre nom.

Votre nom ! Oh ! Si j'avais su... si j'avais su...

En me le demandant ce nom, le duc se traînait presqu'à mes pieds, tant il brûlait du désir de vous joindre et de se venger. Oh ! s'il vous eût tenu...

Eh bien, ce nom, le vôtre, infâme ! J'eus le courage de le lui refuser, pendant huit ans encore, et jusqu'à sa dernière heure, il ne le sut jamais, et il est probable qu'il ne l'aurait jamais su, quand bien même il eût vécu plus longtemps.

N'allez pas croire qu'en gardant un silence qui assurait votre sécurité, j'obéissais à un sentiment d'amour pour vous. Non, votre vie m'importait peu, j'ignorais même si vous existiez et ne m'en souciais pas.

En m'apprenant la mort imaginaire de mon fils, le duc avait mal servi sa vengeance. Il m'avait brisé le cœur, il est vrai, mais il m'avait aussi fait prendre le monde en haine, lui surtout. La haine que je lui portais m'empêchait seule de lui livrer un secret qui devait lui procurer le plaisir de se venger, le seul qu'il désirât goûter avant de mourir.

Enfin, à la mort du duc je fus libre. En ceci regardez la marche de la Providence. Vous faites assassiner le duc des Uzelles, et, c'est précisément ce crime qui, en me faisant mettre en liberté, doit indirectement amener votre châtiment. Oh ! quand le duc m'a tenue en son pouvoir, qu'il a bien fait de ne pas me tuer, comme il y a sans doute pensé un instant. En agissant comme il l'a fait, il s'est au moins ménagé un vengeur et ce vengeur sera impitoyable, il ne trouvera pas de supplice assez douloureux à vous infliger. Ce vengeur, ce sera moi.

Ainsi, récapitulons ; que vous sachiez bien tout ce que j'ai à vous reprocher :

1° Vous avez été cause que j'ai supporté dix-huit ans d'une affreuse captivité et d'un isolement désespérant ;

2° C'est par suite de votre odieuse dénonciation que j'ai été réduite à pleurer un enfant que j'aimais, le seul que j'ai eu.

Je ne vous parle pas de l'assassinat du duc. Sans ce crime, je ne serais pas libre aujourd'hui, mais je vous reproche d'avoir voulu ruiner votre fils en vous emparant de sa fortune.

C'est tout, je vous quitte, demain, à la première heure, vous connaîtrez votre sort. On va en décider immédiatement.

XVIII

A neuf heures du matin, le plus grand calme régnait dans le pavillon et aux
environs.

Un beau soleil de septembre rayonnait sur les fleurs des plates-bandes du jardin.
Les oiseaux gazouillaient dans le feuillage, la source fredonnait sous les mousses, sur
des petits rochers artificiels, tout, dans cette paisible retraite dont la vie des habitants était si agitée depuis quatre mois, annonçait la joie et la paix.

Cependant, un grand drame, un des plus terribles de cette véridique histoire allait
se passer dans le pavillon vert.

Quelques instants plus tôt il avait été question des prisonniers, entre tous les habitants du pavillon.

MM. Lamy, Vigneul, Trinquefort et Bois-sans-Soif, après discussion, s'étaient rési-
gnés à abandonner M. de Courville à Mohamed, la duchesse et Léonce. Ils étaient
convenus de ne s'intéresser en rien à ce qu'il adviendrait du marquis.

Au reste, Mohamed les avait rassurés sur le châtiment du misérable.

— Oh! soyez tranquilles, leur avait-il dit, les crimes de cet homme ne resteront
pas impunis. Il a tué mon maître, j'ai juré de le poignarder, si je ne le fais pas, c'est
que le supplice que madame la duchesse lui infligera sera pour lui plus douloureux
que la mort. Imitez-moi, laissez la faire.

A neuf heures du matin donc, trois personnes, Léonce, sa mère et le mameluck
étaient réunies dans le salon de Mme Desbars, Léonce était triste, il pensait que,
quoiqu'il en fût, le coupable était son père, sa mère elle-même l'affirmait, et il ne
s'expliquait pas bien la haine de cette dernière contre le marquis, un homme qu'elle
avait assez aimé pour lui tout sacrifier. Le mameluck était impassible et impénétrable; ce matin, il avait passé un poignard dans sa ceinture de cachemir, sans doute
afin de remédier aux faiblesses de la mère et du fils. Madeleine était radieuse et
triomphante.

Un silence solennel régnait entre ces trois personnes.

— Mohamed es-tu prêt? demanda la duchesse au mameluck.

— Pourquoi faire? demanda ce dernier.

— Pour en finir avec le marquis, répondit Madeleine.

— Mais que voulez-vous faire de lui? demanda Léonce qui, quoi qu'il pût faire, ne
se sentant pas pris d'une grande affection pour l'auteur de ses jours, voulait au moins
connaître le sort réservé à ce dernier.

— Cela ne te regarde pas, Léonce, reprit la duchesse, en aucun cas et quoi qu'il
en soit, un fils ne peut se faire le juge de son père. Ainsi, retourne trouver nos amis
et laisse-nous agir. Rappelle-toi, pour rester neutre, que cet homme, ce père sans

entrailles, de complicité avec les usuriers, a conspiré ta ruine et ton déshonneur peut-être...

Léonce allait répondre, non pour essayer de justifier et de défendre M. de Courville, mais pour engager sa mère à l'indulgence, quand la Paula prévenue par Léonce qu'on avait retrouvé le véritable vicomte des Urbins, celui qui avait violenté sa mère, fit irruption dans l'appartement avec toute l'impétuosité de son caractère.

Elle était affreusement pâle, tremblante et bouleversée, malgré cela, à son agitation, on devinait la colère qui la galvanisait, une inébranlable résolution se peignait dans la contraction de tous ses traits.

— Où est cet homme? dit-elle à Léonce.

— Madame va vous le dire, reprit le duc en désignant sa mère.

Par Léonce, Madeleine connaissait les griefs et les motifs de vengeance de la Paula contre le marquis, elle regardait avec un intérêt et une curiosité marqués cette belle, jeune et gracieuse femme dont la mère, Juanita Bonza, avait, ainsi qu'elle, duchesse des Uzelles, et à la même époque, été victime du vicomte des Urbins.

— Vous savez ce que j'ai à reprocher au misérable dont il vient d'être question? demanda la Paula à la duchesse.

— Oui, madame, mon fils m'a tout dit.

— Léonce, son fils !... lui qui ne m'a jamais parlé de sa mère... dit la Paula avec un profond étonnement.

— Pourquoi vous eut-il parlé de moi? répondit la duchesse, il me croyait morte depuis dix-huit ans.

— Mais vous, madame, dit encore la Paula, quels motifs avez-vous de vous venger du vicomte des Urbins? Ah ! j'oubliais... c'est vrai, il est un des assassins du duc des Uzelles, votre mari.

La Paula prononça ces mots en tremblant d'une pénible émotion. Elle se souvenait qu'elle aussi avait conspiré la mort du duc des Uzelles.

— Je n'agis pas contre cet homme parce qu'il a tué le duc des Uzelles, dit simplement Madeleine. Venez, vous entendrez les reproches que je lui ferai. Viens Mahomed...

La Paula n'y comprenait plus rien. Comment, la duchesse n'avait aucune haine contre l'homme qui avait assassiné son mari? Léonce ne s'emportait pas contre celui qui avait fait massacrer son père à lui? L'étonnement de la jeune femme devait en partie se dissiper d'un mot prononcé par le duc.

Faisant un mouvement pour suivre Mohamed et la duchesse.

— Venez-vous, dit-elle à Léonce.

— Non, c'est impossible, répondit le duc, et dans le jugement que vous allez rendre, je vous en prie, Jeanne, n'oubliez pas que cet homme est mon père.

— Votre père !... mais le duc?... se récria encore, Jeanne.

— Allez, plus tard je vous expliquerai tous ces mystères.

La duchesse, Jeanne et le mameluck quittèrent Léonce pour aller rejoindre M. de Courville.

Léonce resta seul en proie à une terrible agitation. Son esprit se perdait en quelque sorte dans la série d'évènements qui lui arrivaient du même coup. En quelques heures, il avait découvert et arrêté les meurtriers du duc des Uzelles, retrouvé sa mère et son père, ce dernier au nombre des meurtriers que, dans sa pensée, il avait d'avance voués à tous les supplices.

Abîmé dans ces réflexions, inerte, abasourdi, il se demandait s'il devait se réjouir ou s'attrister de tous ces événements. Lui, doué d'une nature noble, généreuse et délicate à l'excès, il sentait, par moments, qu'il ne s'estimait plus autant depuis qu'il avait retrouvé sa mère et qu'il se savait fils du marquis de Courville, d'un homme plusieurs fois assassin.

D'une autre part, cette fortune immense dont il avait hérité du duc sans que celui-ci la lui eusse donnée par un acte spécial, lui causait également de sombres et désolantes préoccupations.

— J'ai hérité de cette fortune comme si j'étais son fils et je ne le suis point, se disait-il ? N'est-ce pas assez de porter son nom et son titre sans accepter une fortune à laquelle je n'ai aucun droit ?

Cette question que Léonce se posait à lui-même lui en faisait soulever mille autres. Il se disait qu'il ne pouvait garder les millions du défunt et se demandait ce qu'il devait en faire.

Pendant qu'il se livrait à ces réflexions une scène singulière, terrible, se passait dans le cachot de M. de Courville.

Au lieu d'y faire assister le lecteur, ce qui nous obligerait à de fastidieuses répétitions, nous allons en dire les principaux résultats.

Tout à coup la porte du salon par laquelle étaient sortis la duchesse et ceux qui l'accompagnaient s'ouvrit avec fracas comme si elle eût cédé sous la pression d'un poids énorme.

C'était la Paula. Elle était partie vingt minutes plus tôt, ivre de colère et de rage, elle revenait éplorée, défaite, pouvant à peine se soutenir.

— Qu'avez-vous ?... Que s'est-il passé ? lui demanda Léonce en venant s'asseoir auprès d'elle et en proie à la plus violente émotion.

— Oh ! cet homme, cet assassin, ce marquis, ce vicomte, que sais-je, moi ? Quel être infernal, quel démon ?...

— Que vous a-t-il fait ?... Que vous a-t-il dit ?... Oh ! malheur à lui, si...

— Cet homme est votre père, Léonce ?

— Oui, mais qu'importe, s'il...

— Oh ! il ne m'a rien fait...

— Mais alors ?

— Vous rappelez-vous mon histoire où plutôt celle de ma mère, Léonce ?

— Parfaitement, dit le duc, cet homme a violenté votre mère, après en avoir tué les deux frères et le fiancé qui, tous trois, lui avaient sauvé la vie.

— Eh bien, cet homme qui me semblait ne pas avoir assez de sang pour que je puisse me venger suivant mes désirs. Cet être que ma mère m'a appris à maudire depuis l'enfance, auquel j'aurai voulu faire souffrir mille morts au lieu d'une, savez-vous qui il est, ce que c'est ?...

— Non, dit Léonce qui, à la difficulté que Jeanne mettait à s'expliquer, commença à redouter quelque affreuse révélation.

— Eh bien, cet homme, c'est mon père, dit la Paula.

— Votre père.

— Oui, répéta l'Espagnol avec rage, tant elle était outrée d'admettre et d'avouer une telle parenté, et je suis votre sœur...

— Ma sœur !... s'écria Léonce épouvanté et en se reculant de la Paula.

D'un mot, d'un seul, Jeanne venait de condamner leur amour par lequel ils s'apprêtaient à être heureux.

Les deux amants étaient anéantis. On eût dit que la foudre venait de tomber entre eux.

Ils n'osaient échanger ni une parole ni un regard.

Enfin, Léonce reprit :

— Mais le bandit Peperio Granco ?

— Il n'a connu ma mère que deux ou trois mois après ma naissance.

L'amour que Léonce et Jeanne éprouvaient l'un pour l'autre était trop violent pour qu'ils se résignassent à la cruauté de leur position. Que de projets, que de rêves, que d'illusions charmantes et facilement réalisables à abandonner !...

— Si ce monstre vous avait menti, Jeanne ? dit enfin le duc.

— Oh ! non, il m'a dit de ces choses...

— Qu'importe ? quand il vous a vue devant lui, terrible et implacable, afin d'échapper à votre colère, il a pu recourir à un mensonge

— C'est vrai.

— Tenez, moi, reprit Léonce, ma mère ne m'affirmerait pas que cet homme est bien mon père, que lui seul me l'aurait dit, je ne l'aurai pas cru.

— Que faire ?

— Il faut écrire à Granco et le sommer d'être franc, répondit Léonce.

— Oui, c'est le seul moyen de savoir la vérité, dit Jeanne, je vais écrire à Granco, mais, puisque les lois divines et humaines condamnent notre amour, nous ne nous reverrons pas avant que j'ai reçu une réponse du *chef*.

— Oh ! Jeanne ne me condamnez pas encore à un tel supplice, dit Léonce, en tombant à genoux aux pieds de la jeune femme.

Enfin Paula conclut en demandant à Léonce deux jours pour réfléchir et écrire à Granco.

XIX

FIN D'UN AMOUR ADULTÈRE.

On était arrivé au 28 septembre, rien n'était changé à la situation de nos personnages, Léonce manda près de lui Mahomed, et l'ayant interrogé au sujet des dernières volontés exprimées par M. des Uzelles, crut deviner que le mameluck avait été chargé de châtier de Courville et sa complice.

— Va, lui dit-il, demander à ma mère si elle peut me recevoir

Mohamed se retira et un instant après revint lui dire que la duchesse n'était pas chez elle, mais qu'il la croyait dans le caveau, près de M. de Courville.

— J'ai absolument besoin de lui parler, insista Léonce.

Mohamed descendit donc dans le lieu qui servait de prison à Courville. Un hideux spectacle l'y attendait.

Sur le sol au milieu d'une mare de sang gisait le cadavre du prisonnier, la gorge coupée. Cet assassinat était l'œuvre de la duchesse qui venait de s'enfuir.

Cet événement surprit Léonce plus qu'il ne le troubla; l'absence de sa mère restait seule un profond sujet d'inquiétude. Une voiture s'étant arrêtée dans la cour, il crut au retour de la duchesse, mais son attente fut trompée.

C'était Paula.

— Eh bien, lui cria-t-il, Granco a répondu?

Jeanne se jeta dans ses bras et ne put lui dire que ces mots :

— Oui, mon frère, résignons-nous, je suis la fille de M. de Courville.

— Ah!... s'écria Léonce, en se rejetant en arrière, c'est mon arrêt de mort que tu viens de prononcer.

Jeanne accablée garda le silence.

— Et ce n'est pas tout, reprit le duc, celui qui fut notre père vient de périr d'une façon terrible.

— Que dis-tu?

— Ma mère s'es' vengée... Il est mort de sa main.

Jeanne voulut fuir épouvantée, lorsqu'en se retournant ses regards s'arrêtèrent sur Mohamed qui debout sur le seuil venait d'entendre leur rapide entretien.

— Quoi! tu étais là? fit Léonce.

— Oui, monsieur, le regrettez-vous?

— Non, qu'importe! Nous ne pouvons avoir de secret pour toi. Écoute, il faut nous rendre un dernier service...

— J'ai compris, dit Mohamed. La sépulture que réclame le corps de M. de Courville sera creusée dans la cave même où il a péri.

Tandis que ce modèle des serviteurs enfouissait le cadavre du marquis, on se demandait ce que Madeleine était devenue.

Nous allons répondre à cet e question.

Cette femme que depuis longtemps le remords dévorait et qui était lasse de la vie, après avoir frappé son complice d'un châtiment mérité, avait pensé que son acte de justice ne serait complet que quand elle aurait rejoint Courville devant le souverain juge.

En quittant l'hôtel elle s'était fait conduire au village natal, à Meudon, qu'elle n'avait pas revu depuis son départ avec Domard, son premier amant.

Elle traversa la localité qu'elle reconnaissait à peine et se rendit au cimetière.

Là elle chercha sous les herbes la tombe de sa mère, depuis longtemps abandonnée.

Quelques heures plus tard le gardien de l'enclos funèbre en faisant sa ronde aperçut couchée sur une tombe une femme inanimée. Il courut pour la relever. Elle avait déjà la rigidité de la mort.

Sur une pierre, près d'elle, se trouvait ce billet tracé au crayon :

« Je suis lasse de la vie. Je me donne volontairement la mort sur la tombe de ma mère, auprès de qui je désire reposer.

« Meudon, 28 septembre 1846.

« MADELEINE BATTU. »

XX

GUIFFARD REPREND SON IMPORTANCE.

Le 2 octobre, Léonce reçut cet avertissement du banquier des voleurs :

« Faites en sorte d'être en mesure demain, 3 octobre, pour les deux millions. »

Le duc s'était décidé à abandonner à Paula, à Ali et à Mohamed le soin de cette affaire.

Jeanne se rendit en conséquence dans le cachot de Guiffard

A sa vue, le prisonnier crut retrouver une alliée.

— Chevalier, lui dit-elle, vos ennemis ont décidé votre mort.

— Je m'en doutais, répondit Guiffard qui pâlit légèrement.

Et vous venez me sauver, Jeanne ?

— Moi ? n'y comptez point, Guiffard, je ne suis plus avec vous, mais contre vous. Vous m'avez trompée pour me faire votre complice dans le crime du château du Rideau et je sais aujourd'hui que des Uzelles n'était pas mon père.

— Je ne suis coupable que d'une erreur, en ce cas, dit Guiffart. Quand à l'arrêt de mort que vous m'annoncez, il ne peut être exécuté. Il manquerait son but, car je ne suis pas assez simple pour garder sur moi la reconnaissance des deux millions que l'on veut me reprendre. Elle est en mains sûres.

— Eh bien, je vous proposerai un engagement, dit Paula. Rendez-nous cette reconnaissance et vous avez la vie sauve.

— La vie... c'est déjà quelque chose, fit Guiffart avec ironie. Et la liberté ?

— Egalement, répondit Paula.

— Mais pour conclure il faut que je puisse écrire au dépositaire du billet.

— Je ne m'y oppose pas, et je vais vous envoyer ce qu'il faut pour écrire.

Une heure plus tard, Ali remettait à Paula la lettre de Guiffard, elle était écrite en chiffres et adressée à Nivodan et à la Pallu.

Elle parvint donc rapidement à M. de Mercœur, qui s'empressa d'exécuter les ordres de son associé.

Il fit écrire par Greluchet, à M. des Uzelles, qu'il eût à se rendre avec son prisonnier, dans la plaine Saint-Denis.

Léonce consentit à cette étrange expédition. Il se munit des deux millions, qui étaient prêts depuis longtemps, et le lendemain, à cinq heures il se trouva au rendez-vous avec ses compagnons.

L'entrevue fut des plus pacifiques, mais des Uzelles fut volé. Il paya deux millions l'œuvre d'un faussaire.

En rentrant à Paris, Mercœur et Guiffard se communiquèrent réciproquement diverses nouvelles. Le banquier apprit à son ami, le mariage de Juliette avec le capitaine Vigneul et la mort de Madeleine des Uzelles, dont les journaux avaient déjà parlé.

— Il y a un mystère là-dessous, dit Guiffard, qui ignorait la mort du marquis, et je me propose de l'éclaircir.

Puis il informa de Mercœur de la trahison de la Paula.

— Nous allons avoir affaire à forte partie, ajouta-t-il ; cette femme connaît nos secrets ; il faut donc faire maison nette chez vous et chez moi.

Il faut enfin faire disparaître nos traces et modifier notre personnel.

FIN DE LA QUATRIÈME PARTIE

CINQUIÈME PARTIE

LES DEUX REVENANTS

I.

Au mois de juillet 1845, — deux mois après l'époque où commence la première partie de ce récit, arrivaient à Marseille deux personnages qui ne sont pas inconnus au lecteur et que nous leur présentons pour la seconde fois. C'était un homme d'une cinquantaine d'années, à la physionomie sympathique, et sa fille, jeune personne d'une beauté peu commune et d'une grâce charmante. Le comte de Peravis, ancien propriétaire du château la Vallière, ruiné par les usuriers, venait à Marseille dans le but de s'embarquer pour l'Amérique, où il espérait refaire fortune. Baptiste, un ancien et fidèle domestique, l'accompagnait.

Au moment où il sortait, non sans difficultés, de la cour encombrée et tumultueuse des messageries, il porta instinctivement la main à la poche intérieure de sa redingote qu'il avait entr'ouverte à cause de la chaleur, et il poussa un cri de surprise.

— Mon portefeuille ! s'écria-t-il, pâle et chancelant, mon portefeuille est perdu.

C'était tout ce qu'il possédait : dix mille francs environ.

Tous trois retournèrent sur leurs pas, cherchèrent, prirent des informations, mais en vain ; le portefeuille avait été volé, et l'auteur de ce mauvais coup était encore un homme de la bande des usuriers que Guiffard avait chargé de le suivre.

Le désespoir du malheureux Peravis ne saurait se dépeindre. Il se voyait absolument sans ressources, machinalement il s'était dirigé vers un hôtel qui lui avait été recommandé, mais à peine y fut-il descendu qu'il reconnut que sa bourse ne lui permettait point d'y prolonger son séjour. Déjà il avait fait descendre ses bagages et s'apprêtait à s'éloigner quand un domestique lui annonça la visite d'un inconnu, M. Jacques Hardy.

Celui-ci qu'à sa tournure, au teint hâlé de son visage qu'encadrait une barbe grissonnante, le comte le prit d'abord pour un vieux marin, aborda les voyageurs de la façon la plus courtoise. M. de Péravis lui ayant demandé l'objet de sa visite, il le pria d'excuser ce qui pourrait lui paraître insolite et même étrange dans la démarche qu'il faisait près de lui, et enfin après un préambule assez long et très confus, il lui déclara qu'il venait lui demander la main de sa fille, Mlle Blanche.

A cette proposition, le père et la fille s'entre-regardèrent stupéfaits.

Celui-ci reprit avec une aisance parfaite, et comme s'il ne s'apercevait pas de ce qui se passait chez le comte et sa fille.

— Oh ! ne vous effrayez pas, je ne demande pas à ce que le mariage se fasse de suite. Ne faut-il pas que Mlle Blanche m'étudie et me connaisse ? Au reste, moi-même, je ne suis pas à marier en ce moment. Je vous donne donc un an pour réfléchir. Et, je vais plus loin, si dans un an, le mariage dont je parle, répugne, en quoi que ce soit, à Mademoiselle, eh bien, mon Dieu, les choses pourront s'arranger autrement Je n'ai ni femme, ni enfants, ni parents proches ou éloignés, j'adopterai tout bonnement Mademoiselle, pour laquelle je serai comme un second père.

M. Jacques Hardy parlait simplement, mais avec une sincérité qu'il n'était pas permis de mettre en doute. Sans doute qu'ayant vu Blanche, il s'en était subitement épris. De là, sa brusque et singulière proposition. Ce fut du moins ce que supposèrent Blanche et son père, sans qu'ils eussent eu besoin de se consulter pour arriver à cette conclusion.

— Dans un an, dit M. de Peravis, qui sait où nous serons ? nous qui devons quitter Marseille, par le premier courrier, qui partira pour les Etats-Unis ou les Antilles.

— Qui vous force à partir ? Du nouveau monde, j'en arrive ; j'y suis resté trente ans et j'y ai fait ce que bien certainement vous ne pourriez pas y faire ; pour la simple raison que le pays ne vaut plus, sous certains rapports, ce qu'il valait, quand j'y suis arrivé et que, dans dix ans, il vaudra encore moins qu'aujourd'hui. Aussi je le répète, qui vous force à partir ? Pardonnez-moi ma franchise, je sais tout et je connais votre position aussi bien que vous-mêmes. Ne supposez pas que j'ai corrompu votre domestique. Oh ! non, je puis même affirmer que ce vil moyen n'eût pas réussi auprès de lui. Seulement le pauvre cher homme est si affecté qu'il ne peut rester une heure sans vous plaindre, et il lui faut bien quelqu'un à qui compter ses peines ; j'ai été ce quelqu'un, d'autant plus volontiers, que j'avais déjà vu Mademoiselle et que, sans concevoir pour elle une passion qui ne serait que ridicule à mon âge, j'avais trouvé que son sort, sous tous les rapports, était digne de mes sympathies.

Le comte et sa fille commençaient à trouver que l'ex-colon parlait plus raisonnablement et d'une façon parfaitement compréhensible. Cependant, ils n'approuvèrent rien, malgré la demi proposition de l'inconnu. La chose était si délicate : se mettre ainsi à la charge d'un homme, qui, pour eux, était le premier venu, malgré se bonnes intentions.

M. Hardy comprit parfaitement le motif des hésitations du père et de la fille et reprit :

Emmenez cet homme.

Arrivons aux explications sommaires que je dois vous donner sur mon compte. Ce soir ou demain je vous raconterai mon orageuse existence dans tous ses détails et vous jugerez si je suis digne de votre amitié.

— Oh! quant à cela, nous n'en doutons pas, s'empressa de dire M. de Peravis.

— Il y a trente ans, reprit M. Hardy, j'étais forcé de quitter la France. Riche, jeune, noble, l'exil sur la terre étrangère devait m'être léger. J'aimais la liberté, surtout la liberté politique, je m'en allai vivre chez un peuple libre, en Amérique. Là se passèrent d'abord les plus heureuses années de ma vie. En 1821, au moment où e songeais à revenir en France, un homme, un misérable, auquel je donnais depuis

peu, seulement parce qu'il était Français, l'hospitalité la plus fraternelle, me vola
non seulement ma fortune, mes titres et mes papiers, mais dut encore me faire
passer pour l'auteur d'un crime qui fut commis à Washington, où nous étions alors.

Les soupçons qui planaient sur moi, et dont il m'était impossible de me justifier,
les poursuites que je prévoyais me forcèrent à quitter le pays et à changer de nom.

— Je vous ai promis cette histoire dans tous ses détails, je tiendrai ma promesse —
J'avais alors trente-cinq ans, j'étais complètement ruiné, que faire ?

— Vous étiez dans la position dans laquelle je suis aujourd'hui , dit le comte.

— Oh ! non, reprit M. Hardy, ma situation était préférable encore à la vôtre :
D'abord, je vous l'ai déjà dit, le pays était meilleur qu'aujourd'hui. A l'heure qu'il
est les bonnes places sont prises, croyez-moi. Ensuite j'étais tout transporté sur les
lieux, puisque je ne fis que quitter les Etats-Unis pour les Antilles, je connaissais la
langue, les mœurs, les usages et j'étais fait au climat : toutes choses plus importantes qu'on ne le saurait croire, pour arriver à faire fortune au nouveau monde.
De plus, je n'avais que trente-cinq ans, l'âge où l'homme est dans toute sa force et
où il peut presque répondre de son avenir. Enfin, je n'avais que mon corps à penser,
je pouvais à ma guise, tenter les aventures les plus périlleuses, en me disant : *après
moi la fin du monde*. Pourrez-vous en dire autant, M. le comte, vous qui avez le
bonheur d'être père ?

— Non, dit M. de Peravis qui se sentait ébranler à mesure qui l'inconnu parlait.

— Eh bien, reprit M. Hardy, savez-vous ce qui m'est arrivé pendant ces vingt ans
de luttes et d'émotions qu'on ne saurait se figurer ?

J'ai été pêcheur, chasseur, boucannier, planteur, commerçant, armateur, banquier,
journaliste et impressario. J'ai fais cinq fois fortune, toujours par des moyens loyaux
et honorables, je puis le jurer, ma conscience ne me reproche rien ; cinq fois, par des
circonstances indépendantes de ma volonté, des révoltes d'esclaves, des tempêtes,
des tremblements de terre, je me suis vu complètement ruiné. La première fois, je
fus épouvanté; les autres, je pris mon parti en brave.

— Et aujourd'hui ? demanda M. de Peravis curieux de connaître le résultat de
l'existence de Jacques Hardy.

— Aujourd'hui, reprit ce dernier, j'ai quatre millions de valeurs en Europe, un
théâtre à Washington, une maison de banque à New-York, une factoterie aux Etats
du Sud et dix navires qui font le commerce avec les Indes.

A l'énoncé de cette fortune vraiment colossale, le comte et sa fille ne surent sérieusement que penser. Rêvaient-ils, ou leur interlocuteur était-il fou, comme ils l'avaient
d'abord supposé un instant.

— Mais alors, vous n'avez pas quitté l'Amérique pour toujours?

— Oh! non, dit Jacques Hardy, j'espère même y mourir. Je ne resterai en France
qu'un an tout au plus. Et supposez-vous ce que je suis venu faire ici?

— Non, dit le comte.

— Je viens me venger.

— Vous venger ! s'écrièrent le père et la fille.

— Oui, dit Jacques Hardy, l'homme qui, il y a vingt ans environ, m'a dépouillé de
ma fortune et de mes titres existe.

— Ah !

— Il est à Paris, où il a l'audace, me croyant mort, de porter mon nom.

— Et cet homme s'appelle ? demanda M. de Peravis.

— Picard, de son nom, et le comte de Mercœur, du mien qu'il porte, répondit Jacques Hardy sans sourciller.

II

LES PREMIÈRES AMOURS D'UN CONSPIRATEUR.

— Le comte de Mercœur ! s'écria M. de Peravis, n'est-il pas banquier à Paris ?

— Oui, quelque chose comme ça, m'a-t-on dit, répondit Jacques Hardy. Est-ce que vous le connaissez ?

— Je ne l'ai jamais vu. Voici comment je sais qu'il existe : Quand je quittai le monde pour la vie des champs. J'étais complètement ruiné. Une existence dorée, oisive et surtout prodigue, une existence qu'aujourd'hui, je qualifie de coupable et déshonorante, car elle m'inspire des remords cuisants, à cette heure que la raison est venue, avait absorbé toute ma fortune personnelle. Rien n'était perdu encore, la fortune de ma fille, huit cents mille francs environ, me restait intacte. Il me sembla peu digne de moi de vivre comme on dit vulgairement aux crochets de mon enfant, alors j'eus la malencontreuse idée de faire de l'agriculture en grand, j'achetai des terres, mais sans garder assez de fonds pour les faire valoir convenablement ; mes embarras financiers commencèrent le jour où mon exploitation fut créée, puis, la dépense du château absorbait trois fois les rapports de la ferme. Les conseilleurs vinrent et leurs conseils me coûtèrent plus que le travail de mes serviteurs. J'empruntai, d'abord sur hypothèque et au taux légal ; les intérêts de ces emprunts à servir me réduisirent aux expédients, j'eus recours à des usuriers.

— Vous étiez perdu, dit laconiquement M. Jacques Hardy.

— En effet, fit M. de Peravis, ces usuriers ne furent pas long à s'emparer de mon bien. C'est alors que j'entendis parler, pour la première fois, du comte de Mercœur. Je n'avais jamais fait aucune affaire avec lui, mais tous les traites, billets, que j'avais signés, étaient passés à son ordre ; ce fut à sa requête que je fus poursuivi et expulsé de ma propriété.

— De sorte que ce misérable, à l'aide de quelques prête-noms, fait sans doute l'usure ? métier digne, en tous points, d'un assassin et d'un voleur.

En ce moment, Baptiste vint entrebâiller la porte du salon et resta tout stupéfait, en voyant M. Hardy chez ses maîtres.

— Que veux-tu, Baptiste ? lui demanda le comte de Peravis.

— Les bagages sont chargés et la voiture attend monsieur le comte.

Il n'y avait encore rien de décidé, M. de Peravis et sa fille, ne sachant que répondre, se regardèrent embarrassés.

— Fais décharger la voiture et remonter les bagages ici, dit M. Hardy, afin de trancher la question.

— Monsieur le comte reste? s'écria Baptiste avec joie, en regardant son maître, comme s'il voulait lui demander s'il devait obéir à M. Hardy.

— Monsieur le comte, s'il part, ne partira qu'avec moi, monsieur l'indiscret, dit l'explanteur.

Baptiste se retira aussitôt pour exécuter l'ordre donné.

— M. le comte, dit gaiement l'étrange personnage, je viens sans votre consentement de brûler vos vaisseaux.

Entre deux hommes comme le comte et Jacques Hardy, les positions de chacun aidant, l'amitié va vite en besogne et passe d'un bond à pieds joints par-dessus les réserves des convenances et des usages du monde.

Deux jours s'étaient à peine écoulés, les deux gentilhommes — Jacques Hardy était noble, puisqu'il était le véritable comte de Mercœur — étaient amis dans toute l'acception du mot. La charmante Blanche et eux vivaient de la vie de famille, ils prenaient leurs repas ensemble. Si, dans le principe la jeune fille avait été un peu effrayée de voir un homme de soixante ans prétendre à sa main, Jacques d'un mot dit avec sa franchise habituelle, avait bientôt dissipé toutes ses craintes.

— Mon enfant, lui avait-il dit, avec abandon, devant le comte, ne songez plus à la sotte proposition que je vous ai faite. Que diable, je ne suis pas arrivé à mon âge sans être apte à comprendre ce qu'il y aurait de ridicule dans un mariage entre nous. Il me fallait une raison pour pénétrer dans votre intimité. Celle-là m'a semblé en valoir une autre, voilà tout. C'est une affaire convenue, je ne fais que vous adopter, au lieu de vous épouser, et je me contente de vous aimer comme un second père.

Le soir du même jour, les deux nouveaux amis prenaient le frais sur une terrasse de l'hôtel.

Le café servi sur un guéridon, fumait devant eux. Blanche ayant compris ou deviné que son père et M. Hardy désiraient être seuls, était rentrée dans l'appartement.

— Mon ami, dit tout à coup Jacques Hardy à son compagnon, il faut, pendant que nous sommes seuls, que je vous dise toute mon histoire. Ce n'est pas que j'aie la moindre méfiance de Blanche, loin de là, je suis certain, au contraire, de son intelligence et de sa discrétion, mais vous serez de mon avis qu'il existe dans la vie d'un homme de notre âge des épisodes qu'une jeune fille ne saurait entendre.

Le comte répondit à cette ouverture par un signe d'assentiment.

— Il est d'autant plus nécessaire que je vous fasse cette confidence, reprit Jacques Hardy, que je crois bien que le misérable qui se fait appeler le comte de Mercœur est notre ennemi commun.

— C'est fort probable, dit le comte, parlez, je vous écoute :

« Je suis né en 1789, mon père, député à l'Assemblée nationale, puis à la Convention se compromit avec les girondins et se réfugia en Suisse sous le nom de Domard. Il fit fortune à l'étranger. Je fus élevé sous le nom qu'il avait pris. Rentré en France sous l'empire, j'assistai aux drames douloureux de l'invasion et de la restauration. La terreur blanche me rendit républicain et je m'affiliai à une vente de carbonari, j'habitai alors Meudon. Là, dans mes promenades, je fis connaissance d'une jeune paysanne dont je devais bientôt m'éprendre follement. Cette fille nommée Madeleine, très jolie et non moins coquette ne rêvait que des plaisirs de Paris. Rentrer en ville ne me déplaisait pas ; je me rapprochais aussi de mes amis politiques et nous partîmes ensemble, gais, insoucieux, bien éloignés de prévoir les malheurs qui nous attendaient.

Une nuit un inconnu se présenta chez moi en grand mystère et me demanda un entretien particulier. Lorsqu'il se fut fait connaître à moi pour un ancien ami de mon père, le marquis d'Argenteuil, il me dit qu'il venait m'avertir d'un danger imminent.

— Vous êtes carbonaro, me dit-il, et vous êtes dénoncé.

— Est-ce possible ? me récriai-je. Qui peut avoir surpris un secret si bien gardé ?

— Votre maîtresse, me répondit-il.

Et comme je demeurai incrédule :

— Reconnaissez-vous ceci qu'elle vous a dérobé et livré à la police ? dit le marquis en me présentant deux lettres.

— La malheureuse ! Mais quel est le mobile de cette action infâme ?

— L'ambition. Elle a fait la connaissance d'un noble et puissant personnage. Ce duc s'est épris d'elle et elle pour se débarrasser de vous, vous livre à la police.

Je me levai éperdu de rage.

— Où allez-vous donc ? me dit le marquis.

— Châtier l'infâme.

— Allons donc ! une pareille créature ne mérite que votre mépris. Ne perdez pas de temps, fuyez.

Avez-vous de l'argent ici.

— J'ai ici, dis-je, toute ma fortune en portefeuille.

— Prenez-là et quittez la France.

J'éprouvai un moment de doute et d'hésitation, mais au regard étonné que me jeta le marquis, je me décidai.

— Vous avez raison, dis-je, si je restais, je crois que je la tuerais.

Je pris mes papiers et quelques instants plus tard je traversais Paris dans une chaise de poste que mon sauveur avait fait préparer d'avance.

Nous gagnâmes ainsi Orléans, puis voyageant jour et nuit nous nous rendîmes à Brest. La seulement M. d'Argenteuil consentit à se séparer de moi après avoir assisté à mon départ pour le nouveau monde.

« Débarqué à New-York, je me rendis à Washington où j'avais résolu de me fixer. Ce fut là que je reçus des nouvelles de Madeleine. Cette coquine était parvenue à épouser le duc des Uzelles. Trop de souvenirs amers m'assaillirent alors pour me permettre de vivre de l'existence monotone et froide que m'offrait la capitale de l'Union. Je voulus voyager, voir du nouveau et je songeai à explorer l'intérieur sauvage de l'Amérique-du-Sud. Je plaçai mon argent à New-York et je partis. Je voyageai pendant dix ans. En 1825, de retour aux États-Unis, je me liai avec le banquier à qui j'avais confié mes fonds, quatre cent mille francs environ. J'eus alors l'idée de me marier et ce furent la beauté et les qualités sérieuses de miss Alexandrina, la fille de mon banquier, qui me l'inspirèrent. Ma demande fut agréée, mais à une condition, c'est que je me fixerais aux États-Unis. N'ayant aucun goût pour les affaires d'argent et le commerce, j'achetai une concession de terrains et je me fis cultivateur, j'eus une ferme d'exploitation de deux cent mille francs, une terre inculte à défricher assez considérable moyennant la somme de cent mille francs payables en dix annuités.

Je me retirai donc dans cette solitude, où j'eus peut-être été heureux si je n'y eus emmené avec moi un nommé Picart... l'homme qui devait me dépouiller et vivre à Paris sous mon nom, le nom de Mercœur !

Il partit un beau jour emportant non-seulement mon argent, mes papiers de famille, mais jusqu'à mes vêtements et mes bottes.

Je me trouvais alors à la campagne chez mon futur beau-père, le banquier Wimpfen. La chaleur était extrême. Alexandrina et moi nous étions allés nous promener aux environs de la ville lorsqu'une orage épouvantable nous surprit. La jeune fille effrayée n'osait quitter un kiosque où nous nous étions arrêtés, en vain, je la suppliais de regagner avec moi la maison. La terreur la paralysait. Je me résignai donc à demeurer dans le kiosque. Je me tenais à l'entrée de cet abri, quand soudain se dressa devant moi un homme masqué et portant des vêtements, que malgré mon trouble, je reconnus de suite pour m'appartenir. Il tenait d'une main un poignard et de l'autre un pistolet.

— Que voulez-vous? lui criai-je.

Mais sans me répondre il fit feu sur moi et je tombai la poitrine traversée d'une balle et privé de connaissance. Que se passa-t-il ensuite? je ne le sus que plus tard.

III

SUITE DU PRÉCÉDENT.

Ma blessure était si grave, si profonde que je faillis en mourir, il est même certain qu'aujourd'hui mon assassin est convaincu de m'avoir tué. Toujours est-il que mes jours furent pendant deux mois en danger. Tourmenté par une fièvre ardente, en proie à un délire épouvantable, je fus également deux mois sans jouir de ma raison, sans avoir conscience de mon existence, sans rien comprendre à ce qui se passait autour de moi, aussi n'ai-je conservé aucun souvenir de ce qui m'arriva pendant ce laps de temps.

Cependant, je devais survivre à mes blessures et à mes malheurs.

Un matin, en me réveillant, après avoir dormi longtemps d'un sommeil long et bienfaisant, je me sentis faible, mais j'avais conscience de ma faiblesse, je souffrais, mais je le sentais. Enfin, j'étais sauvé, la force de ma constitution avait eu raison de la maladie. J'étais cependant dans un assez singulière position.

N'ayant encore qu'un souvenir confus de ce qui m'était arrivé, je vivais sans savoir comment. Où étais-je? comment m'y trouvais-je? à qui avais-je affaire? qu'était devenue Alexandrina ? Comment se fait-il que je n'étais pas dans ma chambre de la ville? Quels étaient les gens qui m'entouraient, une vieille négresse et un homme de même couleur, dans la force de l'âge, me contemplant avec compassion et intérêt et semblant me soigner avec un véritable dévouement?

Autant de questions, autant de mystères.

Je regardais avec une avide anxiété afin de me rendre compte de la situation avant d'oser interroger mes hôtes. Je me sentais si faible que je craignais de ne pas pouvoir parler.

J'avais été longtemps malade, j'en jugeai à la saison qui n'était plus la même. On était en automne, le vent soufflait par longues raffales dans les arbres déjà en partie dépouillés de leurs feuilles. Le ciel était d'un gris sombre et disposé à la pluie.

Une pensée triste s'empara de mon esprit, je laissai échapper un soupir douloureux. Comment, après la longue maladie que je venais de faire et en revenant pour ainsi dire à la vie, ne trouvais-je pas à mon chevet quelqu'un de la famille d'Alexandrina, ma fiancée?

J'étais dans une sorte de hutte misérable, à peine meublée et construite au milieu d'une forêt. Après un examen minutieux, je fus même convaincu de ne pas connaître l'homme et la femme dont j'ai parlé.

Je me décidai à les interroger. Et je laisse la parole à Banouna, le nègre qui m'avait sauvé et recueilli.

— Le matin du crime, me dit Banouna, la misère était si grande ici que je me décidai à tenter une excursion dans la propriété de M. Vimpfen, afin de m'y procurer quelque aliment, pour ma mère et pour moi. C'était un vol que j'allais commettre, mais je ne pus résister aux sollicitations de ma mère qui n'est plus d'âge à supporter certaines privations.

Je partis et franchis le mur d'enceinte sans hésiter. Je n'avais point emporté d'armes, mes collets et mes lignes devaient me suffire à prendre du gibier et du poisson.

Je tendis d'abord les premiers dans les taillis où les daims abondent, quant aux seconds, je les jettai dans le lac, près du kiosque, sur la porte duquel l'homme masqué vous a frappé. C'est l'endroit le plus poissonneux du lac.

Ces deux opérations terminées afin de ne pas être surpris, je me blottis dans un buisson de lianes et attendis.

J'étais là, tremblant dans ma cachette, quand vous arrivâtes avec la fille aînée de M. Vimpfen. J'assistai à votre amoureux entretien jusqu'au moment où l'orage vous força à songer à la retraite. Je ne sais ce que vous alliez faire, quand un homme masqué que je n'avais pas entendu approcher, se précipita sur vous, le pistolet au poing et vous abattit en vous déchargeant, à bout portant, son arme en pleine poitrine. Cette action fut si prompte, si imprévue, que je n'eus pas le temps de m'élancer à votre secours, ce que j'eus fait quoique je n'eusse aucune arme sur moi.

— Mais au moins, dis-je au nègre, vous avez eu le temps de sauver Alexandrina, ma fiancée?

— Non, me répondit Banouna, car la malheureuse jeune fille tomba presqu'aussitôt que vous sous le poignard du meurtrier qui semblait animé d'une rage jalouse et sanguinaire.

— Alexandrina est morte, alors ? demandai-je en proie à un désespoir et à une épouvante sans nom.

— Hélas! oui, me répondit Banouna.

— Alors pourquoi ne m'as-tu laissé mourir?

Ce fut tout ce que je pus dire sur le moment, et le nègre dut interrompre son récit. Je n'étais plus en état de l'écouter et de le comprendre.

Ce que je souffris alors, je ne vous le dirai pas, c'est impossible de façon à en donner seulement une idée. Mes espérances, mes illusions, mes projets, mon bonheur, tout était descendu dans la tombe avec Alexandrina... Mieux encore, mon avenir, mon honneur, ma liberté, ma vie même, dont je faisais beaucoup moins de cas que du reste, se trouvaient compromis, comme vous allez voir.

. . . .

— Peu de jours après, quand je fus en état de l'écouter, Banouna, sur ma prière, continua son récit en ces termes :

L'homme masqué, aussitôt qu'il eût frappé Mlle Alexandrina vous prit dans ses bras et se mit à vous emporter, justement en suivant la direction de cette hutte. Je ne comprenais rien à son dessein, que voulait-il faire? je le sus bientôt.

J'avais pénétré dans le kiosque après son départ, d'un regard rapide je m'assurai que la fille de M. Vimpfen, avait été atteinte au cœur par le poignard du meurtrier et qu'elle était morte instantanément. Aussitôt je m'élançai à la poursuite du misérable qui ne pouvait être loin, en raison du fardeau qu'il portait.

L'orage redoublait de violence. La nuit était venue subitement, mais les éclairs qui se succédaient avec une effrayante rapidité, embrasaient le ciel comme la lueur d'un immense incendie.

Ce fut à la lueur d'un éclair que je vis cet homme fuyant avec son pesant fardeau.

Sa course était vertigineuse et désordonnée. Cet inconnu était jeune et fort — il fallait qu'il le fût — le danger, la rage du crime, la peur d'être découvert sans doute centuplaient sa vigueur ordinaire. Il fuyait avec la farouche rapidité du tigre qui emporte sa proie. La tempête ne semblait en rien l'impressionner.

Je m'élançai sur sa trace.

Après une demi-heure de course folle pendant laquelle je prenais autant que possible toutes mes précautions pour que l'assassin ne m'aperçût pas, celui-ci, fatigué sans doute, ralentit tout à coup sa marche.

Nous approchions du précipice profond aux rives escarpées, l'assassin se dirigeait directement vers ce ravin, je devinais sa criminelle intention, il voulait vous jeter dans le gouffre.

Je n'étais qu'à cinq ou six pas de lui quand il m'aperçut. Il se retourna brusquement sur moi, après vous avoir laissé tomber à terre et me dit, en armant un pistolet :

— Va-t'en, ou je te tue comme un chien.

J'hésitai.

Afin de se débarrasser de moi, il fit feu, mais la poudre mouillée par la pluie, ne s'embrasa pas, mon parti fut bientôt pris.

Je me précipitai sur lui, mais il n'attendit pas le choc. N'ayant plus d'armes à feu chargées à son service, il prit la fuite et eut bientôt disparu dans l'épaisseur du bois.

Resté seul auprès de vous, je songeai d'abord à aller prévenir au château. Bientôt je compris que je ne pouvais vous laisser seul. L'assassin ne profiterait-il pas de mon absence pour venir vous achever? et non seulement j'avais la certitude que vous viviez, mais encore en ma qualité de médecin, j'étais convaincu que votre blessure n'était pas mortelle.

— Comment, vous êtes médecin? dis-je à Banouna.

— Oui, mon ancien maître, par économie, car un médecin prend très cher pour s'attacher seulement à une factoterie, m'a fait apprendre la médecine.

— La crainte que l'assassin ne vint vous achever pendant mon absence, si j'allais chercher du secours au château, fit que je me décidai à vous apporter ici. Cette hutte était bien plus près de l'endroit où vous étiez que la villa de M. Vimpfen; je pouvais donc espérer parvenir à vous y transporter sans le secours de personne.

L'opération fut longue, cependant, et pleine de difficultés. Je fus forcé de m'y prendre à plusieurs fois. Enfin je fus assez heureux pour réussir. Nous arrivâmes ici au milieu de la nuit sans que la tempête se fut appaisée, personne, par un temps aussi affreux, ne pût nous voir, je crois pouvoir en répondre. Prenez bonne note de cette circoustance, vous saurez bientôt pourquoi.

Ici, dans cette hutte isolée, oubliée au milieu des bois, vous deviez être en sûreté. Ma mère et moi nous vous déshabillâmes et vous couchâmes dans ce grabat, faute de mieux. Ma mère, en rangeant vos effets, trouva quelques dollars, ils nous furent fort utiles pour vous soigner, cependant, croyez bien que nous ne nous en sommes servis qu'avec la plus grande économie. Le reste de votre argent est là, vous le prendrez quand vous voudrez.

« Enfin, j'allai un jour à New-York pour y chercher des médicaments, j'en revins consterné, épouvanté de ce que j'y avais appris. — Du courage! je vais tout vous apprendre, puis, vous pourrez agir de votre guise et blâmer ou approuver ma conduite. Je n'ai rien voulu prendre sur moi, les circonstances m'ont semblé trop graves.

— Vous m'effrayez, Banouna, qu'avez-vous donc appris à New-York? demandai-je au nègre ému et l'esprit agité d'un horrible pressentiment.

— On vous accusait d'avoir assassiné Mlle Vimpfen par jalousie, d'avoir longtemps prémédité ce crime, et de vous être suicidé après l'avoir commis. Quand au suicide, on n'y croyait et on n'y croit encore que très médiocrement pour la seule raison que toutes les recherches qu'on a faites depuis deux mois n'ont pas abouti à retrouver votre cadavre.

— Mais malheureux! m'écriai-je, en me gardant ici, en me cachant, tu m'as perdu, tu as laissé d'horribles soupçons s'élever contre moi et prendre de la consistance.

— Je vous eus remis à qui de droit que, dans l'état où vous étiez, n'ayant pas votre raison, ne pouvant vous expliquer, vous n'eussiez rien changé à l'opinion publique, on eut cru à une tentative de suicide, voilà tout, me répondit Banouna.

— Mais tu eus parlé, toi, tu eus dit la vérité.

— Qu'eus-je pu dire contre la lettre qu'on a trouvée près d'Alexandrina, en ramassant le cadavre de la ma heureuse.

— Quelle lettre? m'écriai-je, sérieusement épouvanté.

— Un écrit dans lequel vous avouiez votre prétendu crime, afin d'éviter qu'on recherchât les assassins d Alexandrina, il y était dit que vous aviez tué cette dernière par jalousie; puis, vous disiez qu'on ne cherche pas votre argent, que vous l'aviez fait passer en France. Je ne vous dis que le sens de la lettre. Celle-ci est très longue, tous les journaux de New-York, l'ont publiée.

Je restai un instant comme abasourdi par l'étrange révélation de Banouna j'avais beaucoup de peine à comprendre que, par une machination atroce, le véritable assassin avait voulu me faire passer pour le meurtrier de la fille de M. Vimpfen.

— T'es-tu au moins procuré un des journaux dont tu parles? demandai-je à Banouna.

Celui-ci me remit une des feuilles les mieux accréditées de New-York et j'y trouvai la reproduction d'une longue lettre, portant ma signature dont le sens m'avait déjà été très exactement indiqué par le court résumé de Banouna.

Je restai accablé après cette lecture.

— Cependant, tu sais bien, toi, lui dis-je, que je n'ai point assassiné Alexandrina.

— Oh! oui, me dit-il, puisque j'ai tout vu.

— Et tu me serviras de témoin?

— Quand vous voudrez.

Cette réponse, faite avec tout l'empressement d'un dévoument sincère, me réconforta un peu, en relevant mon courage abattu.

Je continuai à interroger Banouna.

— Et que dit-on maintenant à New-York?

— On affirme que vous êtes l'assassin, et, qu'au dernier moment, le courage vous a manqué, que vous vous êtes enfui, au lieu de vous suicider. L'enquête a relevé des preuves accablantes contre vous.

— Encore? lesquelles? demandai je avec une angoisse croissante.

— D'abord, autour du kiosque, dans la terre détrempée par la pluie, on ne retrouva point d'autres empreintes que celles laissées par vous ou par des chaussures identiquement semblables aux vôtres, puis, à vingt pas de là, à côté d'empreintes semblables et profondes des pistolets que M. Vimpfen reconnaît pour vous appartenir. C'était lui qui vous les avait achetés, d'après vos ordres. L'armurier qui les a vendus les reconnaît comme lui.

Cette nouvelle révélation de Banouna me rappela la remarque que j'avais eu le temps de faire quand l'assassin masqué s'était subitement présenté devant moi, qu'il était vêtu d'effets m'appartenant et armé de mes pistolets de voyage.

Tout ce que je venais d'entendre et ce dernier souvenir me firent concevoir un premier soupçon contre Picard.

Le malheureux aimant sans doute Alexandrina, s'était décidé à nous tuer, elle et moi, afin de ne pas être témoin de notre bonheur. J'étais sur la vraie voie, car Picard, était la seule personne qui, pour commettre le crime, avait pu s'emparer de mes effets et de mes armes. Cependant j'étais bien éloigné encore de soupçonner la conduite du misérable sous son véritable jour.

— Quel effet la nouvelle du crime a-t-elle produit à ma ferme de Viago? demandai-je encore au fidèle Banouna.

— Les travaux ont été suspendus de suite.

— Pourquoi?

— Les entrepreneurs et les ouvriers qui n'avaient encore rien reçu, apprenant que vous aviez fait passer votre fortune en France, ont sans doute craint de ne pas être payés; de là la suspension des travaux.

— Mais tout ce monde avait été payé jusqu'au jour de l'horrible événement, dis-je à Banouna.

— Ils ont prétendu le contraire.

— Et Picard, mon intendant?

— Il a déclaré que leurs réclamations étaient fondées.

— L'infâme! le misérable! m'écriai-je indigné, c'est à lui que j'ai toujours envoyé l'argent nécessaire, et bien au delà, au payement des ouvriers et des matériaux. Si ces derniers n'ont pas été payés, qu'est devenu cet argent? Qu'est devenu Picard lui-même?

— Picard? quand il a vu qu'on ne vous retrouvait, ni mort ni vivant, après un mois de recherches vaines, il a quitté le pays.

— En emportant ma fortune! m'écriai-je à bout de patience. La rage me suffoquait, je comprenais tout enfin, l'assassinat, le vol et le mobile du double crime.

.   .   .   .

— Vous devez comprendre, mon cher ami, reprit le prétendu Jacques Hardy, après une courte pause, quel effet produisit sur moi, malade et convalescent, la révélation inattendue de Banouna.

Ce dernier craignit une rechute, malheureusement ses craintes ne se réalisèrent pas. Je devais survivre à tant de malheurs.

Dans les premiers jours, abîmé dans mes réflexions, absorbé par mes souvenirs si cruels, je ne sus que faire. Enfin, je finis par surmonter les angoisses de ma cruelle position et pris un parti, le seul qu'un honnête homme pusse prendre. Je voulais avant tout ne pas être déshonoré, même sous le nom de Domard.

J'étais très faible. Un matin, je priai Banouna de m'accompagner pour une cause importante.

— Où voulez-vous aller dans l'état où vous êtes? me dit-il.

— Chez M. Vimpfen.

— Il va vous faire arrêter.

— J'y compte bien.

Le noir voulut me détourner de mon dessein qu'il qualifiait d'insensé. Prières conseils, tout fut inutile. Mon parti était pris, nous partîmes. Quelques heures plus tard, je frappais à la porte de la villa du riche banquier américain.

Plusieurs fois, afin de ménager mes forces encore bien chancelantes, nous nous étions reposés en route. Nous n'arrivâmes à la villa de M. Vimpfen qu'à la nuit tombante.

M. Vimpfen me reconnut de suite et me reçut mieux que je m'y attendais, c'est-à-dire qu'il ne fit aucun éclat. Je me demandais que cela afin d'avoir au moins le temps de m'expliquer.

M. Vimpfen me connaissait depuis près de dix ans, et il me connaissait bien, témoin de mon amour pour sa fille, il ne pouvait croire que j'avais assassiné cette dernière. En secret, il faisait autant que le lui permettait sa douleur, une enquête sur le drame mystérieux qu'il ne comprenait pas. Cependant, le vrai coupable échappait à sa perspicacité. Il ne soupçonnait pas, il n'avait jamais soupçonné Picard.

La douleur avait bien changé le banquier et l'avait vieilli de plus de dix ans. Il devina une partie de la vérité à ma pâleur.

L'explication eut aussitôt lieu devant Bounana, dont le banquier connaissait le caractère et la droiture.

Elle fut longue, terrible, solennelle et de nature à si bien rassurer M. Vimpfen que, quand j'eus fini, celui-ci se jeta dans mes bras. Ensemble, nous pleurâmes la malheureuse Alexandrina.

. . . .

Après un premier épanchement, M. Vimpfen me dit d'une voix grave, mais avec douce cordialité :

— Mon ami, l'événement terrible qui fera époque dans notre vie à tous deux, est le résultat de votre imprudence. Vous m'eussiez écouté que vous n'eussiez pas eu une si grande confiance en un homme qui n'était que votre compatriote et que vous ne connaissiez pas. C'est malgré mes conseils et à mon insu que vous avez mis entre ses mains votre fortune presque toute entière. Avez-vous des reçus au moins ?

— Aucun, dis-je, sans comprendre encore l'importance que des reçus de Picard auraient entre mes mains pour prouver mon innocence et la culpabilité du voleur.

— Aucun, quelle imprudence ! s'écria M. Vimpfen avec une sorte de désespoir, mais comment allez-vous faire pour prouver que cet homme avait à vous des sommes considérables entre les mains, que seul il avait intérêt au crime afin de pouvoir s'approprier votre fortune ?

Je fus de suite frappé de la justesse de ce raisonnement et j'en fus sérieusement consterné.

— Mais, dis-je enfin au banquier, je prouverai que la lettre que l'on a trouvée est fausse.

— Ce sera difficile. Cette lettre, je l'ai vue, je connais bien votre écriture, eh bien, cette écriture a été si habilement contrefaite que, quoique ne vous croyant pas coupable, je n'ai su que penser de cette lettre si clairement accusatrice.

— Mais Banouna dira la vérité.

— Vous savez comme moi quelle est, en justice, la prévention qu'on a contre le témoignage des hommes de couleur. Enfin, que comptez-vous faire ?

— Me mettre à la disposition de la justice.

Cette réponse plongea M. de Vimpfen dans de longues réflexions. Etonné :

— A ma place, lui dis-je, n'en feriez-vous pas autant ?

— Sans doute, mais...

— Quoi ?

— Tout le monde est très mal disposé contre vous, surtout les ouvriers et les entrepreneurs impayés. Je crains que la vérité ait peine à se faire jour.

— Alors vous me conseillez...

— Rien, la situation est trop grave.

— Eh bien, dis-je avec résolution, je vais suivre ma première idée, faire ce que nous venons de dire. Ce que me conseillent à la fois mes intérêts et mon honneur. Il en arrivera ce que pourra, mais je crois que cet acte de me constituer volontairement prisonnier me réhabilitera complétement dans l'opinion publique.

En effet, le soir même je me constituai prisonnier.

Dès lors l'opinion publique me redevint favorable et les juges eux-mêmes furent amenés à se convaincre de mon innocence. Des experts en écriture prouvèrent que la lettre accusatrice était fausse. On constata que Picart s'était absenté de la ferme, que je n'avais pas quitté la villa Vimpfen, et n'avais pu, par conséquent, aller chercher les pistolets restés à la ferme ; que je n'avais pas fait passer ma fortune en France, mais que j'avais envoyé par la poste, à Picart, plusieurs sommes importantes. Picart m'avait volé 300,000 fr. Il ne me restait que 100,000 fr. pour payer 275,000 fr. de travaux faits à ma ferme. Mais Vimpfen répondit pour moi, et en vingt ans, à force de travail, je fis une fortune colossale. Aujourd'hui, je n'ai plus qu'un désir, me venger de Picart et je sais où le trouver.

Un hasard me mit sur ses traces. Des artistes dramatiques français étant venus à New-York, l'un d'eux m'apprit qu'il connaissait à Paris un comte de Mercœur, banquier. Enfin, j'ai rencontré ici de vieux militaires qui m'ont raconté avoir servi avec Picart dans le 45° de ligne, l'ancien régiment des quatre sergents de La Rochelle. Picard passait pour avoir dénoncé les malheureux sous-officiers. Pour plus amples renseignements, ils m'ont engagé à m'adresser à un M. Lamy, colonel en retraite. Je vais donc partir pour Paris. Vous m'accompagnerez. Le faux Mercœur n'a qu'à se bien tenir ! Il y a des juges à Paris.

— Mais, dit de Péravis, il y a plus de vingt ans que Picard a assassiné Alexandrina Vimpfen, et les lois françaises établissent la prescription à vingt ans. Vous arriverez donc trop tard de quelques mois. Et puis, quoique vous soyez français et l'assassin aussi, les tribunaux ne se saisiront pas des poursuites à faire à propos d'un crime commis aux États-Unis.

— D'accord, reprit Jacques Hardy, mais en portant mon nom et mon titre, Picard ne commet-il pas tous les jours un crime sévèrement puni par la loi ? Il n'y a donc qu'à établir son origine.

— C'est vrai, fit M. de Péravis.

— En outre, reprit Jacques Hardy, j'ai des pièces à remettre à l'ambassade américaine. Parmi ces pièces, il y a des instructions à l'ambassadeur pour qu'il demande et obtienne l'extradition du meurtrier.

— Oh ! alors, vous êtes en règle, dit M. de Péravis, l'affaire ira d'elle-même.

. . . .

Quelques jours plus tard, Jacques Hardy, accompagné du comte de Péravis et de Blanche, montait en chaise de poste et prenait la route de Paris. Pendant qu'un orage terrible, comme on vient de le voir s'ammoncelait au loin pour éclater sur le comte de Mercœur. Voyons ce qui se passait chez ce dernier, entre lui et le chevalier de Guiffart, son complice.

Depuis quinze jours le chevalier était libre, et depuis la même époque ni lui ni le comte n'avait aucune nouvelle du marquis de Courville. Cette disparition aussi inattendue qu'inexplicable, tout en surprenant les deux usuriers, ne les préoccupait pas plus que de raison.

Guiffart l'avait dit :

— Tant mieux, si elle se prolonge indéfiniment, nous aurons une part de moins à faire dans la répartition des bénéfices de la société.

Un matin donc, le comte et le chevalier étaient discrètement enfermés dans le cabinet du banquier.

— Écoutez, cher comte, dit Guiffart, je commence à croire que la pièce tire à sa fin et que j'ai joué pour cette fois mon rôle dans notre petite comédie.

— Comment, voudriez-vous abandonner la partie?

— Oui, pour le moment au moins, il le faut.

— Cependant, les affaires donnent admirablement.

— C'est vrai, dit Guiffart, mais je suis trop compromis pour continuer à les diriger. Il faut même que je m'éloigne de Paris, que je quitte la France.

— Vous m'abandonnez ?

— Pour un temps, vous ai-je déjà dit.

— Mais que vais-je faire ?

— Je vais vous le dire ; mais laissez-moi vous expliquer comment la résolution que j'ai prise sert aussi bien vos intérêts que les miens. L'échec que nous avons éprouvé en nous laissant sottement prendre, le marquis et moi, m'a si sérieusement compromis que depuis que je suis libre, je n'ai osé sortir dans Paris qu'en tremblant, et je n'ai osé rien entreprendre. Je suis donc devenu une inutilité plus gênante qu'utile. Et cela se conçoit : que voulez-vous que je fasse? Le duc des Uzelles, son mameluck, le colonel Lamy, sa fille, le capitaine Vigneul et ses deux enragés soldats me connaissent, savent tous mes crimes, de sorte que je suis fort étonné d'être ici, au lieu d'être dans quelque cachot de la Force. Sans doute que s'ils prennent si bien leur temps, c'est afin de mieux m'endormir et ne pas me manquer quand ils auront dit : « C'est assez, tu n'iras pas plus loin ! »

Il est donc de mon intérêt de quitter Paris le plus tôt possible. Maintenant, pour vous convaincre que vous êtes vous-même gravement intéressé à ce que je disparaisse, il ne faut que raisonner un instant. Seul ici, tout le monde ignorant nos relations, nos ennemis ne vous connaissant pas ou vous croyant un financier intègre, rien ne vous empêche de continuer le productif métier que nous avons fait depuis quelques mois. En agissant prudemment, vous n'éveillerez aucun soupçon et pourrez faire l'usure aussi longtemps que vous voudrez. Nivodan, le Pallu, ma sœur, la Sibel et consorts vous sont dévoués, intéressés dans vos bénéfices, ils vous serviront bien, et vous pourrez gagner des millions sans vous exposer ni vous mettre en avant. Si je reste,

ici, au contraire, gravement compromis, je ne puis que vous compromettre sans vous
être d'aucune utilité. Supposez qu'on me surveille, qu'on découvre nos relations,
vous tombez dans le pétrin avec moi. Aujourd'hui je ne suis plus qu'un ami dangereux
et un auxiliaire impuissant. Au reste, quand nous nous serons quittés, que je serai
à l'étranger, tentant de faire ce que vous ferez vous-même à Paris, vous pourrez
me remplacer facilement et avantageusement. Vous avez sous la main un complice,
un associé.

— Qui donc? demanda le faux de Mercœur presque convaincu.

— Berlingot, votre caissier.

— Toujours ces soupçons sur ce coquillage?

— Ne vous fiez donc pas si facilement à l'eau qui dort; reprit Guiffart, si Berlingot
est un coquillage, un huître si vous voulez, il n'en est pas moins à mes yeux, et avec
son air de ne pas y toucher, le drôle le plus roué, le plus pénétrant, le plus ambitieux
que je connaisse; il a failli mettre en défaut la surveillance de Greluchet, c'est assez
dire, car Greluchet est un Argus, un Protée comme je n'en connais pas. Je crois que,
s'il voulait, il parviendrait à se rendre invisible ou à se trouver dans plusieurs endroits
en même temps.

— Greluchet a donc découvert quelque chose?

— Il a tout simplement découvert que le jésuite Berlingot voulait devenir le gendre
et l'associé de son patron.

— Vous voulez rire, chevalier?

— Point du tout.

— Voyons, en admettant que je me décide à prendre Berlingot pour mon associé,
comment pouvez-vous supposer que ma fille, qui est si difficile, consente jamais à
épouser un cuistre sans le sou comme ce Berlingot?

— Ce mariage est déjà conclu, dit froidement Guiffart.

— Comment, que dites-vous?

— Je dis que Mᴵˡᵉ Reine a promis d'accorder sa main à M. Berlingot le jour où vous
consentiriez à le prendre comme associé.

— Oh! le mariage n'est pas encore fait alors, je le disais bien, répondit le
banquier.

— Et en retour de cette promesse, M. Berlingot a éclairé Mᴵˡᵉ Reine sur la situation
de ses affaires, sur nos pratiques plus ou moins d'accord avec le code de la délicatesse.
En outre, il s'est engagé à donner le capitaine Vigneul pour amant à sa femme, afin
que celle-ci puisse se venger de son ennemie, Mᴵˡᵉ Juliette Lamy.

— Oh! l'infâme gredin!

— Infâme et gredin, tant que vous voudrez; toujours est-il que le drôle a agi fort
adroitement. Sa femme, que lui importera? elle restera, de son fait à lui, aussi pure
que l'enfant qui vient de naître, il ne demanda pas mieux. Quand à ses prétentions,
il ne demande qu'à régir et administrer la fortune commune et il s'en acquittera à
merveille. De sorte que votre fille, quoique vous en disiez, n'a pas fait une folie le jour
où elle s'est engagée à épouser Berlingot.

— Alors c'est ce dernier qui a révélé à Reine la nature de nos opérations?

— Sans doute; qui voulez-vous que ce soit?

De Mercœur ne répondit pas, il était comme atterré par ce qu'il venait d'apprendre Enfin il dit d'un ton rempli d'anxiété.

— La position est terrible. Que me conseillez-vous de faire, chevalier ?

— La position est splendide, au contraire. Je ne comprends rien à votre entêtement de désespérer. Vous me laissez partir, c'est, il est vrai, un complice que vous perdez, mais vous en retrouvez un en vous associant Berlingot, et ce dernier, qui a sa fortune à faire, sera bien plus docile que moi qui ai ma fortune faite,

— Il faut donc que je m'associe Berlingot ?

— Puisqu'il n'y a pas moyen de faire autrement ; au reste, vous feriez à mon avis une sottise en ne le faisant pas, à moins cependant que vous vous décidiez à abandonner votre entreprise.

— Oh ! pas encore.

— Très bien, reprit Guiffart, maintenant que nous sommes d'accord sur ce point, il s'agit de faire ce qu'on fait toujours quand on tient à se quitter bons amis, il faut régler nos comptes.

— Aïe ! nous y sommes, dit de Mercœur.

— Laissez-moi vous tirer cette épine du pied, mon cher comte. Voyons nous disons que net : l'affaire Peravis a rapporté 600,000 francs et celle des Uzelles 1,200,000 : Total : un million huit cents mille francs.

— Et les frais ? insinua de Mercœur.

— Un mot de plus et je vous démontre clair comme le jour, que ces deux opérations ont rapporté plus que je ne viens de dire. Les autres affaires, comprises en bloc, et dont je ne veux pas m'amuser à faire le détail, ont, au bas mot rapporté bénéfice net : Douze cents mille francs, ce qui, si barême n'est point faux, nous fait trois millions à partager. Lâchez-moi quinze cents mille francs, gardez-en autant, donnons-nous une poignée de main et *n i ni* tout est fini.

La conclusion de Guiffart avait soudain fait froncer les sourcils au banquier. Ce dernier n'était pas homme à lâcher ainsi un million et demi.

— Comme vous y allez, chevalier, dit-il à Guiffart.

— Allons, reprit ce dernier, je vois qu'il est difficile d'avoir de vos plumes sans eau chaude. Est-ce que le compte que je viens de vous faire n'est pas juste.

— En admettant qu'il le soit, il y a autre chose, dit de Mercœur.

— Oh ! oh ! fit Guiffart en se renfrognant aussi. Je dois cependant vous prévenir que je suis bien décidé à ne pas rabattre un centime de mes prétentions.

— Oh ! oh ! fit de Mercœur, nous allons bien voir.

— Voyons, je vous écoute, dit le chevalier d'un ton presque menaçant.

— A peu de chose près, vous avez, je le reconnais, parfaitement établi le compte de ma caisse, reprit de Mercœur ; mais vous avez complètement oublié de faire celui de la vôtre.

— De la mienne, dit Guiffart ; mais je n'ai jamais eu de caisse.

— Et la véritable reconnaissance de deux millions signée par le duc des Uzelles, pourquoi, puisque vous l'avez toujours, ne pas la faire entrer en ligne de compte ?

Ce fut au tour de Guiffart à froncer les sourcils.

Il le suivait à cheval de brigade en brigade.

— Ah! je vous y attendais, dit-il, mais cette reconnaissance, il est fort probable
que le duc ne la paiera pas.

— Pourquoi dire cela, quand vous pensez le contraire?

— Puis, c'est moi qui ai fait le faux.

— C'est moi qui ai avancé l'argent, je devrai dire *exposé l'argent* nécessaire pour
faire toutes nos opérations. Vous me direz que cet argent appartenait à ma fille mineure, peu importe? Reine ne vous l'eût pas prêté à vous. D'abord elle ne l'eût pas
pu sans être émancipée.

— Que diable, mon cher, que vous êtes dur à la détente. Cependant dans le partage
que je vous propose; c'est vous qui avez tous les avantages.

— Comment cela ?

— Il est vrai que je garde une créance incertaine.

— Incertaine... Oh ! oh ! dit de Mercœur en accompagnant ces mots d'un éclat de rire forcé.

— Et, en retour, continua Guiffart, sans tenir autrement compte de la dénégation de son complice ; je vous laisse tout notre personnel avec lequel vous aurez bientôt gagné tous les millions que vous voudrez. Enfin, je veux bien vous faire une petite concession. Donnez-moi un million et je vous tiens quitte de tout.

— Il y a encore autre chose, dit de Mercœur.

Cette fois Guiffart fut tenté de se fâcher sérieusement.

— Vous voulez partager, dit de Mercœur, comme si nous n'étions que deux dans l'affaire. Et le marquis que vous oubliez, et qui, vous parti, me tombera sur les bras au moment où je m'y attendrai le moins.

L'observation était juste. Guiffart se mordit les lèvres de dépit.

— Laissez-moi, reprit le banquier, rétablir les comptes comme ils doivent être. J'ai trois millions en caisse, vous deux, en tout : cinq millions. Vous vous chargez de la créance à recouvrer, soit. Prenez deux millions et laissez-nous à Courville et à moi chacun quinze cents mille francs, argent comptant.

— Jamais, dit Guiffart, et si Courville est mort, et si le duc ne paie pas ? je serai dans de beaux draps.

La discussion, qui menaçait cette fois de devenir sérieuse, fut subitement interrompue par un domestique venant annoncer au comte que quatre Messieurs descendant de la même voiture, demandaient à lui parler pour traiter d'une affaire de la plus haute importance.

— Eh bien, Auguste ? demanda M. de Mercœur au valet. Que veulent ces Messieurs et comment se nomment-ils ?

— Il n'y en a qu'un qui m'a dit son nom. Il se nomme Jacques Hardy, est banquier américain, à New-York, et se prétend votre correspondant. Ses compagnons sont de ses amis. Tous viennent pour une affaire de la plus haute importance.

De Mercœur se rappela qu'en effet son correspondant à New-York, depuis deux ans, un nommé Jacques Hardy qu'il ne connaissait pas personnellement.

— Faites entrer, dit le banquier.

A première vue, Mercœur, sans précisément reconnaître le colonel et Jacques, eut un souvenir confus d'avoir vu ces deux hommes quelque part. Aussi se troubla-t-il visiblement de façon à ce que l'altération de ses traits n'échappât pas aux deux hommes, que nous n'avons pas nommés, qui l'observaient attentivement.

Le banquier parvint cependant à dominer assez son trouble pour offrir des sièges aux quatre visiteurs.

Depuis leur entrée dans le cabinet du faux comte, Jacques Hardy et M. Lamy regardaient le banquier avec une insistance peu polie et de mauvaise augure. Leurs traits trahissaient une joie secrète et farouche.

Tous deux avaient reconnu Picard leur ennemi : Jacques, l'homme qui avait assassiné Alexandrina Vimpfen ; M. Lamy, le traître qui avait livré le secret des conspirateurs de la Rochelle.

Il eut un instant de silence terrible et solennel.

De Mercœur était devenu pâle, tremblant, inquiet. Lui aussi, il avait enfin reconnu les deux hommes dont la présence lui rappelait les deux drames sanglants dans lesquels il avait joué un rôle si odieusement criminel.

Tout à coup le visage de Jacques Hardy se contracta affreusement, la colère l'avait rendu livide et effrayant de menaçante expression.

— Messieurs, dit-il, en s'adressant aux deux personnages que nous n'avons point nommés et après avoir repoussé le siège que de Mercœur lui avait offert, vous connaissez vos instructions, je n'ai pas besoin de vous les rappeler.

— Vous reconnaissez cet homme, alors ! dit l'un des deux hommes qui n'était autre qu'un commissaire de police, muni d'un mandat d'amener au nom de Picard et mis à la disposition de Jacques Hardy et du colonel Lamy.

— Oui, dit Jacques Hardy d'une voix ferme ; je reconnais ce misérable. Du reste, mon nom qu'il porte, ne me laissait, en venant ici, aucun doute sur son identité. Quel autre homme pourrait porter mon nom et mon titre que l'infâme, qui, en 1825, près New-Yorck, sous le nom de Picard, m'a volé mes papiers et ma fortune; après avoir assassiné ma fiancée, et m'avoir moi-même laissé pour mort sur le terrain, où il avait commis un double meurtre.

— Alors vous prétendez que cet homme est bien le nommé Picard, dont le gouvernement américain a fait demander l'extradition par son fondé de pouvoir ?

— Non-seulement je le prétends, mais je l'affirme et le jure, dit Jacques Hardy en élevant la main comme pour donner plus de solennité à son serment.

Le banquier, malgré l'émotion terrible qui le dominait, eut assez de sang-froid pour essayer de payer d'audace.

— Cet homme se trompe, dit-il, il y a confusion de noms. Qu'il prouve d'abord qu'il est bien lui-même le comte de Mercœur. Où sont ces titres ?

— Les titres ici ne signifient rien, puisque monsieur déclare en avoir été dépouillé, dit le commissaire. Monsieur a prouvé, et de reste, qu'il était par le témoignage de personnes honorables, désintéressées dans l'affaire, qui l'avaient connu avant son départ pour l'Amérique qui l'ont reconnu et répondent de lui.

— Qu'importe, monsieur se trompe, dit encore le banquier.

— Et moi, est-ce que je me trompe ? dit le colonel Lamy, en se mettant bien en face du banquier.

— Vous, monsieur, je ne vous connais pas, dit de Mercœur, intérieurement épouvanté, mais non convaincu.

— Eh bien, moi, je vous connais, reprit le colonel, ou plutôt je vous ai beaucoup connu, malheureusement pour moi. Je ne sais rien de ce que vous avez fait en Amérique, mais j'affirme que vous vous appelez Picard, Hector, que, de 1818 à 1822, vous avez servi au 45ᵉ de ligne; qu'au moment de la conspiration des quatre sergents, vous étiez adjudant et que c'est vous qui les avez lâchement dénoncé. Au reste, monsieur, je sais où trouver plusieurs vieux camarades qui, j'en suis convaincu, vous reconnaîtront comme moi

— C'est-à-dire que comme vous, sans doute, commença de Mercœur.

— Assez, dit le commissaire de police, d'un ton de brutale et méprisante autorité.

— Mais, monsieur...

— Hector Picard, au nom de la loi, je vous arrête, dit le commissaire.

A ces mots, dits sur un ton élevé, deux agents envahirent la porte du cabinet et s'approchèrent du faux gentilhomme.

— Emmenez cet homme, leur dit le magistrat.

Le banquier disparut aussitôt avec les deux compagnons que le commissaire venait de lui octroyer si généreusement.

Le commissaire de police, après avoir remercié M. Jacques Hardy et le colonel Lamy, du concours que ceux-ci lui avaient prêté, continua son enquête en faisant perquisition dans les meubles et papiers du banquier. La caisse de ce dernier ne fut pas ouverte, mais les scellés y furent apposés, ainsi que sur toutes les portes de l'appartement. L'homme qui accompagnait le commissaire, un des plus fins limiers de la police de sûreté fut constitué gardien des scellés. Il devait être difficile de tromper la surveillance d'un argus semblable.

Toutes ces diverses opérations s'étaient faites sans amener la découverte et l'arrestation de Guiffart.

Ce dernier, suffisamment édifié sur les antécédents de son complice, mais plus qu'effrayé de sa propre situation, était resté blotti sous la table, caché par le tapis que le baron avait rabattu sur lui.

Toutes les portes du cabinet étaient fermées à double tour, et Pince-l'Air, le redoutable agent de police en avait rem's les clés au commissaire. Quant aux fenêtres, les persiennes avaient été fermées, des chaines et des cadenas empêchaient de les ouvrir du dedans. Les scellés devaient en outre trahir la plus habile effraction tentée de ce côté.

Guiffart attendit qu'un silence solennel régnât autour de lui pour sortir de dessous le tapis.

— Ouf! dit-il en se mettant debout, en voilà une suée! Qui se serait jamais douté de cela? Le comte voleur, faussaire, assassin et le reste... On ne peut plus se fier à personne, aujourd'hui... Enfin, il est coffré, tant pis pour lui et rien ne m'étonnerait que le marquis le fût aussi... Décidément, s'il en est ainsi, je crois que la partie se gâte... De la tête, de la tête, Guiffart, ou tu es flambé, mon vieux.

Le bandit s'assit sur le fauteuil occupé par Mercœur ou plutôt par Picard, dix minutes plus tôt, et se prit à réfléchir aux difficultés de sa situation et aux moyens d'en sortir.

— Ici, pour l'instant, je ne risque rien, se disait-il. Le comte a un grand intérêt à cacher sa complicité avec un gredin de ma trempe, un forçat évadé, donc, il ne dira pas que je suis ici; maintenant les scellés me garantissent de toute descente de police. On croit l'appartement vide, je suis donc plus en sûreté ici que partout ailleurs, mais le moyen d'y rester longtemps sans manger? Coquin de sort! c'est là le chiendent... je crois que j'ai déjà faim...

Guiffart promena autour de lui un regard anxieux et consterné. Ce regard s'arrêta sur la cheminée.

— Bien, allons, c'est convenu, se dit-il, en poursuivant son raisonnement, puisque les fenêtres et les portes sont fermées et gardées, c'est par la cheminée que nous nous sauverons. Ce ne sera pas la première fois que ma peau et ma liberté dépendront d'une pareille ascension. Cependant, avant de décairer du colombier serait-il urgent et pas maladroit de mettre la main sur les millions de ce cher ami Picard, puisque Picard il y a, ces millions, il ne les a pas sur lui. Ils sont ici, il faut que je les trouve; mais, soyons prudent, et mettons-nous, à tout évènement, sur la défensive.

Guiffart ne sortait jamais sans être armé. Il tira de ses poches une paire de pistolets chargés, qu'il arma et posa sur la table, puis, ce fut le tour d'un long et fort poignard qu'il plaça tout ouvert auprès des pistolets.

— Allons, se dit-il, voici toujours de quoi recevoir convenablement ceux qui seraient tentés de venir nous déranger dans nos recherches.

Puis le bandit ouvrit un placard dans lequel il espérait trouver ce qu'il y rencontra.

Il en sortit un cabaret à liqueurs, dont les carafons étaient pleins, des biscuits et des cigares.

— Voici de quoi passer le temps jusqu'à la nuit, moment où il sera seulement prudent de commencer nos recherches. Je sais qu'il y a une cachette dans le plancher, mais où est elle et comment l'ouvrir ? Cherchons et trouvons la d'abord, nous verrons plus tard à l'ouvrir.

Sans doute afin de se donner du courage, des forces et de la patience, Guiffart but deux ou trois verres de vin du Rhin et mangea autant de biscuits. Puis il commença ses recherches, accroupi et rampant sur le parquet, qu'il sondait dans tous les jointures qui attiraient le plus son attention, à l'aide d'une lame fine et acérée où d'une longue vrille, suivant les difficultés à vaincre.

L'entreprise de Guiffart présentait d'autant plus de difficultés, que les persiennes de l'appartement étant fermées, le jour qui pénétrait dans le cabinet, n'était juste qu'une demi obscurité.

La journée toute entière s'écoula sans que le chevalier découvrit le ressort qui, suivant lui, faisait jouer la fermeture de la cachette de son complice.

Mais comme il s'agissait de millions, que le bandit était d'une insatiable cupidité, il ne devait pas se décourager pour un échec de quelques heures. La nuit une lumière eut pu le trahir. Ce fut ce qu'il comprit; aussi, après avoir marqué la planche où il en était de ses recherches, remit-il au lendemain pour les continuer.

Notre homme dormit sous la table du sommeil du juste. Le premier rayon lumineux qui pénétra timidement dans l'appartement, le trouva debout, calme et décidé.

Il se remit aussitôt à l'œuvre.

Il cherchait avec sang-froid et méthode, par lame de parquet et par jointure, marquant d'une croix toutes les planches auscultées, qu'on nous pardonne l'expression.

De cette façon, Guiffart ne pouvait manquer de découvrir la cachette du banquier, si, comme il en était convaincu, cette cachette existait.

Les deux tiers de la journée s'écoulèrent, le bandit n'avait encore rien trouvé, il était fatigué, son front ruisselait de sueur.

— Diantre ! se dit-il, pas de chance, j'ai commencé l'opération du mauvais côté. Enfin, ça avance, je suis plus d'aux trois quarts, un peu de courage, tonnerre !...

Guiffart se redressa, but deux ou trois nouveaux verres de vin, mangea parcimonieusement deux biscuits, en se faisant cette sage et prévoyante réflexion.

— Je meurs de faim, mais qu'importe? il faut garder une poire pour la soif, c'est-à-dire pour le moment du départ. C'est alors que j'aurai besoin de toutes mes forces et de toute mon agilité : une course sur les toits n'est pas toujours une petite affaire...

Guiffart se remit aussitôt et courageusement à la besogne. Ses provisions diminuaient. Il n'avait plus que six biscuits et un carafon de rhum.

Le jour commençait à baisser, quand le bandit laissa échapper cette exclamation :

— Ah! je crois que j'y suis, enfin. Cette fois, ma vrille a rencontré du fer ou du cuivre, elle ne mord plus et je l'ai entendu grincer. Enfin!..

Aussitôt Guiffart fit avec sa vrille un carré de petits trous espacés de deux centimètres les uns des autres. Ce carré avait trois pieds de long sur un de large, et, d'après Guiffart, la plaque de fer ou de cuivre qui servait de fermeture à la caisse improvisée, devait toute entière être comprise sous le carré formé par les quatre lignes de trous.

La nuit était venue.

Le bandit hésita pour savoir s'il devait continuer la nuit, à la lumière, au risque de se faire découvrir.

Il alla regarder par la fenêtre, le jardin était solitaire. Alors, il abattit les épais rideaux de velours et alluma une bougie, en murmurant :

— Il me faut risquer le paquet, trop de prudence me conduirait à l'épuisement faute de nourriture, et c'est la pire chose qui puisse m'arriver.

A l'aide de son poignard, le bandit, avec une ardeur peu commune, se mit à découper le bois restant entre les trous qu'il avait percés à la vrille.

Ce travail fut long. Le chêne dur ne s'enlevait que par éclats de la grosseur d'une allumette tout au plus et le parquet était épais.

Deux heures sonnaient que Guiffart en finissait avec le parquet. Il ne s'était pas trompé.

Sous le bois qu'il venait d'enlever se voyait une plaque de fer d'une grandeur à peu près égale au trou. Le bandit l'avait habilement côtoyée en dehors.

Guiffart était épuisé de faim surtout. Il avait mangé six biscuits en deux jours.

Il regarda ses provisions avec une ardente convoitise, mais il eut le courage de commander à son appétit.

— Non, se dit-il, ce travail peut encore être long, je ne mangerai que quand il sera fini, au moment du départ.

Et ce fut avec acharnement que notre homme se remit à l'œuvre, en essayant de se rendre compte du mécanisme qui faisait jouer la plaque de métal qu'il lui fallait forcer, ouvrir ou enlever.

V

Guiffart au bagne, pour s'évader ou afin d'acquérir des connaissances utiles pour l'avenir, avait fait des études spéciales qui lui eussent permis de gagner honorablement sa vie, comme mécanicien ou comme serrurier. De plus, et à tout événement, le bandit était toujours muni d'un de ces nécessaires anglais qui, gros comme un fort étui, renferment dix outils en miniature qui deviennent de véritables talismans entre les mains d'hommes comme Guiffart, qu'il s'agisse d'une glace à couper, d'un barreau à scier ou d'une serrure à crocheter.

Son examen terminé, le chevalier tira son étui de sa poche, en disant :

— Allons, tout va bien, dans une petite heure j'aurai fini et saurai à quoi m'en tenir.

Les prévisions de Griffaut se réalisèrent en tous points. Une heure plus tard, c'est-à-dire à trois heures du matin. On était au 15 octobre, il y avait encore au moins deux heures de nuit — notre homme puisait à deux mains dans la cachette de son ami qu'il venait de fracturer.

L'inventaire fut bientôt fait

La cachette ne renfermait que des papiers et un portefeuille. Ce dernier, à la vérité, contenait à peu près tout l'avoir du banquier, trois millions cinq cents mille francs environ.

Guiffart fixa son choix sur le portefeuille, après s'être assuré de son contenu ; il le plaça adhérent à sa peau sous les plis épais d'une ceinture qui lui ceignait les flancs suivant la mode des méridionaux.

Cette première opération terminée avec un soin qui trahissait la vive sollicitude de Guiffart pour les millions, celui-ci dévora et absorba le reste de ses provisions : rhum et biscuits furent engloutis en deux minutes. Le bandit avait faim et était convaincu qu'il n'avait pas une minute à perdre.

— Allons, se dit-il, en examinant la cheminée, nous sommes convenablement lesté de deux façons, jouons la Fille de l'Air, que le jour ne nous trouve pas ici.

Le chevalier passa ses pistolets dans sa ceinture, mit son poignard entre ses dents et s'engagea résolument dans la cheminée, dans laquelle il eut bientôt disparu.

Le cabinet du banquier était située au premier étage, la maison n'en avait que deux, l'ascension ne devait pas être longue.

En un quart d'heure, et sans le moindre inconvénient, Guiffart eut atteint le sommet du conduit, sa tête parut par l'orifice, les traits contractés, anxieux et inquiets.

La nuit était sombre, mais Guiffart semblait jouir du privilège de certains animaux de la race féline, il avait la perspicacité de distinguer les objets dans les ténèbres.

Quand il se fut remis de sa passagère émotion, il prêta l'oreille et n'entendit rien que le bruit de sa respiration rendue haletante par l'effort qu'il venait de faire. Il regarda partout autour de lui, examina les lucarnes de toutes les mansardes, observa toutes les aspérités du terrain aérien qu'il allait parcourir. Il ne vit rien qui fut susceptible de justifier ses craintes premières.

— Allons, tout va bien, se dit-il, je me serai trompé, le bruit que j'ai cru entendre, c'est moi qui l'aurait produit en faisant avec mes pieds ébouler quelque chose dans la cheminée. Voyons, de la résolution et allons de l'avant...

Guiffart commença à s'orienter, afin de juger de la route qu'il devait prendre.

La maison sur laquelle il se trouvait était isolée de trois côtés. Bâtie sur ses deux façades principales, entre cour et jardin ; du côté de la Chaussée-d'Antin, elle donnait sur une cour pavée et éclairée par deux lampadaires qui restaient allumés toute la nuit. Sa façade de derrière donnait sur des jardins-bosquets, sombres et dont le sol eut été moins dangereux que les pavés de la cour, en cas de chute. Un troisième côté, plus étroit que ceux dont nous venons de parler, donnait sur la rue de Provence, dans laquelle on entendait quelques bruits de loin en loin. Enfin, le quatrième côté avait un pignon mitoyen avec une maison voisine, construit en retraite, mais parallèlement à la rue de la Chaussée-d'Antin.

Le toit était en pente assez rapide des trois côtés isolés, il était percé de cinq lucarnes donnant dans des greniers ou des mansardes dont Guiffart ignorait la distribution et l'emploi.

Il était là comme en pays inconnu, sa position était d'autant plus embarrassante qu'il ignorait les mesures prises par la police pour garder la maison du banquier.

— Voyons, se dit Guiffart après deux secondes de réflexion, il ne s'agit pas d'agir en écolier. Il est possible que la maison ne soit pas gardée, mais la prudence me conseille d'agir comme si elle l'était. Peut-être qu'il n'y a rien de si facile que de m'enfuir en cassant un carreau à une lucarne, en me glissant dans la maison, en gagnant le vestibule qui traverse le rez-de-chaussée et donne également sur la cour et sur le jardin ; mais si la maison est gardée, si les mansardes sont habitées, ce plan peut devenir sinon impraticable, au moins d'une exécution difficile. Je serais peut-être plus prudent de descendre par une gouttière dans le jardin et du jardin gagner la rue de Provence, en escaladant le mur qui l'en sépare. Allons, d'un côté ou de l'autre, ce n'est pas la mer à boire, je m'en tirerai.

Cette espérance en tête, Guiffart ayant sans doute pris son parti, sortit de la cheminée, et avant de se livrer à aucun exercice gymnastique sur le toit, retira ses souliers qui eussent pu le faire glisser et rouler dans l'abîme. Il commença à visiter les fenêtres des mansardes du côté du jardin. Deux de ces fenêtres étaient garnies de rideaux à l'intérieur et fermées. Derrière l'une, il entendit des ronflements sonores, il supposa l'autre également habitée et alla à la troisième, en se disant :

— Que diable, je ne puis casser un carreau, m'exposer à faire un vacarme affreux et à réveiller tout le monde dans une maison sur laquelle la police doit avoir au moins un œil ouvert.

La troisième fenêtre était ouverte, Guiffart plongea aussitôt son regard dans la mansarde.

Celle-ci était nue, déserte. Point de mobilier, pas d'habitant. Au milieu, sur le sol, un amas de choses informes dont Guiffart, d'où il était, ne pût apprécier la nature.

— Voici mon affaire, se dit le bandit en se glissant dans la mansarde.

Quand il voulut se rendre compte de la nature des objets qui en occupaient le centre, il poussa un cri de joie. C'était un monceau de ces fortes cordes dont se servent les couvreurs et les peintres, pour grimper sur les maisons ou en réparer les façades. Elle avait servi la semaine précédente pour travailler à la toiture de la maison du banquier.

— Par Mercure ! se dit joyeusement Guiffart, voici qui fait joliment mon affaire. Décidément, s'il y a un Dieu pour les ivrognes, il y en a également un pour les bandits.

Guiffart se mit aussitôt à l'œuvre pour démêler et dérouler les cordes, il en cherchait une qui fut assez longue pour le conduire jusqu'à terre, du côté de la rue de Provence.

Il se dépêchait, car il comprenait que les besoins de l'enquête pouvaient amener la levée des scellés. Alors on découvrait la façon dont il avait traité le parquet du cabinet de son ami, on faisait une perquisition minutieuse dans la maison et il était immanquablement pris.

Il fallait donc qu'il parvînt à s'échapper avant le jour, il était près de trois heures et demie du matin. Notre homme avait encore une heure et demi devant lui. Il pensait que c'était plus de temps qu'il ne lui en fallait.

Le chevalier venait de trouver la corde qui lui était nécessaire, quand son attention fut attirée par un léger bruit qui venait du côté de la porte de la mansarde. Il prêta l'oreille, en proie à la plus terrible anxiété.

On montait l'escalier avec précaution, sans bruit.

— Quelqu'un ! se dit Guiffart ; oh ! ça va se gâter...

Il gagna la fenêtre de la mansarde et commença à faire descendre une corde à nœuds par cette ouverture. Il allait lentement afin de ne pas faire de bruit et n'éveiller l'attention de personne.

A tout événement, il avait placé ses pistolets près de lui, bien décidé à brûler la cervelle à l'importun qui viendrait le déranger dans son opération.

La corde était descendue, un bout devait toucher à terre, Guiffart tenait l'autre extrémité qui se terminait par un fort crampon en fer. Le bandit fixa solidement ce grapin à une forte poutre, puis, passa par la fenêtre et disparut.

Il avait entendu discrètement frapper à la porte d'une mansarde voisine, puis, le bruit d'une clef introduite dans une serrure arriva jusqu'à lui. Il commençait à descendre en cherchant à deviner ce qui se passait sous ses pieds.

Pince-l'Air avait demandé plusieurs agents pour le seconder.

Il en installa un sous un kiosque, dans le jardin, un second dans la loge du concierge qui, bon gré mal gré, dût se prêter à la circonstance, le troisième fut mis dans la rue de Provence.

Tous trois avaient pour consigne d'exercer la plus grande surveillance sur toutes les fenêtres de la maison, de n'en laisser jeter aucun papier sans s'en emparer et d'observer attentivement les allants et venants et les allures des employés et des domestiques de la maison. Ces dispositions prises, Pince-l'Air s'installa dans le vestibule qui, au rez-de-chaussée, traversait la maison. Il était au centre de ses hommes, et, de là, pouvait veiller sur l'entrée des bureaux de la maison Mercœur et Cⁱᵉ.

Les deux premiers jours et la première nuit, rien d'extraordinaire n'attira l'attention des quatre agents. On sait ce que, pendant ce temps, faisait Guiffart qui, ne pouvant entretenir aucune communication avec le dehors, n'avait pu rien voir des mesures prises par le soupçonneux Pince-l'Air.

La seconde nuit, ce dernier dormait fort paisiblement, étendu sur une banquette de cuir, quand un de ses agents, celui du jardin, vint le réveiller en sursaut.

— Qu'est-ce qu'il y a? demanda Pince-l'Air.

— Il y a de la lumière dans le cabinet du banquier où vous avez mis les scellés.

— De la lumière dans le cabinet, êtes-vous fou? Qui l'aurait allumée?

— Dam, il y en a, venez plutôt voir.

Pince-l'Air s'empressa de satisfaire à l'invitation, et il vit qu'en effet il avait de la lumière dans le cabinet du banquier. Un filet étincelant, mince comme le dos d'une lame de couteau et coupé à des distances égales par les lames des persiennes, glissait entre le mur et un rideau sans doute mal tiré par Guiffart.

— Voilà qui est fort... dit Pince-l'Air.

Puis, sans se perdre en commentaires inutiles :

— Une échelle? dit-il.

L'échelle fut aussitôt apportée. Pince-l'Air l'appliqua sans bruit contre le mur et monta. Les persiennes et les rideaux abattus l'empêchèrent de voir ce qui se passait dans l'intérieur de l'appartement.

Guiffart venait de s'emparer des millions de son complice, et il dévorait ses insuffisantes provisions, afin de se donner des forces, avant de tenter l'ascension dans la cheminée que nous avons racontée.

L'agent eut d'abord la pensée, le cas étant urgent de lever les scellés d'une des portes du cabinet. Il n'y avait pas de temps à perdre. Il fallait savoir ce qui se passait dans le cabinet; mais, ayant réfléchi que toutes les clés des appartements particuliers de M. Mercœur étaient chez le commissaire, Pince-l'Air se décida à envoyer chercher ce dernier qui, du reste, demeurait à deux pas.

Quand ce magistrat arriva sur les lieux, il était déjà, par l'envoyé de Pince-l'Air, informé des raisons pour lesquelles celui-ci le dérangeait à trois heures du matin. Il laissa l'agent, dont il connaissait l'habileté, agir suivant ses inspirations.

Pince-l'Air, après avoir ordonné à ses agents de retourner à leur poste, et d'y exercer la plus grande vigilance, gagna seul le cabinet du banquier. Quand il en eut atteint la porte, il l'ouvrit avec précaution. Rien n'avait été dérangé, les scellés étaient intacts, les serrures jouaient parfaitement, un silence solennel régnait partout. La mystérieuse lumière du cabinet avait été éteinte. Une obscurité complète régnait dans l'appartement, rideaux abattus, persiennes fermées, on eut dit une tombe ou un souterrain. Cette mystérieuse obscurité qui pouvait cacher des malfaiteurs eût effrayé tout autre homme que Pince-l'Air.

Ce dernier ralluma sa lanterne sourde qu'il avait éteinte, au moment d'entrer dans le cabinet, et, après un court examen, devina une partie de la vérité. Il éteignit sa lumière, rejoignit le commissaire, après avoir soigneusement refermé derrière lui toutes les portes qu'il venait d'ouvrir.

— Quand, avant hier, dit Pince-l'Air au commissaire de police, nous avons arrêté le banquier, celui-ci avait quelqu'un avec lui, il a probablement fait cacher ce quelqu'un dans la cheminée pour nous recevoir, et cette personne a profité des trente-six heures qu'elle est restée enfermée dans le cabinet pour en enlever sans doute les valeurs et aussi les papiers qui pouvaient compromettre le banquier que je crois tout simplement le chef d'une bande de scélérats sur laquelle j'ai, depuis peu, quelques renseignements.

— Mais il faut arrêter ce quelqu'un, dit le commissaire.

— C'est ce que je vais faire.

— Comment?

— Notre coquin n'a pu se sauver du cabinet que par la cheminée. Courez au poste voisin, requérez un nombre d'homme suffisant pour cerner la rue de Provence, cette maison, et occuper les mansardes de la maison voisine, la seule qui communique avec celle-ci; moi, je vais monter dans un petit grenier qui est inhabité, par la fenêtre, j'explorerai les toits. Ne réveillez personne, agissez sans bruit et avec diligence. Envoyez-moi du renfort aussitôt que vous pourrez…

Le commissaire, confiant dans l'adresse de l'agent, s'empressa de suivre ses instructions et disparut pour aller chercher le renfort que Pince-l'Air avait jugé nécessaire en raison de l'obscurité.

Il ne fut pas longtemps absent, il revint bientôt avec cinq hommes que l'agent disposa de façon à ce que rien ne pût se passer aux abords de la maison, sans aussitôt attirer l'attention des hommes de sa brigade.

Tout ainsi disposé, et se réservant le poste de combat le plus dangereux, il partit pour faire son exploration sur les toits. Pince-l'Air avait eu préalablement soin de visiter la maison de la cave au grenier, et, à tout événement s'était fait remettre la clef de la mansarde où Guiffart devait se munir de corde pour s'enfuir.

Quand celui-ci avait entendu le bruit d'une clef tournant dans une serrure, c'était Pince-l'Air qui entrait dans la mansarde qu'il venait lui-même de quitter.

L'agent fit jaillir une faible lueur de sa lanterne sourde et se convainquit que la mansarde était vide.

Il se précipita vers la fenêtre où il trouva la corde amarré par Guiffart. A la tension de la corde, il supposa de suite qu'elle supportait encore le bandit.

— Ah! enfin, je le tiens, se dit-il.

Il monta sur la fenêtre, le toit était libre. Guiffart descendait le long de la muraille, et, à tout hasard, il allait le plus vite qu'il pouvait. Il craignait que ceux qui l'avaient sans doute découvert ne le mitraillassent d'en haut.

— Pourvu que Frise-à-Plat le voit descendre se dit Pince-l'Air (Frise-à-Plat, c'était l'agent en vedette dans la rue de Provence).

Puis, sans hésiter, et s'aidant de la corde d'une main — de l'autre, il tenait un pistolet armé; — Pince-l'Air prit sur le toit le chemin que venait de parcourir Guiffart.

Quand l'agent fut au bord du toit, il aperçut une masse noire, à dix pieds au-dessous de lui.

— Il pourrait nous échapper si la rue n'est pas gardée, attention... se dit l'agent, fortement ému par les péripéties de cette chasse au bandit.

Pince-l'Air voulait tirer sur Guiffart qui, occupé d'explorer la rue, ne se doutait pas qu'il était déjà suivi.

L'agent étant parvenu à se placer dans une position à peu près convenable, ajusta le bandit, en lui criant :

— Rends-toi, ou tu es mort.

Au lieu de se rendre, Guiffart lâcha tout et tomba lourdement sur le pavé de la rue. Pince-l'Air, en voyant l'effet de sa sommation, avait tiré ses deux coups de feu. Ceux-ci avaient frappé juste.

Frise-à-Plat accourut au bruit, ne releva qu'un cadavre. En fouillant le corps de Guiffart, on trouva les millions de l'association, et la véritable reconnaissance de deux millions signée par Léonce, en faveur des usuriers. Le tout fut envoyé au parquet du procureur du roi.

ÉPILOGUE

A CHACUN SUIVANT SES ŒUVRES

— Pince-l'Air avait dit, quand il avait été convaincu d'avoir tué Guiffart:

— Au diable la précipitation... Quelle école... Maintenant, ce scélérat ne parlera pas ; nous ne saurons rien.

— Que diable voulez vous ? lui avait répondu Frise-à-plat; il vaut mieux tuer le diable que d'être tué par lui.

— Oh ! ça ne fait rien, je regretterai toute ma vie cette maudite précipitation; mais je craignais que ce misérable ne parvinsse à s'échapper. Si j'avais été sûr que tu eusses l'œil sur lui....

— Oh! j'avais l'œil, M. Pince-l'Air. . . .

. . . .

L'agent avait raison de déplorer son excès de vivacité. La mort de Guiffart rendait un grand service au faux duc de Mercœur, que nous n'appellerons plus que Picard, son vrai nom. De Courville et le che.alier mort, Picard n'avait en quelque sorte plus rien à craindre de la justice.

En homme prudent, le banquier avait toujours détruit, à mesure qu'il les recevait, tous les papiers compromettants pour lui et pour ses deux complices. Quant aux nombreux affidés de la grève, ils ne pouvaient pas le trahir. Ceux-ci ne connaissaient que Guiffart et avaient toujours ignoré et ignoraient encore le rôle important que le banquier et le marquis avaient joué dans l'association usurière.

L'enquête fut longue et minutieuse, elle ne pût cependant rien découvrir. Quant au banquier, quand on l'interrogea, il fit l'étonné et se renferma dans un de ses silences prudents qui déroutent la justice. Si on lui parlait de Guiffart, il affirmait ne pas connaître cet homme et prétendait que c'était tout simplement un voleur audacieux.

— Ce n'est pas à moi, qui étais prisonnier, disait Picard, à indiquer comment cet homme a pénétré chez moi; mais ce qui prouve qu'il m'a volé, ce sont les millions qu'on a trouvés sur lui, l'effraction de la cachette où je tenais cette somme en réserve pour quelque grand événement.

Restait un point à établir.

Comment Guiffart était-il possesseur de la reconnaissance de deux millions signée par le duc des Uzelles ?

Cette reconnaissance au porteur lui appartenait-elle ? ou l'avait-il volé, avec les millions, chez le banquier ?

Interrogé sur ce point, celui-ci répondit avec assurance qu'il ne connaissait pas le duc, qu'il ignorait l'existence de la reconnaissance et termina en demandant à être confronté avec Léonce.

Le procureur du roi fut parfaitement de cet avis.

Ainsi la mort instantanée de Guiffart, qui devenait si utile à Picard, devait être fatale à Léonce en faisant inopinément tomber entre les mains de la justice toujours soupçonneuse, le fatal écrit par lequel il s'engageait à payer, *aussitôt la mort de son père....* une somme de deux millions.

Cet écrit était rendu affreusement compromettant par l'assassinat du duc des Uzelles, qui avait eu lieu cinq jours seulement après la signature de la reconnaissance; les dates étaient là, terribles et inexorables. En signant l'écrit, Léonce ne semblait-il pas avoir signé l'arrêt de mort de son père ? Mieux encore : le voyage qu'il avait fait en Touraine, sa présence sur le théâtre du crime, lors de l'assassinat, n'était-il pas autant de preuves irrécusables établissant en quelque sorte sa complicité avec les meurtriers ?

Il n'était pas nécessaire d'être procureur du roi ou juge d'instruction pour concevoir de graves soupçons contre Léonce des Uzelles. Un orage épouvantable s'amoncelait donc sur la tête de ce dernier. La justice le soupçonnait du plus affreux des crimes : le parricide.

Léonce, pendant qu'on se préparait à agir contre lui, vivait seul dans son petit hôtel, seul avec sa douleur qui était immense.

Il ne songeait plus aux usuriers; il était intimement convaincu de les avoir payé, et d'avoir entre les mains la seule preuve des coupables relations qu'il avait entretenues avec eux. La mort de son père et de sa mère, dans la disposition d'esprit où il se trouvait ne lui avait causé qu'un chagrin relatif. Le seul et véritable motif de son désespoir qui était effrayant, de son découragement, c'était son amour pour la Paula. Amour incestueux, s'il durait plus longtemps.

Léonce n'avait pas revu la jeune femme, depuis le jour où elle était venue lui apprendre qu'elle était positivement sa sœur. La revoir, à quoi bon ? C'eût été raviver le feu de désirs insensés. C'eût été retourner l'arme empoisonnée dans une plaie béante et incurable... Les deux jeunes gens l'avaient compris; aussi, dans un moment où la raison dominait en eux les sentiments, et quoiqu'il dussent souffrir de leur isolement, avaient-ils le courage de prendre l'énergique résolution de rester quelques années sans se voir.

— Quelle fatalité! se disait Léonce, aimer une femme de toutes les forces de son âme, être certain de son amour; avoir fondé sur elle toutes ses espérances, tous ses rêves d'avenir, s'être juré de lui consacrer sa vie tout entière, et apprendre tout à coup que cette femme est sa sœur... Oh! c'est là le plus horrible châtiment que la Providence pouvait réserver à mes fautes, je devrais dire à mes crimes....

Sur cette réflexion qu'il se faisait au moins vingt fois par jour, Léonce, en proie à une sorte de folie latente, s'enfonçait dans d'interminables et sinistres réflexions et se rendait inabordable pour qui que ce fût.

Mohamed seul le servait, et Vigneul, l'ami d'enfance, n'avait pu, depuis son mariage, pénétrer que deux fois auprès du malheureux désespéré.

Celui-ci, pâle, défait, ne prenant aucun soin de sa personne et négligeant de manger régulièrement, n'était plus que l'ombre de ce qu'il avait été. Il eût éprouvé des remords cuisants et inexorables, et il en éprouvait, qu'il n'eût pas été plus défait et plus affaissé. Que de fois déjà des pensées de suicide avaient germé dans son esprit et lui avaient suggéré de sinistres desseins ?

Chez elle, la Paula était à peu de chose près dans la même disposition d'esprit que son frère. Elle aussi, elle aimait ; elle aussi, elle était désespérée et comme mortellement atteint.

Ce fut sur ces cruelles entrefaites que l'orage que nous avons dit éclata sur l'infortuné jeune homme.

Un matin, Mahomed lui remit une lettre qui, pour lui, resta une énigme. Le procureur du roi l'invitait impérativement, et sans lui donner aucune explication, à passer au parquet à une certaine heure.

Léonce ne chercha même pas une explication à cette lettre inattendue et obéit presque machinalement à l'injonction qu'elle contenait. A deux heures, le même jour, il pénétrait dans le cabinet du magistrat, qu'il n'avait jamais vu et qui ne le connaissait pas. Il y entrait profondément indifférent et sans s'être demandé quelles raisons pouvait avoir le procureur du roi de le faire venir au Palais de Justice.

Le magistrat, en voyant Léonce, fut tout d'abord frappé de l'altération des traits du duc. Son état d'abattement, le feu sombre qui couvait dans les yeux du jeune homme et qui semblait indiquer que celui-ci fut en proie à une fièvre ardente, rien n'échappa à la perspicacité du magistrat.

Enfin celui-ci, après quelques demandes faites au duc sur l'état de ses affaires, sur sa manière de vivre, finit par aborder franchement la question, rien dans les réponses de Léonce n'ayant confirmé les soupçons qu'avait fait naître l'écrit trouvé sur Guiffart.

Le procureur émit les soupçons qu'il avait, qu'il devait avoir, en présence d'une reconnaissance telle que celle qu'il mit sous les yeux du duc ; puis, il termina par une série de questions que le lecteur peut facilement se figurer.

La présentation de l'écrit qu'il avait fait en faveur des usuriers fut comme un coup de foudre pour Léonce. Il pâlit d'abord ; puis, le rouge d'une violente indignation empourpra son teint. Il frémit de rage, en songeant à la façon dont il avait été joué par les usuriers, lors du paiement des deux millions.

— Cette pièce est fausse ! s'écria-t-il enfin avec véhémence.

— J'aurais dû m'en douter, dit le magistrat.

Puis, revenant sur ce premier bon mouvement.

— Pourriez-vous au moins m'en expliquer l'existence.

Léonce se recueillit un instant et finit par dire :

— Oui, Monsieur, et cette explication, je vais vous la donner.

Léonce, avec sa droiture naturelle, venait d'adopter le parti de dire toute la vérité à son juge, sans même se demander si cet acte de franchise et de sincérité ne pourrait pas lui être préjudiciable.

C'était grand et noble de sa part, quand, pour se tirer d'affaire, il n'avait qu'à nier, et la chose lui était d'autant plus facile que, croyant posséder la véritable reconnaissance, signée par lui, il était convaincu que celle qu'on lui présentait était fausse.

— Monsieur, dit-il au magistrat avec une vive émotion, je pourrais vous cacher la vérité, cette fausse pièce, non écrite par moi, et revêtue de ma signature parfaitement imitée, a été trouvée sur le corps d'un misérable, tué en flagrant délit de vol avec effraction. L'ignoble immoralité, la vie criminelle de cet homme né suffisent-elles pas pour qu'on soit en droit de déclarer ce scélérat capable de tous les forfaits ! Qu'était-ce pour lui que le faux que nous avons sous les yeux ? Moins que rien. En présence de tels faits, ma justification ne serait pas difficile, mais je ne veux pas l'entreprendre, en me servant de moyens détournés. Je préfère vous dire la vérité, toute la vérité, afin de ne pas laisser dans votre esprit l'ombre d'un doute injurieux pour moi.

— Parlez, Monsieur, je vous écoute, dit le magistrat, que Léonce, par sa franchise, venait de disposer en sa faveur.

Léonce, sans faire la moindre omission, en ce qui le concernait, mais sans nommer la Paula, ni parler de sa mère et de M. de Courville, raconta toute sa vie au magistrat, qui l'écoutait, frappé de sa franchise, de sa sincérité et compatissant presque à ses infortunes et à son désespoir.

Le duc termina cette longue et douloureuse confession à peu près en ces termes :

— Quand je m'adressai aux usuriers, avec lesquels j'avais malheureusement été mis en rapport par un de ces hommes que l'on rencontre on ne sait comment, qui se disent vos amis et qu'on traite à peu près comme s'ils l'étaient réellement, j'étais follement épris d'une femme qui, sous tous les rapports, était digne de mon amour. Un mariage n'était pas convenu entre nous, mais j'eusse fait tous les sacrifices pour la décider à m'accorder sa main. Elle était riche, habituée à une existence vraiment somptueuse, un moment elle put se croire ruinée par un dépositaire infidèle. Je frémis à la pensée de voir dans la misère cette femme que j'eus voulu voir et rendre heureuse. Ce fut alors que je signai cette pièce, ou une toute semblable que voici (des deux, je serais fort embarrassé de distinguer la vraie de la fausse). L'emprunt était fait. Pendant que je l'avais négocié, ce qui n'avait pas demandé moins de huit jours, cette jeune dame apprit qu'elle avait été trompée, qu'elle n'était pas ruinée. Le sacrifice était fait, mais il devenait inutile. J'avais l'argent des usuriers, je le maudissais, qu'en faire ?.. Ce fut sur ces entrefaites, alors que j'hésitais sur un parti à prendre, que j'appris la nouvelle de l'assassinat de mon père.

Oh ! alors, monsieur, je compris tout. Les usuriers avaient tué le duc afin qu'après sa mort je m'acquitter envers eux.

Misérable que j'avais été, sans supposer une perversité aussi grande que celle des assassins, j'avais, sans le vouloir, hâté la mort de l'auteur de mes jours ; mais pouvais-je supposer que la cupidité des usuriers que je satisfaisais si bien en m'engageant pour deux millions, quand ils ne m'avaient prêté que huit cent mille francs, pût aller jusqu'à l'assassinat ?

Voici la vérité, monsieur ; maintenant, jugez-moi, livrez-moi à la justice, peut-être l'ai-je mérité... Qu'elle prononce.

Et le duc désespéré se voila la face de ses deux mains. Il pleurait.

Le procureur, attendri malgré lui, le regardait avec compassion.

— Continuez, lui dit-il.

— Que vous dirai-je, monsieur? reprit Léonce, aussitôt ma première douleur passée je revins à Paris afin de poursuivre les assassins de mon père, que je voulais livrer à la justice, mais fort de ma conscience, sachant que je n'avais jamais désiré la mort du duc des Uzelles, que je n'avais été pour rien dans son assassinat je voulus avant de dénoncer et faire prendre ces misérables, retirer, d'entre leurs mains, une pièce qui pouvait me compromettre; si j'en jugeais d'après les faits accomplis. J'eus une entrevue avec le bandit qui se faisait appeler le chevalier de Guiffart, et je lui remis deux millions en échange de la reconnaissance que je viens de vous faire voir, et qui, selon moi, était la seule existante.

— Ainsi vous avez payé ces misérables?

— Oui.

— Vous avez eu tort?

— Comment?

— Que votre affaire s'arrange comme c'est probable; vous perdrez toujours ces deux millions.

— Douze cent mille francs seulement, puisque ces hommes m'avaient remis huit cents mille francs.

— C'est juste.

— Que m'importe une question d'argent?

— La somme en vaut cependant la peine.

— Il est vrai, mais comme je ne veux rien garder de la succession de mon père, un peu plus, un peu moins, la chose m'est personnellement indifférente. Ce seront les pauvres et les hospices qui y perdront.

Non, monsieur, après ce qui vient de se passer, après l'entretien que nous venons d'avoir, quoique l'enquête que vous avez faite ait été secrète, sans doute, je ne veux pas qu'il reste une arrière-pensée dans l'esprit de qui que ce soit, je ne veux pas qu'on suppose que, par cupidité, j'ai été pour si peu que ce soit, pour quelque chose dans l'assassinat de mon père. Non, cela ne sera pas, en sortant d'ici j'irai chez mon notaire et lui ferai faire l'acte de donation au profit des pauvres et des hospices de Paris et du département d'Indre-et-Loire, dans lequel le duc est mort.

— Et votre fortune s'élève à...?

— Trois millions cinq cent mille francs me restent encore de la succession de mon père.

Le magistrat, si difficile qu'il fût à émouvoir, resta stupéfait de l'acte de désintéressement dont le duc venait de lui communiquer le projet.

Il savait ce qu'il voulait savoir et sentait le besoin de réfléchir, sans témoin, à cette ténébreuse affaire. Il congédia le duc en le priant de ne pas s'absenter de Paris et de se tenir à sa disposition.

En quittant le palais de justice, Léonce fit ce qu'il avait dit, une raison majeure l'avait toujours fortifié dans son projet de donation aux pauvres. Il ne voulait pas jouir de la fortune d'un homme qu'il savait ne pas être son père, et qui, s'il avait eu le temps de faire un testament l'eût certainement déchiré plus tard.

Il fit donc aux pauvres cette aumône plus que royale, dont tout Paris parla pendant plusieurs jours et qui chez beaucoup de gens passa pour un acte de démence.

Le lendemain Léonce reçut deux lettres. La première qu'il ouvrit était de Paula.

— Quand tu recevras cette lettre, mon cher Léonce, j'aurai quitté Paris, je n'avais plus rien à y faire, je suis partie, partie sans avoir le courage de te revoir, tu devines pourquoi. A quoi bon augmenter les tortures de notre supplice. Où vais-je ? Je n'en sais précisément rien, en Espagne, probablement. Nous nous reverrons quand mes sentiments pour toi ne seront plus que ce qu'ils doivent être, ceux d'une sœur. Marie-toi, le mariage te guérira. Quant à moi, je me résignerai sans doute à épouser mon inévitable adorateur, le marquis de Piperno.

Sois heureux, adieu, etc., etc...

Cette lettre avait été arrosée de larmes. Quoique désespéré du départ de sa sœur, Léonce reconnut que Paula avait bien fait de quitter Paris.

La seconde lettre était du procureur du roi. En ouvrant l'enveloppe, Léonce, y trouva les deux reconnaissances, qu'il avait laissées la veille entre les mains du magistrat.

« Afin que vous soyez tranquille, brûlez vous-même ces deux pièces, les seules qui vous mêlent à l'affaire que vous savez. »

C'était tout, les reconnaissances, la lettre et l'enveloppe qui les contenait furent aussitôt livrées aux flammes.

Puis, abîmé dans ses réflexions, Léonce songea que ruiné, abandonné de la Paula il était seul dans la vie et qu'il allait être forcé de travailler pour vivre. Le travail ne l'eût nullement effrayé, s'il n'eût été désespéré. Il peignait assez bien pour, grâce à son pinceau, gagner une fortune et se faire une réputation.

Le malheureux comptait sans son ami Vigneul et surtout sans les personnes qu'il pouvait rencontrer chez les nouveaux mariés.

. . . .

Si le procureur du roi avait été favorable à Léonce, il ne l'avait été que parce qu'il avait la conviction de l'innocence du jeune duc. Ce dernier ne devait rien à un esprit de condescendance. De Mercœur devait s'apercevoir de l'intègre sagacité du magistrat.

Ce dernier, ayant interrogé M. Lamy et d'autres témoins, avait acquis la certitude que Picard était bien l'infâme délateur des quatre sergents de la Rochelle.

Si odieux, si criminel que fut cet acte, il échappait pour plusieurs raisons à la vindicte de nos lois. Quant aux preuves de ses autres crimes, il lui fut facile de les réunir. Picard fut donc traduit en cour d'assises et accablé par les charges écrasantes qui pesaient sur lui, fut condamné au bagne à perpétuité.

Ainsi que l'exigeaient la logique et la morale, notre histoire finit par le châtiment des coupables et nous pouvons ajouter le bonheur des innocents, car Léonce conquit par son travail une position honorable, et la famille Lamy n'avait plus d'ennemis à redouter. A chacun selon ses œuvres.

FIN.

A. FAYARD, Éditeur, 78, boulevard Saint-Michel, Paris.

VIENT DE PARAITRE

LA RUSSIE ROUGE

PAR

Victor TISSOT et Constant AMÉRO

TRÈS BELLES ILLUSTRATIONS DANS LE TEXTE

Victor Tissot, l'auteur célèbre du *Voyage au pays des Milliards*, vient de publier, en collaboration avec Constant Améro, LA RUSSIE ROUGE, ouvrage qui, par ses scènes émouvantes, ses types étranges, héroïques, effrontés ou amusants, est assuré de rencontrer auprès du public, l'immense succès obtenu par les précédents ouvrages de ces deux auteurs populaires.

Des révoltes populaires qui ne reculent ni devant l'assassinat politique, ni devant l'incendie, sont combattues par les menées occultes de la police, par les dénonciations à outrance, la prison, les supplices où le sang coule, la déportation en Sibérie qui jette sur les grands chemins, de nombreuses colonnes de malheureux, que des Cosaques armés de fouets poussent devant eux.

Dans les villes, dans les capitales, apparaissent à leur tour, à leur heure, le monde de la haute galanterie, les fonctionnaires de l'empire, les trois polices du gouvernement, toujours en opposition l'une à l'autre, la noblesse, le czar lui-même, au sommet.

Avec de tels éléments d'intérêt, ce drame est bien fait pour captiver, passionner et émouvoir.

Il paraîtra deux livraisons par semaine (une livraison forme 8 pages).
Il paraîtra une série tous les 20 jours (une série contient 40 pages).

EN VENTE CHEZ TOUS LES LIBRAIRES.

Paris. — Typographie Collombon et Brûlé, rue de l'Abbaye, 2?..

Arthème FAYARD, Éditeur, boulevard Saint-Michel, 78, à Paris.

LES CRIMES DU CAPITAL

ou

LES INTRIGUES DE PARIS

Par JULES BOULABERT

Ouvrage illustré de nombreuses gravures inédites

10 Centimes la Livraison	50 Centimes la Série
ILLUSTRÉE	DE 5 LIV. ILLUSTRÉES
DEUX LIVRAISONS PAR SEMAINE	UNE SÉRIE TOUS LES VINGT JOURS
Complet en 100 Livraisons environ	Complet en 20 Séries environ

En vente chez tous les Libraires et Marchands de journaux.

N° 1

Paris. — Typ. Collombon et Brûlé, r. de l'Abbaye, 22.

ARTHÈME FAYARD, Éditeur, boulevard Saint-Michel, 78, à Paris.

LES CRIMES DU CAPITAL

ou

LES INTRIGUES DE PARIS

Par JULES BOULABERT

Ouvrage illustré de nombreuses gravures inédites

10 Centimes la Livraison	50 Centimes la Série
ILLUSTRÉE	DE 5 LIV. ILLUSTRÉES
DEUX LIVRAISONS PAR SEMAINE	UNE SÉRIE TOUS LES VINGT JOURS
Complet en 100 Livraisons environ	Complet en 20 Séries environ

En vente chez tous les Libraires et Marchands de journaux.

N° 1

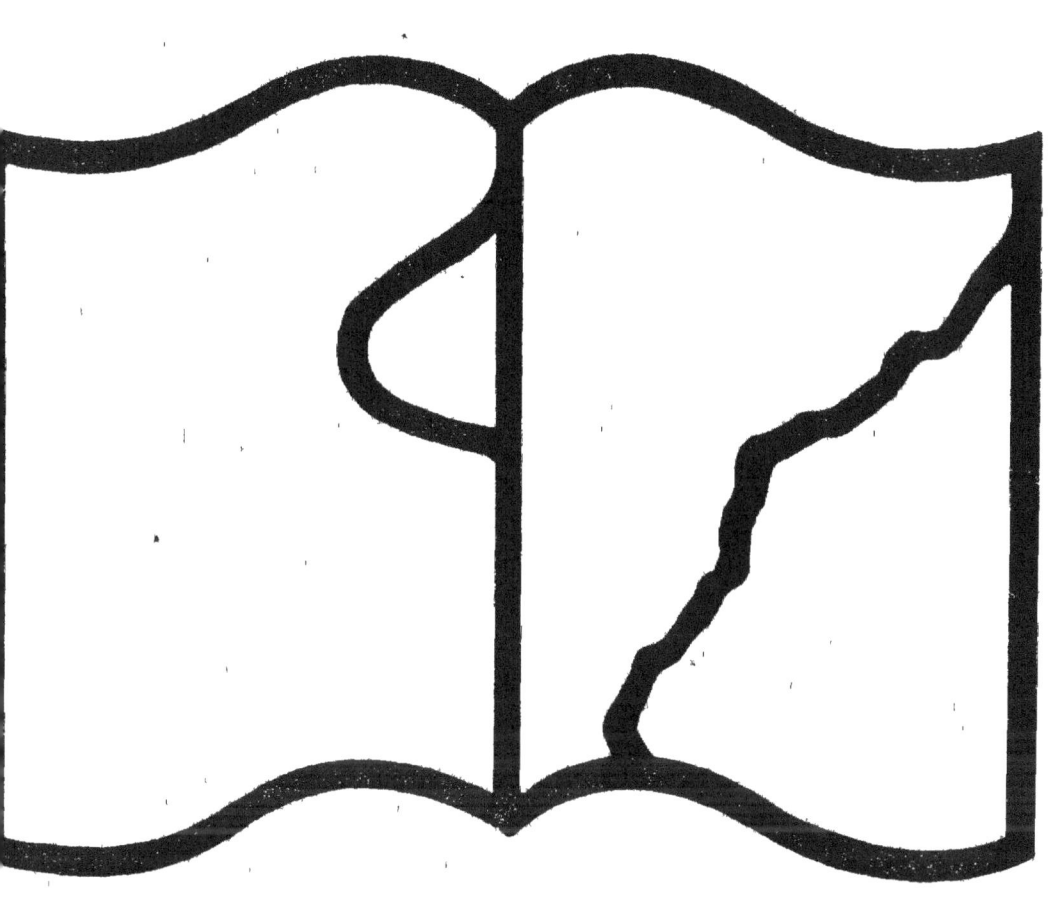

Texte détérioré — reliure défectueuse

NF Z 43-120-11

www.ingramcontent.com/pod-product-compliance
Lightning Source LLC
Chambersburg PA
CBHW061028030726
47504CB00002B/286